ULLSTEIN

Das Buch

Anny Butler ist Leiterin eines Kinderhilfsdienstes. Ihr ganzes Leben lang war sie für andere da. Als sie bei einem Noteinsatz den wohlhabenden Arzt Lewis Aiken kennen lernt, scheint sie endlich das große Glück gefunden zu haben. Die beiden heiraten und Anny wird herzlich in den großen Freundeskreis ihres Mannes aufgenommen. Wunderbare Wochenenden am Meer folgen und Anny ist am Ziel ihrer Träume. Doch dann überschlagen sich plötzlich die Ereignisse …

Die Autorin

Anne Rivers Siddons arbeitete viele Jahre als Journalistin, bevor sie sich ganz dem Schreiben von Romanen widmete. Seitdem platziert sie sich regelmäßig auf den obersten Rängen der Bestsellerlisten in den USA. Anne Rivers Siddons lebt in Atlanta, Georgia.

Von Anne Rivers Siddons sind in unserem Hause bereits erschienen:

Heimwärts
Muscheln im Sand
Nora, Nora
Tausend Sommer

Anne Rivers Siddons

Der Preis der Liebe

Roman

Aus dem Englischen von
Bettina Zeller

Ullstein

Besuchen Sie uns im Internet:
www.ullstein-taschenbuch.de

Umwelthinweis:
Dieses Buch wurde auf chlor- und säurefreiem Papier gedruckt.

Ullstein ist ein Verlag der Ullstein Buchverlage GmbH, Berlin
Deutsche Erstausgabe
1. Auflage Dezember 2004
© 2004 für die deutsche Ausgabe by Ullstein Buchverlage GmbH, Berlin
© 2004 by Anne Rivers Siddons
Published by arrangement with HarperCollins Publishers. Inc.
Titel der amerikanischen Originalausgabe: *Islands*
(HarperCollins Publishers, New York)
Übersetzung: Bettina Zeller
Redaktion: Dr. Friederike Elena Heitsch
Umschlaggestaltung: Nele Schütz Design, München
Titelabbildung: Look (Taube) / Corbis (Haus)
Gesetzt aus der Stempel Garamond
Satz: Pinkuin Satz und Datentechnik, Berlin
Druck und Bindearbeiten: Ebner & Spiegel, Ulm
Printed in Germany
ISBN 3-548-25951-0

Für Larry Ashmead –
save the last dance for me.

Nur wo Liebe und Not eins sind
und die Arbeit ein Spiel auf
Leben und Tod

ROBERT FROST

Nach dem ersten Tod gibt es
keinen zweiten

DYLAN THOMAS

PROLOG

Schon während des Traumes war mir bewusst, dass ich träumte; was den Reiz der Bilder allerdings nicht minderte. Im Gegenteil: Solche Träume wirken meist wesentlich realer, da der Träumende weiß, dass er – egal ob die Bilder schön oder schrecklich sind – bald aufwachen wird. Und mein Traum war unaussprechlich schön.

Ich war in einem Haus am Wasser. Nicht in einem von den drei neuen Häusern, sondern in dem großen, alten, windschiefen Cottage aus den zwanziger Jahren, das uns gemeinsam gehört hatte, in jenem auf Pfählen errichteten Haus am ganz und gar nicht schicken Westende von Sullivan's Island. [Bis dahin war ich noch nie in so einem Haus gewesen.] Lewis hatte mich dorthin gebracht, in jenem Sommer, wo wir heirateten. Ich fühlte mich hier vom ersten Augenblick an unglaublich wohl, und daran hatte sich in all den Jahren, die wir dort verlebten, nichts geändert. Wie sehr ich an diesem Haus hing, hatte ich den anderen nie erzählt, denn ich fürchtete, es würde in gewisser Weise vermessen klingen, wenn eine Außenstehende wie ich etwas für sich beanspruchte, was sie sich noch nicht verdient hatte. Die anderen nahmen mich zwar herzlich auf und behandelten mich, als wäre ich eine von ihnen, aber ich spürte deutlich, dass ich in Wahrheit eine Fremde war. Es war Lewis, den sie liebten – zumindest damals.

Im Traum war es Winter. Ein kalter Wind fegte heulend über den Strand und wirbelte den graubeigen Sand auf. Ich wusste, dass sich die feinen Sandkörner wie spitze, scharfe Diamantsplitter auf meiner Haut anfühlen würden. Normalerweise störte mich das nicht, aber an diesem Tag war ich heilfroh, dass ich in dem behaglich warmen, großen Wohnzimmer sein durfte. Man hatte fast den Eindruck, das Haus schaukle wie ein Schiff über die hohen Wellen. Die alten, schief hängenden Lampen brannten und tauchten den Raum in ein gelbes Licht. Im Kamin brannte ein Feuer. Das Holz, das draußen im Schuppen lagerte und dort nicht richtig trocknete, knisterte. Am anderen Ende des Zimmers, wo die Treppe über der Abstellkammer einen Bogen beschrieb und in den oberen Stock führte, summte leise der alte, rot glühende Beistellofen. Im Zimmer roch es nach Holz, Kerosin, klammen Teppichen und Meersalz. In meinem Traum gehörte dieser Geruch zum Haus, und da er die Wirkung eines lebensspendenden Elixiers hatte, holte ich tief Luft.

»Ich weiß, es ist ein Traum, aber ich muss doch noch nicht aufwachen, oder?«, fragte ich Fairlie McKenzie, die unter einer alten, steifen Decke auf dem Sofa neben dem Kamin lag und ein Buch las. Ihr leuchtendes Haar, das den gleichen Rotton hatte wie die glühenden Holzscheite, ergoss sich über das zerschlissene Sofakissen. In meinen Augen war Fairlie stets ein Wesen aus Licht und Flammen. Selbst wenn sie ganz still dalag, schien in ihr ein Feuer zu lodern.

»Nein, noch nicht«, sagte sie und schenkte mir ein Lächeln. »Kein Grund zur Eile. Die Jungs werden erst in ein paar Stunden zurückkommen. Setz dich. Ich koche uns gleich einen Tee.«

»Das mache ich«, kam es von Camilla Curry, die am anderen Ende des Raumes neben dem Beistellofen an ihrem Kartentisch saß und etwas aus einem dicken Buch auf einen Notizblock übertrug. Der Lichtschein der Lampe fiel auf ihr Gesicht, ihre Hände. Man sah Camilla nur selten ohne Block und Stift – sie widmete sich immer irgendwelchen Projekten, die sie ganz in Anspruch nahmen. Womit genau sie sich beschäftigte, wussten wir eigentlich nie so recht.

»Ich beschäftige mich mit allem Möglichen«, pflegte sie in ihrem schleppenden Tonfall zu antworten. »Wenn ich fertig bin, werde ich es euch wissen lassen.« Aber offenbar brachte sie ihre Projekte nie zu Ende, denn wir wurden nie eingeweiht.

»Lasst mich den Tee kochen«, schlug ich vor, denn in meinem Traum hatte ich das Bedürfnis, mich nützlich zu machen. In meinem Traum war Camilla, die bereits vor vielen Jahren an Osteoporose erkrankt war, schon von der Krankheit gezeichnet; allerdings konnte sie ihrer zarten, zerbrechlichen Schönheit nichts anhaben. Und obwohl Camilla in Wahrheit schon gebückt ging, hielt sie sich in meiner Vorstellung immer kerzengerade. Laut Lewis war dieser aufrechte Gang früher Camillas Markenzeichen gewesen, ehe diese schreckliche

Krankheit sich durch ihre Knochen fraß. Wir sprachen nie über ihr Gebrechen, achteten jedoch stets darauf, Camilla jede körperliche Anstrengung abzunehmen. Und sie durchschaute uns stets und verabscheute unser Tun.

»Ihr Mädels bleibt sitzen. Ihr seid doch nur selten hier draußen und ich bin andauernd hier«, wandte sie ein. »Und außerdem bin ich gern in der Küche zugange.«

Fairlie und ich mussten schmunzeln, wenn sie uns »Mädels« nannte. Ich wurde bald fünfzig und Fairlie war nur ein paar Jahre jünger als Camilla, die Mutter der Gruppe. Wenn man etwas suchte, etwas wissen oder beichten wollte oder etwas brauchte, war es seit jeher Camilla, an die man sich wandte. Dass sie diese Rolle freiwillig gewählt hatte, war kein Geheimnis. Selbst die Männer befolgten die unausgesprochene Regel: Camilla brachte uns ohne Ausnahme dazu, alles zu tun, was in unserer Macht stand, und ihr zu geben, wonach sie verlangte.

Sie erhob sich, schwebte wie ein Kolibri in die Küche, hielt die Schultern gerade und bewegte sich leichtfüßig wie ein junges Mädchen. Auf dem Weg dorthin sang sie ein paar Zeilen aus einem Lied: »Maybe I'm right, and maybe I'm wrong, and maybe I'm weak and maybe I'm strong, but nevertheless I'm in love with you …«

»Charlie findet dieses Lied doof, aber ich mag es«, rief sie über ihre schöne Schulter. Camilla trug eine durchscheinende Bluse, einen geblümten Rock und hochhackige Sandaletten. Und weil sich das alles in einem Traum abspielte, passte es auch, dass sie sich so anmutig wie ein junges Mädchen bewegte, dass sie die Kleider ihrer Jugend trug, dass Charlie noch am Leben war. All dies steigerte mein Glücksgefühl nur noch.

»Camilla, auch wenn das hier nur ein Traum ist, so möchte ich doch bleiben«, rief ich ihr hinterher. »Ich will nicht zurück.«

»Du kannst doch bleiben«, schallte Camillas sonore Stimme aus der Küche herüber. »Lewis kommt dich noch nicht holen.«

Ich setzte mich auf den Teppich vor dem Kamin, neben Fairlie, die immer noch auf dem Sofa lag, zog ein paar alte weiche Kissen herunter, machte es mir bequem und kuschelte mich in den verblichenen blauen Sofaquilt. Die feuchten Holzscheite loderten blau, spendeten aber Wärme. Draußen pfiff der Wind durch die trockenen Palmwedel und sorgte dafür, dass die Sandkörner unablässig gegen die Fensterscheiben trommelten. Die Fensterbretter waren mit einem hauchdünnen Salzfilm überzogen. Ich streckte Arme und Beine von mir, spürte, wie meine Gelenke knirschten, wie das Kaminfeuer mich bis in die Knochen wärmte. Ich sah zu Fairlie hinüber und beobachtete, welche Muster es auf ihr Antlitz zauberte. Um diese Jahreszeit setzte die Dämmerung ziemlich abrupt ein. Bald würden die Männer mit schweren Schritten zurückkehren, beim Eintreten einen Schwall kalten feuchten Wind ins Haus lassen und sich die Hände reiben.

»Wagt es ja nicht, diese stinkenden Fische ins Haus zu bringen«, würde Fairlie ihnen vom Sofa aus zurufen. »Ich werde bestimmt keine Fische ausnehmen, weder heute noch sonst wann.«

Und weil es ja ein Traum war, würde Lewis zusammen mit Henry ins Haus kommen und mich wie immer, wenn er von einem Ausflug zurückkehrte, auf den ich ihn nicht begleitet hatte, fragen: »Wie geht es meinem faulen Mädchen?«

Ich schloss die Augen, döste vor den verglühenden Scheiten ein und glitt in die Traumwelt hinüber. Wie tausend kleine Funken tanzte das Glück hinter meinen geschlossenen Lidern. In der Küche begann der Wasserkessel zu pfeifen.

»Ich habe noch genug Zeit«, murmelte ich.

»Ja«, stimmte Fairlie mir zu.

Wir schwiegen.

Und dann brach das Feuer aus …

TEIL EINS

KAPITEL EINS

Lewis Aiken lernte ich im Alter von fünfunddreißig Jahren kennen. Zu jenem Zeitpunkt hatte ich mich schon damit abgefunden, niemals aus Liebe zu heiraten, sondern vermutlich nur der Bequemlichkeit wegen. Er war damals fünfzig und bis vor kurzem viele Jahre lang nur der Liebe wegen verheiratet gewesen. Noch lange nachdem wir zusammengekommen waren, dachte ich, wir hätten die Rollen getauscht und dass ich nun diejenige war, die unbeholfen und närrisch in Liebe entbrannt war, mit der Inbrunst eines Menschen, dem Leidenschaft bis dahin fremd gewesen war, während Lewis bei mir Trost und Bequemlichkeit suchte. Damals kümmerte mich das nicht. Er konnte die Bedingungen diktieren. Ich würde ihm das sein, was er brauchte und wonach es ihm verlangte.

Unsere erste Begegnung fand an einem Nachmittag im April statt, an einem feuchten und demoralisierenden Tag, wie es sie im Low Country von Carolina im Frühling nicht selten gibt. Dann ist die Luft schwer und feucht und der Schlickgeruch aus den Marschen, die Charleston umgeben, steigt einem in die Nase und setzt sich in Kleidern und Haaren fest. Ich brachte ein verängstigtes Mädchen mit Klumpfuß in die Praxis, wo Lewis samstags unentgeltlich arbeitete. Wir waren spät dran. Mein alter Toyota schnaufte und stöhnte unter der Hitze. Da ich die Klimaanlage ausgeschaltet hatte, um die alte Rostlaube nicht allzu sehr zu strapazieren, schwitzte ich. Das kleine Mädchen, das auf der Rückbank im Kindersitz festgeschnallt war, wimmerte herzzerreißend und wollte gar nicht mehr aufhören.

Das konnte ich ihr beileibe nicht verdenken, denn am liebsten hätte ich auch geheult. Ihre verantwortungslose Mutter hatte sie gestern Nachmittag bei mir im Büro abgeliefert und sich dann – schon zum zweiten Mal – aus dem Staub gemacht. Nun oblag es mir, für ihre Tochter einen Platz aufzutreiben, wo sie am Freitag übernachten konnte, sie am nächsten Tag abzuholen und in die Klinik zu bringen. Und in meinem Büro stapelten sich die Aktenberge, die das Leid meiner Schützlinge dokumentierten.

»Herzchen, bitte hör auf zu weinen«, rief ich verzweifelt über die Schulter. »Wir werden einen netten Mann besuchen und der wird uns helfen, deinen Fuß in Ordnung zu bringen, und dann kannst du herumlaufen und springen und … ähm … Fußball spielen.« Ich hatte keine Ahnung, für welche Sportarten sich eine Fünfjährige begeisterte, aber Fußball gehörte ganz offensichtlich nicht dazu. Das Heulen schwoll an.

Ich rollte auf den Parkplatz neben dem wunderschönen alten Haus auf der Rutledge Avenue, in dem die Low Country Pediatric Orthopedic Clinic von Dr. Lewis Aiken untergebracht war. Soweit ich wusste, untersuchte Dr. Aiken behinderte Kinder – an die Umschreibung »physisch beeinträchtigt« konnte ich mich nicht gewöhnen – aus der Gegend, ohne Rechnungen zu stellen, und kümmerte sich auch um kleine Patienten, die an ihn überwiesen wurden. In meiner Einrichtung galt er als einer der besten Kinderorthopäden von Charleston und als großer Wohltäter. Da die Einrichtung, die ich leitete, eine Art mit staatlichen und privaten Mitteln geförderte Sozialfürsorge war, eine Anlaufstelle für bedürftige Kinder und Jugendliche, kannte ich mittlerweile alle, die sich der Nächstenliebe verschrieben hatten.

Gleich nach dem College of Charleston hatte ich angefangen, in dieser Einrichtung zu arbeiten. Anfänglich gehörte es zu meinen Aufgaben, das Telefon zu bedienen und auf die Schnelle für unsere Patienten etwas zu essen oder Windeln zu besorgen. Und ich war geblieben. Inzwischen leitete ich die Einrichtung. Meine derzeitigen Aufgaben waren eher administrativ. Ich trieb Spenden ein und rührte die Werbetrommel, was meine Liebe zu den Kindern, um die wir uns kümmerten, allerdings nicht schmälerte. Ganz im Gegenteil, wenn ich es mir genau überlegte, floss die Hingabe, zu der ich fähig war, in den Beruf. Bislang kannte ich weder Dr. Aiken noch einen Großteil unserer anderen Förderer persönlich, aber mit deren Angestellten hatte ich schon des Öfteren telefonisch zu tun gehabt. Meine Mitarbeiter, eine kleine Gruppe zynischer junger Männer und Frauen, kümmerten sich derzeit ums Alltagsgeschäft. Doch heute war Samstag und die törichte Mutter der Kleinen tauchte nicht bei den Pflegeeltern auf; daher riefen diese mich an. So kam es, dass ich mich des Falles annahm. Schließlich hatte ich auch nichts Besseres vor, einmal abgesehen von dem Stapel Bücher, der neben meinem Bett auf mich wartete, und vielleicht einem nachmittäglichen Kinobesuch mit Marcy, meiner Stellvertreterin.

Dass Marcy und ich an den Wochenenden viel Zeit miteinander verbrachten, hatte weniger mit tief empfundener Freundschaft zu tun, sondern war eher dem Eigennutz geschuldet. Wir mochten einander und es war angenehm, jemanden zu haben, mit dem man ausgehen konnte, aber wir wurden nicht Busenfreundinnen und waren gewiss nicht das gediegene lesbische Paar, für das uns einige der jüngeren Mitarbeiter hielten. Marcy hatte einen Teilzeitfreund an der Columbia, der jedes dritte Wochenende kam und den sie – ohne großen Enthusiasmus, wie ich fand – irgendwann heiraten wollte. Auch ich unterhielt Freundschaften zu dem einen oder anderen Mann, und alle diese Männer waren im medizinischen Bereich tätig – es gab diese Sorte Mann im Zentrum von Charleston wie Sand am Meer, doch keiner von ihnen war Arzt. Anscheinend zog ich leitende Angestellte an. Dieser Ansicht war meine Mutter schon immer gewesen und sie hatte kein Blatt vor den Mund genommen. Während ich mich mit dem Gurt des Kindersitzes abquälte, auf dem die Kleine herumzappelte, hörte ich im Geiste ihre Stimme: »Wenn du dich nicht ein bisschen herrichtest und andauernd die Nase in Bücher steckst, wird dich nie ein interessanter Mann anziehend finden. Du verstehst dich nur darauf, anderen die Nase zu putzen und die

Wäsche zu machen. Wie sexy ist das deiner Meinung nach?«

Und wessen Schuld ist das?, fragte ich mich dann; doch es war sinnlos, das laut auszusprechen. Für gewöhnlich war meine Mutter betrunken, wenn sie über mich herzog – sie war immer betrunken, Punkt –, und hätte sich eh nicht erinnert. Ich kam nie dahinter, welche Sorte Mann meine Mutter für interessant hielt. Meiner Meinung nach fielen alle in diese Kategorie. Auf jeden Fall hatte sie die unterschiedlichsten Typen. Und seit der Alkohol ihr bester Freund geworden war, kümmerte ich mich um meine beiden jüngeren Schwestern und meinen Bruder, hielt das Haus sauber und bereitete die Mahlzeiten zu. Seltsamerweise mochte ich diese Rolle. Sie vermittelte mir das Gefühl, wichtig zu sein, gebraucht zu werden, und ich taugte zur Erzieherin. Vielleicht war das mein größtes Talent. Außerdem liebte ich meine Schwestern und meinen Bruder. Inzwischen lag der Tod meiner Mutter schon mehrere Jahre zurück.

»Okay, Kleines, jetzt haben wir's«, sagte ich zu der kleinen weißblonden Shawna Sperry, der die Nase lief und die motzig war, aber wenigstens weinte sie nicht mehr. Ich hob sie hoch, samt der Stahlschiene – sie war schwer, doch ich wollte nicht mit ansehen, wie sie sich abquälte –, und trug sie in die menschenleere Praxis. Der Empfang war nicht besetzt und so ordentlich, dass man daraus schließen durfte, hier arbeitete heute niemand. Zudem herrschte eine Ruhe, eine Stille, in der alle Nebengeräusche deutlich hervortraten. Unter dem Fenster brummte mürrisch eine Klimaanlage.

Staubflusen schwebten durch das gedämpfte Licht, das schräg durchs Fenster fiel. Ich wusste dieses fahle grünliche Licht zu deuten: Ein Sturm war im Anzug. Man brauchte nicht lang im Low Country leben, um den Himmel, das Meer und die Marschen zu interpretieren. Ganz toll. Nachher würde mir die unschätzbare Freude zuteil, ein stahlbewehrtes Kind durch den Regensturm zu meinem klapprigen Wagen zu tragen. Der Scheibenwischer auf der Fahrerseite hatte vor ein paar Wochen den Geist aufgegeben, und ich hatte bislang keine Zeit gefunden, ihn reparieren zu lassen.

Wir setzten uns in die Lobby. Ich strich Shawna das dünne Haar glatt und putzte ihr mit einem Papiertaschentuch die Nase. Danach fuhr ich mit den Händen über meine Haare, die man wohlwollend als lockig bezeichnen konnte und die sich bei Luftfeuchtigkeit und Hitze in einen schwarzbraunen krausen Schopf verwandelten, wie die Aborigines ihn trugen. Eigentlich fand ich, dass ich mit den dunklen Augen und der olivfarbenen Haut afroamerikanisch aussah. Daran hatte sich meine Mutter immer gestört. In der Highschool hatte sie mich zu überreden versucht, die Haare glatt ziehen und färben zu lassen, doch zu jener Zeit bot mir ein schmuckloses Äußeres die einzige Möglichkeit, zu rebellieren, und erst als ich das College schon halb hinter mir hatte, kaufte ich mir einen Lippenstift. Ich kaute auf der Unterlippe herum, die sich spröde und trocken anfühlte. Natürlich war die Farbe, die ich heute Morgen aufgetragen hatte, nur noch eine verwischte Linie, die meinen Mund einrahmte. Feuchte Achselhöhlen und verschwitzte Beine vervollständigten das

Bild. Hoffentlich war Dr. Lewis Aiken fünfundsiebzig und gänzlich unattraktiv.

Die Stille dehnte sich aus. Shawna lehnte sich an meinen Arm und döste ein. Die heruntergekühlte Luft ließ mich in meinen verschwitzten Klamotten frösteln. Schließlich rief ich: »Hallo? Ist jemand da? Ich bin Anny Butler von Outreach. Ich bin mit dem kleinen Mädchen hier, das heute Nachmittag untersucht werden soll.«

Es dauerte noch einen Moment, bis irgendwo hinter dem Empfangsbereich die Stimme eines Mannes ertönte: »Ach, Mist! Entschuldigung. Wie viel Uhr ist es? Es tut mir Leid. Wie konnte es nur so spät werden? Ich bin Lewis Aiken.«

Er kam in den Empfangsbereich. Wir musterten uns gegenseitig und ich lachte mich schief. Er war kurz gewachsen, kompakt, hatte einen rötlichen Teint und seine roten Haare waren so verstrubbelt, dass es aussah, als hätte er den Finger in eine Steckdose gehalten. Das Metallgestell seiner Brille wurde von Tesafilm zusammengehalten. Wie bei einem Piraten blitzten in seinem dichten orangefarbenen Bart weiße Zähne; er trug den schäbigsten Arztkittel, der mir je unter die Augen gekommen war, und dazu eine passende Hose. Zudem war er barfuß. Hätte ich nicht gewusst, wer er ist, hätte ich Shawna geschnappt und wäre getürmt. Sie starrte ihn nur an und begann zu kreischen.

Er kam herübergeschlurft, hob die Kleine hoch, setzte sie routiniert auf seine Hüfte und schaute ihr ins Gesicht.

»Das kann ich dir nicht verdenken«, erklärte er

ernst. »Würde ich mir zum ersten Mal begegnen, würde ich auch kreischen. Ich wette, ich sehe wie Ronald McDonald aus, was? Das behaupten jedenfalls all meine Patientinnen.«

Shawna stellte wundersamerweise ihr Gekreische ein, betrachtete ihn und lächelte so bezaubernd wie ein junges Kätzchen. So hatte ich sie noch nie lächeln sehen. Sie legte den Finger auf seine Nase und drückte leicht zu.

»Nicht Ronald«, sagte sie und kicherte.

»Stimmt. Ich habe keine große rote Nase auf, oder? Ähm, ich habe ganz vergessen, dass ich Besuch bekomme. Komm mit nach hinten, dann kann ich nachschauen, ob ich die Unterlagen irgendwo finde.«

Auf dem Weg nach hinten schnappte er sich eine Akte, die auf dem Schreibtisch lag. Shawna saß immer noch auf seiner Hüfte, zog an seinen Haaren und lachte. Er hob den Blick von der Akte. »Hmm. Überweisung wegen eines Klumpfußes. Shawna Sperry. Und dann sind Sie wohl Mrs Sperry?«, fragte er und warf mir einen Blick über die Schulter zu.

»Nein«, erwiderte ich gereizt. Hatte er nicht gehört, was ich gerufen hatte? »Ich bin Anny Butler. Ich leite Outreach. Sie haben schon öfter für uns gearbeitet. Wir hatten einen Termin …«

»Ja, stimmt«, sagte er und las von der Karteikarte ab. »Obwohl hier steht, dass die Mutter das Kind vorbeibringt. Na, ich freue mich jedenfalls, Sie kennen zu lernen, Anny Butler. Ihr von Outreach leistet gute Arbeit.«

»Die Mutter der Kindes ist über alle Berge«, sagte ich und fragte mich, wo um alles in der Welt ich diese Redewendung hernahm. Sie schien zu einem von diesen grässlichen, leichtfüßigen englischen Krimis zu passen, die ich auf den Tod nicht ausstehen konnte. Mord durfte schließlich nicht lustig sein. »Vielleicht taucht sie nie wieder auf. Sie leisten auch gute Arbeit. Danke, dass Sie uns an einem Samstagnachmittag dazwischengeschoben haben. Halte ich Sie von etwas ab? Vielleicht vom Golf?«

Ich plapperte einfach vor mich hin, was mir unbehaglich war, und außerdem war es offensichtlich, dass dieser Mann noch nie im Leben Golf gespielt hatte. Jemanden wie ihn hätte man gewaltsam vom Golfplatz eines Country Clubs entfernt.

»Um ehrlich zu sein«, erwiderte er und schaute diesmal nicht über seine Schulter, »bin ich gerade dabei gewesen, meine Fußnägel zu schneiden.«

»Igitt«, sagte Shawna, woraufhin wir alle in Gelächter ausbrachen. Wie sonst hätte man auf diese Antwort auch reagieren sollen?

Der Praxisraum, in den er uns führte, war klein, sauber, weiß und unordentlich. Er setzte Shawna auf einen Tisch und machte sich daran, ihre Schiene abzunehmen und ihr den Schnallenschuh auszuziehen.

»Dann wollen wir mal sehen, was wir hier haben, Schätzchen«, sagte er. Da nirgendwo ein Stuhl war, stand ich linkisch in der Ecke und vertrieb mir die Zeit damit, die Diplome und Fotos an den Wänden zu studieren. Harvard, John Hopkins, Urkunden von mehreren Kommissionen, die Zulassung des Staates South Carolina, dass er als Arzt praktizieren durfte,

Dokumente, die ihn als Fellow verschiedener, über das ganze Land verstreuter Colleges auswiesen. Aus den Daten der Diplome schloss ich, dass er ungefähr fünfzig sein musste, auch wenn er mit dieser Stupsnase und den Sommersprossen auf Gesicht und Armen etwas von Mickey Rooney hatte und eher wie dreißig wirkte.

Ein Foto zeigte eine umwerfend schöne dunkelhaarige Frau und zwei ebenso hübsche junge Mädchen – aufgrund der Ähnlichkeit höchstwahrscheinlich die Töchter – an einem x-beliebigen Strand. Sie trugen Sonnenhüte und lachten in die Kamera. Zähne blitzten. Eine Bilderbuchfamilie. Auf einem anderen Foto war die Frau in einer weißen Hose und einem gestreiften T-Shirt und ein wesentlich jüngerer Lewis Aiken auf dem Deck eines schnittigen Segelbootes zu erkennen. Dahinter erkannte ich die flache Erhebung von Fort Sumter – also der Hafen von Charleston. Auf dem dritten Foto war ein hohes, schmales, pinkfarben verputztes Haus abgelichtet, mit weißen Säulen und Schatten spendenden Palmen. Es stand längs auf einem von einer Mauer umschlossenen Grundstück, hatte eine Veranda, darüber einen Balkon und ein Blechdach, das in der Sonne schimmerte. So ein Haus nannte man *Charleston Single House*, weil es nur ein Zimmer breit, aber wer weiß wie viele Räume tief war. Irgendwo hatte ich gehört, die ersten Einwohner von Charleston hätten ihre Häuser so gebaut, damit die Rückseite zur Straße hinausging. Auf diese Weise kam man – falls der Wind vom Hafen herüberwehte – in den Genuss einer frischen Brise. Dass die

ersten Häuser entsprechend den auf die Straße hin-
ausgehenden Fenstern besteuert wurden, könnte ein
weiterer Grund für diese Bauweise gewesen sein. Gut
möglich, dass eine oder gar beide Erklärungen zutra-
fen – so war Charleston nun mal. Das Haus hatte etwas Leichtes, Schwebendes – aller Wahrscheinlichkeit
nach stand es auf der dem Meer zugewandten Seite
der Battery.

Lewis Aiken streifte den schweren Kinderschuh und
die Socke ab und begann ganz sanft, den Fuß kreisför-
mig zu bewegen. Shawna runzelte die Stirn, zog den
Fuß ruckartig weg, verzog ihr Gesicht vorsichtshalber
schon mal, um gleich wieder loszuheulen, und streckte
die Hände nach mir aus. Ich wollte schon zu ihr gehen,
da sagte er: »Es wäre vielleicht besser, wenn Sie nicht
hier drinnen wären. Ich habe festgestellt, dass sie sich
schneller beruhigen, wenn die Eltern, die Aufsichtsbe-
vollmächtigten oder wer auch immer nicht anwesend
sind. Würde es Ihnen etwas ausmachen, draußen im
Büro zu warten? Es wird nicht lange dauern.«

Mit dem lächerlichen Gefühl, zurückgewiesen worden zu sein, kehrte ich in den stillen Empfangsbereich
zurück. Da er die Tür hinter mir schloss, konnte ich die
beiden nicht hören. Auf einmal schwirrten mir Bilder
von Kindesmissbrauch durch den Kopf, verschwanden
aber schnell wieder. Irgendwie erschien es unmöglich,
dass dieser grinsende, zerrupfte Mann einem Kind etwas antun könnte. Und wir hatten ja schon viele Male
mit ihm zusammengearbeitet …

Rastlos wanderte ich in dem kleinen Vorraum umher. Auch hier hingen Fotos an den Wänden, und ich

bückte mich, um sie in dem von purpurnen Wolken gefilterten Licht zu studieren.

Ein großes Studioporträt von der dunkelhaarigen Frau im Hochzeitskleid beherrschte die Wand hinter dem Empfangspult. Aus der Nähe betrachtet war sie noch umwerfender als auf den kleinen Fotos: Die Art und Weise, wie sie den Kopf leicht neigte, verriet Charakter und eine Art gebieterischen Stolz, und ihr Lächeln hatte etwas Verführerisches. Ihr Bräutigam hatte es offensichtlich nicht geschafft, auch aufs Foto zu kommen.

»Wir haben es getan! In Liebe, Sissy«, verkündete eine nach links geneigte Handschrift, die sich quer über die untere Ecke der Fotografie zog. Das Datum lag zwanzig Jahre zurück. Dann waren die Mädchen jetzt vermutlich Teenager. In meinen Augen war er nicht alt genug für Töchter im Teenageralter, doch es bestand kein Zweifel, dass sie seine Töchter und die der dunkelhaarigen Frau waren. Die Mädchen waren in jedem Alter fotografiert worden – als ernst dreinblickende Babys, als anmutige Kinder auf Pferden und, wie mir schien, erst vor kurzem noch mal als Halbwüchsige. Die Aufnahmen von den Töchtern rahmten das große Porträt ein. Stets präsentierten sie ihr identisches weißes Lächeln, immer waren sie zusammen fotografiert.

»Zwillinge«, dachte ich. »Das sind Zwillinge. Eine Märchenfamilie. Dr. Lewis Aiken, seine schöne Gemahlin Sissy und seine Zwillingstöchter« – ich beugte mich weiter vor – »Lila und Phoebe. Wetten, dass sie in jeder Zeitschrift und Sonntagsbeilage im Low Country gewesen sind? Warum verbringt ein Mann, der alles hat, seine Samstage mit Metallschienen und kreischenden Kindern, ganz zu schweigen von den Müttern vom Schlage einer Tiffany Sperry?«

Doch ich kannte die Antwort. »Lewis Aiken ist wirklich ein Heiliger«, hatte ich die anderen Mitarbeiter der Einrichtung sagen hören; bei mir hatte das höhnisches Gelächter hervorgerufen, da diese Bezeichnung nur auf die allerwenigsten zutrifft. Aber vielleicht war dieser kompakte rothaarige Mann tatsächlich ein Heiliger oder ein durch und durch edelmütiger Mensch. Von einem heiligen Märtyrer hatte er nichts, aber – und da machte ich mir nichts vor – das war nicht von Bedeutung. Der heilige Franziskus war außergewöhnlich hässlich gewesen, Josef Mengele hingegen ein eleganter Mann.

Draußen donnerte es und im Low Country prasselte der warme Regen schnurgerade auf Bürgersteige und Autodächer. Nach dem dichten Regenvorhang zu urteilen, war dies kein kurzer Schauer. Ich hatte natürlich keinen Regenschirm. Meiner war vor gut einer Woche mit einer müden schwarzen Frau verschwunden, die ihren Enkel nach Hause trug. Kinderlähmung, wenn mich nicht alles täuschte. Ziemlich unwahrscheinlich, dass ihm oder diesem Kind hier geholfen werden konnte. Für manche der grausamsten und vollkommen willkürlichen Gebrechen gab es keine Heilung. Im besten Fall konnten wir Linderung in Aussicht stellen. Ich seufzte. Hoffentlich waren die Großmutter und der Junge sicher und trockenen Fußes nach Hause gekommen. Shawna Sperry und mir sollte dies heute nicht vergönnt sein.

»Mist!«, murmelte ich leise. »Jede gute Tat wird bestraft.«

Kurz darauf kam Lewis Aiken aus seinem Besprechungszimmer. An der Hand hielt er die kleine Shawna, die glücklich neben ihm herhumpelte. In ihrem Mund steckte ein Lutscher.

»Noch ein bisschen wackelig, aber besser habe ich es nicht hingekriegt«, erklärte er. »In Bezug auf Shawna bin ich ziemlich optimistisch. Relativ unkomplizierte Sache. Ich möchte, dass sie noch einen anderen Kinderorthopäden aufsucht … Clive Sutton. Ich schreibe am besten alles für Sie auf und rufe ihn an. Kinder, die ich untersuche, operiere ich nicht selbst. Interessenkonflikt und all der Unsinn, Sie wissen schon. Aber Clive ist schon früher für mich eingesprungen und er wird sein Honorar Ihrem Budget und den finanziellen Möglichkeiten der Mutter anpassen. Macht es wahrscheinlich sogar umsonst, aber erzählen Sie ihm nicht, dass ich Ihnen das verraten habe. Rufen Sie mich an, wenn er die Kleine untersucht hat?«

»Selbstverständlich«, sagte ich und schloss Shawna in die Arme. Auf gar keinen Fall würde ich zulassen, dass sie durch diesen Regenguss humpelte. »Vielen Dank, dass Sie auf uns gewartet haben.«

»Keine Ursache. – Herrje! Schauen Sie sich diesen Regen an. Seit wann gießt es so? Wollen Sie hier warten, bis es nicht mehr so heftig schüttet? Dauert sowieso noch eine Weile, bis ich zusperre.«

»Nein, die Pflegeeltern warten schon. Und ich muss noch ihre Mutter auftreiben, vor heute Abend, wenn es geht. Bei unserem schmalen Budget können wir

Shawna nicht mehrere Nächte hintereinander auf Kosten der Stadt spendieren.«

»Na, dann lassen Sie mich Ihnen wenigstens den Praxisschirm geben. Wir hatten mehrere. Leider sind die Dinger nicht wie Kleiderbügel. Die treiben es nämlich im Schrank und vermehren sich. Schirme dagegen verschwinden.«

»Ich werde ihn zurückbringen«, bedankte ich mich.

»Ach, lassen Sie nur. Meine Arzthelferin wird die Gelegenheit weidlich auskosten und herummosern, dass ich den letzten verschenkt habe, und mir wird es eine Freude sein, sie loszuschicken, um neue zu kaufen. Wir haben ein etwas kompliziertes Verhältnis, das uns allerdings entspricht.«

Ich lachte. »Danke«, sagte ich, spannte den Schirm auf, hielt ihn unbeholfen über das schwere Kind und trat mit eingezogenem Kopf in den Regen hinaus.

Der Schirm bot Shawna ein wenig Schutz, aber ich selbst bekam den Regen voll ab. Und just in dem Augenblick, wo wir den Toyota erreichten, klappte der Schirm von innen nach außen und war nicht mehr zu gebrauchen. Bis ich Shawna auf ihrem Kindersitz abgeladen hatte und auf meine Seite zurückgerannt war, war ich so nass, als wäre ich in einen Pool gesprungen.

»Mist, Mist, Mist!« Ich wrang den Rock aus und drückte das Wasser aus meinem triefenden Haar. Im Wagen war es stickig. Trotzdem konnte ich die Klimaanlage nicht einschalten, weil die Kleine und ich dann innerhalb weniger Minuten am ganzen Leibe zittern würden. Die Pflegemutter war eine streitsüchtige Person. Es machte ihr große Freude, uns Fehler und Unfähigkeit nachzuweisen, die sie dann umgehend dem Sozialamt meldete. Ich hatte schon einen Vermerk in ihrem schwarzen Buch, weil es mir nicht gelungen war, die Mutter der Kleinen herbeizuschaffen. Eine durchnässte und bibbernde Shawna würde ihr weitere Munition für Monate liefern.

Ich kurbelte das Fenster einen Spaltbreit herunter, ließ etwas von der kühlen Regenluft in den Wagen und tupfte Shawnas Gesicht und Hände mit einem Handtuch ab, das ich im Wagen aufbewahrte, seit sich eins von meinen Mädchen nach einem Happy Meal übergeben hatte.

»Wenn der Wagen anspringt, wird es kühler«, sagte ich.

»Bad!«, rief Shawna fröhlich, während sie meine nassen Kleider, meine Haare und mein Gesicht musterte.

»Ganz recht«, erwiderte ich. »Jetzt wollen wir dich und mich mal nach Hause schaffen. Da warten trockene Sachen auf uns.«

Ich hoffte inbrünstig, dass die unwirsche Pflegemutter ein paar Kinderkleider vorrätig hatte, denn Shawna trug immer noch dieselben Sachen, die ihre Mutter ihr angezogen hatte, ehe sie getürmt war. Andernfalls musste ich – falls die Mutter nicht wieder aufgetaucht war, was ich stark annahm – für Shawna Kleider, Zahnpasta und andere lebenswichtige Dinge organisieren. Nicht zum ersten Mal verfluchte ich Tiffany Sperry. Was, um Himmels willen, konnte für sie wichtiger sein als ihr behindertes Kind? Doch sie zu verdammen, brachte nichts, und das wusste ich auch. Für die Tiffanys auf dieser Welt war vieles wichtiger.

»Jetzt aber los«, sagte ich und drehte den Zünd-
schlüssel. Nichts passierte. Ich versuchte es wieder
und wieder. Nur ein ominöses metallisches Schleifge-
räusch. Der Regen wurde noch stärker.

»Ich habe Hunger«, jammerte Shawna. »Und ich
muss aufs Klo.«

Ich legte den Kopf aufs Steuerrad und schloss die
Augen. Es blitzte. Donner grollte. Shawna fing an zu
heulen.

Jemand klopfte an mein Fenster, und als ich den
Kopf hob, stand Lewis Aiken vor dem Wagen. Er war
immer noch barfuß. Sein Arztkittel und seine Haare
waren klitschnass.

»Was ist los?«, las ich von seinen Lippen ab.

»Der Wagen springt nicht an!«, brüllte ich. Ich bekam ein schlechtes Gewissen, gerade so als hätte er mich
bei einer Riesendummheit erwischt oder – schlimmer
noch – als nähme er an, ich würde mich nur dumm
anstellen, damit er mir Beachtung schenkte, was natürlich grotesk war.

»Kommen Sie«, sagte er, riss die Wagentür auf und
ließ einen Schwall Regen herein. »Ich parke direkt hinter Ihnen. Ich werde Sie beide nach Hause bringen und
anschließend können wir jemanden rufen, der sich um
Ihren Wagen kümmert.«

»Das ist doch nicht nötig«, gab ich zurück, brach
dann jedoch ab und errötete. Natürlich kam mir sein
Angebot gelegen. Wenn er uns nicht heimbrachte,
mussten wir die ganze Nacht auf seinem Parkplatz
verbringen.

»Danke«, murmelte ich ungnädig.

31

Geübt hievte er Shawna aus dem Kindersitz und breitete das Handtuch, das ich ihm reichte, zum Schutz vor dem Regen über ihr Gesicht und ihren Kopf. Anschließend trug er sie im Laufschritt zu einem großen, schlammverspritzten grünen Range Rover, setzte sie auf die Rückbank und hielt mir die Tür auf. Ich stieg bibbernd ein und tropfte seinen Sitz voll. Glücklicherweise hatte der Sitz dem Aussehen nach schon Schlimmeres abbekommen.

Er stieg auf der Fahrerseite ein, schüttelte sich das Wasser aus den Haaren und grinste mich an.

»Das könnte der Anfang einer wunderbaren Freundschaft sein«, bemerkte er.

»Von allen Kaschemmen der ganzen Welt musste ich ausgerechnet in Ihre kommen«, erwiderte ich, und wir mussten beide lachen. Plötzlich hatte ich das Gefühl, dass alles okay war. In Ordnung. Diese Situation, die mir gerade eben noch wie eine Katastrophe vorgekommen war … auf einmal war sie gar nicht mehr so furchtbar.

Später, als es nur noch leise nieselte und Shawna unter dem Dach der rechtschaffenen Pflegeeltern schlief, brachte er mich zu meiner Wohnung. Ich lebte zur Miete in einem kleinen Apartment in einem roten Backsteinhaus auf der Kreuzung East Bay und Wentworth. Die Wohnung besaß zwar nicht den Charme von Ansonborough, war dafür aber günstig und lag in der Nähe meines Büros. Nach und nach war es mir gelungen, aus dem Apartment ein gemütliches Heim zu machen. Manchmal überraschte es mich, dass ich dort schon seit neun Jahren wohnte. In dieser Zeit hatte das Haus vier verschiedene Besitzer gehabt, und die jetzigen Eigentümer, ein jüngeres Paar, das in der Erdgeschosswohnung lebte und ein Auge auf das Haus hatte, kannte ich im Grunde genommen gar nicht. Ihre Vorgängerin, eine dünne, stark geschminkte Frau, hatte nur eine Leidenschaft gekannt: Sie wollte mir und dem eigensinnigen alten Professor, der vor seiner Pensionierung am College of Charleston gelehrt hatte und mir gegenüber wohnte, sündiges Treiben nachweisen. Dass ihr das nicht gelang, schmälerte ihren Elan keineswegs. Der Eigentümerwechsel war mir sehr zupass gekommen. Die neuen Besitzer kannte ich zwar nicht näher, aber sie schienen recht angenehm zu sein, und wir nickten uns freundlich im Treppenhaus zu. Ich hatte nicht die Absicht, meine Gewohnheiten zu ändern, und lebte so enthaltsam wie eh und je, aber ich war ihnen dankbar, dass sie eine andere Vorstellung von den Pflichten eines Hauswirts hatten.

»Ich kann Ihnen gar nicht genug danken«, sagte ich, als Lewis Aiken mit dem Range Rover anhielt. »Ich werde die Werkstatt anrufen, damit sie sich um meinen Wagen kümmern. Sie haben für mich und Shawna mehr als genug getan.«

Er streckte sich und löste das feuchte T-Shirt von seinem Oberkörper.

»Würden Sie mir eine Tasse Tee kochen?«, fragte er.

Ich erstarrte. Was sollte das denn? Sicherlich handelte es sich nicht um das, was meine Mutter euphemistisch als Aufdringlichkeit bezeichnet hatte (»Ist er aufdringlich geworden? Sag mir die Wahrheit!«).

Doch wenn es das nicht war, was dann? Ihm musste doch klar sein, dass ich die Fotos von seiner tollen Familie und dem Haus gesehen hatte. Vor Enttäuschung schnürte es mir die Kehle zu und das wunderte mich.

»Erwartet Ihre Familie Sie nicht daheim?«, fragte ich zurück. »Sie haben Shawna und mir den ganzen Nachmittag geopfert. Um Gottes willen, fahren Sie nach Hause, ziehen Sie sich was Trockenes an und trinken Sie ein Glas Wein oder sonst was. Das wird Sie schneller wieder auf die Beine bringen als mein Tee, das kann ich Ihnen versprechen.«

»Meine Familie ist in Kalifornien«, entgegnete er. »Meine Frau und ich sind seit einigen Jahren geschieden und sie und die Mädels leben jetzt in Santa Barbara. Dort wohnt auch ihre Familie. Und ich friere und habe noch einen Heimweg von fünfzig Meilen vor mir. Ich wäre Ihnen wirklich sehr verbunden, wenn Sie mir etwas Warmes zu trinken geben würden. Ich gelobe, Sitte und Anstand zu wahren.«

Und ich glaubte ihm. Zum einen gehörte er zu der Sorte Mann, der man einfach glaubte. Punkt. Zum anderen: Welcher Mann, der noch halbwegs bei Sinnen war, würde eine Frau, die wie ein wassertriefendes Beuteltier aussah, anbaggern?

»Das hier ist nicht die Battery, aber ich würde Ihnen sehr gern eine Tasse Tee machen«, sagte ich. »Allerdings kann ich Ihnen nicht mit trockenen Sachen dienen.«

Und dann errötete ich bis zu den Haarwurzeln. Er grinste.

»Ich werde mich auf ein Handtuch setzen, kein Problem«, erwiderte er. »Ich will einfach nur etwas Warmes trinken. Und werde mich dann aufmachen und aufs Land hinausfahren.«

»Auf welches Land?«, fragte ich, als ich aus dem Range Rover rutschte und die Stufen zur Veranda meines Wohnhauses hinaufstieg.

»Edisto Island. Meine Familie hat da draußen am Priel schon seit Ewigkeiten ein Haus. Es ist zu groß und viel zu leer und ich geistere da dauernd herum, aber für mich ist das der schönste Ort auf Erden. Jedes Wochenende verbringe ich dort.«

Er ging um den Wagen, legte die Hand unter meinen Ellbogen und zusammen traten wir auf die Veranda. Als ich mir vorstellte, wie wir beide wohl aussehen mussten, ein kurz gewachsener, nasser, barfüßiger rothaariger Mann und eine ebenfalls kurz gewachsene, nasse, rundliche Frau mit Cockerspanielaugen, merkte ich, wie mir ein hysterisches Kichern die Kehle heraufstieg. Ich wünschte, die ehemalige Hausbesitzerin hätte uns sehen können. Das hätte ihre Vermutungen endlich bestätigt.

»Ich könnte wetten, Sie sind nur wegen Shawna in die Praxis gekommen«, sagte ich und steckte den großen alten Schlüssel in mein Schloss.

»Nein, ich habe gestern Nacht in der Stadt geschlafen. Ich habe ein kleines Kutscherhäuschen hinter einem großen Haus auf der Bull Street. Ich war also eh da.«

»Sie leben nicht in dem großen Haus auf dem Foto?«, fragte ich und lief rot an. Ich war richtiggehend unverschämt.

35

»Meine Frau wollte es haben, und ich wollte nicht, dass sie es bekommt, also habe ich es verkauft«, erklärte er nüchtern. »Es hat meiner Familie gehört, nicht ihrer. Und dann ist sie nach Santa Barbara gezogen. Mama und Papa haben gleich nebenan ein Häuschen für sie gekauft.«

»Es tut mir Leid«, sagte ich, und das entsprach der Wahrheit. Wie es schien, hatte er fast alles verloren.

»Mir auch.« Aus seiner Stimme konnte ich keine Pein heraushören, doch die musste es geben, vielleicht ganz tief drinnen.

»Der Tee kommt gleich«, sagte ich und stieß die Tür auf.

»Hübsch ist es hier«, sagte Lewis und schaute sich in meinem kleinen Wohnzimmer um. Seine leuchtenden Augen verrieten mir, dass er meinte, was er sagte. In Charleston ist man schnell versucht, Räume nur dann schön zu finden, wenn sie viele hundert Jahre alt sind, üppigen Stuck haben, mahagonivertäfelt und mit Porträts und Silber ausgestattet sind. Für alle, die in der Innenstadt leben, wo solche Räume die Regel sind, ist das ein Fluch. Dennoch gibt es andere Möglichkeiten, dem Geist und dem Auge zu schmeicheln, und diese Möglichkeiten hatte ich angewandt, weil alles andere außerhalb meines finanziellen Spielraums lag.

Ich hatte den kleinen Raum mit der hohen Decke in einem weichen buttergelben Ton gestrichen – »Toskanagold« hatte der Mann, der die Farbe angemischt hatte, ihn genannt – und den Stuck und die Fensternischen weiß getüncht. Die beiden Ohrensessel stammten aus einem Secondhandladen in West Ashley und das wun-

36

derschöne durchgesessene Sofa mit der geschwunge-
nen Rückenlehne hatte ich auf der Tradd Street bei
einer Haushaltsauflösung erstanden. Auf der Couch
lagen weiche Decken, Schals und alte Stoffreste, die
ich über die Jahre hinweg in den Läden auf der King
Street gefunden hatte. Aus der King Street stammten
all meine Lieblingsstücke. In den Antiquitätengeschäf-
ten, die so berühmt waren wie Aladins Höhle, hatte
ich kleine orientalische Teppiche ergattert, die so dünn
und fein gewebt waren, dass sie Falten wie Seide warfen, außerdem Porzellan, altes Silber, Drucke, Lampen
und halb blinde Spiegel mit opulenten Rahmen. Über
dem winzigen weißen Kaminsims hing mein einziges
Original: ein Gemälde von Richard Hagerty, eine sur-
realistische tropische Szene mit einem wunderbar pri-
mitiven Leoparden, der durch so dichtes Blätterwerk
spähte, wie man es in einem Dschungel gar nicht fand.
Ein Jahr lang hatte ich gespart, bis ich das große Gemälde kaufen konnte, und Tag für Tag gezittert, ob ein
anderer es mir vor der Nase wegschnappen würde. Als
ich es schließlich nach Hause brachte und aufhängte,
verlieh es dem Zimmer einen eleganten Anstrich und
bewahrte es vor dem Schicksal, wie der verstaubte Zu-
fluchtsort einer alten Jungfer zu wirken. Das Gemälde
verlieh dem Raum Bodenhaftung und ließ ihn erstrah-
len. Ficus, Palmen und ein paar kostbare Orchideen
vervollständigten das Ganze. Das Ergebnis war eine
Mischung aus Cotswold Cottage, Familienwohnzim-
mer und Serail. Wann immer ich dieses Zimmer betrat,
hatte ich das Gefühl, herzlich in die Arme geschlossen
zu werden.

Ich holte Handtücher aus dem Badezimmer und drückte sie Lewis in die Hand, setzte den Kessel auf und ging in mein Schlafzimmer, wo ich trockene Jeans und eins von den alten Hemden meines Bruders anzog. Mit einem Handtuch rieb ich meine Haare trocken, zupfte sie mit den Fingern in Form und schaltete die klappernde Klimaanlage unter dem Fenster ein, die mit aller Macht abgestandene Luft in meine drei Zimmer blies und sie in Kürze in ein Iglu verwandeln würde. Dann kehrte ich – barfuß wie er – ins Wohnzimmer zurück. Draußen regnete es wieder stärker.

»Das ist ein wunderbares Heim«, sagte er, schlenderte im Zimmer herum und studierte meinen Krimskrams. »Ich hasse diese spärlich möblierten, kalten, ›modernen‹ Räume. Die sehen immer so aus, als hätten die Möbel noch Preisschilder. Sind das hier größtenteils Familienerbstücke?«

Er hatte sein nasses T-Shirt ausgezogen, es über die Lehne eines Küchenstuhls gehängt und ein Handtuch wie ein Cape um die Schultern geschlungen. Mir schwante, dass diesem Mann Schamgefühle vollkommen fremd waren. Er würde sagen und tun, wonach ihm der Sinn stand, und keinen Gedanken an Etikette verschwenden. Ich fragte mich, wie es Charleston gelungen war, solch einen Mann hervorzubringen.

»Ja, aber die anderer Familien«, antwortete ich. »Wir haben immer zur Miete gelebt und meine Mutter hat mir nur ein paar Kleidungsstücke, Fotos und einen Satz Melamingeschirr hinterlassen. Die Sachen hat meine Schwester geerbt. Aber ich … ich habe mir immer ein Heim gewünscht, das aussieht, als wäre es schon seit langem im Besitz der Familie. Und da habe ich mir die Dinge anderer Familien geborgt.«

Es war nicht meine Absicht gewesen, pathetisch zu werden. Ich war stolz auf mein Wohnzimmer und fand, ich konnte mich glücklich schätzen, dass es mein war und ich mich bei der Ausstattung recht clever angestellt hatte, doch als er sich umdrehte, schaute er mich ernst an.

»Sie sind ziemlich einsam, nicht wahr?«

»Woraus schließen Sie das?«

»Menschen, die ihr Leben damit zubringen, sich um andere zu kümmern, sind meistens einsam. Das begegnet mir nur allzu oft. Haben Sie deshalb diesen Beruf gewählt? Weil es Ihr Leben ausfüllt, sich anderer Menschen anzunehmen?«

Ich betrachtete ihn.

»Ich tue, was ich tue, weil ich es gern tue und weil ich es gut mache«, antwortete ich. Ich ärgerte mich über ihn. Wie konnte er es wagen, in mein Heim einzudringen, seine nassen Sachen über meine Möbel zu hängen und sich einzubilden, dass er mich durchschaute? Er legte eine Vertrautheit an den Tag, die ich nur wenigen Personen zugestand und auf keinen Fall einem Menschen, den ich erst vor drei Stunden kennen gelernt hatte.

»Entschuldigen Sie«, sagte er und verzog die Miene. »So war ich schon immer. Ich nehme kein Blatt vor den Mund. Meine Mutter hat immer behauptet, ich bin ein Atavismus und schlage nach den Vorfahren meines Vaters, die allesamt Piraten, Verbrecher oder Schurken gewesen sind. Sie hat versucht, mir Manieren beizubringen. Es tut mir Leid. Ich habe kein Recht, in Ihre Privatsphäre einzudringen, und sollte mich mit dem zufrieden geben, was Sie preisgeben möchten.«

Als der Teekessel zu pfeifen begann, war ich heilfroh, dass ich in die Küche verschwinden konnte. Diese Unterhaltung passte nicht zu Menschen, die sich nur flüchtig kannten; sie setzte eine Nähe voraus, die nicht existierte. Ich wollte keine wie auch immer geartete Beziehung und hatte keine Ahnung, wie ich mit diesem Mann umgehen sollte.

Schweigend tranken wir unseren Tee, sahen in den Regen hinaus und lauschten, wie draußen die Tropfen monoton aufs Verandageländer trommelten. Inzwischen war es fast vollkommen dunkel. Ich fragte mich, wann er nach Hause gehen würde, denn ich war gereizt und fühlte mich in die Enge getrieben.

»Sagen Sie, hätten Sie Lust, eine Pizza zu bestellen?«, fragte er. »Ich bin hungrig und will unterwegs nicht noch mal anhalten. Und ich verspreche, dass ich mich hinterher sofort auf den Weg mache.«

»Soll das eine Einladung sein?«

»Darauf können Sie wetten«, sagte er und ging zum Telefon in der Küche. Ich hörte, wie er wählte. Er brauchte die Nummer nicht erst nachzuschlagen. Für diesen Mann war es selbstverständlich, sich eine Pizza kommen zu lassen. Na schön, dann war er eben auch allein – wie die meisten, die die Telefonnummern von Pizzalieferdiensten auswendig kannten.

Die Pizza wurde geliefert. Wir aßen im Wohnzimmer vor meinem leeren Kamin und tranken eine halbe Flasche Merlot, die ich gefunden hatte. Vermutlich stammte sie noch von einem Essen, zu dem ich Marcy und ihren Freund schon vor Monaten eingeladen hatte. Der Wein war kurz davor, umzukippen, aber seine Wärme tat wohl. Wie vorauszusehen hatte die Klimaanlage die Temperatur im Apartment beträchtlich gesenkt.

Als ich in die Küche ging, um sie runterzuschalten, folgte Lewis mir mit den Tellern und Gläsern. Das Fenster über der Anlage war beschlagen. Er trat an die Scheibe und schrieb mit dem Finger »Annie«.

Ich stellte mich hinter ihn, strich das »ie« durch und malte ein »y«. Anny. Als er den Kopf zu mir herumdrehte, umspielte ein leises Lächeln seine Lippen.

»Als ich eingeschult wurde, wollte ich unbedingt einen Spitznamen haben«, erläuterte ich. »Alle anderen hatten einen. Da mein Vorname Anna ist, sagte ich dem Lehrer, dass mich alle Annie nennen dürften, aber damals konnte ich das noch nicht buchstabieren und hängte deshalb das Ypsilon an. Und so ist es bis heute geblieben.«

»Das ist eine der traurigsten Geschichten, die mir je zu Ohren gekommen ist. Warum haben Ihre Eltern Ihnen keinen Spitznamen gegeben? Warum haben Sie Ihren Eltern nicht gesagt, dass Sie einen haben möchten?«

»Ach, du lieber Himmel, jetzt stempeln Sie mich nur nicht zum armen Tropf ab«, wehrte ich ab. »Ich mag meinen Spitznamen. Er unterscheidet mich von all den anderen Annies, die Ihnen über den Weg laufen. Doch wo Sie schon fragen, da war niemand, der mir einen hätte geben können. Mein Vater hat uns verlassen, als ich acht war, und meine Schwestern und mein Bruder waren jünger und meine Mutter war damals schon Alkoholikerin. Ich hab für die Familie gesorgt und es hat mir Spaß gemacht und ich war gut in der Rolle. Wenn Sie mich fragen, war ich ihnen die Mutter, die sie brauchten. Aus allen ist etwas geworden.«

»Darauf würde ich wetten. – Lebt Ihre Mutter noch?«

»Nein. Sie ist gestorben, als ich zum College ging. Wir haben in North Charleston gewohnt. Da konnte ich weiter zu Hause wohnen und zur Schule gehen.«

Ich hob das Glas und trank den letzten Schluck Merlot.

»Keine Ahnung, warum ich Ihnen das alles erzähle. Hört sich an, als wäre ich ein Waisenkind, allein auf weiter Flur, aber das bin ich nicht. Ich habe ein sehr gutes Leben. Es ist das Leben, das ich gewählt habe. Und daran möchte ich nichts ändern.«

»Nein?«

»Nein. Hören Sie, finden Sie nicht, Sie sollten sich langsam auf den Weg machen? Der Regen lässt nach und Sie haben noch eine lange Fahrt vor sich.«

Er antwortete nicht. Stattdessen sagte er: »Sie haben nie eine Kindheit gehabt, oder? Sie haben nie gespielt, hatten nie jemanden, der sich um Sie kümmert.«

»Ich hatte eine Großmutter, die uns alle sehr geliebt hat«, gab ich zurück. »Sie wohnte in Myrtle Beach. Wir haben sie oft gesehen. Und sie war immer da, wenn wir sie brauchten. Sie hat uns regelmäßig Geld geschickt und so konnten wir in dem Haus wohnen bleiben und Lebensmittel kaufen, während ich zur

Schule ging. Und ich habe gespielt. Ich habe mich in mein Zimmer eingeschlossen, wenn meine Geschwister im Bett waren, und dann bin ich kreuz und quer durchs Zimmer getanzt und hab die Hauptrolle in jedem Film gespielt, den ich gesehen habe. Und ich habe wahrscheinlich jedes Abenteuerbuch in der Bibliothek gelesen. Und auch Geschichten geschrieben, in mein Tagebuch.«

»Und ich wette, dass niemand sie je gelesen hat. Ich wette außerdem, dass niemand Sie jemals hat tanzen sehen. Wissen Sie was? Ich werde Sie ausführen, mit Ihnen tanzen gehen. Ich weiß genau das richtige Lokal. Es ist draußen am Fluss. Wir werden Austern essen und die Jukebox anschmeißen und wie die Wilden tanzen.«

»Lewis, wieso sind Sie geschieden?«, wollte ich nun wissen. Und es kam mir nicht mal komisch vor, ihn das zu fragen, jedenfalls nicht inmitten dieser außergewöhnlichen Unterhaltung, die wir führten. Dass er jetzt an der Reihe war, war mehr als fair.

»Ich glaube, am Ende wollte sie einfach nicht mehr mit mir leben«, begann er zögernd. »Ich bin kein sonderlich geselliges Wesen. Sissy war – und ist – extrem gesellig. Ich vermute, ich habe eine Gala zu viel ausgelassen. Ich konnte nicht aus meiner Haut. Und selbst wenn, ich hätte es nicht gewollt.«

»Lieben Sie sie noch?«

»Ich weiß es nicht. Jedenfalls habe ich sie viele, viele Jahre geliebt. Aber ich mag sie im Grunde nicht besonders. Sie ist keine sehr nette Person. Der Gedanke, dass sie die Mädchen so erzieht, dass sie genauso wie sie

43

werden, nur Klamotten und Einladungen und Partys im Kopf haben, ist mir unerträglich. Die Mädchen waren fröhliche, gute Kinder. Es zerreißt mir das Herz.«

»Sehen Sie sie?«

»Na ja, es ist ein ganz schön weiter Weg nach Santa Barbara. Sissy kommt nicht mehr hierher. Ich habe die Mädchen zwei Monate im Sommer bei mir und dann noch mal an Weihnachten oder zum Erntedankfest. Aber das reicht nicht.«

»Nein.« Ich starrte immer noch aus meinem beschlagenen, beschriebenen Fenster hinaus. »Das kann ich mir denken.«

Er stellte sich hinter mich, schlang die Arme um mich und legte das Kinn auf meinen Kopf. Vermutlich musste er sich nicht mal groß bücken.

»Ihr Haar ist immer noch nass«, bemerkte er. »Und das mit dem Tanzengehen ist kein Witz gewesen. Ich werde Sie so lange anrufen, bis Sie Ja sagen.«

Ich dachte an seine Welt. Ich stellte mir das dichte Geflecht aus Freunden, Cousins und Freundinnen aus seiner Kindheit vor, das engmaschige, barocke Netzwerk aus Verbindungen, das für Charleston so charakteristisch ist. Lewis Aiken mangelte es nicht an Frauen, mit denen er Austern essen und tanzen gehen konnte, an Frauen mit ähnlicher Herkunft, an klugen, intelligenten Frauen.

»Lewis, warum ich?«, fragte ich das Fenster.

»Warum Sie nicht?«, sagte er, drückte mir einen Kuss auf den Kopf und ging zur Vordertür hinaus. Ich lauschte auf das leise Gurgeln des Range Rover, bis es auf der East Bay verhallte.

An diesem Abend schaltete ich das Radio ein, suchte einen Sender, der sanften Rock spielte, und tanzte barfuß, im Hemd meines Bruders. Und ich tanzte und tanzte, bis ich außer Puste war. Dann fiel ich ins Bett und schlief die regnerische Nacht durch, ohne zu träumen.

KAPITEL ZWEI

Montags ging es bei uns im Büro immer ziemlich gemächlich zu. Der Grund dafür wollte mir nie so richtig einleuchten. Marcy und die anderen hingen der These an, dass die Eltern unserer Schützlinge ihren Kater vom Wochenende auskurierten, was vermutlich in vielen Fällen der Wahrheit entsprach. Ich genoss die Stille, welchem Umstand wir sie auch zu verdanken hatten, nutzte die Zeit und versuchte, den sich ewig auftürmenden Papierberg abzuarbeiten. Zudem bot sich mir an diesem Tag die Möglichkeit, mich mit meinen Mitarbeitern zusammenzusetzen und zu besprechen, was wir in der vergangenen Woche erledigt hatten und was in der laufenden auf der Agenda stand. Manchmal leisteten wir es uns sogar, irgendwo in der Stadt zu Mittag zu essen. Montags war der einzige Tag, wo wir auswärts speisten. An den anderen Tagen gab einer der jüngeren Mitarbeiter – zumeist murrend – telefonisch die Wünsche in Auftrag und holte die Bestellungen ab, die dann am Schreibtisch verzehrt wurden. Ich aß meistens Joghurt und Früchte, die ich von zu Hause mitbrachte.

Da Marcy und ich an diesem Montag nichts bestellt hatten, gingen wir gemeinsam in den schicken, extrem angesagten Hominy Grill, der für die Ärzte und das Krankenhauspersonal gut erreichbar war, sodass im Restaurant und Innenhof normalerweise weiße Kittel dominierten. Die Gerichte, die dort serviert wurden, waren innovativ und köstlich. Aus diesem Grund traf man dort für gewöhnlich auch ein paar Geschäftsfrauen und die eine oder andere begüterte Charleston-Witwe an, die von ihren Töchtern eingeladen wurde. Der Hominy Grill war wirklich ziemlich eklektisch.

Marcy, die dünn und groß wie eine Bohnenstange ist, bestellte den Salat mit frittierten Austern. Da ich auf meine Ernährung achten musste, wählte ich die Gemüseplatte. Im Kühlschrank eines Singles finden sich hauptsächlich Joghurt und Tiefkühlpasta. Der Kohl und der Kürbistopf, die sie im Hominy Grill servierten, waren großartig. Und beim Anblick der Käse-Makkaroni weinte man seiner Kindheit nach.

Wir speisten unter einem Schirm in dem winzigen Innenhof. Nach dem Essen blieben wir noch eine Weile sitzen und beobachteten zwei grüne Echsen, die langsam über die verputzte Wand krochen. Man sah nie, wie sie sich bewegten, aber wenn man kurz weg- und dann wieder hinschaute, waren sie ein gutes Stück weitergekrabbelt. Echsen zu beobachten hat etwas Hypnotisierendes. Wir hatten überhaupt keine Lust, den sonnigen Innenhof zu verlassen und uns wieder an die Arbeit zu machen.

»Lass uns doch ein paar Arbeitsthemen durchsprechen«, schlug ich vor. »Dann können wir uns vor-

machen, dass wir arbeiten. Wir werden so lange bleiben … ähm, bis die kleinere Echse bis zur Dachrinne
gekrochen ist.«

»Na gut, wie ist es mit den Sperrys gelaufen?«, erkundigte sich Marcy. »Ist Tiffany aufgetaucht?«

»Nein. Ist mir schleierhaft, wieso ich überhaupt gehofft hatte, dass sie kommt. Am Ende habe ich Shawna
zu Dr. Aiken gebracht. Ich musste sie bei den Boltons
unterbringen, und soweit ich weiß, ist sie da immer
noch. Wird uns ein Vermögen kosten, ganz zu schweigen davon, dass Adelaine Bolton nun genug Munition
hat, um die Sozialeinrichtungen ein Jahr lang zu be-
schäftigen.«

»Sie kann ihr Kind doch nicht für immer dort lassen«, sagte Marcy verzweifelt. Tiffany Sperry war so
etwas wie jener berüchtigte Stachel, der sich permanent in unser Fleisch bohrte.

»Ach, heute oder morgen taucht sie mit irgendeiner
Ausrede bei uns auf«, prophezeite ich. »Letztes Mal
hat sie eine Eierstockentzündung gehabt und konnte
einfach nicht aus dem Bett. Aus wessen Bett, hat sie
uns nicht verraten. Wenn sie nicht spätestens heute
Nachmittag auf der Matte steht, werde ich höchstpersönlich das Sozialamt informieren. Sie fordert den Ärger ja geradezu heraus.«

»Was hat Dr. Aiken in Bezug auf Tiffany gesagt?«,
wollte Marcy wissen und rührte ihren zweiten Eistee
um.

»Er glaubt, dass man ihr helfen kann. Es sei ein
ganz normaler Fall. Er will mir den Untersuchungs-
bericht schicken und den Namen eines Chirurgen,

der die Operation vielleicht kostenlos durchführt. Ich bin durchaus gewillt zu betteln. Shawna ist ein niedliches Kind. Sie hat Dr. Aiken ins Herz geschlossen. Was auch durchaus nachvollziehbar ist. Es regnete in Strömen und mein Wagen wollte nicht anspringen und da hat er sie zu den Boltons gebracht und mich nach Hause. Und dann habe ich ihn auf eine Tasse Tee eingeladen und wir haben noch Pizza bestellt.«

Marcy starrte mich so entgeistert an, dass ich rot anlief. Ich hatte nicht die geringste Ahnung, warum ich ihr von dem Abend mit Dr. Aiken erzählte. Normalerweise redete ich nie über persönliche Dinge, auch nicht mit ihr. Ich merkte, dass es mir unheimliche Freude bereitete, über ihn zu sprechen. Und dass es mir gefiel, seinen Namen zu sagen.

»Mein Gott, du und Lewis Aiken allein in deinem Apartment bei einer Pizza! Wie war er denn so?«

»Nass und hungrig«, antwortete ich. »Barfuß. Wie soll er schon sein? Er ist ein netter, lustiger Mann, der Kinder mag und die eigenen vermisst. Er ist geschieden und seine Frau ist mit den Kindern nach Santa Barbara gezogen. Ich nehme an, die Scheidung ist nicht gerade freundschaftlich über die Bühne gegangen.«

»Hast du denn gar nichts mitgekriegt?« Marcy war ganz aufgeregt. »Freundschaftlich! Die Scheidung war der Skandal des Jahres. Jeder weiß das. Ich höre immer mal wieder, wie Leute sich darüber unterhalten. Alle wissen, was für eine Hexe sie war. Ich kenne niemanden, der Dr. Aiken nicht mag. Und ich meine das, wie ich es sage. Ich glaube, seit sie ihn verlassen hat, ist er mit einer Menge Frauen zusammen gewesen «

Seltsamerweise wurde mir schwer ums Herz.

»Wo hörst du nur all diese Sachen? Hast du dich in letzter Zeit im Yachthafen rumgetrieben?«

»Du musst nur ab und zu mal in der Krankenhauscafeteria zu Mittag essen«, gab Marcy zurück. »Da gibt es nicht eine einzige Krankenschwester, die nicht genau Bescheid weiß und die nicht einen Monatslohn dafür geben würde, mit ihm auszugehen. Allerdings glaube ich nicht, dass er sich mit Frauen aus dem medizinischen Umfeld trifft. Seine Familie ist seit den Hugenotten hier. Aiken gehört zur so genannten guten Gesellschaft.«

Ihre Worte überraschten mich nicht; die Fotos in seinem Büro hatten das angedeutet. Trotzdem überkam mich ein leichter Anflug von Verzweiflung. Für Lewis Aiken war ich an jenem Abend sprichwörtlich der Hafen im Sturm gewesen. Alles andere – die Unterhaltung, das Lachen, die Einladung, mit ihm tanzen zu gehen, der Kuss auf den Kopf – war offensichtlich nur dem überbordenden Charme zuzuschreiben, mit dem Lewis jede Frau überhäuft hätte, und zwar mit der gleichen Selbstverständlichkeit, mit der er sein Lächeln verschenkte.

»Stammte sie auch aus Charleston?«, fragte ich so beiläufig wie irgend möglich. »Ich habe Fotos von ihr und den Zwillingen in seiner Praxis gesehen. Alle wunderhübsch. Wie eine Bilderbuchfamilie.«

»Nein, sie ist aus Baltimore. Er hat sie kennen gelernt, als er am Hopkins war. Sie ist schön, zugegeben, aber ihre Familie war bei weitem nicht so reich und vornehm wie seine. Alle sagen, sie hätte ihn nie geliebt, aber sie war scharf auf das Haus, das Boot, die Mitgliedschaft in den Clubs, das Landhaus und das Geld. Wahrscheinlich war's um ihn geschehen, als er sie das erste Mal gesehen hat. Anscheinend hat er ziemlich lang zu ihr gehalten, obwohl sie ihn betrogen hat. Es geht das Gerücht, sie hätte mit halb Charleston eine Affäre und ein Großteil dieser Männer wären seine Freunde gewesen. Sie war wirklich etwas Besonderes; ich hab sie mal im Krankenhaus gesehen. Man konnte einfach nicht den Blick von ihr abwenden.«

Ich überlegte. »Es kann doch gar nicht so einfach sein, in Charleston Affären zu haben. Da läuft man doch bestimmt andauernd irgendwelchen Bekannten über den Weg.«

»Nach dem, was ich gehört habe, wärst du überrascht, was für ein Kinderspiel das ist«, widersprach Marcy. »Oder es ist einer Menge Leute vollkommen egal, wer sich mit wem amüsiert.«

»Und weshalb hat er sie nicht verlassen?«

»Wegen der Mädchen, da bin ich mir sicher. Und dann habe ich auch gehört, dass er sie über alles geliebt hat. Vermutlich hat die Scheidung ihn fast umgebracht.«

»Und warum hat er sich dann am Ende doch scheiden lassen?« Ich schämte mich zwar, aber ich konnte nicht aufhören, Erkundigungen über Lewis Aiken einzuholen. Gestern Abend hatte er auf mich so offen gewirkt, doch nun merkte ich, dass ich den Menschen gar nicht erfasst hatte. Und ich hatte das Bedürfnis, ihn zu verstehen. Seine Pein peinigte mich.

»Sie hat die Scheidung eingereicht, nicht er. Sie ha-

ben das Haus auf der Battery renovieren lassen – es
war für Sissy vermutlich nicht extravagant genug – und
da hatte sie eine heiße Affäre mit dem Architekten. Er
stammte nicht von hier, war ein richtiger Prachtbursche und seine Geschäfte liefen gut. Ich glaube nicht,
dass der arme Dr. Aiken eine Chance hatte. Die beiden zeigten sich überall und hielten mit nichts hinterm
Berg. Alle redeten über sie. Aiken ist mit den Mädchen
aufs Land gezogen und sie hat die Scheidung eingereicht. Er hat sie einfach gewähren lassen. Sie wollte
den Typen heiraten und mit ihm auf großem Fuß in
dem Haus in der Battery leben – von Aikens Geld.
Keine Frage, seine Familie hasste sie und hatte seit
Ewigkeiten kein Wort mehr mit ihr gewechselt, und
das hat sie ihnen zurückgezahlt, indem sie ihnen die
Mädchen vorenthalten hat. Und dann hörte ich, dass
er die Scheidung anfechten wollte, aber als sie dann
das Haus für sich beanspruchte, war es vorbei. Der
Architekt hat sie am Ende nicht geheiratet und sie ist
dann nach Kalifornien abgehauen. Ihre Eltern waren
dorthin gezogen. Man erzählt sich, die Eltern hätten
ihr das Haus nebenan gekauft. Und ich vermute, sie
hat eine großzügige Abfindung erhalten, aber das war
nichts im Vergleich zu dem Vermögen, das sie während ihrer Ehe mit Dr. Aiken besaß. Wetten, dass sie
diesen kleinen Fehltritt bereut? Sie hatte alles und hat
es vermasselt.«

»Was ist mit dem Architekten passiert?«

»Der ist wieder nach Hause gegangen zu seiner Frau
in Orangeburg.«

»Was für ein Elend«, sagte ich lachend. »Marcy, ich

kann es nicht fassen, wie gut du über all das Bescheid weißt.«

»Das weiß jeder. Er ist ein guter Fang.«

Lewis Aiken rief mich am nächsten Tag an und lud mich zum Essen ein.

»Wie ich höre, sind Sie ein guter Fang«, sagte ich.

»Ja, so wie das Tagesmenü«, war seine Antwort. »Ziehen Sie Jeans und Tanzschuhe an und bringen Sie ein Anti-Mücken-Spray mit. Dieser Schuppen hat außer Mücken, einer Jukebox und den besten Austern im Low Country nicht viel zu bieten. Ich hole Sie gegen sechs ab.«

✳   ✳   ✳

Booter's Bait and Oysters liegt am Ende eines klapprigen Steges, der mitten in die Marsch gebaut wurde und bis zum Bohicket Creek reicht. Der Fluss bildet die Grenze zwischen Wadmalaw Island und John's Island. Weder damals noch heute hätte ich diese verschwiegene Kneipe finden können. Booter's schien so tief im wilden Herzen des Marsch- und Sumpfgebietes zu liegen, so weit weg von den versprenkelten Tankstellen, den einfachen Läden und Werkstätten, an denen wir auf der Hinfahrt über die kleine Landstraße vorbeikamen, dass es mir vorkam, als führen wir durch ein fremdes Land, ein Land, das Lichtjahre von Charleston entfernt war. Und in gewisser Hinsicht traf das auch zu. Diese wilde, von Sümpfen eingeschlossene und von Salzluft durchdrungene Landschaft war die Heimat von Alligatoren, Klapperschlangen, Adlern,

Fischreihern und dem einen oder anderen Rotfuchs. Hier erinnerte nichts an die Menschheit und ihr ständiges Treiben. Man wurde den Eindruck nicht los, dass die Hütten und Wohnwagen, an denen wir vorbeirollten, von Efeuranken und wuchernden immergrünen Eichen verschlungen zu werden drohten. In verwahrlosten Gärten standen rostige Autos, auf den Veranden alte, durchgesessene Sofas und auf den Zufahrten Skiffs und Ruderboote.

»Ich hoffe, Sie wissen, was Sie tun«, gab ich zu bedenken.

»Aber sicher. Booter und ich haben früher den Sommer gemeinsam verbracht. Unser Haus ist nicht weit von hier. Wir sind hier überall herumgestreunt. Es gibt keinen einzigen Fleck am Bohicket Creek, wo wir nicht gefischt und gejagt haben. Booter ist der beste Schütze, den ich kenne, und der beste Fischer im Low Country. Er hat ein paar Leuten erlaubt, mit ihren Booten an seinem Steg anzulegen, und so hat es sich ergeben, dass die Leute nach den Ausflügen geblieben sind, gegessen und Bier getrunken haben, und irgendwann hat er das Stegende überdacht, ein paar Tische und Bänke hingestellt, eine Jukebox organisiert und eine Schanklizenz beantragt ... obwohl ich mir in diesem Punkt nicht ganz sicher bin. Wegen der Austern kommen die Leute von überall her. Natürlich nicht die Stadtheinis, die einen Mount-Pleasant-Besuch für gewagt halten, aber die Leute aus der Gegend. Die Austern werden fangfrisch gegessen, und Booter serviert sie nur auf zwei Arten, entweder gedämpft oder roh. Junior Crosby, ein alter Schwarzer, der früher für meinen Vater in Edisto gearbeitet hat, ist fürs Dämpfen zuständig. Er hat ein Ölfass und ein Eisenblech und dann feuert er an, und wenn die Kohlen glühen, wirft er einen Sack voller Austern drauf und nimmt ihn wieder runter, wenn sie fertig sind, und dann schnappt man sich die Messer und macht sie selber auf. Ich habe mir gedacht, dass Sie keins haben, also habe ich für uns beide Austernmesser mitgebracht.«

»Gut, dass ich wenigstens gedämpfte Austern kenne. Ich habe in einigen recht eleganten Restaurants Austern gegessen, auf Benefizveranstaltungen zugunsten unserer Einrichtung. Aber da musste man sie nicht selbst aufmachen. Da gab es andere, die das für einen erledigt haben.«

»Bei Booter's würde man Sie ins Wasser schmeißen, wenn Sie jemanden darum bitten würden. Aber ich werde Ihnen zeigen, wie das geht. Und falls Sie sich einen Finger abhacken, ist ja ein Arzt zur Stelle.«

Wir polterten eine ungeteerte Straße hinunter, über die sich dicht an dicht moosbewachsene Äste breiteten, sodass man das Gefühl hatte, durch einen Tunnel zu fahren. Und dann gelangten wir auf eine Lichtung. Hier war der Priel ein Meer aus silbernem Sumpfgras, das im Wind leise rauschte und sich in der untergehenden Sonne pink färbte. Die Baumreihe am anderen Ende der Marsch war schwarz. Hoch droben am Himmel schien der Mond, der einen Schleier hatte.

»Wunderschön ist es hier«, sagte ich.

Es gab einen langen Steg und am Ende – wie versprochen – den Zinndachunterstand und eine Hand voll Fischerboote, die an der tiefer liegenden Plattform vertäut waren und im Wasser schaukelten. Trucks, alte Autos und Motorräder drängten sich auf dem von Spurrillen zerfurchten Parkplatz.

»Dann mal los«, sagte Lewis. Wir parkten und gingen vor.

Booter's bestand aus einer Art Insel ohne Wände, mit einer Bar, einem Spülbecken und einem alten roten Coca-Cola-Kühlschrank, wie ich ihn seit meiner Kindheit nicht mehr gesehen hatte. Und aus der Zeit schien er auch zu stammen. Männer in dreckigen Jeans und T-Shirts und ein paar Frauen in engsitzenden oder abgeschnittenen Jeans und T-Shirts, die den Bauch frei ließen, standen an der Bar oder scharten sich um die Picknicktische auf dem offenen Deck. Alle lachten und bewegten sich mit kleinen abgehackten Tanzschritten zur Musik aus der Jukebox. Die meisten tranken Bier. Als wir näher traten, schauten alle auf. Mir rutschte das Herz in die Hose. Ich schämte mich für meine gebügelte Jeans, das neue rosafarbene T-Shirt und die neuen grellweißen Turnschuhe. Genauso gut hätte ich hier in einem Abendkleid aus Satin auftauchen können. Mir stand auf die Stirn geschrieben, dass ich normalerweise in anderen Kreisen verkehrte. Eigenartigerweise wirkte Lewis in seiner verknitterten Berufskleidung nicht fehl am Platze.

Wir wurden von einem Begrüßungschor empfangen. »Hallo, Lewis!« »Wie geht es dir, Junge?« »Hast du wieder ein paar Kinder aufgeschlitzt?« »Wo hast du gesteckt? Haben schon vermutet, du mischst bei diesem Film mit, den sie in der Stadt drehen!« Zuneigung sprach aus ihren Worten. Sie behandelten ihn wie einen Ebenbürtigen und benahmen sich so ungezwungen wie der Mückenschwarm, der schon über mein Gesicht und meine Arme herfiel. Niemand schaute mir unverwandt in die Augen, aber ihre Blicke fühlten sich wie kleine Nadelstiche an.

Der grauhaarige, rotbraun gebrannte Mann an der Bar grinste. Ich erhaschte einen Blick auf eine Zahnlücke in seinem tabakbraunen Gebiss. Er holte ein Budweiser aus dem Kühlschrank und stellte es vor Lewis.

»Hallo, Booter«, grüßte Lewis. »Das hier ist meine Freundin Anny Butler. Sie kümmert sich um kranke Kinder und manchmal arbeiten wir zusammen.«

»Was darf ich Ihnen bringen, Ma'am?«

»Bitte, nennen Sie mich Anny. Ich möchte eine Diätcola.«

Die Meute an der Bar kicherte und ich lief rot an.

»Ich habe Mountain Dew und Bier«, sagte Booter. »Aber ich könnte Ihnen auch einen Kaffee kochen.«

»Bier ist auch okay.«

Und das war nicht gelogen. Die kalte Flasche beschlug in meiner Hand und die Kondenströpfchen fielen auf meine Arme und Hände, was ein Segen war, denn unter dem Zinndach stand die heiße Luft. Die Mückenschwärme waren gemein und hartnäckig. Ich hatte mich von Kopf bis Fuß mit einer starken, piniengrünen Flüssigkeit eingerieben, die Lewis mir gegeben hatte; es nutzte aber nicht viel. Offensichtlich war ich Frischfleisch. All die anderen an der Bar oder den Tischen schienen nicht behelligt zu werden. Ich trank schnell mein zweites Bier und bildete mir ein, die Stiche täten nicht mehr ganz so weh.

Dann tauchte Junior Crosby mit seinem Geschirr auf und machte sich daran, die Austern zu dämpfen. Wie Heuschrecken fielen die Leute über sie her, stapelten Unmengen von geschlossenen Muscheln auf ihre Zinnteller, attackierten die Austern mit ihren Messern, bis sie die Schalen geöffnet hatten, und ließen das gedämpfte Muschelfleisch in ihren Mund gleiten. Die paar, die ich aufbekam, schmeckten ganz köstlich. Als ich meinen ersten Teller aufgegessen hatte, waren alle anderen schon bei der dritten oder vierten Runde und das Bier floss in Strömen. Undurchdringlich senkte sich schwarz die Nacht herab, nur vom Mondschein durchbrochen. Silbern funkelte Flusswasser in der Marsch.

Lewis hatte schließlich ein Einsehen, öffnete die Austern für mich, holte mir erst ein Bier und dann noch ein weiteres. Eigentlich mochte ich kein Bier, aber das hier schmeckte wunderbar und passte ganz hervorragend zur salzigen Marschluft und dem Duft der fernen Mimosen.

»Ich bin gleich betrunken«, sagte ich.

»Na, das will ich auch hoffen«, erwiderte Lewis. »Denn ich habe versprochen, mit Ihnen zu tanzen, und hier draußen tanzt man viel besser, wenn man betrunken ist.«

Er ging zur Jukebox hinüber, einer verdellten alten Wurlitzer, meiner Meinung nach so alt wie der Kühlschrank, und wählte ein Stück. Überall auf dem Steg tanzten Leute, was mir bislang nicht aufgefallen war. Nun konnte ich den Blick nicht mehr abwenden. Offenbar hatte Booter seine Jukebox nur mit altem Rock 'n' Roll und Country & Western aus den Fünfzigern bestückt. Manche Songs kannte ich aus meiner Kindheit. Um mich herum stampften, wogten und wiegten sich wuchtige, aber dennoch leichtfüßige Männer und gertenschlanke Frauen mit üppigen Haarmähnen zur Musik von den Platters, Bill Haley and His Comets, Frankie Lymon and the Teenagers, Little Richard und Gene Vincent and the Bluecaps.

»Das ist ja wie eine Zeitreise in die Vergangenheit«, stellte ich fest. »Was ist mit Elvis?«

»Zu kultiviert für diese Meute«, antwortete Lewis grinsend. »Abgehobener als Fats Domino mit ›Blueberry Hill‹ wird es hier nicht.«

Er riss mich hoch und führte mich auf die Tanzfläche. Die Musik und seine sommersprossigen Arme ergriffen Besitz von mir. Und ich tanzte, wie ich noch nie zuvor in meinem Leben getanzt hatte, leidenschaftlich, schweißtreibend und genauso sicher und leichtfüßig wie die anderen Frauen, vollkommen versunken in den Beat und die Vibrationen der über die Holzplanken stampfenden Füße. Wie immer, wenn man Holz über Gewässer gelegt hat, klangen die Bohlen hohl. Und alles trug zum Zauber dieser Nacht bei. Weder zuvor noch danach hatte ich die Gewissheit, bei irgendetwas so unglaublich gut zu sein wie in jener Nacht, als ich auf Booter Crogans Steg tanzte.

Ich war mit Austernsaft bekleckert, schweißüberströmt und hatte dank der hohen Luftfeuchtigkeit am Wasser ganz krause Haare. Und als ich keuchend und kichernd in seinen Armen schlappmachte, wählte Lewis einen neuen Song und zog mich an sich. Diesmal lief keine Rock-'n'-Roll-Nummer, sondern Percy Sledges »When a Man Loves a Woman«. Der Beat war langsam, einschmeichelnd, herzzerreißend. Ich legte mein Gesicht an seine Schulter und er bettete sein Kinn auf meinen Kopf. Wir hielten uns eng umschlungen und bewegten uns kaum. Ich verlor mich in seinem Geruch, in der Art und Weise, wie er sich anfühlte. Und ich wünschte mir, dass das Lied niemals endete.

Die letzten Töne verklangen. Ich wich kopfschüttelnd zurück, als wäre ich lange unter Wasser gewesen und würde endlich auftauchen.

»Lass uns ein Bier holen gehen, aufs Stegende setzen und die Füße ins Wasser halten«, schlug er vor. Und das taten wir auch. In meinem Kopf drehte sich alles und ich sah zwei Monde, die dann zu einem verschmolzen, ehe sie sich wieder trennten.

»Ich habe zu viel getrunken«, gestand ich. Das Wasser war noch warm vom Tag, doch ein paar Zentimeter unter der Oberfläche konnte man die Kälte des zurückliegenden Winters spüren. Das kühle Wasser fühlte sich wie Champagner an und liebkoste meine brennenden Füße.

Lewis legte den Arm um mich und ich den Kopf auf seine Schulter.

»Warum hast du keinen Freund?«, fragte er. »Warum bist du nicht verheiratet?«

»Keine Ahnung«, antwortete ich ehrlich. »Es hat sich einfach nie ergeben. Ziemlich lange kannte ich nur eine Sorte Mann, und das waren die ›Freunde‹ meiner Mutter, die andauernd bei uns zu Hause aufgetaucht sind. Wenn die zu Besuch kamen, mussten wir auf unsere Zimmer gehen, und eines Nachts, ich war sechzehn oder so, ist mir einer hinterhergestiegen, nachdem meine Mutter auf dem Sofa das Bewusstsein verloren hat. Es ist aber nichts passiert: Er war zu betrunken, um irgendetwas mit mir anzustellen, und ich habe mit einem Tennisschläger auf ihn eingedroschen. Als meine Mutter wieder zu sich gekommen ist, hat sie ihn rausgeworfen und mir versprochen, so etwas würde nie wieder passieren. Und sie hielt ihr Wort. Natürlich hat sie weitergetrunken, aber sie hatte meines Wissens danach keine Freunde mehr.«

»Du hast mit einem Tennisschläger auf ihn eingedroschen?«, fragte Lewis und begann zu lachen.

»Ich weiß mir schon zu helfen. Und ich habe Freunde, die hatte ich immer. Während der Schulzeit hatte ich eine Menge Verabredungen mit Jungs, aber damals musste ich mich um meine Geschwister kümmern, und das tat ich, bis sie aufs College gingen, und danach … ich weiß nicht. Ich wollte nur meine Ruhe, meinen Frieden haben. Und das ist mir irgendwann zur Gewohnheit geworden.«

Eine Weile lang schwiegen wir, dann sagte ich: »Ich habe von deiner Frau gehört. Von der Scheidung und allem. Es tut mir wirklich Leid, Lewis.«

Da er nichts sagte, glaubte ich schon, mich zu weit aus dem Fenster gelehnt zu haben, doch dann schüttelte er den Kopf und seufzte.

»Für eine lange Zeit war es gut, zumindest für mich. Sie war bezaubernd. Ist es immer noch. Ich hätte sie nicht gehen lassen, wenn in ihrem Leben noch Platz für mich gewesen wäre. Aber ich konnte … all das … nicht vor den Augen der Mädchen weiterlaufen lassen. Und außerdem, da war immer etwas, was an unserem Leben komisch war … es war ein Bilderbuchleben, das sich für mich nie wirklich echt angefühlt hat. Wahrscheinlich war es das auch nicht. Echt waren die Kinder, die ich jeden Samstag untersucht habe. Die vielen Schmerzen, die Verzweiflung, der Geldmangel … nicht dass ich mir das für meine Familie gewünscht hätte. Um Himmels willen, wirklich nicht. Aber bei uns … da gab es einfach keine Schatten. Keinen Kontrast zu all dem vielen Licht. Irgendwie traute ich alledem nicht.«

»Ich weiß.« Das entsprach der Wahrheit. Auch ich trug ihn in mir, diesen tief verborgenen Schatten, wo ich mich manchmal verstecken konnte und der mich vor der Welt, die mich blendete, beschützte. Gut möglich, dass er es war, der mich zu dem Beruf trieb, den ich ausübe. Die Dunkelheit gibt mir keine Rätsel auf.

»Hör mal«, sagte er. »Wenn wir nachher zurückfahren, dann darf ich vermutlich nicht raufkommen, oder?«

»Nein«, sagte ich.

»Das dachte ich mir schon. Aber hast du vielleicht Lust, mich irgendwann an diesem Wochenende auf die Insel zu begleiten? Ich werde dir ein Abendessen kochen; ich bin ein guter Koch. Und ich werde dir zeigen, was mir lieb und teuer ist. Ich möchte, dass du das alles siehst. Warte nur; wenn du die Alligatorenzucht siehst, haut es dich um.«

62

»Du weißt, wie man einem Mädchen vergnügliche Stunden bereitet«, sagte ich schläfrig.

* * *

350 000 Morgen Wildnis umschließen das Ace Basin, in dessen Mitte die Flüsse Ashepoo, der Combahee und Edisto zusammenfließen und eine flache Bucht bilden. Dort existiert ein von den Gezeiten der Flüsse geprägtes Ökosystem, mit den vielfältigsten Lebensformen, so fruchtbar, grün und abgeschieden, so ursprünglich und so weit weg vom Treiben der Menschen und Maschinen, dass es auf der ganzen Welt keinen auch nur annähernd vergleichbaren Ort gibt. Und es liegt so fernab vom schönen, gesitteten und unendlich zivilisierten Charleston südlich der Broad Street (mit seinen alten, mit Veranden bestückten Stein- oder Holzhäusern in Pink, Ocker, Gelb oder Taupe – den Farben der Hitze) wie Taschkent oder die Antarktis. Andere Gegenden im Low Country, einst ebenso unberührt, hatte sich der Mensch unwiderruflich zu Eigen gemacht, was sich nicht mehr rückgängig machen lässt. Doch ein Kreis von öffentlichen und privaten Einrichtungen und Einzelpersonen setzt sich mit aller Macht dafür ein, dass das Ace unangetastet bleibt, und schützt nun ein Gebiet von beträchtlicher Größe. In diesem weitläufigen und bedeutsamen Becken – ein Drittel Licht, ein Drittel Wasser und nur ein Drittel Land – hat sich in Millionen von Jahren nahezu unbeobachtet eine äußerst vielfältige Tier- und Pflanzenwelt entwickelt, die zwei Mal am Tag von dem wunderbar salzigen Odem

der Gezeiten genährt wird. Mir war gar nicht so richtig bewusst gewesen, dass es nur ein paar Meilen südlich solch ein Reich gab, einen verschlafenen Kontinent, eine entlegene, vergessene Welt. Als ich zum ersten Mal mit Lewis dorthin fuhr, bekam ich es fast mit der Angst zu tun.

An einem Sonntagmorgen bogen wir von einer schlecht geteerten Straße in eine unbefestigte Schotterpiste ab, die nicht enden zu wollen schien. Es gab kein Schild, das auf die Sweetgrass Plantation – so hieß das Anwesen – hinwies, wie das im Westen und Norden bei den großen herrschaftlichen Plantagen mit den wohlklingenden Namen Magnolia Hall, Middleton Place, Bone Hall, Medway, die für Besucher offen standen, der Fall war. Nicht mal ein Briefkasten war zu sehen. Obwohl es erst elf Uhr war, stieg schon flirrende Hitze von der Straße auf und Insekten schwirrten durchs weite Marschland und die vereinzelten Priele, deren Wasser manchmal schwarz wirkte. Lewis ließ die Klimaanlage im Range Rover ausgeschaltet, und ich spürte, wie mir unter dem T-Shirt der Schweiß den Nacken und Rücken hinunterlief.

»Ich kann Klimaanlagen nicht ausstehen«, erklärte er, als er merkte, wie ich das T-Shirt von meinem Oberkörper löste. »Im Sommer sollen die Menschen schwitzen. Nur dann kommt einem der Sommer auch real vor. Dann schaltet man einen Gang herunter, bis einem der Geruch vom Sumpf und vom Schlick in die Nase steigt. Macht einen irgendwie schläfrig und man kriegt Lust auf Sex. Meinst du nicht auch?«

»Wenn du mich fragst, ich fange an zu miefen und

werde müde. Und so reizbar wie ein wilder Bär. Und den Schlick will ich auch nicht riechen«, gab ich zurück und versuchte, eine Mücke totzuschlagen, die schon seit Charleston durchs Auto schwirrte. »Wo ist dein Briefkasten?«

»Hier draußen brauche ich keinen. Die Post wird mir ins Haus oder ins Büro geschickt. Nichts ist hier so wichtig, dass es nicht warten kann, bis ich wieder in Charleston bin. Ich habe nicht mal Telefon. Ich nehme das Handy mit, und das auch nur, damit meine Patienten mich erreichen können.«

»Dann frönst du hier draußen also dem spartanischen Leben.«

»Nein, eigentlich nicht.«

Die Straße beschrieb einen Bogen und eröffnete den Blick auf eine lange Eichenallee. Die Stämme waren von grauem Moos überwuchert. Weiter hinten war eine sanfte Uferböschung zu erkennen. Und dort stand das Haus. Mir stockte der Atem. Das Haus, umgeben von einem Wald wie in Küstenregionen, aus immergrünen Eichen, Zedern, Koniferen, Gelbkiefern, Pinien und Palmen, sah aus, als wäre es der feuchten Erde entstiegen, um über den blauen Fluss zu wachen, an dem es stand. Es war einfach zauberhaft.

»Ich dachte, es wäre … ich dachte, es hätte Säulen und so.« Ich redete Unsinn, denn eine Villa mit Säulen hätte mich niemals so angesprochen wie dieses weitläufige, verschachtelte Haus aus grauem Zypressenholz, das auf Pfählen stand. »Es ist wunderschön.«

»Ja«, konstatierte er trocken. »Ich habe es nach der Scheidung bauen lassen, als mir klar wurde, dass ich hier viel Zeit verbringen würde. Davor hatten wir eins mit Säulen, 150 Jahre alt. Der Stuck bröckelte, der Putz an den Wänden hatte Risse, und es war so modrig, dass es schon ein Gesundheitsrisiko darstellte. Meine Mutter hat es über alles geliebt und mir verboten, es instand setzen zu lassen. Sie wollte es in dem Zustand belassen, wie es bis zu Vaters Tod gewesen war. Als sie schließlich zu meiner Schwester nach Connecticut gezogen ist, war es richtig gefährlich, dort zu leben, und die Renovierung hätte mehr gekostet als der Neubau. Da habe ich es abreißen lassen und dieses hier gebaut. Ich finde, so sollte ein Haus im Marschland aussehen – silbergrau wie das Sumpfgras, auf Stelzen, damit der Wind vom Wasser durchbläst, drinnen kühl und schattig, mit hohen Decken und vielen Fenstern, die in alle Himmelsrichtungen gehen. Das alte Haus war ein Horror. Ich wohne hier gern, auch wenn die meisten Charlestoner denken, ich hätte den Familiennamen entehrt. Meine Mutter weiß nicht mal, dass das alte Haus abgerissen wurde.«

»Kommt sie nicht hin und wieder hierher?«

»Nein. Anscheinend will sie nirgendwo sein, wo sie und Dad zusammen gelebt haben. Nach seinem Tod wollte sie auch das Battery-Haus nicht mehr. Ich vermute, sie hat Alzheimer. Sie redet inzwischen ziemlich wirres Zeug und ist vergesslich.«

»Wie traurig, wenn man nicht mehr in seinem Heim sein will. Bist du traurig?«

»Nein. Ich bin jetzt hier und in der Bull Street zu Hause. Und du? Du fühlst dich nirgendwo heimisch, jedenfalls nicht so richtig. Bist du traurig?«

»Nein. Aber ich habe weder eine Plantage noch ein Haus in der Battery aufgeben müssen. Gemessen an den Unterkünften, in denen ich gelebt habe, war alles eine Verbesserung. Und ich liebe mein Apartment.«

»Aber das hier wirst du noch mehr lieben«, sagte er und fuhr den Wagen auf einen Stellplatz unter einer immergrünen Eiche, deren Äste tatsächlich den Boden berührten. Als ich aufschaute, war es, als befände ich mich in einer Kathedrale. Kein Regentropfen drang durch diesen Baldachin aus Blättern und Moos. Als der Motor verstummte, war die Ruhe am Wasser eine Wohltat und fast mit Händen zu greifen. Ich hörte das leise Rauschen des Flusses, der gut dreißig Meter weiter vorn am Ende eines überdachten Steges ans Ufer schwappte.

Wir stiegen die Stufen hinauf und traten in das Haus. Die Tür war nicht abgeschlossen. Wieder stockte mir der Atem. Wunderschön. Schlicht, lichtdurchflutet und ganz zauberhaft. Das Wasser, das Sumpfgras, die Luft und die Sonne schienen Teil des Hauses zu sein. Es war ein Haus für sorglose Menschen.

Er hatte – dessen war ich mir sicher – viele Dinge aus dem Battery-Haus hierher geschafft. Auf den breiten, gebohnerten Piniendielen leuchteten dünne alte Orientteppiche. Ein verblichenes, durchgesessenes, aber immer noch bildschönes Sofa stand mit zwei Morris-Sesseln aus handschuhweichem, abgewetztem Leder vor einem großen Steinkamin. Luftige skandinavische Stücke und französische Landhausmöbel fügten sich nahtlos in den kunterbunten Stilmix ein, wie auch der zierliche Intarsiensekretär und der wunderbare, beidseitig nutzbare Schreibtisch. Je nachdem an welcher Seite man saß, hatte man entweder ein auf den Fluss hinausgehendes Fenster im Rücken oder einen Chintzsessel, dessen Beine zweifellos von einer Katze zerkratzt worden waren. Keine Ahnung, woran es lag, aber es funktionierte – das Haus versetzte einen in gute Laune. Ziemlich schwierig, an diesem Ort niedergeschlagen zu bleiben. Vielleicht, überlegte ich, muss man die einzelnen Dinge nur lieben und schon passen sie zusammen.

Wir schlenderten durch eine kühle, dunkle Haupthalle und gelangten in eine riesige Küche mit Steinboden. Dort gab es einen Profigasherd, einen Kühlschrank, Küchengerät, getrocknete Blumen, Kräutersträuße und Kochgeschirr. Irgendetwas Leckeres köchelte in einem großen Topf auf dem Herd vor sich hin. Eine dünne Frau mit dunklem Teint rührte den Inhalt des Topfes um und ein karamellfarbenes Kind sprang um sie herum. Auf dem Teppich vor dem Kamin lag Spielzeug.

»Ich dachte schon, ich hätte Sie hier irgendwo gehört«, sagte die Frau lächelnd, ohne sich vom Herd abzuwenden. Lewis ging zu ihr und schlang von hinten die Arme fest um sie.

»Lindy, meine Liebe«, gurrte er. »Begleiten Sie mich, Lindy …«

»Ich begleite Sie nirgendwohin, Sie armer Tropf«, sagte sie, drehte sich dann um und streckte mir die Hand entgegen. Ich drückte sie und erwiderte ihr warmherziges Lächeln. Lachfältchen rahmten ihre Augen ein, doch ansonsten war ihr ernstes Gesicht faltenlos. Ihr Alter konnte ich nicht schätzen.

»Ich bin Linda Cousins«, sagte sie. »Ich arbeite als Krankenschwester im Gemeindekrankenhaus auf Edisto. An den Wochenenden sorge ich dafür, dass Lewis etwas Anständiges zu essen bekommt. Das hier ist mein Sohn Tommy.«

»Ich bin Anny Butler«, stellte ich mich vor. »Lewis kenne ich von der Arbeit her.«

»Hoffentlich sind Sie nicht nur eine Arbeitskollegin«, sagte sie und grinste breit. »Dieser Mann hier braucht nämlich dringend eine gute Freundin.«

Ich spürte, wie ich errötete, und überlegte, was ich darauf erwidern sollte. In diesem Augenblick trat der kleine Tommy hinter den Beinen seiner Mutter hervor und grinste mich an. Er war ein niedlicher Kerl. Tommy hatte Augen in der Farbe geschmolzener Schokolade, die meinen nicht ganz unähnlich waren, und schöne, klare Gesichtszüge. Mir fiel auf, dass er einen leicht unterlegten Schuh trug. Ich schaute zu Lewis hinüber.

»Ja, er ist einer von meinen Schützlingen, nicht wahr, das bist du doch, Kumpel?«, sagte Lewis und klopfte dem Jungen mit der Hand auf den kurzen Lockenschopf. »Ich habe ihn vor, ähm, ungefähr fünf Jahren operiert. Da konnte er noch nicht laufen. Aber jetzt ist er nicht mehr zu stoppen.«

»Wirst du sie heiraten?«, fragte Tommy und musterte mich prüfend.

»Wieso? Denkst du, das sollte ich?«, fragte Lewis. Mein Gesicht war inzwischen tiefrot.

Der Junge starrte mich lange an.

»Ja, das denke ich«, sagte er schließlich. »Sie ist weich wie ein Kissen. Und ich wette, sie kann kochen.«

Lewis warf den roten Schopf in den Nacken und brach in schallendes Gelächter aus. Linda Cousins kam zu mir und berührte meine Schulter.

»Hören Sie nicht auf das, was die beiden sagen«, riet sie mir. »Die sind so eingebildet, dass es zum Himmel stinkt. Ohne mit der Wimper zu zucken würde ich sie ja alle beide im Stich lassen, aber der eine gehört mir und der andere ertrinkt im Chaos, wenn ich abhaue.«

Lewis nahm das sich windende Kind auf die Arme.

»Linda, ihr Mann Robert und Tommy wohnen auf dem Grundstück ein Stück weiter den Fluss hinunter. Roberts Vater ist schon meinen Eltern zur Hand gegangen und jetzt helfen Robert und Linda mir. Andernfalls wäre ich gar nicht in der Lage, dieses Anwesen zu halten. Linda kocht außerdem die beste Krebssuppe, die ich jemals gegessen habe. Sie schmeckt sogar besser als meine eigene. Ich habe sie und Robert eingeladen, mit uns zu essen, aber Linda ist felsenfest davon überzeugt, dass ich dich mit Suppe und Wein und was weiß ich noch rumkriegen will, und deshalb werden sie nicht zum Essen bleiben.«

»Gütiger Gott, Lewis!«, stieß ich hervor und lief erneut bis zu den Haarwurzeln rot an. Er lachte nur, legte den Arm um meine Schulter und drückte mich kurz und fest an sich.

»Tut mir Leid. Damit will ich dich nur wissen lassen, dass sie Recht hat. Ich habe noch keine Frau getroffen, die Lindas Suppe … und natürlich mir widerstehen kann.«

Er wollte mich nur aufziehen, doch seine Worte setzten mir zu, was Linda nicht entging.

»Ich bin hier draußen noch keiner Frau begegnet, die wegen meiner Suppe oder wegen Ihnen in Freudengeschrei ausgebrochen wäre«, sagte sie streng. »Seien Sie nett zu ihr. Und außerdem scheint sie mir viel zu gut für Sie zu sein.«

»Ich werde nett zu ihr sein«, sagte er ernst. »Ich werde netter zu ihr sein als zu all den anderen, die ich jemals kannte. Ich rede zwar viel, wenn der Tag lang ist, aber ich meine, was ich sage.«

Er fixierte mich mit seinen schmalen blauen Augen. Ich wandte mich ab. Ich fühlte mich verunsichert und mir war schwer ums Herz. Ich wollte keine schnelle, oberflächliche körperliche Beziehung mit diesem Mann, aber ich wusste auch nicht, was ich stattdessen wollte, und für eine anders geartete Beziehung mit mir interessierte er sich vermutlich nicht. In seiner Welt gab es zu viele Alternativen.

»Kriege ich eine Tour?«, fragte ich.

Und ich bekam sie. Mit seinem Boston Whaler fuhren wir den Fluss hinunter bis in den engen Priel. Hinterher trieben wir in einem traktorartigen Ding durch den undurchdringlichen Sumpf. Ich entdeckte seinen Kosmos, eine Welt aus feuchter Erde, stillen Gewässern, Sumpfgras, kahlen Zypressen, opulenten Eichen und Pinien. Und ich erhaschte einen Blick auf die Lebewesen, die sich in dieser unglaublichen Wasserwelt tummelten: Wasserschlangen, ein oder zwei große, brutale Low-Country-Klapperschlangen und Alligatoren verschiedener Größe, die an den morastigen Ufern lagen und wie Baumstämme aussahen. Dass sie nicht aus Holz waren, verrieten einem nur ihre Augen.

Ich sah die Zucht, von der er gesprochen hatte, einen kleinen, sonnenbeschienenen Teich inmitten von Schilf und Sumpfgras, wo die Mütter ihre Jungen aufzogen. Hier fanden sie Schutz vor den Tieren, die sich an kleinen Alligatoren gütlich taten. Die niedlichen Jungtiere waren gelb, grün und schwarz gestreift und hatten kalte bernsteinfarbene Augen. Wie die dünnen Äste eines Baumes trieben die älteren Jungtiere im Wasser. Die eine oder andere ausgewachsene, faule Mutter, malachit- und obsidianfarben, lag reglos am Ufer in der Sonne und schien eher zu dösen als aufzupassen. Aber, warnte Lewis, du brauchst dich den Kleinen nur einen Schritt zu nähern, dann huschen sie über die Uferböschung und verfolgen dich.

»Auf die Weise haben wir eine ganze Menge dummer Hunde verloren«, erzählte er. »Und Wildschweine, Waschbären und was sich hier sonst noch rumtreibt. Dabei möchte man eigentlich meinen, sie lernen dazu. Mir ist aber zu Ohren gekommen, dass sich drüben auf Kiawah und unten am Hilton Head Pudel und Shihtzus keiner hohen Lebenserwartung erfreuen.«

Mir stellten sich die Nackenhaare auf. Diese Wesen in der Farbe von brackigem Wasser, von modrigem Tod waren urzeitliche Relikte, unerbittlich und archaisch. Ich nahm nicht an, dass ich die Alligatoren von Edisto jemals mögen würde.

Allen anderen Lebewesen flog jedoch mein Herz entgegen. Ein Adler erhob sich aus seinem Nest auf einer abgestorbenen Pinie und glitt über das Wasser. Am Himmel zogen singende Fischreiher ihre Kreise. Schildkröten sonnten sich auf den schilfbewachsenen

Ufern; drüben auf einer leicht bewaldeten Anhöhe wedelte ein Weißwedelhirsch mit dem Schwanz. Überall wucherten giftgrüne Schachtelhalmgewächse und Tüpfelfarne. Ein Meer aus grünem Rispengras wogte in der leichten, sauberen, nach Fisch riechenden Brise. Und die turmhohen urzeitlichen Sumpfzypressen überragten alle anderen Gewächse in der Umgebung. Als wir am späten Nachmittag zum Steg zurückgelangten, versank die Sonne schnell hinter der Baumreihe auf der anderen Seite des Flusses. Es wurde kühler und Mückenschwärme bliesen zum Angriff

»Lass uns drinnen essen«, schlug Lewis vor. »Wir könnten am Ende des Steges einen kleinen Tisch aufstellen, denn die Sterne hier draußen strahlen heller als sonst wo und die Geräusche der Nacht haben ihre eigene Musikalität. Außerdem gibt es da jemanden, den ich dir vorstellen möchte. Wir können später wieder nach draußen gehen, so gegen elf. Dann kommt Wind auf und die Mücken haben sich verzogen.«

»Das wird dann aber ziemlich spät, oder? Es dauert bestimmt eine Stunde, bis wir wieder in Charleston sind.«

»Ich hatte gehofft, du würdest über Nacht bleiben«, sagte er einfach.

Ich atmete tief durch und wandte ihm mein Gesicht zu.

»Lewis«, begann ich, »warum ich? In deinem Leben gibt es wahrscheinlich hundert Frauen, die viel interessanter sind als ich. Und es gibt bestimmt fünfzig, die es mitten auf der Broad Street mit dir machen, wenn du sie darum bittest. Ich will ... ich kann mit dir keine

Affäre haben, nur um hinterher wie ein Papiertaschentuch zusammengeknüllt und entsorgt zu werden. Dafür ist mir die Zeit zu schade, und es würde mir auch wehtun, denn ich mag dich sehr gern. Deshalb kann das hier nicht mehr werden, als es schon ist. Lass uns Freunde sein. Ich kann dir ein sehr guter Freund sein. Und ich denke, du mir auch.«

Er beugte sich vor, zog mich aus dem Whaler und schloss mich in die Arme. Und dann legte er sein Kinn auf meinen Kopf, was ihm offenbar sehr behagte. Ich mochte mir gar nicht ausmalen, auf wie vielen eleganten Köpfen dieses Gewicht bereits geruht hatte.

»Ich will keine Affäre mit dir«, sagte er. »Ich möchte, dass du zu meinem Leben gehörst. Ich weiß zwar nicht, auf welche Weise – denn das hängt von dir ab –, aber ich *weiß* es einfach. Weil du gut bist, Anny. Du bist durch und durch ein guter Mensch. Das wusste ich gleich, als ich dich zum ersten Mal gesehen habe. Ich mag, was du tust. Und darüber hinaus bist du witzig und süß und keine von diesen hundert oder fünfzig Frauen. Die hatte ich schon, das liegt hinter mir. Das ist nicht, was ich brauche; das war mir nie wichtig. Arbeiten, reden, lachen, belächelt werden, tanzen und sich an jemandem festhalten, der weich und rund und kleiner ist als ich – das brauche ich. Ich brauche dich. Was muss ich anstellen, damit du mir glaubst? Was du auch verlangen magst, ich werde es tun.«

»Dann lass uns langsam machen«, erwiderte ich. »Rede nicht davon, dass ich über Nacht bleiben soll. Sprich nicht davon, mich zu verführen, auch wenn es nur scherzhaft gemeint ist. Das ist neues Terrain für mich, Lewis. Ich weiß, es klingt lächerlich, dass etwas noch neu sein kann für jemanden, der fünfunddreißig ist, aber so ist es nun mal. Das hier ist mit nichts zu vergleichen, was ich bisher getan habe. Ich schätze dich auf fünfzig. Du weißt viel mehr als ich. Und dein Leben ist viel, viel erfüllter als meins. Sollte sich herausstellen, dass du – nachdem eine gewisse Zeit verstrichen ist – mich immer noch um dich herumhaben willst, können wir über den nächsten Schritt nachdenken. Aber heute Nacht will ich nach Hause fahren.«

»So soll es sein. Aber trotzdem möchte ich, dass du bis elf Uhr bleibst. Du musst einen von meinen Freunden kennen lernen.«

Wir aßen die leckere, üppige Krebssuppe vor dem Kamin, in dem duftende Zedern- und Pinienscheite brannten, tranken einen köstlichen blumigen Weißwein, stippten die letzten Reste der Suppe mit dem von Linda Cousins selbst gebackenen Brot auf und hatten zum Nachtisch Ben & Jerry-Eiscreme.

»Ich kann selbst zwar gut backen, aber das hier geht über alles«, sagte Lewis. Er verschlang drei Schüsseln Chunky Monkey und ich zwei.

Während wir vor dem Kamin saßen, hörten wir Musik – Pachelbel, Otis Redding –, aber wir tanzten nicht und er rührte mich nicht an. Ich war schläfrig, ruhig, fühlte mich geborgen und irgendwie abgeschottet von meinem eigenen Leben. Kurz vor elf Uhr musste er mich wachrütteln.

»Was ist das für ein Freund, der, verdammt noch mal, nicht ins Haus kommen kann?«, murrte ich. Mir war kalt und ich war müde.

»Das wirst du schon sehen.«

Am Ende des Steges setzten wir uns auf eine Decke, die er mitgebracht hatte. Voller Dankbarkeit trug ich den großen Shetlandpulli und sehnte mir dicke Socken herbei. Wir redeten nicht viel. Oben am Himmel funkelten die Sterne; so viele hatte ich noch nie gesehen. Ich dachte an F. Scott Fitzgerald: »Sterne wie silberne Pfefferkörner«. Wo hatte ich das gelesen? Unter dem Steg plätscherte das Wasser, und das Schlickgras auf der kleinen Erhebung neben der Anlegestelle, wo der Whaler vertäut war, bewegte sich und raschelte leise. Ich war schon wieder ganz schläfrig, als Lewis mich leicht schüttelte.

»Sieh nur«, flüsterte er. Ich schaute in die Richtung, in die er zeigte. Auf der kleinen Erhebung tauchten gelbe Augen auf, die uns anstarrten. Spitze, pelzige Ohren zeichneten sich gegen das Sternenlicht ab. Eine Katze, aber keine von den Hauskatzen, die ich kannte. Das hier war wirklich ein Prachtexemplar.

Ich hielt den Atem an, konnte den Blick nicht von den gelben Augen abwenden. Und dann verschwanden sie ganz plötzlich, tauchten in die Dunkelheit. Die Stelle, wo die Katze gestanden hatte, schien dunkler als die Umgebung.

»Ein Fuchs«, sagte Lewis. Ich merkte, wie er im Dunkeln grinste. »Taucht meistens abends gegen elf auf. Wenn ich hier bin, warte ich auf ihn. Keine Ahnung, ob er auch kommt, wenn ich nicht hier bin. Vermutlich schon. Aber mir gefällt der Gedanke, dass er hierher kommt, um ein bisschen Zeit mit mir zu verbringen. Wir treffen uns jetzt schon seit ein paar Jahren.«

In diesem Moment löste sich irgendetwas in mir, irgendein ganz tief sitzender Knoten, von dessen Existenz ich gar nichts gewusst hatte. Wild und ungezähmt war dieser Fuchs und er hatte mir für einen Augenblick seine Wildheit zum Geschenk gemacht ... ich brach in Tränen aus. Lewis schlang den Arm um mich, drückte mich an sich, und als meine Tränen versiegten, küsste er mich lange und hingebungsvoll. Sein Kuss hatte nichts Kokettes. Die Zeit schien stillzustehen; und was dann im Sternenlicht am Ende von Lewis' Steg geschah, wurde vielleicht nur von einem Fuchs beobachtet.

KAPITEL DREI

Am darauf folgenden Wochenende nahm Lewis mich zum ersten Mal ins Strandhaus mit. Es war ein kühler, klarer Tag, der Himmel von einem zarten Blau, und das Wasser im Hafen, wo der Cooper River ins Meer mündete, glitzerte in der leichten Brise wie verknitterte Aluminiumfolie.

Wie Skelette von gigantischen Wasserschlangen spannten sich die beiden großen Doppelbogenbrücken über die breite Flussmündung. Sie waren so hoch und so stark gewölbt, dass einem beinah schwindelig wurde. Nimmt man die ältere der beiden – sie verbindet die Halbinsel mit Mount Pleasant –, hat man eine angsteinflößende Achterbahnfahrt auf einer zweispurigen Fahrbahn ohne Seitenbegrenzung vor sich, was das Schwindelgefühl nur noch steigert. Selbstverständlich *gibt* es ein Geländer, doch wenn man mit dem Auto die Brücke hinauffährt, hat man den Eindruck, dass da nichts ist zwischen einem und dem Wasser dreißig Meter weiter unten. Die neuere Brücke ist breiter und besser gesichert, aber jedes Mal, wenn ich sie überquere, ist mein Mund staubtrocken und ich bekomme feuchte

Hände. Obwohl die alte Brücke direkt zur East Bay und meiner Wohnung führt, wähle ich stets die Route, auf der die neue liegt. Für das Gefühl der Sicherheit nehme ich es gern in Kauf, Richtung Meeting Street ein paar Kurven mehr zu fahren. Seit damals sind wir zwar weiß Gott wie oft zum Haus auf Sullivan's Island gefahren, aber ich atme dennoch erst wieder richtig durch, wenn wir unten in der Marsch angelangt sind.

»Du musst deine Furcht überwinden«, entschied Lewis, als wir den letzten Buckel hinunterfuhren. »Ich kann ja nicht jedes Mal, wenn wir auf die Insel fahren, anhalten und deine Hände trockenreiben.«

»Ich werde mir Mühe geben«, sagte ich und musste über die künftigen Besuche grinsen, die er mir in Aussicht stellte. Dennoch gelang es mir nie, meine Angst abzuschütteln. Alles, was perfekt ist, fordert seinen Preis.

Als ich Sullivan's Island zum ersten Mal auf einer Karte studierte, fand ich, dass die Halbinsel eher wie ein entzündeter Blinddarm aussah. Die dem Festland zugewandte Seite besteht aus Marschland und ist mit kleinen Wasserläufen gespickt, die den Gezeiten unterliegen. Wenn man von Mount Pleasant aus Richtung Insel fährt und die Binnenwasserstraße überquert, kommt es einem immer so vor, als würde man eine verzauberte Landschaft von gestern betreten, wie man sie von impressionistischen Gemälden kennt. Die weiten Salzmarschen, das breite Band der glitzernden Wasserstraße, die tiefer liegenden Cottages, die das dem Land zugewandte Ufer säumen, die schmalen Stege und die wippenden Boote und dahinter die unendliche Weite des blauen Atlantiks ... eine Landschaft, wie Cezanne sie gemalt hatte. Ich war schon öfter auf der Insel gewesen, war einen der wenigen Pfade, die zum Strand führten, hinuntergegangen, durch die Dünen spaziert oder hatte mit dem einen oder anderen Freund am flachen, gelbbraunen Strand auf einem feuchten Strandtuch gelegen, aufs Meer hinausgeschaut oder landeinwärts, wo alte Cottages hinter den Dünen aufragten und von wogendem, rauschendem Schilf vor unseren Blicken geschützt wurden. Mir war klar, dass ich niemals in einem dieser Häuser zu Gast sein würde. Seit dem ausgehenden 19. Jahrhundert waren das die Schlupfwinkel alteingesessener Charlestoner, die sich während der langen, heißen Sommer dort einnisteten und die frische Brise genossen. Mir war zu Ohren gekommen, dass sie ihren gesamten Haushalt, ihre Diener und manchmal sogar ihre Kuh mitbrachten. Die Häuser wurden nur selten vermietet und auf der Insel gab es weder Motels noch Gasthäuser. Folglich befand ich, dass dies eine Privatinsel war. Es gab nur ein paar Fischbuden und ein Lebensmittelgeschäft mit dazugehöriger Tankstelle. Hier war alles sehr schlicht und ein bisschen heruntergekommen. Auf Sullivan's Island hörte man nur Kindergeschrei und den Gesang der Seevögel, und die schnellsten Gefährte waren die allgegenwärtigen Golfwagen, mit denen die Sommerfrischler oft in Begleitung von Kindern und großen Hunden mit heraushängenden Zungen zum Laden fuhren, um die *New York Times* zu holen. An jenem ersten Tag behauptete Lewis, die Insel wäre ein altmodischer Ort für Familien. Und ich wusste, wer diese Familien waren.

Wer lebendigere Strände mit mehr Gleichberechtigung und lautere Abendunterhaltung suchte, fuhr nach Folly Beach im Süden und zur Isle of Palms im Norden, wo es im Sommer von Besuchern nur so wimmelte. Abgeschiedenheit und hohe Palladiofenster mit Blick aufs Meer boten Kiawah oder Wild Dunes, die direkt am Breach Inlet auf der Ostspitze der Isle of Palms lagen. Verfügte man über die nötigen Mittel, konnte man sich dort einkaufen. Auf Sullivan's Island hingegen, wo nur ganz selten Häuser zum Verkauf standen, musste man eingeladen werden. Sullivan's war der älteste Badeort im Umkreis von Charleston und er jagte mir eine Heidenangst ein.

»Warum?«, fragte Lewis mich, als ich an jenem ersten Tag mehrmals anklingen ließ, es wäre vielleicht besser, wenn ich dem Strandhaus, wo seine sechs besten Freunde das Wochenende oder manchmal auch mehrere Wochen verbrachten, erst später einen Besuch abstattete.

»Ich bin nicht eine von euch. Ich bin da nicht reingeboren. Ich bin ja nicht mal eine waschechte Charlestonerin; ich wohne hier nur. Sie werden bestimmt äußerst nett zu mir sein, aber da wird sich eine Kluft auftun und über kurz oder lang wirst du mir das übel nehmen.«

»Erstens: Ich werde dir nie irgendetwas übel nehmen. Punkt. Ende der Diskussion«, sagte er und fuhr mit den Fingern durch mein windzerzaustes Haar. »Und zweitens sind nicht alle in Charleston geboren und niemand nimmt ihnen das übel.«

»Dann haben sie eben in jungen Jahren jemanden

aus Charleston geheiratet. Ein paar von ihnen hast du gleich nach dem Medizinstudium kennen gelernt, nicht wahr? Und mit den anderen bist du in den Kindergarten gegangen. Ihr seid wie eine Familie. Sehr distinguiert. Und ich kann das nicht.«

»Anny, verdammt noch mal, was meinst du damit, ›das‹? Was tun wir distinguierten Menschen denn deiner Meinung nach? Was, glaubst du, treiben wir da draußen? Druidenriten vollziehen? Tiere opfern? Ethnische Säuberungen betreiben, damit der Genpool rein bleibt?«

»Mir scheint er ziemlich homogen zu sein.«

»Dann wartet aber eine große Überraschung auf dich oder eine tiefe Enttäuschung. Du siehst besser aus als die meisten von ihnen und bist klüger als alle. Sie werden dich lieben.«

»Lewis …«

»Jetzt sei ruhig.« Er grinste und steuerte den Range Rover auf eine mit Schlaglöchern übersäte, hitzeflirrende Straße, die die Insel teilte. Ich schwieg eine Zeit lang.

Wir kamen an der grasbewachsenen Anhöhe vorbei, auf der Fort Moultrie stand. Ich kannte das Fort, hatte es aber noch nie zu Fuß erkundet. Es erinnerte an einen uralten Grabhügel, wo die Gebeine eines Riesen oder großen Königs bestattet waren.

»Ursprünglich war Sullivan's eine Kriegsinsel«, erläuterte Lewis und deutete auf das Fort. »Von Fort Moultrie aus wurde der erste Angriff der Briten während des Revolutionskrieges vereitelt. Befestigungsanlagen und Bunker sind über die ganze Insel verstreut.

Sie sind weiter hinten in den Mittelreihen, längs der Stationen zu finden. Henry und ich haben sie früher ausgekundschaftet. Drinnen haben wir uns bis auf die Badehose ausgezogen und manchmal sogar die abgestreift, uns mit Schlamm oder Schuhcreme eingeschmiert und uns dann gegenseitig mit angespitzten Ästen durch die Tunnel gejagt. Es grenzt an ein Wunder, dass wir uns nicht gegenseitig umgebracht haben. Einmal haben wir McKenzies Hund Scout verfolgt. Er hat sich in den Tunneln verirrt und wir haben ihn zwei Tage lang erfolglos gesucht. Henrys Vater hat uns beinah erwürgt. Ich glaube, er mochte Scout lieber als uns.«

»Ihr müsst ja echt wild gewesen sein«, bemerkte ich. »Seid ihr überall auf der Insel herumgesprungen?«

»O ja. Wie alle anderen Kinder auch. Damals musste man sich vor nichts fürchten, außer vor den Gezeiten draußen beim Breach Inlet und den hiesigen Wasserschlangen. Aber schon mit zwei oder drei Jahren wussten alle Kinder, dass sie sich davor in Acht nehmen mussten. Wenn ich's mir richtig überlege, gibt's hier immer noch nicht viel, wovor man sich fürchten müsste. Seit meinem achten Lebensjahr komme ich nun schon hierher und die Insel hat sich in all den Jahren eigentlich kaum verändert.«

»Hatte deine Familie hier ein Haus?«

»Nein. Meine Mutter fürchtete das Wasser mehr als den Tod. Die Wellen trieben sie in den Wahnsinn. Ich weiß nicht, wie sie auf der Battery überlebt hat. Wenn die Flut kam, verzog sie sich in den hinteren Teil des Hauses und schloss die Fensterläden. Meine

Eltern sind immer zu dem Edisto-Haus rausgefahren. Ich habe mich dort gern herumgetrieben, schon als kleiner Pimpf, aber zum Spielen gab es da nur meine Schwester und eine Hand voll Kinder von den Angestellten. Und deshalb habe ich Wochen und manchmal sogar Monate auf Sullivan's verbracht, im Haus von Henrys Eltern. Er hatte zwei ältere Schwestern, die sich entweder die Nägel lackierten oder an der Station der Küstenwache vorbeiflanierten. Für Mrs McKenzie war ich vermutlich so etwas wie ein zweiter Sohn. Damals verlebten sie und die Kinder den Sommer hier draußen, wie viele andere Charlestoner Familien. Ich kann mich nicht erinnern, dass sie mich jemals anders als Henry behandelt hätte. Liebevoll, gütig und großzügig war sie. Sie wusste, uns konnte nichts zustoßen, und wir ließen sie meistens in Ruhe. Ich mochte sie wirklich sehr.«

»Wusste sie von den Tunneln und all dem?«

»Ich glaube nicht. Sie ahnte nicht mal annähernd, was wir eigentlich trieben. Wir sind zum Beispiel von der Ben Sawyer Bridge in die Wasserstraße gesprungen. Damals gab es ja noch nicht viel Schiffsverkehr. Aber das Wasser war tief und die Strömung schnell. Wir hatten schon ein bisschen Schiss. Einmal wollten wir zum Breach Inlet schwimmen und haben die halbe Strecke bis zur Isle of Palms geschafft. Wir mussten zu Fuß nach Hause gehen, damit keiner davon erfuhr. Und dann sind wir mal während eines Gewitters mit Mr McKenzies Jolle zu der kleinen Bucht hinausgefahren. Und wir haben hinter den Dünen geraucht oder sind mit Mrs McKenzies Rum nachts an den Strand gegangen und haben dort übernachten müssen, weil wir es nicht mehr nach Hause geschafft haben.«

»Hat sie euch nicht vermisst?«

»Nein. Wir hatten ihr gesagt, wir würden draußen campen. Was wir damals auch oft taten, hinter der Dünenreihe oder drüben auf Little Goat Island. Manchmal haben wir sie und Henrys Schwester einen ganzen Tag lang nicht zu Gesicht gekriegt. Wenn unsere Räder nicht da waren, wusste sie, dass wir uns irgendwo in der Gegend herumtrieben. Und wir sind oft rüber zu Camillas Haus am Strand gegangen. Henry wohnte in der kleinen Bucht. Bei uns konnte man prima segeln und bekam die besten Krabben, aber Camilla hatte den Strand und den Ozean. Wir mussten sie bei uns mitmachen lassen, damit wir an ihrem Strand spielen konnten, doch das war es wert. Camilla war eines der wenigen Mädchen, die wir tolerieren konnten. Sie war ein richtiger Wildfang, sie konnte besser segeln und schwimmen als wir. Und da ihre Schwester wesentlich älter war, waren ihre Mutter und Großmutter heilfroh, dass sie Gesellschaft hatte, und dafür nahmen sie selbst uns in Kauf. Wahrscheinlich hätten sie uns allerdings ertränkt, wenn sie geahnt hätten, in was wir Camilla da mit reinziehen. Doch wie ich schon sagte, damals war Sullivan's der sicherste Ort auf der ganzen weiten Welt. Und Henry betete sie an. Schon immer, schon vom Kindergarten an. Die beiden sind schon mit zehn Jahren ein Paar gewesen.«

»Aber er hat sie nicht geheiratet«, wandte ich ein.

»Nein. Ein Jahr nachdem Camilla in die Gesellschaft eingeführt wurde, hat Charlie Curry im Krankenhaus

85

angefangen, und da hat sie den guten alten Henry fallen lassen wie eine heiße Kartoffel und Charlie noch im gleichen Jahr an Weihnachten geheiratet. Das war eine der größten Hochzeiten, die Charleston je erlebt hat. Henry kam nicht; er kehrte früher ans Hopkins zurück.«

»Armer Henry.«

»Ja, aber dann tauchte auch schon Fairlie auf, und ehe man sich's versah, war es um Henry geschehen. Mann, war das eine Frau! Na, du wirst schon sehen.«

»Woher stammt sie?«

»Aus Kentucky. Sie kam, um am College von Charleston Tanz zu studieren. Henry lernte sie auf einer Party kennen, die seine Mutter für die Truppe gab. Sie war deutlich jünger als wir, was Henry aber nicht kümmerte. Seine Mutter war allerdings nicht begeistert, denn sie hatte sich schon auf Camilla festgelegt. Der Zusammenschluss zweier großer alteingesessener Familien und all der Kram. Am Ende fügte auch sie sich ins Unausweichliche. Fairlie war atemberaubend. Das ist sie immer noch, aber damals als junge Frau ... Himmel, sie leuchtete wie eine Kerze!«

Mein Mund war ganz trocken. Ich leuchtete überhaupt nicht, und falls doch, dann höchstens wie ein Notlicht.

»Erzähl mir von den anderen«, bat ich. »Erzähl mir von den Scrubs, von den Arztkitteln.«

»Das habe ich doch schon unzählige Male getan.«

»Erzähl es mir noch mal. Erzähl mir, wieso ihr euch so nennt. Erzähl mir, was die anderen zum Lachen bringt. Erzähl mir, was sie lieben.«

Er bremste, damit ein paar Fußgänger über die Straße Richtung Strand gehen konnten. Eine junge Frau in einem Herrenoberhemd und Sonnenbrille ging voran. Ihr folgten zwei braun gebrannte, blonde Kinder in Badehosen und Flipflops. Das Ende bildete ein junges Mädchen in einem züchtigen Bikini, das die Handtücher, eine Kühltasche, einen Sonnenschirm und Strandspielzeug trug. Sie war barfuß und hüpfte auf Zehen über den heißen Asphalt.

»Die sehen wie eine Entenfamilie aus«, fand ich.

»Die typische Kernfamilie auf Sullivan's Island«, sagte Lewis grinsend. »Mutter aus Charleston verbringt den Sommer hier, während Daddy in der Tradd Street bleibt, in der Bank arbeitet und nur am Wochenende herkommt. Die Kinder. Das Kindermädchen. Die Kindermädchen erkennt man an den vielen Sachen, die sie schleppen, und daran, dass sie immer den Schluss bilden. Zu unserer Zeit gab es keine Kindermädchen. Ich weiß nicht, ob die Kinder seit damals schlimmer geworden sind oder ob die Mütter der Aufgabe einfach nicht mehr gewachsen sind. Hätten Henry und ich einen Bikini-tragenden Teenager im Haus gehabt, wären wir auf der Vorderveranda festgewachsen.«

»Das hört sich an, als wärt ihr jugendliche Sexmonster gewesen.«

»Und daran hat sich bis heute nichts geändert«, sagte er und legte die Hand auf mein nacktes Knie. Ich spürte, wie sich die Hitze seiner Hand in meinem Körper ausbreitete. Da musste ich an das letzte Wochenende denken und merkte, wie meine Arme und Beine schwer und lahm wurden. Wir hatten seither jeden

Abend gemeinsam verbracht, uns aber nicht wieder geliebt. Ich hatte darauf gewartet, zuerst verschämt und schüchtern, dann irritiert und schließlich mit einer Ungeduld, wie ich sie noch nie in der Magengrube gespürt hatte. Bereute er die Nacht auf dem Steg etwa? Und wenn dem so war, wieso traf er sich dann immer noch mit mir? Warum brachte er mich an diesen Ort, der – wie ich sehr wohl wusste – ihm so viel bedeutete?

Als könnte er Gedanken lesen, sagte er: »Ich kann es gar nicht erwarten, dich auf einer Sanddüne zu lieben. Das ist eine ganz unvergessliche Erfahrung. Der Mond, die Sterne, der geschnäbelte Nachtschatten, die Flusskrebse …«

»Da kannst du lange warten«, sagte ich, aber etwas in mir entspannte sich und erfasste mich. Dann würde es also ein nächstes Mal geben, wenn auch nicht unbedingt in einer Düne. Anschließend fragte ich mich, was eigentlich mit mir los war und ob man sich mit fünfunddreißig noch in eine kesse Biene verwandeln konnte.

Und ich ahnte, dass das möglich war.

Er gab Gas und fuhr langsam nach Westen. Die Mittelstraße wurde von kleinen Cottages und Bungalows gesäumt, von denen ein Großteil auf Stelzen stand. Sie wirkten gepflegt, manche hatten üppige Gärten, doch umwerfend waren sie nun wahrlich nicht.

»Wo sind die großen alten Ferienhäuser?«, wollte ich wissen. »Wahrscheinlich am Strand, aber ich habe sie noch nie gesehen.«

»Ja, am Strand. Sie stehen, wie wir es nennen, in der

ersten Reihe. In der ersten Reihe am Strand. Es gibt eine zweite, dritte, vierte Reihe und so weiter. Die kleinen Straßen, die von diesen Häusern hier heraufführen, werden Stationen genannt, denn früher sind das Haltestellen gewesen, als es auf der Insel noch eine Straßenbahn gab. Je weiter vom Strand entfernt, desto schäbiger wird es.«

»Nicht sonderlich demokratisch.«

»Das haben wir auch nie behauptet.«

»Na schön, nun zu den Scrubs.«

»Das rührt einfach daher, dass wir alle, auf die eine oder andere Weise, etwas mit Medizin zu tun haben. Henry und ich sind zusammen auf die Duke und Hopkins gegangen. Charlie ist immer in der Krankenhausverwaltung tätig gewesen. Simms' Vater gehörte ein Vertrieb für Medizinbedarf, er belieferte den ganzen Süden. Simms hat daraus einen nationalen Konzern gemacht. Den zweit- oder drittgrößten im ganzen Land, glaube ich. Simms, Henry und ich sind hier geboren und zusammen aufgewachsen. Camila und Lila auch. Wir waren so was wie die Kerntruppe und dann sind Charlie und Fairlie aufgetaucht und irgendwie hat es einfach … klick gemacht. Im Lauf der Jahre wurde unsere Beziehung immer enger, sogar enger als die Familienbande. In gewisser Hinsicht hast du Recht. Diese Menschen *sind* meine Familie.«

»Deine Frau …«, begann ich vorsichtig. »Hat sie auch dazugehört?«

»Nein.« Er blickte stur geradeaus. »Sissy hat nie dazugehört. In ihren Augen war Sullivan's stickig, sandig und schäbig und sie konnte die anderen Frauen nicht ausstehen. Na, vielleicht Camilla ein bisschen … zumindest gefiel ihr Camillas Stammbaum, und es ist eh schwer, Camilla nicht zu mögen. Aber Fairlie und Lila mochte sie nun wirklich nicht. Die sahen zu gut aus, vermute ich.«

»Na, in dieser Hinsicht hatte sie nichts zu befürchten«, sagte ich beim Gedanken an die strahlende junge Frau im Hochzeitskleid.

»Sissy konnte es nicht leiden, wenn sie Sand in die Schuhe bekam oder der Wind ihre Frisur in Unordnung brachte. Und das Haus ist alles andere als ein Palast. Meistens blieb sie in Charleston, ging auf Partys oder mit den Mädchen zum Einkaufen. Oder sie begleitete die Mädchen auf ihre Partys.«

»Und die Mädchen waren auch nicht gern am Strand?« Ich fragte mich, welche Kinder die Wellen, den Sand und das grenzenlose blaue Meer nicht mochten.

»Doch, und hin und wieder sind wir sogar alle zusammen hierher gekommen, als sie noch ganz klein waren. Aber Sissy mochte die anderen Kinder nicht, die in ihren Augen laute kleine Rowdys waren, die nur wild durch die Gegend rannten. Und das waren sie auch, denn sie kamen ja nach ihren Eltern. In einem Sommer bekamen die Mädchen dann so einen Sonnenbrand, dass wir mit ihnen ins Krankenhaus mussten, und das war's dann. Doch sie mochte Sweetgrass. Da haben wir eine Menge Zeit verbracht. Ihr gefiel es, ihre Freunde auf die Familienplantage und später ins Battery-Haus einzuladen. Aber wenn ich hierher kam, dann allein.«

»Das finde ich unheimlich traurig.« Ich lehnte kurz

den Kopf an seine Schulter. Er hob die Hand hoch und fuhr mir übers Haar.

»Na, wie auch immer, wir haben schließlich so etwas wie ein System bezüglich des Strandhauses ausgetüftelt. Camillas Mutter verlor nach dem Tod ihres Gatten jegliches Interesse daran. Und da haben wir uns zusammengesetzt, unsere Groschen zusammengekratzt und es gekauft. Nun gehört es uns allen. Wer am Wochenende rauskommen oder länger bleiben will, kann das tun. Und jeder kann so viele Gäste mitbringen, wie er möchte. Ein paar von uns haben noch andere Häuser, ich beispielsweise habe Edisto, und die tauchen hier nicht ganz so oft auf wie die anderen. Aber einmal im Monat, gewöhnlich an einem Samstag, treffen wir uns alle hier und verbringen ein oder zwei Tage zusammen. Das verpasst keiner. Früher haben wir die Kinder mitgenommen, doch inzwischen sind wir wieder unter uns, so wie am Anfang. Du hast gefragt, worüber wir lachen? Über alles. Und was wir lieben? Selbstverständlich vieles, aber ganz oben auf der Liste steht der Ozean und das Haus und … unsere Gemeinschaft. Es ist eigenartig, aber der Strand hat uns immer zusammengehalten. Für uns ist das Wasser wahrscheinlich wie Blut.«

Ich schwieg und dachte darüber nach, dass – auch wenn Lewis da anderer Meinung war – es ganz und gar unmöglich war, dass diese Menschen mich in ihr kompliziertes Geflecht aus Zuneigung und Gelächter einwoben. Ich hatte ja nicht mal geahnt, dass es solche Freundschaft gab. Plötzlich wollte ich nur noch, dass Lewis kehrtmachte und mich nach Hause brachte.

91

»Da sind wir.« Er bog auf eine buckelige Sandpiste, die durch einen Pinien- und Palmenhain führte. Dazwischen war die eine oder andere immergrüne Eiche zu erkennen. Dünen umzingelten das Grundstück. Mir kam es vor, als würden wir eine ganze Weile lang fahren. Sanddünen und Gestrüpp, so weit das Auge reichte.

»Das hier ist definitiv das unelegante Ende der Insel«, erklärte Lewis. »Die schicken Cottages stehen weiter oben am Ostende, was mir sehr behagt, denn so haben wir kaum Nachbarn. Der Strand ist hier relativ schmal und die Dünen sind hoch und verändern sich permanent. Dadurch hat dieses Fleckchen Erde noch etwas Ursprüngliches.«

Schließlich brachen wir durchs Unterholz und rollten auf einen gleißend hellen Sandplatz, der von wogendem Blasentang eingefasst war und hinter dem sich die Dünen erhoben. Das Rauschen des unsichtbaren Ozeans donnerte in meinen Ohren. Und da sah ich das Haus zum ersten Mal.

Das Haus war ein Hybrid – um es mal wohlwollend zu formulieren. Es stand auf einer hellen Lichtung, kein Schatten weit und breit. Die morschen grauen Schindeln reflektierten die flirrende Hitze wie heißer Asphalt. Das Herzstück war ein zweistöckiger Kubus mit zahlreichen Fenstern, in deren Vorhängen sich der Wind vom Meer verfing. Zu meiner Überraschung gab es oben auf dem Dach, quasi als Krönung des Ganzen, eine kleine Terrasse. Offenbar waren im Lauf der Zeit mehrere schindelverkleidete Anbauten dazugekommen. Und es gab eine umlaufende, von

Fliegengittern eingerahmte Veranda. Das Haus stand auf hohen Stelzen. Im Schatten unter dem Haus entdeckte ich mehrere Autos, einen Rasenmäher und ein Volleyballnetz, das über einen Pingpongtisch gebreitet war. Im Hof – oder als was auch immer dieser strahlend weiße Platz bezeichnet wurde – musste die Hitze um die Mittagszeit nahezu unerträglich sein. Mir war aufgefallen, dass die Vorhänge sich bewegten, und ich hörte eine Flagge im Wind flattern. In diesem Haus konnte man sich bestimmt nicht über einen Mangel an frischer Luft beklagen.

»Hier muss ich sein«, sagte ich einfältig zu Lewis, ohne mir richtig bewusst zu sein, dass ich laut sprach. Das Haus sprach so direkt zu meinem Herzen, wie meine Mutter es nie vermocht hatte.

»Ich weiß«, gab Lewis zurück. »Und jetzt bist du ja auch da.«

Eine lange Holztreppe führte vom Sand zur hinteren Veranda hinauf. Es gab ein Geländer, und die Treppe wirkte auch sehr stabil, aber sie bedurfte dringend eines neuen Anstrichs – wie auch der Rest des Hauses. Ich verliebte mich in jeden Span, in jede Furche. Dieses wunderschöne Haus ähnelte einem Wildfang in zerrissenen Kleidern und verlangte Demut. Und ich war diesem Haus ergeben, noch ehe wir aus dem Wagen stiegen.

»Es ist wundervoll«, sagte ich zu Lewis und stapfte durch den Sand zur Treppe hinüber. Der geschnäbelte Nachtschatten pikste mir in die Beine und kleine bösartige Insekten fielen über mich her.

»Ja, das ist es. Ästhetisch gesehen ist es kein Prachtexemplar. Zu Anfang war es eine *New England Salt-box*, denn Camillas Vater hatte Nantucket besucht und sich dort in die alten Seefahrerhäuser verliebt. Die meisten Häuser stehen nicht auf Stelzen und liegen hinter den Dünen, doch er vertrat den Standpunkt, dass er das Meer auch sehen wollte, wenn er schon ein Haus am Strand hatte. Dieses Haus wurde auf einem der höchsten Punkte der Insel errichtet und liegt wegen seiner Stelzen sogar noch ein Geschoss höher. Er hat das ganze Land bis hinunter zur ersten Dünenreihe erworben mit der Begründung, er hätte keine Lust, anderen ins Badezimmer zu schauen. Wenn man im Haus ist, hat man das Gefühl, auf einem Schiff auf hoher See zu sein. Man kann über die Dünen bis zum Strand und Ozean sehen. Die Palmenwipfel sind ungefähr auf gleicher Höhe mit der Veranda. Derjenige, der die Anbauten und die Veranda in Auftrag gegeben hat, wollte nur mehr Schlafraum und einen Platz, wo man im Freien sitzen konnte. Dieses Haus wird es niemals in den *Architectural Digest* schaffen, aber irgendwie funktioniert es, selbst wenn die Schlafzimmer kaum größer als ein Einbauschrank sind und man manchmal das … Schnarchen seiner Nachbarn durch die dünnen Wände hört.«

Er grinste anzüglich.

»Na, es gibt ja noch die Dünen«, erwiderte ich, woraufhin er lachte und meine Hand nahm. Wir liefen die Treppe hinauf und traten auf die Veranda, in den Wind.

Als wir den Hintereingang des Hauses erreichten, der offen stand, schlug uns der Wind ins Gesicht. Die

Vordertür war ebenfalls geöffnet. Ein Schwall samt-
weicher Salzluft wehte herein. Ich sah den großen
Raum, dahinter die Vorderveranda und noch weiter
hinten die Dünenkämme, die zum Strand und Meer
hin abfielen. Es herrschte Flut. Weiße Schaumkronen
zierten das grünblaue Wasser. Mein verschwommener
Blick schweifte kurz über einen alten Korbstuhl und
ausgefranste Bastteppiche, über Berge von Büchern
und Zeitschriften, über Kaffeetassen, zerknüllte Servietten und einen riesigen, verwaisten Kamin am anderen Ende des Zimmers. Am gegenüberliegenden Ende
führte eine schmale Stiege ins dunkle Obergeschoss.
Neben der Fliegengittertür lehnten ein paar Angelruten und aus irgendeinem unerfindlichen Grund hatte
jemand einen verbeulten, gelben Kajak auf die Veranda
gebracht und neben einer Hängematte abgestellt. Im
Haus war niemand.

Auf dem alten Tisch – einer Platte auf zwei Böcken
– lag unter einer Flasche Anti-Mücken-Lotion eine
Nachricht.

»Sind am Strand«, war da zu lesen. »Bringt noch ein
paar Handtücher, Eis aus dem Gefrierfach und einen
weiteren Schirm mit. Herzlich willkommen, Anny!«

Die Notiz war nur mit C. unterschrieben. Camilla,
dachte ich. Mir schnürte es die Kehle zu.

»Ich habe keinen Badeanzug«, gestand ich kleinlaut.

»Hier müsste es auf jeden Fall einen geben, der dir
passt«, sagte Lewis. »Geh nach oben, ins erste Schlafzimmer auf der rechten Seite. Da schlafen Camilla und
Charlie. Sie verwaltet die herrenlosen Bademoden.

Kommt immer wieder vor, dass irgendjemand etwas liegen lässt. Inzwischen müssten es an die zwanzig sein.«

»Ich kann doch nicht einfach in ihr Zimmer …«

»Ach, mach schon. Wen kümmert das? Es kommt immer wieder vor, dass du nachts aufwachst, weil jemand deine Kommode oder deinen Koffer durchwühlt und eine Briefmarke, den Autoschlüssel oder – was am wahrscheinlichsten ist – ein Alka-Seltzer sucht. Hier geht es ziemlich sozialistisch zu.«

Ich erklomm die dunklen alten Stufen und betrat das winzige Schlafzimmer, das auf die Dachterrasse hinausging. Es gab ein großes altes Mahagonibett, auf dem sich vergilbte Spitzenkissen türmten und über das eine elfenbeinfarbene Tagesdecke gebreitet war. Ein *Rice Bed*, fuhr es mir durch den Sinn. Einmal abgesehen von den beiden Nachttischchen, ein paar windschiefen Lampen und einer massiven alten Kommode war der Raum leer. In dem Zimmer hing der Geruch von Salz, Kampfer und Generationen von Vorfahren. Und dann entdeckte ich den kleinen Alkoven mit einem zierlichen Sekretär, auf dem sich eine Lampe, Papiere, zusammengeheftete Unterlagen, Briefmarken und Briefpapier stapelten, wobei die Umschläge aufgrund der Luftfeuchtigkeit zusammenklebten. Und ein schönes, in grüne Seide gebundenes Buch, das ich für eine Art Tagebuch hielt. Kartoffelrosen verwelkten in einer kleinen Vase aus Biskuitporzellan. Camillas Ecke, der Ort, wo sie wirklich lebte.

In der untersten Kommodenschublade lagen die Badesachen, ordentlich in Seidenpapier eingeschlagen und nach Lavendel duftend. Das mussten tatsächlich an die zwanzig sein und dem Aussehen nach stammten sie aus den letzten dreißig Jahren. Ich wählte einen Badeanzug mit kleinen rosafarbenen Blumen und einem kurzen Volant, der stark an Lilly Pulitzer erinnerte, und zog ihn im Dunkeln an. Anschließend stieg ich, meine Shorts und mein T-Shirt an die Brust gedrückt, wieder die Treppe hinunter.

»Das ist perfekt!« Grinsend entriss Lewis mir meine zusammengefalteten Sachen, um mich zu bestaunen. »Passt sehr gut zu dir. Wenn du einen Bikini ausgesucht hättest, hätte ich dich auf schnellstem Wege nach Hause gebracht.«

»Das neuste Modell da oben ist eins von diesen Dingern, die Rose Marie Reid getragen hat. Mit Plusterhöschen und vorn Fischbein, das so weit absteht, dass die Brust immer wie auf dem Präsentierteller serviert aussieht. So ein Ding hatte ich in der Highschool und habe damit ausgesehen wie der Kühler eines 53er Studebaker.«

Er lachte und küsste mich auf die Stirn. Mit den Handtüchern, dem Eis und dem großen, windschiefen Sonnenschirm gingen wir die Vordertreppe hinunter und folgten dem langen Holzsteg, der über die Dünen führte, zum Strand.

Das Wasser stieg und die Sonne stand hoch am Himmel. Der Strand und das Meer funkelten wie ein riesiges glitzerndes Tuch. Das Licht hatte die Welt verschluckt, und mir kam es vor, als würde mich die Helligkeit kurzzeitig blind machen. Selbst die Geräusche wurden geschluckt. Unten am Strand konnte ich

Menschen erkennen, die sich unter Sonnenschirme duckten, in den Wellen tollten Kinder herum und über unseren Köpfen kreisten Möwen. Aber hören konnte ich nichts – weder die Möwen noch das sanfte Rauschen der Wellen, die ans Ufer schwappten und sich dann mit ihren Schaumkronen in den durchsichtigen Fluten verloren. Zum Glück funktionierte mein Geruchssinn noch: Ich roch den unverfälschten, archaischen Geruch des Meeres, den Duft des in der heißen Sonne schmorenden Sumpfgrases, der mich irgendwie an Heu erinnerte, und sogar leichte Schwaden einer nach Kokosnuss duftenden Sonnencreme, mit der sich jemand eingerieben hatte. Und unter alldem verbarg sich noch ein anderer Geruch: die süßlich-saure Schlickwolke aus den Marschen längs der Binnenwasserstraße, dieser für Charleston so charakteristische Geruch.

Lewis ging neben mir und sagte etwas, doch ich konnte ihn nicht verstehen. Er begann zu lachen und zeigte Richtung Strand, aber ich konnte nicht erkennen, was er meinte.

Ich drehte mich zu ihm um und schaute ihn an. Er nahm seine Sonnenbrille ab und setzte sie mir auf die Nase, und plötzlich kehrte die Welt zurück, ganz klar und scharf konturiert.

Jemand hatte die Worte »Hallo, Anny« in den feuchten Sand geschrieben. Die einzelnen Buchstaben waren drei, vier Fuß groß. Hinter den Grußworten hatten sich die Scrubs lachend in Reih und Glied aufgestellt und winkten.

Der Wind lüftete den fipsigen Volant meines

schrecklichen Badeanzugs und zerzauste mein Haar. Wäre es mir möglich gewesen, umzukehren und zu fliehen, hätte ich das getan, aber Lewis' Hand lag fest auf meinem Rücken und schubste mich nach vorn, und die Mitglieder des Empfangskomitees – die in Zukunft vielleicht meine Freunde sein würden oder auch nicht – liefen die Dünen herauf, um uns zu begrüßen.

Soweit ich wusste, waren sie alle – mit Ausnahme von Fairlie – ungefähr in Lewis' Alter, etwa um die fünfzig. Aber mich erinnerten sie an diese aufgeweckten Kinder, die im Film aus einem Schuppen laufen und rufen: »He, Leute, ich weiß was! Lasst uns einen Streich spielen!« Vor meinen Augen verschwammen rote, seidig glänzende Haare, die in der Sonne loderten, mit einer weißblonden Mähne, die ein schmales, stark gebräuntes Gesicht einrahmte, ausgeblichene, sportliche Badesachen mit langen braunen Gliedmaßen und weißen Zähnen. Alle waren dünn. Wie konnten Menschen mittleren Alters nur so schlaksig, lässig und jugendlich wirken? Es gab einen Männerkörper mit breitem Rumpf und kräftigen Schultern, aber er war so groß, dass er mit der hohen Baumgruppe zu verschmelzen schien. Nur Lewis und ich, die wir oben auf der Düne standen und sie im Moment noch überragten, waren kurz gewachsen und kompakt.

»Ich komme mir wie ein Gartenzwerg vor«, flüsterte ich ihm unglücklich zu. Da legte er den Arm um meine Schulter und drückte mich fest an sich, ehe uns die Scrubs mit Beschlag belegten.

Ich wurde umarmt, auf die Wange geküsst und zum Strand hinunter zu ein paar ausgeblichenen Sonnenschirmen geführt, unter denen feuchte Handtücher, Badelatschen, Pappbecher und eine beschlagene Kühlbox verstreut waren. Lewis ließ das Eis, die Handtücher und den zusätzlichen Schirm fallen.

»Okay«, sagte er, »das ist sie. Einer nach dem anderen, sonst flüchtet sie wie ein aufgeschrecktes Karnickel. Euer Ruf ist euch vorausgeeilt.«

Ich setzte mich auf ein feuchtes Handtuch und spürte, wie der kalte Sand in die Beinausschnitte des Badeanzugs drang. Einer nach dem anderen, wie demütige Bittsteller vor einer Königin, kamen sie zu mir und setzten oder knieten sich neben mich. Lewis stellte sie vor und erzählte ein bisschen von ihnen. Mir war gleich klar, dass ich das meiste wieder vergessen würde, aber ich lächelte, nickte wie ein Idiot und fürchtete, wie eine schwarz geteerte Kürbislaterne in einem viel zu engen Lilly-Pulitzer-Badeanzug auszusehen.

Camilla Curry war groß, sehr dünn und schon leicht gebeugt von der Osteoporose, die in nicht allzu ferner Zukunft ihren Körper vollständig in Besitz nehmen sollte. Doch ihre langen, schlanken Arme und Beine, ihre schmalen Hände und Füße wirkten jugendlich und ihr schmales, fein geschnittenes Gesicht war so anmutig und schön wie ein in Stein gemeißeltes Bildnis auf einem mittelalterlichen Sarg. Sie hatte dickes, haselnussbraunes Haar, das sie zu einem losen Chignon zusammengefasst hatte, und braune, von dichten Wimpern eingerahmte Augen, die warm leuchteten. Ihr Lächeln hatte die Wirkung einer Segnung.

»Na, Lewis«, stellte sie fest, »da hast du endlich mal die richtige Wahl getroffen.« Und zu mir: »Du musst etwas Besonderes sein, denn du bist die Erste, die Lewis je hierher gebracht hat.«

Auf einmal überkam mich ein starkes Gefühl von Zuneigung, und dieses Gefühl sollte während all der Jahre, die ich Camilla kannte, auch bleiben.

Ihr Mann, Charles Curry, war der große, breitschultrige Kerl, der mir vorhin schon aufgefallen war. Sein Haar wurde schütter und seine Haut hatte die Farbe von Mahagoni. Als er mich in die Arme schloss, fürchtete ich schon, er würde mir die Rippen brechen. Charles leitete meines Wissens das Queens Hospital in Downtown, wo Lewis und Henry McKenzie als Ärzte arbeiteten. Falls mich nicht alles täuschte, war Charles einer der beiden Scrubs, der weder in Charleston geboren noch aufgewachsen war. Dieser Umstand schien ihn jedoch nicht zu kümmern. Er hatte in eine der ältesten und distinguierten Familien der Stadt eingeheiratet, was ihm anscheinend ebenso wenig Kopfzerbrechen bereitete. Ich glaubte mich zu entsinnen, dass Lewis mir erzählt hatte, er stamme aus Indiana, und man musste ihm Respekt dafür zollen, wie nahtlos er sich eingefügt hatte. Er hatte ein paar Pfund zu viel auf den Rippen, seine Haut pellte sich wie bei einem alten Walross, und seine Badehose hatte so große Löcher, dass es schon fast obszön war, aber seine tiefe Stimme und sein wunderbar dröhnendes Lachen verrieten Selbstsicherheit. Schlagartig begriff ich, dass dieser unglaublich vitale Mann in jedem Salon ein gern gesehener Gast war. Und ich hatte nicht den Eindruck, dass ihn das groß kümmerte.

Fairlie McKenzie wurde mir als Nächste vorgestellt. Für einen ganz kurzen Augenblick hatte ich das Gefühl, mich für eine Stellung als Hausmädchen zu bewerben. Fairlie war Aufsehen erregend. Sie musste Ende vierzig sein, aber dennoch konnte man den Blick einfach nicht von ihr abwenden. Ich musste daran denken, wie Lewis sie mir als junge Tänzerin beschrieben hatte, die eben erst zugezogen war. Es brauchte nicht viel Fantasie, sich die frisch erblühte junge Frau vorzustellen. Ihr dichtes, kupferfarbenes Haar wurde vom Wind zerzaust und loderte in der Sonne. Sie hatte scharf geschnittene, spitze Züge und erstaunlich blaue Augen. Fairlie war extrem drahtig und bewegte sich wie eine Schlange, wobei sie sich ihres Körpers allerdings gar nicht bewusst zu sein schien.

»Anny.« Dass sie aus Kentucky stammte, hörte man, doch es war das Kentucky der Pferdezüchter und nicht das der Kohlezechen. »Wir alle haben sehnsüchtig darauf gewartet, zu erfahren, was für eine Mata Hari unseren guten alten Lewis endlich dazu gebracht hat, sie auf geweihte Erde zu bringen.«

»Ich bezweifle stark, dass ich viel von einer Mata Hari habe«, wehrte ich ab, und da lachte sie, ohne ein weiteres Wort zu sagen. Damals mochte ich Fairlie McKenzie nicht. Sie war scharfzüngig und sarkastisch. Und sie hatte eine von diesen Tänzerinnenfiguren, die der eng anliegende schwarze Badeanzug nur noch betonte. Mit einem Mal kam ich mir in meinem Lilly-Ding ziemlich schäbig vor.

Henry McKenzie kam nach ihr, und diesen Mann schloss ich sofort ins Herz. Vermutlich ging das den meisten Leuten so. Irgendwie strahlte er Sicherheit aus. Er war der große, hellblonde Mann, den ich zuerst gesehen hatte, und sein braun gebrannter Körper war so schlaksig und dünn wie der einer Vogelscheuche. Er hatte haselnussbraune, leicht schläfrige Augen und ein Lächeln, das man nur als süß bezeichnen konnte. Bestimmt hat jede Mutter sich ihn sehnlichst als Schwiegersohn gewünscht. Es wäre vermutlich ein großer Verlust für den Charlestoner Genpool gewesen, wenn Henry sich die extravagante Fairlie geschnappt hätte und mit ihr in die Bedon's Alley gezogen wäre. Von Lewis wusste ich, dass Henry Kardiologe war, und wenn er sich freimachen konnte, arbeitete er einen Großteil seiner Zeit mit Ärzten in armen Ländern wie Haiti, im wilden grünen Herzen von Puerto Rico oder gar in Afrika. Dass Fairlie ihn dorthin begleitete, hielt ich für unwahrscheinlich – was recht gehässig von mir war.

»Lewis hat mir von deiner Tätigkeit in der Einrichtung erzählt«, sagte er. »Ihr leistet gute Arbeit. Irgendwann würde ich gern mal mit dir darüber plaudern. Die vielen Länder, die ich besuche, brauchen ganz dringend so eine Anlaufstelle. Vielleicht möchtest du uns ja mal begleiten und vor Ort überlegen, was wir da tun könnten …«

»Henry, um Gottes willen«, mahnte Camilla warmherzig, aber nachdrücklich. »Sicher schmiedet Anny andere Pläne für die Zukunft und denkt nicht im Traum daran, für dich am Ende der Welt oder sonst wo als unbezahlter Lakai zu schuften.«

»Na«, fuhr Henry ungerührt fort, »was immer sie auch vorhaben mag, auf jeden Fall ist sie hübsch.«

Fairlie kicherte höhnisch. Die anderen Scrubs brachen in Gelächter aus. Und auf einmal stimmte alles. Für einen Augenblick war alles in Ordnung.

Simms und Lila Howard kamen gemeinsam zu mir. Wer die Stadt kennt, hätte prompt »Charleston« gedacht, egal wo man den beiden auf dieser Welt über den Weg gelaufen wäre. Lila war ziemlich klein und wohl geformt. Die Brille auf ihrem Kopf hielt ihr das kinnlange, honigblonde Haar aus dem Gesicht. Sie war nur leicht gebräunt, hatte ein herzförmiges Gesicht und große, weit auseinander stehende braune Augen. Sie trug einen knabenhaft geschnittenen, ausgeblichenen Seersuckerbadeanzug, der fast weiß wirkte, und kleine goldene Ohrringe. Ihre Stimme war weich und rauchig und wie alle Charlestoner dehnte sie das A beim Sprechen. Sie lächelte gutmütig. Ich konnte mir gut vorstellen, wie sie auf einer von Myrrhen beschatteten Veranda ihre Gäste fragte, ob sie deren Drinks nachfüllen sollte. Simms war mittelgroß und von zierlicher Statur. Seine braunen Haare färbten sich langsam grau. Er hatte müde Augen und sprach so langsam wie alle vornehmen Männer in Charleston. Im Augenblick trug er ausgebeulte, knielange Karoshorts, doch im Alltag entschied er sich bestimmt für Kakihosen, ein blaues Hemd und eine Fliege. Genau wie bei Lewis zierten die weißen Fältchen eines Seglers seine Schläfen und Stirn. Lewis hatte mir gesagt, dass Simms vermutlich der beste Segler des Carolina Yacht Clubs und ein harter und konzentrationsstarker Gegner war. Das muss die Seite in ihm sein, überlegte ich, die ihm half, Leiter des zweitgrößten Vertriebs für medizinische Produkte zu sein. Hier, im gesprenkelten Schatten des Sonnenschirms, sah ich nur die andere Seite der Medaille: einen freundlichen, leicht ermatteten Mann, einen Freund aus der Kindheit und einen Gefährten, der einen durchs Erwachsenenleben begleitete. Schätzungsweise verdiente Simms weitaus mehr Geld als die anderen, und dazu kam noch das Vermögen, das Lilas Familie im Lauf von zweihundert Jahren zusammengetragen hatte. Dennoch war er hier am Strand, unter dieser schläfrig machenden Sonne, in erster Linie ein Scrub. Dafür mochte ich ihn und ich mochte Lila für ihr warmherziges Lächeln. Lewis hatte erwähnt, dass Lila zusammen mit ein paar anderen Frauen der feinen Gesellschaft eine Immobilienfirma gegründet hatte. Sie kannten jedes Haus südlich der Broad und wussten schon Wochen bevor es offiziell auf den Markt kam, dass es zum Verkauf stand. Die beiden verdienten eine Menge Geld.

»Du bringst frischen Schwung in diese Truppe«, sagte Lila und umarmte mich. Sie roch nach Lavendelseife. Simms nahm meine Hand und lächelte. »Sei ganz herzlich willkommen, Anny Butler. Wir waren schon kurz davor, diesen Burschen hier aus dem Haus zu werfen, weil er keinen Beitrag leistet.«

»Er will damit sagen«, erklärte Lila, »dass wir abwechselnd Lebensmittel hierher schaffen und diese Aufgabe natürlich den Frauen zufällt, und der einzige Beitrag von Lewis, so er denn überhaupt daran denkt, besteht aus ein paar Flaschen Bier und Erdnüssen, die er auf der Fahrt hierher irgendwo kauft. Stell dich also innerlich darauf ein, die Meute zu füttern, Anny.«

»Kann ich auch irgendwo etwas bestellen?« Ich ging schließlich frühmorgens ins Büro und arbeitete bis spätabends durch.

»Auch das soll uns recht sein«, sagte Henry. »Normalerweise geben wir uns mit Tomatenbroten und Limonade zufrieden, denn das haben wir früher als Kinder hier gekriegt. Ich für meinen Teil halte es für extrem extravagant, irgendwo etwas zu bestellen.«

»Na, dabei vergesst ihr aber die Krebssuppe, die ich literweise hier rauskarre, und die Tonnen roher Shrimps«, sagte Lewis mit einem Grinsen.

»Ja, aber die Suppe kocht deine Haushälterin in Sweetgrass, und ich weiß zufälligerweise ganz genau, dass du die Shrimps bei Harris Teeter holst«, hielt Simms dagegen. »Aber die Regel lautet: Wir müssen uns unsere Festmahle schon verdienen.«

»Wen meinst du eigentlich mit ›wir‹?«, fragte Fairlie unter dem riesigen Strohhut hervor, den sie aufgesetzt hatte.

»Seit wann kannst du denn etwas anderes zubereiten als Tomatensuppe aus der Dose und Toast?«, zog Henry sie auf.

»Ich mache sauber. Ich spüle das Geschirr«, erwiderte sie. »Während ihr Jungs selbstverständlich auf der Veranda sitzt und Zigarre raucht oder segeln geht.«

Nach und nach verebbte die Unterhaltung, und alle waren anscheinend vollkommen damit zufrieden, im Schatten zu liegen und aufs Meer hinauszuschauen. Ich genoss die Stille und war heilfroh, dass ich die erste Hürde hinter mich gebracht hatte. Und so versuchte ich, wie all die anderen ganz lässig auf meinem

Handtuch zu liegen, wobei ich allerdings ständig darauf achten musste, dass der Volant mein Schambein bedeckte.

Bald waren alle verstummt und räkelten sich im grünlichen Schatten des Schirms. Unser Atem wurde gleichmäßiger. Jemand hustete, ein anderer räusperte sich. Alle anderen Geräusche – Kinderlärm, Radios, Wellen und Möwengeschrei – außerhalb unseres kleinen, aus Schirmen bestehenden Königreichs verblassten allmählich, wie das immer der Fall ist, wenn man langsam wegdämmert. Zum ersten Mal seit Tagen spürte ich, wie meine Muskeln locker wurden und ich leichter atmete. Ich schaffe das, dachte ich noch, ehe meine Gedanken mit dem Rauschen des Meeres verschmolzen.

»ALLEY-OOP!OOP!OOP-OOOP-OOP!«

Ein markerschütterndes, nahezu wahnsinniges Geheul riss mich aus dem Schlaf. Mein Herz hämmerte. Und noch ehe ich die Augen aufgeschlagen hatte, packten mich links und rechts Hände, rissen mich vom Handtuch hoch und schleppten mich im Dauerlauf über den Strand. Blinzelnd und nach Luft japsend musste ich feststellen, dass die Scrubs mich in ihre Mitte genommen hatten und mich unbarmherzig Richtung Wasser zerrten.

»Halt!«, schrie ich. »Halt! Ich bin seit zwanzig Jahren nicht mehr im Meer gewesen!«

Doch da sie brüllten und schrien, hörte mich niemand. Ehe ich richtig Atem holen konnte, krachten wir durch die Wellen ins taillenhohe Wasser, und dann erwischte uns eine hohe Woge und brach sich über unseren Köpfen.

Wenn man lange nicht mehr im Meer gebadet hat, vergisst man einfach, wie das ist. Man vergisst völlig, welches Entzücken es einem bereitet, tief unterzutauchen, sich treiben zu lassen, von der unsichtbaren Strömung dieser grünen, sonnengesprenkelten Gewalt mitgerissen zu werden und sich vollkommen schwerelos zu fühlen. So hat man sich wahrscheinlich als Embryo im Fruchtwasser gefühlt. An diesem Tag trieb ich unter der Oberfläche des glitzernden Meeres vor Sullivan's Island dahin, wirbelte langsam durchs kühle, dunkle tiefe Wasser, das – wenn man nach oben schaute – heller und wärmer wurde. Meine Glieder wurden ganz locker und geschmeidig, mein Haar wogte wie das einer Meerjungfrau, mein lächerlicher Volant umschmeichelte mich wie Seidengaze. Leichter als Luft fühlte ich mich, beweglicher als ein Delphin, und ich wollte gar nicht mehr auftauchen. Plötzlich bekam ich eine Ahnung davon, dass Ertrinken durchaus verführerisch sein konnte. Als Lewis mich am Handgelenk packte und mich in brusttiefem Wasser hochriss, wich ich stirnrunzelnd vor ihm zurück.

»Weißt du, wie lange du unten gewesen bist?«, fragte er streng. »Wir dachten, du wärst ertrunken. Camilla ist schon den Strand hinuntergerannt, zur Station der Rettungsschwimmer. Was ist denn los mit dir?«

»Nichts«, antwortete ich verträumt. »Es war wunderbar. Ich hatte vergessen, wie es sich anfühlt, richtig *im* Ozean zu sein.«

»Na, wenigstens ist es dir gelungen, allen eine Heidenangst einzujagen«, sagte Fairlie McKenzie. »Und … was hast du sonst noch drauf?«

»Sei ruhig«, warnte Henry, und diesmal schlug er keinen sanften Ton an.

Lila lief den Strand hinunter, um Camilla zu benachrichtigen. Wir packten unsere Sachen zusammen und stapften über die Dünen zurück Richtung Haus. Während die anderen miteinander scherzten, folgte ich ihnen mit gesenktem Kopf. Ich spürte, wie meine Gliedmaßen wieder steif wurden, wie alle Leichtigkeit aus meinem klitschnassen Volant tropfte.

»Es tut mir Leid«, entschuldigte ich mich bei Lewis, als wir auf der Veranda standen.

»Was tut dir Leid?«

»Dass ich alle in Angst und Schrecken versetzt habe.«

»Vergiss es. Irgendwann werde ich dir erzählen, wie Lila und Fairlie mit dem Whaler aus der Bucht gefahren und auf eine Austernbank aufgelaufen sind. Da mussten wir die Küstenwache verständigen, damit sie die Damen wieder ans Ufer schleppen. Dagegen war deine Nummer doch ein Fliegenschiss.«

»Dann verstehe ich nicht, wieso gerade Fairlie so wütend gewesen ist.«

»So ist Fairlie nun mal. Sie ist reizbar, nimmt kein Blatt vor den Mund und ist eifersüchtig auf alles und jeden, der die Gruppe sprengen könnte. Andererseits gibt es keine loyalere Freundin als sie. Wenn sie erst mal begriffen hat, dass du keine Bedrohung für die Meute bist, wird sie dich wie eine Schwester behandeln. Mann, du hättest sie mit Sissy erleben sollen! Da war ihre Zunge so spitz, dass sie Sissy damit hätte erstechen können.«

»Und hat Sissy das gestört?«

»Ich glaube, ihr ist es nicht mal aufgefallen.«

»Man müsste doch meinen, dass jemand von außerhalb gar nicht so sehr an eurer Gruppe hängt«, sagte ich.

»Ich nehme an, gerade deswegen reagiert sie so heftig«, meinte Lewis. »Geh dich umziehen, dann können wir Mittag essen. Das ist hier draußen der Höhepunkt des Tages. Dauert Stunden.«

Ich zog mich geschwind im oberen Badezimmer um. Gedämpftes, unterwassergrünes Licht fiel durch die alten Fenster ein. Im Spiegel war ich so weiß wie ein Fischbauch. Ich hatte die Tür zugesperrt, und als ich nach draußen ging, spazierten Fairlie und Camilla splitternackt durchs Schlafzimmer. Sie hatten sich Handtücher um die Köpfe geschlungen, lachten und suchten trockene Sachen heraus. Fairlie rauchte eine Zigarette. Niemand schien es eilig zu haben.

»Hi, Süße, geht's dir gut?«, erkundigte sich Camilla.

Ich nickte heftig, schaute in eine andere Richtung, machte auf dem Absatz kehrt, ging zur Tür hinaus und lief in Shorts und T-Shirt die Treppe hinunter. Fairlies säuselndes Lachen folgte mir.

Na gut, fuhr es mir durch den Sinn, meine Titten sind größer als ihre. Und nächstes Mal werde ich sie ihr zeigen. Ich kann nämlich auch nackt durch die Gegend springen.

Das Mittagessen nahmen wir an dem verkratzten alten Zeichentisch auf der geschützten Veranda ein. Der Wind hatte beim Gezeitenwechsel nachgelassen. Ein müder Deckenventilator wälzte die stickige Luft um und schaffte es mit Mühe, den Schweiß auf unseren Gesichtern zu trocknen. Schultern und Wangen waren leicht errötet, nasses Haar trocknete ungekämmt. Fairlie, Lila und Camilla hatten Schachteln und Tüten geöffnet und gar köstliche Dinge herausgeholt: Kaviar auf Eis und winzige Toasts, Unmengen frisches Obst, Brot, Käse, kalte Shrimps, Krebsscheren und hauchdünn geschnittenen Lachs. Auf einem Beistelltischchen schwitzten mehrere Flaschen Wein vor sich hin. Tomatenbrote und Limonade – das war wohl ein Scherz gewesen.

»Es tut mir wirklich Leid«, sagte ich. »Ich wusste das mit dem Essen nicht. Nächstes Mal werde ich das wieder gutmachen.«

Fairlie zog die Augenbrauen hoch: Nächstes Mal?

»Mach dir deshalb keine Gedanken, meine Liebe«, beschwichtigte Camilla mich. »Lewis ist für den Wein aufgekommen. Und nächstes Mal kannst du die Vorspeise besorgen. Irgendetwas vom Chinesen wäre ganz toll.«

»Na, da wird mir schon noch was Besseres einfallen«, murmelte ich und beschloss, ihnen – wenn wir das nächste Mal hier waren – etwas so Elegantes und Aufwändiges zu kochen und zu servieren, dass sie gar nicht anders können würden, als begeistert Beifall zu spenden und vor Freude zu jubeln.

Drei Stunden lang speisten wir, tranken Wein, redeten und lachten. Ein weißes Plastikradio mit einem Riss spielte Musik: die Tams, die Shirelles, die Zodiacs. Strandmusik. Sie plauderten hauptsächlich über ihre

Kindheit und das erste Jahr, das sie in dieser Konstellation verbracht hatten. Mir fiel auf, dass es an diesem Strand, in diesem Haus nicht um das ging, was sie sonst erlebten. Jeder von ihnen führte in Charleston ein reiches, ausgefülltes Leben: In der Stadt arbeiteten sie, trafen andere Freunde und Familienangehörige, engagierten sich in karitativen Einrichtungen und Ausschüssen, planten Urlaube, erlebten gute und schlechte Zeiten. Hier draußen hingegen lebten sie, räumlich und zeitlich abgeschieden von ihrem Alltag, in einer Art Paralleluniversum, wo die Zeit stehen geblieben war. Ich störte mich nicht an ihren Geschichten über Leute, die ich nicht kannte, an den Witzen, die ich niemals verstehen würde, an den Anspielungen, die ich nicht begriff, es sei denn, jemand erklärte mir geduldig die Zusammenhänge. Ich vertraute einfach darauf, dass Lewis mich peu à peu in die Gemeinschaft der Scrubs einführen würde, und ich genoss es fürs Erste, hier zu sitzen, Shrimps zu essen, Wein zu trinken und mir die umfangreichen verbalen Ergüsse eines eingeschworenen Freundeskreises anzuhören, was für mich ein vollkommenes Novum war.

Irgendwann schwand die Kraft der rot glühenden Sonne, der Strand und das Meer färbten sich grau und auf der anderen Seite des Hauses nahm der Himmel über der Binnenwasserstraße eine blassrosa Färbung an und loderte dann bei Sonnenuntergang in einem tiefen Rot. Hoch am Himmel tauchte über dem inzwischen zinnfarbenen Ozean die weiße Sichel des Neumonds auf. Und die Scrubs redeten und redeten und redeten. Ich wollte nicht, dass sie irgendwann damit aufhörten.

Ihre Geschichten waren wie eine neue Sprache, die womöglich mein zukünftiges Leben prägen würde.

Da es niemand eilig hatte oder sonderlich hungrig war, blieben wir sitzen. Inzwischen wurde es dunkel. Der Neumond strahlte hell und am Himmel funkelten zahllose Sterne. Wir schenkten uns ein letztes Glas Wein ein. Der Redefluss brach nicht ab. Schließlich wandte sich einer von ihnen an mich und bat: »Erzähl uns von dir, Anny, und lass ja nichts aus.«

Ich musste feststellen, dass mir auf einmal die Worte fehlten. »Ich glaube, ich habe vergessen, wie man sich unterhält«, brachte ich schließlich hervor, woraufhin alle, selbst Fairlie, in Gelächter ausbrachen.

»So was ist hier draußen keine Seltenheit«, sagte Lewis. »Ich werde euch von Anny Butler erzählen, denn sie würde die besten Sachen eh aussparen.«

Gesagt, getan. Er erzählte ihnen von meiner Kindheit, meinen Schwestern und meinem Bruder, meiner Mutter, über die Einrichtung, welchem Zweck sie diente und was ich dort tat, und wie wir draußen in Sweetgrass auf dem Steg gesessen und den Rotfuchs gesehen hatten. Ich hielt den Atem an, denn ich fürchtete schon, er würde ihnen auch alles Weitere schildern, was sich an jenem Abend noch zugetragen hatte, doch das ließ er aus. Trotzdem, dachte ich, wissen jetzt alle, was da passiert ist, denn sie grinsten wissend.

»Dann bist du also jemand, der sich mit Haut und Haaren der Aufgabe verschrieben hat, anderen Gutes zu tun«, konstatierte Henry. »Das ist Klasse. Camilla ist dir in der Beziehung ähnlich, doch wir haben sie schon fast überstrapaziert.«

»Das wird euch nicht gelingen«, widersprach Camilla, die es sich im Dunkeln in der alten Hängematte bequem gemacht hatte. »Aber wo wir gerade davon reden, diese Woche habe ich etwas durchgemacht, wie es schlimmer nicht mehr kommen kann. Ich musste Mama nach Bishop Gadsden bringen. Es ist einfach nicht mehr möglich, Mutter weiterhin in der Tradd zu behalten, obwohl Lavinia den ganzen Tag da ist und Lydia und ich uns nachts abwechseln. Kaum dreht man ihr den Rücken zu, rennt sie zur Tür hinaus. Letzte Woche hat Margaret Daughtry sie neben ihrem Fischteich gefunden, und die wohnt in der Meeting, also ein gutes Stück weiter. Mutter hatte nur einen Pelz übers Nachthemd geworfen. Wie sie so weit gekommen ist, ohne dass jemand sie gesehen und wieder nach Hause verfrachtet hat, wird mir immer ein Rätsel bleiben. Na ja, auf den Straßen tummeln sich ja in erster Linie Touristen, und vermutlich glauben die, in Charleston sind ältere Damen immer in Nachthemd und Nerz unterwegs. Und letzte Woche hat sie einen Kessel auf den Herd gestellt und die Flamme eingeschaltet, während Lavinia auf der Toilette war, und dann ist der Feuermelder angegangen und die Feuerwehr tauchte auf. Wenn wir bei ihr sind, kriegen Lydia und ich eigentlich kein Auge zu. Die ganze Zeit spitzen wir die Ohren, ob sie wieder durchs Haus schleicht, wie sie das nachts gern tut. Ich kann nicht zulassen, dass sie eine von diesen engen, schmalen Treppen hinunterfällt, und auf der anderen Seite widerstrebt es mir, sie in ihrem eigenen Haus einzusperren. Es geht einfach nicht mehr, dass sie daheim wohnt. Wie sollen wir auf sie aufpassen und gleichzeitig arbeiten? Und Lydia kümmert sich rund um die Uhr um ihre Enkel, seit Kitty … na, ihr wisst schon. Also hat Charlie ein paar Fäden gezogen und einen Platz für sie bekommen und vorgestern habe ich sie dorthin gebracht. O Gott, sie dachte, sie würde auf eine Gartenparty gehen; es war einfach grauenvoll. Sie hat dort ein hübsches Apartment und viele von ihren Freunden wohnen da auch und Lydia oder ich werden sie dort jeden Tag besuchen, aber trotzdem plagen mich schreckliche Schuldgefühle. Als ich wegging, hat sie mir hinterhergerufen und gefragt: ›Wann darf ich nach Hause gehen?!‹. Auf der Rückfahrt habe ich nur geheult, denn ich weiß genau, was in ihr vorgeht. Sie möchte in ihrem eigenen Haus wohnen, in dem Haus, das sie so schön eingerichtet und in dem sie Gäste empfangen hat. Sie möchte ihre Dinge um sich haben und ihre Freunde und die Straßen, die ihr vertraut sind. Sie möchte den Tag nach ihren eigenen Vorstellungen einrichten, ins Bett gehen, wann es ihr beliebt. Und vor allem möchte sie keinen Flur entlanggehen, keinen Speisesaal betreten, wo sie nur Menschen begegnet, die alle gleich aussehen, die nach Puder oder Urin riechen und die sie nicht mal kennt. Das ist doch nur zu verständlich. Und dennoch weiß ich nicht, wie ich es anstellen soll, dass sie bekommt, was sie möchte.«

»Demenz«, sagte Lewis. »Das ist grausam. Ich glaube, ich würde mich erschießen, wenn ich noch mitkriegen würde, dass ich nichts mehr schnalle. Könnt ihr euch vorstellen, dass Anny meine Windeln wechselt?«

Ich konnte mir das vorstellen. Das würde ich schon

hinkriegen, dachte ich. Und als könnte er meine Gedanken lesen, sah Henry zu mir herüber und lächelte.

»Darauf müssen wir uns alle einstellen, falls unsere Eltern so alt werden sollten. Und wahrscheinlich wird uns eines Tages das gleiche Schicksal ereilen und dann werden sich unsere Kinder so fühlen wie du jetzt, Camilla«, sagte Lila. Zum ersten Mal wirkte sie weder fröhlich noch keck.

»Verdammt, darauf kann ich gern verzichten«, kam es von Fairlie. Sie klang gereizt. »Lieber lebe ich als Pennerin auf der Straße, als dass ich mich von jemanden an einem Ort abliefern lasse, den ich nicht kenne, bei einem Haufen Leute, die mich nicht interessieren. Und ich würde jeden, der sich mir mit Windeln nähert, auf der Stelle umbringen.«

»Über dieses Thema denkt keiner gern nach«, sagte Camilla. »Ich auch nicht, bis es mir aufgezwungen wurde. Aber ich werde sofort anfangen, mir darüber Gedanken zu machen. Keine Ahnung, was für ein Plan am Ende dabei herauskommt und wie es mir gelingen soll, dass er funktioniert, aber meine Kinder sollen das mit Charlie und mir nicht durchmachen müssen.«

Camilla hatte zwei Söhne, die mit ihren Familien an der Westküste lebten und in Silicon Valley irgendwelchen seltsamen Berufen nachgingen. Dass Camilla und Charlie die beiden oft sahen, war eher unwahrscheinlich.

Wir verstummten und schauten aufs Wasser hinaus, auf dem sich die silberne Mondsichel spiegelte. Für mich war es keine Frage, dass wir alle an einen gleißend hellen, grässlich sterilen Ort in der fernen Zukunft dachten, einen Ort, der dem Leben feindlich gesinnt war. Von der Binnenwasserstraße wehte ein laues Lüftchen herüber und auf einmal bekamen unsere rot gebrannten Schultern eine Gänsehaut. Ich wollte nicht, dass dieser zauberhafte Tag mit einer düsteren Note ausklang.

»Lasst uns doch alle hierher ziehen, dann können wir uns umeinander kümmern«, schlug Fairlie vor. »Wir haben genug Mediziner in der Runde, und Simms kann uns weiß Gott mit so viel Drogen versorgen, dass wir vor Verzückung dahinschmelzen. Wir müssen nur über die Brücke, da gibt es genug Geschäfte und das Krankenhaus ist auch in zwanzig Minuten zu erreichen. Und es sollte kein Problem sein, jemanden zu finden, der für uns kocht, sauber macht und Besorgungen erledigt.«

Sie schaute mich an. Kühl erwiderte ich ihren Blick.

»Das wäre doch eine Idee, was?«, fragte Lila. »Es muss aber vielleicht nicht unbedingt hier sein ... das Wetter ist hier ziemlich wechselhaft und dann weht uns der Wind eines Nachts nach West Ashley rüber. Aber irgendwo, wo es richtig nett ist, wo es eine Menge Zimmer gibt oder vielleicht sogar mehrere kleine Häuschen mit einem zentralen Wohn- und Essbereich, den alle gemeinsam nutzen. Auf den Inseln gibt es solche Ressorts zuhauf. Ich könnte gleich morgen mit der Suche anfangen.«

»Kein Ressort«, warnte Simms. »Ich werde meinen Lebensabend nicht auf Hilton Head verbringen.«

»Doch, wirklich, ich könnte innerhalb von einem Monat etwas finden«, versprach Lila.

»Wir müssen ja jetzt noch nicht entscheiden, wo«, schaltete sich Charlie ein. »Aber wir können beschließen, etwas zu suchen, wenn die Zeit reif ist. Wir könnten sogar etwas suchen, wo wir ein, zwei Monate zur Probe wohnen und testen können, ob wir es überhaupt miteinander aushalten. Irgendwann, meine ich. Fürs Erste ist dieses Haus noch genau das Richtige.«

Der Mond schien noch heller und das Gespräch drehte sich um recht bizarre und lächerliche Dinge, die wir gemeinsam in Zukunft tun könnten: eine geriatrische Verbrecherbande bilden, Toilettenpapier aus Hotels und Motels stehlen, Wal-Mart stürmen und in unseren Rollstühlen ein Sit-in veranstalten, nackt ins nächste Gewässer springen – denn Wasser gehörte auf jeden Fall dazu – und einen solchen Skandal heraufbeschwören, dass die Hauspreise in einem Umkreis von drei Meilen drastisch sanken.

»Am Strand Doktor spielen«, warf Lewis ein.

»Das kannst du jetzt schon tun«, lautete Charlies Kommentar, der uns zum Lachen brachte.

Dieses Thema beschäftigte uns den Rest des Abends. Schließlich verfiel einer nach dem anderen in Schweigen. Und dann sagte Camilla: »Lasst uns das tun. Lasst uns schwören, dass wir den Plan in die Tat umsetzen. Und wenn es nicht funktioniert, braucht sich niemand an das Versprechen gebunden zu fühlen. Aber bedenkt mal die Alternativen. Zusammen verfügen wir über die notwendigen Ressourcen, damit es klappt.«

»Und wir haben ein neues Mitglied, das gut fünfzehn Jahre jünger ist als der Rest von uns. Wie steht es damit, Camilla? Wolltest du nicht schon immer eine Zofe haben?«, fragte Fairlie.

Plötzlich war die Stille unangenehm, verkrampft. Mir klingelten die Ohren. Ich hörte, wie Lewis Luft holte, um darauf etwas zu erwidern, und mir schwante, dass sein Kommentar vernichtend sein würde.

»Ich habe ein Mädchen«, kam Camilla ihm zuvor. »Aber eine Tochter zu haben würde mir sehr gefallen.« Und dann schmunzelte sie mir zu, schenkte mir dieses breite archaische Lächeln, das ihre mittelalterliche Schönheit aufs Trefflichste unterstrich.

Meine Augen brannten. Ich erwiderte ihr Lächeln und dann hatte ich den schrecklichen Moment verwunden.

»Dann wollen wir mal abstimmen«, schlug Henry vor und starrte Fairlie an, die wenigstens den Anstand hatte, schuldbewusst dreinzuschauen. »Alle, die dafür sind, dass die Scrubs ihren Lebensabend zusammen verbringen, sagen laut ›Ja‹.«

»Ja«, riefen wir wie aus einem Munde.

»Das wäre dann besiegelt«, sagte Henry. »Und jetzt lasst uns auf … was schwören? Was ist für uns das Heiligste?«

»Der Weinschrank!«

»Der Schlüssel zum großen Badezimmer oben!«

»Die Angelruten!«

Jeder Vorschlag wurde laut bejubelt.

»Was ist mit dem Foto in der Halle, über der Garderobe?«, fragte ich zögerlich. Auf dem Bild waren sie alle abgelichtet. Natürlich waren sie seinerzeit noch deutlich jünger und unverbrauchter, aber man erkannte sofort, dass sie es waren, die da breit grinsend vor dem Vordereingang standen. Auf dem Foto hielt Camilla einen großen, altmodischen Schlüssel hoch. Damals hatte vermutlich alles angefangen.

»Perfekt!«, rief Camilla aus. »Das war das erste Mal, als wir alle zusammen hierher gekommen sind. Erinnert ihr euch noch? Wie es geregnet hat, die Toilette auf einmal verstopft war und Lila von einer Qualle verbrannt wurde?«

Alle taten laut ihre Freude kund, und ich war auf einmal furchtbar stolz, was im Grunde genommen lächerlich war. Henry hängte das Foto ab und hielt es einem nach dem anderen vor die Nase.

»Schwört!«, forderte er uns auf.

»Wir schwören!«, riefen wir.

»Was, wenn ein paar von uns … nicht mehr da sind, wenn es so weit ist?«, wollte Camilla wissen.

»Einer für alle und alle für einen«, entschied Lewis. »Wenn nur zwei von uns übrig sind oder drei oder so, tun wir es trotzdem. Hier geht es nicht um Paare, hier geht es um die Scrubs.«

Wir schnappten unsere Sachen und liefen im Gänsemarsch in die Nacht hinaus. Lewis und ich bildeten den Schluss und sperrten die Tür ab. Lewis steckte den Schlüssel in die Tasche. Jeder hatte einen Schlüssel.

Fairlie wartete auf uns. Als ich mit ihr auf gleicher Höhe war, sagte sie: »Gute Idee. Ich wünschte, sie wäre mir eingefallen.«

»Danke«, sagte ich, doch da war sie schon davongetanzt und hörte mich nicht mehr.

»Gut gemacht, Anny Butler«, lobte Lewis und küsste mich auf der Treppe, die zu den Dünen hinunterführte.

* * *

In jenem September heirateten Lewis und ich auf Sweetgrass in der kleinen weißen Kapelle, wo früher die Sklaven zum Gottesdienst gegangen waren. Zur Trauung erschienen nicht viele Gäste: die Scrubs, Lewis' Töchter, die nett, aber verschlossen wirkten, meine Schwestern und mein Bruder, meine Arbeitskollegin Marcy, Linda, Robert und der kleine Tommy, der übers ganze Gesicht strahlte. Linda hatte anlässlich der Hochzeitsfeier ihre Krebssuppe zubereitet. Unsere Gäste blieben lange und tranken Unmengen von Champagner.

Während der Hochzeitsvorbereitungen hatte Lewis mich gefragt, welches Ziel mir für die Flitterwochen vorschwebte.

»Überallhin, nur nicht auf Sea Island«, sagte er. Aus seinem Kommentar schloss ich, dass er mit Sissy dorthin gereist war.

»Ins Strandhaus«, antwortete ich. »Ich möchte die Flitterwochen im Strandhaus verleben.«

Mein Vorschlag brachte ihn zwar zum Lachen, doch wir verlebten unsere Flitterwochen tatsächlich auf der Insel. Die anderen Scrubs kamen übers Wochenende zu Besuch und brachten Essen, Wein und wunderbar kitschige Geschenke mit, ohne auch nur eine Sekunde zu überlegen, ob sie vielleicht störten. Und auch mir lag dieser Gedanke fern, denn jetzt gehörte ich zu den Scrubs. Und die Scrubs bildeten eine Einheit.

Lewis hatte überlegt, ob wir vielleicht in das große Haus auf der Battery ziehen und dort leben sollten, aber am letzten Abend unserer Flitterwochen fragte ich, ehe die anderen auftauchten: »Möchtest du das wirklich?« Seine Antwort lautete: »Nein.«

»Ich auch nicht.« Ich war ihm unendlich dankbar, dass er nicht von mir verlangte, diesem großen Haus gerecht zu werden. »Es macht mir Angst.«

»Und ich habe es so satt«, gestand er. »Wir werden für den Anfang einfach in der Bull Street, Edisto und hier draußen wohnen. Und du kannst dir in aller Ruhe überlegen, wo du in Charleston auf die Dauer leben willst. Falls du überhaupt auf Dauer dort leben willst.«

»Wir müssen irgendein Fest oder einen Empfang für all deine Verwandten und Bekannten geben – und du kennst halb Charleston«, gab ich zu bedenken.

»Hm, das werden wir. Wenn wir uns eingelebt haben. Das Fest können wir im Battery-Haus veranstalten. Dann ist es doch zu was nutze.«

Aber irgendwie kamen wir nie dazu.

Ich hatte schon des Öfteren gehört, dass die Ehe die Menschen verändert, und das tut sie auch, wenn auch nicht immer so, wie man es sich vorstellt. Mit Lewis veränderte sich mein Leben nicht drastisch. Das kleine Haus in der Bull Street war zwar elegant und sehr schön ausgestattet, jedoch kaum größer als mein Apartment. Ich hatte nie das Gefühl, mich in weitläufigen Räumen zu verlieren. Und da ich nur einen kleinen Teil meiner Sachen in Lewis' Haus schaffte, blieb es

122

relativ spärlich möbliert. Die schönen, gut erhaltenen alten Gegenstände, die das Haus schmückten, hatte er nach der Scheidung aus dem Battery-Haus herübergeholt. Auf großartige barocke Stücke, bienenkorbgroße Kandelaber über dem zierlichen englischen Esstisch, auf Fransen und Troddeln hatte er verzichtet.

»Geh doch rüber ins Battery-Haus und such dir aus, was dir gefällt«, schlug er vor. »Und keine Angst vor den Denkmalschützern. Camilla sitzt im Ausschuss.«

Aber ich mochte das alte Haus, so herrschaftlich es war, nicht betreten. Selbst wenn ich joggte, was eher selten vorkam, machte ich einen großen Bogen darum. Für mich war die Battery nicht von Sissy zu trennen.

»Was wir haben, reicht mir völlig«, sagte ich und meinte es genauso viel sagend, wie es klang.

»Mir auch«, stimmte er zu.

An unserem Alltag änderte sich nichts. Ich arbeitete von früh bis spät in der Einrichtung, kümmerte mich um die Shawna Sperrys meiner Welt und versuchte, ihre unbedarften Mütter im Zaum zu halten. Ich telefonierte und bettelte manchmal mehr, manchmal weniger diskret um Sachspenden, Unterkünfte oder medizinische Versorgung für meine Schützlinge, hielt Vorträge, wohnte widerwillig langatmigen Ausschusssitzungen bei und überschlug den Verbrauch von Büroklammern und Windeln, statt die vielen Kinder zu Gesicht zu bekommen, deren Leben in stabile Bahnen gelenkt wurde. Und wie früher auch brachte ich den Ärger abends mit nach Hause.

»Warum wirfst du den Bettel nicht einfach hin?«, fragte Lewis eines Tages. »Du weißt, du brauchst nicht zu arbeiten. Du könntest dich irgendwo unentgeltlich einbringen oder eine eigene Firma gründen. Wir könnten ein Kind bekommen.«

Ich sah zu ihm hinüber.

»Davon habe ich momentan etwa zwanzig«, gab ich zurück. »Und du hast zwei. Lewis, wenn wir jetzt anfangen, bist du fast siebzig, bis unser erstes Kind das College abschließt. Aber wenn du darüber nachdenken möchtest …«

»Will ich nicht«, sagte er grinsend. »Ich will niemanden, nur dich. Und ich möchte nur vermeiden, dass du mir später melancholisch wirst.«

»Seit meinem achten Lebensjahr kümmere ich mich um Kinder. Und das Windelwechseln vermisse ich garantiert nicht.«

Und so entschieden wir uns gegen eigene Kinder, die mir – bis vor kurzem – auch nicht gefehlt hatten.

Lewis arbeitete immer noch in der Klinik und machte Unmengen von Überstunden. Wenn wir es überhaupt hinbekamen, aßen wir unter der Woche gegen neun oder zehn Uhr gemeinsam zu Abend. Am Wochenende fuhren wir freitags gewöhnlich nach Sweetgrass, blieben dort zwei Nächte und fuhren sonntags zum Strandhaus. An diesem Rhythmus änderte sich nur selten etwas.

Nein, von außen betrachtet änderte sich unser Lebensstil kaum, doch in meinem Innern vollzog sich ein entscheidender Wandel. Ich lernte zu lachen. Ich lernte, spielerisch mit den Dingen umzugehen. Ich lernte, wütend zu werden, zu schreien, die beleidigte Leberwurst zu spielen, mich irrational zu verhalten.

Ich lernte zu weinen. Bei unserem ersten Streit, als Lewis mir unfairerweise vorwarf, ich hätte vergessen, Corinne zu bezahlen, brüllte ich ihn an, brach in Tränen aus, stürmte nach oben und warf mich in unser gemeinsames Bett. Mein Herz pochte laut. Noch nie zuvor war ich derartig ausgerastet. Ich rechnete fest damit, dass er eiskalt nach oben kommen und einen Schlussstrich unter unsere Ehe ziehen würde – was er natürlich nicht tat. Ein paar Stunden später schlich ich mich nach unten. Lewis las den *Post and Courier* und aß eine kalte Pizza.

»Hast du ein bisschen gedöst?«, wollte er wissen.

»Nach unserem Streit wegen Corinne?« Ich war fassungslos.

»Ach«, sagte er, »ich habe ihren Scheck in meinem Arztkittel gefunden. – Willst du hiervon etwas abhaben?«

Da bekam ich zum ersten Mal eine Ahnung davon, dass man in einer Ehe den ganzen Menschen bekommt und nicht nur seine Schokoladenseiten. Darauf war ich weder in der Kindheit noch als Erwachsene vorbereitet worden. Und nun fühlte ich mich mit einem Mal so leicht und frei, als könnte ich fliegen.

Während des ersten Jahres besuchten wir zahlreiche Partys, die uns zu Ehren gefeiert wurden. Ich ging in die King Street und kaufte ein paar Kleidungsstücke, die meiner Meinung nach den Anlässen gemäß waren, doch ich strahlte nie die Eleganz und den Schwung aus, die die Feste der Charlestoner Gesellschaft kennzeichnen, und als die ersten Einladungen zu Wohltätigkeitsbällen eintrafen, brach ich in Tränen aus.

»Lewis, ich kann nicht«, jammerte ich unter Tränen. »Ich kann das einfach nicht. Mit den kleineren Einladungen werde ich fertig, aber nicht mit einem Ball.«

»Das brauchst du auch nicht. Seit Sissy mich verlassen hat, bin ich auf keinem Ball mehr gewesen. Das erwartet auch keiner mehr von mir. Dann lassen wir das eben.«

»Früher oder später müssen wir alle einladen, die dieses Jahr Partys für uns geschmissen haben«, gab ich zu bedenken.

»Warum?«, fragte er nur.

Und so wurden wir die exzentrischen Aikens, die weder Partys gaben noch auf Bälle gingen.

»Allein der Gedanke, was deine Mutter zu all dem gesagt hätte, lässt mich erschaudern, Lewis«, sagte eine ältere Dame einmal zu ihm auf einem Brunch im Carolina Yacht Club. Einen Brunch konnte ich verkraften.

»Alle behaupten, du würdest dich von deiner Vergangenheit abwenden.«

Ihr Blick streifte mich nur ganz flüchtig.

»Lass gut sein, Tatty«, sagte Lewis zu der alten Dame, die zweifellos eine Tante, eine Cousine zweiten Grades oder jemandes Schwägerin war. »Du weißt doch, ich bin noch nie viel auf Partys gegangen.«

»Na, eine Zeit lang schon«, entgegnete sie. »Und es war ganz bezaubernd, dir überall über den Weg zu laufen.«

Ihre Anspielung auf die Sissy-Ära trieb mir die Schamröte ins Gesicht. Während sich früher mein schlechtes Gewissen geregt hätte, regte ich mich heute nur noch auf.

Kaum trippelte die alte Dame auf ihren Ferragamos von dannen, flüsterte Lewis: »Aber das war in einem anderen Jahrhundert, und außerdem, die Hexe ist tot!«

Wir kicherten pubertär und alle Häupter im Speisesaal drehten sich in unsere Richtung.

Aus dem Haus in der Bull Street zogen wir nie aus. Nach Sweetgrass und in das Haus auf Sullivan's Island fuhren wir regelmäßig. Hin und wieder verreisten wir, manchmal sogar nach Übersee, aber wann immer wir wegfuhren, wurde ich unerklärlicherweise ziemlich unruhig und wäre am liebsten geflohen. Nicht selten beschlich mich das Gefühl, dass sich mein wahres Leben im Strandhaus abspielte und alles andere zwar anregend und unendlich faszinierend war, jedoch nur eine geringe Halbwertzeit hatte. Und obgleich ich gern im Zentrum von Charleston wohnte und mich wohl fühlte, war es nur der Ort, wo ich darauf wartete, wieder nach Sullivan's Island zu fahren.

Dass es den anderen möglicherweise genauso ging, schien mir unvorstellbar. Meine Einstellung entsprach der einer Pilgerin und nicht der eines Klanmitglieds. Und dennoch – wenn ich daran dachte, wie wir uns am Strand, im Meer oder vor dem Kamin einfanden, wie wir spazieren gingen und lachten, oder überlegte, worüber wir schwiegen – hielt ich es doch für möglich, dass die anderen meine Empfindungen teilten, dass dieser Ort für seine Bewohner tatsächlich das wahre Leben war und alles andere die Schattenwelt. Mit Sicherheit dachte ich so während all der Jahre, die wir dort gemeinsam verlebten.

Wir waren nur wenige und dennoch ein Universum.

✳   ✳   ✳

Wenn ich an den zweiten Sommer zurückdenke, denke ich an Hunde und Licht.

In diesem Jahr schien es überall vor Hunden nur so zu wimmeln: Sie rannten den Strand entlang, tobten in den Wellen, saßen auf den Golfwagen, mit denen ihre Herrchen zu den Geschäften am Brückenkopf fuhren. Mit heraushängenden Zungen lümmelten sie unter Schatten spendenden Veranden und Autos, trotteten in possierlichen Horden die Middle Street entlang, schnupperten im Gebüsch neben den Straßen neugierig nach Gott weiß was. Ein Großteil der Vierbeiner waren Vorstehhunde und Setter, die den zahllosen Jägern gehörten, die auf der Insel den Sommer verbrachten, und kleine, struppige Köter mit fröhlich funkelnden Augen. Wer hatte damals schon einen Labrador oder Golden Retriever?

Wir im Strandhaus hatten unser eigenes Rudel. Charlie hatte zwei Boykin-Spaniels namens Boy und Girl, die die Currys fast immer mitbrachten. Stundenlang dösten sie auf der Terrasse und verschlangen alles, was sie einem abtrotzen konnten. Und das war viel, denn wir verwöhnten sie gnadenlos.

»Das sind die besten Jagdhunde, die es gibt«, konstatierte Charlie voller Zuneigung. »Ihr Ruf ist legendär. Packen nur ganz sanft zu und krümmen keiner Ente eine Feder.«

»Was daran liegt, dass sie noch nie in ihrem Leben eine Ente apportiert haben«, merkte Lewis, der in der Hängematte lag, schläfrig an. »Charlie hasst die Jagd. Die beiden sind die teuersten Schoßhündchen von Charleston.«

»Mag sein, aber wenn ich auf die Jagd gehen würde, wären sie die besten«, erwiderte Charlie grinsend. Es war eigentlich unmöglich, ihn zu ärgern oder auf die Palme zu bringen. Für mich bleibt er auf ewig einer der nettesten Männer, die ich kennen gelernt habe.

»Sie sind wirklich süß, aber sie machen mehr Haufen als alle anderen Hunde, die ich kenne«, mischte sich Camilla ein. »Ohne Schaufel und Tüten gehe ich nie vor die Tür.«

Und das entsprach den Tatsachen. Es war Camilla, die jeden Tag mit den Hunden lange Spaziergänge am Strand unternahm. In jenem Sommer waren ihre große, leicht gebeugte Gestalt und die quicklebendigen Hunde eine feste Größe. Die Hunde flitzten wie die Wahnsinnigen zwischen den Dünen und den Wellen hin und her, nahmen die Fährte von Krebsen und im Sand verscharrten Schildkröteneiern auf. Camillas haselnussbraunes Haar flatterte im Wind, und manchmal, wenn sie mit den Hunden redete, konnte man sehen, wie sich ihre Lippen bewegten. Immer wieder bückte sie sich und schaufelte die gewaltigen Haufen auf. Oft marschierte sie weit nach Osten, um dann hinter der Kurve, die der Strand beschrieb, aus unserem Blickfeld zu verschwinden. Gelegentlich blieb sie viele Stunden weg. Nie machten wir uns ihretwegen Sorgen. Irgendwann würde sie wieder auftauchen, gelassen wie eh und je, mit zerzausten Haaren und rosa gefärbten Wangen. Und dann brachen die hechelnden Hunde auf der Veranda vor Erschöpfung zusammen.

»Man sollte mit ihnen nicht zu weit gehen«, gab Charlie irgendwann zu bedenken, woraufhin wir alle in schallendes Gelächter ausbrachen. Die Vorstellung, dass Camilla Curry zwei legendäre Jagdhunde überstrapazierte, war geradezu lächerlich. Manchmal zog sie ohne die Hunde los und kehrte Stunden später mit zwei Hand voll Muscheln zurück. Da wir nie den Eindruck hatten, sie bräuchte Gesellschaft, fragten wir auch nie, ob wir sie begleiten sollten. Camilla strahlte stets eine gewisse Distanziertheit aus.

Henrys Springer-Spaniel Gladys war auch immer da. Eigentlich wohnte Gladys drüben an der Binnenwasserstraße in dem Haus, das die McKenzies dort schon seit Jahren hatten. Nancy, die Tochter von Fairlie und Henry, und ihre Kinder nutzten das Inselhaus im Sommer. Wenn sie nicht da waren, wohnte Henrys Hausmeister dort und kümmerte sich um Gladys. Fairlie behauptete, dass Gladys mehr an Leroy hing als an Henry, doch wenn die Hündin bei uns draußen im Strandhaus war, wich sie Henry nicht von der Seite. Sie war ein niedliches Ding. Laut Simms war sie einer der besten Hunde für die Taubenjagd, die er kannte.

»Ich habe versucht, Henry zur Zucht zu überreden und mir einen von den Welpen zu geben, aber er will, dass sie Jungfrau bleibt. Der Mann weiß, wie man einem Mädchen eine gute Zeit beschert.«

»Gladys kennt keine fleischlichen Bedürfnisse«, sagte Henry unter der breiten Krempe seines Anglerhutes hervor. Er lümmelte auf einem Klappstuhl und streckte die langen, mit goldenen Härchen bedeckten Beine von sich. Selbst die Haare auf seinen langen Zehen waren blond. Henry war unser Goldjunge. Irgendwie überraschte es mich, dass Henry auf die Jagd ging.

Simms' Jagdhunde blieben in einem Zwinger auf seiner Plantage auf Waccamaw Island, während Lilas lächerlicher Spielzeughund, ein Malteser, die beiden überallhin begleitete. Sugar kläffte permanent, war launisch, nahm jeden für sich ein und hatte das Herz eines Löwen. Es war schön, zu beobachten, wie sie hinter den großen Hunden in die Wellen rannte, mit den kleinen Beinchen strampelte und das Kinn hochhielt, während die Bäuche der anderen Hunde noch nicht mal das Wasser berührten. Für die Männer war sie so etwas wie ein Stofftier, doch Sugar saß immer auf irgendeinem Schoß, und am liebsten auf meinem. Ich konnte nicht anders – ich liebte diese dumme, großherzige Kreatur einfach.

Lewis' Jagdhunde – Sneezy, Dopey und Sleepy – hatten in Sweetgrass viel Auslauf und einen großen Zwinger, der herrlich schattig und größer als meine alte Wohnung war. Lewis ging nicht mehr auf die Jagd. Er hatte eines Tages beschlossen, keine Vögel mehr zu schießen. Nichtsdestotrotz hing er abgöttisch an den Hunden, und wenn wir in Sweetgrass waren, lagen sie mit uns vor dem Kamin, schwammen mit uns im Fluss und schliefen bei uns in Lewis' schönem altem Bett, das schon seiner Großmutter gehört hatte. Ich liebte die Hunde auch, doch sie schnarchten laut. Wenn der

Lärm unerträglich wurde, verzog ich mich nicht selten verzweifelt ins Gästezimmer. Lewis kam dann am nächsten Morgen kopfschüttelnd zu mir und gelobte, die Hunde in den Zwinger zu sperren, hielt allerdings nie Wort. Ins Strandhaus nahmen wir sie nicht mit.

»Einmal ist es eben genug«, sagte Lewis. »Ich habe keine Lust, meine Sonntage damit zu verbringen, Haufen aufzulesen.«

So blieben Sneezy, Dopey und Sleezy daheim, wo Robert sie mit Entenbrust und Lamm verwöhnte und auf Edisto durch die Wälder und die Marsch scheuchte. Ein besseres Hundedasein konnte ich mir nicht vorstellen.

In diesem Jahr wohnte ich zum ersten Mal der Parade bei, die am 4. Juli auf Sullivan's Island stattfand. Auf dieser bodenständigen Veranstaltung ging es laut und vergnüglich zu. Man sah geschmückte Golfwagen, das eine oder andere Motorrad von der Isle of Palms, Feuerwehrautos und Krankenwagen von der Insel, deren Sirenen eingeschaltet waren, und viele Kinder in Begleitung von Hunden. Die Inselhunde, die einander von den nächtlichen Mülleimerinspektionen her kannten und mit Blumen, kleinen Fahnen und Bändern herausgeputzt worden waren, liefen neben ihren jungen Herrchen her. Alle Rassen waren vertreten, und die Freude darüber, zu Sullivan's Island zu gehören und an der Feier teilzunehmen, einte die Tiere. Unsere Hunde marschierten nicht mit, doch als die Feuerwerkskörper gezündet und in den mitternachtsblauen Himmel geschossen wurden, stimmten sie jaulend ihre Fanfare zum Nationalfeiertag an. Manche dieser Hunde wohnten in Charleston in Häusern, die älter als unser Bundesstaat waren.

Das war also der Sommer der Hunde. Und der Sommer des Lichtes.

In diesem Jahr war das Licht auf der Insel einfach zauberhaft, zumindest für mich, die es so noch nie gesehen hatte. Es hatte einen goldenen Honigton, es war weich und so klar, dass sich alles gestochen scharf vor dem wolkenlosen, tiefen Blau abzeichnete: das ferne Charleston, das etwas näher gelegene Fort Sumter, die großen Tanker und Frachtkähne, die vorbeizogen, und die angsteinflößenden, lautlosen schwarzen Atom-U-Boote, die manchmal in Strandnähe auftauchten. Ich kann mich nicht entsinnen, dass am Strand die Hitze geflirrt, dass es morgens Tau oder nachts Nebel gegeben hätte. Zumindest nicht, wenn Lewis und ich dort waren. Dann waren der Mond und die Sterne so deutlich zu erkennen wie auf einer Karte vom Nachthimmel in einem Klassenzimmer, und das dunkle, mit weißen Schaumkronen durchsetzte Wasser phosphoreszierte. Irgendwann gingen Lewis und ich spätnachts nackt und leicht bibbernd ins Meer. Das seidenweiche, leise raunende Wasser fühlte sich ganz wunderbar an. Anschließend liebten wir uns hinter der ersten Dünenreihe und waren wunschlos glücklich.

»Himmlisch ist das«, sagte ich im August, nachdem wir lange auf der Veranda gegessen hatten. »Was für ein Wetter! Und dass es auch so lange hält, habe ich noch nie erlebt. Kein Wunder, dass alle hierher kommen.«

»So ist es hier nur äußerst selten«, meinte Henry.

»Im August ist es hier normalerweise genauso unerträglich wie in Charleston. Hier kann man nur schneller nass werden. Dieser Sommer ist ungewöhnlich. An so einen Sommer kann ich mich nicht erinnern. Oder etwa ihr, Lewis? Camilla?«

»Ich erinnere mich hauptsächlich an Mücken und Sandflöhe«, sagte Lewis.

»Ich weiß noch, wie Daddy erzählte, die älteren Herrschaften würden behaupten, auf so einen Sommer würde ein schweres Unwetter folgen«, antwortete Camilla, ohne von ihrem Strickzeug aufzuschauen. »Doch wenn ihr mich fragt, brauen sich hier Gewitter und Hitzewellen zusammen.«

»Wenn du den Grauen Mann siehst, weißt du, dass etwas im Busche ist«, sagte Simms mit breitem Grinsen.

»Wer soll das sein?« Mir wurde mulmig.

»Das weiß niemand so genau«, sagte Simms. »Man sagt, dass ein Mann in einem langen grauen Umhang am Strand auftaucht, wenn sich ein böser Sturm zusammenbraut. Wenn er auftaucht, wissen die Leute, worauf sie sich einstellen müssen.«

»Wenn ich ihn sehen würde, würde ich mich darauf einstellen, schleunigst von hier zu verschwinden.« Mich fröstelte.

»Simms, du weißt doch, dass er nur auf Pawley's Island auftaucht«, monierte Lila. »Woanders hat man ihn noch nie gesehen.«

Ich sah zu ihr hinüber, denn ich hatte erwartet, dass sie den Grauen Mann als eine Gruselgeschichte für Kinder abtat. Ihre Miene war ernst.

»Glaubst du an ihn, Lila?«, wollte ich wissen.

»Nun, es ist nicht so, dass ich nicht an ihn glaube«, antwortete sie langsam. »Daddy hat einen Freund, der behauptet, ihn gesehen zu haben, und zwei Tage später kam ein Tornado. Viele Leute haben ihn gesehen. Allerdings weiß ich nicht, ob dann immer auch ein Sturm aufgezogen ist.«

Als wir an diesem Abend nach Hause fuhren und die silbernen Sterne in dem Moment verblassten, wo Charleston hinter der Brücke auftauchte, fragte ich Lewis: »Glaubst du an ihn? An den Grauen Mann?«

»Nicht richtig. Andererseits möchte ich auch nicht auf ihn verzichten. Schwer vorstellbar, dass es in einer anderen Gegend auch einen Grauen Mann gibt.«

* * *

Am Labour Day trafen wir uns im Strandhaus, und just an diesem Tag überredete Henry mich, ihn auf eine seiner barmherzigen Missionen zu begleiten, die ihn diesmal in die Berge von Zentralmexiko führte.

»Das Dorf liegt ziemlich abgeschieden«, erklärte er. »In einer unglaublich armen und unterentwickelten Region. Jahrelang konnten die Menschen nur in eine bankrotte staatliche Klinik gehen, fünfzig Meilen weiter. Die ungeteerte Straße, die dorthin führte, war sechs Monate im Jahr wegen Steinschlag und Erdrutschgefahr nicht befahrbar. Aber nun gibt es eine neue Straße, erst vor kurzem fertig gestellt. Jetzt erreicht man vom Dorf aus auch eine Bundesstraße, die wiederum zu mehreren größeren Orten führt. Ein Arzt namens

Mendoza hat im Dorf ein kleines Krankenhaus aufgemacht – oder will es demnächst eröffnen. Jedenfalls
hat er ein paar Krankenschwestern aufgetrieben und
Gelder für die Ausstattung. Und nun hat er Kontakt
zu unseren Leuten in Washington aufgenommen und
um Unterstützung gebeten. Ich war gerade dort und
ich habe zugesagt. Da man die stärker besiedelten Ge-
biete jetzt erreichen kann, wäre eine Einrichtung wie
Outreach für das Dorf die Rettung – natürlich nicht
so anspruchsvoll, sondern eine abgespeckte Ausgabe
davon. Anny, bitte komm mit. Ich kann dich nicht bezahlen, aber ich verspreche dir ein sauberes Bett, drei
Mahlzeiten pro Tag und alle Unterstützung, die ich
dir bieten kann. Es werden noch weitere Ärzte kommen. Keine Ahnung, wer oder worauf sie spezialisiert
sind, aber immerhin werden wir Gesellschaft haben
und vielleicht findest du ja auch die Einheimischen
ganz nett. Mir ist es jedenfalls immer so ergangen. Ein
Übersetzer kommt auch mit. Was hältst du davon?
Magst du Burritos?«

Ich dachte an meine letzte Ausschusssitzung, wo
ausschließlich darüber diskutiert wurde, wie wir Sach-
mittel und Dienstleistungen eintreiben konnten. Während der unerträglich detaillierten Planung unserer
nächsten Benefizveranstaltung, einem Dinner auf Kiawah Island mit anschließendem Tanz im Haus eines
Ausschussmitglieds – der Mann hatte sich gerade neu
eingerichtet und draußen bei den Dünen einen großen
Pavillon mit Blick aufs Meer aufstellen lassen –, war
ich beinah eingeschlafen. Der Arbeitstitel der Gala
lautete »Outreach Strandball«.

»Ich habe demnächst ein paar Tage frei«, sagte ich zu Henry. »Ich denke, ich werde mitkommen. Kiawah steht mir gerade bis zum Hals.«

Erst dann warf ich Lewis einen fragenden Blick zu.

»Ich liebe Burritos«, sagte er. »Habt ihr noch Platz für einen guten alten Knochenbrecher?«

Henry lachte, umarmte mich und boxte Lewis auf den Bizeps.

»Wusstet ihr, dass es in den mexikanischen Bergen mehr giftige Skorpione gibt als sonst wo auf der Welt?«, fragte Fairlie und schwenkte ihr Weinglas. Dabei lächelte sie allerdings. Wie von Zauberhand geleitet waren Fairlie und ich Freundinnen geworden, und diese Freundschaft ging sogar so weit, dass wir uns aufziehen konnten, ohne uns fragen zu müssen, ob die Neckereien nicht doch eine Spitze enthielten.

»Klar brauchen die Ärzte«, sagte ich. »Wieso kommst du eigentlich nicht mit, Fairlie? Ich könnte jemanden brauchen, der mich auf die Damentoilette begleitet.«

»Da gibt es keine Damentoiletten«, sagte Fairlie und grinste. »Und außerdem, was soll ich da tun? Ihnen tanzen beibringen?«

Da kicherten wir alle und Camilla lächelte mir zu.

»Gut für dich, Anny. Ich hatte immer Schiss, wenn Henry auf Tour gegangen ist. Ich habe mir vorgestellt, er läuft vielleicht mit einer heißblütigen Señorita weg und wir sehen ihn nie wieder. Jetzt kannst du ihn im Auge behalten.«

»Der hat schon eine heißblütige Señorita«, drohte Fairlie ihr und fletschte die Zähne.

Camilla lachte. »Ja, da hast du wohl Recht.«

An diesem Abend spazierte ich nach Sonnenuntergang mit Gladys am Strand entlang. Tagsüber war es unerträglich heiß gewesen – aber nun zog Nebel von der Wasserstraße Richtung Dünen, der eine Wetterveränderung ankündigte. Plötzlich hatten der menschenleere Strand und das warme Wasser, das meine Fesseln umspülte, etwas Melancholisches, Schwermütiges. Der Sommer neigte sich dem Ende entgegen und das stimmte mich traurig.

Ich machte auf dem Absatz kehrt und wollte den Rückweg antreten. Der Nebel schwebte über dem ersten Dünenkamm. Die Konturen des Strandhauses, dessen erleuchtete Fenster im Dunst fröhliche Tupfer bildeten, verwischten. Mit einem Mal konnte ich es nicht mehr erwarten, dem Strand den Rücken zu kehren und ins Haus zu gelangen. Ich rannte zu den Stufen hinüber, die zum Holzplankenweg führten, und pfiff nach Gladys, die gut gelaunt herangesprungen kam. Meine Füße und ihre Pfoten fanden in den staubtrockenen Sandverwehungen kaum Halt.

Als ich den Kopf hob, entdeckte ich Camilla oben auf den Dünen, ein Stück abseits des Hauses. Sie hatte ihren alten Regenmantel an, in dem sich der Wind verfing. Was hatte sie draußen im Nebel zu suchen, wo sie doch immer behauptete, der Nebel würde ihren Knochen zusetzen?

»He!«, rief ich. »Was treibst du da oben?«

Sie antwortete nicht. Ich legte die Hände an den Mund und versuchte es noch mal.

»Camilla!«

Wieder keine Antwort. Ich schaute mich um, um mich zu vergewissern, dass Gladys bei mir war, und als ich mich wieder umdrehte, war Camilla verschwunden. Wie Verfolgte hetzten Gladys und ich die Stufen hinauf und stürmten ins Haus.

Die anderen hatten sich vor dem unnötigen, aber behaglichen Feuer versammelt und tranken Wein. In diesem Moment liebte ich sie, liebte sie alle von ganzem Herzen.

»Dein Haare sind nass geworden«, stellte Lewis fest.

»Da draußen hängt eine riesige Nebelbank, falls ihr es noch nicht bemerkt habt«, gab ich zurück. »Camilla, was hast du in den Dünen gemacht? Ich habe nach dir gerufen, aber du hast mich anscheinend nicht gehört.«

Sie sah mich an.

»Ich bin nicht draußen gewesen. Den ganzen Nachmittag über nicht.«

»Ich war mir sicher, dass du es bist. Ich habe deinen alten Regenmantel gesehen, den mit der Kapuze.«

»Den habe ich letztes Frühjahr der Heilsarmee vermacht«, erklärte sie.

Auf einmal wurde es ganz still.

»Du hast den Grauen Mann gesehen«, behauptete Simms mit einem boshaften Grinsen. »Wird also einen Sturm geben. Darauf könnt ihr Gift nehmen.«

»Nein, habe ich nicht«, entgegnete ich ärgerlich. »Wahrscheinlich hat dort oben jemand seinen Hund gesucht oder so.«

»Nein. Das war der Graue Mann«, meldete Charlie sich zu Wort. »Er ist extra den weiten Weg von Pawley's hierher gekommen, nur um dich zu sehen. Es wäre besser, wenn wir jetzt sofort die Schotten dicht machen.«

Auf der Heimfahrt durch den dichten weißen Nebel sagte ich zu Lewis: »Ich habe dort oben in den Dünen jemanden gesehen. Einen Menschen, kein Fantasiegebilde. Wieso muss jeder an diesem verdammten Grauen Mann festhalten?«

»Sie wollten dich nur aufziehen«, antwortete Lewis knapp. Danach sagte er kein Sterbenswörtchen mehr.

»Lewis, du glaubst doch nicht etwa …«

»Nein, wohl kaum.«

Wir schwiegen, bis wir daheim waren.

»Möchtest du einen Kakao?«, fragte er.

»Nein danke, ich gehe lieber gleich zu Bett. Ich muss morgen früh raus und mich darum kümmern, dass ich die beiden Wochen freibekomme.«

»Hmm, na gut, dann werde ich noch ein bisschen lesen«, sagte er und küsste mich auf die Stirn. »Ich komme später rauf.«

Ich lag noch lange wach. Lewis war schon vor einiger Zeit heraufgekommen, atmete tief und schlief fest. Was hätte ich darum gegeben, wenn jemand den Vorfall gut gelaunt abgetan, mich auf liebenswerte Weise aufgezogen und mir ein Gefühl der Sicherheit vermittelt hätte! In dieser Nacht sehnte ich mich nach Geborgenheit.

✳   ✳   ✳

Ciudad Real heißt »königliche Stadt« und dieser Name war pure Ironie. Schwer zu sagen, ob das einem der

355 Einwohner jemals aufgefallen war. Der Ort liegt in Chihuahua im Norden von Mexiko, duckt sich in eine Senke in der Ebene von Sierra Madre Occidental und liegt ungefähr auf halber Strecke zwischen der Kleinstadt Madera und dem Meer. Bis vor kurzem gab es nur eine Straße, die Ciudad Real mit dem etwas größeren Oteros verband. Von dort aus führt eine weitere Straße zum atemberaubenden Barranco del Cobre und nach Copper Canyon, wo sie endet. Über Fußwege, die über die Berge führten, gelangte man in die kleinen Städtchen an der Küste von Sonora. Auf dem Fußweg Güter und Saatgut über die Bergkämme zu transportieren, um sie auf der anderen Seite zu tauschen oder zu verkaufen, war unmöglich. Und eine Fahrt mit der großen Copper Canyon Railway, die die luftigen Bergtäler Nordmexikos mit dem Pazifik verband, war für die meisten Dorfbewohner zu kostspielig. Nur wenige Bewohner waren in der Landwirtschaft tätig oder produzierten Güter. In Ciudad Real mit seinen verkümmerten Eichen und stummeligen Kakteen herrschte große Armut. Ständig hing eine Staubwolke über dem Ort. Es gab eine kleine Kirche, der Putz bröckelte, eine *cantina* mit Zimmern für die jugendlichen Prostituierten und ihre Gäste in der oberen Etage, ein Lebensmittelgeschäft mit einer Tankstelle, wo uralte Konserven, amerikanische Snacks und Limonaden und ab und an eine Gallone Benzin verkauft wurden. In der *cantina* und im Laden konnte man telefonieren, aber die Bewohner der unglaublich dreckigen und heruntergekommenen Häuser besaßen offenbar keinen Telefonanschluss. Auf dem Dach der *cantina* ragte die

einzige Fernsehantenne des Ortes in den Himmel. Der Springbrunnen auf dem sonnenverbrannten kleinen Platz im Zentrum war ausgetrocknet und die meisten Marktstände verlassen. Ein paar Händler boten jämmerliche, ausgemergelte Hühner, magere Ziegen mit toten Augen, unförmige Töpferwaren und Körbe mit gammeligem Gemüse oder Obst feil, das sie in den Gärten hinter den Häusern zogen. Englisch beherrschten nur der schmuddelige Priester, der Arzt, der uns gerufen hatte, und die Bardame der *cantina*, die gleichzeitig auch die Bordellmutter war. Um von Charleston nach Ciudad Real zu gelangen, musste man ein Flugzeug nach Atlanta nehmen, von dort aus nach Mexico City fliegen und anschließend nach Chihuahua. Von Chihuahua ging es in einem klapprigen Bus nach Madera und für den letzten Streckenabschnitt nach Ciudad Real war man auf die Freundlichkeit von Fremden angewiesen.

Am 8. September um drei Uhr nachmittags trafen wir verstaubt und müde in Madera ein, wo wir von dem zuvor erwähnten Dr. Lorenzo Mendoza in einem Landrover abgeholt wurden. Im Vergleich dazu kam uns Lewis' Range Rover wie eine Rolls-Royce-Limousine vor. Mendoza war kurz gewachsen, korpulent und dunkelhäutig, mit der Energie eines tasmanischen Teufels und er strahlte übers ganze Gesicht.

»Meine Amerikaner sind hier!«, rief er und schloss uns nacheinander in die Arme. Als ich an der Reihe war, zögerte er kurz und fragte: »Sind Sie vielleicht Krankenschwester? Wunderbar!« Und ohne meine Antwort abzuwarten, umarmte er schon den Nächs-

142

ten. Er roch sehr streng nach altem Schweiß, aber wir selbst rochen auch nicht besser. Ich hätte alles, wirklich alles getan, um endlich duschen und mich aufs Ohr legen zu können. Als ich mich zwischen Henry und einen Magen-Darm-Spezialisten aus Houston gezwängt hatte, merkte ich, dass ich am ganzen Leibe zitterte, weil ich versuchte, ein irres Kichern zu unterdrücken. Ich spürte, wie Henrys Schultern bebten, und da wurde mir klar, dass er sich ebenfalls bemühte, nicht laut herauszulachen. Ich sah nicht zu ihm hinüber, denn dann hätten wir beide nicht mehr an uns halten können. Lewis saß vor mir und schlief. Der Mann konnte überall schlafen, wofür ich ihn in diesem Moment regelrecht hasste. Der Gastroenterologe starrte stur nach vorn. Zwei Allgemeinmediziner aus Fort Worth saßen neben Dr. Mendoza und wurden mit Informationen bombardiert.

Die neue Straße, berichtete der gute Doktor, verband Ciudad Real mit Madera, mit Chihuahua und anschließend mit dem Highway 40, der sich durch die Landenge pflügte und ins texanische McAllen führte.

»Jetzt sind wir von anderen medizinischen Einrichtungen nicht mehr abgeschnitten und bekommen sogar Arzneimittel«, rief er fröhlich. »Noch ehe die Planierraupen kamen, habe ich mein kleines Krankenhaus errichtet und ein paar provisorische Unterkünfte fürs Personal. Das Hospital ist noch klein, wird in Zukunft aber wachsen und ist, wenn Sie mich fragen, eigentlich gut ausgestattet. Jetzt, wo meine neuen Freunde da sind und mir und einem oder zwei Kollegen, die noch kommen werden, neue Techniken beibringen und wir sogar eine Krankenschwester haben, die meine Schwestern unterrichten kann, werden wir bald das beste Krankenhaus weit und breit haben.«

Dann kicherte er leicht hysterisch. Die beiden Ärzte grinsten verzweifelt. Lewis schnarchte. Henry verzog höhnisch den Mund.

»Wag es ja nicht!«, zischte ich ihm zu. Der Gastroenterologe wandte den Blick keine Sekunde von der Straße vor uns.

Wir kurvten durch das ausgestorbene kleine Ciudad Real. Staubwolken stiegen auf, Hühner und ein paar dünne schwarze Hunde stoben auseinander. Eine dicke Frau mit unglaublich vollem, festzementiertem schwarzem Haar winkte aus dem Fenster über der *cantina* – die Bordellmutter. Später erfuhr ich, dass sie Señora Diaz hieß. In den gesamten zwei Wochen, die ich dort verlebte, bekam ich Señor Diaz kein einziges Mal zu Gesicht. Er war quicklebendig, versicherte Dr. Mendoza uns, ließ sich allerdings nie blicken.

»Er ist einfach schüchtern«, behauptete er.

Nachdem wir um einen riesigen Felsvorsprung gefahren waren, kam Dr. Mendozas Krankenhaus in Sicht. Die bemerkenswerte medizinische Einrichtung dieser Region umfasste drei brandneue, übermäßig breite und dicht nebeneinander stehende Wohnwagen, die unter verdörrten Eichen geparkt und durch einen Holzplankensteg miteinander verbunden waren. Ein Stück weiter hinter den Wohnwagen waren ein paar niedrige Holzbaracken zu erkennen. Vor den Behausungen standen Plastikklappstühle in der staubigen Erde und weiter hinten gab es eine Dusche im

Freien. Von allen guten Geistern verlassen, dachte ich darüber nach, wie es ihm gelungen war, die Wohnwagen und das Material für die Hütten hierher zu transportieren.

Vorn wachte Lewis auf.

»Heilige Scheiße!«, entfuhr es ihm.

»Ja!«, stimmte Dr. Mendoza ekstatisch zu. »Das ist wirklich heilige Scheiße, nicht wahr?«

Es war ein surrealer und erschütternder Abend. Die amerikanischen Ärzte sollten in den Baracken untergebracht werden (»Brandneu sind sie und riechen immer noch herrlich nach frisch geschlagenem Holz!«). Dass ich auch mit von der Partie war, hatte ihm niemand mitgeteilt. Die Krankenschwestern waren bei ein paar Dorfbewohnern untergekommen, doch Mendoza bezweifelte, dass es weitere Kapazitäten gab. Wir würden in der *cantina* zu Abend essen und uns dort darüber Gedanken machen, wo ich schlafen sollte.

»Ein sauberes Bett und drei Mahlzeiten, was?« Ich musterte Henry grimmig. »Vielleicht gibt es hier ja irgendwo einen Ziegenstall, wo ich mich einnisten kann.«

»Tut mir Leid, Anny«, murmelte er. »Wo ich bisher war, hat es immer ein Hotel, Motel oder so was in der Art gegeben.«

»Es sollte dir auch Leid tun, Henry«, drohte Lewis spaßeshalber. Noch ehe irgendwelche Entscheidungen getroffen wurden, ahnten wir, dass ich mit den drei jugendlichen Prostituierten über der *cantina* schlafen würde.

»Es ist bei weitem das beste Zimmer«, versicherte

Dr. Mendoza mir mit ernster Miene. »Wer dort absteigt, bleibt nur drei, vier Stunden. Außerdem gibt es einen Fernseher und geblümte Bettwäsche.«

»Gut möglich, dass du am Ende noch mit einem Vermögen nach Hause fährst«, bemerkte Lewis, woraufhin wir alle in schallendes Gelächter ausbrachen. Die Allgemeinmediziner und der Gastroenterologe kapierten den Witz nicht.

Wenn ich heute zurückblicke, sind diese zwei Wochen in Ciudad Real wie ein Film. Die Szenen in meinem Kopf haben dann die surreale Lebendigkeit eines Fiebertraums. Die Einzelheiten sind so deutlich, als würden sie hell ausgeleuchtet. Ich kann mich an die Bilder, Geräusche, Gerüche und Geschmäcker so deutlich erinnern, dass ich mich in ihnen verliere. Und was diese Bilder nicht alles heraufbeschwören können: das blecherne Scheppern der *cantina*-Musik, den Geschmack von Staub im Mund, die nach frischem Holz riechenden Baracken, den Geruch von altem Schweiß und das Parfüm in meinem Serailzimmer, den würzigen Duft von warmem Rindfleisch und Tacos. Nicht dass ich diese Zeit ein zweites Mal hätte durchleben wollen, denn in vieler Hinsicht waren diese beiden Wochen extrem garstig und sie verblassen neben den wunderschönen Orten, die Lewis und ich in den folgenden Jahren besucht haben. Nichtsdestotrotz sind diese Erinnerungen in meinem Unterbewusstsein tief verankert. Vielleicht liegt das daran, dass jene zwei Wochen völlig losgelöst von allem waren und überhaupt nichts mit unserem normalen Leben zu tun hatten. Nichts – weder der Lauf der Zeit noch der Welt

– war hier zu spüren. Bis zum heutigen Tag denke ich mit Grauen und Freude an diese surreale Zeit zurück.

Nichts, rein gar nichts lief so, wie wir es erwartet hatten. Als wir am ersten Morgen das winzige Krankenhauswartezimmer betraten, drängten sich dort schon die ärmlichen Bewohner von Ciudad Real. Geduldige alte Männer und Frauen, weinende Kinder, hochschwangere Frauen, stoische, mürrisch dreinblickende Männer, die laut husteten oder blutige Lappen um Arme oder Beine gebunden hatten – sogar ein schwarzer Hund lag unter dem Empfangspult und klopfte mit dem Schwanz auf den Boden. Nur dass es niemanden gab, der die Patienten in Empfang nahm. Und die beiden Ärzte, von denen die Rede gewesen war, tauchten nicht auf.

»Ich habe Nachricht erhalten, dass sie in Guatemala festgehalten werden«, sagte Dr. Mendoza. »Zweifellos irgendeine Narretei an der Grenze.«

»Diese Ärzte können wir abschreiben«, murmelte Lewis Henry zu.

Die drei Krankenschwestern waren klein und kräftig und rieben sich verschlafen die Augen. Aus ihren unergründlichen schwarzen Augen und ihren leicht platten Nasen schloss ich, dass sie Indio-Vorfahren hatten. Sie trugen echte, nicht allzu saubere Krankenschwesteruniformen und sprachen kein Wörtchen Englisch. Der Übersetzer hatte das Flugzeug nach Chihuahua verpasst und überlegte, ob er sich einen Mietwagen nehmen sollte.

»Den können wir auch abschreiben«, knurrte Henry.

»Ich habe nicht gewusst, dass das Krankenhaus schon in Betrieb ist«, sagte Lewis so freundlich, wie ich es von ihm nicht kannte. Und das war verstörend. »Ziemlich schwierig, Techniken und Ratschläge zu vermitteln, wenn wir den ganzen Tag damit beschäftigt sind, Patienten zu verarzten. Ich hatte vor, Ihnen die neusten Entwicklungen in der orthopädischen Chirurgie beizubringen, und ich weiß, dass Mr McKenzie auf dem neusten Stand ist, was die Kardiologie betrifft. Die meisten Ihrer Patienten machen allerdings den Eindruck, als könnten sie von einer Krankenschwester oder einem Hausarzt versorgt werden.«

»Ach, Sie behandeln die Patienten und ich schaue Ihnen auf die Finger, und wenn die beiden Ärzte auftauchen, lerne ich sie an«, erwiderte Dr. Mendoza fröhlich. »Und wie Sie sehen, stehen uns ja Krankenschwestern zur Verfügung.«

»Die leider kein Englisch sprechen«, sagte einer der Allgemeinmediziner mit dünner, erstickter Stimme. »Und falls ich mich nicht täusche, spricht keiner von uns ausreichend Spanisch. Wer wird eigentlich übersetzen?«

Dr. Mendoza schaute hoffnungsvoll zu mir herüber.

»Nein, tut mir Leid«, sagte ich. »Spanisch ist nicht mein Ding. Eigentlich wollte ich mit Ihnen über Möglichkeiten nachdenken, wie wir Ihren Patienten unter die Arme greifen können.«

Einen Moment lang war Dr. Mendoza verwirrt, dann redete er in rasantem Tempo auf ein junges Mädchen ein. Sie verließ daraufhin den Wohnwagen und schleppte sich in die Stadt.

»Ich habe die Lösung gefunden«, berichtete der Doktor. »Mrs Diaz spricht wunderbar Englisch. Sie wird uns aushelfen.«

Und so kam es, dass am ersten Tag, wo Dr. Mendozas Hospital die Pforten öffnete, die Puffmutter des hiesigen Freudenhauses als Übersetzerin und gelegentlich auch als Zuchtmeisterin fungierte und sich tatsächlich ganz hervorragend bewährte.

»Wie wollen Sie das hier und Ihren eigentlichen Beruf unter einen Hut bringen?«, fragte ich sie, als wir auf den Plastikklappstühlen vor den Baracken saßen und uns den Schweiß vom Gesicht tupften. Mich hatte man dazu verdonnert, an der Anmeldung zu arbeiten und Termine zu machen, und diese Aufgabe verrichtete ich bis zum Tag unserer Abreise. Es dauerte nicht lange, bis ich diese dicke, vitale Frau mit den tiefschwarz gefärbten Haaren und dem dick aufgetragenen Lippenstift ins Herz schloss. Sie war intelligent, fleißig, nüchtern und wahrlich nicht aus der Ruhe zu bringen. Dass sie in diesem Kaff die Bordellmutter war, hielt ich für pure Verschwendung, aber das sagte ich nicht laut.

Carmella Diaz grinste. Sie hatte einen Goldzahn, der hübsch funkelte.

»Mein nutzloser *esposo* kann seinen Hintern aus dem Bett schaffen und sich um die *cantina* kümmern«, antwortete sie gelassen. »Die Arbeit fängt erst abends an und es braucht nicht viel, um diese Hyänen in Schach zu halten. Und wenn sie nach einem von meinen Mädchen verlangen, sind sie sowieso schon zu betrunken, um großen Ärger zu machen.«

Ich spürte, wie ich errötete, und lachte dann. Warum

auch nicht? So wurden die Dinge in Ciudad Real nun mal gehandhabt.

Bis acht Uhr abends behandelten wir die Patienten, so gut es ging, kümmerten uns um Fieber, Durchfall, Knochenbrüche, Schnitte, die von weiß Gott was stammten, um Husten und Erkältungen. Es gab auch ein oder zwei gravierende Fälle, die von den Ärzten ohne die entsprechende Einrichtung und nachfolgende Betreuung nicht behandelt werden konnten.

»Sie müssen sich jeden Patienten genau ansehen und die schlimmen Fälle in die nächstgrößere Stadt schicken«, sagte Lewis an Ende dieses langen Tages. »Ohne OP-Schwestern und die entsprechende Ausrüstung kann ich nicht operieren. Und dass wir kein anderes Antibiotikum als Penicillin haben, ist auch nicht gut. Es gibt eine ganze Menge neuer Mittel. Ich werde für Sie eine Liste machen. Das Gleiche gilt für Anästhetika. Sie können nicht jedem dasselbe verabreichen. Außerdem brauchen Sie dringend einen Internisten. Er kann Ihnen dann sagen, was Sie alles benötigen. Und Sie brauchen eine sehr gut ausgebildete Oberschwester. Die richtige Krankenpflege ist hier draußen das A und O.«

»Aber wir haben doch Schwestern«, wandte Dr. Mendoza ein und zeigte auf die drei jungen Frauen, die sich nicht von der Stelle gerührt hatten.

»Und wer soll sie unterrichten?«, fragte einer der Allgemeinmediziner.

»Sie, die Ärzte?«, fragte Dr. Mendoza voller Optimismus.

»Nein. Kommt nicht infrage«, wehrte Henry ab.

»Ich wünschte, Sie hätten Ihre Probleme genauer ge-
schildert, als Sie sich mit unseren Leuten in Amerika in
Verbindung gesetzt haben. Sie brauchen keine neuen
Techniken. Sie brauchen gut ausgebildete Ärzte.«

»Und die sind doch gekommen«, sagte der Doktor
und strahlte.

Am nächsten Morgen sagte der schweigsame Gastroenterologe kurz angebunden: »Das bringt das Fass
zum Überlaufen.« Und dann heuerte er den Ehemann
von Señora Diaz an, ihn nach Madera zu fahren. Die
beiden Chirurgen hielten bis Mittwoch durch. Wenn
das so weitergeht, dachte ich, wird Mr Diaz noch ein
reicher Mann.

Eigenartigerweise kamen wir drei nicht auf die Idee
zu türmen. Hier warteten Unmengen von Patienten
auf Heilung und wir gaben Tag für Tag unser Bestes.
Henry und Lewis untersuchten Hälse, tasteten Beulen
ab, horchten Brustkörbe ab, nähten Risse, fuhren mit
den Daumen vorsichtig über schwangere Bäuche, verteilten Aspirin und Vitamine und das bisschen Penicillin, das noch übrig war. Ich hielt Babys, die Spritzen
bekommen mussten, notierte Termine und lernte, wie
man Injektionen gab. Die drei Krankenschwestern beobachteten unser Treiben regungslos.

Abends gingen wir so müde, dass wir es kaum den
Hügel hinaufschafften, in die *cantina*. In diesem der-
ben, verrauchten Schuppen lauerte dicht unter der
Oberfläche etwas Wildes, Ungestümes. Glücklicherweise gewöhnten sich die anderen Gäste bald an uns
oder waren zu betrunken, um wie Kampfhähne ihr
Territorium gegen die usurpierenden Gringos zu ver-

teidigen. Und das Essen war nicht schlecht, wenn für meinen Geschmack auch zu oft Huhn und – wie ich annahm – Ziege auf den Tisch kam. Ich fragte nicht nach, was uns da vorgesetzt wurde, und schon bald interessierte es mich auch nicht mehr. Nachdem meine Dienste vier oder fünf Mal nachgefragt worden waren, machte Carmella Diaz mit ihrem losen Mundwerk allen klar, dass ich nicht käuflich war. Keine Ahnung, was die Gäste dachten, wenn ich Lewis und Henry einen Kuss auf die Wange drückte und lächerlich früh – um neun Uhr und noch ehe die *putas* zur Arbeit erschienen – auf mein Zimmer ging.

»Es geht das Gerücht, du wärst eine Art Fruchtbarkeitsgöttin«, scherzte Lewis.

»Da sei Gott vor«, sagte ich.

Normalerweise hatte ich keine Einschlafprobleme, wenn ich zwischen meine geblümten Laken schlüpfte. Den Versuch, fernzusehen, hatte ich schon vor längerem aufgegeben. Es gab nur einen krisseligen Kanal, der natürlich auf Spanisch sendete und anscheinend nur Fußball übertrug. Englische Zeitungen oder Zeitschriften gelangten nicht nach Ciudad Real.

»Ihr könnt ihnen eure alten Wartezimmerzeitschriften schicken«, schlug ich vor, was zu allgemeiner Erheiterung führte. Während dieser zwei Wochen lachten Lewis, Henry und ich viel. Unsere Erfahrungen schweißten uns wie Kriegskameraden zusammen. Ich stellte mir vor, dass sich die Menschen während des Blitzkrieges in London ganz ähnlich gefühlt haben. In jener Zeit standen wir uns sehr nah.

Gegen Ende unseres Aufenthalts saß ich mit Carmella auf den Plastikstühlen und merkte, dass ich sie sehr vermissen würde. Sie hatte mich gefragt, weshalb ich nach Ciudad Real gekommen war, und ich erzählte ihr von Outreach und unserer Arbeit.

»Aber ich denke, dafür ist es noch viel zu früh«, fügte ich hinzu. »Vielleicht wenn das Krankenhaus über ausreichend Personal verfügt …«

»Dann brauchen Sie also jemanden, der herausfindet, was die Menschen brauchen, und dann, wie man das umsonst kriegt«, fasste sie ganz pragmatisch zusammen.

»Genau so ist es«, stimmte ich zu.

»Das kann ich übernehmen«, sagte sie und winkte ab. »Jetzt, wo es die neue Straße gibt, kommen mehr reiche Männer in unser Dorf. Ich werde sie darauf hinweisen, dass unsere Leute vieles dringend brauchen und sie uns helfen können. Und ich werde sie daran erinnern, dass ihre Frauen ja nicht unbedingt erfahren müssen, was sie abends hier so treiben.«

»Perfekt. Eine bessere Idee hätte mir auch nicht einfallen können.« Meine Entgegnung zeigte nur, wie sehr ich mich schon angepasst hatte.

Am letzten Abend im Dorf gab Lewis Carmella fünfzig amerikanische Dollar und folgte mir die Treppe hinauf in mein Zimmer.

»Das wird noch jahrelang im Dorf die Runde machen«, behauptete er. »Sie werden sich fragen, was für eine Frau du bist, wenn ein Mann fünfzig Dollar für eine Nacht mit dir springen lassen muss.«

Als wir im Bett lagen, schmiegte ich meine Wange an sein Herz. Wir hörten die Musik, die aus der *can-*

tina heraufschallte, und die gekünstelten Lustschreie der drei jungen Frauen. Sie riefen alle dasselbe: zuerst ein durchdringendes »Aye, mi Dios!« und dann eine Reihe leiser Laute wie von einem jungen Hund.

»Sollen wir?«, fragte Lewis und zog mich auf sich.

»Aye, mi Dios!«, rief ich.

Am nächsten Tag mussten wir vor Morgengrauen aufbrechen. Dr. Mendoza drückte uns die Hand, erklärte noch, dass er nun auf jeden erdenklichen medizinischen Notfall vorbereitet wäre, und lief in sein Krankenhaus. Carmella kam und schloss uns zum Abschied in die Arme.

»Ich werde Ihnen Bescheid geben, wie das mit unserem Outreach läuft«, versprach sie.

Henry, Lewis und ich gingen Arm in Arm zum Landrover.

»Was hat sie damit gemeint?«, erkundigte sich Henry.

»Erpressung«, antwortete ich ernst.

Als wir vom Platz fuhren, blieb hinter uns nur eine riesige Staubwolke und eine winkende Carmella zurück, die kaum noch zu erkennen war.

Auf dem Weg von Chihuahua nach Mexico City und dem Flug nach Atlanta schliefen wir eigentlich nur. Als wir den Terminal in Atlanta betraten, schien alles zu hell, zu groß und zu laut – wie ein Anschlag auf die Sinne. Ich fühlte mich hohl, schwindelig und mir war, als würde ich aus einem tiefen Gewässer auftauchen.

Als Henry dem Steward unsere Tickets nach Charleston reichte, warf der Mann uns einen merkwürdigen Blick zu.

»Sie belieben wohl zu scherzen.«

»Nein, warum?«, fragte Henry.

»Wo sind Sie denn gewesen? Charleston ist zu, da kommt niemand rein. Hurrikan Hugo ist vor zwei Tagen über die Stadt gefegt und hat alles platt gemacht. Teile der Stadt stehen unter Kriegsrecht.«

Es war der 23. September 1989, der Tag, an dem sich unser Leben drastisch änderte.

Kapitel vier

Später bezeichneten die Menschen Hugo als den zerstörerischsten Hurrikan des Jahrhunderts. Andrew, der sich ein paar Jahre später zusammenbraute und über Miami und Umgebung hereinbrach, war zwar rein technisch gesehen schlimmer und verursachte höhere Schadenersatzkosten, aber die Menschen im Low Country wussten tief in ihren Herzen, dass Hurrikan Hugo mehr als ihr derzeitiges Leben verändert hatte. Er veränderte eine Lebensart.

Ja, in Charleston und auf den Inseln wurde schließlich Hand angelegt, wieder aufgebaut, gestrichen und repariert, sodass die oberflächlichen Blicke der Touristen nur das sahen, was die Historiker schon immer über uns gesagt hatten: Wir besaßen die schönste historische Altstadt im Land. Die von Pferden gezogenen Stadtrundfahrtkutschen rollten wieder, die Tourbusse verstopften die engen Gassen in der Innenstadt, und die Besucherscharen, die Zufahrten und Straßen versperrten, folgten ihren Mutterhennen in Strohhüten und langen Röcken, auch Touristenführerinnen genannt.

Dennoch sprechen die Charlestoner bis zum heuti-

gen Tag von der Zeit »vor Hugo« und »nach Hugo«.
Vom Morgen des 22. September 1989 an folgte uns der
Schatten der Verwundbarkeit durch die schönen engen
Straßen. Früher war das nicht der Fall gewesen. Schönheit und Anmut schützten uns nicht länger. Niemand
vergaß, was Hugo angerichtet hatte. Wir wussten, dass
andere Monster mit banalen Namen von den Gewässern vor den Kapverden, wo die großen atlantischen
Hurrikans entstehen, urplötzlich über uns hereinbrechen konnten. In den ersten Tagen danach fühlten sich
die besorgten Bewohner immer wieder genötigt, einen
nervösen Blick über die Schulter zu werfen.

An jenem Tag in Atlanta starrten wir den Steward
am Delta-Schalter fassungslos an, wie man das eben
tut, wenn man jemanden für irre hält. Und dann redeten wir alle gleichzeitig auf ihn ein.

»Was steht noch?«

»Wie kommt man dorthin, wenn keine Flieger gehen?«

»Gibt es viele Tote? Viele Verletzte?«

»Wo ist der Schaden am schlimmsten?«

»Was war schlimmer: der Wind oder das Wasser?«

Er hob müde die Hände und gab uns damit zu verstehen, dass er diese Fragen nicht zum ersten Mal hörte.

»Ich weiß nur Folgendes«, sagte er. »Mit dem Flugzeug kommen Sie nicht dorthin. Alles andere beruht
auf Hörensagen. Dass die Nationalgarde vor Ort ist,
dass Plünderungen stattfinden und all das. Dort drüben ist ein Zeitungsstand. Bestimmt berichten die Ta-
geszeitungen ausführlich darüber.«

Wir schauten uns an. Uns war die Farbe aus dem Gesicht gewichen, unsere Augen blickten ausdruckslos. Dann stürmten Lewis und Henry zu einer Reihe Telefone auf der anderen Seite der Halle und ich rannte zum Zeitungsstand. Im Laufschritt wiederholte ich Mantra-artig: »Lieber Gott, mach, dass das Strandhaus heil ist. Mach, dass das Strandhaus heil ist.« Und dann, von schlechtem Gewissen geplagt: »Mach, dass unsere Familien und Häuser verschont wurden. Bitte mach, dass wir das hier überstehen.«

Als Lewis zurückkam, setzten wir uns in den Wartebereich und verschlangen die *Atlanta Journal-Constitution*, die Einzelheiten aussparte, dafür aber mit viel Sensationsgier aufwartete. Verwüstung. Stromausfall, der vielleicht Wochen andauerte. Lecks in den Gasleitungen, umgeknickte Strommasten, schlimme Überschwemmungen nach einer sechs Meter hohen Flutwelle, die Hochwasser auslöste. Überall waren Bäume umgemäht worden, Fensterscheiben zerstört, Dächer abgedeckt, ganze Häuser zerstört. Im Geschäftsviertel in der Innenstadt fanden Plünderungen statt. Mitarbeiter der Stadtwerke aus acht Bundesstaaten strömten in die Stadt. Lebensmittel und Wasser waren knapp. Präsident Bush erklärte die Stadt zum Katastrophengebiet. Boote waren auf Autobahnen gefegt worden und hingen zwischen Häusern fest.

Die Häuser ganzer Strandabschnitte waren dem Erdboden gleichgemacht worden.

Mir kamen die Tränen. Lewis schloss mich in die Arme und bettete das Kinn auf meinen Kopf.

»Lass gut sein«, beschwor er mich. »Lass erst mal

gut sein, bis wir mehr wissen. Henry hat das letzte freie Telefon erwischt. Die Innenstadt hat dreihundert Jahre lang gestanden. Ein paar abgebrochene Äste und heruntergefallene Dachziegel sind noch keine Katastrophe. Warte einfach, bis Henry jemanden an der Strippe hat.«

Kurz darauf sahen wir, wie Henrys große Gestalt – unpassenderweise trug er immer noch die Arzthose, das verknitterte Hawaiihemd und Sandalen – sich einen Weg durch den Wartebereich bahnte. Die Menschen drehten die Köpfe und starrten ihn an. Ein oder zwei wichen sogar vor ihm zurück. Da versiegten meine Tränen und ich brach in hysterisches Gelächter aus.

»Wenn sein Kopf nicht auf den Schultern säße, würde er aussehen wie Ichabod Crane, der kopflose Reiter«, sagte ich mit erstickter Stimme.

»Bin durchgekommen«, berichtete er. »In einem Gutteil der Häuser südlich der Broad funktionieren die Telefonleitungen anscheinend noch. Ich nehme an, wir gehören zum selben Versorgungsnetz wie die Krankenhäuser, wo die Leitungen noch stehen. Ich habe zuerst Fairlie angerufen und dann Charlie im Krankenhaus. Hätte insgesamt vermutlich schlimmer kommen können.«

Wir starrten ihn mit angehaltenem Atem an.

»In der Bedon's Alley sieht es ganz okay aus. Fairlie hat das Haus nicht verlassen, aber sie sagt, es ist die schlimmste Nacht gewesen, die sie je erlebt hat. Camilla ist bei ihr gewesen. Charlie war im Krankenhaus. In der Tradd Street hat es ein paar Bäume umgehauen, aber das Dach ist noch da. Der Sturm ist dicht daran vorbeigezogen. Lila und Simms hatten nicht so viel Glück. Die Battery hat es voll abgekriegt. Das Haus steht noch, aber das Wasser hat in der untersten Etage dreißig Zentimeter hoch gestanden und ihre Fenster sind hinüber. Lewis, ich glaube, die Battery hat etwas abgekriegt. Zwei Eichen sind durchs Dach und der Säulengang und die Veranda sind weg. Mehr habe ich nicht in Erfahrung bringen können.«

»Das ist das Problem der Denkmalpflege und nicht meins«, erwiderte Lewis müde. »Was hast du über die Bull Street gehört?«

»Niemand von Charlies Bekannten ist bislang dorthin gekommen. Das College of Charleston scheint so weit in Ordnung zu sein und ihr seid ja gleich um die Ecke. Die Erdgeschosse dort haben die Sturmflut abgekriegt, aber euer Haus steht ja weiter oben. Ein paar Bäume sind entwurzelt. Mehr weiß ich nicht …«

»Die Sturmflut …«, wiederholte ich. Daran hatte ich überhaupt nicht gedacht. Ich hatte immer geglaubt, das Schlimmste an einem Hurrikan wäre der Wind.

* * *

»Ist über die ganze Halbinsel weggefegt«, berichtete Henry. »Boote aus der City Marina liegen auf der Lockwood Avenue. Tiefer liegende Straßen stehen unter Wasser. Wo das Wasser zurückging, mussten sie unvorstellbare Mengen Schlamm und Schutt wegschaffen. Das steht uns wahrscheinlich nicht bevor. Ähm, Lewis … Charlie denkt, dein OP-Raum im Keller könnte geflutet sein. An der Rutledge sind alle Keller voll gelaufen.«

Ich sah zu Lewis hinüber. Er stierte ins Leere und seufzte dann.

»Jetzt kann ich meine Versicherungsprämien in den Wind schreiben«, sagte er. »Aber na ja, dafür sind sie schließlich auch da. Was ist mit Edisto? Und Wadmalaw?«

»Keine Ahnung. Charlie sagt, er hat gehört, die Leute auf der Seite vom Fluss seien in Sicherheit. Der Strand ist allerdings weg. Gut möglich, dass ihr und Simms nichts abgekriegt habt.«

Schließlich stellte ich die Frage, weil die anderen sie nicht stellten.

»Was ist mit dem Strandhaus?«

Henry senkte den Blick.

»Ich weiß es nicht. Das weiß niemand. Die Ben-Sawyer-Brücke ist nicht passierbar und die Nationalgarde lässt niemanden auf die Inseln. Charlie hat gesagt, in der *Post and Courier* hätten sie ein paar Luftbilder gezeigt und da sah es aus … als hätte es da nie Häuser gegeben. Alles weg. Nur Strand und platte Dünen. Aber er sagte auch, ein paar Häuser hätten überhaupt nichts abgekriegt. Anscheinend hat es ein paar kleine Tornados gegeben, die ein Haus niedergemäht haben und das daneben nicht. Es gibt eine Fähre zu der Isle of Palms, aber nach Sullivan's Island darf noch niemand.«

Er legte eine Pause ein, ehe er fortfuhr: »Fairlie hat gesagt, Leroy ist am Morgen danach in Tränen aufgelöst zum Haus gekommen und hat erzählt, die Polizei

hätte ihn in letzter Minute aus unserem Haus evaku-
iert. Gladys konnte er nicht finden, und sie haben ihm
nicht erlaubt, nach ihr zu suchen. Der beste Hund für
die Taubenjagd im Low Country.«

»Das tut mir Leid, Henry«, sagte Lewis. »Aber vielleicht ist ihr ja nichts passiert.«

Henry wandte sich ab. »Kann sein. Wenn die Scheiß-
kerle uns nur rüberließen, damit wir uns einen Überblick verschaffen könnten! Wenn wir daheim sind,
gehe ich hin. Was wollen sie denn dagegen machen?
Mich erschießen?«

»Ich komme mit«, versprach Lewis heiser.

Dann verließen wir den Wartebereich, um einen
Wagen zu mieten und nach Hause zu fahren.

Während der fünfstündigen Fahrt redeten wir nicht
viel. Es gab nichts, was man hätte sagen können. Die
beiden erlebnisreichen, surrealen Wochen, die hinter
uns lagen, hatten mit dem, was uns erwartete, nichts zu
tun. Der Ort, den wir ansteuerten, schien unwirklich.
Über das, was jenseits der Vorstellungskraft liegt, kann
man nicht sprechen.

Im Südosten ist es im September warm, wenn nicht
gar heiß. Das Laub hatte sich noch nicht verfärbt,
wirkte aber angestaubt und kraftlos. Lastwagen verstopften die Straßen; der Verkehr war unerträglich.
Die Klimaanlage im Mietwagen arbeitete auf Hoch-
touren und blies uns abgestandene, kühle Luft ins Gesicht. Obwohl ich hundemüde war, konnte ich mich
nicht entspannen.

Henry fuhr die gesamte Strecke. Wann immer Lewis
oder ich versuchten, ihn abzulösen, wehrte er ab: »Ich

brauche etwas, auf das ich mich konzentrieren kann.«
Uns ging es da nicht anders, doch wir spürten instinktiv, dass Henry die Ablenkung am nötigsten hatte. Er hing sehr an Gladys.

Ungefähr fünfzig Meilen vor dem Low Country entdeckten wir die ersten Anzeichen der Verwüstungen. Zuerst waren es nur abgebrochene Äste, herumfliegende Blätter und das Wasser in den Gräben neben der Straße. Dann tauchten die ersten umgeknickten Bäume auf – hauptsächlich entwurzelte Pinien. In der flachen Ebene hinter der Küste waren ganze Wälder dem Erdboden gleichgemacht worden, als hätte jemand sie mit einer riesigen Sense niedergemäht. Fünfzehn Meilen vor Charleston fuhren wir an eingestürzten Häusern vorbei, an kaputten Dächern, an Fenstern ohne Scheiben. Nasse Möbel standen zum Trocknen in den Gärten. Viele Häuser hatten keine Dächer mehr. In den Nebenstraßen lagen entwurzelte Bäume. Die Autobahn war zum Glück geräumt worden. Und weit und breit kein Mensch zu sehen. Ab und an sah man ein Fahrzeug. Die meisten Wagen hatten riesige Dellen.

Wir waren die Interstate 26 hinuntergefahren. Lange bevor sie sich an der East Bay entlangschlängelte, sahen wir, dass das Ausmaß der Verwüstung unsere Vorstellung bei weitem übertraf. Und als wir dann gegen sieben Uhr abends Richtung East Bay abbogen, mussten wir feststellen, dass ganze Phalangen von Angehörigen der Nationalgarde die Autofahrer anhielten. In den Straßen türmten sich Äste und Schutt, Stromleitungen baumelten an umgeknickten Masten. Die Schaufenster der Läden waren verbarrikadiert. Manche Geschäfte hatten gar keine Fenster und viele keine Dächer mehr. Die Speicher im Hafen zu unserer Linken waren leer. Und es herrschte eine beängstigende Ruhe.

Nirgendwo brannte Licht.

Ein junger Mann von der Nationalgarde hielt uns an und spähte in den Wagen.

»Was haben Sie hier zu suchen?«, wollte er wissen. »In sechzig Minuten bricht die Sperrstunde an.«

Zum Beweis, dass er Arzt war, reichte Henry ihm einen Ausweis. Die meisten Ärzte bewahrten diesen Ausweis im Wagen auf. Lewis zog seinen ebenfalls heraus. Der junge Mann studierte sie und fragte dann: »Wo wollen Sie hin?«

»Bedon's Alley«, antwortete Henry. Der junge Mann warf einen Blick auf sein Klemmbrett.

»Sie können ganz runter bis zur East Bay fahren«, erklärte er. »Ist alles geräumt. Aber passen Sie in der Calhoun auf; die steht unter Wasser. Und wie es aussieht, blockieren Bäume und Schutt die oberen Abschnitte der Tradd und Church Street.«

»Wie steht es mit der Elliot?«, fragte Henry.

Der Mann schaute wieder auf sein Klemmbrett.

»Scheint frei zu sein. Aber passen Sie auf. Dort wimmelt es nur so von Krankenwagen und die halten nicht an den Kreuzungen. Und außerdem sind eine Menge Schaulustiger unterwegs.«

Wir sagten nichts. Diese Schaulustigen waren unsere Freunde und Nachbarn, die trauerten, weil ihre Stadt verwüstet worden war.

In der stillen, gespenstisch grünen Abenddämme-

164

rung bogen wir in die Elliot Street, krochen langsam um ein paar Ecken und fuhren die Bedon's Alley zu Henrys und Fairlies Haus hinunter. Auf der gesamten Strecke hörten wir kein einziges Geräusch, sahen nirgendwo Licht. Sämtliche Fenster schienen verbarrikadiert. Überall lagen Äste und gefallene Blätter herum. Als wir vor das riesige alte Stuckgebäude rollten, das die Straße beherrschte, stieg uns ein stechender Geruch in die Nase.

»Jesus, es riecht nach Barbecue!« Lewis staunte. »Sind die verrückt geworden?«

Henry zeigte stumm auf wohlriechende Rauchwolken, die in den dunstigen Himmel stiegen. In den nach hinten gehenden Gärten mehrerer Häuser brannte Feuer. Durch die schmiedeeisernen Tore konnten wir Menschen erkennen.

»Ich weiß, was die tun«, sagte ich. Zum ersten Mal, seit wir die East Bay gesehen hatten, konnte ich den Mund aufmachen. »Sie braten ihr Fleisch. Die Kühlschränke funktionieren ja nicht.«

»Riecht fast wie bei einer Feier«, sagte Henry mit erstickter Stimme.

»Aber warum sollen sie es nicht braten und zusammen essen?«, entgegnete ich. »Was soll man denn sonst damit anfangen? Es an die Hunde verfüttern?«

Er antwortete nicht.

Sein Schweigen versetzte mir einen Stich. »Henry, entschuldige bitte.«

Er winkte ab und bremste vor seinem Haus, das ebenfalls verbarrikadiert war und so still und verlassen wie die anderen wirkte; doch eine Sekunde später flog

165

die schwere alte Tür auf. Fairlie lief die Stufen hinunter und kam uns entgegen. Henry quälte sich aus dem Fahrersitz, machte einen großen Schritt und umarmte sie. Sie bettete den Kopf an seine Schulter und dann blieben sie eine ganze Weile lang so stehen. Mir fiel auf, wie Fairlies Haar in den letzten Sonnenstrahlen aufloderte. Sie trug abgeschnittene Hosen, ein Trägerhemdchen und Badelatschen. Noch um halb acht zeigte das Thermometer 34 Grad. Hinter ihnen, auf der obersten Treppenstufe, stand Camilla, blass und regungslos. Ein vages Lächeln umspielte ihre Lippen. Auch sie trug Shorts.

Wir stiegen langsam aus dem Wagen. Vom langen Sitzen waren unsere Beine ganz steif. Feuchte Hitze schlug uns ins Gesicht. Es ist nicht heißer als in Ciudad Real, dachte ich, aber wesentlich feuchter. Und dann dachte ich: Wie kann ich in diesem Augenblick nur an Ciudad Real denken?

Camilla stieg die Stufen hinunter, kam zu Lewis und mir und breitete die Arme aus. Schweigend umarmten wir uns. Ich spürte ihre starken Armmuskeln, ihre zarten, zerbrechlichen Rippen.

Dann schob sie uns weg und betrachtete uns.

»Gott sei Dank, dass ihr hier seid«, flüsterte sie. »Und Gott sei Dank, dass ihr das nicht miterleben musstet.«

Ihre hellbraunen Augen wurden feucht.

Sie drehte sich zu Henry und Fairlie um. Die beiden hatten voneinander abgelassen und schauten die Straße entlang, ließen die Blicke über die kaputten Dächer und abgebrochenen Äste schweifen. Camilla trat schweigend zu Henry, schlang die Arme um ihn und drückte ihr Gesicht an seine Schulter, wie Fairlie es eben getan hatte. Weder sie noch Henry sagten ein Wort. Er hielt sie nur fest und strich mit der Hand über die Haarsträhnen, die auf ihrer verschwitzten Stirn klebten.

»Es wird schon wieder, Cam«, sagte Henry schließlich. Sie trat einen Schritt zurück, hob den Kopf und lächelte. Tränen kullerten über ihre Wangen.

»Ja, jetzt wird es wieder«, sagte sie.

✳   ✳   ✳

Wir saßen lange hinter dem Haus in Henrys und Fairlies Garten, der größer war als die meisten handtuchbreiten, winzigen Gärten in Charleston. Auf dem Rasen verteilt standen ein paar Stühle, die nicht zueinander passten, ein schmiedeeiserner Tisch und eine Hängematte mit dazugehörigem Gestell. Palmwedel, vertrocknete Blätter der Schatten spendenden Eichen und mehrere Dachschindeln lagen auf dem Boden. Nach einem von Fairlies erstaunlich ungenießbaren Nudelsalaten hatten Lewis und ich hier schon viele Male mit den anderen Scrubs im Kerzenschein gesessen. Wegen seiner Größe diente das Haus den Scrubs als Treffpunkt in der Stadt. Ich mochte den moosbewachsenen, ungepflegten alten Garten, der niemals auf dem Tourenplan der Touristenführer stehen würde.

In dieser Nacht saßen wir im Schein von einem Dutzend Haushaltskerzen und einer Kerosinlampe. Mit Ausnahme der paar Kerzen, die in der Allee flackerten, und dem großen weißen Mond über den kaputten Dächern brannte nirgendwo Licht. Auch ohne elektrisches Licht konnten wir im Mondschein genug sehen.

»Es ist, als wollte uns Gott – oder wer sonst für Hurrikans verantwortlich ist – wieder freundlich stimmen.« Fairlie riss die geballte Faust hoch. »Aber keine Chance!«, rief sie.

Wir hatten perfekt gegrillte Rindersteaks und die letzten von Fairlies John's-Island-Tomaten gegessen und dazu eine ganze Menge Burgunder getrunken, den Simms aus dem Weinkeller in seinem Battery-Haus gerettet hatte.

»Der Weinkeller war mal«, sagte er und verzog das Gesicht. »Die Flaschen sind im Keller geschwommen. Ein paar lagen sogar in der ersten Etage auf dem Sofa. Dem ehemaligen Sofa, sollte ich wohl besser sagen. Die Sturmflut hat sie dorthin geschwemmt. Da sind übrigens noch mehr Flaschen, falls jemand Lust zum Schnorcheln hat.«

»Wenn ich an deine schönen Möbel denke, wird mir ganz anders«, sagte ich. »Die meisten haben doch schon deinen Großeltern gehört, oder?«

»Tyrell, ein paar Jungs aus der Firma und ich haben einen Großteil nach oben geschafft«, erzählte Simms. »Wir haben sogar Bretter vor die Fenster genagelt, aber die Mühe hätten wir uns sparen können. Dennoch hatten wir mehr Glück als die meisten Charlestoner. Ich habe schon eine Mannschaft zusammengestellt, die sich morgen früh an die Arbeit macht. Wahrscheinlich können wir in ein paar Tagen wieder einziehen.«

Lila und Simms wohnten vorübergehend bei Henry und Fairlie. Auch wir verbrachten die erste Nacht dort. Wir wussten ja nicht, wie es um die Bull Street bestellt war, und mit einem Mal war ich total erschöpft. Wir sprachen über die Schäden, die Veränderungen und alles, was unwiederbringlich verloren war, aber dennoch döste ich ein.

»Armes Herzchen«, bedauerte mich Camilla. »Du hast heute einen ganz schön weiten Weg zurückgelegt, was?«

Lewis strich mir das zerzauste Haar aus dem Gesicht. »Gestern Abend um diese Zeit hat sie tief und fest im besten Zimmer eines mexikanischen Bordells geschlafen. Dort gab es, so wahr ich hier sitze, einen Fernseher und geblümte Bettwäsche. Ziemlich edel, solange man nicht darüber nachdachte, was sich auf diesen Laken schon alles abgespielt hat.«

Camilla stimmte ihr tiefes, kehliges Lachen an.

»Ich kann es gar nicht erwarten, mehr darüber zu hören. Um ehrlich zu sein, ich kann es nicht erwarten, dass ihr uns jedes Detail der Reise erzählt. Komm schon, Lewis, wir brauchen dringend Ablenkung.«

»An einem anderen Abend, ich verspreche es«, sagte Lewis. »Da gibt es noch etwas, was wir tun müssen, und das wird vermutlich eine ganze Weile dauern.«

»Was, um Himmels willen, willst du denn ohne Licht und bei all dem Müll auf den Straßen anstellen?«, fragte Lila. Sugar, die auf ihrem Schoß lag, wachte auf und bellte herausfordernd. Irgendwo weiter oben bellte es heiser zurück.

»Boy und Girl nächtigen auch bei uns«, sagte Fairlie.

»Es ist genau so, wie wir am Strand besprochen haben, nicht wahr? Wir alle zusammen unter einem Dach. Vielleicht lassen wir es einfach so weiterlaufen.«

Und dann stiegen ihr die Tränen in die Augen, und ich wusste, dass sie an Gladys dachte, an das Familienmitglied, das noch vermisst wurde. Ich drückte ihre Hand und sie schenkte mir dafür ein feuchtes Lächeln.

Henry, Lewis und Simms erhoben sich. »Ich habe mit Charlie gesprochen«, ergriff Henry das Wort. »Er sagt, sie werden uns zwei, drei Nächte lang brauchen. Die Helfer, die versuchen, Ordnung in dieses Chaos zu bringen, brechen sich die Beine und kriegen reihenweise Herzinfarkte. Ich habe ihm gesagt, wenn wir heute Nacht kommen, fallen wir tot um vor Müdigkeit, und da hat er vorgeschlagen, dass wir heute Nacht noch blaumachen und dafür gleich morgen früh anfangen.«

»Charlie wird selbst tot umfallen vor Müdigkeit, wenn er nicht bald eine Pause einlegt«, sagte Camilla. »Seit dem Abend, wo Hugo über die Stadt gefegt ist, habe ich ihn nicht mehr zu Gesicht bekommen. Und ich weiß, dass er immer nur ein, zwei Stunden am Stück schläft. Er hört sich grauenvoll an, kurzatmig und schwach. Schickt ihn heim, habt ihr mich verstanden?«

»Versprochen. Jetzt hört mal«, sagte Lewis. »Wir wollen rüber auf die Insel, uns einen Überblick verschaffen. Später werden wir dafür keine Zeit mehr finden. Ich denke … wir alle möchten wissen, was Sache ist.«

»Was wollt ihr?«, kreischte Fairlie. »Wie wollt ihr denn dorthin kommen, verdammt noch mal? Die verfluchte Brücke könnt ihr vergessen. Die Nationalgarde patrouilliert in regelmäßigen Abständen. Die werden euch auf alle Fälle verhaften, wenn es nicht noch schlimmer kommt. Ich habe gehört, sie haben Befehl, Plünderer zu erschießen. Habt ihr denn komplett den Verstand verloren? Wie wollt ihr das anstellen? Wollt ihr etwa schwimmen?«

»Nein«, sagte Simms. »Segeln.«

Camilla, Lila und ich konnten sie nur anstarren. Dann fragte Lila: »Haben wir denn ein Boot?«

»Wir haben noch das alte«, erwiderte Simms. »Ich habe die *Venus* ein gutes Stück den Ashley River hochgebracht. Sie müsste also in Ordnung sein. Die *Flea* liegt noch am Dock im Yachtclub. Warum der Club nicht weggefegt wurde, weiß nur Gott, aber er wurde verschont. Die Jungs dort haben wirklich gute Arbeit geleistet und die Boote prima gesichert.«

»Die *Flea* ...«, wiederholte Lila. »Die ist doch winzig, Simms. Und überhaupt, wie stellt ihr euch das vor, auf die Insel zu gelangen, ohne von einer Patrouille gesehen zu werden? Mir gefällt die ganze Sache überhaupt nicht.«

»Zu dritt passen wir da rein«, erwiderte er. »Und wie du weißt, haben wir sie rot angestrichen, ehe wir sie den Kindern vermacht haben. Hat sogar ein rotes Segel. Sieht nachts schwarz aus.«

»Toll, ihr aber nicht«, motzte Fairlie. »Was wollt ihr machen? Euch dunkle Schuhcreme ins Gesicht schmieren?«

»Genau«, sagte Henry.

»Aber ohne Licht …«

»Fairlie«, sagte Simms beschwörend. »Schon mein ganzes Leben lang segle ich die Strecke vom Yachtclub zur Insel. Das kriege ich mit verbundenen Augen hin. Mit dem Mond ist es fast taghell. Wir werden still und leise an Henrys Steg festmachen, zum Strandhaus rüberlaufen und sofort wieder umkehren. Aber wir müssen wissen, wie es dort steht.«

Mein Herz verwandelte sich in einen harten Eisklumpen. Nein, Lewis, sagte ich stumm. Das ist nicht wichtig. Wichtig ist nur, dass du in Sicherheit bist.

Doch als er dann zu mir herübersah und fragend eine rote Augenbraue hob, lächelte ich. Ein Lächeln, das mein Bruder als Hasenfußlächeln bezeichnet hätte.

»Herrenabend«, sagte ich. Da lachten sie leise und gingen in die obere Etage des großen Hauses. Als sie wieder nach unten kamen, hatten sie dunkle Hosen, dunkle Windjacken und sogar dunkle Segeltuchschuhe und dunkle Socken an.

Wir staunten nicht schlecht. Sie wirkten wie eine Bande von Mafiosomördern.

»Simms hat das alles für uns herübergeschafft«, erläuterte Henry. »Und ich steuere die schwarze Schuhcreme bei.«

Er hielt die Dose hoch. Fairlie, Camilla und ich mussten lachen. Lila verzog keine Miene.

»Na, dann cremt mal eure Gesichter ein, *kemo sabes*, und dann wollen wir von unseren tapferen Helden Abschied nehmen«, sagte Camilla.

»Wir werden uns erst unten am Dock die Gesichter zukleistern«, widersprach Henry, doch sie riss ihm die Dose aus der Hand und setzte ihn vor sich.

»Halt still!«, befahl sie. »Wenn es darum geht, kleine Jungs für Halloween herzurichten, bin ich genau die Richtige. Du wirst dich nicht wiedererkennen.« Und sie fing an, Schuhcreme auf sein Gesicht aufzutragen.

Danach waren Lewis und Simms an der Reihe. Wir standen oder saßen stumm herum. Niemand hatte etwas zu sagen. Auf einmal waren die drei Peter Pans verlorene Jungs; aber da war auch noch etwas anderes. Sie waren nicht mehr nur die Ehemänner, Väter, Ärzte, Geschäftsmänner, Freunde, die wir seit Ewigkeiten kannten. Sie waren härter und irgendwie wilder. Sie zogen sich in sich selbst zurück, bildeten eine Gemeinschaft ungezähmter Männer, in der wir Frauen nichts zu suchen hatten.

»Na«, gab Henry das Startzeichen. »Dann wollen wir mal.«

Sie drehten sich um, stapften durch den Garten und schlichen durch die verwüsteten Straßen Richtung Yachtclub. Unsere Blicke folgten den lautlosen dunklen Schatten. Meine Kopfhaut prickelte. Ich kannte Lewis nicht mehr wieder. Ich kannte diese Männer nicht mehr wieder.

»Henry, zieh dir was über den Kopf!«, rief Fairlie ihm hinterher. »Mit deinen Haaren sieht man dich schon von weitem.«

Mit dem Zeige- und Mittelfinger formte er das V für Victory, Sieg. Da lachten wir und der Bann war gebrochen. Und dennoch sahen wir einander sprachlos an, als die drei aus unserem Blickfeld verschwunden waren, als müssten uns unsere Mienen verraten, was wir jetzt tun sollten.

Wir setzten uns und warteten.

Es wurde Nacht. Von den nahenden, blutrünstigen Mückenschwärmen ließen wir uns nicht ins Haus vertreiben. Solange wir bei Kerzenschein im Garten saßen, konnten wir uns an die Illusion klammern, wie sonst auch im Freien zu Abend zu essen. Es waren noch Unmengen von Wein da und wir tranken ein Glas nach dem anderen. Die Hitze, die Stille und der Wein linderten ein wenig die Angst, die wir tief im Innern deutlich spürten. Anfänglich plauderten wir über alles Mögliche.

»Erinnert mich daran, dass ich morgen früh als Erstes im Büro anrufe.« Ich hatte ein schlechtes Gewissen. Seit wir nach Mexiko gereist waren, was erst zwei Wochen her war und doch hundert Jahre zurückzuliegen schien, hatte ich keinen Gedanken an die Einrichtung verschwendet.

»Ach«, kam es von Fairlie. »Ich habe vergessen, dir zu sagen, dass hier jemand aus deinem Büro angerufen hat … wahrscheinlich Marcy. Sie lässt ausrichten, du sollst auf keinen Fall in den ersten Stock gehen. Der zweite Stock ist okay und die Akten haben nichts abbekommen.«

Mein kleines Büro, ehemals ein Stadthaus in einer im Niedergang begriffenen Siedlung, lag gegenüber der Calhoun Street und dem Veteran's Administration Hospital. Von dort aus hatte man einen schönen Ausblick auf die Ashley Marina. Es bedurfte keiner großen

Vorstellungskraft, um sich auszumalen, welchen Schaden die Sturmflut dort angerichtet hatte. Erschöpft schloss ich die Augen. All die Mühe, all die Anläufe, Geld zu beschaffen und Menschen zu überreden, unserer Einrichtung mit Spenden zu helfen …

»Wir werden Charlies Navigator nehmen und gleich morgen früh nachsehen«, schlug Camilla vor. »Ja, wir klappern alle Häuser ab. Vielleicht ist es ja gar nicht so schlimm, wie wir befürchten.«

Später – ich weiß nicht, wie viele Stunden später, doch der Mond wanderte schon Richtung South Battery – sagte Lila: »Wisst ihr, woran mich das hier erinnert? An diese Szene aus *Vom Winde verweht*, wo Scarlett, Melanie und die anderen Frauen an einem Tisch sitzen, nähen und darauf warten, dass ihre Männer unversehrt von dem Überfall auf den Klan zurückkommen. Im Film wimmelte es nur so von Yankees, so wie hier von Mitgliedern der Nationalgarde. Die Frauen haben kein einziges Wort darüber verloren. Haben einfach nur so geplaudert, als ob alles ganz normal wäre. Diese Szene hat mir immer ausgesprochen gut gefallen.«

»Wer von unseren Männern ist Rhett und wer ist Ashley?«, fragte Fairlie matt.

Danach versiegte das Gespräch und wir saßen einfach nur noch im Garten.

Ich kann nicht sagen, wie viel Zeit verstrich, bis ich das Geräusch hörte. Ich war eingedöst und schreckte aus dem Schlaf hoch. Die Kerzen waren heruntergebrannt, der Mond weitergezogen. Die Dunkelheit war beinah undurchdringlich.

In der vollkommenen Stille hörten wir ein Bimmeln,

danach das Scharren von Klauen und dann schlitterte eine durchgeweichte, verdreckte Gladys auf die Veranda und wedelte ekstatisch mit dem Schwanz.

Fairlie kniete sich hin und umarmte den zappeligen Hund. Gladys schleckte Fairlie das Gesicht ab, und ich hörte, dass Fairlie weinte.

Plötzlich tauchten die Männer im Garten auf. Camilla zündete eine Kerze an. Wir starrten sie an. Unsere Männer wirkten … überschwänglich. Es war fast, als würden sie Funken versprühen.

Verdammt, dachte ich. Sie spielen Krieg und wir sitzen hier herum und sterben fast vor Angst. Mistkerle!

Natürlich wusste ich, woher die Wut in Wahrheit rührte.

»Und?«, fragte Camilla, drückte den Rücken durch und faltete die Hände im Schoß.

»Das Strandhaus steht noch«, berichtete Lewis. »Fragt mich nicht, wieso, denn links und rechts davon liegt alles in Schutt und Asche. Aber das Haus steht. Die Flutwelle ist unter dem Haus durchgegangen. Wir haben den Pingpongtisch auf der anderen Straßenseite, unten in der Nähe von Stella Maris, entdeckt, und ich glaube, der Rasenmäher ist auf der Spitze der Insel gelandet. Mal abgesehen von den Fliegengittern der Veranda, der Treppe und dem Holzsteg, der zum Strand runterführt, sieht alles ziemlich gut aus. Es sind sogar noch alle Fenster heil.«

Ich spürte, wie es mir die Brust zusammenzog, wie meine Nase kitzelte und die Tränen kamen.

»Und was ist … mit unserem Haus? Wie sieht es dort aus?«, fragte Fairlie.

»Du willst wohl wissen, wo es ist?«, sagte Henry. »Bis auf den Steg ist nichts mehr davon übrig. Wir sind dort gewesen. Ich habe nicht den leisesten Schimmer, wo unser Haus abgeblieben sein könnte.«

»Ach, Henry«, begann Camilla, doch er schüttelte nur den Kopf.

»Wir sind sowieso nicht mehr oft dort gewesen. Und selbst unsere Enkel sind anderweitig beschäftigt, wenn sie in der Stadt sind. Mir wird schon etwas einfallen, was ich mit dem Geld von der Versicherung anstellen kann, das könnt ihr mir glauben.«

»Und Gladys?«, fragte Fairlie, die immer noch ihren Hund umarmte.

»Sie hat auf der Veranda vom Strandhaus gesessen und sich so weit unter der Hängematte verkrochen wie nur irgend möglich. Hat gezittert wie Espenlaub, doch kaum hörte sie unsere Schritte, begann sie zu bellen. Ich musste ihr sofort die Schnauze mit meinen Shorts zubinden. Es wimmelte nur so von Mitgliedern der Nationalgarde.«

»Haben sie euch gesehen?«, wollte ich wissen.

»Falls ja, hatten sie Wichtigeres zu tun. Ihr werdet Sullivan's Island nicht wiedererkennen. Da steht … fast nichts mehr.«

»Bis auf das Haus«, bemerkte Lila.

»Bis auf das Haus.«

»Dann ist ja alles in Ordnung.«

»Ja«, sagte Henry. »Das sehe ich auch so.«

Später – der Morgen graute schon – lagen Lewis und ich schwitzend und ineinander verschlungen in einem schmalen Bett in dem Raum, den Fairlie für ihre Enkel

177

reserviert hatte. Normalerweise störte mich das Summen der Mücken gewaltig, doch in Ciudad Real hatte ich mich an das Geräusch gewöhnt. Und ich fand, dass die mexikanischen Mücken denen im Low Country noch etwas beibringen konnten.

Wir waren beide schlichtweg zu müde für eine Unterhaltung, konnten aber auch nicht richtig einschlafen. Irgendwo im dritten Stock tapsten Boy, Girl und Sugar umher und schnupperten die Ecken aus. Die nasse, muffig riechende Gladys schlief nach ihrer Heimkehr bei Fairlie und Henry im Bett.

Ich schaute zu dem purpurroten Bären hinüber, der auf einem kleinen Stuhl neben dem Bett saß. Lewis betrachtete ihn ebenfalls.

»Was ist schlimmer: ein mexikanisches Bordell oder ein solcher Teddybär?«

»Keine Frage, ein Bär«, sagte ich.

Und dann schliefen wir ein.

* * *

Es dauerte ungefähr sechs Wochen, bis wir nach Sullivan's Island fahren konnten, aber man konnte dorthin segeln und das taten wir auch. Oder wir nahmen Simms' Boston Whaler. Vom Wasser aus bot sich – wie ich fand – ein gespenstisches Bild, das an den Zweiten Weltkrieg erinnerte: ein verlassener, von Einschlägen gezeichneter Strand, wo die Schlachten zwar geschlagen, die reglosen Toten aber noch nicht weggebracht worden waren. Die Dünen waren verschwunden oder ganz woanders. Als wir schließlich durch die

Middle Street rumpelten, mussten wir feststellen, dass die Palmen, die Schatten spendenden Kräuselmyrten und die Eichen entwurzelt und ihre Blätter längst vertrocknet waren. Manche lagen quer auf den einge-stürzten Dächern der Häuser, die noch standen. Alle Bäume waren umgemäht. Das Schilf war auch weg. Die meisten Cottages lagen in Schutt und Asche, doch das eine oder andere stand noch – wie ein tapferer Wächter, den der Krieg verschont hatte. Unser Haus war eins davon. Einsam und verlassen stand es unten am Strand. Alles andere hatte sich in Luft ausgelöst. Der Oleander und die Palmen waren verschwunden. Der Holzsteg, der zum Strand führte, und die Trep-pe waren unauffindbar. Die Fliegengitter der Veranda hingen wie nasse Kleenextücher in Fetzen an den Rah-men. Trümmer von Gott weiß woher waren an Land geschwemmt worden und türmten sich nun in unse-rem Hinterhof. An der Veranda lehnte eine Badewan-ne mit Löwentatzen, die sicherlich jemandem lieb und teuer gewesen war. Überall lagen Schindeln im Sand. Die Fenster waren noch immer mit Brettern verbarri-kadiert und das Dach war noch dicht, auch wenn hier und dort ein paar Schindeln fehlten. Die Hängematte stand zu unserer Überraschung noch auf der vorderen Veranda. Die Sturmflut hatte die Veranda und den so genannten Keller unterspült, war weitergezogen und hatte die dichter an der Binnenwasserstraße liegenden Häuser – dort stand auch das von Henry – dem Erd-boden gleichgemacht.

Als wir das erste Mal hinüberfuhren, um uns einen Überblick zu verschaffen, herrschte tödliche Stille auf der Insel. Kein Vogel zwitscherte. Wir hörten nur die Wellen, die leise an einen uns fremden Strand schlugen, und hin und wieder eine zerschlissene Flagge, die im Wind flatterte.

Als wir in der darauf folgenden Woche mit Liefer- und Geländewagen Holz, Fliegengitterrollen und Schindeln auf die Insel brachten, herrschte rege Betriebsamkeit. Überall wurde gehämmert, gebohrt und die Erde planiert. Ein paar Cottage-Besitzer schauten mit ihren verstörten, angeleinten Hunden zu, wie ihre in Trümmern liegende Vergangenheit platt gemacht und die ersten Pfeiler ihrer Zukunft zaghaft errichtet wurden. Manche verließen die Insel und kehrten, wie wir später hörten, nicht mehr zurück, doch eine überraschend große Gruppe Inselbewohner wagte den Neuanfang.

»Sind wir denn alle wahnsinnig?«, fragte Fairlie an jenem ersten Tag, als sie zusah, wie Tyrell und ein paar Männer aus Simms' Firma die Baustoffe abluden und den Schutt wegräumten.

»Schon möglich«, erwiderte Henry. »Aber du willst doch auch, dass das Haus repariert wird, oder?«

»Selbstverständlich. Es ist nur so, dass wir uns in Kentucky lediglich mit Überschwemmungen und aufgeweichten Pferderennbahnen plagen müssen.«

»Es hat eben seinen Preis, im Paradies zu leben.« Camilla sah mit einem Lächeln zu dem kriegsgeschädigten alten Haus hinüber, das früher ihrer Familie gehört hatte. »Daddy hätte sich köstlich darüber amüsiert, dass die Dachterrasse noch steht, während der Kirchturm von St. Michael's und die anderen Häuser schwer was abgekriegt haben. Er war sehr stolz darauf, praktizierender Heide zu sein.«

＊   ＊   ＊

Die warmen, windstillen Herbstmonate im Low Country währen lang, manchmal fast bis Weihnachten. Simms' Truppe arbeitete den ganzen Oktober und weit bis in den November auf der Insel. An den Wochenenden unterstützten wir die Männer. Unsere Häuser im Zentrum von Charleston waren recht gut in Schuss. Auf den Plantagen auf Edisto und Wadmalaw waren der Grund und Boden zwar immer noch nicht trocken, aber sonst gab es wenig auszusetzen. Unsere Büros wurden renoviert, was sich allerdings hinzog. Irgendwann konnte ich Downtown so akzeptieren, wie es während jener ersten paar Monate aussah. Man kann sich an alles gewöhnen oder eine neue Situation zumindest so in die eigene Wahrnehmung einbauen, dass sie einen nicht immer wieder schockiert oder schmerzt, wenn man damit konfrontiert wird. Um die alten Eichen in White Point Gardens, die merklich dezimiert worden waren, trauerte ich mehr als um alles andere. Jedes Mal wenn ich die umgeknickten Bäume sah, musste ich schlucken. Doch im Großen und Ganzen war uns bewusst, dass wir es verhältnismäßig gut getroffen hatten. Andere Stadtteile sahen immer noch desolat aus. In jenem Herbst konzentrierten wir uns darauf, das Strandhaus wieder herzurichten.

Am letzten Wochenende vor Thanksgiving fuhren wir mit Essen, Wein und einem Strauß spät blühender

Zinnien aus Lilas Garten auf die Insel. Wir wollten das Dach fertig stellen, die Veranda streichen und dann feiern. Lewis brachte Champagner und Simms einen Sack Austern, die er am Vortag bei sich aus dem Wadmalaw geholt hatte. Henry und Fairlie hatten im Herbst auf ihren langen Strandspaziergängen Treibholz gesammelt, das nun fahl und trocken war und nur darauf wartete, im Kamin verfeuert zu werden. Camilla hatte die Bettwäsche und Decken mitgenommen, gewaschen, getrocknet und breitete nun die gut riechenden, flauschigen Decken über die Betten.

»Nur für den Fall, dass jemand über Nacht bleiben möchte«, sagte sie.

»Ich weiß schon, wer das sein wird«, sagte Charlie und grinste. Sie zuckte mit den Achseln und lächelte müde. Wie passend, dachte ich. Ihr Schlafzimmer war früher ihr Kinderzimmer gewesen. Sollen sie doch die Ersten sein, die mit Meeresrauschen einschlafen und beim Aufwachen die saubere frische Salzluft und den Geruch von Seetang einatmen.

Der Tag war nahezu perfekt, einer von diesen goldenen Tagen, an die man sich für den Rest des Lebens in den seltsamsten Momenten erinnert. Ich muss meistens kurz vor dem Einschlafen an diese Stunden denken. Die Sonne stand der Jahreszeit entsprechend schon recht tief, aber um die Mittagszeit hatte sie noch so viel Kraft, dass wir unsere Pullis und Jacken auszogen. Lewis lief doch tatsächlich in kurzen Hosen und einem T-Shirt umher, und Fairlie holte einen Badeanzug aus der Kommode, trotzte den Temperaturen und schwamm fast fünf Minuten im Meer. Wir feuerten sie an, machten allerdings keine Anstalten, ihrem Beispiel zu folgen. In der tief stehenden Sonne sah die ruhige See wie ein matt schimmerndes, zinnfarbenes Laken aus, und als Fairlie aus dem Wasser kam, wirkte sie wie eine schlaksige Göttin. Henry grinste genüsslich und Camilla beobachtete die beiden lächelnd.

An diesem Wochenende ließen wir die Hunde zum ersten Mal hinaus, denn zuvor waren wir einfach zu beschäftigt gewesen, um ein Auge auf sie zu haben. Ich dachte, dass die Veränderungen sie nervös machen und aufregen würden, doch um Boy und Girl hätte ich mir keine Sorgen machen müssen. Ehe die Wagentür ins Schloss fiel, stürmten sie schon zum Wasser hinunter und schnupperten jeden Winkel aus. Sugar folgte ihnen, schlug Haken wie ein junger Hase und erkundete die neuen Dünenformationen. Nur Gladys machte einen unglücklichen Eindruck. Auf der Fahrt zum Haus zitterte und jaulte sie und am Ende musste Henry sie auf den Arm nehmen und sie auf der mit neuen Fliegengittern versehenen Veranda absetzen. Sie jaulte dann nicht mehr, wich aber keinen Zentimeter von ihrem Platz unter der Hängematte, in die ich mich fallen ließ. Während ich langsam vor mich hin schaukelte, tätschelte ich sie.

»Sie muss sich wieder einkriegen«, sagte Henry. »Es geht doch nicht, dass sie jedes Mal Panik bekommt, wenn wir auf die Insel fahren.«

»Hättest du unter dieser Hängematte einen Hurrikan der Stärke vier durchgestanden, würdest du dich auch fürchten«, gab ich zu bedenken.

Lewis, Simms, Lila und ich wurden am frühen

Nachmittag mit dem Anstrich des Holzplankenweges fertig. Henry und Fairlie rechten Schutt, rostige Nägel, Fetzen von Fliegengitter und vertrocknete Palmwedel zusammen und stopften alles in einen großen Korb. Camilla und Charlie brachten die letzten Schindeln an. Ich weiß noch, wie ich auf der obersten Stufe des Holzplankenweges saß. Zu meinen Füßen erstreckten sich der warme Sandstrand und das blaue Meer. Eine sanfte Brise strich über mein Gesicht, während ich die beiden beobachtete. Charlie stand auf dem Veranda-dach, entfernte mit Karacho die kaputten Schindeln und warf sie zu Camilla hinunter. Er hatte das Hemd ausgezogen, und seine kräftigen Schultern und sein breiter Brustkorb waren von der Sonne gerötet. Sein fast kahles Haupt schimmerte rot. Jedes Mal wenn er eine Schindel nach unten warf, rief er: »Vorsicht!« Und Camilla, das lose haselnussbraune Haar im Gesicht, streckte die Arme hoch und versuchte, die Schindel aufzufangen, was nicht immer gelang. Wenn Camilla daneben griff, bückte sie sich, hob die Schindel auf und warf sie dann auf einen ständig wachsenden Berg auf einer großen Plane. Die meisten erwischte sie jedoch, denn sie bewegte sich wie der Wildfang von früher. Sie hob den Kopf und lachte Charlie zu, der ihr Lächeln erwiderte. In dem Moment fiel mir auf, dass ich die beiden noch nie gemeinsam bei einer körperlichen Tätigkeit erlebt hatte. Selbst wenn wir tanzten, legte Camilla mit jemand anderem eine flotte Sohle aufs Parkett. Charlie sperrte sich konsequent und tanzte nicht. Aber wenn man sie bei diesem gut aufeinander abgestimmten Werfen und Fangen beobachtete, konnte man sich auf einmal sehr gut vorstellen, wie die beiden bei einem gemeinsamen Tanz gewirkt hätten.

Am späten Nachmittag ließ die Hitze etwas nach und die tief stehende Sonne verschwand hinter dem Horizont. Henry schichtete das Treibholz im Kamin auf und hielt ein Streichholz daran. Zuerst knisterte es laut, dann schossen die Flammen empor und schließlich zischte es leise. Alle applaudierten. Das Herzstück des Hauses schlug wieder.

Zum Abendessen gab es überbackene Austern und Shrimp Gumbo. Hinterher blieben wir noch lange am Tisch sitzen. Wir wollten einfach nicht, dass der Abend endete. Ich fühlte mich, als läge ich nach einer langen stürmischen Reise auf See endlich wieder in meiner sicheren Koje. So dachten wahrscheinlich alle. Es wurde nicht viel geredet, aber wir grinsten viel und oft.

Lewis machte den Champagner auf und schenkte ein. Ich verteilte die gefüllten Gläser. Anschließend stellte er sich vor den Kamin und hob sein Glas.

»Auf die Scrubs«, sagte er. »Einer für alle und alle für einen. Und auf das Haus.«

Wir hoben die Gläser, riefen: »Auf das Haus!«, und tranken. Ich stellte mein Glas ab und lächelte zu Camilla hinüber, die auf dem Kaminvorsprung saß, die Arme um die Knie geschlungen. Sie hatte keine Augen für mich, sondern musterte Charlie, der ihr gegenüber in dem alten Weidenschaukelstuhl saß, und zog fragend die Brauen hoch. Ich folgte ihrem Blick.

Mit dem Glas in der Hand und leicht irritiertem Gesichtsausdruck saß Charlie vollkommen reglos auf dem Stuhl und starrte ins Feuer. Und dann beugte er sich wie ein schmelzender Schneemann langsam nach vorn, rutschte vom Stuhl und glitt sanft zu Boden. Das Champagnerglas zerbarst mit einem Klirren. Eine kleine Lache von perlendem Schaum lief über die Dielen.

Lewis und Henry sprangen auf und beugten sich über ihn. Unbewusst griff ich nach Camillas eiskalter Hand, während wir reglos dastanden und auf Charlie starrten.

»Helft mir, ihn in den Navigator zu schaffen«, befahl Henry. »Der ist größer als die anderen. Ich steige nach hinten zu ihm. Lewis, du fährst …«

»Wartet …«, begann Camilla kraftlos.

»Keine Zeit!«, bellte Henry. »Anny, du bringst Camilla mit dem Rover. Fairlie, du fährst mit ihnen.«

»Wohin?«, fragte ich dümmlich.

»Queens. Zum Eingang der Notaufnahme. Lass den Rover einfach davor stehen. Ich kläre das mit den Typen vom Sicherheitsdienst. Komm schon, Lewis, wir müssen los!«

Der Navigator preschte mit quietschenden Reifen von der Ausfahrt, die Middle Street hinunter und ward nicht mehr gesehen, noch ehe Simms, Lila, Fairlie und ich Camilla in den Range Rover gesetzt hatten. Kurz bevor sie aus unserem Blickfeld verschwanden, sah ich noch, wie Henry auf dem Rücksitz mit der Faust auf Charlies Brust trommelte. Charlies Gesicht konnte ich nicht sehen; Henry wirkte angespannt und konzentriert.

Während der Schlitterpartie über die beiden großen Brücken sagte ich kein Wort. Simms saß neben mir, drehte sich zu Camilla um und redete behutsam auf sie ein. Seine Stimme klang ganz wie immer. Was er sagte, hörte ich nicht. Ich hörte, dass auch Lila Camilla etwas zumurmelte, verstand aber ebenfalls kein Wort. Als ich in den Rückspiegel schaute, sah ich, dass sie und Fairlie den Arm um Camilla gelegt hatten und Camilla blass, aufrecht und ruhig dasaß und die Straße fixierte. Und obwohl es Ewigkeiten dauerte, bis wir endlich mit quietschenden Reifen vor den Eingang der Notaufnahme vom Queens Hospital fuhren, sagte Camilla keinen Ton.

Erst nachdem ich gebremst hatte, registrierte ich, dass ich über die beiden grässlichen Brücken gefahren war, ohne panisch zu werden.

Als wir in die kardiologische Intensivstation kamen, saßen Henry und Lewis auf einer Plastikcouch im Wartezimmer. Sie schwiegen, saßen in sich zusammengefallen auf dem Sofa, die Köpfe auf die Lehne gebettet. Beide trugen grüne Arztkittel. Der Mundschutz baumelte an ihrem Hals. Schon vom Eingang aus konnte ich erkennen, dass Henry bis zur Taille schweißgebadet war. Sie hatten die Augen geschlossen. Ihre Gesichter waren grau vor Erschöpfung.

Henry schien uns zu spüren, noch bevor wir einen Ton von uns gaben. Er erhob sich. Camilla stand ganz steif und aufrecht da und starrte ihn an. Stumm breitete er die Arme aus. Wie eine Schlafwandlerin bewegte sie sich auf ihn zu. Er schlang die Arme um sie, drückte sie fest an sich. Lewis ging hinüber und umarmte die beiden. Niemand sagte etwas.

Die drei Scrubs, die von Anfang an auf Sullivan's Island gewesen sind, dachte ich und begann zu schluchzen. Hinter mir brachen auch Fairlie und Lila in Tränen aus. Simms kam ein leiser, erstickter Seufzer über die Lippen.

Viele Stunden später an diesem Abend führten wir Camilla aus der Kardiologie und brachten sie zum Range Rover. Da blieb sie unvermittelt stehen. Ihr Blick schweifte von einem zum anderen. Wie Lewis mir hinterher erzählte, gab sie in dem Augenblick den ersten Ton von sich.

»Wir haben das Haus fertig gekriegt, nicht wahr?«, fragte sie mit einer skeptischen Kleinmädchenstimme.

»Ja, bei Gott, das haben wir«, bestätigte Henry, der sie stützte. Wie eine alte Frau hing Camilla an seinem Arm.

»Du kommst heute Abend mit zu uns nach Hause, da dulde ich keine Widerrede«, bestimmte Fairlie. »Morgen früh werden wir uns … um alles kümmern. Aber heute Nacht musst du dich ausruhen.«

»Nein«, sagte Camilla. »Setzt mich in der Tradd Street ab. Ich will den Wagen holen und werde im Strandhaus übernachten.«

»Schön, dann übernachten wir auch dort«, riefen Lila und ich wie aus einem Munde.

Sie musterte jeden Einzelnen von uns.

»Nein.« Ihre Stimme klang rau und heiser, als hätte sie lange Zeit laut geschrien.

»Das war zuerst mein Haus und es wird immer mein Haus sein und dorthin gehe ich nun. Glaubt ihr, ich könnte auch nur eine Nacht in dem Tradd-Haus ohne ihn verbringen? Das war unser Haus. Das Strandhaus ist meins. Und sollte irgendeiner von euch Anstalten

188

machen, mich zu begleiten oder später vorbeizuschau-
en und nach mir zu sehen, werde ich … die Polizei rufen. Das schwöre ich euch. Lasst mich jetzt in Frieden.
Ich muss eine Menge ganz neu ordnen.«

Wir starrten sie verblüfft an.

Dann hakte sie sich wieder bei Henry unter, der uns
nur zunickte. Gemeinsam gingen sie den langen weißen Flur entlang und schritten Camillas zukünftigem
Leben entgegen, wie auch immer dieses Leben aussehen mochte.

TEIL ZWEI

KAPITEL FÜNF

An einem milchig grauen Nachmittag Ende Oktober 1998 saßen wir zum Schutz vor dem steifen Ostwind in Pullis und Handtücher gehüllt auf der Veranda des Strandhauses. Bald würde es regnen, man konnte den Regen schon riechen. Wenn der Regen einsetzte, frischte auch der Wind auf. Ostwinde brachten meistens einen Wetterumschwung. Die gedämpften Farben der wenigen Hartholzbäume würden nun endgültig verblassen und das Ende eines schönen langen Herbstes einläuten. Inzwischen feuerten wir den Kamin schon ziemlich früh an und gingen in der purpurroten Dämmerung ins Haus, um uns aufzuwärmen, etwas zu trinken und zu essen. An diesem Nachmittag spürten wir ganz deutlich, dass sich etwas dem Ende entgegenneigte, und so blieben wir länger als gewöhnlich auf der Veranda und froren leicht.

Irgendetwas geisterte mir im Kopf herum, etwas, was im hintersten Winkel meines Gedächtnisses schlummerte. Ich konnte es beinah vor meinem geistigen Auge sehen – wie einen Goldfisch, der durchs tiefe Wasser schwimmt –, doch richtig greifbar war es nicht. Es schien mir wichtig zu sein, auch wenn ich nicht wusste, warum. Vergessen konnte ich es auch nicht.

Ich hörte, wie der Wind auffrischte, wie der Sand von den Dünenkämmen an die Fenster trommelte. Wir hoben die Köpfe.

»Der Sommer ist vorbei«, sagten Henry und Lila wie aus einem Munde, was uns erheiterte. Und mit einem Mal wusste ich, was mir durch den Kopf gegangen war.

»Erinnert ihr euch an damals, wo ich unten am Strand war und dachte, ich hätte Camilla in den Dünen gesehen? Es war an einem Nachmittag wie diesem, wo man wusste, dass das Wetter endgültig umschlägt. Ihr habt mich damals ausgelacht und behauptet, ich hätte den Grauen Mann gesehen und dass ein Sturm im Anzug war ...«

Ich brach ab. Keine drei Wochen später hatte Hugo zugeschlagen. Und Charlie war einer von denen gewesen, die mich mit dem Grauen Mann aufgezogen hatten. Ich sah zu Camilla hinüber.

Sie saß im Schaukelstuhl neben dem Kamin und lächelte. Seit Charlie nicht mehr unter uns weilte, war das ihr Platz. Vorher war es seiner gewesen.

»Ist schon gut«, sagte sie. »Das ist lange her. Charlie und ich, wir haben darüber gesprochen. Er fand das ziemlich lustig, auch nach Hugo. Es hat ihn überrascht, dass du es warst, die den Grauen Mann gesehen hat. Er hatte gedacht, das würde eher Fairlie passieren. Ich glaube, er dachte nicht, dass du die Neigung hast, dir ... Dinge einzubilden. Nach Hugo musste ich im-

194

mer mal wieder daran denken, aber zum Lachen war mir da nicht.«

Ich musterte sie im Schein des Kaminfeuers. Im Gegensatz zu uns hatte sie sich in den vergangenen zehn Jahren kaum verändert. Sicher, durch die Osteoporose ging sie inzwischen stark gebückt und ihr haselnussbraunes Haar war von silbernen Strähnen durchzogen, aber dafür war ihr schönes Gesicht fast faltenlos und ihre braunen, von dichten Wimpern gesäumten Augen leuchteten noch immer. Wie früher band sie die Haare meistens im Nacken zusammen. Und sie war immer noch schlank und feingliedrig, immer noch so heiter und klar wie eine weiße Kerze. Wie eh und je ging sie mit den Hunden am Strand spazieren, wenn auch langsamer als früher, und lachte mit Lewis und Henry über vergangene Zeiten, die sie zu dritt auf der Insel verlebt hatten.

Mittlerweile verbrachte sie den größten Teil ihrer Zeit im Strandhaus. Anfänglich waren wir ihretwegen besorgt, weil sie dort ganz allein war, und fürchteten, sie würde sich ohne Charlie einsam fühlen. Im Lauf der Zeit begriffen wir jedoch, dass die Aufenthalte ihr Kraft schenkten. Inzwischen hatte ihr Gesicht wieder Farbe, was lange nicht der Fall gewesen war, und sie lachte wieder öfter als früher. In meinen Augen war sie nun eine wahre Schönheit, was nur wenigen Frauen jenseits der sechzig vergönnt ist.

Wir anderen hatten uns nicht ganz so gut gehalten. Henry, immer noch rank und schlank wie ein Storch und braun gebrannt, war jetzt schlohweiß. Lewis hatte bis auf einen roten Kranz alle Haare verloren. Nun war auch sein Kopf mit Sommersprossen überzogen. Fairlie war immer noch so dünn und beweglich wie ein junges Mädchen, doch ihr Gesicht war wie oft getragener hauchdünner Organza mit feinen Linien übersät. Aus der Ferne war das allerdings nicht zu erkennen. Bis auf die kleinen Details unterschied sich die Fairlie von heute nicht allzu stark von der früheren.

Lila war ergraut und ein bisschen eingefallen – die Frauen in Charleston erlaubten sich kein Gramm Fett. Ansonsten war alles beim Alten: Sie trug ihren kinnlangen Bob, hielt die Haare mit einem Band oder der Sonnenbrille aus dem Gesicht, pflegte ihre Vorliebe für lange, geblümte Röcke und hatte immer noch diese klare, wohlklingende Flötenstimme. Sich vorzustellen, dass Lila nun eine kühl rechnende, kompetente Maklerin war, fiel einem nicht leicht. Sie hatte jetzt eine eigene Firma und verdiente tatsächlich Millionen. Finanzkräftige Kunden von auswärts erwarben die alten Häuser südlich der Broad im Dutzend und renovierten sie dann. Und Lila verkaufte gleich mehrere von diesen Prachtstücken.

Simms war vollkommen grau und trug nun einen grauen Schnauzbart, was in seinem runden Aristokratengesicht eigentlich lächerlich hätte wirken müssen, doch dem war nicht so. Im Men's Grill im Yachtclub halten sie ihn nun nicht mehr für den Jüngsten, fuhr es mir durch den Sinn. Wann hatte sich das geändert?

Meine schwarze Mähne war von weißen Strähnen durchzogen und mein Hinterteil verlangte dringend nach einem Miederhöschen, das zu tragen ich mich weigerte. Glücklicherweise hatte Lewis ihm nur das

Adjektiv »griffig« verpasst. Und ich hatte jetzt deutlich mehr Kinn. Mit fünfundvierzig sieht man eben einfach anders aus als mit fünfunddreißig.

An diesem Nachmittag war ich vollkommen eins mit mir und den anderen. Wir waren immer noch die Scrubs. Wenn ich in die Runde schaute, sagte mein Verstand mir, dass wir uns verändert hatten, doch vom Gefühl her waren wir noch immer die Gleichen wie früher. Unser Aussehen von damals hatte sich mir auf die Netzhaut gebrannt. Das Herz sieht, was es sehen möchte.

Das Haus hatte sich eigentlich kaum verändert. Sogar das Verandageländer und die Treppe zum Plankenweg, die wir in den Wochen nach Hugo gebaut hatten, wirkten inzwischen ein bisschen vergammelt und wackelig. Und die Dachschindeln, die wir damals ausgetauscht hatten, waren nun auch verwittert und fahl und nicht mehr von den alten zu unterscheiden. Es gab ein paar große Lecks im Treppenhaus und in der Küche und wir redeten immer wieder über die anstehende Reparatur, aber niemand griff zum Telefon. Bei Regen stellten wir Töpfe auf und liebten das leise Ploppen, wenn die Tropfen in die vollen Gefäße fielen. Offenbar stand keinem von uns der Sinn nach Veränderungen.

»Irgendwann müssen wir das mal in Ordnung bringen lassen«, sprach die besorgte Immobilienmaklerin aus Lila. »Das Haus wird vor die Hunde gehen, wenn wir uns nicht darum kümmern.«

»Gütiger Gott, hast du es etwa inseriert?«, fragte Lewis, errötete und lachte dann.

»Selbstverständlich nicht, aber der Gedanke, dass es … verrottet, ist mir unerträglich.«

»Es rottet doch schon immer vor sich hin«, bemerkte Camilla seelenruhig. »Selbst als ich noch ein kleines Kind war, war immer irgendetwas kaputt. Wenn es richtig saniert und eingerichtet wäre, würde es mir hier wahrscheinlich gar nicht gefallen.«

»Na, diese Furcht ist unberechtigt«, erwiderte Fairlie, woraufhin wir zufrieden lächelten.

Das Haus war alles andere als gut in Schuss. Es hatte noch dieselben Dachschindeln, dieselben durchgesessenen, muffig riechenden Polstermöbel und Korbstühle, von denen die Farbe blätterte. Seit Camilla das Haus geerbt hatte, hatte sich kaum etwas verändert. Den hauchdünnen alten Orientteppich, der den Hugo-Regen aufgesaugt hatte, der durch den Kamin eingedrungen war, ersetzte Lila durch einen schönen neuen Flokati. Der neue Teppich war dick, weich und lud zum Rekeln ein, doch niemand lümmelte darauf herum. Im Dämmerlicht leuchtete der Teppich strahlend hell und zog die Blicke auf sich. Irgendwann gab Lila nach, holte den alten Orientteppich von ihrem Speicher, lüftete ihn in der Sonne und legte ihn wieder vor den Kamin. Wir und das Haus seufzten genüsslich und Lila vermachte den neuen Teppich Camilla für ihr Stadthaus. Die Dünen sahen anders aus als früher. Vor der Veranda standen Kräuselmyrten anstelle der Oleanderbüsche und Palmen, doch was kümmerte uns, was draußen war. Im Haus hatte sich nichts verändert – da waren immer noch wir.

Von Anfang an verblüffte mich, wie klein die Lücke

war, die sich nach Charlies Tod im Stranchausleben auftat. Nicht dass wir ihn nicht vermissten; wann immer jemand über Charlie redete, hatte der eine oder andere von uns mit den Tränen zu kämpfen. Und Boy und Girl, die in den vergangenen zehn Jahren grau und träge geworden waren, suchten immer noch nach ihm, wenn sie aus dem Wagen gelassen wurden und sich die Stufen hinauf ins Haus schleppten. Ihre Treue rührte uns regelmäßig zu Tränen und Camilla tätschelte die Hunde dann, wandte den Blick ab und schaute aufs Meer hinaus. Sie wollte nicht, dass wir sie weinen sahen, was auch nur selten passierte.

Aber an dem Gefühl, eine Einheit zu sein, hatte sich eigentlich nichts geändert. Und wir bildeten uns ein, dass Charlie in Camilla aufgegangen war. Trotz seiner Abwesenheit hatten wir den Eindruck, er wäre bei uns. Dass die Gruppe weiterhin zusammenhielt, obwohl ein geliebtes Mitglied fehlte, erfüllte mich mit großer Freude, was ich bei einer Gelegenheit auch zu Camilla sagte.

»Der Kern wird halten«, erwiderte sie.

✻   ✻   ✻

»Es kommt mir vor, als wäre er noch da«, sagte ich zu Lewis kurz nach Charlies Tod.

»Er ist jetzt wahrscheinlich irgendwo bei Kap Hoorn«, gab Lewis zurück. Camilla hatte Charlie verbrennen lassen und wir hatten seine Asche gemeinsam vor dem Strandhaus ins Meer gestreut.

Einmal abgesehen von uns waren fast alle wütend

auf Camilla. Die älteren Damen in ihrem Umfeld, von denen es viele gab, denn wie Lewis war sie mit halb Charleston verwandt, reagierten durch die Bank entsetzt.

»All deine Angehörigen sind auf dem Magnolia Cemetery beigesetzt worden«, tadelte das Mitglied eines Bridgeclubs Camilla, als diese mich zwei Tage nach Charlies Tod zum Mittagessen im Yachtclub einlud.

»Was, um Himmels willen, hast du nur vor? Willst du ihn etwa verbrennen lassen? Ihn wie eine Krabbe in den Ozean schmeißen? Was würde deine Mutter nur dazu sagen?«

»Vermutlich würde sie fragen: ›Gibt es jetzt etwas zu essen?‹«, antwortete Camilla leise.

Ihre Schwester Lydia sprach tagelang nicht mit ihr, und ihre Mutter – sie lebte noch, bekam allerdings nicht mehr viel mit – erwachte in Bishop Gadsden zumindest kurz aus ihrer Apathie und zeterte: »Die unseren bestatten wir immer auf Magnolia. Dein Vater wird fassungslos sein. Wen wolltest du gleich noch mal in den Ozean werfen?«

Ihre beiden Söhne und deren seltsame kalifornische Familien kamen zur Beerdigung. Schweigend standen sie an unserer langweiligen Ostküste und sahen zu, wie ihre Mutter, in Shorts und T-Shirt, mit einem evangelischen Pfarrer vom Holy Cross, einem Freund der Familie, ins Meer watete und die graue Asche ihres Vaters den weißen Schaumkronen des Meeres überantwortete.

»Haben wir nicht eine Grabstätte auf dem Magnolia-Friedhof?«, fragte der Älteste. »Ich dachte, da wäre genug Platz für alle. Wir haben immer angenommen, Vater würde dort bestattet.«

Seine braune Surfer-Tochter und seine dünne Frau verdrehten die Augen. Ich konnte mir nicht vorstellen, dass sie jemals einen Gedanken an den Magnolia Cemetery verschwendet hatten.

»Mir ist klar, dass Daddy nicht unbedingt auf den Magnolia gehört, aber du schon und wir auch. Hat dich jemand davon abgehalten, ihn dort zu begraben?«, fragte der jüngere Sohn, der in irgendeiner Stadt in Silicon Valley, die nur Naturwissenschaftler kannten, irgendetwas mit Lebensmittelbestrahlung zu tun hatte. Soweit ich wusste, hatte er Charleston verlassen, am MIT studiert und war seitdem nie länger als zwei Wochen daheim gewesen.

Camilla hob den Kopf und bedachte ihr Nesthäkchen mit einem Lächeln.

»Man kann einen Jungen aus Charleston kriegen, aber Charleston kriegt man nie aus ihm heraus«, sagte sie. Ihr Gesicht war nass. Schwer zu sagen, ob das Tränen waren oder Salzwasser.

»Es war sein Wunsch«, fuhr sie sanftmütig fort. »Euer Vater hat immer gesagt, für ihn sähe der Magnolia Cemetery wie die Kulisse eines zweitklassigen Vampirfilms aus. Er hat sich für den Ozean entschieden, und wenn ich es mir recht überlege, will ich auch eine Seebestattung.«

»Mag sein, dass ich dich verbrennen lassen muss«, sagte der Sohn grimmig, »aber ich werde dich nicht in den verdammten Ozean streuen.«

»Dann eben in einen Aschenbecher«, erwiderte Camilla, die es langsam satt hatte, schnippisch. »Es wird mich kaum kümmern.«

Wir alle reagierten überrascht und ich hätte am liebsten gejubelt. Nur selten hatte ich erlebt, dass Camilla laut wurde. Es tat gut, zu wissen, dass sie wütend werden konnte, und noch besser war es, mitzuerleben, dass sie richtig witzig sein konnte. Ich verspürte das dringende Bedürfnis, sie zu umarmen.

Charlie wurde am Sonntag nach Thanksgiving bestattet, an einem Tag so klar und mild wie im Spätsommer. Ironischerweise hatte Hugo uns schönes, strahlendes Wetter beschert. Der Himmel war zartblau getönt, das Meer ruhig und die schaumgekrönten Wellen schlugen mit leisem Säuseln ans Ufer. Fast alle hatten die vergangene Nacht im Strandhaus zugebracht. Lewis, Fairlie und ich waren morgens schwimmen gegangen. Das Wasser war noch warm – so warm wie Blut oder Fruchtwasser. Um die Mittagszeit – wir saßen noch auf der Veranda und hatten mehrere Flaschen Champagner geleert, mit denen wir auf Charlies schöne Bronzeurne angestoßen hatten – kamen die ersten Autos aus Charleston um die Ecke gebogen und parkten vor der Hintertreppe auf dem Sandplatz. Fairlie war beauftragt worden, nach ihnen Ausschau zu halten.

»Heilige Scheiße!«, rief sie uns aus der Küche zu, wo sie durchs Fenster spähte. »Da kommt gerade eine große alte Lincoln-Limousine mit einem Chauffeur und einer Million alter Damen, die alle Hüte tragen! Was soll ich mit denen bloß anfangen?«

»O Gott, das ist Mutters Gartenverein«, stöhnte

Camilla. »Ich habe die nicht hergebeten. Ich habe alle wissen lassen, dass nur wir und ein paar von Charlies Leuten aus dem Krankenhaus kommen, aber ich hätte wissen müssen, dass sie auftauchen. Das ist Margaret Pingrees Wagen, und wenn mich nicht alles täuscht, sitzt Jasper hinter dem Steuer. Ich dachte, er wäre tot. Vielleicht *ist* er ja auch tot und weiß es nur nicht. Hört mal, Leute, ihr müsst runtergehen und sie irgendwie auf den Plankenweg schaffen. Soweit ich weiß, haben zwei der Herrschaften Hüftprobleme, und Margaret braucht einen Laufstuhl. Unmöglich, sie erst die Treppe hochzulotsen und dann wieder nach unten. Fairlie, Lila und Anny, ihr müsst mir helfen, ein paar Stühle an den Strand zu tragen. Wir können sie auf den ersten Dünenkamm setzen und dann können sie von da aus zusehen. Seid vorsichtig, Henry und Lewis. Sie haben alle ihre gottverdammten Pumps an.«

Ich fing an, hilflos zu lachen. Einen Moment später stimmten die anderen Frauen mit ein und wir lachten immer noch, als wir die Stühle in Shorts, T-Shirts und barfuß die Treppe zum Plankenweg hinunterschleppten, denn wir hatten ja alle vor, zusammen mit Camilla und Charlie ins Wasser zu gehen. Camilla bildete den Schluss. Sie trug Charlies Urne und krümmte sich vor Lachen. Ich fürchtete schon, wir würden Charlies Überreste den Dünen und dem geschnäbelten Nachtschatten anstatt der endlosen See überantworten.

Charlies Beerdigung war eine eigenwillige Mischung aus evangelischem Gottesdienst, Gullah und Rock 'n' Roll und hätte durchaus lächerlich wirken können, doch sie war sehr bewegend – zumindest für uns. Ich konnte weder die Damen vom Gartenverein noch Charlies und Camillas Söhne sehen. Sie harrten auf dem ersten Dünenkamm aus, während wir in der Brandung standen, die unsere Fesseln umspülte. Ab und an hörte ich, wie einer der naserümpfenden Trauergäste sich kurz echauffierte, und dachte dann, dass dieser Augenblick am Meer – was immer er uns auch bedeuten mochte – nicht mit St. Michael's zu vergleichen war. Zum Glück für alle und vor allem für Camilla sollte kommenden Mittwoch ein Beerdigungsgottesdienst in der St.-Michael's-Kirche stattfinden und anschließend ein Empfang in Lilas und Simms' Battery-Haus, das schnell, aber gründlich von Tyrell und ein paar Männern von Simms' Firma instand gesetzt und hergerichtet worden war. Sogar Lilas heiß geliebte Orientteppiche, die von ihrer Großmutter stammten, waren restauriert worden und lagen nun wieder auf den frisch versiegelten Pinienböden in den beiden Salons. Bis auf das gleißende Sonnenlicht, das nun nicht mehr von Palmen und Eichen gefiltert wurde, hatte Hugo anscheinend keine Spuren hinterlassen. Wenn man Howard hieß, wurde vieles prompt erledigt.

Doch heute war Charlies und Camillas Tag und eigentlich auch der unsere. Wir brachten Charlie zum Meer hinunter, das er geliebt hatte, das wir liebten.

Der dunkelhäutige Pfarrer mit dem schütteren Haar war von Holy Cross. Wenn Charlie überhaupt mal zur Kirche gegangen war, dann dorthin. Der Pfarrer stand knietief im Wasser und wartete, das Gebetbuch in den gefalteten Händen, auf uns. Seine nackten braunen Beine ragten aus der Badehose. Anstelle eines weißen

Kragens trug er ein verwaschenes Grand-Strand-T-Shirt und ein schlichtes Metallkruzifix um den Hals. Wahrscheinlich sollte ihn das als Mann Gottes ausweisen. Es hätte ja durchaus sein können, dass ein Staatsdiener beobachtete, wie er die Asche ins Meer streute, und eine Erklärung verlangte. Ein Pfarrer log selbstverständlich nicht, konnte sich aber immerhin auf seine Schweigepflicht berufen. Wir machten uns keine Sorgen. So weit westlich hatten wir noch nie einen Beamten am Strand gesehen. In den Querstraßen und im Osten, Richtung Isle of Palms, gab es genug zu tun.

Creighton Mills war mit Camilla, Lewis und Henry von Kindesbeinen an befreundet. Als wir in die Fluten liefen und uns in einer Zickzackreihe aufstellten, begrüßte er uns mit einem Lächeln. Camilla stellte sich in die Mitte. Creighton verbeugte sich knapp vor ihr.

»Ich kann mich einfach nicht an den Gedanken gewöhnen, dass ausgerechnet Creig Mills fähig sein soll, meine Seele zu retten«, flüsterte Lewis mir zu.

»Besser einer von uns als sonst wer«, flüsterte Henry.

Creightons Blick ruhte lange auf Camilla, ehe er mit Ruhe eine Passage aus dem Gebetbuch vortrug. »Ich bin die Erlösung und das Leben, sagte der Herr. Der, der an mich glaubt, soll auch im Tode weiterleben, und die Lebenden, die an mich glauben, werden niemals sterben. Ich weiß, mein Erlöser lebt und wird am Tag des Jüngsten Gerichts auf Erden weilen, und wenngleich dieser Leib zerfallen wird, werde ich doch Gott sehen, werden meine Augen ins Antlitz Gottes sehen und ich werde ihm nicht fremd sein.«

Dann legte er eine Pause ein und ich hörte eine ältere Dame mit lauter, tonloser Stimme, wie sie Schwerhörigen zu Eigen ist, sagen: »Na, wenigstens ist es eine normale Beerdigung und nicht diese Hippie-Zeremonie, die jetzt überall abgehalten wird.«

Lewis, der neben mir stand, lachte verächtlich.

»Reiß dich zusammen!«, zischte ich.

Creighton Mills nickte kaum wahrnehmbar, woraufhin Henry einen kleinen Kassettenrekorder einschaltete. Dass er ein Abspielgerät mitgebracht hatte, war mir bislang nicht aufgefallen. Bobby Darins Stimme erklang und übertönte das sanfte Rauschen der Wellen: »Somewhere, beyond the sea …«

Bei der Erinnerung daran, wie sehr Charlie diesen Song gemocht hatte, stiegen mir die Tränen in die Augen. Lewis drückte meine Hand. Dann folgten »Long Tall Sally«, »Little Darling«, »Whole Lot of Shakin' Goin' On«, »Foolish Little Girl« von den Shirelles, Charlies Lieblingslied, und schließlich »Sitting on the Dock of the Bay«, zu dem wir im Sand, auf dem groben Holzsteg über dem Wasser und auf den mürben Schilfmatten im Strandhaus getanzt hatten.

Die Zeremonie war wie aus einem Guss. Ich weinte und lachte gleichzeitig, sah zu Camilla hinüber, die – wie ich später erfuhr – zusammen mit Lewis und Henry die Stücke ausgesucht hatte, und nickte. Sie nickte ebenfalls und lächelte. Ihre Augen waren feucht.

Creighton Mills richtete den Blick wieder auf Camilla. Sie neigte den Kopf. Hinter uns klimperten Ketten. Als wir uns umdrehten, sahen wir, wie Simms Boy und Girl, die vor Freude an der Leine zogen, zur Bran-

206

dung hinunterführte. Sie wollten unbedingt ins Wasser springen und schauten verwirrt zu Camilla hoch, als sie merkten, dass man sie nicht losleinte.

»Bleibt hier, meine Lieben«, bat sie leise. »Bleibt hier und verabschiedet euch von Daddy.«

In dem Moment brachen Lila und ich in Tränen aus. Fairlie starrte krampfhaft aufs Meer hinaus und schluckte schwer. Ich wagte es nicht, zu Lewis und Henry hinüberzusehen. Gladys war nicht mit an den Strand gekommen; sie blieb auf der Veranda, die sie kaum noch verließ. Bei ihr war Sugar, deren gedämpftes Gejaule die Brandung und das Geschrei der Seevögel übertönte. Dennoch waren sie bei uns. Unsere gesamte Familie war da.

Und dann kamen vier Frauen den Plankenweg herunter, schwarze Frauen in langen Röcken, bunten Blusen, die Schmuck und Federn trugen, sich wie Königinnen bewegten und dabei sangen. Sie begleiteten sich mit Tamburinen und schlugen eine eigenartige kleine Trommel, die wie ferner Donner klang. Linda Cousins, Lewis' Haushälterin, führte den Zug und schenkte uns im Vorbeigehen ein Lächeln. Lewis zwinkerte ihr anzüglich zu.

In der Gegend von Charleston und im Low Country gibt es Gruppen, hauptsächlich Gruppen von schwarzen Frauen, die die alten Gesänge und Klagen der Gullah-Sklaven, vor langer Zeit aus Afrika mitgebracht, erinnern und vortragen. Ihre Darbietungen sind unglaublich eindrucksvoll und die Menschen kommen von weit her, um sie zu hören. Charlie war ganz verzaubert von ihnen gewesen und schleppte jeden, der sich überreden ließ, zur alten Moving Star Hall auf John's Island, wo man seiner Ansicht nach die besten Gullah-Preisungen hören konnte. Und er hatte Recht. Wenn man ihnen zuhört, ist es, als flöge man von einem dunklen Wind getragen in eine Zeit, wo in den Wäldern Feuer flackern, die Trommeln sprechen und der Zauber regiert. Mir war nicht bekannt gewesen, dass Linda Cousins einer dieser Gruppen angehörte, aber auch ohne dass es mir jemand sagte, wusste ich, dass Lewis dies für Charlie arrangiert hatte. Ich drückte seine Hand und er drückte meine.

Unten, wo sich die Wellen am Strand brachen, sangen die Frauen: »Oh, hallelujah, hallelujah, glory hallelujah, you know the storm is passing over, hallelu. The tallest tree in paradise Christians call the tree of life, you know the storm is passing over, Hallelu.«

Und sie klatschten in die Hände und sangen mit wiegenden Hüften: »Reborn again, reborn again, oh, reborn again. Can't get to heaven less you reborn again. Oh, Satan is mad, and I'm so glad, oh, reborn again. Lost the soul he thought he had, oh, reborn again.«

Sie trugen noch mehrere Lieder und Gesänge vor. Manche waren fröhlich, andere traurig und ergreifend. Schließlich stimmten sie »Deep River« an. Nachdem der letzte Ton verklungen war, schien die Stille unerträglich laut. Mir kam es so vor, als würden selbst das Meer und der Wind, der den Gezeitenwechsel einläutete, eine Pause einlegen und schweigen.

Creighton streckte Camilla die Hände entgegen. Bis sie bei ihm war, watete sie mit Charlies Urne ins Wasser, ohne den Blick von Creighton abzuwenden. Die trägen grünen Wellen brachen sich an seinen braunen und ihren bleichen Beinen. Er nahm ihre freie Hand, schloss die Augen und sprach so leise, dass nur Camilla ihn verstand. Ihre Lippen formten die gleichen Laute wie sein Mund. Bis heute weiß ich nicht, welches letzte Gebet sie für Charlie gesprochen haben.

Danach sagte er mit erhobener Stimme: »Dem allmächtigen Gott überantworten wir die Seele von Charles Curry, unserem verstorbenen Bruder, und seinen Leib überlassen wir den Untiefen in der sicheren und gewissen Hoffnung, dass ihm Erlösung und ewiges Leben durch unseren Herrn Jesus Christus zuteil wird, der in seiner glorreichen Erhabenheit gekommen ist, die Welt zu richten. Und das Meer wird ihm die vergänglichen Leiber derer zurückgeben, die von uns gegangen sind. Und die, die in ihm ruhen, sollen eine andere Gestalt annehmen und in seinem erhabenen Leib aufgehen, gemäß seinem göttlichen Wirken, das ihn befähigt, sich alles Irdische untertan zu machen.«

Er nickte Camilla zu. Sie brachte die Urne ganz langsam auf Kinnhöhe, drückte sie an die Wange und streute dann Charlies Asche in den Ozean. In dem Moment, wo die Asche niederging und noch nicht vom Wind weggetragen wurde, zogen blitzschnell unregelmäßige Schatten über unsere Köpfe hinweg, und als wir aufschauten, sahen wir einen Schwarm Pelikane, perfekten Flugsauriern gleich, übers Meer fliegen. Wir hätten die Hände nach ihnen ausstrecken und sie berühren können, so tief flogen sie. Sie fürchteten sich nicht vor uns; die Pelikane von Sullivan's Island waren schon viel länger hier als die Menschen und richteten weitaus weniger Schaden an als wir. Charlie hatte Pelikane geliebt. Camilla drehte sich mit tränenüberströmtem Gesicht zu uns um und lächelte.

»Der Herr wird mit dir sein«, sprach Creighton Mills.

»Und mit deinem Geist«, murmelten wir alle. Die meisten von uns weinten nun ganz ungeniert.

Und dann ließ Simms Boy und Girl von der Leine. Die Hunde sprangen in die noch warme, schaumgekrönte Brandung und bellten vor Freude gen Himmel.

An diesem Abend ging ich auf die Dachterrasse. Keine Ahnung, wieso ich das tat, denn normalerweise waren wir nicht oft da oben. Vom Dach aus konnte man die gesamte Insel überblicken. In die eine Richtung sah man bis zur Isle of Palms und in die andere bis nach Charleston, wo die Hafendocks, die riesigen Benzintanks und die Binnenwasserstraße zu erkennen waren. Trotz des atemberaubenden Ausblicks wollten wir wahrscheinlich nicht daran erinnert werden, dass das Strandhaus Teil eines größeren Ganzen war. Und hier oben ließ sich diese Tatsache nicht länger leugnen.

Die Sonnenuntergänge auf Sullivan's Island waren fast immer umwerfend, vor allem im Spätherbst, und die nach Hugo waren einfach sensationell. Die Männer segelten oft bei Sonnenuntergang und glitten dann mit der untergehenden Sonne im Rücken an die Anlegestelle in der Binnenwasserstraße. Wenn ich heute daran zurückdenke, glaube ich, dass ich dort hinaufstieg, um nachzusehen, ob sie zusammen mit Charlie hereinkamen. Die zinnober- und purpurrote, von Goldsprenkeln durchsetzte Sonne glich einem großen, verglühenden Feuerball, bar jeder Menschlichkeit. Kein Segel war zu sehen, keine Scrubs, kein Charlie. Der Wind frischte plötzlich auf, was für Ende November ganz normal war. Ich wollte gerade wieder nach unten gehen, als Camillas Kopf über der Wendeltreppe auftauchte. Ich blieb, wo ich war.

Sie trat auf das kleine, von einem Geländer eingerahmte Podest, legte den Arm um meine Taille, bückte sich und bettete den Kopf auf meine Schulter. Sie trug einen von Charlies dicken Fair-Isle-Pullis und hatte mir auch einen mitgebracht. Das abgetragene, fusselige Ding roch nach Salz, Rauch und Charlie. Dankbar streifte ich ihn über.

»Bist du gekommen, um von ihm Abschied zu nehmen?«, fragte Camilla. Ein leises Lächeln umspielte ihre Lippen. Ich nickte. Hätte ich den Versuch gewagt, etwas zu erwidern, wäre ich kläglich gescheitert. Sie drückte mich an sich.

»Ich denke mal, es kommt nicht von ungefähr, dass diese kleinen Dachaustritte *widow's walk* genannt werden«, sagte sie.

Und da begriff ich erst richtig, dass Charlie nicht mehr zurückkam. Er war gestorben und ich würde ihn niemals wiedersehen.

Mit einem Mal spürte ich eine große Leere, die mich zu verschlucken drohte. Meine Knie gaben nach und ich ließ mich auf die rauen Planken des Dachaustritts fallen. Ich weinte, weinte so sehr, dass ich eine Weile lang fast keine Luft mehr bekam und zu ersticken glaubte. Und während diese Welle der Melancholie über mir zusammenbrach, schossen mir ziemlich einfältige Gedanken durch den Kopf: Das muss aufhören. Ich weine nie. Und so schon gar nicht. Was wird wohl Camilla denken?

»Ich will ihn zurück«, stöhnte ich. »Ich will ihn zurückhaben.«

»Ich auch«, erwiderte Camilla.

Sie setzte sich neben mich, zog meinem Kopf auf ihre Schulter und wiegte mich sanft vor und zurück. Nach einer Weile bekam ich wieder Luft und die Tränen versiegten allmählich, doch Camilla ließ mich nicht los.

»Ich habe dich eigentlich noch nie richtig weinen sehen«, sagte sie traurig. »Charlie würde sich geehrt fühlen, aber dass er dir solchen Kummer bereitet, würde ihm gar nicht gefallen. Es ist richtig, jetzt um ihn zu trauern, aber ich hoffe doch, dass du, wenn du in Zukunft an ihn denkst, dich auch an Gelächter und alberne Späße erinnerst. Das wünsche ich uns allen, denn das wäre ein schöneres Vermächtnis als Tränen.«

Sie küsste mich auf die Wange und stand auf.

»Lass uns nach unten gehen. Ich werde dir einen Tee kochen und einen ordentlichen Schuss Rum hineintun. Tee mit Rum könnten wir jetzt alle vertragen. Ich auch.«

Ich umarmte sie. Ihre Knochen fühlten sich so zart und zerbrechlich an wie die eines Vogels.

»Eigentlich müsste ich dich trösten«, sagte ich. »Was habe ich mir nur dabei gedacht?«

»Du hast an Charlie gedacht und das ist ein großer Trost.«

Das letzte Sonnenlicht färbte sich grau und es wurde kühl. Ich erhob mich und wollte ihr nach unten ins Licht, in die Wärme, in die Geborgenheit folgen, doch da streckten Lewis und Henry die Köpfe ins Zwielicht und traten aufs Dach. Ich griff nach Lewis' Hand.

»Ich gehe nach unten«, sagte ich. »Bleibt doch eine Weile mit Camilla hier oben.«

Auf der dritten Stufe blieb ich stehen und sah mich um. Sie standen beisammen, Lewis, Henry und Camilla, wie sie das von frühster Kindheit an getan hatten. Die Männer hatten sie in ihre Mitte genommen und den Arm um sie gelegt. Camillas Blick ruhte auf ihren Gesichtern. Sie redete leise. Spendete ihnen Trost, wie sie das seit jeher getan hatte. Wir hatten uns immer von ihr trösten lassen und diesen Trost für selbstverständlich erachtet. Ich fragte mich, ob sie sich jemals von uns aufmuntern lassen würde. Wir mussten uns Mittel und Wege einfallen lassen, ihr dezent Beistand zu leisten.

Bis Donnerstag, dem Tag nach Charlies Gedenkgottesdienst und dem Empfang bei Lila und Simms, blieb Camilla im Strandhaus. Niemand konnte sie bewegen, in der Stadt zu schlafen, und sie ließ es auch nicht zu, dass einer von uns über Nacht bei ihr blieb

»Hier kann ich kurz verschnaufen«, sagte sie. »Es wird sehr lange dauern, bis ich ... einfach wieder nur sein kann. Wenn ich erst mal in der Stadt bin, muss ich mich um vieles kümmern. Tagsüber könnt ihr gern hierher kommen, aber übernachten kommt nicht infrage. Ich schreibe gerade und nachts bin ich am kreativsten.«

Wir drängten sie zu erzählen, was sie aufschrieb, woraufhin sie nur sagte: »Erinnerungen. Kurze Briefe an verschiedene Leute. Ich erstelle alle möglichen Listen. Schreibe die Geschichte der Scrubs. Düstere Geschichten über Leidenschaft, Sünde und Vergebung. Lasst mich gewähren oder ich werde euch in meinen Erzählungen zu gemeinen Schurken machen.«

Und so ließen wir sie gewähren. Mit an Sicherheit grenzender Wahrscheinlichkeit haben wir, die im Alltagsleben »da draußen« gefangen waren, in dieser Woche sehr oft an Camilla gedacht, sie vielleicht im Sonnenlicht, im Schein des Kaminfeuers oder in dunkler Nacht unablässig schreiben gesehen, begleitet vom Rauschen des Meeres. Wenn ich an sie dachte, stellte ich mir vor, dass sie im Korbschaukelstuhl vor dem Kamin saß, die Hände auf dem Schoß gefaltet, und wartete, bis die Leere verschwand.

An dem Tag, wo Charlies Gedenkgottesdienst in St. Michael's stattfand, peitschte kalter Regen durch die Stadt. Die Charlestoner, die es gewohnt waren, zu Fuß zu St. Michael's zu gehen, fuhren mit dem Wagen oder ließen sich chauffieren. Auf der Kreuzung Meeting und Broad Street, wo sich eh nie viel bewegte, kam der Verkehr fast zum Erliegen. Im Zentrum von Charleston wird selten gehupt, und schon gar nicht in der Nähe von St. Michael's. Nur Menschen von außerhalb verliehen auf diese Weise ihrem Frust Ausdruck. Charlies großer Tag wurde jedoch von einer Hymne verzweifelter Hupen eingeläutet.

»Was kann man von Außenseitern schon erwarten?«, bemerkte Lewis grinsend, als wir, von einem illegalen

Parkplatz auf der King Street kommend, durch den Regen liefen. Lewis hatte schamlos, wie er manchmal sein konnte, sein Arztschild hinter die Windschutzscheibe gelegt. Da ich im ganzen Haus keinen einzigen Schirm gefunden hatte, suchten wir Schutz unter dem riesigen gelbgrünen Golfsonnenschirm, den jemand im Range Rover vergessen hatte. Und irgendwie passte er ganz gut zu dem Gehupe.

Seit 1752 halten die Charlestoner, allen voran die vornehme Gesellschaft, ihre Gottesdienste in St. Michael's ab. Anlässlich von Taufen, Todesfällen und allen anderen wichtigen Ereignissen im Laufe eines Menschenlebens fand man sich in dieser Kirche ein. St. Michael's ist ein schönes und erhabenes Bauwerk, das sich stilistisch vermutlich an die Londoner Kirchen von Sir Christopher Wren und James Gibbes anlehnt und viel Ähnlichkeit mit deren Gebäuden hat. Die matt schimmernde Holzvertäfelung und die schlichten Bleifenster lassen ein warmes Licht herein, das auf unerklärliche Weise erhaben scheint. Ich bin dort schon des Öfteren gewesen, obwohl wir – wenn wir zum Gottesdienst gehen – die Grace Episcopal besuchen, die nur ein paar Schritte von unserem Haus entfernt ist. Hochzeiten, Taufen, Beerdigungen und hin und wieder Kammermusikkonzerte während der letzten beiden Wochen vom Spoleto-Festival … Wie oft habe ich mit Lewis auf dem Kirchenstuhl aus roter Zeder gesessen, der seit zweihundert Jahren seiner Familie gehört.

»Ihr taucht hier ja nur noch selten auf. Wer sitzt eigentlich sonst hier?«, hatte ich ihn mal gefragt.

»Touristen aus Newark und Scranton«, hatte er geantwortet. »Das habe ich schriftlich so verfügt. Der Spaß kostet die eine schöne Stange Geld.«

Bei keinem meiner Besuche habe ich jemanden gesehen, der auch nur annähernd wie ein Tourist aussah – jedenfalls nicht während der Gottesdienste. Falls in der Gemeinde unbekannte Gesichter auftauchen, kann man davon ausgehen, dass sie Verwandten oder Gästen der Kommunikanten gehören. Natürlich gibt es da keine Regeln. So ist es einfach. Von den wenigen Besuchern, die zufällig zum Gottesdienst oder Konzert hereinschneien, nimmt man an, dass sie die Schönheit und Akustik der alten Kirche zu schätzen wissen. Shorts, Trägerhemdchen und Badelatschen, die Markenzeichen der Touristen, die durchs Zentrum streifen, sieht man zwar ab und an im angrenzenden Kirchhof, aber nicht im Gotteshaus. Sonst würde vielleicht der heilige Michael, der in einem großartigen Buntglasfenster als Drachentöter dargestellt ist, heruntersteigen und alle erschlagen.

Die einfühlsam gestalteten Details von St. Michael's hatten es mir von Anfang an angetan. Den schlanken weißen Turm, gekrönt von einer goldenen Kugel, kann man von den Orten sehen, wo ich mich am häufigsten aufhalte: von meinem Büro, von dem Haus in der Bull Street und vom Strandhaus. Er ist fester Bestandteil meines Lebens und steht für gelebte Geschichte, was mir sehr gefällt. Während des Revolutions- und des Bürgerkrieges wurde er schwarz gestrichen, damit die Schiffe, die die Stadt vom Hafen aus bombardierten, ihn nicht sehen konnten. Er hat Erdbeben, Feu-

ersbrünste und – zu meinen Lebzeiten – Hugo überlebt. Auf einer Feier, die für die Wohltäter des Queens
Hospital gegeben wurde, lernte ich mal einen älteren
deutschen Aristokraten kennen, der auf meine Frage
hin, ob er sich die Stadt angeschaut hatte, antwortete:
»Nicht wirklich. Aber ich habe den Kirchturm von St.
Michael's durch ein Periskop gesehen.« Ob man seinen Worten Glauben schenken durfte oder nicht, sei
dahingestellt, aber einen Moment lang gefror mir das
Blut in den Adern bei dem Gedanken, dass ein stum-
mer schwarzer Leviathan im tiefen Wasser des Hafens
lag und sein ausfahrbares Auge auf uns richtete.

Wenn die Glocken von St. Michael's um die Mittagszeit und bei Sonnenuntergang ertönen, macht
mein Herz einen Freudensprung. Ihr helles Läuten
ist im ganzen Zentrum zu hören. Die Glocken wurden von den Briten gestohlen, während des Bürgerkrieges in Columbia vergraben und nach Whitecastle
geschickt, wo sie zwei Mal umgegossen wurden. An
diesem windigen und regnerischen Herbsttag läuteten sie für Charlie Curry. Es musste für Camillas und
Charlies Familienangehörige und Freunde ein großer
Trost sein, dass diese Glocken ebenso für einen Ein-
geheirateten aus Indiana ertönten wie für die schei-
denden Seelen der Familienmitglieder. Für mich war
es auf jeden Fall so. Ich erinnerte mich an etwas, was
Fairlie irgendwann einmal gesagt hatte, als sie wegen
der einen oder anderen störenden Charlestoner Ei-
genheit schlechte Laune bekam: »Egal wohin du gehst
oder wer du bist, und egal welches Ziel du ansteuerst,
Charleston kriegt dich am Ende doch.«

Doch Charlie hatte Charleston nicht gekriegt. Mag sein, dass seine Bewohner in St. Michael's seiner gedachten, aber sein Körper und seine Seele war dem grünen Atlantik vor der Insel übergeben worden.

In der Kirche drängten sich dicht an dicht stumme Menschen. Sie nickten, schenkten mir ein höfliches und Lewis ein warmes Lächeln, schlossen Camilla flüchtig in die Arme und hauchten ihr Küsschen auf die Wangen. Sie rochen nach klammer Wolle, Lavendel und seltsamerweise nach Weihrauch, obwohl ich bezweifelte, dass die Kirche ihn noch verwendete. Womöglich war es der Duft der Heiligkeit. Nach dem Gottesdienst, der so schön und elegant wie die alte Kirche war und genauso ehrwürdig, gingen die Trauergäste die Gänge entlang und reihten sich unter dem Säulengang auf. Dort stand Camilla, mit ihren Kindern, deren Frauen und mit ihren Enkeln, und nahm die leise gemurmelten Bekundungen von Anteilnahme und Sympathie entgegen. Wenn man Camilla in dem schwarzen Kostüm und mit Perlenkette sah, war sie ein Teil des Ganzen. Für einen Moment riss dieser Strudel namens Charleston sie mit. Sie bewegte sich äußerst geschmeidig zu den Kadenzen und Rhythmen, die – da war ich mir sicher – ich niemals hören würde. Mit einem Mal löste ihr Anblick Beklommenheit bei mir aus. Was, wenn sie bei ihnen blieb?

Aber als die Limousine ihrer Schwester Lydia um die Ecke gefahren kam, um sie das kurze Stück zur Battery zu bringen, drehte sie sich um und formte mit dem Daumen und Zeigefinger einen kleinen Kreis in der Luft.

»Den Punkt hätten wir abgehakt«, sagte sie leise. Wir lächelten. Sie war immer noch eine von uns.

Lila und Simms gehört ein dreistöckiges Charleston Single aus Backstein mit Anflügen von griechischem Klassizismus, der sich Anfang des 19. Jahrhunderts, als das Haus gebaut wurde, großer Beliebtheit erfreute. Auf jeder der drei Etagen gibt es eine Veranda mit weißem Geländer. Durch einen zurückgesetzten, von Rosen umrankten Torbogen gelangt man auf die Veranda im Erdgeschoss, wo sich auch der Eingang befindet. Ihres ist eines der schönsten Häuser auf der East Battery, wenn auch nicht so riesig wie einige von denen, die später errichtet wurden. Wie eine Hochzeitstorte ist ihr Haus mit architektonischen Schnörkeln aus zwei Jahrhunderten verziert. Der Anblick der Gebäude auf der östlichen und südlichen Battery verschlägt einem den Atem. Sie schauen über den breiten Deich, durch die riesigen Eichen von White Point Gardens, auf den Ashley River oder direkt aufs Meer hinaus. Für die meisten Menschen ist Battery ein Synonym für Charleston. Es würde mich nicht wundern, wenn diese Straße eine der am häufigsten fotografierten der Welt wäre.

Kaum ein anderer Ort auf dieser Welt zieht Touristen so magisch an wie die Battery. Selbst an diesem kalten, regnerischen Tag stapften Heerscharen von Besuchern in Anoraks und mit Schirmen über die alten, rissigen Bürgersteige und schauten entweder in durchgeweichte Reiseführer oder betrachteten die Häuser. Trauergäste, deren Ziel das Haus von Lila und Simms war, mussten mehrere Blocks entfernt parken oder sich um Gruppen herumschlängeln, die stehen blieben, ihnen hinterhergafften, als sie durch den Torbogen auf die Veranda traten, und hofften, einen Blick auf den berühmten Garten und alte Charlestoner *in situ* zu erhaschen. Aus irgendeinem unerfindlichen Grund ist jedermann erpicht darauf, echte Charlestoner zu Gesicht zu bekommen. Ich weiß noch genau, wie ich gerade mit einem Arm voll Kleidungsstücken für die Reinigung um die Backsteinmauer Richtung Bull Street gehen wollte, als ich zufällig ein Gespräch belauschte, das hinter der Mauer geführt wurde.

»Ist schon komisch, dass man nie einen Eingeborenen sieht«, klagte eine schrille weibliche Stimme mit Long-Island-Akzent. Gerade in dem Augenblick trat ich auf die Straße und nickte, während ich die Kleider in meinem Wagen verstaute.

»Sieh doch nur, da ist eine«, verkündete dieselbe Stimme.

»*Nativus horribilis*«, murmelte ich, fuhr davon und warf einen Blick in den Rückspiegel. Sie starrten mir hinterher.

Eine der häufig zitierten Besonderheiten des Howard'schen Hauses ist der doppelte Salon in der dritten Etage. Die beiden großen Empfangsräume sind durch eine Doppelflügeltür verbunden, die – wenn man sie öffnet – einen Raum von der Größe eines Ballsaals bilden. Vermutlich haben hier früher tatsächlich Bälle stattgefunden. Lila und Simms veranstalteten nie Bälle. Die rühmliche Ausnahme bildete die Einführung ihrer Tochter Clary in die Gesellschaft. Außer bei Hausführungen wurde die dritte Etage eigentlich nicht genutzt.

Die Howards hielten sich in der Bibliothek im zweiten Stock und in dem kleinen Wohnzimmer mit Kamin und Fernseher neben der Küche auf. Während der warmen Monate wohnte man auf den Veranden in der ersten und zweiten Etage. Dort schützte einen die von Rosen und Sternjasmin überwucherte Backsteinmauer vor neugierigen Blicken.

In den Räumen der ersten und zweiten Etage, auf den Veranden und im Garten war ich schon oft gewesen, doch heute hielt ich mich zum ersten Mal in den Salons auf. Die Böden waren auf Hochglanz poliert worden, Kerzen brannten und überall standen Blumengestecke. Dass sich hier Menschen versammelten, war ein Novum. In dem durch starken Regen gefilterten Licht, das durch die hohen Fenster einfiel, erinnerten die beiden Räume an jene glorreichen Jahre, wo in Charleston noch das goldene Zeitalter regierte und zu Bällen, Empfängen und aufwändigen, neungängigen Diners geladen wurde. Ein langer Hepplewhite-Tisch war in die Mitte des zweiten Raumes geschoben worden. Darauf stand das alte dünne, zarte Haviland-Geschirr von Lilas Großmutter und das schwere Tee- und Kaffeegeschirr von Revere. An einem Tischende glänzte ein glasierter Schinken und am anderen stand eine Etagere mit kleinen Schinken-, Roastbeef- und scharf gewürzten Krebsschnittchen. Auf dem riesigen silbernen Tafelaufsatz in der Mitte, der uralt war und den die Howards von einem ihrer Vorfahren, einem Großgrundbesitzer – ich weiß nicht, von welchem –, geerbt hatten, türmten sich kandierte Früchte, Magnolienblätter und pinkfarbene und grüne Weihnachtssterne.

Weihnachten, fuhr es mir durch den Sinn. Natürlich. Es war nicht mehr lange hin bis Weihnachten. Die Howards warteten mit jedem köstlichen Gericht auf, das die Charlestoner Küche auszeichnete. Es gab Shrimps, Grütze, Krabbenkanapees und Platten mit gegrillten Täubchen. Beim Anblick all dieser kulinarischen Köstlichkeiten wäre Charlie das Wasser im Mund zusammengelaufen. Ich fragte mich, was er wohl von dem Empfang gehalten hätte. Auf seiner Trauerfeier hatten sich viele Menschen eingefunden, die – wie ich sehr wohl wusste – der Meinung waren, er wäre für Camilla nicht die richtige Partie gewesen, auch wenn sie zu höflich waren, das laut auszusprechen. Gewiss hätte Charlie genau gewusst, wer von den Gästen so dachte.

»Ich könnte wetten, er kocht jetzt vor Wut«, sagte ich zu Lewis.

»Und ich könnte wetten, dass du dich täuschst.« Lewis grinste. »Ich würde wetten, er sieht uns von oben zu und wartet, bis eine alte Dame ein Taubenknöchlein in den falschen Hals kriegt und daran erstickt.«

»Worüber amüsiert ihr euch?« Camilla hatte sich zu uns gestellt und hakte sich bei uns unter. Ein Lächeln umspielte ihren Mund.

»Über Charlie«, sagte ich. »Wie hältst du dich, meine Liebe?«

»Verhältnismäßig gut«, sagte sie, und das fand ich auch. Beim Gedenkgottesdienst waren viele Tränen geflossen, doch mir war nicht aufgefallen, dass Camilla geweint hätte. In dem prächtigen großen Raum wirkte sie wie ein Magnet. Die Menschen scharrten sich um sie wie um ein wärmendes Feuer.

Wir nahmen uns zwei Tassen von dem leichten Punsch, dessen Rezept von Simms' Großvater stammte und der diskret von einem Kellner auf einem Silbertablett gereicht wurde, und traten auf die Veranda hinaus. Von hier oben konnte man, wie Lewis behauptete, bis nach Madagaskar sehen. Der Wind fegte über die nassen Palmwipfel und der Regen schlug uns ins Gesicht, aber wir ließen uns nicht abschrecken. Wir hakten uns unter, tranken Punsch und schauten auf das weite Meer hinaus, in den endlosen Himmel.

»Die Stadt, die im Meer ertrinkt«, zitierte Lewis. »Josephine Pinckney hat das vor Ewigkeiten geschrieben. Wann immer ich mich in einem dieser alten Häuser aufhalte, muss ich daran denken. Ich habe den Ausspruch sogar irgendwo in unserem Haus aufgehängt, allerdings habe ich vergessen, wo.«

Lewis' Haus befand sich ein Stück weit die Straße hinunter, unweit der Kreuzung South Battery. Von der Veranda aus war es nicht zu sehen. Ich war selig und vermutete, dass es ihm auch so ging. Und dennoch, wenn man jeden Tag auf das warme Meer schaut, seinen Geruch in sich aufsaugt, sein Rauschen hört …

»Würdest du den Ozean gern Tag für Tag sehen?«

»Das Meer, das ich am Wochenende sehe, ist mir lieber«, antwortete er.

»Es ist doch derselbe Ozean.«

»Nein, finde ich nicht.«

»Lass uns nach Hause gehen«, schlug ich vor. »Ich verspüre das dringende Bedürfnis, im Bett fernzusehen.«

Wir fuhren mit dem Fahrstuhl in die erste Etage,

wo Lila die Nachzügler begrüßte und andere Gäste verabschiedete. Als sie sich in unsere Richtung drehte, sah ich sie erstmals richtig, sah ich Lila Howard, wie sie eigentlich war, wenn sie sich nicht auf der Insel, im Strandhaus, aufhielt, sah sie so deutlich, als träfe ich sie zum ersten Mal. Wann war sie so dünn geworden? Woher kamen diese eingefallenen Wangen, die dunklen Ringe unter ihren Augen? Sie wirkte gequält. Und irgendwie ahnte ich, dass sie nicht nur um Charlie trauerte. Mein Gott, war sie etwa krank?

Ich legte den Arm um sie.

»Bist du okay?«, fragte ich. »Es war ein perfekter und wunderschöner Abschied und Camilla ist dir sehr dankbar. Charlie wäre es auch. Aber du wirkst sehr erschöpft. Du hast dir zu viel aufgebürdet.«

»Nein, ich wollte es ja so«, sagte sie und lächelte. Und da verblasste die rätselhafte Traurigkeit, die ihre Augen umwölkte. Von einer Sekunde zur anderen war sie wieder die Lila, die in ihrem Element ist. Genau so kannte ich sie.

»Wo steckt Simms?«, erkundigte sich Lewis. »Ich wollte mich verabschieden. Ich bin ihm noch eine Einladung zum Mittagessen schuldig.«

Sie wandte den Blick ab.

»Er muss hier irgendwo sein«, antwortete sie. »Ich werde ihm die Ohren dafür lang ziehen, dass er sich nicht um seine Gäste kümmert.«

»Ich gehe ihn suchen«, bot ich an. »Ich muss sowieso auf die Toilette. Bei dem Regen und Verkehr halte ich es nicht mehr aus, bis ich daheim bin.«

»Anny …!«, rief Lila. Ihre Stimme war kraftlos und

dünn. Ich winkte ihr über die Schulter zu und verschwand in der Menge. Es war wirklich gemein von Simms, sie hier allein an der Tür stehen zu lassen.

Die Toilette im unteren Stockwerk war gut besucht. Eine Horde dunkel gekleideter Frauen hatte sich dort versammelt.

So lange kann ich nicht warten, dachte ich, und dann fiel mir ein, dass es am hinteren Ende der Veranda neben dem Schuppen, wo der Gärtner sein Werkzeug aufbewahrte, ein kleines, schäbiges WC gab. Ich lief dorthin. Der lange Sisalläufer auf dem Backsteinboden war vom Regen durchgeweicht und es quietschte jedes Mal, wenn ich auftrat. Als ich die Tür erreichte, legte ich meine Hand auf den Türknauf und öffnete sie.

»Mach schon«, drang Simms' volltönende Stimme nach draußen. »Uns sieht doch keiner. Diese Toilette wird nie benutzt. Zieh sie aus, Liebling. Ich will dich ganz sehen. Ich will dich überall berühren …«

»Simms, so warte doch …«, antwortete eine Frauenstimme, eine piepsige und dünne. Die Frau hatte nicht den Akzent der vornehmen Charlestoner, nicht diesen fröhlichen Unterton. Ich kannte diese Frau nicht und glaubte auch nicht, dass sie einen von uns kannte.

Wie angewurzelt stand ich da. In meinen Ohren klingelte es. Mein Herz schlug heftig. Ich drehte mich um und rannte über die Veranda, stürmte ins Haus und versuchte, mir ein Lächeln abzuringen, errötete aber stattdessen.

»Kein Glück gehabt«, zwitscherte ich. »Sag ihm tschüss von uns. Und wir sehen euch ja bald …«

Ich sagte nicht »am kommenden Wochenende im

Strandhaus«, denn ich brachte es einfach nicht über mich, diese Worte laut auszusprechen. Lila musterte mich stumm.

»Ich werde es ihm ausrichten«, versprach sie mit einem leeren, düsteren Blick. Sie wusste also Bescheid. Seit wann geht das schon so?, fragte ich mich. Seit wann vergnügt Simms sich mit jungen Frauen im Badezimmer? Plötzlich hasste ich ihn. Und dann überkam mich große Trauer.

»Pass auf dich auf. Wir lieben dich.« Ich umarmte Lila, ehe wir in den Regen hinaustraten.

»Fühlst du dich nicht wohl?«, fragte Lewis mich auf der Heimfahrt. Ich lehnte an der Wagentür und hatte die Arme um mich geschlungen. Die Heizung war eingeschaltet, aber mir wollte partout nicht warm werden.

»Vielleicht ist eine Erkältung im Anmarsch«, sagte ich. »Ich werde mir einen Tee kochen und mich hinlegen. Willst du auch einen?«

Er lehnte ab.

»Ich bringe dir nachher eine Schale Chili hoch und dann können wir im Bett essen«, schlug er vor. »Kein Wunder, dass du frierst. Wir haben den halben Tag im Regen gestanden.«

Ich antwortete nicht. Oben streifte ich meine Sachen ab, legte Sweatshirt und Hose an, zog mir die Bettdecke bis zum Kinn und schaltete die Nachttischlampe aus. Als er später nach oben kam, war ich endlich eingeschlafen, versunken in jenen tiefen, wärmenden Schlaf, den Trauer oder Schock uns bringen.

Mitten in der Nacht, zu jener stillen, lautlosen

Stunde, wo sich nichts bewegt, die Zeit stillsteht und die Schatten regieren, wachte ich auf. Jetzt fühlte ich mich wirklich krank vor lauter Schmerz, Kummer und Verlustgefühlen. Charlies Tod wirkt sich auf die enge Verbindung zwischen den Scrubs nicht negativ aus, überlegte ich, aber womöglich Simms' Betrug, der mir schwer zu schaffen machte. Irgendwann stand ich auf, setzte mich in den Ohrensessel am Fenster und weinte. Als das erste Licht unter der Jalousie durchsickerte, waren meine Tränen schließlich versiegt.

Lewis erzählte ich nicht, was ich tags zuvor erfahren hatte. Jetzt nicht und später auch nicht. Kurz bevor der Morgen dämmerte, hörte ich Camillas Stimme so deutlich, als stünde sie neben mir: »Der Kern wird halten.«

Und tatsächlich blieb während der vielen Jahre, die auf diesen Tag folgen sollten, bei den Howards alles beim Alten. Zumindest passierte nichts, was man hätte in Worte fassen können. Die Veränderungen waren minimal. Simms tauchte zwar zunehmend seltener im Strandhaus auf, aber wir wussten ja, dass sein Unternehmen rasant im ganzen Land und selbst nach Übersee expandierte. Lila dagegen wurde immer stiller und dünner und saß immer öfter neben Camilla, die ihre Hand drückte oder sie zum Lachen brachte, was ihr bestimmt nur deshalb gelang, weil die beiden Frauen in derselben Straße geboren, in dieselbe Schule gegangen waren und weil eine auf der Hochzeit der anderen gewesen war. Die Zuneigung, die die beiden füreinander hegten, war nicht neu. Nur ich war mir plötzlich so sicher, wie ich mir noch nie einer Sache sicher gewesen war, dass Camilla über Simms Bescheid wusste, Lila schon seit langem den Rücken stärkte und das auch in Zukunft tun würde.

Und der Kern hielt tatsächlich, genau wie Camilla prophezeit hatte.

Kapitel sechs

Kurz vor Weihnachten 1999, als sich ein Jahrtausend unaufhaltsam seinem Ende entgegenneigte und das nächste vor der Tür stand, saßen wir in der frühen Dämmerung vor dem Kamin im Strandhaus und hatten überhaupt keine Lust, aufzustehen und die Reste unseres jährlichen Weihnachtsessens auf Sullivan's Island wegzuräumen. Am ersten Weihnachtsfeiertag feierten wir mit unseren Familien und wir mochten diese Feiern am heimischen Herd und das damit einhergehende Familienchaos sehr. Das hatte Tradition – wie die Tannenzweiggirlanden an den Treppengeländern und die Truthähne oder Enten, die die Jäger der jeweiligen Familien beisteuerten. Es gab nicht viele Charlestoner, die ihren Weihnachtsvogel im Laden kauften.

Die unterschiedlichen Klanmitglieder der vornehmen Gesellschaft trafen sich an diesem Tag mit Großtanten, majestätischen Großmüttern, kreischenden Kindern, gut aussehenden jungen Männern und Frauen, die aus Princeton, Harvard, Sweetbriar und – wenn auch seltener – von so fernen Orten wie Bennington und Antiochia anreisten. Und egal mit wem die jungen

Leute während des Semesters zusammenlebten, was sie in ihrer Freizeit trieben und welche Körperteile gepierct waren, am ersten Weihnachtsfeiertag trugen sie Samt und Satin, blaue Blazer und Fliegen.

Und da Weihnachten auch der Höhepunkt der Debütantinnensaison war, besuchten die jungen Frauen und ihre Familien einen Ball nach dem anderen und erschienen manchmal sogar auf zwei, drei Bällen am gleichen Tag. Dass einige dieser jungen Frauen hinterher wieder internationales Recht, Teilchenphysik oder forensische Medizin studierten, schmälerte den Zauber dieser Tage zwischen den Jahren nicht im Mindesten.

Dieses Jahr hatte das Zentrum von Charleston für mich eher den Charme eines früheren, deutlich eleganteren Jahrhunderts. Die Magnolienblätter- und Williamsburg-Kränze an den Türen blieben bis an Dreikönig hängen. Gleich nach Anbruch der Dämmerung wurden die weißen Kerzen in den hohen Fenstern angezündet. Diese Weihnachten herrschte der Eindruck vor, dass es wichtig und richtig war, den ältesten Christbaumschmuck, die ältesten Rezepte hervorzukramen, die ältesten Lieder zu singen, den Brauch aus dem 19. Jahrhundert zu pflegen und Freunde daheim zu besuchen, sich zu umarmen und frohe Weihnachten zu wünschen, sich ein kleines Geschenk oder ein paar Sesamkekse zu überreichen.

»Bleibt doch und trinkt mit uns einen Schluck Eierpunsch«, riefen die Gastgeber dann, und die Besucher nahmen das Angebot an. Der berühmt-berüchtigte und starke Charlestoner Eierpunsch wird oft mit dem Rum aus Barbados gemacht, den bereits der Ururgroßvater verwendet hat. Manch einer, der in einem der Häuser südlich der Broad lebt, wird den Weihnachtsmorgen nur ziemlich verschwommen in Erinnerung haben, sinnierte ich.

Mag sein, dass niemand darüber redete, doch ich hatte das Gefühl, dass das neue Jahrtausend für unser Leben und unser Ökosystem eine stärkere Bedrohung darstellte als für viele andere Orte in Amerika. In Charleston herrschte auf angenehme Weise Stillstand, und viele von uns wussten bis Schlag zwölf Uhr an Silvester ganz genau, wer wir waren. Die Frage, die sich aufdrängte, lautete: Wer würden wir am 1. Januar 2000 sein? Woanders wurde das neue Jahrtausend wegen der Computerumstellung gefürchtet, während wir uns genötigt sahen, in den nächsten tausend Jahren unseren Weg zu finden. Und keiner hatte eine Ahnung, wie das gehen sollte. Von solch einer drastischen Veränderung war Charleston noch nicht heimgesucht worden. Es klingt vermutlich lächerlich, aber die langen Schatten des bevorstehenden Wandels wanderten durch die alten Straßen.

»Irgendwie habe ich immer das Gefühl, ich müsste einen Blick über die Schulter werfen«, gestand Lila beim Weihnachtsessen der Scrubs. »Vom Kopf her ist mir klar, dass sich nichts ändern wird, jedenfalls nicht grundlegend, aber das hier ist – falls mich mein Gefühl nicht trügt – der einzige Ort, der so sein wird wie immer. Wo wir sein werden, was und wie wir schon immer waren.«

»Wir haben uns doch schon verändert.« Ich lächelte ihr zu. »Mein Hinterteil ist der beste Beweis dafür.«

»Du weißt schon, was ich meine«, sagte Lila, und damit hatte sie selbstverständlich Recht.

Ich stand auf, streckte mich und ging auf die Veranda hinaus, um meinen vom Essen und Trinken benebelten Verstand wieder klar zu bekommen. Die Luft war kälter als sonst zu Weihnachten. Morgen früh würde das Rispengras mit Raureif überzogen sein und auf dem Festland starker Frost herrschen. Die Azaleen und Kamelien, die in der Innenstadt um diese Jahreszeit blühen, waren zum Schutz vor der Kälte schon in Decken und Laken gehüllt. Meine riesigen pinkfarbenen Kamelien in der Bull Street hatte ich in brüchige, mottenzerfressene Vorhänge gewickelt, die aus Lewis' Battery-Haus stammten und viele Jahre lang zusammengefaltet auf dem Speicher gelegen hatten. Vielleicht begannen sie ja an Heiligabend um Mitternacht wie die Tiere im Märchen zu sprechen und schwelgten dann sehnsüchtig in Geschichten über herrschaftliche Bälle bei Kerzenschein und Feste, denen sie beigewohnt hatten.

»Komm wieder auf die Erde«, schalt ich mich laut und blickte zum schwarzen Himmel und den funkelnden Sternen hoch. Die kalt funkelnden Sterne schienen so nah, dass man die Hand ausstrecken und sie berühren konnte. Die Milchstraße glich einer leuchtenden Wolke. Ich atmete tief durch. Zu den Düften aus dem Haus – es roch nach Holz, Zedern, Rauch, Myrrhenharz, Girlanden, Kränzen und dem Abendessen – gesellte sich ein Schwall sauberer kalter Salzluft vom Meer und blies mir ins Gesicht.

Hoffentlich sterbe ich hier, dachte ich, und dann fiel

mir ein, dass Charlie hier gestorben war, was mich zu Tränen rührte, denn sein Platz am Tisch wurde nun nicht mehr gedeckt und die altersschwachen Hunde versuchten immer noch, seine Fährte aufzunehmen. Und dennoch fand ich, dass das hier der schönste Ort war, um aus einem Leben zu treten, das von diesem Platz geprägt war.

Jemand klopfte laut an die Glastür. Als ich mich umdrehte, winkte Lewis mir zu.

»Komm rein«, las ich von seinen Lippen ab.

»Komm du doch raus«, formte mein Mund.

»Bist du verrückt?«, fragten seine Lippen. Da musste ich grinsen und ging nach drinnen. Einen Moment lang kam mir das Haus schal und erdrückend vor, doch das ging vorbei. Dann hüllte mich die Wärme ein und ich setzte mich auf den Kaminsims und merkte mit einem Mal, dass mir fröstelte. Es roch nach gebratenen Austern und einer mit Portwein übergossenen Gans – Fairlies ganz und gar nicht köstliche Vorstellung von Abwechslung. Sie servierte Gans anstelle von Truthahn oder Ente, die normalerweise an diesem Tag auf unserem Speiseplan standen. Das feine Aroma des Champagners prickelte mir in der Nase.

»Es ist an der Zeit, einen Toast auszusprechen«, setzte Henry an, reichte mir ein Glas und hob seines hoch. Dieses Jahr oblag es ihm, den Trinkspruch zu wählen. Wir hoben unsere Gläser.

»Auf die Scrubs, die wir waren, sind und immer sein werden«, sprach er. »Und auf die nächsten tausend Jahre. Auf den Segen, am Anfang dieser Reise dabei sein zu dürfen. Und auf Lila und Simms. Frohe

Weihnachten. Alles Gute zum Hochzeitstag. Ein frohes Millennium.«

Wir stießen miteinander an, riefen wie immer »Hört, hört!« und tranken einen großen Schluck. Der kühle perlende Champagner spülte den Geschmack der Port-Gans fort. Anschließend gingen wir zu Lila und Simms hinüber, um die beiden zu umarmen. Wie der braun gebrannte große Henry da vor den züngelnden Flammen stand und nachschenkte, erinnerte er mich plötzlich an den Henry, mit dem ich in Mexiko gelacht hatte, bis mir die Luft wegblieb. Zur Erinnerung tranken wir auch darauf noch einen Schluck und dann stellte sich Schweigen ein. Wie es aussah, hatte niemand etwas zu sagen. Im Großen und Ganzen war dieser Tag alles andere als angenehm gewesen.

Lila und Simms hatten am Tag vor Heiligabend in St. Michael's geheiratet – wo sonst? – und feierten nun ihren vierzigsten Hochzeitstag. Im Herbst hatte Lila uns eingeweiht, dass sie und Simms zu diesem Anlass ihr Eheversprechen wiederholen wollten, und zwar nicht in St. Michael's, sondern hier draußen im Strandhaus.

»Was für eine schöne Idee«, fand Camilla. »Das sollten wir alle tun.«

Wir schwiegen betreten, denn für Camilla gab es ja kein »wir« mehr.

»Hier sind wir immer glücklicher als sonst wo gewesen«, hatte Lila gesagt, ohne Simms anzusehen. Er nickte, sagte aber keinen Ton. Lewis und ich tauschten Blicke aus. In Lilas wohlklingender Stimme schwang ein harter und hysterischer Unterton mit, der mir fremd war. Kurze Zeit später war er jedoch verschwunden und sie plauderte so herzlich wie eh und je.

»Wir hatten das eigentlich für unseren Fünfzigsten geplant, aber dann fand ich, wir sollten das im gleichen Jahrhundert tun, in dem wir geheiratet haben. Denn wer weiß, ob wir in zehn Jahren noch die Kirchenstufen hochkommen? Und urplötzlich hatte ich Lust, es hier draußen zu tun, ohne das große Brimborium in St. Michael's, ohne Kinder und Enkel und halb Charleston, ohne Empfang und schlechten Champagner, der in Strömen fließt. Die Familie ist nicht gerade erfreut, doch wir haben versprochen, dass sie zu unserem Fünfzigsten eine Messe mit dem Erzbischof von Canterbury bekommen, wenn sie darauf bestehen. Bis dahin sind wir vielleicht schon so senil, dass es uns nicht mehr kümmert.«

Dem Anlass entsprechend hatten wir mehr Kränze als sonst aufgehängt und den Kamin mit grünen und weißen Weihnachtssternen geschmückt, die die meisten von uns nicht mochten, aber das hatte nun mal Tradition in Charleston, und Lilas und Simms' Hochzeitsaltar war damit geschmückt gewesen. Die Lampen wurden ausgeschaltet. Bei Kerzenschein erneuerten Lila und Simms Howard ihr Eheversprechen.

Sie hatten sich für den späten Nachmittag entschieden, obwohl die Trauung damals um 19 Uhr stattgefunden hatte; Simms wurde aber später noch auf einer Weihnachtsfeier in seiner Firma erwartet und wollte nicht mit dieser Tradition brechen. Schon sein Großvater und sein Vater hatten zu Weihnachten das Glas gehoben und ein paar nette Worte zu den Angestellten gesagt und Simms hatte sich an ihnen ein Beispiel genommen.

»Das käme mir vor, als würde ich das Unglück herausfordern, wenn ich dieses Jahr nicht zur Weihnachtsfeier erschiene«, sagte er. »Ich möchte nicht, dass die Firma im nächsten Jahrtausend unter einem unglücklichen Stern steht. Ich werde nur ein Stündchen bleiben und bin wahrscheinlich schon zum Dessert zurück.«

Wir nickten. Ein paar von uns lächelten. Die Vorstellung, dass ein mit Gans und Champagner abgefüllter Simms in Kakis und Pullover Hauptredner auf der riesigen und spießigen Weihnachtsfeier einer Firma für Medizinbedarf war, hatte durchaus etwas Komisches. Als könnte sie unsere Gedanken lesen, sagte Lila: »Sein Smoking liegt im Wagen. Er wird sich im Waschraum der Firma umziehen.«

Simms grinste und ein paar von uns mussten ebenfalls schmunzeln. Lila verzog keine Miene. Ich auch nicht. Gab es im hintersten Winkel der Firma einen Waschraum, der nur selten genutzt wurde? Erwartete ihn dort eine junge Frau mit honigblondem Haar, samtener Haut und einem Hinterwäldlerakzent?

Der Gedanke gefiel mir überhaupt nicht. Unfreiwillig sah ich zu Lila hinüber. Sie starrte stur vor sich hin. Mein Blick wanderte zu Camilla, die Lila so intensiv fixierte, als könnte sie ihr auf diese Weise Mut machen. Ich hatte keine Ahnung, ob Simms sich immer noch mit anderen Frauen vergnügte. Aber ich spürte, dass Simms' Untreue Lila und uns grundlegend verändert hatte, auch wenn die meisten von uns gar nicht Bescheid wussten. Und wenn der Kern auch hielt, so hatte er doch einen Riss bekommen.

»Ach, Simms, ist es das denn wert?«, flüsterte ich, ehe Creighton Mills, inzwischen wesentlich schwerer und stattlicher, in Strandklamotten sein Sherryglas abstellte und sich vor dem Kamin aufbaute. Das Kaminfeuer spiegelte sich auf seiner Brille und dem Kreuz auf seiner Brust. Trotz des Priesterkragens, den er umgelegt hatte, war er doch einer von uns.

»Der Gottesdienst beginnt«, verkündete er mit einem Lächeln. »Lila, Simms. Tretet jetzt bitte vor. Simms auf die rechte Seite, Lila auf die linke.«

Sie kamen seiner Bitte nach. Ich stand hinter ihnen und konnte nicht in ihren Mienen lesen, musterte aber die Gesichter derer, die es konnten. Camilla wohnte der Zeremonie vollkommen reglos bei und verzog keine Miene. Henry lächelte fröhlich – so war er nun mal. Fairlie stand neben ihm. Ihr Gesicht wirkte im Lichtschein des Kaminfeuers sehr jung und sie nahm seine Hand. Camillas Blick schweifte kurz zu ihnen, ehe er wieder auf Lila und Simms ruhte.

»Meine Lieben, wir haben uns hier im Angesicht Gottes und in Gesellschaft dieser Menschen versammelt, um diesen Mann und diese Frau in den heiligen Stand der Ehe zu überführen ...«

Creighton Mills' wohltönende Stimme und das flackernde Kaminfeuer hatten etwas Hypnotisierendes. Wie ein Film zogen die Tage und Nächte, die wir an diesem Ort verlebt hatten, an meinem geistigen Auge vorbei. Ich sah, wie die Scrubs mich bei meinem ersten Besuch lachend in die Wellen geworfen hatten. Wie

Fairlie und Henry im knöcheltiefen grünen Wasser standen und mir zeigten, wie man im Meer tanzte. Wie Henry und Lewis mit ihren Angelruten loszogen und Fairlie ihnen von der Hängematte aus zurief: »Wagt es ja nicht, diese stinkenden Fische ins Haus zu bringen!« Wie Camilla weiter unten am Strand mit Boy und Girl herumtollte. Wie Lewis und ich nackt in den phosphoreszierenden Wellen standen und wir vor Freude bebten. Wie Charlie gut gelaunt rief: »Verflucht noch mal, das sind die Typen vom Kreditausschuss!«, als dicht über seinem Kopf ein Schwarm Pelikane kreiste.

Ach, Charlie.

Ich musste auch daran denken, wie wir alle an meinem ersten Abend das Foto von den Scrubs berührten, auf dem sie als frisch gebackene Strandhausbesitzer abgelichtet waren, und schworen, fortan unser Leben gemeinsam zu verbringen.

Und an Lila und Simms, die Händchen haltend in der Dämmerung vom Strand heraufkamen, die Stufen erklommen, die Köpfe zusammensteckten und sich andächtig unterhielten. Wie sie redeten und redeten …

»… der soll jetzt sprechen oder für immer schweigen.«

Niemand sagte etwas. Selbst das Kaminfeuer schien den Atem anzuhalten. »Willst du«, fragte Creighton dann, »Lila zu deiner dir angetrauten Frau nehmen und mit ihr nach Gottes Willen im heiligen Stand der Ehe leben? Willst du sie lieben, trösten, sie ehren, ihr in Krankheit und Gesundheit beistehen … bis dass der Tod euch scheidet?«

»Ich will«, antwortete Simms so leise, dass ich ihn kaum verstand.

Und als Lila dran war, klang ihre Stimme klar und hart wie ein Diamant.

»Ich will.«

»Und wer gibt diese Frau diesem Mann?«, fragte Creighton.

Camilla erhob sich von dem Schaukelstuhl neben dem Kamin und stand leicht gebeugt da. In diesem Augenblick wirkte sie sehr zerbrechlich.

»Ich«, antwortete sie.

Es war ein sehr bewegender Moment. Ein paar von uns hatten Tränen in den Augen. Ich erinnerte mich, wie Camilla bei unserer ersten Begegnung am Strand ausgesehen hatte, unter dem verblichenen Sonnenschirm, den wir immer noch benutzten. Sie hatte gestrahlt und war wunderschön gewesen, hatte die Arme ausgebreitet und zu Lewis gesagt: »Na, Lewis, da hast du endlich mal die richtige Wahl getroffen.«

Den Rest der Zeremonie bekam ich nicht so richtig mit. Tränen verschleierten mir den Blick und unsere gemeinsame Vergangenheit holte mich ein Ich hörte Simms sagen: »... ich gelobe, dich nach Gottes Gebot zu lieben und zu ehren, bis der Tod uns scheidet.«

Das will ich auch hoffen, du Mistkerl, fuhr es mir durch den Sinn.

Als Lila den Schwur wiederholte, war sie kaum zu verstehen.

Simms schob ihr einen Ring über den Finger, einen riesigen Saphir, der beinahe die Farbe von Lilas Augen hatte und an ihrem Ringfinger wie eine riesige, mit Meerwasser gefüllte Blase aussah. Sie betrachtete den Ring und schaute dann verwirrt zu Simms auf, als hätte sie erwartet, dass er ihr wie bei der Trauung den kleinen Tiffany-Solitaire ansteckte. Ich fragte mich, wie viel der Ring gekostet hatte. Nicht genug jedenfalls. Bei weitem nicht genug.

»… Die, die Gott zusammengeführt hat, soll der Mensch nicht scheiden«, mahnte Creighton Mills. Camilla saß wieder in ihrem Stuhl am Feuer. Ihr Blick bohrte sich in Simms' Wange. Er schaute nicht zu ihr hinüber. Wie konnte es nur sein, dass er diesen Blick nicht spürte?

»… dann erkläre ich euch zu Mann und Frau«, schloss Creigh, und anstelle des traditionellen Segens hielt er kurz inne und fuhr dann fort: »Erleuchte uns in der Dunkelheit, erhöre unser Flehen, o Herr, lass Gnade walten und schütze uns vor den Gefahren der Nacht im Namen deines Sohnes Jesus Christus, der unser Retter ist. Amen.«

»Amen«, wisperten wir und schauten uns an. Creigh Mills, dem das nicht entging, grinste und erklärte: »Das ist ein altes Gebet, mit dem Menschen in Zeiten der Gefahr um Beistand ersuchen. Traditionell sprechen wir es am Abend, aber Lila hat es ausgesucht. Im Grunde genommen passen diese Zeilen gut zu einer Trauung, vor allem wenn man bedenkt, dass ein neues Jahrtausend vor der Tür steht. Ich denke, das werde ich in Zukunft immer einbauen. Erscheint mir wesentlich sinnvoller als ein voreheliches Beratungsgespräch.«

Simms neigte sich zu Lila hinunter und küsste sie. Beide hatten die Augen geschlossen. Als sie sich lächelnd zu uns drehten, sah ich, dass ihre Gesichter benetzt waren.

Die Stille währte noch einen Moment, und dann sagte Lewis: »Das sollte jetzt für eine Weile halten. Und nun können wir endlich feiern!«

Wir setzten uns zum Essen, lobten leise das Austern-Pekannuss-Dressing, tranken den hervorragenden chilenischen Wein, den Lewis mitgebracht hatte, frotzelten über Fairlies zähe Gans mit der Pflaumenfüllung, die in Fett und Portwein schwamm.

»Aber was habt ihr denn erwartet?«, fragte sie ungerührt. Fairlies Kochkünste hatten sich seit unserer ersten Begegnung keinen Deut verbessert. »Nächstes Mal überlasst ihr mir die Wahl der Getränke. Da kann nichts schief gehen, denn ihr trinkt ja schließlich alles.«

Zum ersten Mal, seit ich mich erinnern konnte, herrschte auf unserer Weihnachtsfeier eine angespannte, verkrampfte Stimmung, und das merkte offenbar nicht nur ich, sondern auch die anderen. Dennoch konnte keiner so richtig sagen, was hier aus dem Ruder lief. Kaum hatten wir gegessen, da verabschiedete sich Simms. Wenn man mich fragte, tat sich nach seinem Weggang eine Kluft auf, und keiner von uns machte freiwillig Anstalten, den Riss zu kitten. Lila zeigte ihren neuen Ring herum, bedachte unsere Komplimente mit einem Lächeln, doch ihr Blick wanderte immer wieder zur Tür. Henry und Fairlie standen sofort auf, stellten das benutzte Geschirr in die alte Spüle, deren Emaille gesprungen war. Ihr Verhalten wunderte uns, denn Fairlie drückte sich immer vor dem Abwasch und unternahm – selbst bei Regen oder bitterer Kälte – lieber ausgedehnte Spaziergänge. Camilla blieb sitzen, beobachtete uns und sagte dann: »Lasst das bitte. Setzt euch doch. Ich komme morgen früh hierher und kümmere mich ums Geschirr. Tut mir den Gefallen und setzt euch zu mir.«

»Du fährst an Heiligabend ins Strandhaus?«, fragte ich besorgt. Wir hatten uns daran gewöhnt, dass sie Stunden und Tage allein im Strandhaus verbrachte, aber an Weihnachten …

»Die Kinder und Enkel treffen erst morgen Nachmittag ein«, erklärte sie. »Soweit ich weiß, wird heute Abend der *Nussknacker* aufgeführt und die kleine Camilla tanzt zum hundertsten Mal mit. Soll mir auch recht sein. Meine Cousine Mary Lee lädt ab zwölf Uhr zu einem ihrer grässlichen Brunches und ich muss erst gegen vier Uhr zum Flughafen. Morgen Abend stehen Austern auf dem Speiseplan und Lydia hat alle für den ersten Weihnachtstag zum Abendessen eingeladen. Gott sei Dank geht es schon um fünf Uhr los. Dann haben wir genug Zeit, uns zu betrinken. Ich freue mich schon darauf, morgen ganz allein hier draußen zu sein …«

Camilla trank selten, doch in ihrer riesigen Familie gab es – durchaus üblich in Charleston – ein paar echte Schluckspechte. Lewis hatte mir erzählt, als Kind hätte er geglaubt, Onkel Joe Henry Cannon die Treppe hinaufzutragen gehöre genauso zu Weihnachten wie der Baum und die Lieder.

Wir lachten.

Und dennoch … Heiligabend gemeinsam zu verbringen gehörte bei uns zum Ritual. Aber an den Weihnachtsfeiertagen war noch nie einer von uns hier draußen gewesen.

Lewis und ich brachten die Müllsäcke hinaus und stopften sie in den großen Eimer unter dem Haus. Die anderen scharten sich um das Kaminfeuer und Camilla. Das Aroma von frisch gebrühtem Kaffee folgte uns zur Küchentür hinaus in die Kälte. Ich warf einen Blick über die Schulter. Mir bot sich eine Norman-Rockwell-Szene: das knisternde Feuer, das Flackern der Weihnachtsbaumkerzen, das über die Gesichter alter Freunde huschte, die zu dieser Jahreszeit enger zusammenrückten. Und dennoch beschlich mich das Gefühl, dass das Bild nicht alles zeigte.

Wir standen im kalten Sand hinter dem Haus und umarmten uns. Mir stieg der Mottengeruch von Lewis' Pulli in die Nase und ich spürte seinen warmen Atem auf meinem Haar. Eine Weile lang sprachen wir kein Wort und machten auch keine Anstalten, wieder nach drinnen zu gehen. Über unseren Köpfen zogen die leuchtenden Sterne ihre Bahnen und die Wellen schlugen ans Ufer.

»Was ist denn heute Abend los?«, fragte ich seine Schulter. »Mir schwant, dass alles ganz anders sein wird, wenn wir wieder ins Haus gehen. Wir werden da sitzen und doch wird es nicht so sein wie früher.«

»Die Zeiten ändern sich. Die Dinge sind nicht mehr so wie früher, Anny. Das sind sie schon lange nicht mehr. Mit Charlies Tod hat die Veränderung eingesetzt. Du wolltest es nur nicht wahrhaben.«

Trotz seiner Umarmung fror ich – von innen heraus. Vage erinnerte ich mich an die Entropie-Vorlesung im Rahmen des Physikstudiums. Wie hatte es da geheißen? Dass es in der Natur eines Organismus lag, seine Struktur zu verlieren und langsam dem Chaos entgegenzutreiben? War dies auch unser Schicksal und vollzog es sich so langsam, dass wir es gar nicht bemerkten? Löste sich die Einheit, die wir, das Haus und der Strand bildeten, in ihre Moleküle auf wie ein untergehender Stern?

Der Kern hält noch, dachte ich. Genau wie Camilla gesagt hatte. Womöglich war er nicht mehr ganz so hart, war etwas weicher geworden. Immerhin hatten wir einiges verloren: Charlie und die Gewissheit, dass Lila und Simms eine Einheit waren. Aber das war doch alles noch im Rahmen, das waren ganz normale Abnutzungserscheinungen, die der Gang der Dinge und das Leben mit sich bringen. Ja, es tat weh, doch das Ende war das noch nicht. Der Kosmos, den wir bildeten, war zugegebenermaßen Veränderungen unterworfen, aber dass er auseinander fallen könnte, überstieg meine Vorstellungskraft.

»Aber uns gibt es doch noch«, widersprach ich heftig. Meine Lippen rieben über seinen Pulli. »Es gibt uns noch und gemeinsam erleben wir den Beginn eines neuen Jahrtausends. Fast alle kennen sich schon Ewigkeiten. Nach all den Jahren, nach allem, was wir miteinander durchgemacht haben, welche Veränderungen könnten da in unserem Leben stattfinden und dazu führen, dass wir unseren … Fokus auf etwas anderes als das Haus und uns richten? Ich meine uns, die Scrubs. Ich rede nicht von unserem anderen Leben.«

»Ich habe mich oft gefragt, was es ist, das uns zusammenschweißt«, gestand Lewis und drückte mich fest an sich. »Denn normal ist das nicht, jedenfalls nicht für Freundschaften, die schon während der Schulzeit geschlossen wurden. Hast du eigentlich gewusst, dass uns einige Leute in Charleston den Verlorenen Stamm und das Haus Traumland nennen? Ginge alles seinen normalen Gang, würden wir uns auf Partys, Hochzeiten und bei Beerdigungen sehen und uns kurz zuwinken, wenn wir uns sonntags zufällig beim Mittagessen im Yachtclub über den Weg laufen. Aber du hast schon Recht. Uns gibt es noch. Ich vermute, im Augenblick fühlen sich alle etwas eigenartig – nicht nur wir. Dinge verändern sich, gehen zu Ende. Das muss mit dem neuen Jahrtausend zusammenhängen.«

»Aber *wir* haben uns doch gar nicht so sehr verändert«, entgegnete ich stur und war kurz davor, wie ein Kind in Tränen auszubrechen.

»Schau zurück, dann wirst du schon sehen.« Er küsste mich auf die Stirn und dann eilten wir die Stufen hinauf in den warmen, halbdunklen Raum.

Die Befremdung legte sich auch während des Kaffees nicht. Alle warfen wiederholt einen Blick auf die Uhr oder sahen besorgt zu Camilla hinüber. Sie hatte den alten Quilt um die Schultern geworfen, auf dem wir üblicherweise picknickten, und wirkte darin so erhaben wie Buddha. Sie starrte ins Feuer und wiegte sich hin und her. Ein vages Lächeln umspielte ihre Lippen.

Und dann richtete sie den Blick auf mich.

»Bist du weg gewesen?«, wollte sie wissen. »Ich

habe dich die letzten Tage morgens gar nicht zu Gesicht bekommen und dein Wagen ist auch nicht da gewesen. Ich hatte schon befürchtet, du hingst in einem schrecklichen Ort wie Scranton fest und würdest es zu Weihnachten nicht nach Hause schaffen.«

Ich sah schnell zu Lewis hinüber und blinzelte, als wäre ich gerade aus einem langen, tiefen Schlaf erwacht. Das war die erste große Veränderung gewesen, die fast so lange zurücklag wie Charlies Tod. Warum war mir das denn nie aufgefallen? Ich beobachtete Lewis, der lächelte und nickte.

Vor zehn Jahren, 1990, kurz nach Neujahr, hatten Camilla, Lewis und ich in der Bull Street recht spät zu Abend gegessen. Wir hatten uns reihum angewöhnt, Camilla kurzfristig zum Essen oder zu einem kleinen Ausflug einzuladen. Wie Camilla sehr wohl wusste, hatte das nichts mit Pflichtgefühl zu tun. Manchmal nahm sie die Einladung an, manchmal auch nicht, je nachdem, wonach ihr gerade der Sinn stand. Während der letzten paar Wochen hatte sie zerstreuter als sonst gewirkt, zerstreuter als nach Charlies Tod. Es handelte sich um eine leichte Zerstreutheit, eine sanfte Entrücktheit. Dennoch fiel sie einem auf, zumal Camilla stets hundertprozentig bei der Sache gewesen war, ganz im Hier und Jetzt gelebt hatte. Wir machten uns nicht wirklich Sorgen, aber es fiel uns auf und war ein Thema, über das wir miteinander sprachen.

»Meint ihr, wir sollten uns erkundigen, ob etwas nicht stimmt?«, fragte ich an einem Sonntagnachmittag im Strandhaus kurz nach Weihnachten. Nur Lewis, Henry und Fairlie waren da. Wir kochten eine Art

Bouillabaisse aus den kleinen Ritterfischen, die Henry und Lewis an jenem kalten Nachmittag gefangen hatten. Dazu gaben wir die Krebse, die Fairlie und ich mit den Netzen am Dock gefischt hatten, und die Shrimps, die wir auf dem Weg zur Insel bei Simmons erstanden hatten.

»Vielleicht sollten wir das tun«, sagte Fairlie und gab eine ganze Flasche Chardonnay in die Suppe, denn sie konnte weder den Geschmack noch den Geruch von Ritterfisch ertragen.

»Wenn mit uns was nicht stimmen würde, hätte sie den Grund dafür in einer Minute aus uns herausgeholt.«

Lewis war anderer Meinung. »Lasst sie in Frieden. Das hat sie schon immer gemacht, ich meine, sich hin und wieder zurückgezogen. Ich weiß noch, das war auch schon so, als wir noch Kinder waren.«

»Ja«, stimmte Henry zu. »Und für gewöhnlich bedeutete das, dass Camilla irgendeine Bombe platzen ließ, die unser Universum grundlegend veränderte.«

»Vor ihrer Verlobung mit Charlie ist sie auch so drauf gewesen«, erzählte Lewis. »Es war so, als wäre sie nicht auf dem gleichen Planeten wie wir.«

Henry schwieg und gab Unmengen vor Cayennepfeffer in die Brühe.

»Herrje, Henry!«, rief Fairlie. »Willst du unsere Luftröhren auf immer schädigen?«

Was nicht passierte, aber der Pfeffer vermochte tatsächlich den öligen Geschmack der Ritterfische zu vertreiben.

An jenem Tag kam Camilla zum Abendessen zu uns

in die Bull Street und streifte ihr In-sich-gekehrt-Sein
just in dem Moment ab, als ich eine Schüssel Krebssuppe auf den Tisch stellte.

»Ich habe das Haus in der Tradd Street verkauft«,
verkündete sie. »Eine äußerst nette Frau namens Isabel
Bradford Thomas – sie nennt alle drei Namen – hat
es für ihre Tochter, Miss Darby Yorck Thomas, als
Hochzeitsgeschenk gekauft. Sie sind aus Greenwich,
Connecticut, und scheinen nicht zu der Sorte zu gehören, die Flamingos im Garten aufstellen. Ich mochte
beide auf Anhieb. Am nächsten Montag unterschrei-
ben wir den Vertrag und am Dienstagmorgen ziehe ich
aus. Ich sage euch das nur, weil ihr bestimmt bis hierher Lydias Gezeter hören werdet, wenn ich sie darüber
informiere.«

»Jesus, Camilla, willst du das wirklich tun? Ich
dachte immer, das Haus wäre so was wie deine Le-
bensversicherung«, wandte Lewis ein, legte den Löffel
weg und starrte sie an. Jetzt, wo sie aus ihrem Schne-
ckenhaus gekrochen war, leuchtete ihr Gesicht und
ihre Augen funkelten.

Sie ist richtig glücklich, dachte ich und freute mich
für sie, sagte aber kein Wort.

»Von der Summe, für die ich es verkauft habe, kann
ich sehr gut leben.« Sie grinste. »Und meine Großmutter hat mir etwas Geld in Form eines Treuhandfonds vermacht und Daddy hat uns Mädels noch eine
stattliche Summe hinterlassen. Mutter hat die Zinsen
erhalten und eine ordentliche Stange Geld gemacht,
als sie das riesige Stück Land am Folly River, gegenüber von Wadmalaw, verkauft hat. Sicher, Daddy hatte

dem Küstenschutz versprochen, ihnen das Nutzungs-
recht dafür zu übertragen, aber falls Mutter darüber
Bescheid gewusst hat, hat es sie nicht gekümmert.
Jetzt steht da diese grässliche Folly-Plantation-Sied-
lung, eine Art bezahlbares Kiawah. Wie ich höre, gibt
es da übrigens Probleme, was ich auch hoffen will.
Aber wie auch immer, ich nehme an, dass das Geld
und das, was nach Bishop Gadsden übrig bleibt, je zur
Hälfte an Lydia und mich gehen wird. Wobei es ihr
ganz ähnlich sähe, es dem Gartenverein, St Michael's
oder sonst wem zu vermachen. Egal, mit dem Verkauf
des Hauses und allem anderen komme ich gut zurecht.
Mehr als gut.«

»Du wolltest da nicht ohne Charlie leben?«, fragte
ich.

»Ich wollte da überhaupt nicht mehr leben. Punkt.
Ich habe das alles satt, die Instandhaltungsmaßnahmen,
dieses ganze Denkmalpflegegeschwätz, die Führungen
und die Leute, die ihre Nase durchs Verandagitter stecken. Ich habe es schon lange satt. Aus irgendeinem
unerfindlichen Grund machte das Charlie überhaupt
nichts aus. Das hättet ihr nicht gedacht, oder?«

»Ich dachte immer, du würdest an dem Haus hängen«, sagte ich.

»Und wo, in Gottes Namen, willst du nun wohnen?«, fragte Lewis« streng. Wenn er sich streng gab,
war er meistens in Sorge.

»Nun, ich habe ein kleines dreistöckiges Haus am
unteren Ende der Gillon Street gekauft. Ist komplett
renoviert. In der obersten Etage gibt es ein richtig schi-
ckes Penthouse mit umlaufender Terrasse und Blick

auf den Hafen. Das Stockwerk allein hat 370 Quadratmeter. Die Küche und Badezimmer sind einfach ein Traum. Es hat drei Schlafzimmer, also können die Kinder ruhig kommen, wenn es denn unbedingt sein muss, und ich kann mir ein Arbeitszimmer einrichten. Es gibt eine Doppelgarage mit Fahrstuhl. Die Hunde können im Park am Wasser herumtollen und ich kann von der Terrasse aus den kleinen Dachaustritt vom Strandhaus sehen. Und was das Beste ist: Ich werde damit allein fertig, wenn vielleicht ein Mal die Woche eine Hilfe kommt. Ist ganz einfach sauber zu halten. Eigentlich ist es ein Loft, ziemlich offen, schöne Backsteinwände und Deckenbalken.«

Wir beide schwiegen. Camilla Curry in einem Loft? Das sie ganz allein sauber hielt?

Ich musste einfach lachen und steckte Camilla damit an. Kurz darauf brach auch Lewis in Gelächter aus.

»Meine Liebe, halbe Sachen machst du wohl nie, was?«, sagte er. »Du bist dir doch darüber im Klaren, dass die Typen von der Denkmalpflege einen Mörder anheuern werden, der dich umbringt. Soweit ich weiß, war ihnen diese Umwandlung in Miet- und Eigentumswohnungen drüben auf der East Bay verhasst wie die Pest.«

»Das Haus ist tatsächlich alt«, bestätigte Camilla. »Und außerdem, ich sitze im Ausschuss und schreibe die endlose Geschichte unserer guten Taten auf, wozu sich niemand sonst bereit erklärt hat. Einem Profi müssten sie glatt eine Million zahlen, damit er die Sache richtig anpackt.«

»Und was hast du mit dem Rest vor?«, fragte ich.

»Du hast gesagt, du nimmst das oberste Stockwerk. Und was passiert mit den beiden darunter?«

»Gute Frage. Sie sind schon fertig und können sowohl als Wohnung wie auch als Büro genutzt werden. Parkplätze und den ganzen Schnickschnack gibt es auch. Hör mal, Anny, ich wollte dir ein Angebot machen, das du unmöglich ausschlagen kannst.«

Und wie sich herausstellte, konnte ich das wirklich nicht.

Innerhalb von zwei Monaten war ich mit meinen Mitarbeitern, meinen Akten und den paar Möbeln, die Hugo überstanden hatten, in die beiden Etagen unter Camilla gezogen. Und mit einem Mal rückte Outreach quasi ins Zentrum des Geschehens. Die Miete, die Camilla verlangte, war ein Klacks verglichen mit dem, was der Markt hergab, aber sie behauptete, es wäre ihr genug. Sie wollte, dass die Räume von Leuten genutzt wurden, die sie kannte und die ein Auge auf ihre Etage hatten, wenn sie weg war. Sie war nicht zu überreden, auch nur einen Cent mehr zu nehmen.

»Ich werde euch gnadenlos ausnutzen«, schwor sie, als Lewis und ich sie zu überreden versuchten, wenigstens etwas mehr Miete zu nehmen. Von der Versicherung hatte ich für das verwüstete Büro eine nicht unbeträchtliche Summe erhalten und mein Ausschuss würde vermutlich noch etwas obendrauf legen. »Und das ist mir mehr wert als jede Miete, die du zahlen könntest.«

Natürlich nutzte sie uns überhaupt nicht aus. So ein Verhalten entsprach ihr nicht, aber es lief darauf hinaus, dass wir eine Menge Zeit miteinander verbrachten. Manchmal lud sie mich in der Mittagspause zu einem Bissen in ihrem sonnendurchfluteten Loft ein, und ab und an aßen wir ein Sandwich, während sich die Hunde im Park am Wasser vergnügten, von wo aus man den Hafen sah. Es kam öfter vor, dass ich anrief und sie fragte, ob ich ihr etwas von Harris Teeter mitbringen sollte, wenn ich meine Einkäufe erledigte, und für gewöhnlich nahm sie das Angebot an. Es gab zwar einen Fahrstuhl, aber wegen der Osteoporose fiel es ihr zunehmend schwerer, volle Tüten nach oben zu schaffen. Ich bestand darauf, ihr alles, was schwer war, vom Wagen ins Penthouse zu tragen. Sie rief mich vom Auto aus an und ich oder hin und wieder auch Marcy oder einer der anderen Mitarbeiter ging in die Garage hinunter und half ihr, die Einkäufe nach oben zu bringen. Niemand empfand das als Mühe, denn alle im Büro mochten Camilla, die uns an den Feiertagen zu sich einlud und manchmal kleine Leckereien hinunterschickte. Dennoch konnte Camilla es nicht leiden, dass man sie abholte und ihr zur Hand ging.

»Dass es hier einen Fahrstuhl gibt und alles auf einer Etage liegt, war ja ausschlaggebend dafür, dass ich hierher gezogen bin«, murrte sie. »Ich brauche keinen jungen Harem, der nach meiner Pfeife tanzt. Das beschämt mich.«

»Und was würde passieren, wenn du stürzt und dir die Hüfte brichst?«, fragte ich.

»Dann würde ich mir eben eine Pflegekraft suchen, die zu mir zieht«, erwiderte sie. »Platz genug ist da, wie du ja weißt. Und außerdem werden wir irgendwann alle irgendwo am Wasser wohnen und dann könnt ihr für mich Sachen schleppen. Ich habe für jedes Problem eine Lösung.«

Seit Charlies Tod hatten wir kein Wort mehr über unseren Plan verloren, im Alter zusammenzuziehen und füreinander zu sorgen. Dass sie das Thema jetzt zur Sprache brachte, freute mich über alle Maßen. Alles war noch wie früher. Der Verlust hatte uns nicht verändert. Das Gefüge war noch intakt.

In den darauf folgenden Jahren florierte meine Einrichtung und weitete ihre Dienste aus. Ich glaube wirklich, es lag zum Teil daran, dass Camillas weitläufiges Netzwerk mit den hervorragenden Kontakten Outreach mit ihr in Verbindung brachte und dementsprechend spendete. Offiziell gehörte sie nicht zu uns, und ich habe sie auch nie gebeten, irgendeine Funktion zu übernehmen. Sie saß nicht im Ausschuss, und ich wäre lieber tot umgefallen, als dass ich erlaubt hätte, dass jemand an sie mit der Bitte herantrat, sich für unsere Sache einzusetzen. Aber wie ein wohlwollender Engel wohnte sie einen Stock über uns in diesem hübschen Haus in der Innenstadt, und ich hörte mehr als einen unserer Wohltäter fragen: »Und wie steht es oben bei Camilla?«

Manchmal schaute sie, wenn sie einen Besucher oder jemanden, der an einem ihrer endlosen Projekte mitarbeitete, nach unten begleitete, bei uns vorbei und hatte am Ende ein störrisches Kind auf dem Schoß oder nahm das Telefon ab.

»Da siehst du mal, was sie um die Ohren haben«, pflegte sie dann zu ihrem Gast zu sagen. »Also, denk an Outreach, wenn Weihnachten vor der Tür steht.«

Und viele erinnerten sich dann tatsächlich an uns.

Ich liebte mein kleines Büro in der zweiten Etage. Es hatte ein gotisches Bogenfenster, durch das man in einen kleinen, von Palmen und blühenden Sträuchern gesäumten Innenhof schaute. Dort standen ein schmiedeeiserner Tisch und Stühle, wo unsere Schutzbefohlenen warteten und wir schnell einen Imbiss zu uns nahmen oder eine Cola tranken, und es gab eine Wippe, die von Camillas Haus in der Tradd Street stammte und unsere kleinen Schützlinge begeisterte. Lewis und Henry hatten für mich aus Backsteinen einen kleinen, leicht erhöhten Fischteich gebaut, und Lila und Simms machten mir vier großartige, farbenprächtige Koi zum Geschenk, die ganz fett wurden, weil die Kleinen sie andauernd fütterten. Als sich ein großer Vogelreiher in der Eichenkrone einnistete und hungrige Blicke auf die Fische warf, zimmerte Lewis zum Schutz einen hübschen Pavillon und bespannte ihn. Es dauerte nicht lange, bis der Vogelreiher die Flügel ausbreitete und davonflog.

Überhaupt konnten wir uns über einen Mangel an Tieren nicht beklagen. Einmal abgesehen von den Koi beherbergte unser Garten eine Schar niedlicher grüner Echsen, eine wohl genährte Eichhörnchenfamilie und während unseres ersten Frühlings im neuen Gebäude war ein Stockentenpärchen aufgetaucht, hatte uns zwei, drei Tage lang beobachtet und war durch die Büsche gewatschelt, als planten die beiden, ein Nest zu bauen. Am Ende verließen sie uns wegen eines größeren Gartens und Teiches, doch die beiden Besucher hatten mich regelrecht verzaubert. Für mich waren sie ein gutes Omen und trugen zum Zauber dieses Ortes bei.

Leider verbrachte ich dort längst nicht so viel Zeit, wie es mir lieb gewesen wäre. In den vergangenen zwei Jahren hatte ich mich einer anderen Aufgabe gewidmet, die ich sehr mochte, weil ich den Eindruck hatte, auf diese Weise Menschen wirklich helfen zu können. Seit Outreach die neuen Räume bezogen hatte, hatten Lewis, Henry und ich mehrere Reisen an abgelegene Orte unternommen, wo es um die medizinische Versorgung alles andere als gut bestellt war. Und auf diesen Reisen lernte ich viele Ärzte kennen, die wie Lewis und Henry ihre Freizeit opferten. Mein Ziel war es stets, in den Orten, wo wir zu Gast waren, eine rudimentäre Anlaufstelle für in Not geratene Dorfbewohner aus dem Boden zu stampfen, und im Lauf der Zeit entwickelte ich dafür ein richtiges Talent. Keiner der Ärzte, mit denen wir zusammenarbeiteten, kannte jemanden, der etwas Ähnliches auf die Beine stellte.

»Es wäre ein Geschenk des Himmels, wenn alle Ärzteteams, die in die Welt hinausziehen, jemanden wie Sie an ihrer Seite hätten«, sagte ein korpulenter, rotgesichtiger Spezialist für Tropenkrankheiten an einem schwülen Abend im Dschungel von Guatemala, als die Mücken gerade zum Angriff trommelten. Erbost drosch der Mann, der Wodka wie Wasser trank, auf die Insekten ein. Mich juckte es auch am ganzen Körper, doch Lewis und ich konnten uns glücklich schätzen: In einem baufälligen kleinen Gasthaus am Flussufer hatten wir ein karges, sauberes kleines Zimmer mit Moskitonetz ganz für uns allein. Dort gab es einen verrosteten Ventilator und eine halbwegs funktionierende Dusche, wofür ich sehr dankbar war. Natürlich war alles sehr einfach, aber doch insgesamt wesentlich angenehmer als dieses bunte und grässliche Bordellzimmer in den mexikanischen Bergen.

Henry und Lewis schauten zuerst ihn, dann mich an.

Henry überlegte. »Warum sollte Anny das nicht selbst machen?« Lewis grinste und nickte nachdenklich.

»Als eine Art Beraterin, meinen Sie?«, fragte der rotgesichtige Arzt.

»Genau«, sagte Henry. »Die Teams könnten Anny anheuern, sie integrieren. Ich vermute, Ihre nationalen Vereinigungen würden es sich etwas kosten lassen, wenn der Betrag nicht unverschämt hoch ist. Anny könnte dorthin gehen, wo sie am dringendsten gebraucht wird, auch ohne Lewis und mich. Sie ist jetzt ein richtiger Profi, braucht kaum Platz und isst auch nicht allzu viel. Und sie schläft überall.«

Ich bombardierte Lewis mit bösen Blicken, aber er grinste nur spöttisch.

»Ich kann Outreach nicht so oft im Stich lassen«, protestierte ich und merkte, wie ich mich mit der Idee schon anfreundete, während ich mich noch dagegen wehrte. »Und ich wäre öfter von daheim weg, als mir lieb ist. Ich bin in einem Alter, wo ich langsamer treten sollte statt einen neuen Karriereweg einzuschlagen und mich permanent im Dschungel, in der Wüste oder sonst wo herumzutreiben. Trotzdem … die Idee als solche ist gut.«

Lewis lehnte sich auf seinem wackeligen Stuhl nach hinten, hob das Glas mit dem warmen einheimischen Bier und schnitt eine Grimasse.

»Nun, was hältst du davon?«, begann er. »Du könntest in ein, zwei Städte pro Monat fliegen, wo es kostenlose medizinische Einrichtungen gibt wie bei uns. Und vielleicht ein paar Mal im Jahr nach Washington reisen und dort Seminare darüber abhalten, wie man solche Einrichtungen aufzieht. Du zeigst den Ärzten, wie du arbeitest, wie man vor Ort die richtigen Mitarbeiter rekrutiert, sagst ihnen, was und wen sie brauchen und wie man diese Leute dort, wo die Teams hingehen, findet. Du könntest auch Seminare für Krankenschwestern anbieten, weil sie es am Ende sind, die diese Programme initiieren. Stellst eine Broschüre zusammen und eine Diashow oder machst einen Film und führst vor, was du woanders aus dem Boden gestampft hast. Das spricht für sich.«

»Ich … und warum soll ich das Büro so lange im Stich lassen? Und wer soll mich anheuern? Ich müsste wenigstens so viel Geld verdienen, dass die Unkosten gedeckt sind. Meine Zeit kann ich opfern, aber für Flugtickets und Hotels kann ich nicht aufkommen …«

»Erstens«, entgegnete Lewis, »läuft Outreach inzwischen von allein. Das weißt du auch. Deine Marcy könnte die Leitung übernehmen und du könntest ein kleines Büro behalten, wenn du das möchtest, und einspringen, wenn du nicht ausgelastet bist. Zweitens, wer dich buchen soll? Jeder, der solche Gruppen sponsert, und das geht schneller, als du denkst.«

»Und wie sollen sie von mir erfahren?«

»Machst du Witze? Diese Typen erzählen es ihren Sponsoren. Und die erzählen es anderen. Und so weiter. In einem Monat bist du etabliert.«

»So ist es«, bestätigte der Spezialist für Tropenkrankheiten und schlug auf etwas Großes und Böses, das sich auf seinem Hals niedergelassen hatte. Eine Mücke war es nicht, aber wen kümmerte das schon? »Ich werde meine Leute noch anrufen, bevor wir abreisen.«

Ich nahm an, dass er am nächsten Morgen einen Kater und sein Versprechen vergessen haben würde, doch dem war nicht so. Ehe wir den Dschungel hinter uns ließen, hatte ich eine Einladung nach Pittsburgh und eine nach Houston in der Tasche.

Und genau dieser Beschäftigung ging ich seit damals nach. Ich hatte noch ein kleines Büro in Charleston, zahlte Outreach dafür eine moderate Miete und half aus, wenn sie in Arbeit zu ersticken drohten. Aber ein, zwei Tage pro Woche verbrachte ich in übers ganze Land verstreuten Orten und die restliche Zeit telefonierte ich mit Kunden oder saß mit denen, die zu mir kamen, in Meetings. Ich vermisste es, jeden Tag bei Outreach zu arbeiten, doch wie Henry prophezeit hatte, war Marcy eine erstklassige Leiterin und mithilfe unseres gewachsenen Mitarbeiterstabes und der Freigebigkeit von Camillas Bridgepartnern lief im Büro eigentlich alles wie geschmiert – auch ohne mich.

Manchmal ärgerte mich das, und dann erinnerte ich mich an die Anfänge: wie wir um Gelder gebettelt hatten, zappelnde Babys in nassen Windeln auf dem Schoß

hielten, nichtsnutzige Teenager-Mütter aufspürten und
inständig hofften, dass meine alte Klapperkiste noch einen Sommer hielt. Und ich dachte an jenen Tag zurück,
wo ich Lewis begegnet war, wie ich im strömenden Regen auf seinem Parkplatz ausharrte und ein nippeliges,
von der Mutter im Stich gelassenes Kind an meine Brust
drückte. In solchen Momenten schnürte es mir vor lauter Liebe und Sehnsucht nach dieser jungen Frau mit
der wilden Haarmähne und diesem bemerkenswerten
rothaarigen jungen Mann das Herz zu.

Dennoch – alles in allem liebte ich meine Arbeit,
wusste um ihren Wert und ging an den meisten Abenden zu diesem wilden Tanzbär nach Hause, der immer
noch ein lachender, sommersprossiger Derwisch war.
Daran hatte auch das schütter werdende Haar nichts
ändern können. Lewis, inzwischen Mitte sechzig, hatte sich – einmal abgesehen von den Haaren – nicht verändert.

In der zweiten Hälfte dieser Dekade verbrachten
wir mehr Zeit auf Sweetgrass. Lewis hatte einen dünnen, fleißigen jungen Mann zum Partner gemacht und
verbrachte fortan mehr Zeit in der sozialen Ambulanz.
Wenn nicht gerade ein Notfall eintrat, arbeitete er nur
die ersten drei Tage in der Woche in der Ambulanz
und fuhr Mittwochabend oder Donnerstagmorgen
zum Edisto-Haus hinaus. Wenn ich mich in Charleston aufhielt, verbrachte ich meine Zeit meistens auch
dort. Der gemächliche, verträumte Zauber des Priels
und der Marsch, das leise Rauschen der alten Eichen
und Gelbkiefern, zwischen denen Lewis Getreide an-
baute, mit dessen Erlös er die Plantage unterhielt, und

die gras- und moosbewachsenen Anhöhen beruhigten meine vom Fliegen gebeutelten Nerven und gaben mir meinen jungen Gatten zurück.

Denn Lewis blühte in Sweetgrass richtig auf. Sein sommersprossiges Gesicht und sein süßes breites Grinsen verrieten mir, dass der Tag, wo wir das Haus in der Bull Street verkaufen oder vermieten und unsere Zeit zwischen Sweetgrass und dem Strandhaus aufteilen würden, nicht mehr allzu fern war. Das Haus nutzten wir eigentlich nur noch, wenn wir mal in der Stadt übernachteten oder während eines hektischen langen Tages kurz die Beine hochlegen wollten. Und wenngleich ich noch immer an meiner komischen kleinen gotischen Höhle hing, wurde Sweetgrass mehr und mehr unser eigentliches Heim.

Das Strandhaus war unser gemeinsames Zuhause, ein Heim für die Einheit, für die Scrubs. Wo wir uns auch herumtreiben mochten, welche Veränderungen sich bei uns ergaben, so kehrten wir doch wie Tauben nach Sullivan's Island zurück, wann immer uns das möglich war. Jetzt, da die Jahre zunehmend schneller verstrichen, kam es mir vor, als wäre dieser Ort noch wichtiger als früher, wo die Zeit unendlich, wie ein immer sprudelnder Quell schien.

Henry hatte inzwischen sein Arbeitspensum halbiert und widmete seinen Reisen mit den Fliegenden Ärzten wesentlich mehr Zeit. Fairlie, agil und rastlos wie eh und je, hatte ihren Tanzunterricht praktisch aufgegeben und wurde während Henrys Trips zunehmend gereizter und langweilte sich öfter. Irgendwann überraschte sie uns mit der Nachricht, dass sie wieder zu reiten begonnen hatte und Kindern und Jugendlichen Reitunterricht in der großen Reitschule auf John's Island erteilte. Während der langen, sonnigen Tage, die sie auf dem Rücken eines Pferdes verbrachte, blühte sie wieder auf. Und da sie das Springreiten am liebsten mochte, dauerte es nicht lange, bis sie an zwei Springreiter-Shows teilnahm. Beide Male gewann sie in ihrer Klasse.

Fairlie hatte früher nie ein besonderes Interesse am Reiten bekundet, daher verblüffte uns ihr neues Hobby. Wir wussten nicht mal, dass sie ritt, oder falls sie uns das irgendwann erzählt hatte, hatten wir es wieder vergessen.

»Daheim bin ich immer geritten, bis ich nach Charleston und aufs College gegangen bin«, erzählte sie. »Ich war verdammt gut. Meine Pokale und Medaillen waren im ganzen Haus verteilt. Es tut mir sehr gut, wieder zu reiten, und außerdem ist Henry ja oft weg. Ich spiele mit dem Gedanken, mir ein eigenes Pferd zuzulegen. Bei mir daheim hatten wir immer Pferde, allerdings meistens Rennpferde.«

»Und was hält Henry von all dem?«, erkundigte sich Camilla amüsiert.

»Er findet es prima. Jetzt hat er endlich seine Ruhe vor mir.«

»In Bedon's Alley wird sich ein Pferd ganz großartig machen«, bemerkte Simms grinsend. »Kannst es ja zu Gladys in den Zwinger stecken.«

Denn die magere, humpelnde alte Gladys mit den kahlen Stellen im Fell lebte immer noch, war relativ gesund und hing immer noch abgöttisch an Henry.

»Die Japaner nennen es das eindimensionale Herz«, hatte Camilla einmal über Gladys' Hingabe gesagt. »Damit meinen sie Künstler, die voll und ganz in ihrer Arbeit aufgehen. Aber ich sehe keinen Grund, wieso das nicht auch auf Hunde zutreffen sollte. Ich lese gerade ein Buch über japanische Kunst im sechzehnten Jahrhundert.«

»Ich dachte, du schreibst ein Buch«, sagte Lila und lächelte ihrer alten Freundin zu.

»Das auch.«

Unsere Hunde draußen in Sweetgrass waren schon lange tot und lagen nun hinter dem Haus auf dem Hundefriedhof unter der Eiche, in dem Kräutergärtchen, das Linda Cousins besaß. Dort waren alle Hunde bestattet, die jemals auf Sweetgrass gelebt hatten, sagte Lewis. Wenn die Hitze des Tages nachließ, stattete er ihnen oft einen Besuch ab. Robert Cousins, an dem viele dieser Hunde sehr gehangen hatten, pflegte die Gräber, mähte den Rasen und sorgte dafür, dass die kleinen Grabsteine nicht umfielen. Meiner Meinung nach trauerte er wirklich um sie. Er und Lewis sprachen des Öfteren über die Hunde, als wären sie gute Freunde, die verstorben waren, und eigentlich war das gar nicht so weit hergeholt.

Lilas stürmische kleine Sugar war tot. Mir kam es so vor, als wäre sie einfach entschlafen, nachdem sie ihr gutes großes Herz überstrapaziert hatte. Lila weinte tagelang um sie und auch ich vergoss Tränen. Ich hatte diesen lächerlichen kleinen Hund geliebt, der seine Grenzen nie akzeptiert hatte. Simms hatte Lila in jenem Jahr einen neuen Malteser-Welpen zu Weihnachten geschenkt, eine niedliche kleine Hündin, winzig, einnehmend und so feminin, dass man einfach lachen musste. Lila schwor, dass sie mit den Wimpern klimperte. Sie hieß Honey und Lila war ganz vernarrt in sie. Nachdem ich diesen kleinen Tiger namens Sugar so sehr geliebt hatte, konnte ich aber nie richtig mit ihr warm werden. Honey begleitete Lila in der großen Maklertasche zu Terminen, ins Büro, zum Einkaufsbummel und ins Strandhaus.

»Mit dem Hund verbringst du mehr Zeit als mit Simms«, sagte Fairlie irgendwann zu Lila. Fairlie war kein Fan von Honey. Der Hund hatte sie in die Hand gebissen, als sie ihn streicheln wollte.

»Ich würde meine Hand deinem Pferd auch nicht ins Gesicht strecken«, hatte Lila Honey nur halb im Spaß verteidigt.

»Ein wohlerzogenes Pferd würde niemals zubeißen«, hatte Fairlie geschimpft. »Die Betonung liegt auf ›wohlerzogen‹. Beißt sie auch Simms? Ich würde darauf wetten.«

»Ich glaube nicht, dass sie überhaupt weiß, wer Simms ist«, sagte Lila süßlich.

Wir rutschten nervös auf unseren Essstühlen herum. Je näher Simms der Pensionierung kam, desto öfter hielt er sich fern. Im Gegensatz zu den anderen Männern arbeitete er nicht weniger. Und natürlich kannten wir alle den Grund dafür. Sein Unternehmen war jetzt auf drei Kontinenten vertreten. Simms wollte dafür Sorge tragen, dass alles wie geschmiert lief, ehe er die Zügel aus der Hand gab. Wir vermuteten, dass der Mann seiner Tochter Clary, ein überlegt handelnder Rotarier, der ihm Enkel geschenkt hatte, die Firma übernehmen würde. Manchmal fragte ich mich, ob er sich diesen Schwiegersohn und Nachfolger im Katalog ausgesucht und dann bestellt hatte. Timothy war in beiderlei Hinsicht die perfekte Wahl. Schwer zu sagen, wie Clary darüber dachte. Sie war, wie Fairlie behauptete, die ungekrönte Übermutter der westlichen Hemisphäre und ging voll und ganz in ihrer Mutterschaft auf.

Lila und Simms waren mittlerweile unverschämt reich, reicher, als je einer von uns sein würde. Doch oberflächlich betrachtet hatte sich ihr Leben kaum verändert. Sie wohnten immer noch in der East Battery, in dem schönen alten Haus, das ihnen seit Ewigkeiten gehörte. Sie kamen immer noch ins Strandhaus, auch wenn Simms dort weniger Zeit verbrachte als die anderen. Das Haus am Wadmalaw hatten sie aufgegeben und Lila arbeitete mehr oder minder rund um die Uhr. Simms segelte viel, aber stets allein und sehr diszipliniert. Hin und wieder besuchten sie ihre Tochter und deren Familie auf Kiawah. Ihre Kinder und Enkel kamen nie nach Sullivan's Island.

Und die Kinder aller anderen im Grunde genommen auch nicht. Lewis' Töchter waren beide verheiratet und hatten ihrerseits Kinder. Sie waren vor Kalifornien und ihrer Mutter geflohen und lebten auf Long Island respektive in Connecticut. Im Sommer reisten sie nach Europa, in die Karibik oder nach Point O' Woods. Sie riefen pflichtschuldig an, und ein oder zwei Mal trafen wir sie und die Enkel zum Mittagessen im Russian Tearoom oder in einem anderen schicken

Restaurant ihrer Wahl, wenn Lewis oder ich geschäft-
lich in New York zu tun hatten. Einmal brachten sie
die Enkel nach Edisto, als sie in der Ägäis segelten. Die
Kleinen schmollten, stöhnten laut und weigerten sich,
in der für das Low Country typischen Hitze draußen
zu spielen; sie wollten lieber fernsehen. Für Fischadler,
Adler, Vogelreiher und Störche konnten sie sich nicht
begeistern und wollten nicht einmal mit ihrem Großvater zu dem Teich mit den kleinen Alligatoren gehen.
Der Fuchs war bestimmt schon vor einiger Zeit in den
Tierhimmel aufgestiegen; aber in ganz stillen Nächten, wenn man mit Ausnahme der trägen Wellen, die
um die Stegpfähle spülten, den Priel eigentlich nicht
hörte und kein Mond am Himmel stand, hörten wir
– zumindest bildeten wir uns das ein – das leise Rascheln vom Rispengras unten am Steg und das Getapse
schwerer Tatzen. Die Kinder kamen nicht nach draußen, um zu lauschen. In dem Sommer, den sie bei uns
verbrachten, waren die Augststernschnuppen besser
zu sehen und spektakulärer als jemals zuvor. Unglaubliche Feuerwerke fanden am Himmel statt, doch die
missmutigen Kinder waren vor dem Hardrock-Kanal
festgewachsen und weinten den Shopping Malls auf
Long Island und in Connecticut hinterher. Als wir
sie schließlich am Charleston Airport aus dem alten
Range Rover schmissen, waren wir beide total fertig
und gleichzeitig erleichtert.

»Wahrlich die Brut ihrer Großmutter«, urteilte Lewis. Die Kinder kamen nie wieder auf Besuch.

Henry und Fairlie verbrachten viel Zeit mit ihrer
Tochter Nancy und deren Schar großer, dünner rot-

blonder Kinder, die so schlaksig und gutmütig wie
Henry waren und so quicklebendig wie Fairlie. Wir
alle freuten uns sehr, wenn sie uns im Strandhaus besuchten, aber sie hatten ihre eigene Enklave auf Wild
Dunes, und Fairlie und Henry sahen sie meistens dort
oder in der Bedon's Alley.

»Ich wünschte, sie hätten einen Ort wie diesen, wo
sie einfach in der Gegend herumstromern können«,
sagte Henry zu uns, als er und Fairlie uns am letzten
Wochenende des Jahres und Jahrhunderts auf Edisto
besuchten. »Sie wachsen auf, ohne zu erfahren, wie es
sich auf einer Plantage lebt und wie ihre Vorfahren gelebt haben. Sie glauben doch tatsächlich, eine Plantage
ist ein Ort, wo es kostümierte Führer gibt und man
Eintritt zahlen muss.«

»Ich hatte immer gedacht, ihr würdet irgendwann
hier draußen oder sonst wo ein Haus kaufen, nachdem
Hugo euer Inselrefugium zerstört hat«, sagte Lewis.
»Ich weiß noch, dass das eine Zeit lang bei euch ein
Thema war. Zu spät ist es dafür noch nicht. Die Crun-
ches schmeißen Red Wing auf den Markt. Wenn mich
nicht alles täuscht, kümmert sich Lila um den Verkauf.
Dann wären wir Nachbarn.«

Unbehagliches Schweigen stellte sich ein. Henry
steckte die Hände in die Hosentaschen und trat mit
dem Fuß gegen einen Baumstumpf. Fairlie schaute auf
den Fluss hinaus.

»War einfach nie der richtige Zeitpunkt für so eine
Entscheidung«, sagte Henry schließlich. »Hört mal,
da ist etwas …«

»Ich muss in die Stadt zurück«, unterbrach Fairlie

ihn abrupt. »Der Verein bekommt eine neue Mähre aus Aiken. Die will ich mir ansehen.«

Sie machte auf dem Absatz kehrt und lief zu ihrem Lieferwagen. Henry schaute uns hilflos an, zuckte mit den Achseln und folgte ihr. »Wir sehen euch dann an Silvester«, rief er über seine Schulter. Lewis und ich starrten ihnen hinterher. Ich hatte angenommen, sie würden zum Essen bleiben.

Als ich am nächsten Tag zum Mittagessen zu Camilla hinaufging, erzählte ich ihr von dem Vorfall.

»Da war etwas, was er uns sagen wollte. Aber sie hat ihm den Mund gestopft.«

Camilla schaute aufs Wasser hinaus.

»Fairlie ist wie eine Naturgewalt«, sagte sie dann. »Wie ein schwerer Hurrikan, und Henry hatte ihr auch nie etwas entgegenzusetzen.«

»Glaubst du, Fairlie geht etwas im Kopf rum, von dem sie nicht möchte, dass wir es wissen?«

»Ja, und zwar schon seit einer ganzen Weile. In letzter Zeit war sie ziemlich distanziert. Normalerweise redet sie doch wie ein Wasserfall.«

Jetzt, wo ich darüber nachdachte, erkannte ich das auch. Distanziert war sie und noch rastloser als sonst.

»Na, wenigstens scheint Henry ganz der Alte«, sagte ich besorgt. »Jedenfalls war er das bis gestern.«

Camilla lächelte. »Ja, er hat ein weiches Herz. Es braucht schon eine Menge, um Henry aus der Bahn zu werfen. Aber Fairlie ist dazu in der Lage. Ich habe mich immer gefragt, warum er sie geheiratet hat, einmal abgesehen davon, dass er natürlich verrückt nach ihr ist. Henry braucht einen sicheren, ruhigen Hafen, und zwar mehr als alle anderen Leute, die ich kenne. Und den kann Fairlie ihm nun nicht gerade bieten. Selbstverständlich würde er das nie laut sagen, aber ich kenne ihn schon mein ganzes Leben. Ich weiß, dass er einen Heimathafen braucht.«

Ich hatte Henry nie als jemanden gesehen, der einen Anker, einen sicheren Hafen braucht. Furchtlos und voller Energie reiste er an Orte, wohin nur wenige Männer gehen würden. Nichtsdestotrotz hatte Camilla Recht. Sie kannte ihn schon vom Kindergarten her, von Miss Hanahan's Little School, die hinter ihrem Haus auf der Church Street beheimatet gewesen war.

Der Gedanke machte mich unglücklich. »Mit einem Mal kommt es mir vor, als wären alle, die ich kenne … Fremde. Ich wünschte, ich wüsste, was auf einmal mit uns allen los ist.«

»Nicht mit allen«, sagte Camilla und schenkte mir die letzte Tasse duftenden Oolong ein, den ich – wie sie sehr wohl wusste – gern trank. »Nur mit einigen von uns. Vielleicht finden wir ja an Silvester heraus, was los ist. Das ist genau der richtige Zeitpunkt, um die Menschen dazu zu bringen, sich zu öffnen. Mach dir keine Sorgen, Anny. Es braucht schon mehr, damit wir uns grundlegend ändern.«

Sie stand auf und zog die Vorhänge vor die französischen Fenster, die auf die Terrasse gingen. Das matte Licht der tief stehenden Wintersonne, das aufs Wasser fiel, blendete uns. Ich erhob mich und stieg zum letzten Mal in diesem Jahrhundert – dem einzigen Jahrhundert, das ich kannte – in mein Büro hinunter.

KAPITEL SIEBEN

Am nächsten Morgen, am 31. Dezember 1999, stand ich früh auf und ging ins Wellness Center im Queens Hospital, um mich an den Geräten und mit den Gewichten abzurackern. Ich versuchte, regelmäßig zum Training zu gehen, wenn wir in der Stadt waren. Wir hatten in der Bull Street übernachtet, weil wir am Nachmittag so gegen drei, vier Uhr zum Strandhaus hinausfahren wollten. Das Training war mir verhasst und ich plagte mich nur ab, weil Lewis mich dazu drängte und ich mich hinterher besser fühlte.

Henry absolvierte sein Training gewissenhaft, ging – wenn er in der Stadt war – fast jeden Morgen ins Center und hatte seine Freude daran. Zum einen half ihm das Training, kräftig und schlank zu bleiben, zum anderen war es, wenigstens unter den Männern, inoffiziell der Lieblingstreffpunkt der feinen Gesellschaft. Jeder kannte jeden und keiner interessierte sich für den dicken Bauch oder die schlaffer werdenden Muskeln der anderen. Um ihre unangestrengte Kameradschaft und den unbekümmerten Umgang mit dem eigenen Körper beneidete ich sie.

Ich verfügte leider nicht über ein vergleichbares Netzwerk von Trainingspartnerinnen. Das lag zum großen Teil daran, dass ich dort früher als die meisten Frauen auftauchte, was mir wiederum nur recht war. Der Gedanke, mich keuchend und schwitzend vor anderen abzurackern, allen voran vor den schlanken Frauen, die auf dem Weg zu einem Mittagessen oder einer Ausschusssitzung hier kurz hereinschneiten und ihre Straßenkleider in Saks-Tüten mitbrachten, gefiel mir gar nicht. Deshalb kam ich zu früher Stunde in Trainingsklamotten ins Center, suchte mir ein Gerät in der hintersten Ecke aus und eine Hantelbank, die möglichst weit vom nächsten Spiegel entfernt war. Normalerweise hatte ich meine Ecke ganz für mich, doch an diesem Morgen mühte sich jemand auf der Maschine neben meiner ab. Ehe ich mich verstecken konnte, rief eine hohe Frauenstimme: »Mrs Aiken! Anny! Frohes neues Jahr!«

Ach, Mist!, dachte ich. Bunny Burford. Genau die richtige Begegnung kurz vor Ende dieses Jahrhunderts.

Bunny war so etwas wie eine Berühmtheit in der innerstädtischen Medizinergemeinde. Anfangs hielt ich sie für eine Ikone, aber Lewis bemerkte nur grienend: »Die Bezeichnung Eisberg trifft eher zu.«

»Aber sie kichert und trällert doch in einem fort und umarmt jeden«, wandte ich ein. »Unter eiskalt stelle ich mir etwas anderes vor.«

»Das liegt nur daran, dass Bunny mit ihrer wahren Natur so sehr hinterm Berg hält, dass sich fast alle von ihr täuschen lassen. Aber tief drinnen ist sie kalt und härter als Stahl. Wenn man nicht weiß, wie man sie anpacken muss, kann sie verdammt gefährlich werden. Erzähl ihr ja nie etwas Persönliches, Anny. Denn das vergisst sie nicht und irgendwann verwendet sie es gegen dich.«

»Und wie ist es ihr dann gelungen, stellvertretende Leiterin im Queens zu werden? Wenn du mich fragst, braucht es dazu mehr als Ehrgeiz und Boshaftigkeit.«

»Ja, sie hat auch mehr drauf. Sie ist sehr klug und hat die Zügel fester in der Hand, als Charlie das je vermocht hätte. Damals, als er im Krankenhaus angefangen hat, ist sie seine Sekretärin gewesen und hat dafür gesorgt, dass sie unentbehrlich wird, bis sie den Laden bald genauso effizient leiten konnte wie er. Das Problem war, dass viele unserer großen Wohltäter sie nicht mochten und die Belegschaft schon gar nicht. Bei den Krankenschwestern kannte sie keine Gnade. Henry hatte immer die Vermutung, sie wäre eigentlich gern Ärztin geworden; jedenfalls hat sie ihre Position im Queens so lange ausgebaut, bis sie fast genauso viel zu sagen hatte. Gegen ihre Autorität kommt man fast nicht an. Es würde Jahre dauern, sich Bunnys Wissen über das Krankenhaus und die Mitarbeiter anzueignen. Und sie sieht sich auch gern in der Rolle der Partylöwin. Ganz selbstverständlich erscheint sie auf jeder Feier, auf jeder Spendengala, besucht jedes Seminar, als würde sie dazugehören. Sie lächelt, umschmeichelt alle und lauscht voller Hingabe, bis der Umworbene drei Meter über dem Boden schwebt. So gesehen ist sie im Fundraising wirklich ausgezeichnet. Und das ist auch einer der Gründe, warum sich niemand traut, ihr Paroli zu bieten.«

»Und was sind die anderen Gründe?«

»Tja, wie ich schon sagte, sie weiß eine ganze Menge über ziemlich viele Leute. Keine Ahnung, ob sie das je ausgenutzt hat oder nicht, obwohl mir zu Ohren gekommen ist, dass sie es getan hat. Aber alle wissen, dass sie es tun könnte. Und wenn das nicht Macht ist, was dann?«

»Klingt, als wäre sie eine schreckliche Person. Ich kann mir gar nicht vorstellen, wie eine Außenseiterin einfach ins Queens marschieren und sich so etablieren kann.«

»Na ja, zum einen ist sie keine richtige Außenseiterin. Sie ist in der Church Street aufgewachsen und zusammen mit uns in Miss Hanahan's Kindergarten gegangen. Sie war intelligent genug, um ein Stipendium für Ashley Hall an Land zu ziehen, wo auch viele von den anderen Mädels hingegangen sind. Ich glaube nicht, dass sie richtig dazugehört hat … in den Kindergarten ist sie nur gegangen, weil ihre Mutter die Zugehfrau von einer der Lehrerinnen war, und sie wohnten zwar in der Church Street, doch die Unterkunft wurde ihnen von jemandem gestellt, für den die Mutter sauber gemacht hat. Ich weiß nicht, ob und wo sie aufs College gegangen ist. Irgendwann habe ich mal gehört, sie hätte Wirtschaft studiert. Sicher weiß ich nur, dass sie eine Weile lang nicht in Charleston gewesen ist. Und dann, kurz nachdem Charlie die Leitung übernommen hat, tauchte sie in seinem Büro auf und fragte, ob sie für ihn als Sekretärin arbeiten könnte, und sie war so aalglatt, selbstsicher und klug und verlangte so wenig Geld, dass er sie sofort einstellte. Du kennst ja Charlie ... die Kleinigkeiten haben ihn nie interessiert. Er war heilfroh, eine kompetente Kraft zu bekommen. Und Bunny war mehr als kompetent. Und gut ausgesehen hat sie auch noch. Was ja kein Nachteil war.«

»Gut ausgesehen?«, fragte ich ungläubig und musste an Bunnys imposanten, quadratischen Körper und ihre zinnoberroten Haare denken, die sie mit Unmengen von Haarspray zu einer Hochsteckfrisur auftürmte, die nicht mal bei Granatfeuer in Unordnung geraten würde. Sie hatte kleine blassblaue Augen, einen großen Mund und verwendete einen Lippenstift, der mit dem Farbton ihrer Haare korrespondierte. Mund, Augen und Nase standen wie auf einer Kinderzeichnung ganz dicht beieinander, wodurch sie sehr verschlossen wirkte. Andererseits hatte sie eine schöne Haut, straff, rosig und wahrlich faltenlos. Ich fragte mich, ob ihr Körper, den Bunny mit Vorliebe in taillierte Talbot-Kostüme steckte, wohl auch so glatt, weich und taufrisch war, eine eher bizarre Vorstellung.

»Sie hat gut ausgesehen, ein bisschen wie eine Amazone«, sagte Lewis. »Sie war groß, hatte eine schmale Taille, unglaubliche Brüste und Hüften und ihr Haar war fast so rot wie das von Fairlie. Damals trug sie einen längeren Pagenkopf. Und sie benutzte immer diesen leuchtend roten Lippenstift und sah aus, als hätte sie gerade einen Waschbären verschlungen. Mich erinnerte sie immer an Stupefyin' Jones aus *Li'l Abner*. O ja. Eine Weile lang hat sie wirklich Aufsehen erregt.

Charlie ist ein paar Mal mit ihr ausgegangen, als er am Krankenhaus angefangen hat.«

»Und was ist daraus geworden?«

»Nichts. Camilla ist auf der Bildfläche erschienen. Und da konnte Bunny keinen Stich mehr machen.«

Am letzten Morgen im letzten Jahrhundert in diesem Jahrtausend zuckte ich also wie von der Tarantel gestochen zusammen und sagte: »Hallo, Bunny. Sie sind heute ja früh dran.«

Sie trug einen neonpinkfarbenen Nickianzug. Ihre imposante Oberweite ragte wie ein Balken hervor und bewegte sich kein bisschen, während sie auf dem Ellipsentrainer zugange war. Pinkfarbene Troddeln zierten ihre weißen Turnschuhe.

»Ich habe für später noch Pläne«, antwortete sie unverbindlich. »Ich musste früh loslegen. Und was haben Sie und Ihre Freunde vor? Reisen die Scrubs vielleicht an irgendeinen exotischen Ort wie Hawaii oder die Riviera, um das neue Jahrtausend zu feiern?«

Meine und ihre Vorstellung von exotisch stimmten nicht ganz überein, und es passte mir überhaupt nicht, wie selbstverständlich ihr das Wort »Scrubs« über die Lippen kam.

»An einen sehr exotischen«, gab ich zurück. »Genauer gesagt nach Sullivan's Island.«

»Ach ja, Camillas Strandhaus. Das muss wirklich etwas ganz Besonderes sein. Charlie hat immer wieder davon gesprochen. Ich bin allerdings nie dort gewesen. Wir sind immer auf der Isle of Palms.«

Ich wusste nicht, wer mit »wir« gemeint war, fragte aber nicht nach.

»Hm, es ist eigentlich nichts Besonderes, fürchte ich, außer für uns. Ehrlich gesagt, das Haus ist ziemlich baufällig. Und es gehört uns mittlerweile zu gleichen Teilen.«

Auf der Stelle bereute ich, dass ich ihr das erzählt hatte. Schließlich ging das niemanden etwas an. Die Art und Weise, wie sie »Camilla« sagte, ging mir ebenfalls gegen den Strich. Vielleicht lag es an der Vertrautheit, die sie an den Tag legte. Vermutlich würde sich Camilla nicht mal daran erinnern, wer Bunny Burford war.

Aber Bunny strahlte übers ganze Gesicht. Ihre Wangen zogen sich zu kleinen harten Bällchen zusammen. »Wie schön für Camilla! Na, sie hat ja immer gewusst, was sie wollte, schon damals im Kindergarten. Ich weiß noch genau, wie sie einfach nur dastand und den Ball anstarrte, mit dem ich spielte, und so lange lächelte, bis ich ihn ihr gab. Mit diesem Lächeln hatte sie immer Erfolg. Es wundert mich allerdings, dass sie nach Charlies Tod keinen neuen Mann gefunden hat, der sich um sie kümmert.«

Ich merkte, wie kalte Wut in mir aufstieg, aber ich ließ mir das nicht anmerken, weil ich ihr diese Genugtuung nicht gönnte.

»Camilla braucht eigentlich niemanden, der sich um sie kümmert«, erwiderte ich. »Normalerweise kümmert sie sich um uns.«

»Darauf würde ich wetten«, sagte Bunny und grinste verkrampft. »Und, haben die Scrubs Vorkehrungen getroffen?«

»Vorkehrungen?«

»Für das neue Jahrtausend«, klärte sie mich auf, als wäre ich ein dummes Kind. »Sie wissen schon, Wasser, Lebensmittel, Kerosin zum Kochen und zum Heizen. Toilettenpapier, Zahnpasta. Falls die Brücken ausfallen, könnte es sein, dass Sie dort ein paar Wochen lang festsitzen.«

»Klingt wunderbar«, gab ich zurück. »Das wünsche ich mir schon seit langem. Und was ist mit Ihnen? Haben Sie schon vorgesorgt?«

»O ja. Mein Freund und ich haben ein Zimmer in einem hübschen Hotel in Asheville reserviert, und ich habe meinen Wagen schon mit allem voll gepackt, was man während einer längeren Belagerung braucht. Mein Freund nimmt sogar seine Waffe mit.«

»Seine Waffe?« Vor meinem geistigen Auge sah ich eine korpulente Bunny in pinkfarbener Kleidung mit gezogener Waffe durch die Wälder streifen, denn eine arme wilde Kreatur könnte es ja wagen, ihr über den Weg zu laufen.

»Ich gehe nicht davon aus, dass wir sie brauchen werden. Das Hotel ist gut gesichert und in den Bergen kann man sich eh viel leichter verteidigen. Aber mit Waffe fühlen wir uns sicherer. Man weiß ja nie, wer bei Stromausfall bei einem im Zimmer auftaucht.«

Wie wahr, dachte ich. Wahrscheinlich sind die Zimmerkellner dann zum Abschuss freigegeben.

Laut sagte ich: »Na, dann wünsche ich Ihnen viel Glück. Ich hoffe, Sie brauchen das alles nicht, sondern verleben einen angenehmen Silvesterabend.«

»Das wünsche ich Ihnen auch«, erwiderte sie, als ich von dem Gerät stieg und Richtung Dusche lief. Ich musste mich mit dem Duschen und Anziehen beeilen, denn ich wollte fertig sein, ehe sie im Umkleideraum auftauchte. Der Anblick einer triefnassen, nackten und rosafarbenen Bunny würde über meine Kräfte gehen. Ich wandte mich schnell ab, damit sie nicht mitbekam, wie ich den Mund zu einem Grinsen verzog.

»Legen Sie sich noch Vorräte zu, hören Sie«, rief sie mir hinterher. »Lieber vorsorgen als sich später ärgern.«

»Genau«, rief ich über meine Schulter. »Ich werde mich gleich auf den Weg machen und Sandsäcke besorgen.«

Bevor ich in den Umkleideraum trat, hörte ich, wie sie mit besorgter Stimme fragte: »Sandsäcke?« Erst als ich in der Dusche stand und das Wasser auf mich herunterprasselte, wagte ich es, laut herauszulachen.

Auf der Fahrt zur Insel erzählte ich Lewis von meiner Begegnung mit Bunny.

»Sie ist ja noch schlimmer, als ich dachte«, gestand ich. »Und hat doch tatsächlich behauptet, Camilla würde immer alle so lange manipulieren, bis sie bekommt, was sie will. Ich glaube, Camilla hat ihr mal einen Ball im Kindergarten abgeschwatzt oder irgendwas anderes. Und das hat sie ihr nie verziehen.«

»Nein, bestimmt nicht.« Lewis grinste. »Camilla ist alles, was Bunny nicht ist und auch nie sein wird. Ach ja, wusstest du eigentlich, dass sie in Wirklichkeit Bernice und nicht Bunny heißt? Wie auch immer, sie hat etwas gegen Camilla, seit Charlie sie kennen gelernt hat. Bildet sich ein, Camilla hätte ihr Charlie weggenommen. Ich habe sie das nie sagen hören, aber die Krankenschwestern, und so was spricht sich herum. Andererseits gibt niemand etwas auf das, was Bunny sagt.«

»Hoffentlich dringt dieses Gerede nicht bis zu Camilla vor.«

»Und wenn schon. Sie würde sich totlachen. Du weißt ja, Cam regt so schnell nichts auf. Wer ist der Freund, mit dem Bunny in die Berge fährt?«

»Keine Ahnung. Er nimmt eine Waffe mit.«

Lewis zuckte zusammen. »Das würde ich auch tun, wenn Bunny meine Freundin wäre. Was für Vorräte nehmen sie deiner Meinung nach mit?«

»Ach, du weißt schon. Wasser in Flaschen. Toilettenpapier. Schutzschilder.«

»Böses Mädchen.« Er grinste.

Der Himmel färbte sich dunkel, als wir das Strandhaus erreichten. Die Luft war angenehm; ein leichter Blumenduft hing in der Luft. Ob irgendetwas auf der Insel blühte oder der Geruch übers Meer getragen wurde, wusste ich nicht zu sagen. Nur Camillas alter grauer Mercedes und unser Wagen standen auf dem Sandparkplatz. Neben der Treppe gab es nun eine Aluminiumrampe, die zum Haus hinaufführte. Wir hatten sie für Gladys und Boy und Girl, die keine Treppen mehr steigen konnten, anbringen lassen.

»Ich benutzte sie manchmal auch«, gestand Camilla reumütig. »Muss schon ein Anblick sein, wenn wir vier alten Greise da hochkriechen.«

Wir brachen in Gelächter aus. Camilla ging inzwischen zwar stark gebeugt und war Mitte sechzig. Dennoch war sie so schön, dass das Wort »Greisin« völlig fehl am Platz wirkte. Und ich war mir sicher, dass sie das auch wusste.

Wir kletterten aus dem Range Rover und luden die Sachen aus dem Kofferraum.

Heute Abend wollten wir das Fest der Feste feiern. Wir hatten mit Sherry getränkte Krabbenpasteten mitgebracht, die Linda Cousins zubereitet hatte. Die Ente und Wachteln hatten wir Robert zu verdanken. Ich hatte bei O'Hara & Flynn köstliche und unerhört teure Trüffelpastete erstanden. Henry und Fairlie brachten weißen Spargel, der so rar wie schwarze Perlen war und mit Kaviarmayonnaise serviert wurde. Lila hatte einen großen gefüllten Schweinebraten vorbereitet und Simms brachte Champagner eines Jahrgangs, für den wir unsere Häuser hätten beleihen müssen. Camilla sorgte für den Nachtisch, verriet uns allerdings nicht, was sie sich ausgedacht hatte. Im Lauf der Jahre hatten wir schon unzählige Köstlichkeiten diese Treppen hinaufgetragen und dennoch freuten wir uns wie die Kinder auf das Abendessen. An diesem Tag, an diesem Abend lag ein Kribbeln in der Luft, das uns gespannt den Atem anhalten ließ.

Ein neues Jahrhundert, eine Jahrtausendwende … das war ein gutes Omen. Mitten auf der Treppe erschauerte ich und bekam eine Gänsehaut. Ich blieb stehen und drehte mich zu Lewis um.

»Was ist?«, fragte er.

»Diese Millenniumwende kommt mir wie ein Laster vor, der unaufhaltsam auf uns zurast. Ich möchte nicht in einem neuen Jahrtausend leben, denn ich habe mit dem alten noch nicht abgeschlossen.«

»Geh bitte weiter, bevor ich diese Sachen fallen lasse, meine kleine Luddite«, sagte Lewis. »Wenn wir neunzig sind, wird die *Post and Courier* einen Artikel über uns schreiben, weil wir die einzige Generation sind, die gleichzeitig eine Jahres-, eine Jahrhundert- und eine Jahrtausendwende erlebt hat, und uns ausführlich interviewen.«

»Träum schön weiter.«

Vom ersten Moment war klar, dass dies Camillas Abend war. In freudiger Erregung empfing sie uns schon an der Tür und schien von innen heraus zu strahlen. Natürlich sah ich sie nicht zum ersten Mal glücklich, lachen, voller Vorfreude, doch so hatte ich sie noch nie erlebt. Man meinte fast, sie würde Funken sprühen, und konnte ihre Überschwänglichkeit beinahe mit Händen greifen. Zuerst lächelten wir beide und brachen dann in Gelächter aus. Wir konnten einfach nicht anders.

Lewis küsste sie auf die Wange. »Siehst aus, als stündest du unter Strom. Hoffentlich springt der Funke auf uns über.«

»Ach, ich weiß nicht«, sagte sie und drückte uns fest an sich. »Urplötzlich musste ich daran denken, wie viele Jahre wir hier gemeinsam verlebt haben und wie sehr ich das genossen habe, wie sehr ich euch beide und die anderen liebe und wie froh ich bin, dass sich daran nichts geändert hat.«

In dem Moment spürte auch ich ganz deutlich, wie sehr ich an ihr, an unserer Gemeinschaft, an dem Haus und der Insel hing, und da drückte ich sie fest und wirbelte sie herum. Ich war gut fünfzehn Zentimeter kleiner als sie, doch sie war leicht wie ein frisch geschlüpftes Vögelchen, das von einem Haselnussbaum fliegt.

»Ich auch«, erwiderte ich zu Tränen gerührt. »Ich kann mir überhaupt nicht vorstellen, wie all diese Jahre ohne euch … ohne uns gewesen wären. Wir sind wie eine Familie. Nein, sogar noch besser als eine Familie, denn seine Freunde kann man sich aussuchen.«

»Ihr wisst ja, was Robert Frost über Familie und Heimat gesagt hat.« Camilla lächelte. »›Wenn man dorthin geht, können sie einen nicht abweisen.‹ Und wir haben nie einen von uns abgewiesen.«

»Bis dass der Tod uns scheidet«, zog Lewis sie für ihre Sentimentalität auf.

»Genau«, stimmte sie mit funkelnden Augen zu, und da wusste ich, dass sie es ernst meinte. Unergründlicherweise war mir bei diesem Gedanken unwohl.

Trotz Protest von Lewis und Henry waren wir übereingekommen, uns an diesem Abend festlich zu kleiden. Ich ging nach oben in unser Schlafzimmer und hängte unsere Abendgarderobe in der muffigen, nach Mottenkugeln riechenden Schrank. Gibt es etwas anderes auf der Welt, das den gleichen Geruch wie ein solcher Schrank hat? Ich beobachtete, wie draußen vor dem Fenster die Schatten vereinzelter Wolken über den Strand und das Wasser huschten, und sah, wie das Rispengras sich in der Windböe duckte. Sandkörner fegten über das Fensterbrett. Mit einem Mal verspürte ich das unbändige Verlangen, zum Strand hinunterzulaufen, den Wind auf meiner Haut zu spüren, mir den Sand ins Gesicht blasen zu lassen.

»Hat jemand Lust, spazieren zu gehen?«, fragte ich.

»Bestimmt nicht«, sagte Camilla. »Ich habe den ganzen Nachmittag gebraucht, bis meine Frisur saß.«

»Ich auch nicht«, sagte Lewis. »Aber falls du ein Nickerchen machen willst, schließe ich mich dir gern an. Wenn wir uns beeilen und schnell einschlafen, könnten wir ein paar Stunden nachholen.«

Lewis hatte seine Praxis zwar mehr oder minder dem jungen Philip Ware überlassen, doch hin und wieder, wenn – wie vergangene Nacht – Not am Mann war, sprang er ein. Bis drei Uhr nachts war er im Operationssaal im Queens zugange gewesen. Die meisten Ärzte, die ich kannte, litten unter chronischem Schlafmangel und legten sich, wann und wo sich die Gelegenheit bot, kurz hin.

»Geh nur hoch und ruh dich aus«, erwiderte ich. »Ich werde nicht lange weg sein. Ich will in diesem Jahrhundert nur einen letzten Strandspaziergang machen. Bevor es dunkel wird, bin ich wieder zurück.«

»Nimmst du bitte die Hunde mit?«, rief Camilla mir aus der Küche zu, aus der himmlische Gerüche drangen.

Und so trat ich mit den beiden murrenden alten Boykins in den schneidenden Wind hinaus und stieg die Holztreppe hinunter, die zum Strand führte.

Am Strand war es kälter als erwartet. Der steife Ostwind trug den für den Winter typischen Geruch von brackigem Salzwasser heran. Ich zog die Kapuze meines Sweatshirts weiter vor und verstaute die Hände in den Taschen. Wir überquerten die kleinen Rinnsale, die von der Flut geblieben waren, und marschierten oberhalb vom Schlick, den die Gezeiten ans Ufer spülten, über den harten Sand. Die Ebbe hatte eingesetzt. Dreckigweißer Schaum wurde an Land gespült. Hier und dort steckte eine zerbrochene Muschel oder nasser, gummiartiger Tang im Sand. Im Winter war der Strand manchmal mit stumpf geschliffenen Glasscherben, Muscheln und verblichenem Treibholz übersät, doch heute waren weder Menschen noch Treibgut am Strand zu finden.

Boy und Girl setzten sich gleichzeitig in den Sand und warfen mir tadelnde Blicke zu. Ich wollte sie mit einem Pfiff zum Weitergehen bewegen, doch sie weigerten sich beharrlich, aufzustehen. Also warf ich einen letzten Blick auf die wogende graugrüne See, machte kehrt und ging Richtung Dünen und Haus. Jetzt, wo sie ihren Willen bekommen hatten, liefen sie überaus zufrieden und – wie ich meinte – grinsend vor mir her und hielten auf die Treppe zu.

Mein Blick schweifte zum Haus hinüber. Ich musste daran denken, dass ich es in diesem Jahrhundert zum letzten Mal so sah – wie ein kleines Schiff mit erleuchteten Fenstern, das in der Dämmerung neben dem Strand und dem Meer aufragte. Und bei diesem Anblick wurde mir wie immer ganz leicht ums Herz.

Mein Blick wanderte vom Haus zur großen Düne ein Stück weiter links. Und da machte das Herz in meiner Brust einen Satz und schien dann auszusetzen. Dort auf dem Dünenkamm stand eine in Grau gehüllte Gestalt und sah zu mir herunter. Ich rührte mich nicht. Die Hunde jaulten mich vorwurfsvoll an.

In diesem Augenblick änderte sich das Zwielicht. Die Gestalt verwandelte sich in Camilla, die ihren al-

283

ten grauen Regenmantel anhatte, mir zuwinkte und irgendetwas rief.

Sie formte mit den Händen einen Trichter. »Lewis und ich gehen kurz weg, um mehr Eis zu besorgen. Wir sind gleich wieder da!«

Ich winkte zurück, verharrte reglos, bis mein Herz sich wieder beruhigt hatte, und fand, dass dieses Vorzeichen meiner würdig war.

Bis sie mit dem Eis zurückkehrten, war es dunkel geworden. Ich hatte kurz geduscht und kleidete mich oben an. Aus irgendeinem Grund war ich so aufgeregt und nervös wie ein junges Mädchen vor seinem ersten Abschlussball. Selbstverständlich hatten wir schon öfter Abendkleidung getragen, allerdings nicht auf der Insel, nicht in diesem Haus. Und auf einmal schien mir das wichtig zu sein, ohne dass ich genau erklären konnte, wieso.

»Bist du da oben?«, rief Camilla von unten aus der Küche. »Ich könnte Hilfe gebrauchen.«

»Ja. Ich komme.«

Langsam stieg ich die alte Treppe hinunter, fuhr mit den Fingern über das raue Geländer und wich dem nassen Fleck auf dem Läufer unter dem Leck im Dach aus, dessen Abdichtung wir nie in Auftrag gegeben hatten. Ich atmete tief durch, ehe ich die letzten Stufen nahm und ins Wohnzimmer trat.

»Heilige Mutter Gottes!«, flüsterte Lewis.

»Anny, du siehst wirklich fantastisch aus«, sagte Camilla.

Ich spürte, wie ich errötete, was vollkommen lächerlich war.

Mein bodenlanges Kleid war aus fließendem schwarzem Stoff, hinten und vorn tief ausgeschnitten, hatte dünne Träger und brachte meine kleinen, sommersprossigen Brüste besser als jedes andere Kleidungsstück zur Geltung, das ich je getragen hatte. Ich hatte es vor vielen Jahren ganz spontan bei Saks erstanden, als sie dort alles so weit reduziert hatten, dass es einem beinah günstig erschien. Der Gedanke, dass ein schlichtes schwarzes Abendkleid mir wahrscheinlich ein Leben lang gute Dienste erweisen würde, hatte mich zu dem Kauf bewogen. Doch als ich mich im gedämpften Licht meines Schlafzimmers noch mal darin bewundert hatte, konnte ich mich des Gefühls nicht erwehren, dass meine Brüste wie reife Melonen aussahen und aus dem Ausschnitt zu springen drohten und dass die schwarze Seide mein üppiges Hinterteil wie gierige Hände umspannte. Deshalb hatte ich das Kleid nie getragen; doch heute Abend waren wir ja unter uns.

Seit zwei, drei Jahren hatte ich eine dicke silberne Haarsträhne, die aussah, als hätte sie jemand mit einem Pinsel aufgemalt. Insgeheim mochte ich sie ganz gern, denn diese Strähne verlieh meiner immer noch unbezähmbaren Mähne etwas Besonderes, auch wenn ich immer wieder betonte, ich sähe damit aus wie ein Stinktier. Außerdem trug ich ein Paar silberne Ohrringe, die ich während eines Arbeitsaufenthaltes mit Lewis und Henry in einem entlegenen Winkel erstanden hatte. Sie waren reichlich verschnörkelt und ziseliert und sie betonten meine nackten Schultern. Diese Ohrringe und ein Paar außerordentlich unbequeme hochhackige Sandaletten aus schwarzem Satin – ich konnte mich nicht mehr erinnern, wo ich sie gekauft hatte – waren die einzigen Accessoires. Eigentlich besaß ich kaum Schmuck. Für Edelmetall und Steine hatte ich mich nie begeistern können.

»Ist es unmoralisch, auf der Treppe über die eigene Frau herzufallen?«, fragte Lewis.

»Nein, aber reichlich unbequem«, erwiderte Camilla lachend. »Geh nach oben und zieh dich um, du lüsterner Satyr. Die Chance, dich aufs Ohr zu liegen, hast du verspielt.«

»Mach doch den Wein auf und schenk uns ein, Anny«, bat sie, als sie hinter ihm die Treppe hinaufstieg. »Und würdest du noch ein paar Scheite nachlegen? Nein, lass das lieber. Lewis kann sich darum kümmern, wenn er wieder runterkommt. Ach, und Fairlie hat angerufen. Henry hängt wegen eines Notfalls im Krankenhaus fest, kommt aber, sobald er kann. Sie ist schon auf dem Weg. Und sie ist ziemlich sauer auf ihn.«

Ich suchte in dem Ding, das wir Kommode nannten, nach dem Korkenzieher und dachte, dass es keinen Sinn hatte, sich über Notfälle aufzuregen, wenn man einen Arzt zum Mann hatte. Als Lewis und Camilla nach unten kamen, standen die gefüllten Weingläser bereit und ich hatte Pastete, Cracker und eine Schüssel mit Sesamgebäck aufgetragen, das auf keiner Cocktailparty in Charleston fehlen darf.

Camillas Anblick verschlug mir den Atem. Ich hatte erwartet, dass sie wie üblich entweder in dem silbergrauen Chiffonkleid oder dem aus dunkelgrünem Satin auftauchen würde, doch heute trug sie ein langes rotes Samtkleid mit tiefem Ausschnitt, das unter den Brüsten von einer Diamantbrosche zusammengehalten wurde, die meines Wissens von ihrer Großmutter stammte. Die Ärmel reichten bis zu den Knöcheln ihrer schlanken Hände. Dazu hatte sie ein Collier aus Diamanten und Rubinen gewählt, das aussah, als wäre es Teil von einem sagenumwobenen Kronjuwelenschatz, der auf der anderen Seite des Atlantiks in einem Turm unter dickem Panzerglas aufbewahrt wurde. Ihr kupferfarbenes, mit silbernen Strähnen durchzogenes Haar hatte sie so lange gebürstet, bis es elektrisch aufgeladen war und, wie Camilla selbst, Funken zu sprühen schien. Sie wirkte archaisch, wie einem anderen Zeitalter entsprungen. Dieser Gedanke war mir zwar schon öfter gekommen, aber an diesem Abend glich Camilla wirklich einer Schönheit aus dem Mittelalter, die erneut zum Leben erwacht war.

»Entschuldigt mich bitte kurz. Ich muss schnell nach oben und mein Abendkleid verbrennen«, sagte ich. »Camilla, es kommt mir fast wie eine Verschwendung vor, dass du das für uns anziehst.«

»Dieses Kleid trage ich nur für uns«, gab sie zurück. »Ich habe es, seit ich in die Gesellschaft eingeführt wurde, und das Collier hat meiner Urgroßmutter Charlebois gehört. Angeblich hat sie es aus dem Land geschmuggelt, als die Hugenotten geflohen sind. Aber wenn ihr mich fragt, hat sie es irgendwo stibitzt. Denn haben verfolgte Hugenotten jemals so etwas besessen?«

Auf der Zufahrt knirschten Räder. Lewis, der jetzt frisch geduscht war und eine schwarze Fliege umgebunden hatte, trat ans Küchenfenster und warf einen Blick nach draußen.

»Lila und Simms«, verkündete er. »Sie sind aufgezäumt wie alte Esel im Neuschnee, wie meine alte Kinderfrau immer zu sagen pflegte.«

»Du hast nie eine alte Kinderfrau gehabt«, scherzte Camilla. »Du warst das einzige Kind in ganz Charleston, das eine weiße Erzieherin gehabt hat.«

»Das darf aber außerhalb dieser vier Wände niemand erfahren«, sagte Lewis und ging nach unten, um Simms die Kiste Champagner abzunehmen.

Wie viele Männer der guten Gesellschaft bewegte Simms sich in Abendgarderobe, als trüge er sie von Kindesbeinen an – was ja eigentlich auch zutraf. Egal wie sehr sein Bauchumfang zunahm, sein Doppelkinn anschwoll, wie oft wir ihn in salzwassergetränkten Segelsachen sahen oder in seinen unmöglichen alten Badeshorts aus karierter Baumwolle, die noch aus der Collegezeit stammten – mit Smoking und schwarzer Fliege sah Simms einfach formidabel aus und so natürlich, dass man bei seinem Anblick sofort dachte: »Ja, genau.« Selbst jetzt, wo Simms durch den Sand stapfte und zusammen mit Lewis die Champagnerkiste trug, strahlte er jene Eleganz aus, die für South of Broad so typisch war.

»Wie machen sie das nur?«, hatte ich mich mehr als einmal gefragt.

Lila, die in hauchdünnen Silbersandaletten durch den Sand stakste, sah im diffusen Licht der alten gelben Lampe über der Tür so aus, wie sie wohl an dem Abend ausgesehen haben mochte, als sie in die Gesellschaft eingeführt worden war. Sie hatte ihr Debüt auf dem St.-Cecilia-Ball gegeben, entsann ich mich, an dem man nur teilnehmen durfte, wenn der Vater Mitglied war. Sie trug ein schlichtes weißes Kleid mit dezentem Dekolleté, kurzen Ärmeln und schmal geschnittener Taille und dazu die berühmte dreireihige Perlenkette ihrer Mutter. Sie hatte das Haar hochgesteckt und kleine Perlenohrringe angelegt. Von vorn wirkte sie nahezu züchtig, doch hinten war ihr Kleid bis zur Taille ausgeschnitten oder sogar noch einen Tick tiefer und hatte unten einen Schlitz bis zum Knie hinauf. Sie war so dünn, dass ihre Rückenwirbel deutlich hervortraten. Meiner Meinung nach hätten ihr ein paar Pfund mehr sehr gut gestanden. Wie Simms strahlte Lila genau das aus, was sie war. Wie ein Licht in der Dunkelheit zogen sie die Blicke auf sich.

Fairlie war mit den beiden gefahren. Ich hatte sie schon öfter in dem meergrünen Seidenkleid gesehen, einem glänzenden Schlauch, der vorn bis zum Knie reichte und nur einen Träger hatte. Doch ganz egal was Fairlie trug, man konnte den Blick nicht lange von ihr abwenden. Ihr wunderschönes rotes, mit silbernen Strähnen durchzogenes Haar fiel bis auf die Schultern und ihre Wangen glühten rot. Diese roten Flecken kannte ich nur zu gut. Das war kein Rouge – der Zorn trieb ihr die Farbe ins Gesicht. Fairlie … loderte. Als sie in die Küche kam und ich ihr einen Kuss auf die Wange drückte, überlegte ich, dass es vermutlich nicht immer einfach war, mit Fairlie verheiratet zu sein. Aufregend, betörend, amüsant, das ganz sicher – aber bestimmt nicht immer einfach. Ich hatte allerdings nie den Eindruck, dass Henry daran Anstoß nahm. Jedenfalls hatte er sich nie etwas in der Richtung anmerken lassen. Mir würde es nicht gefallen, dachte ich, dem Blick dieser funkelnden blauen Augen standzuhalten, mit dem sie ihn bombardieren würde, wenn er hier auftauchte.

Es hätte wieder einer von diesen verkrampften Abenden werden können, doch Camillas Fröhlichkeit wirkte ansteckend und löste die Spannung. Überglücklich saß sie neben dem Kamin, und genauso wenig, wie wir ein Kind geschlagen hätten, hätte es einer von uns gewagt, ihr den Abend zu verderben. Wir lächelten so fröhlich wie sie, als sie in Erinnerungen an unsere Ferien auf der Insel schwelgte. Und wenn sie lachte, stimmten auch wir freudig mit ein, wie man ja auch nicht ungerührt bleibt, wenn ein Kind von ganzem Herzen lacht. Es dauerte nicht lange, bis Camilla uns in ihren Bann gezogen hatte. Sie hätte uns bitten können, von der Dachterrasse zu springen, und wir hätten uns überschlagen, ihr zu Gefallen zu sein.

Und dann fiel mir plötzlich etwas ein.

Bunny Burford hat doch Recht, dachte ich. Sie bekommt immer, was sie will. Und wir gaben es ihr nur allzu gern. Sie erreichte ihr Ziel mit Lachen und Zuneigung, und wer sollte dem widerstehen? Falls sie uns manipulierte, verzauberte sie uns auch, und das war für uns alle ein Geschenk. Vielleicht war das auch der Grund, weshalb wir schon so lange miteinander befreundet waren. Ich hatte immer vermutet, es läge am Haus, aber vielleicht lag es an Camilla. Sie verzauberte einen oder wendete Magie an.

Voller Liebe und Zuneigung lächelte ich meiner alten Freundin zu und sie erwiderte dieses Lächeln, warmherzig und gewinnend. Für mich bist du etwas ganz Besonderes, sagte dieses Lächeln.

»Ich werde keine Minute länger auf Henry warten!« Fairlie stand auf, um nach ihrem Spargel zu sehen. »Er kann die Reste essen. Wir sind ja am Verhungern.«

Von uns allen war Fairlie die Einzige, die Camillas Zauber offenbar nicht erlag. Ganz aufrecht saß sie auf ihrem Stuhl neben dem Kamin, hielt den schönen Rücken kerzengerade, hatte ein Bein übers andere geschlagen und wippte mit einem Fuß, was mich an eine große Katze denken ließ, die sachte mit dem Schwanz um sich schlägt. Ihr Mund war eine dünne Linie und sie fixierte Camilla mit zusammengekniffenen Augen. Keine Ahnung, was ihr durch den Kopf ging. Falls sie wütend war, sollte sie ihren Zorn jedenfalls an Henry auslassen.

Kaum war sie in der Küche verschwunden, rührten wir uns und sahen zu Camilla hinüber, die Fairlie leicht amüsiert hinterhersah.

»Vielleicht hat sie Recht«, sagte sie. »Wer weiß, wie lange Henry aufgehalten wird.«

Widerwillig erhoben wir uns von unseren Stühlen. Den Zauber der vergangenen Stunde wollten wir nicht brechen. In dem Augenblick hörten wir, wie jemand die hintere Treppe heraufpolterte. Die Tür flog auf, und Henry kam breit grinsend und laut schnaufend, als hätte er gerade einen Dauerlauf hinter sich, hereingestürmt. »Sagt jetzt bloß nicht, ihr habt schon gegessen«, rief er.

Wir brachen in Gelächter aus. Er hatte eine verknitterte blaue Krankenhaushose mit passendem Kittel und Clogs an – die Kluft der Chirurgen. Darüber trug er seine perfekt geschnittene Smokingjacke. Um den Hals hatte er eine schwarze Fliege gebunden, deren Enden lose herunterbaumelten. Wie gewöhnlich blitzte in seinem schmalen Gesicht ein einnehmendes Grinsen auf und die silbernen Haare hingen ihm in die Augen. Unvermittelt empfand ich starke Zuneigung.

Camilla lief zu ihm und schlang die Arme um ihn. Dann neigte sie den Kopf nach hinten und schaute ihm ins Gesicht.

»Ich liebe dich, du Idiot!«, rief sie. »Gibt es jemanden, der wunderbarer ist als du?«

Damit besserte sich die Stimmung des Abends wieder und wurde zunehmend ausgelassener.

Wir aßen lange zu Abend. Camilla hatte den riesigen silbernen Kerzenleuchter ihrer Mutter mitgebracht und mitten auf den Tisch gestellt, wo nun die elfenbeinfarbenen Kerzen ruhig brannten. Lila hatte den weich fließenden weißen Damast ihrer Mutter auf dem Tisch ausgebreitet. Die dazugehörigen Servietten waren meiner Meinung nach so groß, dass sie ein Beistelltischchen gefüllt hätten.

»Mutter nannte sie immer ›die schweren Damastservietten‹«, erzählte Lila. »Und sie hat sie immer selbst gewaschen und gebügelt. Eliza konnte viel besser waschen und bügeln als sie, aber Mutter ließ keinen anderen an diese Servietten. Und wehe dem, der einen Flecken darauf hinterlassen oder es tatsächlich gewagt hat, sich damit die Lippen abzutupfen. Ich habe große Lust, Rotwein auf jedes dieser Dinger zu schütten.«

»Ich weiß genau, was du meinst«, sagte Camilla. »Einmal, ich muss gerade acht geworden sein, habe ich aus den Servietten meiner Mutter Binden für das Krankenhaus gemacht, das ich gerade gegründet hatte. Die Hunde waren meine Patienten. Ihr könnt euch bestimmt vorstellen, was Hundesabber auf altem Damast anrichtet.«

»Ich habe mal meine Initialen in unser Linoleum geritzt«, erzählte ich. »Es hat vier Jahre gedauert, bis meine Mutter eines Tages nüchtern war und es bemerkt hat.«

Alle brachen in schallendes Gelächter aus. Meine Herkunft war inzwischen Teil unserer gemeinsamen Geschichte, meine Abstammung unsere. Niemand nahm daran Anstoß.

Das Abendessen war einfach wunderbar. Wir speisten bis elf Uhr und tranken mehrere Flaschen von dem lieblichen, fruchtigen Merlot, den Simms zusammen mit dem Champagner beigesteuert hatte. Das Kaminfeuer im Wohnzimmer knisterte, zischte und brannte leise seufzend zu Asche hinunter. Draußen windete es immer stärker.

Schließlich stand Camilla auf und ging in die Küche.

»Nicht gucken«, warnte sie. Wir hatten schon die nächste Flasche Wein entkorkt und fast ausgetrunken, als sie mit einer heißen Eistorte auf einem Silbertablett aus der Küche kam. Die Torte war hoch und hübsch verziert und die Meringues waren zart gebräunt. Eingerahmt wurde sie von den früh blühenden Kamelien, die um die Weihnachtszeit die Charlestoner Gärten schmückten. Ganz beseelt schnappten wir nach Luft. Das war genau der richtige Nachtisch für diesen Abend.

»Ich habe seit … ich glaube fast, seit deiner Geburtstagsparty, Camilla, keine heiße Eistorte mehr gegessen«, sagte Lila. »Wir müssen damals zehn Jahre alt gewesen sein. Ich weiß noch ganz genau, wie Elsie sie auf die Veranda gebracht hat, wo wir an kleinen Tischen saßen, und uns aufgefordert hat, schnell zu essen, damit sie nicht wegschmilzt.«

»Und sie ist geschmolzen«, sagte Camilla. »Weißt du noch, was Lewis, Henry und Simms damit gemacht haben?«

»Wir haben uns eine Schneeballschlacht geliefert«, erinnerte sich Lewis. »Und zwar die einzige, die ich in Charleston je erlebt habe. Gott, was war deine Mutter wütend auf uns! War das letzte Mal, dass man mir heiße Eistorte vorgesetzt hat.«

Die Worte versetzten mir einen Stich. Ich war nicht neidisch, aber ich fühlte eine Lücke klaffen, weil ich ihre erlebnisreiche Kindheit nicht mit ihnen teilte. In meinem ganzen Leben hatte für mich nie jemand heiße Eistorte zubereitet.

Diese Nacht war die Nacht der Erinnerungen.

»Erinnert ihr euch noch an damals, als wir zu irgendeiner ziemlich steifen Veranstaltung mussten und keiner von euch Jungs eine Fliege hatte? Wieso das so war, weiß ich nicht mehr«, erzählte Lila. »Wir haben uns bei mir daheim getroffen und meine Mutter hat dann Mr Garling höchstpersönlich angerufen. Er ging in sein Geschäft und wartete schon mit drei Fliegen an der Kreuzung, als wir vorfuhren. Und ihr habt sie dann im Wagen umgebunden.«

»Die Prinzen der Stadt«, murmelte Fairlie, und es klang überhaupt nicht nett. Was war nur mit ihr los?

»Kommt mir wie gestern vor«, sagte Camilla und lehnte sich zurück. »Zeit ist etwas Eigenartiges. Als ich jung war, dachte ich, Zeit wäre eine gerade Linie, die von einem Ereignis zum nächsten führt, doch inzwischen kommt es mir so vor, als würde sie Schleifen drehen. Man kann überall sein, jederzeit. Wie nennt man das gleich noch?«

»Das Möbius'sche Band«, antwortete Henry. »Das ist eine angenehme Vorstellung. Man kann zurückgehen zu einem bestimmten Punkt, zu einer bestimmten Zeit, gerade wie es einem gefällt.«

»Klingt nach Fliegenfänger«, warf Fairlie ein.

Camilla seufzte laut und schaute auf ihre Uhr.

»Wenn ich die Zeit anhalten könnte, dann jetzt«, sagte sie und lächelte in die Runde. »Ich möchte, dass wir so bleiben, wie wir in dieser Nacht sind. Da das aber nicht in meiner Macht liegt, greifen wir eben auf Plan B zurück. Es ist eine Überraschung. Wir haben noch eine halbe Stunde bis Mitternacht. Ich möchte, dass ihr mich alle nach hinten, nach draußen begleitet.«

»Du machst wohl Witze«, sagte Fairlie patzig. »Draußen muss es um die null Grad sein. Ich habe keinen Mantel mitgebracht.«

»Dann wirf dir eine Decke über die Schultern«,

schlug Camilla vor. »Das darfst du jedenfalls nicht verpassen.«

Und wir hüllten uns in alles, was wir finden konnten.

»Gebt mir fünf Minuten«, bat Camilla. »Und ich muss mir Henry ausborgen.«

»Das war doch schon immer so«, murmelte Fairlie leise.

Ich dachte, ich wäre die Einzige, die den Kommentar gehört hatte. Fairlie hatte Recht. Seit Charlies Tod hatte Camilla Henry bei zahllosen Gelegenheiten um Hilfe gebeten und er hatte sie ihr gern und ohne zu murren gewährt. Na und? Die anderen Männer waren ihr auch hin und wieder behilflich gewesen. Wir alle waren im Notfall eingesprungen. Immerhin waren wir ja die Scrubs.

Mein Blick folgte Camilla und Henry, die zur Hintertür hinausgingen und die Stufen hinunterstiegen. Camilla hatte ihren alten Regenmantel übergeworfen und hing wie ein dunkler Schatten an Henrys Arm. Aus der Ferne konnte man nicht erkennen, wie stark gebeugt sie ging. Als sie die Treppe hinabstiegen und aus unserem Blickfeld verschwanden, sagte sie etwas zu ihm, woraufhin er sich zu ihr hinunterbeugte und lachte.

»Jetzt.« Wir leisteten ihrer Aufforderung Folge und traten in die Kälte des ausklingenden Jahrhunderts hinaus.

Jemand hatte die alten Tiki-Fackeln in einem Kreis in den Sand gestellt und sie angezündet. Ihr Lichtschein war wunderschön und wirkte gleichzeitig ganz und gar unirdisch. In die Mitte des Kreises hatten sie große Schachteln und Dosen aus Metall gestellt, die halb im Sand steckten. Gleich neben dem Kreis stand eine mit Eis gefüllte Zinkwanne, in der Champagner gekühlt wurde. Und daneben stand ein Tablett mit diesen grässlichen Plastik-Sektgläsern, die vor den Feiertagen in allen Lebensmittelgeschäften verkauft wurden.

Schweigend betrachteten wir Camilla und Henry.

»Feuerwerkskörper«, sagte Camilla und lachte aus voller Kehle. »Dafür hatte Charlie viel übrig. Henry hat so viele gigantische Raketen besorgt, wie er nur auftreiben konnte, und die werden wir um Mitternacht abschießen. Den ganzen Himmel zum Leuchten bringen. Und damit Charlie und den Rest der Welt wissen lassen, dass es die Scrubs immer noch gibt.«

Und genau das taten wir dann auch. Wir gossen den köstlichen Champagner in die scheußlichen Gläser, prosteten uns stumm zu, und als die Glocken der Kirchen in Charleston, Mount Pleasant und auf Sullivan's Island ertönten und drüben in Charleston auf der anderen Seite der Bucht im am Wasser gelegenen Park die Raketen in den Himmel stiegen, bückte Henry sich und schoss unsere ab.

»Zurück!«, rief er und wir machten einen Satz nach hinten. Es zischte laut und auf einmal war da nur noch Lärm, Licht und Farben. Grelle Lichtstreifen sausten in den Himmel hoch und verwandelten sich in einen Farbenregen, der sich langsam auf die Erde herabsenkte. Unter großem Getöse bildeten sich grüne, blaue und rote Blumen, die in irdischen Gärten nicht zu finden waren. Explodierende Sterne sausten durch die Luft und verglühten mit einem leisen Säuseln gelb und silbern im Sand. Unbeschreiblich waren sie, diese Polarlichter, die wir für Charlie zu Beginn dieser neuen Epoche in den Himmel schickten.

Eine ganze Weile lang sagte niemand ein Wort, und dann fragte Lila verhalten: »Was sind das für Raketen, Henry?«

»Kugelbomben, Böller, Römische Lichter. Aber die hier sind viel besser als die, die wir als Kinder hochgejagt haben. Mann, die hier sind eine Wucht. Ich habe sie von einem Stand auf der West Ashley. Vermutlich hätten wir eine Erlaubnis einholen müssen, um sie abzuschießen.«

»Da wir keine Erlaubnis eingeholt haben, um Charlies Asche ins Meer zu streuen«, sagte Fairlie lächelnd, »brauchen wir sicher auch keine, um ein paar Raketen in den Himmel zu schießen.«

Nachdem der letzte Funke wie eine Schneeflocke verglüht war, küssten wir uns, was wir bei den anderen Silvesterfeiern nie getan hatten. Früher hatten sich nur die Ehepartner geküsst, doch an diesem Abend schien es ganz natürlich und selbstverständlich. Lewis küsste mich fest und lange und fuhr dabei mit den Händen durch mein Haar. Simms' Schnauzbart kitzelte, als er sich zu mir hinunterbeugte. Henrys Kuss war ganz zart und entsprechend seinem Naturell sanft und unaufdringlich.

»Frohes neues Jahr, hübsches Mädel«, flüsterte er.

»Frohes neues Jahr, Charlie«, wünschte Camilla mit heller, klarer Stimme.

Als wir wieder die Treppe hinaufstiegen und ins warme Haus zurückkehrten, waren nicht nur meine Augen feucht.

»Ich habe Cognac mitgebracht«, sagte Camilla. »Lasst uns einen Schluck vor dem Kamin trinken, ehe wir zu Bett gehen. Ich möchte einfach nicht, dass diese Nacht endet.«

Wir saßen vor den verglühenden Holzscheiten, redeten wenig und tranken den alten Courvoisier. Vom Cognac und Feuerwerk leicht benommen, sann ich nicht über eine einzelne Sache nach, sondern sprang im Geist von einem Thema zum nächsten, streifte kreuz und quer durch die Jahre, die wir in diesem Haus verlebt hatten, tauchte wie ein Kolibri hier und dort ein. Lewis saß neben mir auf dem Sofa mit der kaputten Lehne, hielt meine Hand und malte mit den Fingern kleine Kreise auf mein Handgelenk. Lange Zeit war niemandem nach reden zumute.

»Da ist noch etwas, was ich sagen möchte«, ergriff Camilla schließlich das Wort. »Schon seit einer ganzen Weile habe ich überlegt, wie man diesen Abend beenden könnte, und ich finde, es wäre der perfekte Abschluss. Hoffentlich denkt ihr auch so. Wir sollten unseren Schwur erneuern. Lasst uns noch einmal den heiligen Eid der Scrubs ablegen, dass wir immer füreinander da sein werden, und lasst uns auf das Foto schwören, wie wir es damals getan haben.«

Ihre Augen funkelten, ihre Haut glühte und ihr Mund verzog sich zu diesem vagen Lächeln, das sie immer aufsetzte, wenn sie einem von uns einen Gefallen getan hatte. Dieses Lächeln zeugte von Freude und Dankbarkeit darüber, dass man es ihr erlaubte, einem zu Gefallen zu sein. Hätte sie mich in diesem Augenblick gebeten, einen Mord zu begehen, ich hätte eingewilligt.

Und so erhoben wir bereitwillig unsere Stimmen. Den Schwur zu erneuern war eine hervorragende Idee und passte wie das Tüpfelchen auf dem i zu diesem perfekten Abend, den Camilla uns beschert hatte.

Simms stand bereits auf, um das Foto abzuhängen, als Fairlie sagte: »Ach, lasst uns das doch auf unser nächstes Zusammentreffen hier draußen verschieben. Wir müssen uns demnächst auf den Heimweg machen und ich möchte nicht, dass wir das mit dem Schwur so holterdiepolter tun.«

Alle starrten sie an. Ihre Wangen glühten rot.

»Ihr bleibt nicht über Nacht?«, fragte Camilla. Normalerweise übernachteten sie zu Silvester immer hier draußen – wie alle anderen auch.

Keiner von uns sagte ein Wort. Eine seltsame Stimmung machte sich breit.

»Hm, ich wollte den Beginn der nächsten tausend Jahre einfach in meinem eigenen Bett erleben.«

»Da oben hast du auch ein eigenes Bett«, erwiderte Camilla leise. Sie sah zu Henry hinüber, der sich nicht traute, einem von uns in die Augen zu schauen, doch schließlich blickte er zu Camilla auf und ließ dann den Blick durch die Runde schweifen.

»Wir müssen euch etwas sagen«, begann er. »Es hat keinen Sinn, das auf die lange Bank zu schieben.«

»Henry!«, zischte Fairlie. »Du hast versprochen …«

»Es ist nicht richtig, Fairlie. Wir haben damit schon

zu lange hinterm Berg gehalten«, erwiderte er tonlos und unerbittlich. In diesem Ton hatte er noch nie mit ihr gesprochen. Was auch immer er zu erzählen hatte, plötzlich wünschte ich, ich könnte sterben, ohne es zu erfahren.

»Ihr wisst ja, ich denke schon seit einiger Zeit darüber nach, mich aus dem Berufsleben zurückzuziehen«, sagte er. »Wir haben beschlossen, dass ich im Frühsommer in Pension gehe und … dass wir nach Kentucky ziehen.«

Er legte eine Pause ein, als warte er darauf, dass einer von uns etwas sagte, doch niemand ergriff das Wort. Camilla stieß einen gequälten Seufzer aus, sagte aber keinen Ton. Fairlie starrte wie gebannt ins Feuer. Ihr Mund war nur ein dünner Strich.

»Fairlie hat mir und Charleston einen Großteil ihres Lebens geopfert«, fuhr Henry fast flehend fort. »Und da ist es nur fair, die Zeit, die uns noch bleibt, bei ihr daheim zu verbringen. Ihr Bruder verkauft uns die Familien-Farm und Fairlie will sich Pferde zulegen. All ihre alten Freunde leben dort und sie hatte schon immer den Wunsch, Rennpferde zu züchten.«

»Und was für Pläne hast du?«, fragte Lewis leise und bedrückt. Ich wusste, dass er entweder mit den Tränen kämpfte oder richtig sauer war. Ich selbst war nur starr vor Schreck.

»Die Ställe ausmisten«, erwiderte Henry, doch der Ton, den er anschlug, war nicht lustig. »Nein, ich werde mehr Zeit mit den Fliegenden Ärzten verbringen und in Louisville vielleicht als medizinischer Berater arbeiten. Das ist nicht weit weg. Und wir werden jeden

Sommer hierher kommen. Um Nancy und die Kinder zu besuchen und natürlich auch, weil wir es ohne euch nicht aushalten. Wir werden ja viel Zeit haben. Deshalb geht man schließlich in Pension.«

Noch immer schwiegen alle. In der Stille konnte ich hören, wie Mauern einstürzten, wie Mörsergranaten einschlugen.

Und dann redeten auf einmal alle höflich durcheinander, brachten murmelnd Glückwünsche vor und einigten sich darauf, dass man sich selbstverständlich fast genauso oft wie jetzt sehen würde, was natürlich niemand glaubte. Fairlies Augen schauten in die Ferne, weg von diesem Haus, weg von dieser Insel. Ich fragte mich, ob es ihr hier jemals gefallen hatte. Und ich fragte mich auch, ob ich sie überhaupt kannte.

Henry und Fairlie standen schließlich auf, um sich zu verabschieden. Camilla ging zu ihnen und küsste beide auf die Wange.

»Wichtig ist nur, dass ihr glücklich seid«, sagte sie mit geschlossenen Augen, worüber ich sehr froh war, denn ich wollte ihrem Blick nicht begegnen. Henrys Blick war leer.

Nachdem die beiden gegangen waren, stieg einer nach dem anderen die Stufen hinauf und verschwand in seinem Schlafzimmer. Es schien, als wäre alles gesagt. In dem hohen alten Bett in unserem Zimmer rückten Lewis und ich unter den staubigen Decken zusammen. Irgendwann wollte er etwas sagen, doch ich schüttelte den Kopf und er schwieg. Nach einer Weile hatte ich das Gefühl, dass er schlief.

Ich hingegen fand lange keinen Schlaf. Reglos lag

ich da und beobachtete, wie das von Staubflocken gefilterte Licht der Mondsichel über unser Bett wanderte und schließlich verblasste. Camillas Zimmer grenzte an das unsere, aber obwohl ich die Ohren spitzte, war von drüben nicht das leiseste Geräusch zu hören. Ich beschloss, aufzustehen und nach ihr zu sehen, falls sie auch nur einen Seufzer ausstieß; doch die Nacht verlief ruhig. Nur der Wind und der Sand, der über die Fensterbretter fegte, waren zu hören.

Dennoch spürte ich ihre Gegenwart ganz deutlich. Es war fast, als könnte ich sie durch die Wand hindurch sehen, spüren, sie berühren. Ich spürte Camilla Currys Präsenz im Zimmer nebenan so deutlich, dass es beinah schmerzte. Ich spürte, wie Camilla still und stumm im Bett lag, wie ihr ganzes Wesen in Aufruhr war. Mich beschlich das seltsame Gefühl, dass sie Wache hielt.

*   *   *

Am ersten Dienstag im neuen Jahr sollte ich im Rahmen meiner Beratertätigkeit nach New Orleans fliegen, doch ich war immer noch schwer schockiert und tief verletzt, fühlte mich körperlich angeschlagen und wollte deshalb nicht reisen.

»Du solltest trotzdem fliegen«, riet Lewis. »Es wird dir helfen.«

Und ich hörte auf seinen Rat.

Am Morgen des Tages, wo ich abreisen wollte, rief Fairlie mich an. Der Klang ihrer Stimme ließ mich zunächst aufschrecken, denn es war, als spräche sie aus dem Grab zu mir. Doch dann klang ihre volle Stimme eigentlich wie immer; sie sprach in ihrem leicht schleppenden Tonfall und wirkte ziemlich entnervt.

»Ich bin so wütend auf Henry, dass ich mich übergeben könnte«, gestand sie. »Er wird heute Nacht mit diesen verdammten Fliegenden Säcken die Stadt verlassen, dabei hat er mir doch versprochen, mit mir zusammen zu *Tosca* im Galliard zu gehen. Daheim halte ich es nicht aus. Hast du Lust, mit mir ein paar Tage auf der Insel zu verbringen? Wir könnten eine Schlafanzugparty veranstalten und uns mit Süßigkeiten voll stopfen.«

Es war, als hätte sie die Scrubs mit einem Handstrich ausgelöscht.

»Ich reise heute auch ab«, bemühte ich mich, so normal wie möglich zu antworten. »Könnte aber Spaß machen. Vielleicht hat Camilla ja Lust, dich zu begleiten.«

»Nein«, sagte Fairlie. »Sie sagt, sie hat Grippe. Sie hörte sich scheußlich an.«

»Hm, macht es dir was aus, allein dorthin zu fahren? Mir hat das immer Spaß gemacht.«

»Nein, um ehrlich zu sein«, sagte sie. »Es wird mir gut tun. Dann kann ich so sauer und zornig sein, wie es mir gefällt. Vielleicht laufe ich nackt den Strand hinunter. Vielleicht pinkle ich ins Feuer. Vielleicht esse ich Würmer.«

Ich musste lachen, weil ich mir sehr gut vorstellen konnte, wie sie ihre Ankündigungen wahr machte, und weil sie wieder wie die alte Fairlie klang, die unsere Gemeinschaft nicht auf dem Gewissen hatte.

»Dann pinkel mal schön«, sagte ich. »Wir sehen uns, wenn ich wieder in der Stadt bin.«

Anschließend rief ich Camilla an. Ihre Stimme klang heiser und sie war kaum zu verstehen.

»Du hast die Grippe?«, fragte ich. »Fairlie hat es mir erzählt.«

»Nicht so richtig. Eigentlich nur eine Kehlkopfentzündung. Ich hatte einfach keine Lust, mit ihr auf die Insel zu fahren.«

»Hast du etwas dagegen, wenn sie dort draußen ist? Mir passt es jedenfalls nicht.«

»Selbstverständlich nicht«, entgegnete sie. »Das Haus gehört ihr ebenso wie mir. Ich habe nur keine Lust, rauszufahren.«

»Na«, sagte ich, »dann gib auf dich Acht. In ein paar Tagen bin ich wieder da und dann schaue ich bei dir vorbei.«

»Tu das«, sagte sie. »Ich vermisse dich immer, wenn du weg bist.«

Das Treffen in New Orleans dauerte endlos und war größtenteils unproduktiv, und um das Fass tatsächlich zum Überlaufen zu bringen, hatte der Anschlussflug von Atlanta nach Charleston mehrere Stunden Verspätung. Erst um kurz vor drei Uhr morgens rollte ich endlich in unseren Hof in der Bull Street. Die Fenster in der unteren Etage waren erleuchtet. Ich runzelte die Stirn. Ich hatte angenommen, Lewis würde draußen in Edisto übernachten.

Er saß am Küchentisch. Vor ihm stand eine Tasse Kaffee, die er nicht angerührt hatte. Er trug seinen Arztkittel und sah furchtbar aus. Sein Gesicht war

305

aschfahl, die Wangen eingefallen. Seine Augen und seine Nase waren gerötet, als hätte er geweint.

»O Gott, Lewis, was ist denn?«, rief ich leise, rannte zu ihm und kniete mich neben ihn.

Er nahm meine Hände in seine und drückte sie so fest, dass ich zusammenzuckte.

»Anny …«, begann er, doch dann erstarb seine Stimme. Er räusperte sich. Ich wartete wie versteinert.

»Anny. Das Strandhaus ist abgebrannt. Heute Nacht. Alles liegt in Schutt und Asche.«

Mir klingelten die Ohren. »Fairlie«, sagte ich.

Seine Stimme schien aus weiter, weiter Ferne zu kommen.

»Fairlie hat es nicht nach draußen geschafft«, sagte Lewis und begann zu weinen.

TEIL DREI

KAPITEL ACHT

Das neue Haus oder – besser gesagt – die neuen Häuser standen auf einem kleinen, mit Palmen und Eichen bewachsenen Hügel. Von dort aus bot sich ein schöner Ausblick auf die lichte, wintergraue Marsch und den daran angrenzenden breiten Streifen windgepeitschtes, stahlgraues Wasser. So weit das Auge reichte nur Marschland, Hügel, Wald, Wasser und Himmel. Wildnis pur. An diesem Ort war es schon im Winter wunderschön, und wenn die Marsch sich im Frühling grün färbte und die Wasservögel und kleine Kriechtiere in die Bucht zurückkehrten, würde es hier fraglos atemberaubend sein. Es war Anfang Februar. Eine tief stehende Sonne färbte den Himmel über dem Wasser, der Marsch und den dahinter liegenden Wäldern orangerot ein. Dieses Panorama verströmte solche Ruhe, solche Stille, dass man unweigerlich flüsterte. Obwohl es wie auf Sweetgrass Marschland und einen kleinen Flusslauf gab, fühlte man sich hier ganz anders. Als Lewis und ich aus dem Wagen stiegen und die drei Häuser betrachteten, erinnerte ich mich sehnsüchtig an das Rauschen des Meeres.

Wir waren vom Maybank Highway abgebogen und hatten von Wadmalaw Island nach John's Island übergesetzt. Die Fahrt kam mir ewig vor. Ich war an die schon ländlich geprägte Gegend unweit von Edisto gewöhnt. Die banale Ansammlung von kleinen Filialen, Lebensmittelgeschäften, Fastfood-Restaurants und vereinzelten Gebrauchtwagenhändlern an der Bundesstraße war deprimierend.

Obwohl Lewis mich nicht ausdrücklich darauf hingewiesen hatte, ahnte ich doch, dass wir uns einen Ort anschauten, den die anderen als Ersatz für das Strandhaus in Betracht zogen. Keine echte Alternative, aber ein Ort am Wasser, ein Treffpunkt für die Scrubs. Wir redeten zwar nicht darüber, aber tief in meinem Innern wusste ich, ich würde Sullivan's Island niemals wieder betreten, würde nie wieder den Anblick und das Rauschen des Meeres genießen, das mir so ans Herz gewachsen war. Und um dieses Vergnügen trauerte ich genauso wie um Fairlie. Ich bezweifelte, dass ich in der Lage sein würde, den neuen Ort ins Herz zu schließen, was ich nicht laut aussprach, doch Lewis wusste mein Schweigen zu deuten. Er redete auf der Fahrt auch nicht viel, und seine Stimme klang ziemlich eingerostet, als er schließlich verkündete: »Da sind wir.«

Der Schotterweg war mit Wasserlachen übersät, in denen sich der Winterregen sammelte. Die kleinen einstöckigen Häuser gruppierten sich um das Ende der moosbewachsenen, verwilderten Zufahrt, hinter der ein alter, undurchdringlicher Wald begann. Jemand hatte orange Bänder um ein paar Baumstämme gewi-

ckelt. Hier überkam einen das Gefühl totaler Abgeschiedenheit. Als wir auf die Lichtung rollten und die
Häuser, die Marsch und das Wasser dahinter betrachteten, schoss mir etwas durch den Sinn, ohne dass ich
den Finger darauf legen konnte. Man erwartete fast,
dass am Ende des langen, robusten Steges – er zog sich
ewig durch die Marsch, bis er endlich das Wasser erreichte – noch ein Gebäude stehen müsste. Ich konnte
es beinah sehen – eine Art Pentimenti hinter dem zu-
gewachsenen Hügel und den drei anmutigen kleinen
Muschelkalkhäusern, die sich im Halbkreis um die mit
Muscheln übersäte Zufahrt gruppierten.

Stirnrunzelnd sah ich zu Lewis hinüber. Er grinste
und sagte: »Booter's. Erinnerst du dich noch?«

Und mit einem Mal war alles wieder da: der Unter-
stand mit dem Blechdach, wo wir vor vielen Jahren bei
unserer ersten Verabredung unter einem weißen Mond
Austern gegessen, Bier getrunken und wie von Sinnen
getanzt hatten. Statt mehrerer durchgebogener Stege
und vergammelter Boote im Sumpf gab es einen breiten, verblichenen Holzsteg, an dessen Ende ein vik-
torianischer Pavillon aus Gitterflechtwerk stand und
gleich daneben drei freie Anlegeplätze.

Ich schaute nach hinten, zu den Häusern hoch, die
nun in der untergehenden Sonne pinkfarben aussahen.
Sie standen zwischen dichten Oleanderbüschen und
Kräuselmyrten. Die moosbewachsenen Eichen, die
dahinter aufragten, bildeten einen silbergrauen Para-
vent. Im Frühling würden die Tüpfelfarne ausschlagen.
Auf den langen niedrigen Veranden der Häuser standen Schaukelstühle. Ein Stück weiter hinten entdeckte

ich ein großes verglastes Gebäude, in dem vermutlich der Pool untergebracht war. Das kleine, geduckte Muschelkalkhaus dahinter war bestimmt das Gästehaus. Aus den Doppelflügelfenstern im mittleren Haus fiel warmes Licht.

»Ach, Booter«, sagte ich mit einem Kloß im Hals. »Was ist nur aus Booter geworden?«

Lewis kam um den Wagen herum und hielt mir die Tür auf, doch ich stieg nicht aus. Am liebsten hätte ich die Türen zugeschlagen, das Steuer herumgerissen und wäre mit quietschenden Reifen von diesem schönen Ort geflohen, der auf den Ruinen von Booter's Bait and Oysters entstanden war. Ein Teil meiner Jugend war eng mit Booter's verknüpft.

Unsere Gruppe wird immer kleiner, fuhr es mir durch den Sinn. Wir waren zwar immer noch dieselben, aber wir stoben in alle Himmelsrichtungen davon, kamen im Feuer um oder wurden zu Grabe getragen.

»Booter hat Alzheimer und ein Emphysem und lebt in einem Pflegeheim«, berichtete Lewis. »Da ist er schon eine ganze Weile. Henry, Simms und ich besuchen ihn hin und wieder, auch wenn er uns nicht erkennt. Wahrscheinlich wird er es nicht mehr lange machen. Vor gut fünfzehn Jahren hat er alles verkauft, auch das Land, wohl so an die hundert Morgen, an einen superreichen Typen aus New Jersey, der einen privaten Jagd- und Fischgrund für seine Kumpels und einen Ort suchte, an den seine Familie sich zurückziehen konnte. Ihm blieb gerade noch genug Zeit, die Häuser und den Steg bauen zu lassen, ehe er wegen Insiderhandels in den Knast gewandert ist.«

»Und wem gehört das alles jetzt?«

»Um ehrlich zu sein, Simms«, antwortete Lewis. »Er hat es als eine Art Kapitalanlage gesehen und zugeschlagen, nachdem der Kerl ins Gefängnis gekommen ist. Gut möglich, dass Simms später mal etwas damit anfangen will. Bislang hat er die Finger davongelassen. Er hält die Häuser und das Dock instand, hat aber nichts verändert. Wir dachten, es könnte … du weißt schon …«

Seine Stimme hatte einen flehenden Unterton. Ich lächelte und drückte seine Hand.

»Ziemlich hübsch, findest du nicht?«, sagte ich. »Und die Häuser entsprechen überhaupt nicht dem, was man von einem verurteilten Straftäter auf New Jersey erwarten würde. Komm, wir schauen uns hier mal um. Irgendjemand ist offenbar schon da, aber ich könnte wetten, dass dich das nicht überrascht.«

Er grinste und nickte. Wir gingen die Zufahrt hinunter und hielten auf das mittlere Haus auf Booter's Marsch zu. Unter unseren Füßen knirschten die Austernschalen.

Am Wochenende nach dem Gedenkgottesdienst für Fairlie hatten wir uns – mit Ausnahme von Henry – bei Camilla in ihrem Loft getroffen, herumgesessen, auf den kalten, aufgewühlten Hafen und auf die Insel gestiert, die uns nichts mehr bedeutete, und darüber gesprochen, was wir tun sollten. Zwischendurch mussten wir wiederholt erst ein paar Tränen trocknen, bevor wir weitersprechen konnten. Lewis und Simms tätschelten immer wieder die Hunde, starrten wie gebannt auf den Ozean hinaus und mieden den Anblick der Insel. Henry war nicht bei uns. Und ich konnte auch nicht abschätzen, wann er wieder unsere Gesellschaft suchen würde.

Keiner von uns hatte Lust auf dieses Treffen, dieses Gespräch, doch Camilla bestand darauf.

»Wenn wir keinen Plan haben, werden wir auch nichts unternehmen. Und dann treiben die Scrubs auseinander und es dauert nicht lange, bis wir nicht mal mehr unsere Gemeinschaft haben. Sicher, niemand möchte über einen anderen Ort nachdenken. Aber es ist wichtig für uns, dass das Leben weitergeht, auf die eine oder andere Weise. Wenn ihr mich fragt, brauchen wir einander und das Wasser, und deshalb meine ich, es wäre besser, wir würden bald eine Entscheidung treffen. So wie früher wird es niemals sein, aber es könnte für uns ein Neuanfang werden, an einem anderen Ort. Für Menschen, die sich womöglich verändert haben. Und trotzdem wäre es unser Ort. Mir ist wichtig, dass es uns gibt. Bitte, denkt darüber nach, und sei es nur um meinetwillen.«

Ihre Worte berührten mich sehr. Normalerweise drängte Camilla niemanden zu irgendetwas. Von uns allen hatte sie am meisten verloren. Charlie, ihre Freundin, ihr Haus. Für mich war es immer Camillas Haus gewesen. Und so dachten vermutlich alle – nur Camilla nicht.

»Ich finde, wir sollten es tun«, sagte ich und räusperte mich. »Es ist nicht gut, wenn wir uns zu lange treiben lassen. Was, wenn es uns nur gibt, wenn wir zusammen sind?«

Wir schauten in die Runde und sahen dann zu Camilla hinüber. Sie lächelte vage, aber ihre braunen Augen flehten uns an, was mir und den anderen einen Stich versetzte. Ging es nur mir so oder war auch den anderen aufgefallen, wie kraftlos und ausgezehrt Camilla wirkte? Innerhalb einer Woche schien sie um Jahre gealtert zu sein. Sie strahlte nicht mehr von innen heraus, und ich denke, wir hätten alles getan, damit sie wieder wie früher war.

Innerhalb von fünf Minuten kamen wir überein, einen neuen Ort am Wasser zu suchen, wo wir die Wochenenden und den Sommer verbringen konnten. Von Charleston aus sollte er gut erreichbar sein und abseits der Straßen und Brücken liegen, die über den Cooper River nach Sullivan's Island führten. Dass sich zu jenem Zeitpunkt einer von uns dafür interessierte, wo dieser Ort sein und wie er aussehen sollte, ist eher unwahrscheinlich. Aus gutem Grund wollten wir damals noch keinen anderen Ort. Und doch brauchten wir ihn. Dass wir uns darauf verständigt hatten, war immerhin ein Anfang.

»Vielleicht gibt es da eine Möglichkeit«, sagte Simms. »Könnte ganz gut funktionieren. Lasst mir noch ein bisschen Zeit. Ich gebe euch Bescheid.«

»Ach«, entfuhr es Lila. »Wenn es das ist, was ich denke, wird es euch gefallen.«

»Das bezweifle ich stark«, sagte ich zu Lewis auf der Rückfahrt nach Edisto. »Aber ich könnte es nicht ertragen, wenn wir auseinander driften. Und Camilla bedeutet unsere Gemeinschaft sehr viel.«

»Wir sollten es uns wenigstens ansehen«, erwiderte Lewis. »Anny, du weißt, wie auf Sullivan's wird es

315

nicht sein, was aber noch lange nicht heißen muss, dass es dort nicht auch schön sein kann.«

Jetzt, wo ich in der Kälte und im fahlen Licht der schnell sinkenden Sonne auf Booter's Hügel stand, die hell erleuchteten Fenster sah, mir der angenehm duftende Rauch von Treibholz und Zedern in die Nase stieg und ich hörte, wie der Fluss sanft gegen die Dockpfosten schwappte, ein Geräusch, das mir von Sweetgrass vertraut war, dachte ich, dass dieser Ort uns vielleicht, nur vielleicht gut tun könnte. Oder zumindest nicht schaden würde.

Auf Lewis' Klopfen hin öffnete Camilla die Tür. Wir traten in einen großen Raum mit Zypressentäfelung, freistehenden Zypressenpfeilern und einem großen Kamin aus Flusskieseln, der von Bücherregalen eingerahmt wurde. Das Zimmer war eher spärlich möbliert. Gegenüber vom Kamin standen ein schweres Denim-Sofa und zwei geblümte Chintzsessel, die aus Camillas Haus in der Tradd Street stammten. Vor dem Kamin lag auf den breiten, blassgrün lasierten Holzdielen der Flokati-Teppich, den Lila Camilla nach den Verwüstungen durch Hurrikan Hugo geschenkt hatte. Die Doppelflügelfenster waren klein und hatten tiefe Brüstungen und in der Wand auf der Fluss- und Marschseite gab es mehrere Fensteröffnungen. Die Fensterbretter leuchteten in den letzten Strahlen der untergehenden Sonne. Das Licht in diesem Raum war bestimmt herrlich, außer vielleicht am späten Nachmittag, wenn es den Raum schluckte, aber dann konnte man ja die schweren gefütterten Vorhänge aus grobem Leinen zuziehen, die einen Ton dunkler als die Holzdielen waren.

Schön gemacht, fuhr es mir durch den Sinn, während ich mich umschaute. Camilla wartete. Sie lächelte vage und faltete die Hände. Das Haus war auf jeden Fall hübsch hergerichtet. Es war kein Cottage, sondern ein Haus. Unvorstellbar, dass auf diesem Boden eine Sandschicht lag, dass Ruder und Krabbennetze in den Ecken landeten, dass alte Badelatschen fünfzehn Jahre unter dem Küchentisch lagen. Dennoch – vielleicht entsprach uns dieser Ort nun.

Camilla verließ das Zimmer, um Drinks zu mixen. Und da sagte ich zu Lewis: »Es ist nett, nicht wahr? Kommt mir allerdings eher wie ein Haus für Erwachsene vor. Das Strandhaus war etwas für Kinder, selbst wenn die Kinder schon alt waren.«

»Man hatte ihm nicht umsonst den Spitznamen Traumland verpasst«, sagte Lewis. »Aber wäre es wirklich so schlimm, erwachsen zu werden?«

»Nur wenn ich mich zum Abendessen umziehen und Schuhe tragen muss.«

»Du kannst hier nackt herumspringen«, erwiderte er. »Es gibt noch zwei Häuser, genau wie das hier, und ein Gästehaus. Jeder von uns bekommt eins. Du kannst den ganzen Tag splitterfasernackt herumlaufen, ohne dass es jemand mitkriegt. Ist, um ehrlich zu sein, ein klasse Plan.«

Camilla verteilte die Drinks und fragte: »Meinst du, du könntest dich hier eingewöhnen, Anny? Es gibt natürlich noch Alternativen, die wir uns anschauen könnten. Vielleicht finden wir ja sogar ein Haus, das groß genug für uns alle ist, wie das Strandhaus. Wir haben ja immer davon gesprochen, so zu leben. So wie hier. Vielleicht sollten wir es mal für ein Jahr oder so ausprobieren.«

»Es kommt mir … ach, ich weiß nicht, irgendwie groß vor«, wandte ich ein. »Fürchtest du nicht, wir könnten uns hier verlaufen?«

»Wir brauchen auch Platz für Henry«, gab Camilla zu bedenken.

»Meinst du, er wird zurückkommen?«

»Ja, das wird er.«

Denn Henry hatten wir verloren und dieser Verlust schmerzte wie eine tiefe Wunde.

Seit dem Feuer hatte ich ihn nicht mehr gesehen. Ich wusste zwar, dass Lewis und Simms ihn am Tag nach dieser schrecklichen Nacht getroffen hatten, doch danach schien er sich in Luft aufgelöst zu haben. Weder in der Bedon's Alley noch im Büro ging er ans Telefon und in Nancys Haus erwischten wir ihn auch nicht. Anscheinend wusste sie nicht, wo er steckte, und ihre Stimme klang so traurig, dass ich es nicht übers Herz brachte, sie weiter auszuhorchen.

»Wir werden ihn bestimmt beim Gedenkgottes-dienst sehen«, sagte Lila, die immer noch ganz blass war. Und Camilla, die aufgrund ihrer Osteoporose noch gebeugter ging als sonst, stimmte ihr zu.

»Wir sollten ihn eine Weile lang in Ruhe lassen«, riet sie. »Wenn etwas schief gelaufen ist, hat er sich immer abgesondert.«

Mir erschien dieses Verhalten falsch, aber ich hielt mich mit Beistand und Trost zurück, zumal es ganz offensichtlich war, dass Henry damit weder jetzt noch in naher Zukunft etwas anfangen konnte.

Henry hatte die Absicht, Fairlies sterbliche Überreste – keiner von uns konnte den Gedanken an diese zwei Worte ertragen – nach dem Gottesdienst auf die Farm nach Kentucky bringen zu lassen. Und auch er wollte dorthin fahren und sie in heimischer Erde bestatten.

»Mehr weiß ich auch nicht«, berichtete Lewis zwei Tage nach dem Feuer ganz benommen. Auch er hatte Henry nicht mehr persönlich gesprochen, aber er hatte unter dem Scheibenwischer des Range Rover, der in der Bull Street auf dem Hof stand, eine Nachricht von ihm entdeckt. Bis nach dem Gedenkgottesdienst, der – was uns alle bestürzte – in Henrys und Fairlies Haus in Bedon's Alley abgehalten werden sollte, wohnten wir in der Bull Street. Die Vorstellung, dass Fairlie, diese aufgeweckte, fröhliche Frau, dort nicht mehr präsent war, war mir ebenso unerträglich wie der Gedanke, dass Henry allein in dem Haus lebte. Mir ging es wie den anderen: Ich konnte nur bis zum Gottesdienst denken, weiter nicht.

In der Nacht vor der Gedenkfeier stand Henry vor unserer Haustür. Er hatte Gladys dabei, die nicht von seiner Seite wich. Mann und Hund sahen aus, als wären sie durch die Mangel gedreht worden. Alles an Henry war grau – Gesicht, Haare, Lippen. Gladys wimmerte und zitterte am ganzen Leib. Sie wusste nicht, wo sie war, ahnte aber sicherlich, dass bei diesem Spaziergang nichts Gutes herauskommen würde.

Nein, er wolle nicht hereinkommen, verkündete Henry fast förmlich oder – besser gesagt – beinahe schüchtern.

»Ich muss mich um schrecklich vieles kümmern

und es wäre mir sehr wichtig, wenn ihr beide etwas für mich tun könntet«, bat er.

»Was immer du möchtest«, riefen Lewis und ich wie aus einem Mund.

»Ich möchte, dass ihr Gladys nehmt, wenn das möglich ist. Ich kann mich nicht mehr … um sie kümmern. Ich habe ihr Körbchen, ihre Decke, ihr Fressen und ihre Medizin im Wagen, und wenn ihr nichts dagegen habt, werde ich Tommy und Gregory veranlassen, morgen früh den Golfwagen nach Sweetgrass rauszuschaffen. Wenn ihr euch um sie kümmert und hin und wieder mit ihr im Golfwagen ein paar Runden dreht, würde mir das mehr bedeuten, als ich mit Worten ausdrücken kann. Ihr wird es in Sweetgrass gefallen und sie sitzt gern im Wagen am Wasser. Ich dachte, wenn ihr, ihr wisst schon, einen anderen Ort findet …«

»Du kannst dich darauf verlassen, dass wir sie mitnehmen. Ich liebe sie«, sagte ich und begann zu weinen. Er drückte mich kurz und fest an sich. Durch den mageren Brustkorb konnte ich sein Herz spüren, das ganz langsam schlug. Er beugte sich hinunter, legte das Kinn auf meinen Kopf, hob dann das Gesicht und schaute Lewis und mir zum ersten Mal unverwandt in die Augen.

»Sie ist inzwischen eine alte Dame«, sagte er. »Durchaus möglich, dass ich nicht rechtzeitig zurück bin. Schon vor einiger Zeit habe ich entschieden, dass sie so lange leben soll, bis das Leben ihr zur Last wird. Und ihr kennt sie ja fast genauso gut wie ich, ihr werdet schon merken, wenn es so weit ist. Ich hoffe, ihr könnt mein Versprechen einlösen.«

Ich nickte, brachte allerdings kein Wort heraus. Lewis streckte die Hand aus und Henry drückte sie fest mit beiden Händen. Seine Knöchel färbten sich blauweiß.

»Ich werde mich bei euch melden«, versprach er. »Es kann eine Weile dauern, aber ich werde bestimmt anrufen. Ich muss … weg, bis ich wieder … nun ja, ich hoffe, ihr könnt das respektieren.«

Er beugte sich nach unten, schlang die Arme um Gladys und hielt sie lange fest. Er flüsterte ihr etwas ins Ohr und dann war er weg. Gladys wimmerte noch herzzerreißender als zuvor, und als meine Tränen langsam versiegten und ich mich hinkniete, zitterte sie wie Espenlaub.

※　※　※

In dieser Nacht nahmen wir sie mit in unser Bett und legten sie zwischen uns. Ich schlang die Arme um sie, bis das Zittern nachließ und schließlich ganz verschwand. Ich spürte jeden einzelnen ihrer Knochen, das Pochen ihres verzagten Herzens. Wahrscheinlich hatte sie in ihrem langen Leben nicht viele Nächte ohne Henrys und Fairlies vertrauten Geruch verbracht.

Kurz vor Morgengrauen merkte ich, wie sie mehrmals im Traum zusammenzuckte.

»Hoffentlich hast du die schönsten Träume, die man nur haben kann, und hoffentlich kann ich sie dir alle erfüllen«, flüsterte ich ihr zu.

※　※　※

Jeder von unseren Bekannten in Charleston fragte: »Was ist geschehen? Wie konnte so etwas nur passieren? Warum ist sie ganz allein dort draußen gewesen? Wo war Henry?«

Ich fand das seltsam. Die Mitglieder der feinen Gesellschaft wunderten sich nicht, wenn jemand starb, weil er alt oder krank war, doch ein Unfall, und vor allem so ein Aufsehen erregender wie dieser, versetzte alle in Panik und war fast ein Tabu. Vielleicht war das die normale Reaktion einer eingeschworenen Gemeinschaft. Die Menschen kannten einander so gut, dass das, was einem zustieß, auf die anderen ausstrahlte. Donne hatte Recht. Niemand ist eine Insel. Jeder ist Teil des Ganzen. Und wenn südlich der Broad Street die Kirchenglocken läuteten, dann läuteten sie für uns.

»Wir wissen es nicht genau«, wiederholte ich in den Tagen nach dem Feuer ständig. Ich hatte keine Ahnung, wie viele Menschen sich bei mir erkundigt hatten, und ich ging davon aus, dass auch die anderen mit Fragen bombardiert wurden. In den vier Tagen zwischen dem Feuer und dem Gedenkgottesdienst verließ ich das Haus nur, wenn es sich überhaupt nicht vermeiden ließ. Die Reise nach St. Louis sagte ich ab und ging in der Bull Street meiner Arbeit nach. Lila zeigte keinem einzigen Interessenten Häuser und Camilla ließ sich von Burbage's die Lebensmittel ins Haus liefern. Unsere Anrufbeantworter waren rund um die Uhr im Einsatz.

Denn eine Tatsache ließ sich nicht leugnen: Wir wussten nicht mit absoluter Sicherheit, was sich in jener Nacht draußen am Strand abgespielt hatte, und würden es wohl auch nie erfahren. Einigermaßen sicher war nur, dass es so passiert war, wie Duck Portis, der Leiter der Feuerwehr auf der Insel, und Bobby Sargent, der Polizeichef, vermuteten. Fairlie hatte unten auf dem Sofa vor dem verglühenden Kaminfeuer gelegen und den Kerosinofen angemacht, weil es im Lauf der Nacht bitterkalt wurde. Irgendwann war draußen auf dem Meer heftiger Wind aufgekommen, durch die fipsigen, nicht abgedichteten Verandatüren gedrungen und hatte den alten Ofen umgestoßen. Selbst nachdem die Feuerwehrmänner die Flammen gelöscht hatten, roch es im verkohlten Wohnzimmer noch stark nach Kerosin. Lange hatte es wohl nicht gedauert. Das alte Haus entsprach schon seit Jahren nicht mehr dem Standard. Das wussten wir alle. Duck und Bobby gingen davon aus, dass Fairlie tief geschlafen hatte und an Rauchvergiftung gestorben war, ehe die Flammen sie erreichten. Doch aus Lewis' verzweifeltem Blick las ich, dass er da anderer Meinung war. Immerhin hatte er Fairlie noch gesehen, bevor sie weggebracht worden war. Schließlich hatte Bobby ihn zuerst erreicht.

Bis sie den Kinderschuhen entwachsen waren, hatten Duck, Bobby, Lewis und Henry die Sommer gemeinsam auf der Insel verbracht und allen möglichen Unsinn angestellt. Als sie Henry nicht auftreiben konnten, riefen sie Lewis draußen in Edisto an, der umgehend zum Strandhaus hinausgefahren war. Nachdem er Fairlie identifiziert hatte, spürte er Henry in West Virginia auf. Er hatte sich einem Ärzteteam angeschlossen, das in die hügelige Bergarbeitergegend gefahren war. Später fiel mir ein, dass ich die Kranken-schwestern gecoacht hatte, die mit dem Team gereist waren. Lewis erinnerte sich nur noch an Bruchstü-cke des Telefonats. Und die Erinnerung kehrte auch nie zurück. Wir schützen uns, so gut wir können. Da Henry entschieden hatte, dass Fairlie in Stuhr's Beer-digungsinstitut gebracht werden sollte, rief Lewis dort an und fuhr mit ihr dorthin. Dann ging er nach Hause in die Bull Street und wartete auf mich.

Soweit Bobby und Duck darüber Auskunft geben konnten, war das Feuer gegen elf Uhr abends ausge-brochen. Die Ferien waren vorbei und die dunklen Wolken und der starke Wind hatten die meisten Cot-tage-Bewohner nach Hause gescheucht. Das Strand-haus lag weit unten, an einem Weg, der eine scharfe Rechtskurve beschrieb, und konnte von denen, die ständig auf der Insel wohnten, nicht gesehen werden. Ein Autofahrer, der spätnachts von Charleston kom-mend über die lange Doppelbogenbrücke fuhr, hatte das Feuer gesehen und die Polizei verständigt.

»Wieso, um Himmels willen, lag sie unten, nur in eine alte Decke gehüllt?«, fragten die Leute. »In dem alten Schuppen hat es doch bestimmt fünf Schlafzim-mer gegeben. Und wieso hat sie einen uralten Kero-sinofen angemacht, wo es auf der anderen Seite des Zimmers einen Elektroofen gab? War sie vielleicht betrunken?«

Uns hingegen leuchtete das alles ein. Fairlie liebte es, vor dem Kamin zu schlafen. Sie tat das oft, auch wenn wir dort draußen waren. Normalerweise warf sie so viele Holzscheite hinein, dass das Feuer die Nacht durchbrannte, doch in dieser kalten Nacht waren es wohl nicht genug Scheite gewesen. Ich konnte mir sehr gut vorstellen, wie sie den alten Kerosinofen aus der voll gestopften Abstellkammer geholt, ihn angezündet und sich auf dem Sofa in die muffige alte Decke gehüllt hatte. Den Elektroofen hatte Fairlie noch nie leiden können. In ihren Augen war er gefährlich.

»Die sind immer gefährlich«, hatte sie mal gesagt. »Wieso steht denn immer wieder in der Zeitung, dass wegen dieser Dinger Häuser und ganze Apartmentblocks abfackeln? Mit einem Kerosinofen passiert einem so etwas nicht.«

»Liegt vermutlich daran, dass inzwischen selbst die Mittellosen Elektrizität haben«, hatte Lewis sie aufgezogen. »Wer setzt sich denn schon freiwillig dem Kerosingestank aus, wenn es sich vermeiden lässt?«

»Ich mag diesen Geruch«, antwortete Fairlie stur. »Er erinnert mich an die Schlafunterkünfte bei mir daheim. Mein Vater hat damit sogar unsere Wunden und Schnitte behandelt, wenn wir mal wieder in einen Hufeisennagel getreten sind.«

Ach, Fairlie, dachte ich. Wenn ich nur glauben könnte, dass du mit dem Geruch der Heimat in der Nase auf einer warmen Welle davongetragen worden bist, könnte ich vielleicht langsam anfangen, dieses schreckliche Ereignis zu vergessen.

Doch zu vergessen war mir nicht vergönnt. Lewis' Augen und sein Schweigen ließen das nicht zu.

»Hat Henry sie gesehen?«, fragte ich am Abend jenes Tages, als Henry mit dem Flugzeug aus West Virginia zurückkam. Er war direkt zum Beerdigungsinstitut

325

gefahren. Lewis und Simms hatten ihn dort getroffen. Lila, Camilla und mich ließen sie nicht mitkommen. Lewis informierte Camilla sogar erst am Morgen nach dem Feuer.

»Lass sie schlafen«, hatte er gesagt. »Denn in der nächsten Zeit wird sie nicht viel Schlaf finden.«

»Nein, und er hat nicht mal gefragt, ob er sie sehen kann. Ich habe ihm schon am Telefon erzählt, wie die Dinge stehen. Sie wurde eingeäschert. Darum hat sie schon vor langer Zeit, gleich nach Charlies Beerdigung, gebeten. Henry, Nancy und die Kinder werden die Urne nach Kentucky bringen. Dort soll dann ein ganz schlichtes und privates Begräbnis stattfinden. Ich nehme nicht an, dass von ihren Angehörigen noch viele leben.«

»Sie wollte nach Hause. Und er wollte sie begleiten. Aber doch nicht so, Lewis!« Ich schluchzte.

»Nein, mein Schatz. So nicht.«

»Wie hat er denn gewirkt? Und was hat er gesagt?«

Meine Fantasie ließ mich im Stich. Ich wusste nicht, was man sagte, wenn die eigene Frau in einem Feuer umgekommen war. Ich konnte mir nicht vorstellen, wie es in Henry aussah.

»Eigentlich hat er überhaupt nichts gesagt«, berichtete Lewis, »außer dass das nicht passiert wäre, wenn er die Oper im Gaillard nicht vergessen und nicht mit den Ärzten weggefahren wäre. Ich habe noch nie erlebt, dass jemand solche Qualen leidet. Er gibt sich die Schuld an ihrem Tod.«

»Ach, Lewis, niemand hat sie gezwungen, auf die Insel zu fahren«, sagte ich unter Tränen. »In der Bedon's

Alley wäre sie genauso wütend auf ihn gewesen. Es war ihre freie Wahl.«

Aber ich kannte Henry, und ich wusste, dass Fairlies Tod ihn quälen würde bis zu dem Tag, an dem er seinen letzten Atemzug tat.

KAPITEL NEUN

Ich ging nicht zu Fairlies Gedenkgottesdienst. An jenem Tag wachte ich mit Husten, Gliederschmerzen und so erschöpft in unserem Bett in der Bull Street auf, dass ich Ewigkeiten brauchte, bis ich überhaupt aufstehen konnte.

»Vielleicht die Grippe oder diese andere Sache, die gerade umgeht«, vermutete Lewis und zog sich in dem dunklen Raum – die Fensterläden waren noch geschlossen – für die Klinik um. »Bleib im Bett und trink viel Wasser. Nimm Aspirin und ruf mich im Laufe des Vormittags an.«

Ich drehte mich um und versteckte mich unter der Decke. Gladys stöhnte im Schlaf und kuschelte sich an mich. Sie hatte sich angewöhnt, ängstlich zu wimmern, wenn ich aus ihrem Blickfeld verschwand. In Wahrheit war sie der Grund, weshalb ich das Haus nicht verließ und Fairlie nicht in der Bedon's Alley verabschiedete. Ich fühlte mich wirklich schlecht, machte mir aber nichts vor: Mir war schwer ums Herz. Ich war seelisch krank, nicht körperlich. Und ich wollte Gladys einfach nicht allein zurücklassen.

»Ach, du meine Güte«, murrte Camilla, als ich sie anrief, um ihr Bescheid zu geben. »Gladys wird sich daran gewöhnen müssen, hin und wieder allein zu sein. Du kannst sie ja nicht mitnehmen, wenn du die Stadt verlässt. Warum bringst du sie nicht mit? Sie kann doch in der Küche bleiben. Oder mit Boy und Girl spielen. Was wird Henry sonst denken?«

Ich fürchtete, dass es für die alte Gladys unerträglich grausam sein musste, in ihr altes Heim zurückzukehren und nicht die Menschen anzutreffen, an denen sie so sehr hing. Und außerdem waren sie und die beiden Boykins nie dicke Freunde gewesen. Henry war der Stern, um den sie kreiste. Henry und jetzt vielleicht ich ein bisschen. Selbstverständlich war das eine Bindung, die auf dem Nährboden der Verzweiflung gedieh, doch ich hatte nicht die Absicht, sie zu zerstören.

»Henry würde auch so handeln«, sagte ich und meinte es auch so. »Ich werde hier bleiben und für uns eine Kleinigkeit kochen. Soweit ich weiß, fahren Henry und Nancy gleich nach dem Gottesdienst zum Flughafen. Niemand rechnet mit einem Empfang oder so etwas.«

»Den werde ich geben«, sagte Camilla. »Ich habe bei Ginger Breslin's schon etwas zu essen bestellt. Das muss ich heute Nachmittag nur noch abholen. Du bleibst daheim und pflegst dich.«

Auf einmal wurde ich zornig, was mich selbst befremdete.

»Das werde ich übernehmen, Camilla«, erwiderte ich entschlossen. »Dieses eine Mal werde ich für uns sorgen. Ich weiß, du kannst das besser als wir, aber dieses Mal mache ich das.«

Einen Moment lang schwieg sie, ehe sie ganz freundlich sagte: »Natürlich tust du das, wenn es dir so wichtig ist. Was kann ich mitbringen?«

»Nichts. Aber bestell Henry und Nancy, wie sehr ich sie liebe.«

»Wird gemacht.«

Am Nachmittag machte ich Chili und Maisbrot. So ein frugales Mahl und dazu ein Eisbergsalat mit russischem Dressing schien mir recht passend. Es war immer noch kalt, aber die Sonne schien und der Wind fegte immer noch durch den Hafen und die Straßen in der Innenstadt. Nichts mit Kräutern oder Soße, nichts Aufwändiges an diesem Tag. Kein Champagner. Kein Schnickschnack. Nur ein schmackhaftes, kräftiges Chili, Rot- und Weißwein aus dem Supermarkt und was Lewis immer den »gefürchteten Eisberg« nannte. Ein Kinderessen. Ich sehnte mich nach der Kindheit, selbst nach der, die ich gehabt hatte. Und wenn mich nicht alles täuschte, ging es den anderen auch so.

Als sie kurz nach eins am nächsten Tag eintrudelten, wirkten sie erschlagen, eingefallen und alt, zum ersten Mal alt – zumindest in meinen Augen. Ich schloss sie in die Arme, wie man Kinder umarmt, wenn sie bibbernd aus der Schule kommen, setzte sie vor den Kamin und schenkte ihnen etwas von diesem leckeren heißen Gebräu ein, dessen Zubereitung Fairlie mir vor langer Zeit verraten hatte mit dem Hinweis, es handele sich um ein altes Bluegrass-Rezept aus Kentucky. Sie nannte es *Claret-Cup*: Rotwein und Rinderbrühe, Zitrone und Zimt, Muskat und eine Prise Zucker. Das hörte sich grässlich an, schmeckte aber gut. Es wärmte einem die Eingeweide. Und wir redeten. Gladys beschnupperte jeden von uns und legte sich dann vor meine Füße.

Lewis, Henry und Camilla hatten während des schlichten Gottesdienstes kurz über Fairlie gesprochen und dabei alles in allem mehr gelacht und in Erinnerungen geschwelgt als Tränen vergossen. Andere hatten sich zu ihnen gesellt; jeder hatte eine Geschichte über Fairlie zu erzählen. Nancy war aufgestanden, hatte angefangen, von ihrer Mutter zu erzählen, und sich dann zitternd wieder gesetzt. Camilla hatte Nancy den Arm um die Schultern gelegt und Nancy hatte während des restlichen Gottesdiensts leise geweint. Als der junge Pfarrer von der Holy-Cross-Kirche auf Sullivan's Island fragte, ob jemand anderer gern etwas sagen wollte, meldete sich Fairlies jüngste Enkelin Maggie, die gerade mal vier Jahre alt war, zu Wort: »Omi hat mir gezeigt, wie man in eine Schneckenmuschel pinkelt, damit ich den Strand nicht dreckig mache.«

Fairlies vergoldete Esszimmerstühle waren in Halbkreisen vor dem Kamin in der großen alten Höhle von Salon aufgestellt worden, und die kleine Gruppe, die sich darauf niedergelassen hatte, brach spontan in Gelächter aus und bekundete Fairlie so ihre Zuneigung und Freude. Da und nur da, behauptete Lila, veränderte sich Henrys Gesichtsausdruck. Er verzog das Gesicht, als hätte ihm jemand einen Dolch ins Herz gerammt.

»Ach, aber dieser Pfarrer!« Lila schüttelte ihren blonden Schopf so heftig, dass sich das Haar aus dem schwarzen Samtband löste. Bei Lila, die schon immer honigblond gewesen war, konnte man nur schwer sagen, ob sie langsam grau wurde.

»Er wusste es eben nicht besser«, gab Camilla zu bedenken. »Nur die Familie und wir wussten, dass er ihre Asche nach Kentucky bringt. Und außerdem, außer uns ahnte ja niemand, dass sie dort ihren Lebensabend verbringen wollten. Das kannst du ihm nicht zum Vorwurf machen. Die Vorstellung war doch sehr schön.«

»Was ist denn passiert?«, fragte ich und fürchtete mich schon vor der Antwort. Ich hatte mir so sehr gewünscht, dass Fairlies Gedenkgottesdienst vollkommen war.

Kurz nach Weihnachten hatte Creighton Mills alle, die ihn kannten, erstaunt und manch einen sogar schockiert mit dem Geständnis, er würde aus der evangelischen Kirche austreten und zum Katholizismus konvertieren. Kurze Zeit später hatte er sich in ein Kloster der Franziskaner draußen bei der Mepkin Abbey zurückgezogen. Die feine Gesellschaft kriegte sich gar nicht mehr ein – nichts war aufregender als ein Kirchenskandal.

Es wurde heftig darüber spekuliert, ob auf Creighs Gewissen ein schreckliches Geheimnis lastete und er deshalb der Welt den Rücken kehrte, ohne diese Bürde abschütteln zu können.

»Er tut Buße«, vermutete eines der älteren Mitglieder seiner Gemeinde, doch Lewis war da anderer Ansicht.

»Ich denke, er hatte es einfach satt, ständig der fesche Pfarrer der feinen Gesellschaft zu sein. Nachdem er jahrelang im Rollkragenpulli herumgelaufen ist, muss ihm die schlichte Mönchskutte ziemlich bequem vorkommen. Dennoch hätte ich mir gewünscht, er wäre für Fairlie da gewesen. Kann mir gut vorstellen, dass diese dämlichen Passagen aus dem Buch der Rut Henry ganz schön zugesetzt haben.«

»Was?«, rief ich.

»Er hat davon gesprochen, wie Fairlie als junge Frau zu uns gekommen ist und ihr Schicksal mit uns geteilt hat«, erzählte Camilla. »Und welche Bereicherung es für uns war, dass sie unser und Henrys Heim zu dem ihren gemacht hat. Und dann hat er aus diesem Absatz vorgelesen, der mit ›Rede mir nicht ein, dass ich dich verlassen und von dir umkehren sollte‹ anfängt. ›Wo du hingehst, da will auch ich hingehen; wo du bleibst, da bleibe ich auch. Dein Volk ist mein Volk ...‹ Ach, du weißt schon. Alle nickten und flüsterten, wie schön die Predigt war, und ich wusste, wie unerträglich das für Henry war. Er glaubt ja immer noch, es wäre seine Schuld, dass sie nun in einer Bronzeurne heimkehrt. Wenn er das nicht verwindet, werden seine Schuldgefühle ihn umbringen.«

Wir schwiegen einen Moment lang, bis Lewis sagte: »Hört mal, einer von uns muss sich auf der Magnolia bestatten lassen, sonst werfen sie uns vor der Stadtmauer den Krähen zum Fraß vor. Charlie ist im Ozean und Fairlie jetzt in Kentucky. Keine Ahnung, was die anderen schlimmer finden. Wir könnten Streichhölzer ziehen.«

»Ich sollte dir das wahrscheinlich nicht sagen, Anny, aber vielleicht solltest du kurz Nancy anrufen, bevor sie verschwinden«, schlug Camilla vor. »Ich vermute, sie sind noch in der Bedon's Alley. Nancy war ungeheuer wütend auf dich, weil du nicht zum Gedenkgottesdienst erschienen bist, und egal was wir vorbrachten, sie war nicht von ihrer Meinung abzubringen. Das liegt am Schock und am Schmerz, keine Frage, aber ich könnte mir denken, dass es Henry wehtut, das zu hören, und ich glaube, du kannst die Sache mit ein paar Worten wieder hinbiegen.«

Dass Nancy böse auf mich war, tat so weh, als hätte mir jemand mit der flachen Hand ins Gesicht geschlagen. Nancy war in meiner Gegenwart immer sonnig und umgänglich gewesen – in dieser Hinsicht hatte sie große Ähnlichkeit mit Henry. Dass sie auf mich wütend war, war für mich genauso unfasslich, wie wenn ich erfahren hätte, sie hielte mich für jemanden, der Kinder misshandelt.

»Natürlich rufe ich sie an«, sagte ich, stand auf und ging in die Küche, wo es ein Telefon gab. Ein anderes stand auf dem Tisch im Wohnzimmer, aber da konnte jeder mithören. Ich hatte wirklich keine Ahnung, was ich sagen sollte.

In der Bedon's Alley läutete es ziemlich lange, bis endlich jemand abnahm. Ich hatte mich schon halb gefreut, dass sie vielleicht bereits auf dem Weg zum Flughafen waren, als jemand den Hörer abnahm und Nancy sich meldete. Ihre Stimme klang tonlos, dumpf, gefühllos.

»Herzchen, hier ist Anny«, begann ich. »Wie ich höre, bist du sauer auf mich, weil ich heute nicht gekommen bin, und ich wollte dir nur sagen, wie Leid es mir tut, falls ich deine Pein noch vergrößert habe …«

»Lewis hat erzählt, du fühlst dich nicht wohl«, unterbrach sie mich schneidend. »Hättest du dich nicht für eine Stunde zusammenreißen können? Alle haben sich darüber den Mund zerrissen. Meine Mutter hat immer gesagt, sie würde dir näher stehen als den anderen Frauen in der Scrubs-Truppe. Aber sie hat sich wohl getäuscht, wenn sie dachte, das beruht auf Gegenseitigkeit.«

Im Hintergrund hörte ich Henrys Stimme, doch Nancy übertönte ihn.

»Lewis hat auch gesagt, du wolltest bei dem Hund bleiben. Na, ist das nicht ganz toll? Was auch kommen mag, Hauptsache, dem Hund geht es gut .. «

Wieder hörte ich Henrys Stimme, diesmal deutlicher, und sie klang so schneidend wie die seiner Tochter.

»Sei ruhig, Nancy«, sagte er. »Sie hat richtig gehandelt. Und nichts hätte mir mehr Freude bereiten können. Deine Mutter hat sehr an Gladys gehangen, genau wie ich. Ich wäre dir sehr dankbar, wenn du dich bei Anny entschuldigen würdest.«

Nancys Stimme schwoll zu einem lauten Wimmern an.

»Wir sind dir nicht so wichtig wie dieser verdammte Hund. So war es schon immer! Der Hund und die tollen Scrubs ...« Diese Worte waren nicht auf mich gemünzt.

Jemand legte ganz sacht den Hörer auf.

Über unser Gespräch verlor ich kein Wort.

* * *

335

Wie es für das Low Country ganz typisch ist, schlug im bitterkalten Februar das Wetter urplötzlich um und der Frühling stand vor der Tür. Und das milde Wetter hielt sich. In der samtweichen Luft hing der zarte Duft der ersten Blüten, und der hellblaue Himmel über dem Hafen war mit ein paar kleinen weißen Wolkentupfern gespickt. Am Nachmittag stieg die Temperatur auf dreiundzwanzig, vierundzwanzig Grad, hin und wieder gab es einen kurzen warmen Regenschauer, und die Charlestoner begaben sich nach draußen.

Wir zogen in die drei Häuser am Priel. Oder zumindest Camilla, und zwar mit Sack und Pack. Sie richtete sich in dem mittleren Haus heimisch ein, in dem sie uns schon damals, bei meinem ersten Besuch, empfangen hatte. Sie verkündete, sie hätte die Absicht, ein, zwei Wochen am Stück zu bleiben, und hoffte, wir kämen auch, so wir uns denn freimachen konnten. Das Marschland färbte sich grün und die Wasservögel kehrten zurück. Tags zuvor hatte Camilla einen Schwarm Silberreiher gesehen, die sich auf der anderen Flussseite in einer riesigen Eiche eingenistet hatten, und sich eingebildet, ein Schneesturm würde aufziehen.

»Camilla, hältst du es für richtig, wenn du die ganze Zeit über allein hier draußen bist?«, fragte ich sie. »Das hier ist nicht Sullivan's Island. Weit und breit wohnt keine Menschenseele. Die Gegend hier ist richtige Wildnis. Ich bin mir nicht sicher, ob ich hier draußen allein übernachten wollte.«

»Ich habe keine Angst«, antwortete sie lächelnd. »Die hatte ich am Wasser noch nie. Und ich bin ja nicht das einzige Lebewesen hier draußen. Nachts ist es in der Marsch und am Fluss so laut wie in diesem Veteranentreff auf der Bohicket Road. Hier im Sumpf versucht jedes Lebewesen seine Artgenossen zu bezirzen.«

Am Ende kamen wir überein, dass wir sie nicht allein am Fluss lassen konnten. Am darauf folgenden Wochenende trugen wir alle Möbel zusammen, die wir entbehren konnten, und fuhren in Kolonne den Maybank Highway entlang. Simms hatte einen großen Firmenlastwagen und ein paar von seinen Männern organisiert und so zogen wir am späten Samstagnachmittag ein.

Lila und Simms brachten einen Großteil der Möbel, die in ihrem Haus auf Wadmalaw Island gestanden und hinterher in einem Lagerraum der Firma untergestellt gewesen waren. Wunderschöne Stücke waren das: schwere, geschnitzte Möbel, die aussahen, als stammten sie von den Antillen, und leichtes, luftiges Rattan. In ihr Schlafzimmer stellten sie ein schweres Mahagonibett mit einem blütenweißen Baumwollbaldachin, um das ich sie beneidete. Als sich die Mannschaft mit dem Lastwagen auf den Heimweg machte, sah es aus, als wären die Häuser seit Jahren bewohnt und hätten nur auf uns gewartet. Lewis scherzte, er gehe davon aus, dass der *Architectural Digest* demnächst einen Beitrag über uns bringen würde.

Unser Haus – es stand rechts von Camillas Haus und dichter am Wasser als die anderen – wurde mit ein paar alten Weidenmöbeln bestückt, für die wir im Haus auf der Battery keine Verwendung hatten, und mit vier schlichten Eisenbetten, die in Sweetgrass im Wintergarten gestanden und als Kinderbetten gedient hatten. Linda und Robert Cousins, inzwischen alt und runzlig, aber dennoch kräftig und vital, fuhren am Umzugstag zu uns heraus und brachten eine ganze Wagenladung allerfeinstes Leinen: Bettbezüge, Leintücher, Bettüberwürfe, Tischläufer, Tischtücher und ein paar feine seidenweiche Handtücher, die mit Kampfer und Lavendel in den Schränken gelegen hatten. Nun duftete das ganze Haus nach Wäsche.

»Das war die Alltagswäsche von Lewis' Großmutter«, erklärte Linda, als ich vor Freude juchzte. »Miss Sissy wollte sie schon wegschmeißen, aber ich habe die Sachen wieder aus der Tonne geholt, mit nach Hause genommen und verstaut. Dachte immer, irgendwann wird jemand dafür Verwendung haben.«

Als ich sie umarmte, roch auch sie nach Kampfer und Lavendel. »Mit diesen Stücken verwandelt sich das Haus im Nu in ein Heim.«

»Und das ist auch nötig. Was haben Sie hier draußen an diesem Priel, in dieser Marsch auch zu suchen? Das alles gibt es doch bei uns auf Sweetgrass.«

Womit sie ja nun nicht Unrecht hatte. Der Gedanke war mir auch schon des Öfteren gekommen. Dennoch fand ich, dass dieser Priel, diese Marsch ganz anders waren als draußen in Edisto. Der Priel hier war träger und führte dunkleres Süßwasser, doch er war fast ebenso breit wie der in Sweetgrass. Das Land auf der kleinen Anhöhe war wilder und es gab keine Geister der Vergangenheit und das war für mich ausschlaggebend. Hier suchten mich keine Schatten früherer Zei-

338

ten oder Erinnerungen heim, wenn ich um die nächste Ecke bog oder einen Fuß auf eine knarzende Stufe setzte. Niemals würde ich aufhören, Charlie und Fairlie zu vermissen, aber es wäre mir unerträglich gewesen, auf Schritt und Tritt an sie erinnert zu werden. Ich brauchte das Leben und die Lebenden und hoffte, dass uns das hier vergönnt sein würde.

Als wir uns am ersten Abend zum Essen in Camillas Haus versammelten, kam mir der Gedanke, dass es eine Weile dauern würde, bis wir einen Modus fanden, ob und wo wir gemeinsam zu Abend essen sollten. Derlei Dinge hatten wir im Strandhaus nicht entscheiden müssen.

Bei Kerzenschein saßen wir an dem hübschen, mit französischen Malereien verzierten Tisch und aßen Austern, die Robert Cousins aus dem Fluss in Sweetgrass gefischt hatte, und Lindas Krebssuppe. Ich hatte Brot in der Saffron Bakery erstanden. Lila hatte einen Biskuitkuchen gebacken und Simms steuerte den Wein bei. Auf Champagner hatte er verzichtet und auch in Zukunft sollte er nie wieder Champagner mitbringen.

Seltsamerweise gewöhnte sich Gladys hier draußen besser ein als erwartet. Sie folgte mir immer noch auf Schritt und Tritt und legte sich, kaum dass ich mich irgendwo hingesetzt hatte, vor meine Füße, doch sie jaulte nicht mehr oder streunte auf der Suche nach Henry durch die Gegend und schnupperte jeden Winkel aus. Vielleicht gibt es hier auch keine Geister, die Gladys heimsuchten, dachte ich. Womöglich ging es ihr wie mir und sie fand hier Frieden.

Denn so viel ist sicher: Wir schufen uns hier draußen einen ganz neuen Rahmen und alles in allem hatte ich dagegen nichts einzuwenden. Wenn ich nicht alles haben konnte, die Scrubs, das alte Haus und das Meer, dann wollte ich lieber gar nichts von alledem. Zugegeben, wir hatten noch unsere Gemeinschaft, aber es fühlte sich nicht mehr so an wie früher, wenigstens nicht für mich. Schwer zu sagen, wie Lila und Simms empfanden. Oberflächlich betrachtet hatte es den Anschein, als gingen sie – ohne zu murren, ohne in Erinnerungen an vergangene Zeiten zu schwelgen – denselben Beschäftigungen nach wie auf Sullivan's Island. Simms segelte. Er schaffte seine zwei kleinsten Segelboote zum Priel hinaus, vertäute sie am Tiefwasserdock, fuhr jeden Morgen, den wir dort draußen verlebten, in die Sonne hinaus und kehrte erst in der Dämmerung zurück. Lila hing am Handy und telefonierte mit ihren Kunden oder dem Büro. Sie hatte zu malen angefangen und verbrachte viele Stunden am Wasser oder in der Marsch, schützte sich mit Hut und Netz vor der Sonne und den Stechmücken und malte in einem fort. Sie besaß ein gewisses Talent und gegen Ende des Sommers war sie ziemlich gut. Ihre Freundin Baby, die eine kleine Galerie auf der Broad Street hatte, wollte im Herbst eine Ausstellung mit ihren Arbeiten zeigen. In jedem unserer Häuser hingen Lilas Gemälde.

Lewis begleitete Simms öfter zum Segeln und es bereitete ihm wieder so viel Freude wie damals, als er frisch verheiratet war und in dem Haus auf der Battery lebte. Ich erinnerte mich an das Foto, das ich an dem Tag unserer ersten Begegnung in seinem Büro studiert hatte, ein Foto von ihm und der schönen dunkelhaarigen Sissy auf dem Deck eines schlanken weißen Segelbootes, hinter dem sich Fort Sumter abhob. Er war bei weitem nicht so ehrgeizig wie Simms, freute sich allerdings doch sehr, wenn sie hin und wieder die Regatta vom Carolina Yacht Club gewannen, und redete davon, sich ein kleines Boot zuzulegen, das am Priel auf ihn wartete.

Meine große Leidenschaft war das Wasser. Auf Sullivan's Island war ich spazieren gegangen, hatte Meile um Meile zu Fuß erkundschaftet, oft in Begleitung von einem oder mehreren Hunden, hatte Sonne, Wind und Meer so lange genossen, bis ich ganz trunken davon gewesen war. Die Spaziergänge vermisste ich schmerzlich, doch hier draußen am Priel war es einfach nicht dasselbe. Auf das Grundstück führte nur eine unbefestigte, mit Schlaglöchern übersäte Straße und in diesen Schlaglöchern sammelte sich meistens das Regenwasser. Und kaum setzte man einen Fuß vor die Tür, fielen die Mückenschwärme über einen her. Manchmal zog ich mehrere Kleidungsstücke übereinander, trug dick ein Anti-Mücken-Mittel auf, packte Gladys auf den Golfwagen und unternahm kleine Spritztouren; aber es dauerte nicht lange, bis auch sie sich über die fiesen Mücken ärgerte. Den alten Golfwagen liebte sie allerdings über alles. Oft machte sie es sich dort bequem und döste in der Sonne wie eine alte Dame, die darauf wartet, dass die Herren vorbeiflanieren.

Wenn ich mit dem Boston Whaler oder dem Ruderboot hinausfuhr, begleitete sie mich hin und wieder und lief so lange umher, bis sie auf dem Boden einen Platz an der Sonne fand, der ihr behagte. Im Ruderboot schlief sie nur; auf dem Whaler saß sie neben mir auf der Rückbank. Dann flatterten ihre Ohren im Wind und sie ließ die Zunge aus dem Maul hängen. Ganz selten kam es vor, dass sie einen Wasservogel, eine Schildkröte, die sich sonnte, oder einen Weißwedelhirsch auf einem Hügel auf der anderen Seite des Flusses anbellte, doch das schien sie eher aus Pflichtbewusstsein zu tun als aus ernstem Interesse. Die Alligatoren hier bereiteten mir nicht mehr Kopfzerbrechen als in Edisto. Wir hörten zwar in der Ferne das ehrfurchtgebietende Gebrüll eines stattlichen Männchens nachts über das Wasser schallen, aber es gab keine Anzeichen dafür, dass es hier eine größere Kolonie gab. Und Lewis und Simms bekamen auch keine zu Gesicht, wenn sie mit dem Segelboot den Priel bis zum offenen Meer hinausglitten. Über die Alligatoren und die lahme, alte Gladys zerbrach ich mir nicht den Kopf, denn im Freien hing der Hund an meinem Rockzipfel.

Normalerweise kehrte ich nachmittags vom Wasser zurück und schaute kurz bei Camilla vorbei. Egal woher wir kamen, wir schauten auf einen Sprung bei ihr vorbei. Ganz selbstverständlich. Unser Verhalten war wohl dem Umstand zuzuschreiben, dass Camilla wie eh und je der Herd war, an dem wir uns wärmten. Es erschien uns völlig normal und richtig, nach ihr zu sehen, wenn wir von unseren Ausflügen zurückkehrten. Und dann konnte es durchaus vorkommen, dass wir auf ihrer Veranda oder hinten am überdachten Pool saßen, redeten, bis es dämmerte, und ganz spontan gemeinsam das Abendessen zubereiteten. Aber meistens schauten wir nur kurz bei ihr herein, verloren ein paar Worte über das, was wir den Tag über so getrieben hatten, und zogen uns dann in unsere Häuser zurück.

In diesem ersten Frühling und Sommer war unser Leben zerrissen. Lewis und ich arbeiteten immer noch hart und viel; allerdings hatte ich meine Reisen drastisch reduziert und erledigte die meisten Aufgaben am Telefon oder per E-Mail. Ich hatte eine Halbtagskraft eingestellt und die junge Frau sorgfältig eingearbeitet. Zu meiner Freude war sie mir wirklich eine große Hilfe, wenn ich mit jemandem persönlich sprechen und deshalb reisen musste. Anfang der Woche war ich in dem kleinen Büro auf der Gillon, die Donnerstage und Freitage verbrachte ich mit Lewis auf Sweetgrass und die Wochenenden, die wir früher auf Sullivan's Island verlebt hatten, nun im Haus am Priel. In der Bull Street waren wir kaum noch anzutreffen, aber ich bemühte mich, dort wenigstens einmal pro Woche vorbeizuschauen.

Es kam immer wieder vor, dass wir darüber sprachen, das Haus zu verkaufen oder zu vermieten, doch eigenartigerweise wollte ich es behalten. Mir fiel es einfach außerordentlich schwer, erneut auf etwas zu verzichten, was so lange Teil meines Lebens gewesen war.

Am Priel ging Camilla nur selten vor die Tür. Mit ihrer hellen Haut waren ihr die Sonne und die Mücken einfach zu viel und außerdem fürchtete sie inzwischen zu stürzen. Diese Angst quälte uns auch. Sie gärtnerte sehr gemächlich und behutsam, kümmerte sich um den Bestand und die Topfpflanzen, die Robert Cousins und Willie, Simms' und Lilas Gärtner, hergeschafft hatten. Uns war selbstverständlich klar, wie sehr sie sich freute, uns zu sehen, wenn wir da waren. Andererseits war sie auch vollkommen zufrieden, wenn sie unter der Woche allein am Fluss war. Ehrlich gesagt – sie blühte sogar auf. Sie bekam wieder Farbe, was die zarten Augen- und Lippenfältchen leicht kaschierte. Mittlerweile trug sie einen Zopf, der ihr bis zum Rücken hinunterreichte, und aus der Ferne betrachtet sah sie wie ein Teenager aus.

»Was treibst du denn die ganze Woche über?«, fragte ich sie in der ersten Zeit. Wir nahmen gerade einen Drink auf ihrer Veranda und taten uns an Knabbereien gütlich.

»Das, was ich auch am Meer gemacht habe«, antwortete sie. »Gärtnern. Schreiben. Schlafen. In der Sonne liegen. Ein bisschen schwimmen. Warten.«

»Warten? Auf wen? Auf Henry?«

Inzwischen war nämlich ein Monat vergangen und wir hatten kein Sterbenswörtchen von Henry gehört. Er war immer in unserem Herzen und sein Schicksal lastete uns schwer auf der Seele, doch keiner von uns hatte Nancy angerufen oder versucht, ihn über den Ärztebund ausfindig zu machen. Schließlich lag Fairlies Tod noch nicht lange zurück. Lassen wir ihm noch ein wenig Zeit, sagten wir uns.

»Ja, natürlich auch auf Henry«, sagte Camilla. »Aber hauptsächlich auf euch.«

Irgendwann hatten wir alle bei uns zum Brunch eingeladen. Bei dieser Gelegenheit hatte mich ein Kommentar von Lila auf die Palme gebracht. Meine Reaktion hatte sie ziemlich erbost, und die Stimmung hatte sich noch nicht gebessert, als sich alle verabschiedeten. Mein Wutausbruch überraschte Lewis. Mich übrigens auch. Denn Lilas Bemerkung war so harmlos gewesen, dass ich mich eine Stunde nachdem sie gegangen war, gar nicht mehr erinnern konnte, was sie gesagt hatte. Und auch ihre Reaktion hatte mich verblüfft. Wie zwei gereizte alte Vetteln waren wir übereinander hergefallen. »Wir sind nicht mehr die Scrubs«, schimpfte ich bei Lewis, als wir den Tisch abräumten. »Wir sind nur noch ein Haufen mürrischer alter Leute, die in Hütten leben.«

»Hm«, entgegnete er milde, »wenn dem so ist, sollten wir daraus das Beste machen.«

Und ich vermute, das taten wir auch. Auf alle Fälle gaben wir uns Mühe. Dennoch war da eine Befangenheit, eine Fremdheit, wenn wir uns trafen, und unter alldem lauerte tiefe Trauer um Henry. Trauer und Sorge, die sich in echte Furcht verwandelte.

Nach zwei Monaten – wir hatten immer noch nichts von ihm gehört – fingen wir an, darüber zu reden, ob wir nicht versuchen sollten, ihn aufzuspüren. Lila und Simms waren sofort dafür.

»Da stimmt was nicht«, wiederholte Lila ständig. »Normalerweise hätten wir irgendetwas von ihm gehört oder von einem unserer Bekannten. Hätte jemand was gehört, hätte sich das in Charleston wie ein Lauffeuer verbreitet. Aber es kommt mir vor, als wäre er komplett von der Bildfläche verschwunden. Es wäre doch möglich, dass er krank ist, dass er …«

»Er sagte, er würde anrufen, wenn er so weit ist«, hielt Lewis dagegen. »Er hat uns gebeten, seinen Wunsch zu respektieren. Wenn ihm etwas … zugestoßen wäre, wüssten wir es. Seine Arztkumpels würden es erfahren. Und wir auch.«

»Wir könnten wenigstens Nancy anrufen«, schlug Lila niedergeschlagen vor. »Mit ihr wird er doch wohl Kontakt halten.«

»Wenn er sie angerufen hätte, hätte er sich auch bei uns gemeldet«, sagte Camilla. »Und außerdem will sie von uns eh nichts hören.«

»Woher willst du das wissen?«, fragte ich und bekam auf einmal wieder schlimme Gewissensbisse. War der Graben, der auf mein Konto ging, nun so groß, dass auch die anderen hineingefallen waren?

»Ich weiß es einfach«, gab Camilla zurück. »Unter den Umständen würde ich an ihrer Stelle auch nichts von uns hören wollen.«

»Unter was für Umständen?«

»Das kannst du dir doch denken. Sie glaubt, wir hätten ihr Henry und Fairlie weggenommen. Meiner Meinung nach glaubt sie, dass, wenn es die Scrubs und das Strandhaus nicht gegeben hätte …«

Ich schwieg. Womöglich hatte Nancy Recht.

Anfang Mai wurden uns Gerüchte zugetragen. Einer der Ärzte, mit denen Lewis und Henry anfangs weggeflogen waren, rief Lewis an und erkundigte sich, ob er etwas von Henry gehört hätte. Lewis war zu dem Zeitpunkt in der Klinik und rief mich auf der Arbeit an.

»Das hat mich umgehauen«, gestand er. »Ich bin

vermutlich immer davon ausgegangen, dass er mit den Fliegenden Ärzten unterwegs ist. Und vielleicht war er das auch. John hat die letzten drei Reisen nicht mitgemacht und erst jetzt von Fairlies Tod erfahren. Er wollte ein paar von den anderen Ärzten anrufen, mit denen Henry schon geflogen ist. Und auch die Charterfluganbieter, mit denen sie reisen. Er hat versprochen, mich auf dem Laufenden zu halten. Irgendjemand muss doch wissen, wo er steckt. Ich muss zugeben, ich mache mir große Sorgen.«

»Es gibt schon Dinge, die wir tun könnten«, sagte Simms an jenem Abend beim Essen.

Es war ein Samstag und wir aßen die ersten köstlichen Garnelen aus dem Fluss, die nur in Salzwasser gekocht und von Hand gepuhlt wurden. Wir waren in unserem Haus, denn unserer alten Tischplatte auf Böcken konnte der Garnelensaft nichts anhaben. Das Ding war unverwüstlich. Robert Cousins, der wusste, wie man draußen in Edisto mit einem Baumwollnetz versteckte Garnelenhöhlen ausfischte, hatte seinen Fang an diesem Nachmittag vorbeigebracht. Robert stellte seine Netze selber her. In jedem Baumarkt im Low Country konnte man Nylonnetze kaufen, die wesentlich länger hielten, doch Robert vertrat die Ansicht, sie würden nichts taugen und Schande über einen bringen. Lewis behauptete, er hätte sich auch mal aufs Knüpfen von Baumwollnetzen verstanden, doch das sei eine Kunst, die ständiger Übung bedurfte, und er wisse nun nicht mehr, wie es ging. Das ist etwas, sagte er, was ich machen werde, wenn ich in Rente gehe. Ich werde Robert bitten, mir noch mal zu zeigen, wie man diese schönen feinen Baumwollnetze macht und wie man sie auswirft.

Es war eine ruhige Nacht. Wir hörten die kleinen Garnelen durch den Fluss schwirren und die Seebarben, die immer mal wieder kurz auftauchten. Die weite, salzgeschwängerte grüne Marsch schien zu atmen, zum Leben erwacht zu sein. Der Mond stand tief und würde erst gegen Morgen richtig aufgehen. Die Sterne am Himmel erinnerten an Chrysanthemen. Die Mücken summten und waren äußerst angriffslustig. Von weit draußen auf dem Wasser drang das tiefe Grummeln eines ausgewachsenen Alligators zu uns herüber, aber vielleicht bildeten wir uns das auch nur ein.

Nachdem das archaische Gebrüll verstummt war, schauten wir alle zu Simms hinüber. Er lehnte sich nach hinten und trug diese gebieterische Miene zur Schau, die uns verriet, dass nun der Chef eines internationalen Unternehmens das Heft in die Hand nahm. Wenn diese Seite seiner Persönlichkeit zutage trat, konnte Simms anmaßend und extrem stur sein. Keiner von uns war scharf darauf, dass Simms' böses Alter Ego die Entscheidung fällte, nach Henry zu suchen. Denn dann würde er ihn wie ein Höllenhund jagen.

»Was denn? Gib mal ein Beispiel«, forderte Lewis ihn auf und runzelte die Stirn.

»Na, ihr wisst schon. Telefonrechnungen, Kreditkartenabrechnungen. Mietwagenfirmen. Flugtickets. Abhebungen und Einzahlungen bei der Bank. In der Firma verfügen wir über die notwendigen Ressourcen. Ich kann ihn innerhalb eines Tages finden.«

»Du hörst dich an wie ein Kopfgeldjäger«, tadelte

Lewis. »Wir haben Henry gesagt, wir würden seine Entscheidung, anzurufen, wenn er so weit ist, respektieren. Und all deine Vorschläge klingen ziemlich abstrus.«

Das Antlitz des bösen Alter Ego verschwand aus Simms' Gesicht und er seufzte.

»Das weiß ich. Aber er ist nun mal – abgesehen von euch natürlich – mein ältester Freund. Und ich weiß noch gut, in welcher Verfassung er war, als er über alle Berge ist.«

Ungefähr eine Woche später hörte eine der Krankenschwestern im Queens, die ein paar Mal mit Henry und Lewis geflogen war, von einer Kollegin aus Georgia, die ab und an auch mit der Organisation flog. Sie erzählte, es gäbe Gerüchte über ein winziges Kaff tief in den Wäldern der Halbinsel Yucatán, über einen Amerikaner, der zusammen mit anderen Ärzten und Schwestern mit dem Flugzeug angereist war und eine einfache Klinik aus dem Boden gestampft hatte. Und dieser Amerikaner sei nicht wieder ins Flugzeug gestiegen, sondern geblieben.

Zuerst habe er die Einheimischen in der Klinik behandelt, doch bald habe er angefangen, von Mittag bis Nacht in der *cantina* zu trinken, und sei nicht mehr in die Klinik gekommen. Er wohne mit einem Indio-Mädchen in einer kleinen Hütte am Flussufer, das dort früher mal im Bordell gearbeitet hatte, und verlasse die Hütte nur, um in die *cantina* zu gehen. Er rede mit niemanden, sondern habe sich ganz dem Alkohol verschrieben, und spätabends taumele er wieder nach Hause. Er falle zwar nie um, könne aber auch nicht mehr aufrecht gehen, und die Dorfbewohner, die ihn anfangs gemocht hatten, würden sich nun stillschweigend um ihn kümmern und mit Fisch, Obst und Maismehl versorgen, das sie vor seine Haustür legten. Sie würden vermuten, dass die jugendliche Prostituierte für ihn den Haushalt mache und koche, aber Genaues wisse niemand. Er sei so dünn geworden, dass man fast durch ihn durchsehen konnte, habe sich einen Bart stehen lassen und trage zum Schutz eine dunkle Sonnenbrille. Einmal, als eine verzweifelte junge Mutter mit ihrem Baby in seine Hütte gestürmt ist, sei er in Tränen ausgebrochen und habe ihr geraten, sich lieber an den Dorfschamanen zu wenden. Von da an hätten die Kranken ihn nicht mehr aufgesucht.

Die Krankenschwester erzählte all das Bunny Burford, die prompt in der ganzen Medizinergemeinde verbreitete, dass Henry McKenzie nun als Trunkenbold mit einer fünfzehnjährigen Hure in einer Dschungelhütte lebte. Keine zwei Stunden nachdem Bunny das Gerücht in die Welt gesetzt hatte, bekam Lewis Wind davon. Fünfzehn Minuten später stürmte er ins Krankenhaus und in ihr Büro.

Er hat mir nie verraten, was er zu ihr gesagt hat, aber als er bei mir im Büro vorbeischaute, war er wütender, als ich ihn je erlebt hatte. Bunny war in das Büro ihres Vorgesetzten gerufen worden und hatte den restlichen Morgen weinend auf der Damentoilette verbracht. Und dann war sie nach Hause gegangen, ohne mit jemandem ein Wort zu wechseln.

»Lewis.« Mein Herz krampfte sich zusammen. »Könnte das wirklich Henry sein? Das muss doch nicht zwangsläufig er sein, oder? Es könnte doch auch jemand anders sein …«

»Ja, eben. Und falls diese Hexe noch ein Wort über Henry verlauten lässt, werde ich dafür sorgen, dass sie gefeuert wird. Darauf kannst du Gift nehmen. Stan wollte ihr schon heute kündigen.«

Er schwieg und schluckte schwer, den Blick in den kleinen Hof gerichtet, wo die Blumen in allen Farben blühten.

»Aber du denkst, dass er es ist«, flüsterte ich.

»Ich halte es für möglich.«

Wir verließen das Büro und fuhren an dem Haus in der Bedon's Alley vorbei. Die Fensterläden waren geschlossen, das Tor mit einem schweren Vorhänge-schloss gesichert. Die Palmen und Kräuselmyrten, deren Wipfel die Backsteinmauer überragten, wirkten trocken und ungepflegt. Hier war schon seit langem niemand mehr gewesen. Nancys Haus auf der Tradd wirkte genauso verlassen und leer. Und in dem Haus auf der Isle of Palms ging niemand ans Telefon.

»Vielleicht sind sie weggegangen, um ihn zu holen«, sagte ich.

»Kannst du dir vorstellen, wie Nancy und ihr Ehe-mann sich mit einer Machete durch den Dschungel schlagen?«, fragte Lewis grimmig.

Nein, dachte ich.

An diesem Abend baten wir alle, zum Fluss hinaus-zukommen, und weihten sie in die Gerüchte ein, die in Charleston die Runde machten. »Ach, Scheiße!«, rief Simms und schlug mit der Faust auf den Tisch. Lila brach in Tränen aus. Camilla starrte Lewis nur an und sagte kein Wort. Im Kerzenschein, der über ihr Gesicht huschte, wirkte sie wie gelähmt und nicht von dieser Welt, wie eine Priesterin, die ein Jahrtausend vor dem Aufstieg Roms einen Schrein aufsuchte.

»Jetzt, wo wir einen Anhaltspunkt haben, ist es ein Kinderspiel für mich, herauszufinden, wo er steckt, falls es sich dabei um ihn handelt«, sagte Lewis. »Bestimmt verfügt seine Organisation über Fluglisten und kann sagen, wer wann mit welcher Maschine geflogen ist. Gleich morgen früh werde ich mich ans Telefon hängen. Und falls er es ist, werde ich ihm hinterherfahren und ihn holen.«

»Und ich komme mit«, versprach Simms. »Du wirst nicht allein mit ihm fertig werden.«

»Mit Henry?«, fragte Lewis ungläubig.

Simms lief rot an und wollte schon etwas erwidern, doch da schlug Camilla mit beiden Händen auf den Tisch, woraufhin sich alle Augen auf sie richteten.

»Nein«, sagte sie energisch. »Niemand wird ihm hinterherreisen. Falls er dieser Amerikaner sein sollte, würde es ihn umbringen, wenn wir ihn so sehen, das wisst ihr doch. Entweder kommt er freiwillig zu uns zurück oder er lässt es, aber wir laufen ihm nicht hinterher. Das werde ich auf keinen Fall zulassen.«

Wir starrten sie an. Diesen eiskalten Ton, den sie angeschlagen hatte, kannten wir nicht von ihr.

»Na schön«, räumte Lewis nach einer Weile ein. »Du hast Recht. Wir werden warten, hoffen, beten.«

»Ja«, sagte Camilla, nun wieder sanft. Sie leuchtete im matten Schein der Kerzen.

Ende des Sommers kehrte Henry heim.

KAPITEL ZEHN

In den Marschen und an den Flüssen im Low Country lässt es sich im August kaum aushalten. Das Barometer klettert so hoch, bis sich kein Lüftchen mehr rührt, man keine Luft mehr bekommt und ganz willenlos wird. Die vorgelagerten Inseln schirmen den Wind vom Meer ab. Insekten, von denen man nur die Hälfte kennt, halten hier Versammlungen ab. Die Schlangen und Alligatoren werden schlapp und mürrisch; die Wasservögel tauchen erst am späten Nachmittag auf, und bei Ebbe, wenn die unerbittliche Sonne die Marsch austrocknet, stinkt es so, dass einem fast übel wird. Die wilden, vierbeinigen Kreaturen der Marsch kommen nur in den stickigen heißen Nächten herausgekrochen und die Menschen suchen das Weite. Ursprünglich hatten viele der schönen Häuser in Charleston wohlhabenden Plantagen- und Großgrundbesitzern, die Reis und Indigo anbauten und an den Prielen oder in den Buchten lebten, als Sommerhäuser gedient. Dorthin flohen sie, wenn das Leben in den Sümpfen unerträglich wurde. Die Sklaven, die zurückbleiben und die Ernte einbringen mussten, starben zu Hunderten an Gelbfieber.

Dennoch hat der Spätsommer eine ganz eigene, besondere Qualität, die ich in jenem Jahr zu schätzen wusste. Wegen der Hitze und Luftfeuchtigkeit floss das Blut in meinen Adern so träge wie zäher Honig. Die flirrende Luft, die über der Marsch stand, wirkte wie ein Zaubervorhang, der sich teilen und irgendetwas Unerwartetes offenbaren konnte. Die alltäglichen Dinge, denen wir in der Stadt nachgingen, waren hier draußen bedeutungslos. Jemand hatte einmal behauptet, die beiden Dinge, die den Süden am stärksten geprägt hatten, wären die Bürgerrechte und die Erfindung der Klimaanlage – und zwar nicht unbedingt in dieser Reihenfolge. Was die Bürgerrechte anbelangte, stimmte ich dieser These zu, doch während der heißen Sommertage, die ich an den träge fließenden Gewässern des Low Country verbrachte, war ich mir in Bezug auf die Klimaanlagen nicht ganz so sicher. Das langsame, unbekümmerte Leben, das wir den Sommer über in der Marsch führten, hatte etwas sehr Sinnliches. Und den schweren Schwefelgeruch des Schlicks mochte ich seit jeher.

Wann immer wir in diesem Sommer am Priel waren, unternahmen wir nicht viel, und das, was wir taten, erledigten wir langsam. Da ich in meinem tiefsten Innern ein träger Mensch bin, genoss ich das süße Nichtstun. Selbst Lewis, der nach all den Jahren, die ich ihn nun kannte, immer noch ein Derwisch war, schaltete ein paar Gänge hinunter und gab sich bis zu einem gewissen Punkt damit zufrieden, auf der Veranda zu liegen und zu lesen oder sich im überdachten, schattigen Pool treiben zu lassen. Doch nach einem halben Tag wurde

er unruhig und fing an, nervös umherzulaufen. Und
dann dauerte es meistens nicht lange, bis er sich sein
Angelzeug schnappte und mit dem Whaler hinausfuhr
oder sich Simms' Boot auslieh und den Fluss so weit
hinuntersegelte, bis er eine leichte Brise spürte.

Simms und Lila fühlten sich während der Sommer-
monate in der Marsch nicht richtig wohl. Sie fuhren
zwar mit uns hinaus, blieben aber im Gegensatz zu uns
eher selten über Nacht. Die Hitze schien ihnen sehr
zuzusetzen, ja sie regelrecht zu quälen. Manchmal
schoben sie die Arbeit vor, verabschiedeten sich und
kehrten schon relativ früh nach Charleston zurück,
aber das alles war nur ein Vorwand. Die andauernde
Hitze blutete sie aus. Ende Juli schickte Simms ein
paar Männer von seiner Firma her, damit sie in ihrem
Haus eine Klimaanlage installierten. Von da an blieben
die beiden ein bisschen länger. In Lewis' und meinem
Haus gab es große, schwerfällige Deckenventilatoren,
die nur die abgestandene Luft umwälzten, aber wir
beide glaubten, alles andere würde den unabänderli-
chen Rhythmus der Jahreszeiten in der Marsch stören
– was uns allerdings nicht daran hinderte, uns beim
Abendessen bei Lila und Simms über die kühle und
trockene Luft zu freuen. Nur Camilla fühlte sich im
August pudelwohl. Sie war sehr dünn, und man hatte
den Eindruck, die Wärme und die hohe Luftfeuchtigkeit zeigten bei ihr dieselbe Wirkung wie eine Blut-
transfusion. Manchmal konnte selbst ich es nicht fassen, wie viel Hitze sie ertrug. Sie blühte auf wie eine
Orchidee.

Da während der Hundstage mein Geschäft fast zum

Erliegen kam, fuhr ich nicht selten einen Tag vor Lewis zum Fluss hinaus. Eigentlich hatten wir beide in Sweetgrass genug zu tun, doch im August war ich einfach nicht in der Lage, mich auf irgendetwas zu konzentrieren. Und gerade deshalb genoss ich das Leben draußen in der Marsch am Priel so sehr: Hier konnte ich mich ohne Schuldgefühle gehen, konnte mich einfach treiben lassen. Camilla lebte nun ständig hier, ging allerdings selten nach draußen – und wenn, dann nur, um in den Pool zu steigen. In jenem Sommer kamen Lila und Simms, bis auf wenige Samstage und manchmal noch den halben Sonntag, nur selten zu uns hinaus. Ich fragte mich schon, ob sie im Herbst, wenn es wieder kühler war, wohl öfter kommen würden, doch ich zerbrach mir deshalb nicht den Kopf. Wenn der Herbst vor der Tür stand, konnte ich mir darüber immer noch Gedanken machen. Im August ließ man den Dingen seinen Lauf.

Als ich an einem Morgen mitten im August gegen acht Uhr früh im verdunkelten Schlafzimmer zwischen feuchten Laken, die an meinem Körper klebten, aufwachte, war es draußen schon unglaublich heiß und hell. Ich war allein. Nur Gladys, die sich wegen der Hitze am Fuße des Bettes zusammengerollt hatte, leistete mir Gesellschaft. Lewis war noch in Sweetgrass, hatte aber vor, gegen Abend zu kommen. Simms und Lila froren genüsslich in Charleston. Das Geplantsche hinter dem Haus verriet mir, dass Camilla im Pool pflichtschuldig ihre Bahnen zog. Ich stellte mich vors Fenster und schaute auf die Marsch und den Fluss hinaus. Es herrschte Ebbe. Der Schlick glitzerte wie ein toter Fisch in der tief stehenden Sonne und roch vermutlich auch so. Der Fluss war zu einem schmalen Band zusammengeschrumpft – ein Vorgang, der sich zwei Mal pro Tag wiederholte. Im Gegensatz zu den letzten Tagen war die Wasseroberfläche aber nicht mehr glatt wie ein Stück Seide. Wind. Draußen auf dem Fluss war Wind aufgekommen.

Ich zog eine kurze Hose und ein T-Shirt an, band die Haare mit einem einsamen Schnürsenkel zusammen und lief barfuß vom Schlafzimmer in die Küche, wo die Luft heiß und abgestanden war. Die Fliesen unter meinen Fußsohlen fühlten sich schön kühl an. Ich schaltete den Ventilator an und kochte Kaffee. Während ich meinen Kaffee trank und nach draußen sah, kam Gladys in die Küche getrottet. Ihre Krallen klackerten auf dem Fliesenboden. Gelangweilt beschnupperte sie ihr Futter, schlabberte viel Wasser aus dem Napf und sah zu mir hoch, als wollte sie sagen: »Wieder ein beschissener Tag im Paradies, was?«

»Ich sag dir was, Gladys. Draußen auf dem Wasser gibt es Wind. Weißt du noch, was Wind ist? Komm, wir fahren mit dem Whaler raus in die Brise. Bevor sich das Lüftchen wieder legt.«

Sie wedelte mit dem Schwanz. Ich setzte einen weißen Baumwollhut auf, zog Badelatschen an, trug Sonnenschutz- und ein Anti-Mücken-Mittel auf und dann traten wir in die morgendliche Stille hinaus. Das Lüftchen, das sich draußen regte, drang nicht bis zum Haus vor. Und die Luft fühlte sich wie ein nasser Wollmantel an.

Camilla goss die Blumen auf ihrer Veranda. Sie trug

einen weißen Frotteestrandanzug und eine Sonnenbrille. Die nassen Haare hatte sie zu einem Zopf geflochten, der ihr auf den Rücken fiel.

»Wohin wollt ihr beide?«, rief sie.

»Wir fahren mit dem Whaler raus. Draußen gibt es
Wind. Ein Geschenk des Himmels.«

»Bleibt nicht zu lange weg. Wind hin oder her, in
der Sonne kannst du sterben, wenn du zusammen-
brichst und dich niemand findet.«

»Wir sind in ein paar Stunden wieder da«, versprach
ich und winkte. Gladys und ich liefen auf Zehenspitzen den Holzsteg bis zum Anlegeplatz hinunter. Die
Planken kochten vor Hitze.

Gladys war so schwerfällig, dass ich sie in den
Whaler hieven musste, doch kaum war sie im Boot,
machte sie es sich wie gewöhnlich neben mir bequem.
In gemächlichem Tempo steuerte ich den Whaler den
seichten Fluss hinunter, der kaum breiter als eine Stra-
ße war. Das aufgewühlte Wasser funkelte in der Sonne.
Wir legten an Fahrt zu. Gladys' Ohren flatterten im
Wind und sie stieß einen zufriedenen Seufzer aus.

Ich schlang die Arme um sie und drückte sie sanft.

»Sag mal, ist das hier nicht viel besser als dieser doo-
fe, überdachte Pool?«, fragte ich. Sie lachte mit heraus-
hängender Zunge.

Ungefähr eine Stunde lang folgten wir der leichten
Brise den Priel entlang und erreichten dann die Bie-
gung, auf der einer dieser großartigen prähistorischen
Muschelhügel liegt, die überall im Low Country zu
finden sind. Der Wind ließ nach. Schweißperlen bildeten sich auf meiner Stirn.

»Genug für heute«, sagte ich zu Gladys. »Wenn wir zurück sind, werden wir zu Mittag essen und ein Schläfchen halten. Aber du findest es doch gut, dass wir diesen Ausflug gemacht haben, oder?«

Beim Umkehren musste ich ziemlich zirkeln, weil der Wasserlauf so schmal war. Die Flut setzte ein. Nach und nach wurde der Priel breiter und schob sich wie ein Gletscher immer tiefer ins Schilf. Kein Ton drang aus dem Wald. Kein Vogelgezwitscher, keine Seebarbe, die durch die Wasseroberfläche stieß, kein Rascheln im Gras, kein Gluckern, wie die Wasserschlangen und -schildkröten es produzierten, wenn sie durchs träge Wasser schwammen. In einem Monat würde es am Priel und in den Wäldern nur so von Dorfbewohnern wimmeln, doch heute war es hier wie unter Wasser, vollkommen reglos und still. Gladys lag in der Sonne, nickte und bellte.

Wir waren nicht weit vom Anlegeplatz entfernt, als sie den Kopf hochriss, die Schnauze vorstreckte und wie wild zu schnüffeln begann. Ich hatte keine Ahnung, welche Fährte sie im Wind suchte. Ich hörte nichts, nur das leise Surren des Motors. Als ich ihn ausschaltete und mit dem Whaler auf die Anlegestelle zuglitt, sprang sie so schwungvoll hoch wie seit Jahren nicht mehr und fing an zu bellen – laut, unnachgiebig und kraftvoll. So musste sie früher geklungen haben, wenn sie im Herbst die Felder und Wälder durchstreifte. Wir hatten noch nicht richtig angelegt und das Boot schaukelte noch, da sprang sie schon hinaus und rannte den Holzsteg entlang, als wäre sie plötzlich weder steif noch lahm, geschweige denn alt. Ich kletterte aus dem Boot, lief ihr hinterher, rief ihren Namen und überlegte, ob sie vielleicht einen Anfall hatte.

Auf halber Strecke rutschte sie aus, schlitterte über die Planken und fiel kopfüber ins brackige schwarze Wasser. Vermutlich war es an dieser Stelle nicht sehr tief, dafür aber schlammig und matschig. Außerdem konnte man wegen der Gräser nichts sehen. Gladys schlug um sich und jaulte. Ich hüpfte von der Anlegestelle ins Wasser.

Das Wasser reichte mir nur bis zur Taille, aber Gladys war untergetaucht. Meine Füße sanken tief in den weichen Schlamm. Ich konnte das arme Tier nicht sehen, sondern hörte nur, wie sie wie von Sinnen paddelte. Ich tastete nach ihr, erwischte sie und zog sie hoch. Noch immer schlug sie mit allen vieren aus. Als ich sie auf den Steg stellte, war sie von der Schnauze bis zum Schwanz mit stinkendem Schlick überzogen – und ich auch von Kopf bis Fuß. Doch noch bevor ich mir die Schlammspritzer aus den Augen gewischt hatte, fiel sie schon wieder vom Steg, bellte, rappelte sich auf, rannte weiter und rutschte ins Wasser. Ich lief ihr hinterher, hob sie hoch und trug sie das Ufer hinauf, was kein Kinderspiel war, denn sie hielt einfach nicht still. Ich spürte, wie heftig das Herz in ihrer Brust pochte. Ein Tierarzt – ich musste dringend zu einem Tierarzt …

Wieder riss sie sich los und schoss auf Camillas Haus zu. Ich machte ein, zwei Schritte und hielt dann inne.

Mitten auf der halbrunden Zufahrt stand ein staubiger alter Lieferwagen und auf Camillas Veranda ein großer, gebeugter, dürrer alter Mann, der gerade die Hand hob und anklopfen wollte. Und als er sich zu uns umdrehte, bekam ich vor Schreck ganz weiche Knie. Henry. Da stand Henry.

Er sah, wie Gladys sich schwerfällig auf ihn zubewegte, kam ihr zwei Schritte entgegen und schlang die Arme um sie. Vor lauter Freude jaulte und bellte sie und fuhr wie von Sinnen mit der Zunge über sein ausgemergeltes Gesicht. Er hielt sie immer noch fest umschlungen und presste das Gesicht an ihr dreckiges Fell, bis es genauso dreckig war wie das von Gladys und mir. Seine Tränen malten helle Streifen auf beide Wangen.

»Henry«, flüsterte ich, brach ebenfalls in Tränen aus und umarmte Gladys und ihn. Gemeinsam taumelten wir auf den Schotterweg, Mann, Frau und Hund – ein Tableau der Heimkehr, geformt aus dem archaischen Low-Country-Schlick.

»Ihr seid die dreckigsten Mädels, die ich je in die Arme geschlossen habe«, sagte Henry mit einer Stimme, die nur vage an seinen früheren langsamen, weichen Tonfall erinnerte. Und dann setzten wir uns einfach hin, hielten einander fest und weinten.

Ganz langsam beruhigte sich mein heftig pochendes Herz. Ich hob den Kopf und musterte Henry. Sein Gesicht war blass und mit Schlammspritzern bedeckt, aber er war frisch rasiert und seine tief liegenden blauen Augen strahlten hell. Das zerzauste silberne Haar fiel ihm in die Stirn und war länger als früher. Durch das ausgeblichene, dreckige Jeanshemd, das er anhatte, konnte ich seine spitzen Knochen, jede einzelne Rippe spüren, die sich wie abgestorbene Äste anfühlten. Die Schlieren, die seine Tränen auf sein mit Schlamm beschmiertes Gesicht gemalt hatten, waren noch sichtbar, doch er weinte nicht mehr. Seine Augen blickten in die Ferne und dieser Blick war für mich neu. Henry hatte immer im Augenblick gelebt und war dann ganz bei einem gewesen. Wer ist dieser Mann?, fragte ich mich.

»Henry«, begann ich. Da legte er den Finger auf meine Lippen und ich sprach nicht weiter. Als Gladys versuchte, unter seinen Arm zu kriechen, tätschelte er sie abwesend.

»Ich kann jetzt nicht reden, Anny«, sagte er mit dieser fremden brüchigen Stimme. »Ich kann jetzt nicht. Später können wir vielleicht darüber reden, aber jetzt nicht. Mir ist, als hätte ich einen Albtraum durchlebt, als würde alles, was nach dem Feuer geschah, immer wieder von vorn anfangen. Es ist gut, zu wissen, dass ihr in meiner Nähe seid, doch ich muss noch mal ganz von vorn anfangen und das muss ich allein tun. Jetzt muss ich die Gefühle zulassen; lange Zeit habe ich sie im Suff ertränkt.«

Er zitterte, zitterte am ganzen Leib wie Espenlaub, was mir nicht fremd war. Früher, wenn meine Mutter einen richtigen Kater hatte, hatte sie auch so gezittert. Ein großer Teil der Eltern von meinen kleinen Patienten tranken. Doch Henrys Blick war klar und er verströmte nicht diesen süßen, intensiven Geruch, der Säufern im fortgeschrittenen Stadium anhaftete. Falls er getrunken hatte, war er jetzt kein Säufer mehr. Nur ein klappriges Wrack.

Ich nickte stumm. Mein Arm lag noch immer auf seiner Schulter. Gladys kuschelte sich unter seinen

Arm und beruhigte sich. So saßen wir lange auf der Schotterzufahrt, hielten einander fest und schwiegen. Dann flog die Fliegengittertür auf, und als ich den Kopf hob, sah ich, wie Camilla die Stufen herunterrannte. Sie, die sich inzwischen sehr langsam bewegte, rannte auf einmal und das war für mich ein unerwarteter Anblick. Wie ein leichtfüßiges Mädchen kam sie auf uns zu. Ihr Pferdeschwanz flatterte im Wind. Sie trug einen dünnen, durchsichtigen Baumwollrock mit Blumenaufdruck, dessen Saum ihre Fesseln umspielte, und eine weiße ärmellose Bluse. Und in dem Moment erinnerte sie mich an die junge Camilla, die vor langer Zeit im Sommer auf Sullivan's Island mit Lewis und Henry im heißen Sand gelacht und getanzt hatte.

Sie drückte ihn fest an sich. Ihr Gesicht konnte ich nicht sehen.

»Ich habe auf dich gewartet«, hörte ich sie sagen. »Ich dachte mir schon, dass du jetzt irgendwann auftauchst. Seit Tagen steht ein Topf Gumbo in meinem Kühlschrank. Du kannst uns heute Abend beim Essen von der Odyssee des Henry McKenzie erzählen. Ich werde sofort Lila und Simms anrufen.«

Ihre Stimme überschlug sich fast vor Freude und jugendlicher Selbstsicherheit. Sie ist nicht überrascht, ihn zu sehen, fuhr es mir durch den Sinn. Mit einem ganz feinen Radar schien sie Henry auf Schritt und Tritt zu folgen und bis zu einem gewissen Punkt auch Lewis. Sie hatte gewusst, dass er kommen würde, und beinah geahnt, wann. Na, dachte ich, seit sie laufen können, sind sie Freunde. So ein Band hält ewig.

Sie trat einen Schritt zurück, ohne seine Hände loszulassen, und wollte ihn schon sanft zur Treppe hinüberziehen; doch er rührte sich nicht und schüttelte nur den Kopf.

»Nein, Cammy«, sagte er schwach. »Später, aber jetzt nicht. Jetzt muss ich duschen und schlafen. Ist schon lange her, dass ich geschlafen habe. Von Nancy habe ich erfahren, dass ihr an irgendeinem Ort in der Marsch seid, der Simms gehört, und dann ist mir eingefallen, dass er Booter's Grundstück gekauft hat, und da sagte ich mir, fahr da mal raus. Es tut mir Leid, dass ich euch in diesem Zustand überfalle, aber momentan habe ich … keinen Ort, den ich mein Heim nennen könnte. In die Bedon's Alley kann ich nicht zurück …«

»Natürlich nicht. Und du bist daheim. Hier. Es gibt ein Haus, das auf dich wartet. Es wartet schon auf dich, seit wir hier draußen unsere Zelte aufgeschlagen haben. Es ist gleich hinter dem Pool. Ich werde es dir zeigen. Jetzt duschst du erst mal ausgiebig und legst dich dann hin. Wir werden dich schlafen lassen, bis du von allein aufwachst. Dort kannst du uns nicht hören.«

Camilla lächelte. »Allerdings könnten wir Gladys nicht einmal mit Stacheldraht von dort fern halten. Ich werde mich um deine Sachen kümmern und sie waschen, während du schläfst. Dein Kühlschrank ist voll. Hast du noch andere Klamotten dabei?«

»Ein paar. In dem Seesack, hinten auf dem Lieferwagen. Sind ziemlich abgetragen. Keine Ahnung, was mit all meinen Sachen passiert ist …«

Er brach ab und da war auf einmal wieder diese Entrücktheit in seinem Blick.

»Ist ja auch egal. Ich kümmere mich drum«, sagte Camilla bestimmt. »Komm jetzt. Und falls dir der Sinn danach steht … der eine oder andere von uns wird heute Abend oder morgen früh schon auf irgendeiner Veranda zu finden sein.«

Sie schob ihn in die Richtung des Gästehäuschens, das im Palmenhain hinter dem Pool stand. Nun begriff ich, wieso sie darauf bestanden hatte, es herzurichten und mit Möbeln zu bestücken, warum sie für weiße Bettwäsche, Besteck und Geschirr gesorgt hatte. Und unter einem der Fenster hatte sie eine Klimaanlage anbringen lassen. Den ganzen Sommer über hatte dieses hübsche, einladende Haus im undurchdringlichen Schatten der Palmen und Eichen auf Gäste gewartet, die nie kamen.

Stattdessen war Henry gekommen. Keine Frage, Camilla hatte dieses Häuschen zu Henrys Heim auserkoren.

Er widersetzte sich dem sanften Druck ihrer Hand, blieb stehen und warf einen Blick über die Schulter.

»Ich habe dich vermisst«, sagte er matt. Seine Worte trieben mir die Tränen in die Augen.

»Du wirst nie erfahren, wie sehr du uns gefehlt hast«, flüsterte ich. »Das wirst du nie erfahren.«

»Ich hoffe doch, irgendwann mal«, erwiderte Henry, drehte sich um und folgte Camilla dorthin, wo ein Bad, Essen und Schlaf auf ihn warteten.

Ich rief Lewis in Sweetgrass an und er informierte Simms und Lila. Am späten Nachmittag hatten sich alle am Fluss eingefunden. Wir nahmen unsere Drinks auf Camillas Veranda und redeten über Henry.

»Wie war er?«

»Wie hat er gewirkt?«, fragten sie mich immer wieder. Ich konnte nur hilflos den Kopf schütteln.

»Alt. Halb krank. Schwach. Ich weiß es nicht. Er ist nicht der alte Henry. Und wie sollte das auch gehen nach alldem, was er durchgemacht hat? Wir müssen abwarten, wie er ist, wenn er sich wieder eingelebt hat.«

»Aber hat er gesagt, wo er …?«

»Hat er über Fairlie gesprochen?«

»Wird er hier bleiben?«

»Möchte er wieder als Arzt arbeiten?«

»Ich weiß nicht«, wiederholte ich. »Ich weiß es einfach nicht. Wir haben nicht viel geredet.«

»Was habt ihr dann gemacht?«, fragte Lila ungeduldig.

»Auf der Zufahrt gesessen, uns und Gladys umarmt und geweint«, erzählte ich.

»Henry hat geweint?« Simms war richtiggehend schockiert.

»Wenn er nicht geweint hätte, hätte ich ihn auch auf der Stelle zu einem Seelenklempner gebracht«, sagte Camilla streng. »Anny hat Recht. Wir müssen ihn in Ruhe lassen und ihn bestimmen lassen, wie es weitergehen soll.«

»Und worüber sollen wir mit ihm reden?«, jammerte Lila. In diesem Augenblick hätte ich sie am liebsten geschüttelt.

»Über was habt ihr euch denn früher unterhalten?«, fragte ich.

»Hm, du weißt schon, über alles Mögliche.«

»Dann plaudert ihr jetzt auch über alles Mögliche.«

Henry schlief einen Tag, die Nacht und fast den ganzen nächsten Tag durch. Jedenfalls nahmen wir das an. Falls er nicht schlief, blieb er zumindest im Gästehaus. Wir sahen dort weder Licht noch hörten wir einen Muckser. Ein paar Mal kam Gladys durch die angelehnte Haustür getapst, schaute in Lewis' und meiner Küche vorbei, fraß und trank, sah mich verunsichert und halb schuldbewusst an, wedelte mit dem Schwanz und trottete zum Gästehaus zurück.

»Ist schon gut«, sagte ich, als sie zum ersten Mal bei uns auftauchte. »Ich weiß ja, dass er wieder da ist. Und er wird sich freuen, dich zu sehen, wenn er aufwacht.«

Am Morgen schlich Camilla auf Zehenspitzen mit einem Stapel gebügelter Sachen und einem Krug mit frisch gepresstem Orangensaft ins Gästehaus, kam aber gleich wieder zurück.

»Er schläft noch. Ich habe ihn schnarchen gehört.«

»Ich denke, das ist Gladys«, sagte ich. »Sie schnarcht so laut, dass man fast aus dem Bett fällt.«

»Na, wie auch immer, die beiden sägen eine Menge Holz. Ich weiß, wie gern ihr ihn alle gesehen hättet, aber ich halte es für besser, wenn ihr wieder in die Stadt fahrt, falls er bis zum Nachmittag nicht herausgekommen ist. Vielleicht sollte er nicht gleich alle auf einmal sehen, sondern sich lieber nach und nach an uns gewöhnen.«

»Und zuerst an dich«, entgegnete Lila.

»Du weißt, dass ich montags immer den halben Tag hier draußen bin«, sagte Camilla. »Ich will sehen, ob er etwas braucht, und lasse ihn dann in Ruhe. Aber ich habe nicht vor, ihn allein hier draußen zurückzulassen. Jedenfalls nicht gleich. Die Erinnerungen werden ihm jetzt zusetzen, und ich möchte da sein, falls er jemanden zum Reden braucht.«

Wie sich herausstellte, war Henry aber nicht zum Reden aufgelegt. Und Fairlie, das Feuer und seine Zeit in Yucatán kamen überhaupt nicht zur Sprache. Mitte der Woche ließ Camilla uns wissen, dass er endlich ausgeschlafen war, wie ein Seemann auf Landgang Essen in sich hineinschaufelte und nicht mehr ganz so ausgehungert und ausgemergelt aussah. Die meiste Zeit döste er in der Sonne, las am überdachten Pool oder nahm den kleinen Kajak, den Simms zum Fluss hinausgeschafft hatte, und verschwand für mehrere Stunden. Gladys wich ihm nicht von der Seite.

»Spricht er?«, fragte ich, als sie anrief.

»O ja. Aber nicht über … all das. Er redet über die Gegend hier. Anscheinend haben Lewis und er hier früher eine Menge Zeit mit einem Typen namens Booter verbracht. Und er redet über Gladys und Hunde im Allgemeinen, über den heutigen Stand der Medizin und was sich im Zentrum tut, wo sich die Touristen herumtreiben. Und er spricht viel von den guten alten Zeiten.«

»Von den Zeiten, die wir im Strandhaus verbracht haben?«

»Nein. Von ganz früher. Von jenen Zeiten, als er und Lewis und ich Kinder waren und uns auf der Insel herumgetrieben haben. Ich hatte ganz und gar vergessen, wie gemein er und Lewis damals gewesen sind. Und darüber muss er oft lachen.«

»Dann sollten wir also alles andere nicht erwähnen …«

»Es gibt keine Tabuthemen, aber er ist offensichtlich noch nicht bereit, über das eine Thema zu sprechen. Wir sollten ihn das Tempo bestimmen lassen.«

Am darauf folgenden Wochenende trudelten wir alle bei Sonnenuntergang ein. Henry erhob sich von der Schaukel auf Camillas Veranda, kam die Treppe herunter und begrüßte uns.

»Na, wenn das nicht die berühmten Scrubs aus Charleston, South Carolina, und von Booter's Creek sind«, sagte er in schleppendem Tonfall und grinste bis über beide Ohren. Und dann umarmten wir uns, vergossen ein paar Tränen, klopften ihm auf die Schulter und Lila und ich küssten ihn. Er roch nach Sonne und frisch gebügelter Baumwolle, nach Salz und Schlick. Sein leicht gebräuntes Gesicht, seine Arme und Beine waren von der Sonne gerötet. Das silbergraue Haar war zwar immer noch etwas zu lang, aber wieder in Form. Zweifellos hatte Camilla ihm eine neue Frisur verpasst. Er trug gebügelte Kaki-Shorts und ein blaues Oxford-Hemd mit aufgekrempelten Ärmeln, und wenn man ihm nicht zu lange in die Augen schaute, war er wieder ganz der alte Henry.

»Gut siehst du aus, mein Lieber«, sagte Lewis und räusperte sich. »Ist mein Ernst. Und Gladys, mein Gott! Sieh dich nur an! Wir sollten dich zur Wahl der Miss Charleston schicken.«

Gladys, die mit manischem Blick neben Henry saß und uns anbellte, strahlte, als hätte sie einen Tag in einem exklusiven Salon verbracht. Jemand hatte ihr ein

369

wunderschönes schwarz-braun-weißes Halstuch umgebunden.

»Ich hatte mir geschworen, einem Hund nie ein
Tuch umzubinden«, gestand Henry, »und ich habe es
für Nancy in Mexiko gekauft; aber wo es doch Gladys'
Farbe hat, habe ich es ihr geschenkt. Steht ihr auch tausend Mal besser. Damit wirkt sie doch wie ein Cheer-
leader, findet ihr nicht? Und das Baden hat auch nicht
geschadet.«

In gewisser Hinsicht legte diese erste Unterhaltung
den Ton für den Rest des Sommers fest. Nachdem sich
die anfängliche Beklommenheit gelegt hatte, merkten
wir, dass wir uns in Henrys Gegenwart ganz zwanglos
unterhalten konnten. Fairlie und das Feuer erwähnten wir jedoch mit keiner Silbe. Und Henry machte es
uns leicht, indem er bei unserem ersten gemeinsamen
Essen an jenem Abend sagte: »Ich weiß, wie gern ihr
alles erfahren möchtet, und ich möchte auch mit euch
darüber reden. Später. Da ist noch eine ganze Menge,
was ich erst mal für mich ordnen muss. Und ihr werdet sicherlich verstehen, dass es Dinge gibt, über die
ich einfach nicht sprechen kann und vielleicht auch nie
sprechen werde.«

Wir nickten und musterten ihn im Schein von Camillas langen weißen Kerzen. In Wahrheit begriffen
wir nichts, jedenfalls nicht wirklich. Nur Camilla versteht es, dachte ich, als ich sie betrachtete. Sie lächelte
und nickte ganz vorsichtig. Wenn er so weit ist, wird
sie da sein, fuhr es mir durch den Sinn. Dieser Gedanke
beruhigte mich. Camilla würde gar manches verstehen,
ohne dass Henry es laut aussprechen musste. Dennoch

ahnten wir, dass weder er noch wir Fairlie, das Feuer
und die Jahre im Strandhaus vergessen konnten, dass
wir die Erinnerung immer in unseren Herzen bewah-
ren würden.

Den Sommer über blieb Henry im Gästehaus und
Camilla in ihrem. Wir kamen an den Wochenenden.
Und das Leben unterschied sich nicht groß von dem,
das wir im Strandhaus geführt hatten, mit dem Unterschied, dass Henry nun draußen am Priel lebte – wenigstens vorübergehend. Er machte keine Anstalten,
sich eine Wohnung in Charleston zu suchen, und verlor kein Wort darüber, in Zukunft wieder als Arzt zu
arbeiten oder die Fliegenden Ärzte zu begleiten. Keine
Ahnung, was er unter der Woche trieb. Laut Camilla verbrachte er viel Zeit auf dem Meer, meistens in
Begleitung von Gladys, und streifte durch die Felder
und Wälder hinter der Marsch. Sie vermutete, dass er
während dieser einsamen Stunden mit den Dämonen
rang, denn wenn er zum Abendessen erschien, wovon
er sich nicht abbringen ließ, waren seine Augen nicht
selten gerötet. Während der Mahlzeiten war er stets so
umgänglich und geschwätzig wie früher und redete bei
Kaffee und Kerzenschein lange mit ihr. Doch er sprach
nie über Fairlie. Und nie über das Feuer.

»Das kommt schon noch«, sagte sie gelassen. »Ich
denke, der Tag rückt näher.«

Henry ging früh zu Bett und las bis spät in die
Nacht. Jedenfalls schloss Camilla das aus den Büchern,
die sich in seinem Wohnzimmer stapelten – sie räumte
bei ihm auf, wusch seine Wäsche und versorgte ihn mit
Lebensmitteln. Nacht für Nacht brannte das Licht in

seinem Schlafzimmer. Woher die Bücher kamen, war ihr ein Rätsel.

»Camilla, du bist in die Rolle von Henrys Mädchen und Köchin geschlüpft«, ließ Lila Anfang September verlauten. »Dabei sollte er dir zur Hand gehen oder helfen, jemanden zu finden, der euch unterstützt.«

»Er hilft mir mehr, als ihr euch vorstellen könnt«, erwiderte sie lächelnd. »Oder als er sich vorstellen kann.«

An den Wochenenden war er so freundlich, lustig und gut gelaunt wie eh und je und ging mit uns zum Segeln oder zum Schwimmen, allerdings nie nur mit einem von uns. In jenem Frühherbst war Henry jedermanns Freund und niemandes Vertrauter. Falls Lewis, dem er immer am nächsten gestanden hatte, die selbstverständliche und tiefe Vertrautheit vermisste, die zwischen ihnen seit vielen Jahren bestand, ließ er sich das nicht anmerken. Meiner Meinung nach freute er sich einfach, dass er Henry wiederhatte, egal unter welchen Bedingungen. Und mir ging es nicht anders. Jene trägen, sonnigen Septembertage, wo die Monarchfalter aus dem Norden einfliegen und sich in Schwärmen auf Bäumen und Büschen niederlassen und die großen Spinnen am frühen Morgen ihre Netze spinnen, jene Septembertage verbrachte Henry nur mit Camilla und Gladys.

Wenn ich morgens früh aus dem Bett kroch, saßen die beiden schon tropfnass und in Handtücher gehüllt am Pool und unterhielten sich leise. Am späten Nachmittag, ehe wir uns zu einem Drink trafen, lagen Henry, Camilla und Gladys in der untergehenden Sonne auf Camillas Veranda. Und redeten und redeten. Als ich einmal mitten in der Nacht auf die Toilette musste und bei der Gelegenheit aus dem Küchenfenster schaute, sah ich, wie Camilla sich leise aus Henrys Haustür stahl und zu ihrem Haus hinüberschlich. Nur Lewis gegenüber erwähnte ich, was ich beobachtet hatte. »Na, wäre es nicht möglich, dass die beiden sich zusammentun? Beide wissen, wie sehr solch ein Verlust schmerzt. Sie könnten sich gegenseitig trösten. Und sie sind schon seit Ewigkeiten befreundet ...«

Lewis warf mir einen merkwürdigen Blick zu.

»Zu viele Erinnerungen«, wandte er ein. »Viel zu viele ...«

Und als der Oktober langsam ins Land zog, kam es mir so vor, als hätte Henry einen fragilen Frieden gefunden. Möglicherweise war das der erste Schritt auf dem langen Weg zur Heilung. Das hat er Camilla zu verdanken, dachte ich. Er hat mit ihr endlich über alles gesprochen. Und das war die richtige Entscheidung gewesen. Selbst wenn wir anderen niemals die Einzelheiten von Henrys schrecklicher Odyssee erfuhren, hatte er sich doch der einen Person anvertraut, die ihm wirklich helfen konnte.

Gedankt sei's dir, dachte ich. Ohne Camillas Hilfe hätte ihn die Trauer buchstäblich umhauen können.

Ende Oktober gab es einen extrem milden und sonnigen Tag, an dem der schwere Duft von reifem, wildem Wein in der Luft lag, was dazu führte, dass ich nach dem Aufwachen meinte, auf der kribbelnden Haut buchstäblich den nahenden Herbst zu spüren. Es war Samstag und Lewis war in Sweetgrass geblie-

373

ben, um mit einem Fachmann über seine Gelbkiefern zu sprechen. Dieser Tag war alles andere als normal: Bald würden die Hitze und die summenden Insekten uns das Leben zur Hölle machen. Im Low Country setzt das kalte Wetter meistens nicht vor Thanksgiving ein. Dieser Tag war ein Geschenk, ein Versprechen an ermattete Seelen.

Es war noch ziemlich früh, als ich meinen Bagel und die Marmelade auf die Veranda hinaustrug. Der Himmel über meinem Kopf war kobaltblau. Über den Ufern des Flusses schwebten dünne Nebelschwaden, die ihre Fühler über das noch grüne Gras ausstreckten. Auf einmal hörte man die im Sommer eher gedämpften Geräusche klar und deutlich. Weiter unten am Fluss startete jemand einen Außenbordmotor. Es klang, als wäre das Boot an unserem Anlegeplatz vertäut. Ich vernahm das laute Flügelschlagen einer Schar Störche, die aus dem Wald geflogen kamen. Nachdem ich mich genüsslich gestreckt hatte, lief ich barfuß zur Anlegestelle und freute mich über den herrlichen Morgen.

Hinter mir ertönte ein leises mechanisches Summen. Ich drehte mich um. Henry und Gladys polterten im Golfwagen den Weg hinunter, der zum Anlegeplatz führte. Henry hob lächelnd die Hand und Gladys wedelte so heftig mit dem Schwanz, dass ihr ganzes Hinterteil in Bewegung war.

»Ein unglaublich schöner Tag, oder?«, sagte ich.

»Ja, wunderbar«, erwiderte Henry. »Gladys hat mich aufgeweckt und gebettelt, mit ihr und dem Whaler aufs Meer rauszufahren. Sehr gute Idee.«

374

»Sie segelt hervorragend.« Ich streichelte ihren kahler werdenden, gebeugten Kopf.

»Ist sie schon oft mit dem Whaler draußen gewesen?«, wollte er wissen.

»Ich habe sie oft mit rausgenommen. Der Whaler liegt ihr mehr als das Ruderboot, weil sie da mehr sehen kann.«

»Na«, sagte Henry, stieg aus dem Wagen und hob Gladys heraus, »dann bin ich ja froh, dass das nicht ihre Jungfernfahrt wird.« Und dann gingen dieser große dünne Mann und der humpelnde alte Hund zum Dock hinunter. Henry bat mich nicht, sie zu begleiten, und aus irgendeinem unerfindlichen Grund versetzte mir das einen Stich.

Ich machte es mir auf der Bank unter dem Pavillon bequem und sah zu, wie Henry in den Boston Whaler sprang. Er streckte die Hände nach Gladys aus, doch sie wich zurück, drehte den Kopf in meine und dann wieder in seine Richtung. An ihrer Miene war deutlich zu erkennen, wie verwirrt sie war. Schließlich setzte sie sich einfach hin.

Henry brach in Gelächter aus.

»Ohne dich wird sie nicht ins Boot steigen«, sagte er. »Komm schon, spring rein. Wir werden nur eine kurze Spritztour machen.«

»Ach, Henry, lass doch …«

»Steig in das Boot, Frau«, knurrte er, und da musste ich lachen. Ich sprang in das Boot und nahm Gladys auf die Arme, die zum Stegende gekommen war und nur darauf wartete, ins Boot gehoben zu werden.

Wir fuhren den Priel entlang zu der Stelle, wo er in

einen breiteren Wasserarm mündete, und dann folgten wir dem Wasserlauf bis zum Meer. Wir schipperten nach Osten. Auf der Strecke waren die Ufer von Austernbänken und glitschigen Lehmböschungen gesäumt. Hier hatten sich Krebse eingenistet. Wenn man sich nicht bewegte und die Luft anhielt, konnte man Tausende von Krebsen hören, die ihre Verstecke putzten und mit ihren Zangen herumwedelten. Man brauchte nur einen winzigen Stein ins Wasser zu werfen und schon stoben sie auseinander. Gladys bellte pflichtschuldig, aber sie wusste mittlerweile, dass sie niemals einen Krebs fangen würde.

Erst am späten Vormittag stand die Sonne so hoch, dass sich ihr Licht auf der Wasseroberfläche spiegelte. An dieser Stelle war der Fluss tief und undurchsichtig. Im Wasser wimmelte es von Lebewesen und Organismen, die unterschiedliche Tiefen bevorzugten. Manche verkrochen sich unten im Schlamm. Wenn ich lautlos über die sonnenbeschienene Wasseroberfläche glitt, befremdete mich manchmal der Gedanke, dass dieser Fluss der Ursuppe ähnlicher war als alles andere, was man gegenwärtig auf dieser Erde finden konnte. Henry hatte die Motorleistung gedrosselt, bis die Maschine nur noch leise brummte. Wir waren nicht gerade gesprächig. Da ich wunschlos glücklich war, hatte ich nicht das Bedürfnis, mich mit ihm zu unterhalten.

Kurz darauf schaltete er den Motor ganz aus und zeigte auf die Muschelbänke am gegenüberliegenden Flussufer. Grün, so weit das Auge reichte. Vereinzelt ragte ein Palmenhain oder ein paar Holunderbeerbüsche aus der Ebene auf, die bis zum bewaldeten Horizont reichte. Muschelhügel, soweit ich wusste, oder Midden. Die gängige Theorie lautete, dass es sich dabei um indianische Müllberge handelte. Bis der erste Weiße auftauchte, hatten sich die Ureinwohner jahrhundertelang an leckeren Krustentieren gütlich getan. Jede Epoche hat so etwas wie ein Lieblingsgericht, lautete die These von Lewis. In den unterschiedlichen Erdschichten waren Überreste von Austern, Krebsen, Muscheln, Wasserschnecken und Süßwasserfischen zu finden. Ich hatte mir nie die Mühe gemacht, mir eine der Schichten genauer anzusehen.

»Siehst du den da mitten in der Marsch?«, fragte Henry. Ich nickte. Er war hoch, wesentlich größer und im Gegensatz zu den leicht konischen Hügeln wie eine tiefe, runde Schale geformt. So weit war ich den Fluss nie hinuntergefahren.

»Junge, das Essen muss damals gemundet haben«, sagte ich.

»Das ist kein Midden, sondern ein Muschelring. Man könnte es auch als eine Art Epochenkalender bezeichnen. Wenn man hier Ausgrabungen macht, findet man alle möglichen Gegenstände, die die Kultur der betreffenden Zeit geprägt haben. Tonscherben, Muscheln und Haifischzähne, die als Währung dienten, Haushaltsgegenstände und manchmal sogar schamanistische Totems. Damals regierte der Zauber in diesen Marschen. Das College of Charleston möchte seit Jahrzehnten ein Archäologen-Team hierher schicken, doch Booter hat das nicht zugelassen und Simms bislang auch nicht. Lewis, Booter und ich sind hier überall herumgekrabbelt und haben wunderschöne Dinge gefunden, doch wenn mich nicht alles täuscht, wurde hier noch nie offiziell gegraben. Du musst Lewis bitten, dich irgendwann mal mitzunehmen.«

Wir verstummten. Eine kleine Brise kam auf und trug den Geruch von Salz, Schlick und dem fernen Meer herbei. Ach, die Insel! Die Insel und das Meer! Der Wind sorgte dafür, dass sich die Wasseroberfläche leicht kräuselte, und kühlte unsere verschwitzten Gesichter.

»Ich höre mich vielleicht wie so ein verzogenes Gör an«, brach ich dann das Schweigen, »aber ich glaube nicht, dass ich irgendwo leben könnte, wo es nicht schön ist. Das Low Country verdirbt uns.«

Henry schwieg wie abwesend und sagte schließlich: »Als ich Fairlie nach Kentucky gebracht habe, dachte ich, na, wenigstens ist sie nun an diesem wunderschönen grünen Ort mit der Farm, den Pferden und allem anderen, woran sie immer so gehangen hat. Da gibt es einen großen Haselnussbaum auf einem Hügel, von wo aus man auf das Haus und die Scheunen sehen kann. Dieser Hügel ist uralt und dort wollte sie … begraben werden. Aber als ich dort ankam, war das Land nicht bestellt und die Häuser verwahrlost und überall war nur rote Erde zu sehen und die Schuppen verfielen schon. Offensichtlich hatte ihr Bruder keinen Finger gekrümmt, um die Farm in Schuss zu halten. Er wohnt in einem Ort fünfzig Meilen weiter und hat die Pferde schon vor vielen Jahren verkauft, aber das hat er ihr nie erzählt.«

Er drehte sich um und sah mich an.

»Anny, Gott steh mir bei, aber das Erste, was ich

dachte, war: Gott sei Dank, dass ich nicht hierher ziehen und hier leben muss. Ich hätte es getan, das weißt du, denn ich habe es Fairlie versprochen, und ich hätte mein Versprechen auch gehalten. Aber es hätte mich umgebracht. Es war richtig, sie dort zu begraben. Das Kentucky aus ihrer Kindheit ist die einzige Welt, die sie je gekannt hat. Dennoch konnte ich es nicht erwarten, umzukehren und mit quietschenden Reifen davonzubrausen. Und seit diesem Moment hasse ich mich. Meine Meinung habe ich allerdings nicht geändert.«

Er verfiel wieder in Schweigen. Ich fühlte einen dicken Kloß im Hals. »Wir lieben, was wir lieben, Henry. Und es gibt keinen Grund, aus freien Stücken davon abzulassen.«

Er lächelte schief, und seine zuckenden Mundwinkel verrieten mir, wie schwer ihm das fiel.

»Tja, ich liebe diesen Landstrich. Schon immer«, sagte er. »Kann gut sein, dass ich ihn als selbstverständlich erachtet habe, aber hier habe ich mich immer geborgen gefühlt. Trotzdem … im Augenblick weiß ich nicht, wo ich mich niederlassen soll, Anny. In die Bedon's Alley kann ich nicht zurück. Keine Ahnung, ob ich später dazu in der Lage sein werde. Das Strandhaus … nun. Ich habe sogar versucht, viele tausend Meilen weit weg in einer Hütte an einem Fluss zu leben, mit einer niedlichen kleinen Prostituierten und Tequila, der in Strömen floss. Hat auch nicht funktioniert. Ich kann dem Low Country nicht den Rücken kehren und doch weiß ich nicht, wie ich hier wieder heimisch werden soll.«

In seinen Worten schwang so viel Trauer mit, dass ich die Hand ausstreckte, sie auf seine legte und sie drückte.

»Wieso versuchst du es nicht hier? Das sind vollwertige Häuser. Und das Grundstück ist wunderschön. Hier kann man genauso bequem leben wie in der Stadt. Vielleicht nicht auf die Dauer, aber für den Übergang? Camilla wohnt fast nur noch hier. Und wir anderen kommen am Wochenende her. Ich weiß, hier erinnert dich nichts … an dein altes Leben …«

Er lachte kurz auf. »Genau aus diesem Grund könnte es ja funktionieren. Hier gibt es nichts und niemanden, was mich quälen könnte. Weißt du, einer der Gründe, warum ich nach Hause gekommen bin, ist der, dass ich wissen wollte, ob ich Fairlie hier irgendwo finden kann. Aber wie sich zeigt, bin ich in Wahrheit auf der Suche nach mir.«

»Na, wenn du dich gefunden hast, gib uns bitte Bescheid. Und bis dahin geben wir uns gern mit der Person zufrieden, die behauptet, Henry zu sein. Es war schrecklich, nicht zu wissen, wo du bist …«

»Du bist ein Schatz, Anny Aiken«, sagte er, drückte meine Hand und startete den Motor. »Ich habe Lewis schon immer gesagt, dir kann er nicht das Wasser reichen.«

Als wir am frühen Nachmittag ans Dock glitten, wartete Camilla mit gefalteten Händen und einem gekünstelten Lächeln am Ende des Steges auf uns.

»Kinder, ich wünschte, ihr hättet mir gesagt, dass ihr rausfahrt«, sagte sie. »Ich habe mir euretwegen Sorgen gemacht. Wenn ihr weg seid, male ich mir die allerschlimmsten Dinge aus …« Sie drehte sich um, lief den Weg hinauf und stützte sich schwer auf den Schwarzdornstock, den sie nun immer brauchte. Und sie ging stärker gebückt als sonst.

»Ich hätte ihr Bescheid geben sollen«, sagte ich schuldbewusst. »Sie kann jederzeit stürzen. Und dann sollte jemand da sein. Was für ein Glück, dass du jetzt unter der Woche hier bist.«

»Ja. – Hör mal, Anny, es wäre besser, wenn du unser Gespräch von eben ihr gegenüber nicht erwähnen würdest. In letzter Zeit macht sie einen ziemlich nervösen Eindruck. Ich will sie nicht aufregen.«

»Dann hast du mit ihr über all das gar nicht gesprochen? Ich war dessen ganz sicher. Und du solltest es auch tun, Henry. Sie ist die Einzige, die wirklich nachvollziehen kann, was du durchmachst. Du weißt, wie stark sie nach Charlies Tod war. Für uns ist sie immer der Hafen im Sturm gewesen.«

Er lachte. »Cammy übersteht alles, immer. Aber sie würde versuchen, mich wieder hinzubiegen. Sie kann Schmerzen und Leid nicht ertragen, ohne sofort den Impuls zu verspüren, alles wieder in Ordnung zu bringen. So war sie schon immer. Ich brauche aber niemanden, der mich wieder hinbiegt. Ich brauche nur jemanden, der zuhört. Und dafür danke ich dir.«

Drinnen im Haus wartete Lewis auf uns, und der Geländewagen von Lila und Simms stand auch auf der Zufahrt. Und dieser schöne, milde Tag plätscherte einfach so weiter.

An diesem Abend setzten wir uns spät zum Essen zusammen. Der frische Herbstwind hatte sich nicht gelegt und die Sterne am Himmel funkelten wie Wintersterne. In der Wettervorhersage hatten sie zuerst Regen und für später Hitze und hohe Luftfeuchtigkeit angekündigt. Wir alle waren wild entschlossen, diesen Abend auszukosten. Die Vorzeichen standen auf Veränderung – das spürte man ganz deutlich. Ich erinnerte mich an andere Tage, andere Abende im Strandhaus, wo der Wandel wie Nebel in der Luft gelegen hatte. Mich fröstelte und ich schenkte mir ein weiteres Glas Wein ein.

Wir saßen in Simms' und Lilas Esszimmer mit den dunklen Plantagenmöbeln und Bodenkerzenleuchtern, das für mich von Anfang an eher ein Winterzimmer gewesen war. Da es noch nicht sonderlich kühl war, hatten sie die Klimaanlage eingeschaltet und im Kamin Feuer gemacht. Wir zogen sie wegen ihres dekadenten Verhaltens auf, doch ich glaube, alle fanden Gefallen an den lodernden Flammen, deren Widerschein über Kristall und poliertes Holz tanzte. Zum Essen hatte es Wachteln und Maisbrei gegeben (»Wenn ich noch einen Krebs essen muss, ersticke ich«, hatte Lila gesagt) und nun saßen wir beim Wein zusammen und unterhielten uns. Henry hatte Gladys mitgebracht, die unter seinem Stuhl lag und leise schnarchte. Aus dem kleinen CD-Spieler ertönte Pachelbel. Die Frösche draußen begannen zu quaken. Die kühle Herbstluft trug ihr Gequake viel weiter als im Sommer.

Henry beugte sich vor und stützte die Ellbogen auf den Tisch. »Ich habe heute ein paar Anrufe getätigt. Ich dachte mir, es müsste doch irgendeine sinnvolle Beschäftigung für mich geben. Ich kann ja nicht ewig hier draußen bleiben und in der Sonne liegen. Die Praxis werde ich wahrscheinlich nicht mehr aufmachen, aber ich könnte ja als Springer arbeiten oder ein paar Tage die Woche in irgendeiner Klinik aushelfen. Das John's Island Center ist erst vor kurzem eröffnet worden und sie zeigen Interesse.«

»Wirst du dich wieder den Fliegenden Ärzten anschließen?«, fragte ich besorgt. Wie ich mir eingestehen musste, wollte ich nicht, dass Henry wieder wegging, und natürlich war das reiner Egoismus. Selbstverständlich brauchte Henry über kurz oder lang wieder das Gefühl, gebraucht zu werden. Sein ganzes Leben lang hatte er sich nützlich gemacht. Daran änderte auch Fairlies Tod nichts.

Er lachte. »Ich bezweifle sehr, dass sie nach dem letzten Mal noch scharf auf meine Mithilfe sind. Unter den Ärzten der Lüfte bin ich jetzt so etwas wie eine Legende.«

Und da brachen auch wir vor Erleichterung in Gelächter aus. Zum ersten Mal hatte er in unserer Gegenwart die schrecklichen Wochen in Yucatán erwähnt und damit meiner Meinung nach einen weiteren Schritt auf dem Weg zur Heilung getan.

»An deiner Stelle würde ich nichts überstürzen«, gab Lewis zu bedenken. »Lass dir doch noch ein, zwei Monate Zeit. Das könnte dir gut tun. Und du solltest auch ein paar Pfund mehr auf die Knochen bekommen.«

»Und dir täte es gut, wenn du ein paar Pfund abnimmst«, erwiderte Henry und brachte uns damit wieder zum Lachen. Lewis war von Natur aus ziemlich

383

kräftig und legte augenscheinlich Gewicht zu, was ihn allerdings wenig kümmerte.

»Ein bisschen Sport reicht schon«, sagte er.

Camilla schwieg und musterte Henry.

»Wo wir gerade von Sport reden«, begann Simms, »ich glaube, ich habe das richtige Boot für dich gefunden. Ein Typ aus Fort Lauderdale, den ich kenne, hat mir davon erzählt, als ich erwähnte, dass ich auf der Suche bin. Es ist eine Hinckley Schaluppe, Pilot 35. Hat vier Schlafkojen, Lenkradsteuerung und einen gefliesten Kamin. Sie wurde 1966 gebaut, ist aber komplett überholt worden. Ich weiß, was du von Hinckleys hältst, und die Pilot hat mit den schönsten Rumpf, den ich je gesehen habe. Der Preis scheint in Ordnung zu sein. Ich dachte, wenn du Interesse hast, könnten wir irgendwann nächste Woche hinfliegen und sie uns anschauen. Er sagte, er könnte jemanden finden, der sie für dich hierher fährt, falls sie dir gefällt.«

Ich sah zu Lewis hinüber. Er hatte nicht erwähnt, dass er auf der Suche nach einem Boot war. Ich wusste, wie gern er mit Simms segelte, doch es war komisch, dass er mir nichts davon erzählt hatte.

»Eine Hinckley«, sagte er ehrfürchtig. »Die wollte ich schon immer haben. Und die alten gefallen mir ganz besonders gut. In einem Sommer bin ich mal zum Hinckley-Hersteller in Southwest Harbor gefahren. Mann, das war unglaublich! Ich erinnere mich noch genau an diese schönen Boote, an den Geruch von Teak und Lack.« Er wandte sich mir zu.

»Hast du Lust, die Gattin eines Seglers zu spielen, Anny?«, fragte er grinsend.

Eigenartigerweise war ich genervt, ohne den genauen Grund benennen zu können.

»So eine hast du schon gehabt«, erwiderte ich. »Und das hat doch wohl gereicht.«

Die anderen lachten laut. Lewis zog die Augenbrauen hoch.

»Du musst mal mit einer Hinckley aufs Meer rausfahren, dann wirst du deine Meinung ändern«, sagte er. »Klar doch, Simms, wir werden sie uns anschauen. Passt dir nächste Woche?«

Sie vereinbarten, am kommenden Mittwoch zu fliegen und am Samstag zurückzukommen. Dann hatten sie, wie Simms betonte, ausreichend Zeit, die Pilot bei unterschiedlichen Wetterbedingungen zu testen.

»Na, dann bereitet schon mal ein Festmahl vor«, rief Lewis fröhlich. »Ein Mahl, mit dem man die Rückkehr des Matrosen feiert. Stellt den Champagner kühl. Schlachtet ein fettes Kalb.«

Camilla hatte immer noch kein Wort gesagt. Im Kerzenschein wirkte ihr Gesicht sehr ernst und wunderschön.

Am Sonntagnachmittag fuhren wir nach Sweetgrass zurück und verbrachten den Spätnachmittag und Abend damit, im Fluss zu schwimmen. Eigentlich gab es unzählige Dinge, die wir erledigen mussten, doch wir hatten immer noch das untrügliche Gefühl, dass eine Veränderung bevorstand, und ich wollte nichts anderes tun, als mich im warmen Wasser treiben zu lassen. Wasser ist ewiglich, unveränderlich.

Wir schwammen, bis die letzten Sonnenstrahlen hinter dem Horizont versanken, und kletterten dann auf den Anlegeplatz. Die Planken speicherten noch die Wärme des Tages. Eine leichte Brise wirbelte die abgestandene Luft durcheinander. Aus irgendeinem unerfindlichen Grund hatten die Mücken einen freien Tag eingelegt. In Handtücher gehüllt lagen wir auf den Planken und beobachteten, wie ein fahler Mond am lavendelfarbenen Himmel aufstieg.

»Weißt du noch?«, fragte Lewis. Natürlich erinnerte ich mich. An jene Nacht, an die erste Nacht, die ich auf Sweetgrass verbracht hatte, als wir uns auf diesem Steg geliebt hatten, unter dem wachsamen Blick von einem Fuchs mit gelben Augen.

»Wollen wir das noch mal versuchen, alte Dame?«, fragte Lewis.

»Bürschchen, warte mal zehn Minuten und sag mir dann, ob die Bezeichnung ›alte Dame‹ immer noch passt!« Ich ließ mein Handtuch fallen und streckte die Hand nach ihm aus. Und wie in allen anderen Nächten genoss ich die Berührung seines festen, feuchten Körpers, der es immer noch schaffte, mein Blut in Wallung zu versetzen.

Hinterher lagen wir ineinander verschlungen und atmeten schwer. Wir waren matt und zufrieden und unsere Glieder waren ganz lahm.

»Es ist immer noch schön, nicht wahr?«, flüsterte ich ihm ins Genick.

»Besser geht es nicht.«

»Und so wird es auch in Zukunft sein.«

»Verdammt richtig«, sagte er.

Am nächsten Morgen stand ich früh auf. Lewis schlief noch und war unter der verblichenen alten Tagesdecke, die früher seiner Großmutter gehört hatte, kaum zu sehen. Ich machte mir Kaffee, nahm mir ein Rosinenbrötchen und stieg widerwillig in meine Arbeitskleidung. In ein paar Stunden sollte ich zur University of Richmond fliegen und dort mit dem Leiter der Schwestern-Fakultät besprechen, inwieweit es möglich war, unser Programm als Wahlfach anzubieten. Normalerweise hätte ich Allie, meine junge Assistentin, geschickt, doch dieses Gespräch konnte, wenn alles gut ging, für uns eine ganz neue Richtung bedeuten. Aus diesem Grund musste ich persönlich dort erscheinen. Ich sollte bis Mittwochabend bleiben und Donnerstag nach Hause fliegen. Im grünlichen Morgenlicht, das in unser Schlafzimmer fiel, überlegte ich, dass mir bisher keine Reise so gegen den Strich gegangen war wie diese.

Als ich Lewis auf die Stirn küsste, schlug er die Augen auf und blinzelte.

»Ich muss jetzt los«, sagte ich. »Tut mir Leid, dass ich nicht da bin, um dich zu verabschieden.«

»Hauptsache, du bist da, wenn wir wiederkommen.« Er küsste meine Hand und schlief wieder ein.

Das Treffen mit der Universität verlief positiv, war allerdings sehr zäh, wie die meisten Besprechungen mit Akademikern. Es dauerte anderthalb Tage länger als geplant. Ziemlich erschossen kam ich am letzten Abend meines Aufenthaltes ins Motel. Als mir auffiel, dass das rote Lämpchen am Telefon blinkte, stöhnte ich leise. »Mist!« Geschlagene drei Tage hatte das Ding immer wieder geblinkt, weil irgendein Akademiker noch irgendwelche Fragen hatte. Eigentlich hatte ich keine Lust, zum Hörer zu greifen, tat es dann aber doch.

Lewis hatte mir eine Nachricht hinterlassen und bat mich, ihn in seinem Hotel in Fort Lauderdale anzurufen – egal um welche Uhrzeit. Mit pochendem Herzen begann ich zu wählen.

»Was ist?«, fragte ich, als er abnahm. »Was ist los?«

»Schlechte Nachrichten, Liebling. Und zwar gleich zwei. Henry hat gerade angerufen und erzählt, dass Camilla heute Morgen gestürzt ist und sich schlimm den Knöchel verrenkt hat. Sie kann nicht laufen. Und, Anny, Gladys ist vergangene Nacht gestorben …«

»Ach, Lewis«, jammerte ich und spürte, wie mir die Tränen in die Augen stiegen. »Wie denn? Was ist passiert? Wie nimmt Henry es auf?«

»Anscheinend ist sie im Schlaf gestorben. Er hat sie am Fuß seines Bettes tot vorgefunden, wo sie sich zusammengerollt hatte. Ihre Schnauze lag auf den Pfoten. Er sagt, sie ist ganz friedlich entschlafen.«

»Ist er sehr mitgenommen?«

»So schlimm ist es nicht. Er scheint seinen Frieden damit gemacht zu haben. Er sagte, sie hätte auf ihn gewartet und mehr könne man nun wirklich nicht verlangen. Er will sie nach Sullivan's Island bringen und dort auf dem Dünenkamm beerdigen, wo früher mal das Haus gestanden hat. Die Leute, die das Grundstück gekauft haben, haben noch keine Pläne, auf dem Grundstück ein neues Haus zu errichten.«

»Und Camilla … was wird aus ihr? Ach, Lewis, ich muss morgen gleich zum Fluss rausfahren. Wer soll sich denn um Camilla kümmern?«

»Lila fährt für ein, zwei Tage hin, und Henry hat beschlossen, das Heft in die Hand zu nehmen. Camilla ist richtig störrisch; er will, dass sie sich röntgen lässt, und sie lächelt nur und weigert sich beharrlich. Man kann sie ja nicht gegen ihren Willen zum Arzt bringen. Sie behauptet, sie käme hervorragend mit der Krücken zurecht, aber natürlich fällt sie sofort hin, kaum dass sie aufsteht. Fahr du am besten hin und steh Henry bei und versuch doch, sie zur Vernunft zu bringen. Laut Henrys Prognose wird sie monatelang nicht laufen können, wenn sie sich nicht behandeln lässt.«

»O Gott! Wie soll sie dann zurechtkommen?«

»Sie wird schon zurechtkommen. Sie kommt doch immer zurecht.«

»Hast du dir das Boot schon angesehen?«

»Das werde ich gleich morgen früh tun. Ich habe angeboten, sofort zurückzufliegen, aber Henry hat mir verboten, das zu tun. Wir haben gerade zu Abend gegessen, Steinkrebse, und ich werde jetzt sofort ins Bett kriechen. Ich rufe dich Freitag draußen am Fluss an.«

»Ich liebe dich, Lewis.«

»Ich dich auch, mein Schatz.«

Nachdem ich aufgelegt hatte, stieg ich ins Bett und lag lange wach. Und ich weinte um meine schöne, zunehmend schwächer werdende Freundin, um den alten Hund, an dem ich sehr gehangen hatte, und um den dünnen, trauernden Mann, der dieses Tier von ganzem Herzen geliebt hatte.

✻   ✻   ✻

Als ich am nächsten Nachmittag zum Fluss kam, war es dort so ruhig und still, als hätte die gleißende Sonne über alles den Mantel des Schweigens gebreitet. Ich schlenderte von einer Veranda zur nächsten, konnte jedoch niemanden entdecken. Vielleicht hielten sie ja alle ein Schläfchen, um der Mittagssonne zu entgehen. Ich ging in unser Haus, schaltete den Deckenventilator ein und hatte gerade mein Kostüm und die Strumpfhose ausgezogen, als die abgestandene Luft in Bewegung kam. Anschließend ging ich in kurzer Hose und T-Shirt auf die hintere Veranda und seufzte vor Erleichterung. Ich gelobte, in Zukunft keine Reisen mehr zu unternehmen, denn das, was diese Trips einbrachten, stand in keinem Verhältnis zu dem, was daheim passierte, wenn ich auswärts war.

Im Pool plantschte jemand. Ich kniff die Augen zusammen und spähte hinüber. Henry zog langsam und unangestrengt seine Bahnen. Man konnte nur seinen schlohweißen Haarschopf erkennen, wenn er auftauchte und Luft schnappte. Wie Lewis, wie alle Jungs vom Low Country, war Henry ein guter Schwimmer. Das Wasser war ihr Element.

Als Henry mich sah, stieg er aus dem Becken. Mittlerweile war er sehr braun, fast so braun wie in jenen Tagen, die wir im Strandhaus verlebt hatten, als er noch wesentlich jünger war. Mir kam es vor, als hätte er endlich ein paar Pfund zugelegt und wäre nicht mehr ganz so ausgemergelt. Ich lief zu ihm hinüber.

»Hast zwei schlimme Tage hinter dir, was?«, fragte ich und ließ mich neben ihn auf einen Liegestuhl fallen.

»Schon«, stimmte er mir zu. »Aber ich habe trotzdem schon schlimmere Tage erlebt.«

»Henry, das mit Gladys tut mir Leid. Es bricht mir fast das Herz.«

»Du musst nicht traurig sein.« Seine Stimme klang ganz ruhig, genau wie Lewis mir am Telefon erzählt hatte. »Sie war eine großartige alte Hundedame und hat allen, die sie kannten, viel Freude bereitet. Würde mich freuen, wenn ihr die guten und lustigen Zeiten mit ihr nicht vergesst. Denn in erster Linie war sie ein witziger Hund.«

»Ja, und wenigstens ist sie einen schönen Tod gestorben. Im Schlaf. Und der Mensch, den sie liebte, war auch nicht weit.«

»Ja, so sehe ich das auch.«

Eine Weile lang wechselten wir kein Wort, sondern lauschten dem Rascheln der Gräser und dem Vogelgezwitscher, das von den Hügeln zu uns herüberwehte.

»Ich habe immer befürchtet, du hättest keinen Grund mehr, bei uns zu bleiben, wenn sie erst mal tot ist«, sagte ich schließlich.

»Da täuschst du dich. In gewisser Hinsicht ist es jetzt sogar leichter für mich. Jetzt gibt es buchstäblich nichts mehr, was mich an früher erinnert … außer uns. Hier draußen ist es ganz anders. Hier gibt es nichts, was mich an Fairlie denken lässt. Und jetzt muss ich nicht mehr dauernd an sie denken, wenn ich Gladys sehe. Nun muss ich ein neues Leben beginnen, denn von dem alten ist ja nichts mehr übrig. Und das werde ich jetzt anpacken.«

»Wir alle hatten gehofft, es würde dir hier auch einfach so gefallen«, flüsterte ich.

»Das tut es ja auch. Hier ist es wunderschön. Und ich bin ja praktisch hier groß geworden, wie du weißt, und habe mich hier mit Lewis und Booter herumgetrieben. Alle Erinnerungen an damals sind positiv.«

»Das freut mich. Ist Gladys … hast du …?«

»Heute Morgen, ganz früh, bei Sonnenaufgang. Weit und breit war kein Mensch zu sehen. Sie ruht an einem schönen Ort. Die große Myrte, gleich am Dünenkamm, ist eines der wenigen Dinge, die die neuen Besitzer nicht platt gemacht haben. Dort habe ich sie begraben. Und jetzt wird der Baum erst richtig gedeihen und niemand wird ahnen, dass er das Gladys zu verdanken hat.«

»War es schrecklich, wieder auf der Insel und an dem Strand zu sein?«

»Ich hatte mich davor gefürchtet, aber nein, es war nicht schrecklich. Dort erinnert nichts mehr an uns. Sie haben alles dem Erdboden gleichgemacht und legen schon den Garten an. Nach dem vielen Holz und Baumaterial zu urteilen, wird das neue Haus vierstöckig sein, mit riesengroßen Fenstern. Wird eine schöne Stange Geld kosten und dann wie alle anderen Häuser am Strand aussehen. Aber irgendwie ist das auch ein Trost. Die Vorstellung, dass das alte Haus noch steht, auf uns wartet und wir nicht kommen, würde mich grämen.«

Ich spürte einen Kloß im Hals.

»Denkst du manchmal an das alte Haus … und alles andere, Henry?«

»Ungefähr fünfzig Mal am Tag. Und du?«

»Ja. Ich gebe mir große Mühe, nicht daran zu denken, und tue es dann doch. Es tut gut, zu wissen, dass es nie mehr so sein wird.«

»Und jetzt, wo Gladys unter der Düne begraben liegt, wird immer ein Teil von uns dort sein. Weißt du noch, wie sie nach Hugo immer auf dem Golfwagen saß und uns am Strand beobachtet, sich aber nicht getraut hat, zu uns zu kommen? Damals haben wir ihr den Spitznamen ›das Tränentier‹ verpasst.«

Mir schnürte es die Kehle zu. Ich erinnerte mich. Ich erinnerte mich an jedes Detail.

»Erzähl mir, wie es Camilla geht«, bat ich. »Wie schlimm steht es um sie? Vor so einem Unfall fürchte ich mich schon seit langem.«

Er runzelte die Stirn.

»Ziemlich schlimm. Ich habe sie gefunden. Sie lag auf der Poolabdeckung, als ich nach dem Frühstück aus dem Haus kam. Klitschnass war sie. Sie hatte einen Schock und war vor Schreck fast bewusstlos. Der Schock, der hat mir Kopfzerbrechen bereitet. Ich habe sie ins Haus getragen, in Decken gewickelt und gewartet, bis ihr Puls wieder auf Trab kam. Der Knöchel ist eine Katastrophe, aber er wird schon wieder heilen. Das wird allerdings dauern. Zumindest könnte er heilen, wenn sie jemanden aufsuchen, wenn sie ihn röntgen lassen und eingipsen lassen würde. Meiner Meinung nach braucht sie einen Gips. Falls sie all das nicht tut, besteht die Möglichkeit, dass sie auf Dauer gehandicapt ist.«

»Warum ist sie denn so stur? Es passt gar nicht zu

Camilla, anderen Menschen Kummer zu bereiten. Und nichts ist ihr mehr verhasst, als ihren Mitmenschen zur Last zu fallen.«

»Ja, das könnte man meinen, nicht wahr?«

»Wo steckt Lila?«

»Sie ist losgezogen und macht Besorgungen. Ich bin hier geblieben, weil ich Camilla hochheben kann, falls sie noch mal stürzt. Sie wiegt mittlerweile kaum noch neunzig Pfund. Seit wann ist sie eigentlich so dünn?«

In dem Moment tauchte Lila mit Tüten voller Lebensmittel und ein paar Kisten Wein und Schnaps auf. Wir halfen ihr, die Sachen ins Haus zu tragen.

»Wenn ich schon hier draußen festsitze, möchte ich wenigstens auf nichts verzichten«, verkündete sie. »Ich bin froh, dass du da bist, Anny. Vielleicht wird sie auf dich hören und zum Arzt gehen. Keine Ahnung, was in sie gefahren ist.«

Camilla erschien zum Abendessen. Mit dem einen Arm stützte sie sich auf die Krücke, mit dem anderen auf Henry. Dünn wie Papier war sie, fast durchsichtig. Ihr Knöchel war verbunden. Ihr Fuß war ein einziger Bluterguss, der sich auch am Bein hochzog. Offensichtlich litt sie Schmerzen. Trotzdem hatte sie einen bunt bedruckten mexikanischen Rock und eine Bluse angezogen und Lippenstift und etwas Rouge aufgelegt. Das Rouge wirkte auf ihrem wächsernen Gesicht wie die runden roten Kreise, die sich ein Clown aufs Gesicht malt.

Und dennoch – sie lächelte.

»Ist das nicht ein Riesenmist? Aber seht mal, ich bewege mich so graziös wie ein tanzender Biber.«

Henry setzte sie an den Esstisch. Lila trug unser Essen auf. Sie hatte ein leichtes kaltes Mahl zubereitet, das gut zu der Hitze passte, die draußen herrschte. Es gab einen Shrimp-Avocado-Salat und ein paar von den letzten köstlichen Tomaten, die auf John's Island gezogen wurden. Dazu tranken wir einen Chablis mit blumigem Bouquet.

Nach dem Essen begaben wir uns auf die Veranda. Dies war eine von jenen milden, dunklen Nächten, wie es sie im Low Country häufig gibt. Es war so dunkel, dass ich kaum die Umrisse der anderen erkennen konnte. Nur das Knarzen der Schaukelstühle verriet mir, dass ich nicht allein war.

»Okay, jetzt, wo wir beschlussfähig sind, werden wir noch mal das Thema ›Doktor‹ auf den Tisch bringen«, begann Lila entschlossen. Die unterschwellige Verärgerung, die in ihrer seidenweichen Stimme mitschwang, entging mir nicht.

»Du musst zum Arzt gehen, Camilla‹, sagte ich. »Das dauert doch höchstens einen Vormittag. Henry braucht nur einmal zu telefonieren und schon hast du einen Termin bei einem kompetenten Orthopäden. Und die Chancen stehen gut, dass du nur einen Gehgips brauchst. Du hättest mehr Stabilität und würdest schneller gesund werden. Und sosehr wir dich auch lieben, es wäre für Lila oder mich recht schwierig, rund um die Uhr hier zu sein. Henry sagt, sie wollen ihn demnächst im Krankenhaus einsetzen. Aber du kennst ihn doch. Er bleibt so lange, wie du ihn brauchst. Dabei könnten wir mit einem Arztbesuch die Genesungszeit halbieren.«

Sie schwieg still. Und dann ertönte ihre Stimme im Dunkeln. »Ich werde gehen. Natürlich werde ich gehen. Ich kann es nicht ertragen, wenn ihr alle böse auf mich seid. Und selbstverständlich muss Henry wieder zurück ins wahre Leben. Soweit ich weiß, ist er seit seiner Rückkehr nicht auf John's Island gewesen, um diesen Laster zu holen. Es ist nur so, dass ich … nie mehr im Krankenhaus gewesen bin, seit Charlie …«

Ich spürte einen Stich im Herzen.

»Ich werde dich dorthin fahren«, bot ich an. »Und keine Sekunde von deiner Seite weichen.«

»Nein«, meldete sich Lila zu Wort. »Das werde ich übernehmen. Henry wird eine Rampe zurechtzimmern und auf Camillas Treppe anbringen, und du solltest schon mal anfangen, alles für die große Wiedersehensfeier vorzubereiten. Simms hat erzählt, das Boot ist ganz toll. Sie werden uns Samstagabend Fotos zeigen.«

Am nächsten Morgen fuhren Lila und Camilla ins Krankenhaus, wo sie einen Termin hatten, den Henry für sie bei einem erstklassigen Orthopäden vereinbart hatte. Henry schnappte sich Bauholz und eine Handsäge, während ich unter dem Pavillon am Ende des Steges saß und eine Einkaufsliste zusammenstellte.

Es war ein milder Morgen. Der Himmel war blau und die taubenetzten Spinnennetze glitzerten im Sumpfgras. Ich ahnte, dass es um die Mittagszeit schon ziemlich heiß sein würde, doch jetzt wehte hier draußen am Fluss ein leises Lüftchen. Es herrschte Flut. Auf einmal überkam mich sehnsüchtiges Verlangen, mit dem Whaler rauszufahren, aber dann musste ich an Gladys denken und spürte, wie ich feuchte Augen bekam.

Henry kam zu mir und setzte sich zu mir auf die Bank.

»Ich habe heute Morgen einfach keine Lust, zu arbeiten«, gestand er. »Lass uns ein bisschen blaumachen. Ich weiß schon, was wir unternehmen könnten. Ich bringe dich zu dem Muschelringwall. Den musst du unbedingt mal sehen, und Lewis wird von nun an nur noch segeln wollen, bis uns allen die Puste ausgeht. Hast du Lust auf eine Spritztour?«

Mein Herz machte einen Freudensprung bei dem Gedanken, heute Morgen hinauszufahren, zu lachen und möglicherweise auch Henry lachen zu sehen …

»Ich werde uns ein paar Brote schmieren«, sagte ich und stand auf.

»Und pack auch eine Flasche Wein ein!«, rief er mir hinterher.

Eine halbe Stunde später hatten wir die Hälfte der Strecke zurückgelegt. Frischer Wind blies uns ins Gesicht, fegte über den blauen Fluss.

Wir wechselten kein Wort, bis die Anhöhe mit dem Muschelringwall in Sicht kam. Um dorthin zu gelangen, mussten wir den Motor abschalten und mit dem Whaler so dicht wie möglich ans Ufer gleiten, dann vor Anker gehen, über Bord steigen und durchs Wasser waten. In Ufernähe war der Flussgrund weich und glitschig und das Wasser undurchdringlich wie dicke Suppe. Ich trat ganz vorsichtig auf, weil ich nicht wusste, auf was man in diesen archaischen, geheimnisvollen Gewässern treten konnte. Henry hatte zwar gesagt, dass es hier weder scharfe Austern noch Muscheln gab, aber einmal, als ich mit Gladys im Wahler rausgefahren war, hatte ich den dunklen dreieckigen Schatten eines Rochens unter dem Boot entdeckt und mich ziemlich erschrocken. Lewis hatte mir klar zu machen versucht, dass die Rochen in unserem Fluss harmlos und schüchtern waren und ganz hervorragend schmeckten. Wann immer ich zu einer Stelle gelange, wo das Wasser dunkel und undurchdringlich ist, stelle ich mir vor, dass dort Rochen lauern. Ich war tatsächlich heilfroh, als wir endlich die Uferböschung hinaufkrabbelten und durch das hohe Gras zu dem Schatten stapften, den der Muschelringwall warf.

Auf der weiten Anhöhe standen alte knorrige Eichen inmitten von grünen Moosbeeten. Obwohl es schon auf den Winter zuging, waren die Tüpfelfarne und Palmwedel noch saftig grün. Die plane Moosdecke unter dem Baldachin aus Eichenlaub erinnerte an einen gepflegten Vorstadtgarten. Hier hatte laut Henry früher ein Indianerdorf gestanden. Die Ureinwohner hatten den Ringwall aus Muscheln gebaut. Der Wall sollte Schatten spenden, das Wasser aus dem Fluss fern halten und die kleine Frischwasserquelle auf der anderen Seite der grünen Anhöhe schützen. Unter diesen Baumkronen war es so still wie in einer Kathedrale, und beim Reden senkte man automatisch die Stimme.

Wir lagerten die Weinflasche in der Quelle und wanderten anschließend zu dem Muschelringwall hinüber, der etwa vier Meter hoch war. Laut Henry lag in der Mitte des Walls ein Krater – wie bei einem Vulkan. Sehen konnte man ihn allerdings nur, wenn man auf den Wall kletterte.

»Das haben wir aber nie getan«, sagte er. »Man hat es uns zwar nicht verboten, doch irgendwie hatten wir das Gefühl, es wäre nicht richtig. Und wir bildeten uns immer ein, sie würden uns beobachten.«

»›Sie‹?«

»Na, diejenigen, die den Wall errichtet haben. Die, die ihn in Schuss gehalten haben. Ich weiß auch nicht so genau. Ein paar Geologen aus der Gegend nehmen an, dass dieser Fluss und alle anderen in der Gegend mindestens sechstausend Jahre alt sind. Sie sind zu der Zeit entstanden, als der Meeresspiegel nicht mehr gestiegen ist. Gut möglich, dass die ersten Menschen, die sich hier ansiedelten, zu einem Stamm gehörten, von dessen Existenz wir gar nichts wissen.«

Ich schaute zu dem großen Wall aus Muscheln und Abfällen hinauf, der mittlerweile von hartem Gras, Farnen und Ablagerungen zahlloser Epochen überwuchert war. Wir schlenderten planlos um den Wall herum, fanden Muscheln, Tonscherben, Pfeilspitzen, Überreste von Schalen und Bechern und Reste von Perlensträngen. Und wir fanden einen riesigen prähistorischen Haifischzahn, der – wie Henry vermutete – als Währung gedient hatte und viel wert gewesen sein musste. Wir bestaunten die Funde, ließen sie aber dort liegen, wo wir sie entdeckten. Henry hatte Recht: In der Nähe des Walls und unter den Eichen hatte man das Gefühl, von großartigen stummen Zeugen der Vergangenheit umgeben zu sein. Als ich den Kopf drehte und in die Schatten unter dem Laubbaldachin spähte,

brauchte es nicht viel Fantasie, die durch die Baumkronen fallenden Lichtstrahlen für braun gebrannte
archaische Wesen zu halten, die hart arbeiteten, um an
diesem Fluss, auf dieser Anhöhe ihr Leben fristen zu
können. Der Gedanke ließ mich erschauern.

»Ich bin hungrig«, sagte ich. »Wie steht es mit
dir?«

Henry lächelte mich an. »Du spürst es auch, nicht
wahr? Dass diejenigen, die mal hier gewesen sind, irgendwie immer noch da sind.«

Und da fiel mir etwas ein, an das ich seit dem College nicht mehr gedacht hatte.

»Hast du mal *The Golden Bough* gelesen? Sir James
Fraziers dicken Schinken über die Mythen und die
Magie dieser Erde?«

Henry schüttelte den Kopf.

»Eine Stelle daraus habe ich nie vergessen. Sie lautet:
›Die zweite Regel der Magie: Dinge, die einmal in Verbindung gestanden haben, wirken auch noch aufeinander ein, nachdem der physische Kontakt nicht mehr
existiert‹.«

Henry betrachtete mich und lächelte. »Das hoffe ich
doch. Denn soweit es mich betrifft, hat er Recht.«

Spielte er damit auf Fairlie an? Höchstwahrscheinlich, dachte ich und erwiderte sein Lächeln.

»Hm, in dem Fall wird Gladys immer bei uns sein«,
sagte ich.

»Und wir werden immer unsere Gemeinschaft haben. Und noch vieles mehr.«

Während wir unsere Brote aßen und den Wein tranken, verfärbte sich der Himmel im Westen und nahm

ein sattes Violett an. Das fiel mir erst auf, als der Wind am Fluss heftiger blies und dann wieder abflaute. Das Rauschen des Windes klang, als würde der Fluss schwer atmen.

»Sieht nicht gut aus«, sagte ich zu Henry. »Denkst du, wir kommen noch rechtzeitig heim?«

»Die Chance steht fifty-fifty.« Wir klaubten unsere Papiertüten und die Weinflasche auf, rannten die glitschige, schlüpfrige Uferböschung hinunter, wateten durchs Wasser und kletterten in den Whaler. Die Luft über dem Wasser schimmerte gelb. Wie auf der Herfahrt schwiegen wir still. Der grässliche Ozongestank, den der kühle Wind herbeitrug, stieg mir in die Nase. Wenn man in einem Metallboot auf dem offenen Wasser ist, darf man ein Gewitter nicht auf die leichte Schulter nehmen.

Kaum dass wir den Steg entlangliefen, brach das Unwetter über uns herein. Wie von der Tarantel gestochen stürmten wir zu den Häusern. Ein riesiger Blitz leuchtete für einen Sekundenbruchteil am Himmel auf. Mir stellten sich die Nackenhaare auf und ich bekam eine Gänsehaut. Und dann tat es dicht hinter uns einen Donnerschlag, der uns Beine machte. Die Planken unter unseren Füßen klapperten. Riesige, eiskalte Regentropfen prasselten auf den Steg, und als wir endlich den Weg zu den Veranden hinaufhechteten, waren wir klitschnass und lachten vor lauter Erleichterung darüber, dass wir noch am Leben waren.

Klitschnass und immer noch kichernd, platzten wir in unser Wohnzimmer. Nachdem ich mir das nasse Haar aus der Stirn gestrichen hatte, sah ich, dass die

401

anderen da waren. Lila, Camilla. Und Simms. Nur Simms. Alle starrten uns an. Niemand sagte ein Wort.

Irgendetwas stimmte hier nicht, doch ich konnte nicht den Finger darauf legen und schüttelte idiotischerweise den Kopf.

»Was, um alles in der Welt, hast du hier zu suchen, Simms?«, fragte ich. »Seid ihr früher nach Hause gefahren? Wo steckt Lewis?«

Immer noch sagte keiner ein Wort. Der Raum wurde auf einmal gleißend hell. Später las ich irgendwo, dass sich bei Gefahr die Pupillen weiten, damit man kein Detail übersieht. Ich war blind vor Furcht.

Simms begann zu sprechen, doch wegen des lauten Rauschens in meinen Ohren oder der Helligkeit, die alles schluckte, konnte ich ihn nicht verstehen. Allerdings brauchte ich in diesem Augenblick auch gar nicht zu hören, was er zu sagen hatte – ich wusste Bescheid. Der Platz, den Lewis in dieser Welt eingenommen hatte, war jetzt leer und der Nebel und die Dunkelheit erhoben schon einen Anspruch darauf. Ich spürte, wie Henry, der hinter mir stand, mir fest die Hände auf die Schultern legte.

Und dann redeten alle auf einmal, leise, mit schmerzverzerrten Gesichtern. Ich verstand kein Wort, hörte nur dieses laute Tosen. Der Nebel und die Dunkelheit, die Lewis' leeren Platz eingenommen hatten, kamen immer näher.

Blind drehte ich mich halb zu Henry um und sagte mit einer dünnen, zaghaften Stimme, die mir ganz fremd war: »Ich weiß nicht, wie ich damit umgehen soll. Bitte, hilf mir. Ich weiß einfach nicht weiter.«

Dann drehte ich mich zu Camilla und glaubte zu spüren, dass sie in diesem Strudel aus Dunkelheit die Hände nach mir ausstreckte.

»Bitte, steh mir bei, Camilla«, flüsterte ich, ehe die Dunkelheit mich übermannte, mich taumeln ließ. Das Letzte, was ich spürte, waren Henrys Arme und nicht Camillas.

KAPITEL ELF

Sie hieß Miss Charity Snow und war nach der Gattin
von jemandem aus New England benannt, der sie 1966
in Auftrag gegeben hatte. Ich erinnerte mich an Lewis' Schilderungen von seinem Besuch bei Hinckley
in Maine. Den ersten Besitzer stellte ich mir als braun
gebrannten, wettergegerbten Mann vor, in dessen Augen sich die See spiegelte – als Segler eben. Ich malte
mir aus, wie er dabei war, als sie mit einem großen hydraulischen Kran vom Areal des Bootsbauers gehoben
wurde. Ich roch die Hobelspäne aus Teakholz und die
Schiffspolitur. Dieser schlichte und perfekte Gegen-
stand hatte ihm gewiss große Freude bereitet. Wäre
dieser Mann doch nur gestorben, ehe er Hinckley gebeten hatte, ihm ein Boot zu bauen!

Stirbt ein Mensch, den man liebt, interessiert es einen anfänglich überhaupt nicht, wie derjenige gestorben ist. Zumindest war es bei mir so, auch wenn das
seltsam klingen mag. Mehrere Tage vergingen, bevor
ich überhaupt auf die Idee kam zu fragen, was Lewis
zugestoßen war. Irgendwie ging ich davon aus, dass er
auf dem Wasser gestorben war. Die Einzelheiten wa-

ren für mich ohne Bedeutung. Es war nicht so, dass ich mich vor den Tatsachen fürchtete, so schrecklich diese Tatsachen auch für mich sein würden. Es war mir schlichtweg egal. Welchen Unterschied hätte es auch gemacht?

Ich war wie im Taumel. Nachdem Henry mir geholfen hatte, den endlosen Wirrwarr aus notwendigen Entscheidungen, was mit dem verstorbenen Geliebten geschehen sollte, durchzustehen, setzte er sich mit mir zusammen und schilderte mir, wie es sich zugetragen hatte.

»Du musst es erfahren, Anny.« Sein Gesicht war ganz fahl vor Gram über den Verlust seines ältesten und besten Freundes. »In den letzten Tagen bist du wie ein Zombie durch die Gegend gelaufen. Wenn du nicht Bescheid weißt, wirst du niemals darüber hinwegkommen, weil es dir dann nicht real erscheinen wird. Vertrau mir.«

»Darüber hinwegkommen?«, fragte ich vollkommen entgeistert. »Wie kannst du nur annehmen, ich würde jemals darüber wegkommen?!«

Wir saßen am späten Nachmittag auf der Poolplane. Das schräg einfallende Licht hatte die Patina von altem Gold, und die leichte Brise, die vom Fluss herüberwehte, ließ mich frösteln. Ich trug einen von Lewis' alten Pullis, denn in der Wolle hing noch sein Geruch und – wie ich mir einbildete – ein letzter Rest seiner Wärme. Dennoch war mir kalt. In den ersten Tagen fror ich ständig.

Henry hatte mir ein Glas Wein gebracht, das ich nicht austrank. Mir wurde schlecht und der Alkohol vernebelte mir die Sinne. In diesem Augenblick hätte ich alles, wirklich alles getan, um mich besser zu fühlen. Nur ein bisschen besser, nur für einen Augenblick. Wenn mir das gelingt, dachte ich, kann ich vielleicht tief durchatmen und den Schmerz ertragen, bis er langsam nachlässt. Sowohl Camilla als auch Henry hatten mir versprochen, er würde nachlassen – was ich ihnen allerdings nicht glaubte. Dieses erdrückende Wesen, das seine langen Tentakel um mein Herz geschlungen hatte, seine Fänge beharrlich in meinen Hals bohrte, schien ein Eigenleben zu führen und mich auszubluten. Doch die beiden hatten das auch durchgemacht und lebten noch, auch wenn der Verlust ihnen oder zumindest Henry noch immer sehr zusetzte. Vage begriff ich, dass ich von ihnen lernen konnte, aber mir fehlte es an Kraft und Willen. Mir kam es vor, als wäre ich allenfalls imstande, ein- und auszuatmen.

Ich rührte mich nicht von der Stelle und ließ mir von Henry erzählen, wie mein Mann ihrer Meinung nach gestorben war. Erst viel später dämmerte mir, dass ich vielleicht nie die ganze Wahrheit erfahren würde. Zuerst hatten sie sein Boot und einen Tag später ihn gefunden, doch es gab niemanden, der seine Geschichte erzählen konnte. Den anderen schien dies großen Kummer zu bereiten, während es an mir abperlte. Noch heute kümmert es mich nicht.

Simms war zu einem Geschäftsessen gegangen, berichtete Henry und vermied dabei den Blickkontakt. Dieses Ausweichen verriet mir, dass er es auch für möglich hielt, dass Simms sich mit einer Frau getroffen hatte.

Simms, in welchem Badezimmer hat es diesmal stattgefunden?, dachte ich. Ich verspürte keine Wut, sondern nur vage Neugier. Später schrie Lila ihn in unserer Gegenwart an: »Was für ein verfluchtes Geschäftsessen war denn so wichtig? Wie konntest du nur zulassen, dass er am späten Abend allein mit dem Boot rausfährt?! Du hast doch gewusst, dass er nicht so gut segelt wie du! Du hast gewusst, er ist mit dem Boot noch nicht vertraut …«

Simms hatte keinen Ton verlauten lassen. Seit jenem Freitagnachmittag schien er um Jahre gealtert. An dem Samstag, wo sie Lewis gefunden hatten, war er in sein Haus auf der Battery gefahren und hatte sich seitdem nicht mehr blicken lassen. Camilla, Lila und Henry kümmerten sich um das Begräbnis. Ich selbst war so weggetreten, dass ich einfach keine Entscheidungen fällen konnte.

»Es tut mir Leid«, sagte ich einmal zu Camilla, als sie etwas in ihr Notizbuch schrieb, das sie immer mit sich herumtrug, und Anrufe erledigte. »Dieses Verhalten passt gar nicht zu mir. Die Einrichtung, die ich leite, konfrontiert einen mit ziemlich komplexen Problemen. Mein ganzes Leben lang habe ich mich um andere gekümmert. Bis ich Lewis begegnet bin, war ich immer auf mich allein gestellt und das hat mir nie etwas ausgemacht.«

»Das ist der Schock«, entgegnete sie. »Die Natur sorgt dafür, dass du die ersten, die schlimmsten Tage überstehst. Der Schock ist wie ein Beruhigungsmittel. Kämpf nicht dagegen an. Du kannst dich auf unsere Unterstützung verlassen, und wenn der Schmerz dich richtig umhaut, wirst du deine ganze Energie brauchen, um zu überleben.«

»Dich hat es nach Charlies Tod nicht so umgehauen.«

Sie lächelte, ohne aufzuschauen.

»Keiner von euch weiß, wie sehr mir sein Tod zugesetzt hat«, gab sie zur Antwort.

Und so saß ich an jenem Nachmittag wie im Stupor am Pool und ließ mir von Henry erzählen, was er über Lewis' Tod wusste.

Simms war erst sehr spät in sein Hotelzimmer zurückgekehrt und wählte dann Lewis' Zimmernummer. Dort ging niemand an den Apparat. Anfangs machte er sich keine Sorgen, denn Lewis hatte gesagt, er wollte prüfen, wie sich das Boot nachts machte; er hätte aber nicht vor, den gut beleuchteten Hafen zu verlassen. Stunden später war Lewis immer noch nicht aufgetaucht. Schließlich ging Simms nach unten in die Bar. Keine Spur von Lewis. Simms fuhr zum Hafen hinüber. Um sechs Uhr abends war Lewis mit der *Miss Charity Snow* aufs Meer hinausgefahren und nicht wieder zurückgekehrt, sagte der Hafenmeister; er hatte schon überlegt, ob er Simms verständigen sollte, denn für eine kurze Probefahrt war Lewis viel zu lange draußen.

Bei Morgengrauen fand die Küstenwache die *Miss Charity Snow*, die mit straff gespannten Segeln gekentert war und im Wasser trieb. Von Lewis gab es keine Spur. Die Küstenwache meldete sich über Funk und schleppte das Boot in den Hafen. Simms kam mit dem nächsten Flugzeug nach Hause. Er wollte, wie Henry sagte, verhindern, dass ich die schlechte Nachricht von jemand anderem hörte.

In jener Nacht fanden sie Lewis im flachen Wasser am Ufer des John U. Lloyd State Park, knapp eine Meile südlich von den Stationen der Küstenwache und Marine. Man ging davon aus, dass er seit mindestens achtzehn Stunden tot war. Woraus sie das schlossen, fragte ich nie.

Als sie anriefen, brach Simms zusammen und weinte.

Was für eine Verschwendung, dachte ich. Schließlich werden auch Tränen Lewis nicht zurückbringen.

Es dauerte nicht lange, bis ich begriff, dass es einfach unerträglich gewesen wäre, wenn sie Lewis nicht gefunden hätten. Ich wäre wohl kaum eine von diesen tapferen, gefassten Witwen geworden, die darauf vertrauen, dass der Verlorene eines schönen Tages zurückkehrt. An solche Zufälle glaube ich nicht. An dem Abend, wo man ihn fand, träumte ich von den Zeilen aus *Der Sturm*, die ich immer so sehr gemocht hatte: »Fünf Faden tief liegt Vater dein ... Perlen sind die Augen sein.«

Und in meinem Traum stieg Lewis langsam aus dem dunklen Wasser, tauchte neben mir auf und sah mich mit leeren, schimmernden Perlenaugen an. Mit blinden, toten Augen.

Schluchzend wachte ich auf – und in dem Wissen, dass ich wahnsinnig werden oder sterben würde, wenn es mir nicht gelang, dieses Bild abzuschütteln.

Und wieder wurde die feine Gesellschaft von Charleston mit der Tatsache konfrontiert, dass ein weiteres Mitglied unserer Gruppe nicht auf dem Magnolia Cemetery bestattet wurde. Henry nahm Lewis' Sarg auf dem Flughafen in Empfang und brachte ihn auf schnellstem Wege nach Sweetgrass, wo er, Robert Cousins und Tommy, Cousins' Sohn, inzwischen ein großer junger Mann, auf dem alten Familienfriedhof im Eichenhain hinter dem Haus ein Grab aushoben. Ein paar von den reich ziselierten, moosbewachsenen alten Grabsteinen waren umgekippt. Hinter den steinernen Grabmälern ragten die kleinen weißen Holzkreuze der Sklaven auf und dahinter waren die geliebten Sweetgrass-Hunde bestattet. Die Äste, von perlgrauem Moos überwuchert, wölbten sich wie ein schützendes Dach über die verstorbenen Aikens. Ich hatte für Lewis einen schlichten schönen Stein aus Marmor, der hier aus der Gegend stammte, ausgesucht, der unter dem zarten Blätterbaldachin bestimmt gut aussehen würde.

Da mich allein schon die Vorstellung, dass alle zusahen, wie Lewis im Sarg mit einer hydraulischen Vorrichtung in die sandige Erde hinuntergelassen wurde, krank machte, legten Simms, Henry und Tommy Hand an und ließen den Sarg an Seilen in die Erde. Unterstützt wurden sie dabei von Tommys ehemaliger Studentenverbindung. Sie schaufelten frische Erde auf den Sarg, und Linda und Lila legten Palmenwedel und Weidenzweige auf den kleinen Hügel.

Außer uns, ein paar Arztkollegen und Lewis' Töchtern kamen nur eine Hand voll Menschen zu dem Begräbnis. Die Töchter waren von der Ostküste angereist. Sie standen aufrecht und gedankenverloren unter dem fremdartigen Moosbaldachin und atmeten notgedrungen den stechenden Geruch des Schlicks ein. Robert Cousins war Laienprediger einer kleinen Methodistenkirche nah bei Sweetgrass, deshalb hatte ich ihn gebeten, ein paar Worte zu sprechen, und er hatte sofort zugesagt. Ruhig und würdevoll sprach er über Lewis, dieses Land, das Haus, darüber, dass sie buchstäblich ein ganzes Leben lang miteinander gearbeitet und befreundet gewesen waren und dass Lewis' Bewirtschaftung des Landes sein ewig währendes Vermächtnis sein würde.

Er gab ein paar Geschichten aus ihrer Jugend zum Besten, und obwohl uns die Tränen die Wangen hinunterliefen, mussten wir doch über die ausgelassenen Späße der beiden wilden Burschen lachen, über diesen weißen und schwarzen Jungen, die beide barfuß durch die Marsch gestromert waren und nackt im Fluss geschwommen hatten.

Seine mit Bedacht gewählten Worte ließen mich den jungen Lewis lachen hören und den überaus vitalen und energiegeladenen Mann sehen, dem ich vor vielen Jahren begegnet war. Als Robert davon sprach, dass Lewis »wie der Lumpen am Stecken« getanzt hatte, musste ich an die Nacht in Booter's Austernhütte denken. Für einen Moment keimte Freude in mir auf, doch sie war schon verflogen, ehe ich sie richtig gespürt hatte. Dennoch war mir dieser Augenblick eine Lehre. Vielleicht gelangte ich irgendwann in ferner Zukunft an den Punkt, wo ich an Lewis denken und vor Freude lachen konnte.

Und dann neigten wir unsere Häupter und Robert

411

trug leise ein Gebet vor und wir sprachen ihm nach. Anschließend traten Linda Cousins und die Frauen vor, die bei Charlies Seebestattung auf Sullivan's Island gesungen hatten, und stimmten für Lewis ein Lied an:

>*I know moonlight, I know starlight, I lay dis body down.*
I walk in de moonlight, I walk in de starlight,
I lay dis body down.
I know de graveyard, I know de graveyard,
When I lay dis body down.
I go to do judgement in de evenin' of de day
When I lay dis body down.
And my soul an' your soul will meet in de day
When we lay our bodies down.«

Zum Empfang im Haus versammelten sich weitaus mehr Gäste. Sie genossen Linda Cousins' wunderbare Speisen und tranken den Rum Punch, der nach dem Rezept von Lewis' Großvater gemixt worden war und im Ruf stand, er würde blind machen. Und da Lewis eben Lewis gewesen war, wurde mehr gelacht als geweint. Ich hielt es jedoch nicht lange in dem großen Wohnzimmer aus. Während einer Unterhaltung mit einer alten Dame, die Lewis' Mutter gekannt und auf vielen Partys auf Sweetgrass gewesen war (»Sie können sich gar nicht vorstellen, was für umwerfende Partys wir damals abwechselnd veranstaltet haben. Jedes Detail stimmte und Adelie war berühmt für ihre Gastfreundschaft.«), bekam ich weiche Knie.

Camilla, die sich trotz Krücke und Gehgips kerzengerade hielt, sah mich schwanken und gab Lila ein Zeichen, die daraufhin sofort zu mir eilte, mich nach oben brachte, in das alte Bett steckte und die Vorhänge zuzog. Ich schlief auf der Stelle ein, was eine Gnade war. Andernfalls wäre mir der Gedanke, ohne Lewis in diesem Bett zu liegen, unerträglich gewesen. Lila blieb bei mir, bis ich am späten Abend wieder aufwachte. Zu dem Zeitpunkt hatten die Trauergäste bereits alles aufgegessen und ausgetrunken und waren nach Charleston zurückgekehrt. Henry war weggefahren. Er brachte die beiden Zwillingstöchter von Lewis Aiken ins Charleston Place, wo sie sich eine Suite teilten.

»O Gott, ich habe mich nicht mal verabschiedet«, flüsterte ich benommen, als Henry wieder auftauchte.

»Mach dir deshalb keine Sorgen«, gab Henry zurück. »Sie haben es ja auch nicht getan.«

Eigentlich hatte ich vorgehabt, die nächsten Tage auf Sweetgrass zu bleiben. Ich wollte sehen, ob Lewis' Gegenwart hier noch zu spüren war, und mich wieder einigermaßen in den Griff kriegen, doch je näher der Zeitpunkt rückte, wo Lila, Simms, Henry und Camilla zum Priel zurückkehren wollten, desto panischer wurde ich und fragte mich, inwieweit diese Entscheidung sinnvoll war. Am Ende musste ich mir eingestehen, dass ich hier nicht allein ausharren konnte, wenigstens nicht in dieser Nacht.

»Es gibt keinen Grund, wieso du hier bleiben solltest«, sagte Lila. »Du kommst mit und wir werden dich ein paar Nächte im Gästehaus unterbringen.«

Ich wollte schon protestieren, doch sie entgegnete schlicht: »Wir brauchen dich, Anny. Dich dürfen wir nicht auch noch verlieren.«

»Wer sind wir nur? Ein paar alte Herrschaften, die nicht voneinander lassen können?«, flüsterte ich, und dann begannen die Tränen zu fließen.

»An wen sonst sollten wir uns denn wenden?«, fragte Lila. »Unsere ganze Energie haben wir in unsere Freundschaft investiert.«

Ich fuhr mit Henry und Camilla zum Fluss, saß auf dem Beifahrersitz, sah, wie die dunklen Wälder an mir vorbeirauschten, und war überaus dankbar, dass ich nicht allein war.

Camilla saß hinten auf dem Rücksitz und schwieg.

* * *

An meinem ersten Tag, den ich ohne Lewis draußen am Priel verbrachte, versuchte ich, die Dinge zu tun, die ich immer getan hatte, doch dazu war ich schlichtweg nicht in der Lage. Wenn ich mit dem Whaler oder dem Kajak rausfahren wollte, lähmte unerträgliche Furcht meine Hände und Arme, sodass ich große Mühe hatte, zur Anlegestelle zurückzugelangen. Legte ich mich am Pool in einen Liegestuhl, um zu lesen, schlug mein Herz rasend schnell und meine Handflächen wurden so feucht, dass die Druckerschwärze abfärbte. Wenn ich mich hinlegte und dösen wollte, bekam ich es im fahlen Nachmittagslicht so mit der Angst zu tun, dass mir Haare und Kleider schweißgetränkt am Körper klebten, sodass mir gar nichts anderes übrig blieb, als aufzuspringen und klitschnass zu Camillas oder Henrys Haus zu stapfen. Benommen, wie ich war, hatte ich das Gefühl, sterben zu müssen, sobald ich allein war. Beim Abendessen oder wenn wir uns spätabends in dicken Pullis und mit Schals – die Nächte waren merklich kühler geworden – auf einer Veranda trafen, versuchte ich, meine Angst zu verbergen. Meine Hände zitterten und ich schwitzte permanent, doch ich fand, dass es mir sehr gut gelang, meine Gefühle zu überspielen, indem ich freundlich und oberflächlich Konversation machte.

Aber Henry und Camilla warfen mir immer öfter besorgte Blicke zu, und da begriff ich, dass ich niemanden zum Narren halten konnte. Als der große Leonidenschauer silberne Streifen in den Nachthimmel malte und ich dafür überhaupt kein Auge hatte, sagte Henry mit fester Stimme: »Anny, so kann das nicht weitergehen. Ich werde dich morgen mitnehmen, wenn ich Camilla zu ihren Bewegungsübungen bringe. Du musst mit jemandem sprechen oder wenigstens eine Zeit lang Beruhigungsmittel nehmen. Ich nehme an, deine Empfindungen sind eine ganz normale Reaktion auf die Ereignisse, aber du bist nicht mal mehr in der Lage, zu funktionieren. Wir kriegen das ganz sicher wieder hin, meine Liebe, aber wir sollten uns dabei von einem Profi helfen lassen.«

Ich schüttelte stumm den Kopf. Die anhaltende Furcht und die zunehmende Scham, die ich empfand, schnürten mir die Kehle zu. Trauer hat Würde, doch dieses unerträgliche Zittern war erbärmlich.

Ich fühlte mich so hilflos, dass ich in Tränen ausbrach, die gar nicht mehr versiegen wollten. Henry stand auf, trat an meinen Stuhl, kniete sich neben mich und schloss mich in die Arme. Ich weinte so lange, bis sein Hemd nass war. Camilla, die in ihrem Schaukelstuhl saß, murmelte besänftigende Worte in der Dunkelheit. Ihr Gesicht konnte ich nicht sehen.

»Ich kann nicht zu einem Seelenklempner gehen, Henry. Ich kann es einfach nicht, jedenfalls jetzt nicht!« Ich schluchzte. »Kannst du mir nicht ein paar Beruhigungspillen besorgen, einen Vorrat für eine Woche oder so? Vielleicht komme ich dann wieder zu Kräften und kriege mich wieder in den Griff. Ich habe einfach zu viel zu tun und kann nicht unzählige Stunden bei einem Psychiater vergeuden. Ich muss in der Bull Street für Ordnung sorgen. Ich muss überlegen, was ich mit Lewis' Kleidern anstelle ...«

»Du hast nur eine Pflicht: Du musst das hier überstehen«, erwiderte Henry. »Ich weiß, was passiert, wenn du das auf die lange Bank schiebst.«

Er brachte mir eine Wochenration Xanax mit, als er und Camilla am nächsten Tag von der Bewegungstherapie in Charleston zurückkamen. Ich nahm eine Tablette und schlief zum ersten Mal tief und traumlos den Nachmittag durch.

Und am nächsten Morgen kehrte die Furcht zurück wie ein lauerndes Monster, das mir an den Fersen klebte. Sie wurde zwar vom Xanax etwas in Schach gehalten, aber unter der Oberfläche nagte sie beharrlich an mir. Es gelang mir aber, die Angst besser zu kontrollieren; für kurze Zeit konnte ich es allein aushalten und einmal fuhr ich sogar mit dem Whaler für eine halbe

Stunde aufs Wasser hinaus. Doch die Furcht holte mich immer wieder ein.

Während der folgenden Tage kam es mir vor, als striche mir stets ein kühler Wind über Rücken und Schultern, als lauere hinter meinem Rücken nur die Leere. Zu meinem Entsetzen merkte ich, dass ich mehrmals am Tag kurz davor war, nach Lewis zu rufen oder darüber nachzudenken, was wir abends essen sollten. Überall hielt ich Ausschau nach ihm, bis mich die Erinnerung einholte, und die Erinnerung tat so weh, dass sie mich fast in die Knie zwang. Ich versuchte, meine Gefühle zu verbergen, was mir natürlich nicht gelang. Und ich weinte, weinte, weinte. Ich hasste die Tränen und hasste mich dafür, dass ich sie vergoss, aber Einhalt gebieten konnte ich ihnen nicht.

Camilla und Henry trösteten mich, doch mir war klar, dass das nicht ewig so weitergehen konnte. In der darauf folgenden Woche trat Henry im Joan's Island Medical Center seinen Halbtagsjob als Berater an, und Camilla gelangte allmählich an den Punkt, wo meine Bedürfnisse sie auslaugten. Als ich spürte, wie sie sich langsam zurückzog, steigerte sich meine Furcht ins Unermessliche.

Eines Nachmittags sprang sie nach einem meiner Tränenausbrüche abrupt auf und sagte: »Ich muss mich dringend hinlegen. Und, Anny, meine Liebe, du musst wieder arbeiten gehen. Die Arbeit hat mich nach Charlies Tod gerettet. Und du musst in die Bull Street fahren. Wenn du das jetzt nicht tust, wirst du es auch in Zukunft nicht über dich bringen.«

Dann humpelte sie zu ihrem Haus. Henry und ich

blieben noch eine Weile am Kamin in meinem Wohnzimmer sitzen. In der vergangenen Nacht war es erstmals richtig kalt geworden und am Morgen hatte sich
das gelbe Sumpfgras verfärbt und leuchtete silbern.
Auf der Anhöhe fiel das fahle Laub der Hartholzge-
wächse zu Boden.

Ich holte tief Luft und sagte verzweifelt zu Henry:
»Wie soll ich wieder in der Bull Street arbeiten, wo ich
es nicht mal allein in einem Zimmer aushalte? Was ist
nur mit mir los, Henry? So bin ich früher nie gewesen,
das weißt du ja. Ich darf euch nicht meinen Kummer
aufhalsen. Camilla habe ich schon bis an die Grenze
der Belastbarkeit getrieben.«

Er streckte die Hand aus und legte sie auf meine.
»Es braucht so lange, wie es braucht, Anny. Ich werde
dich nicht im Stich lassen. Deshalb brauchst du dir keine Sorgen zu machen.«

»Du musst wieder arbeiten! Du bist endlich so weit.
Es ist alles geplant und bedeutet für dich einen großen
Schritt nach vorn. Wenn ich dich davon abhalte, wür-
de mir das den Rest geben und ich würde vor Scham
sterben. Denk doch nur daran, wie gut Camilla nach
Charlies Tod zurechtgekommen ist.«

»Camilla ist anders als alle anderen, Anny«, sagte
Henry. »Sie hat einen eisernen Willen und es einfach
nicht zugelassen, dass Charlies Tod ihr wirklich nahe
geht. So war sie schon immer. Deine Verletzlichkeit
wird uns am Ende alle retten. Sie wird es dir erlauben, alles zu fühlen, alles durchzumachen. Und genau
darum geht es ja. Du solltest dich nicht schämen oder
versuchen, deine Gefühle zu verstecken.«

»Aber Camilla ist im Moment auch verletzlich. Sie hat einen weiteren Freund verloren. Sie kann nicht richtig gehen und weiß nicht, ob sie dazu jemals wieder in der Lage sein wird. Ich kann ihr nicht alles aufbürden. Das darf ich einfach nicht.«

Er betrachtete mich einen Moment lang und sagte dann: »Anny, von allen Frauen, die ich kenne, ist Camilla Curry die dickhäutigste.«

»Aber wenn ich hier draußen bleiben würde, könnte ich ihr behilflich sein«, entgegnete ich trotzig. »Sie braucht jemanden, sie kann im Moment nicht allein sein. Und du kannst nicht einspringen, denn du musst nun wirklich wieder an die Arbeit. Ich könnte Besorgungen machen, kochen, mich um die Wäsche kümmern, eben alles erledigen, was du bislang gemacht hast. Ich könnte lernen, wie man mit ihr die Übungen macht. Dann würde ich mich nicht mehr ganz so nutzlos fühlen ...«

Er starrte mich mit diesen blauen Augen an. Da fiel mir zum ersten Mal auf, dass seine Augenbrauen ganz weiß waren, und das versetzte mir einen Stich.

»Vielleicht solltest du auch wieder arbeiten gehen. Du kennst die Leute in deinem Büro gut genug und brauchst nicht gute Miene zum bösen Spiel zu machen. Verbring ein, zwei Nächte in der Bull Street und warte ab, was passiert. Und falls es zu hart wird, kommst du abends zu uns an den Fluss. Dafür bräuchtest du dich nicht zu schämen. Ich kann immer noch nicht in die Bedon's Alley fahren.«

»Und wie soll Camilla zurechtkommen, wenn wir beide weg sind?«

»Ich werde erst arbeiten gehen, wenn sie wieder auf den Beinen ist, und das wird nicht mehr allzu lange dauern. Willst du nicht mal einen Versuch wagen? Aber wie du dich auch entscheidest, ich werde dich nicht im Stich lassen.«

»Ich weiß nicht, was ich ohne dich tun würde, Henry McKenzie.«

»Anny, es ist mir wirklich eine Freude, dir beizustehen.«

Und so kam es, dass ich am nächsten Morgen erstmals seit der Beerdigung wieder Rock, Strumpfhose und Pumps anzog und ins Büro nach Charleston fuhr. Als ich auf dem Maybank Highway an der Marsch und den Wäldern vorbeirollte, führte ich Selbstgespräche.

»Klappt ja ganz gut«, schwatzte ich vor mich hin. »Noch nicht allzu viel Verkehr. Werde bald auf der East Bay sein.«

Als ich die Stono Bridge überquerte, sagte ich zu mir: »Das ist ja gar nicht schwierig gewesen. Ich schaffe das. Ich fahre zur Arbeit, wie tausend andere auf diesem Highway auch. Ich muss nur das tun, was ich immer getan habe. Schließlich mache ich das ja nicht zum ersten Mal.«

Ich fuhr über die Ashley River Bridge, folgte der Straße nach Lockwood, bog in die Broad Street Richtung East Bay und holperte dann in der Gillon Street über die Pflastersteine.

»Kinderspiel«, sagte ich, stellte meinen Wagen in den kleinen Carport, stieg aus und dann übermannte mich die Furcht. Meine Knie gaben nach. Ich stützte mich auf die Motorhaube und wartete mit gesenktem

Kopf. Schwarze Punkte tanzten vor meinen geschlossenen Augen.

Plötzlich wurde ich wütend. Fuchsteufelswild. Sprühte nur so vor Zorn, dass ich mich selbst nur wundern konnte. Ich riss den Kopf hoch.

»Na schön, verflucht noch mal!«, stieß ich zwischen zusammengepressten Zähnen hervor. »Du hast Lewis. Du hast Fairlie. Du hast Charlie. Und du hast sogar Gladys. Jetzt gib mir mein verdammtes Leben zurück!«

Eine Frau, die mit ihrem Hund am Park entlangging, warf mir aus dem Augenwinkel einen Blick zu und hetzte weiter. Die Wut und der Zorn legten sich etwas, aber die Furcht blieb. Allerdings verkroch sie sich in einem tiefen Winkel, sodass ich wieder gehen und Luft holen konnte. Der Zorn hatte sich in Luft aufgelöst.

»Herzlichen Dank auch«, sagte ich und ging zum Lift hinüber. Keine Ahnung, mit wem ich da eigentlich redete. Ich glaube nicht, dass ich mit Gott sprach. Nicht in dieser Zeit.

Ich hatte angerufen und mitgeteilt, dass ich kommen würde. Meine Mitarbeiter warteten schon auf mich, standen steif und kerzengerade da, wussten nicht so richtig, was sie mit ihren Armen anstellen, ob sie fröhlich oder betroffen schauen sollten. Mir ging es nicht anders. Heute wagte ich mich sozusagen erstmals in die Welt hinaus und das überraschte mich.

»Hallo zusammen«, begann ich ungelenk, und die anderen begannen leise zu murmeln. Marcy trat vor und schloss mich verkrampft in die Arme. Tränen rollten ihr die Wange hinunter.

421

»Es tut mir ja so Leid, Anny«, flüsterte sie. »Es tut mir sehr Leid.« Danach umarmte Allie mich und wisperte ähnliche Worte zum Trost. Einer nach dem anderen trat vor und umarmte mich steif, als könnte ich unter ihrer Berührung zusammenbrechen. Ich drückte jeden an mich. Würde diese Umarmungsorgie eines Tages wieder aufhören? Fürs Erste hatte ich sie jedenfalls hinter mich gebracht.

Ich räusperte mich und sagte: »Ich weiß, wie ihr euch alle fühlt, und weiß eure Unterstützung mehr zu schätzen, als ich ausdrücken kann. Bitte verzeiht mir, falls ich manchmal komisch reagiere oder Selbstgespräche führe. Ich werde darüber wegkommen, doch das muss ich auf meine Art bewerkstelligen und momentan kann ich nicht darüber sprechen. Über alles andere schon, und ihr solltet auch kein Blatt vor den Mund nehmen. Ihr könnt so oft ›Mist‹ und ›Scheiße‹ sagen, wie ihr mögt.«

Meine Worte lösten Gelächter aus und ich lächelte, ging in mein Büro und schloss die Tür.

»Das ist gut gelaufen«, sagte ich ins Leere. »Ich habe mich ganz gut geschlagen, wenn ich das mal so sagen darf.«

Bis zur Mittagszeit war ich ziemlich beschäftigt und dann plötzlich so erschöpft, als hätte mir jemand alle Energie abgezapft und den Stecker gezogen. Die Furcht kam nicht, dafür aber die Trauer – und zwar mit solcher Wucht, dass ich am Schreibtisch zusammenbrach und keine Luft mehr bekam. Und da erlaubte ich es mir, einen Blick in die Zukunft zu werfen, wozu mir bislang der Mut gefehlt hatte. Das, was ich

da sah, war nur die ewige Wiederholung des heutigen
Tages, endlose Stunden, in denen ich mich bemühte, so
zu tun, als sei alles ganz normal, und mich gleichzeitig
nach dem Klang von Lewis' Stimme verzehrte, nach
seiner Berührung. Etwas anderes sah ich nicht. Als ich
aus dem Büro ging und meinen Mitarbeitern sagte,
dass ich für heute Schluss machen wollte, wurde ich
von grenzenloser Scham überwältigt. Trauer ist immer
beschämend. Ich wollte nicht, dass jemand sah, wie
mich an einem sonnigen Tag die dunklen Gefühle wie
Schatten verfolgten. Am liebsten wollte ich nie wieder
einen Fuß in mein Büro setzen, und zugleich wusste
ich, dass ich mich davor nicht drücken durfte.

Die Bull Street war mir lieb und teuer und gleichzeitig unerträglich und verhasst. Mein Blick schweifte
über die mürben alten Backsteine, das hübsche Ober-
licht, die gotischen Spitzbogenfenster. Im ersten Stock
von Lewis' Battery-Haus schlenderte ich über schöne
alte Teppiche, erklomm die Treppe, die zum Wohn-
und Schlafzimmer führte, wo wir morgens Kaffee getrunken und die Zeitung gelesen und nachts ferngesehen und uns dann geliebt hatten. Hier spürte ich Lewis'
Gegenwart deutlicher als alles andere, was ich jemals
gefühlt hatte. Weder konnte ich ihn noch er mich berühren und doch wussten wir beide, dass der andere
da war. Und ich begriff auch, dass ich nicht bei ihm
bleiben konnte. Nie wieder würde ich in der Lage sein,
in diese toten perlmuttfarbenen Augen zu blicken.

»Es tut mir Leid, mein Liebling«, flüsterte ich und
brach wieder in Tränen aus. Und dann rannte ich aus
dem Haus, ohne die Lichter zu löschen, stieg in den

Wagen, rief Lila von dort aus an und verbrachte die Nacht bei ihr und Simms. Als ich bei ihnen eintraf, schämte ich mich in Grund und Boden, doch Lila kam aus dem Haus, legte den Arm um mich und sagte: »Das war viel zu früh. Das habe ich mir gleich gedacht. So stark ist niemand. Komm, wir werden schön zu Abend essen und eine Flasche Wein trinken und morgen bringe ich dich zu Pritchard Allen. Keine Widerrede.«

※　※　※

»Manchmal nennen wir das Adaptionsstörung«, erklärte Pritchard Allen. Sie hatte ein hübsches Gesicht, war ein paar Jahre älter als ich und seit vielen Jahren erfolgreiche Therapeutin. Da sie in Ashley Hall zur Schule gegangen war, kannte sie die Hälfte der Frauen in Charleston. Ihre Gegenwart wirkte auf mich beruhigend und entspannend.

»In Stresssituationen sind akute Angst oder Furcht keine ungewöhnliche Reaktion«, sagte sie. »Laut Lehrbuch sollten Trauerfälle andere Symptome auslösen, doch diese These habe ich nie vertreten. Von den Menschen, die Sie am meisten geliebt haben, sind drei gestorben. Sie haben ein Haus verloren, an dem Sie sehr gehangen haben. Wenn wichtige Bezugspersonen ausfallen, haben wir es manchmal mit Trennungsangst zu tun. Später werden Sie vermutlich unter starken Depressionen leiden. Doch unter den gegebenen Umständen würde es mir mehr Kopfzerbrechen bereiten, wenn Sie sich nicht die Hälfte der Zeit fast zu Tode ängstigen würden. Ihre Angstzustände sind wahrscheinlich akuter Natur, was heißt, dass sie weniger als sechs Monate andauern werden. Sollten sie länger dauern, nennen wir das chronisch. Wie auch immer, wir können sie behandeln und Sie selbst können einen großen Beitrag dazu leisten. Ich kann Ihnen ein Mittel verschreiben, etwas Stärkeres als Xanax, und noch ein Schlafmittel. Beide Medikamente sollten Sie nicht länger als ein paar Wochen einnehmen, was vermutlich auch gar nicht nötig sein wird.«

»Sie haben gesagt, ich könnte mir auch selbst helfen?«

»Ja. Finden Sie heraus, was Sie brauchen, und sorgen Sie dann dafür, dass Sie es bekommen.«

Auf der Fahrt zum Priel fühlte ich mich besser, beinahe wieder wie früher, wenn auch etwas angeschlagen. Auf einmal hatte ich nicht mehr den Eindruck, eine Parodie meiner selbst dabei zu beobachten, wie dieses fremde Etwas mechanisch durch mein Leben stapft. Und ich vertraute darauf, mithilfe der Medikamente zwölf Stunden lang durchzuschlafen und danach wieder in meiner eigenen Haut aufzuwachen – und genau das tat ich dann auch.

Auf der anderen Seite wusste ich, dass ich auf jeden Fall am Fluss übernachten musste. Ich war noch nicht imstande, irgendwo anders zu nächtigen. Und ich würde mich auch nicht dazu zwingen. Finden Sie heraus, was Sie brauchen, hatte Pritchard Allen geraten. Und dann sorgen Sie dafür, dass Sie es bekommen. Ich brauchte Camilla und Henry und den Fluss.

Henry trat seine neue Stelle im Krankenhaus doch nicht wie geplant an. Camilla stürzte erneut und brach

425

sich diesmal eins von ihren zarten Handgelenken. Sie war mit blauen Flecken bedeckt und ziemlich erschüttert. Zudem war sie wütend auf sich und auch auf uns.

»Dann bist du also wieder hier«, fauchte sie mich an. Ihr Gesicht war weiß vor Schmerz.

Nachdem sie zu Bett gegangen war, saß ich mit Henry vor dem Kamin. Ich brauchte ihm nicht zu sagen, dass die Rückkehr in die Bull Street eine einzige Katastrophe gewesen war. Er wusste es auch so und ging nicht weiter darauf ein und dafür war ich ihm dankbar. Nun machte ich mir seinetwegen Sorgen.

»Du brauchst nicht rund um die Uhr hier draußen zu bleiben«, sagte ich. »Bleib am Vormittag, wenn ich arbeite, und wenn ich gegen Mittag nach Hause komme, kann ich dich ablösen. Um Himmels willen, bring deine Karriere endlich wieder in Gang! Du hast zu viel auf dem Kasten, um einfach auszusteigen.«

»Das kann noch eine Weile warten«, entgegnete er. »Camilla braucht dringend jemanden, der sie tragen kann. Und sieh dich doch nur an, du hast mindestens fünfzehn Pfund verloren, wenn nicht mehr. Du kannst ja nicht mal eine Tüte Federn hochheben.«

»Mit Camilla werde ich schon fertig«, erwiderte ich leicht genervt. »Ich bleibe. Du gehst zur Arbeit.«

»Mir wäre es wirklich lieber, wenn du vorerst nicht allein hier draußen bist. Du hast selbst genug am Hals. Du musst vieles entscheiden. Und du hast auch eine Karriere, über die du nachdenken solltest. Ich halte es für sinnvoll, jemanden einzustellen, der wenigstens halbtags mithilft. Nur so lange, bis Camilla wieder auf dem Damm ist.«

Diese Idee unterbreitete er Camilla an diesem Abend bei ein paar Drinks. Vor Schmerzen und Zorn wurde sie aschfahl im Gesicht.

»In meinem ganzen Leben habe ich nie jemanden dafür bezahlt, dass er sich um mich kümmert, und jetzt werde ich damit schon gar nicht anfangen. Es ist wirklich unglaublich, dass du auch nur daran gedacht hast, Henry«, sagte sie kalt.

»Cammy, Anny und ich können nicht den ganzen Tag für dich da sein. Wir müssen unser Leben wieder auf die Reihe kriegen. Und du auch. Das wirst du doch einsehen.«

»Ich sehe nicht ein, dass ich eine bezahlte Hilfe brauche!«

»Nachts werden wir hier sein«, entgegnete Henry scharf. »Entweder du ziehst diese Option in Erwägung oder ich rufe deine Söhne an.«

»Du weißt ganz genau, was sie dann machen werden! Sie werden mich in eins von diesen grässlichen Heimen in Kalifornien stecken und dort muss ich dann bleiben, bis ich sterbe.«

»Dann entscheidest du dich also für jemanden, der dir hilft«, schloss Henry daraus. »Hier oder in der Gillon Street. Du hast die Wahl.«

Camillas braune Augen wurden feucht und meine auch, weil ich mit ihr fühlte.

»Die Stadt kann ich im Moment nicht ertragen«, antwortete sie leise. »Ist mir einfach zu viel. Wir haben alle zu viel verloren. Ich muss einfach … bei euch sein. Und ich muss hier draußen sein.«

Und so kam es, dass ich eine Woche später im Su-

permarkt auf John's Island am schwarzen Brett einen
Zettel entdeckte und Gaynelle Toomer in unser Leben
trat oder – besser gesagt – auf einer pinkfarbenen Har-
ley-Davidson 2000 angerauscht kam.

Kapitel zwölf

Die Woche, ehe Gaynelle zu uns kam, war – soweit ich mich erinnerte – die schlimmste in meinem Leben. Wenn ich später an diese Zeit dachte, dann immer unter der Überschrift »Der Februar meines Lebens«. Eintöniges, bleiernes Grau, ohne einen Hoffnungsschimmer, ohne das geringste Anzeichen, dass der Frühling nahte. Es war eine Zeit, in der ich mit aller Macht gegen das Gefühl, zu ersticken, ankämpfen musste. Immerhin neigte sich die Phase des unerträglichen, qualvollen Leidens mehr oder minder dem Ende entgegen. Inzwischen hatte ich begriffen, dass Lewis nicht mehr da war. Nun musste ich versuchen, mit diesem Wissen zu leben. Wie das gehen sollte, war mir immer noch ein Rätsel – und ich gab mir auch keine große Mühe, das herauszufinden. Ich machte einfach weiter, wie ein altes Pony auf einem Kindergeburtstag, nachdem die Musik längst verklungen ist, und absolvierte niedergeschlagen meine Routine.

Morgens arbeitete ich im Büro, nachmittags fuhr ich zum Fluss zurück. Henry war immer da; er hatte darauf bestanden, so lange zu bleiben, bis wir jemanden für Camilla gefunden hatten. Er telefonierte mit dem Krankenhaus und verschiedenen Pflegeeinrichtungen, fand aber niemanden, der fernab von Charleston eine Vollzeitstelle an einem abgeschieden gelegenen Priel antreten wollte.

»Da müssen sie zu weit fahren, um ihre Lottoscheine abzugeben«, kommentierte Henry missmutig. »Aber egal. Die Leute im Queens werden für mich die Ohren offen halten.«

Ich erledigte die Einkäufe, putzte und ging nachmittags Camilla zur Hand, sofern sie das zuließ. Ich kümmerte mich um das Abendessen und tischte eher einfache Gerichte wie Suppe auf, was zu der kalten Jahreszeit und den langen dunklen Abenden passte. Hinterher saßen wir vor dem Kamin – stets bei Camilla, damit sie nicht zu uns hinüberhumpeln musste, und plauderten über nichts Besonderes. Über unsere Toten sprachen wir nie. Oder über das, was die Zukunft bringen würde. Hätte mich jemand gefragt, was für Pläne ich schmiedete, hätte ich den Betreffenden nur entgeistert anstarren können. Den nächsten Tag zu überstehen, das war mein Plan.

Wir redeten nicht viel, doch Camilla hatte anscheinend zu ihrer früheren Heiterkeit zurückgefunden und lächelte uns dann und wann an oder genoss mit geschlossenen Augen die Musik, die aus dem kleinen Kassettenrekorder tönte. Sie liebte die Musik des Barocks, für die ich zwar noch nie ein Faible gehabt hatte, die jedoch – wie ich feststellen musste – eine beruhigende Wirkung auf mich ausübte und mich milder stimmte.

Nichtsdestotrotz waren es eintönige und bleierne Tage. Mir kam es vor, als wäre die Zeit stehen geblieben. Und da der Schlaf Erlösung brachte, gingen wir früh zu Bett. Für gewöhnlich brachte ich Camilla ins Bett. Anschließend brachte Henry mich zu meiner Haustür, nahm mich kurz in den Arm und ging dann in das Gästehaus. Die ersten Nächte nach Lewis' Tod hatte ich kaum ein Auge zugetan aus Furcht, entweder von dem Mann mit den Perlenaugen zu träumen oder aufzuwachen und mich daran zu erinnern, dass er nicht mehr da war. Doch inzwischen schlief ich wie ein Stein, tief und traumlos. Die langen Nächte im Strandhaus, wo wir gelacht, getrunken, uns skurrile Geschichten erzählt und an dem leisen Meeresrauschen ergötzt hatten, waren der Vergessenheit anheim gefallen und kamen mir surreal vor. Wenn ich jetzt nachts aufwachte, hörte ich nur die winterliche Stille der Marsch und vielleicht den leisen Ruf einer Eule. Henry erzählte, er hätte ganz deutlich das Knurren eines großen Alligators gehört, der sich in der Nähe herumtrieb. Ich hörte dieses Knurren nie.

Morgens, meistens so gegen sechs Uhr, rissen mich die Tränen aus dem Schlaf. Ich weinte so heftig, dass ich kaum Luft bekam, stopfte mir einen Zipfel der Bettdecke in den Mund, damit ich nicht laut schrie und weinte, bis ich völlig erschöpft war und mich leicht krank fühlte. Hinterher brannten meine Augen und ich hatte einen schweren Kopf. Ich wusste, dass die Tränen am nächsten Morgen wieder fließen würden. Mich deswegen zu grämen, brachte mich auch nicht weiter.

Am Freitag jener Woche kam ich um die Mittagszeit

nach Hause. Henry versuchte gerade, Camilla wieder ins Bett zu hieven. Sie war nicht gestürzt, doch er hatte sie schreien hören. Als er in ihr Zimmer kam, lag sie halb im Bett und konnte sich nicht mehr rühren. Da sie unter starken Schmerzen litt, musste er sehr vorsichtig mit ihr sein, damit es nicht noch schlimmer wurde.

»Camilla, du sollst doch rufen, wenn du aufstehen möchtest«, sagte ich und eilte Henry zu Hilfe. Ich fand, dass sie kaum mehr wog als ein Bündel Schilfrohr.

»Eher schmore ich in der Hölle, als dass ich jedes Mal nach Henry McKenzie rufe, wenn ich auf die Toilette muss«, fauchte sie. »Und sollte einer von euch es wagen, hier mit einer Bettpfanne aufzutauchen, werde ich mit dem Ding nach euch werfen. Und zwar mit voller Wucht.«

Wir kicherten kurz. Tief im Innern dieser klapper- dürren Frau schlummerte die alte Camilla. Ich half ihr ins Badezimmer und warf Henry einen Blick zu.

»Ich werde mich umhören«, sagte ich. »Und zwar gleich morgen. Am schwarzen Brett im Supermarkt habe ich ein paar Aushänge von Leuten gesehen, die Arbeit suchen. Wir werden schon jemanden finden.«

»Es gibt vermutlich nichts, was man im Supermarkt nicht bekommt«, entgegnete Henry gutmütig, worauf- hin ich grinste. Früher hätte ich bei der Gelegenheit laut herausgelacht.

Beim Abendessen sagte Camilla: »Ratet mal, wie sie uns im Queens nennen! Statt Scrubs.«

Wir schauten zu ihr hinüber. An diesem Abend sah sie wunderschön aus. Ihr langes Haar fiel auf die Schul- tern und sie trug einen bronzefarbenen, mit Goldfäden durchwirkten Seidenkaftan. Im Kerzenschein sah sie wie … Camilla aus.

»Wie denn?«

»Die Todesschwadron. Allem Anschein nach hat Bunny Burford diesen Namen in Umlauf gebracht. Und nun ist er im Krankenhaus in aller Munde.«

»Woher weißt du das?«, fragte ich mit bebender Stimme.

»Ich pflege meine Kontakte«, erwiderte Camilla.

Ich zuckte zusammen. Das stimmt, dachte ich. Der Tod klebt an unseren Fersen. Wir waren nicht mehr die sonnigen Menschen von einst, sondern hatten uns in dunkle Schatten verwandelt. Die Furcht, die sich im Grunde langsam legte, flackerte nun wieder auf und schnürte mir den Hals zu.

»Ich denke, das werden wir zu unterbinden wissen.« Henry stand auf und ging in die Küche. Er telefonierte ziemlich lange. Was er sagte, konnten wir nicht hören.

Kurze Zeit später kam uns zu Ohren, dass Bunny das Queens verlassen und nun in der Verwaltung des neuen kleinen Frogmore Medical Center arbeitete. Von dort aus musste man viele Meilen fahren, bis man in die nächste Stadt gelangte. Frogmore war für seinen Eintopf, die immer noch blühende Voodoo-Kultur und seine größtenteils schwarze Bevölkerung bekannt. Da die Menschen in Frogmore keinen Sinn für versteckte Anspielungen hatten, würde sich dort bestimmt niemand über Bunnys Gemeinheiten echauffieren.

»Offenbar hast du sie endgültig in die Verbannung geschickt«, sagte Camilla zu Henry, als wir die Neuigkeit erfuhren.

»Tja, Miss Camilla, man tut, was man kann«, sagte Henry, ohne von seinem Teller aufzuschauen.

»Lewis hat auch mal gedroht, das zu tun«, sagte ich lächelnd und musste dann daran denken, wie Bunny sich mit ihrem Schandmaul über Henry ausgelassen hatte, der damals gerade um Fairlie trauerte. Ich stockte und spürte, wie mir die Tränen in die Augen stiegen.

»Ich hole das Brot«, murmelte ich und floh in die Küche.

»Lass sie nur«, hörte ich Camilla zu Henry sagen. »Sie gibt sich wirklich große Mühe. Früher ist mir gar nicht aufgefallen, dass sie in vieler Hinsicht noch ein Kind ist. Wir sollten uns mehr um sie kümmern.«

Meine Tränen versiegten. Ich war wie vor den Kopf gestoßen. Noch ein Kind?

»So würde ich das nicht sehen«, hörte ich Henry sagen und empfand so etwas wie Genugtuung. Als ich ins Esszimmer zurückkehrte, waren meine Tränen längst getrocknet. Ich schwor mir, nie mehr vor Camilla zu weinen.

Am nächsten Morgen fuhr ich durch die Bohicket Road bis zum Zentrum von John's Islands. Der Dorfkern bestand nur aus einer Hand voll Häuser: Es gab ein Rathaus, eine Tankstelle, einen Stand, wo man geröstete Nüsse und Tomaten kaufen konnte, und den neuen Bi-Lo-Supermarkt, der wie ein Koloss wirkte. Das Dorf war zwar eher klein, aber auf dem Parkplatz drängelten sich Lieferwagen, staubige Geländewagen und viele, mit Schlammspritzern überzogene Motorräder, die ich neugierig anstarrte. Für mich waren Motorräder gleichbedeutend mit Marlon Brando und den Hell's Angels und ich rechnete nicht damit, ausgerechnet denen im Supermarkt auf John's Island zu begegnen.

Der Laden mit dem gleißend hellen, blauweißen Neonlicht war rappelvoll. Die Kunden – größtenteils Frauen in Blue Jeans, ärmellosen Westen und dicken Pullovern – schoben Einkaufswagen mit Bohnen und Frankfurter Würstchen in Dosen, Nacho Chips, Hundefutter und Bier vor sich her. Mit diesen Mengen bekam man eine große Familie am Wochenende satt. Die meisten schienen sich zu kennen, blieben stehen, hielten ein Schwätzchen, verstopften die Gänge und warfen mir nur einen kurzen Blick von der Seite zu, wenn ich versuchte, mich mit meinem Wagen an ihnen vorbeizuzwängen. Ich lächelte dann schüchtern und sie schoben ihre Wagen zur Seite, ohne mich anzuschauen. Die Frauen unterhielten sich über Schnäppchen, die sie bei Kmart erstanden hatten, und über Stars der Countrymusic, die im North Charleston Coliseum auftraten. An diesem Morgen überkam mich urplötzlich die Sehnsucht, eine von ihnen zu sein und mich wie wild darauf zu freuen, an einem kalten Samstagabend in ein Konzert von Travis Tritt zu gehen.

Lila und Simms wollten fürs Wochenende herkommen. Ich kaufte frische Muscheln, Spinat und Champignons und entschied mich ganz spontan für ein Dutzend frischer Austern, die halb im gecrushten Eis steckten. Ich konnte fast spüren, wie das süße, saftige und fast durchsichtige Muschelfleisch meine Kehle hinunterglitt. Lewis hatte Austern lieber gegessen als alles andere ...

Auf dem Weg zur Kasse fiel mir das schwarze Brett ein. Ich ging sofort hinüber und überflog die Zettel, auf denen alles Mögliche angeboten wurde: Bootshänger, Krebsnetze, Catering für Hochzeiten und Beerdigungen. Unter anderem hing da auch die Information, dass in der hiesigen Highschool *Amahl and The Night Visitors* aufgeführt wurde und mehrere Jagdhunde entlaufen waren. Eine dicke pinkfarbene Karte mit lavendelfarbener Leuchtschrift stach mir ins Auge, auf der stand: »Ich verfüge über recht vielseitige Fähigkeiten und könnte als Haushälterin, Babysitter, Köchin und Chauffeur arbeiten. Darüber hinaus kann ich Reparaturarbeiten ausführen. Was die Arbeitszeiten anbelangt, bin ich flexibel und könnte, falls nötig, hin und wieder über Nacht bleiben.« Darunter stand eine Telefonnummer.

Unter die Nachricht war ein dickes, krakeliges Lavendelherz gemalt.

Das Herz und die ungewöhnliche Ausdrucksweise weckten mein Interesse. Kaum war ich wieder draußen am Fluss, hängte ich mich ans Telefon.

Eine Stimme auf dem Anrufbeantworter flötete: »Hallo, hier spricht Gaynelle Toomer. Falls es um die Unterhaltszahlungen für mein Kind geht, rufen Sie meinen Anwalt an. Sollten Sie die Karte im Bi-Lo gelesen haben, hinterlassen Sie bitte eine Nachricht.«

»Ähm … hier spricht Mrs Lewis Aiken«, begann ich zögernd. Unterhaltszahlungen fürs Kind? Anwalt? »Wir wohnen in den drei neuen Häusern am Fluss und brauchen jemanden, der wochentags kommt, so für fünf Stunden, um den Haushalt zu machen und nach einer Halbinvaliden zu sehen, die weder alt noch gebrechlich geschweige denn schwer ist, sondern einfach kürzlich einen Unfall hatte. Wir wären auch daran interessiert, dass Sie kochen. Ich bitte um Ihren Rückruf.«

Wir hatten uns im Wohnzimmer bei Simms und Lila zu einem Cocktail am Kamin eingefunden. Ich erzählte ihnen von der Dame mit dem Purpurherzen, wie Henry sie getauft hatte.

»Klingt interessant«, sagte ich. »Ein bisschen ungewöhnlich, aber sie kann sich gut ausdrücken. Bislang hat sie sich noch nicht gemeldet. Vielleicht haben wir ja Glück. Vielleicht ist sie in Wahrheit ein Koks dealender Transvestit.«

»Genau das, was ich mir immer sehnlichst gewünscht habe«, bemerkte Camilla.

»Ich werde mich Montag auch darum kümmern«, sagte Lila. »Wenn ich mich nicht täusche, hat Kitty Gregorys Mädchen hier draußen eine Menge Verwandtschaft. Vielleicht gibt es da ja eine Nichte oder Enkelin, die uns helfen könnte. War die Frau schwarz?«

»Nein«, antwortete ich, ohne nachzudenken. Keine Ahnung, woher ich das wusste, aber ich wusste es.

Lila runzelte die Stirn.

»Mit weißen Angestellten habe ich nie viel Glück gehabt. Die laufen immer davon, um eine Ausbildung als Nagelstylistin zu machen oder so was in der Art. Und dann all diese Leidensgeschichten! Über Männer, die sie verlassen haben, oder Mütter, die sie aussperren, und was weiß ich nicht alles.«

»Schweig still, Miss Scarlett«, sagte Henry.

Lila errötete.

»Das war nicht rassistisch gemeint. So sind nun mal meine Erfahrungen.«

Camilla öffnete den Mund und wollte etwas sagen, doch ihre Worte gingen in dem lauten, gurgelnden Dröhnen unter, das auf dem Schotterweg ertönte und bis zur Zufahrt herankam. Das Außenlicht schaltete sich automatisch ein. Wir liefen zu den Fenstern, um zu sehen, wer da gekommen war. In unseren Ohren klang es wie eine Amok laufende Planierraupe.

»Wartet hier«, sagte Simms, ging zur Tür und öffnete sie. Wir scharten uns hinter ihn.

Im blauen Lichtkegel der Sicherheitslampen stand ein riesiges, fuchsiafarbenes Motorrad, das mit purpurnen und goldenen Flammen verziert war. Eine junge Frau stieg gerade ab und näherte sich der Tür. Sie war groß, hatte breite Schultern und ein flaches Hinterteil. Ihr sommersprossiges Gesicht wurde von einem Wust krauser, rostroter Haare eingerahmt. Sie hatte eine Stupsnase und einen breiten Mund; die vom Fahrtwind trockenen Lippen waren zu einem ansteckenden Lächeln verzogen. Und so lächelten wir zurück und gleichzeitig beäugten wir sie staunend. Sie trug enge schwarze Stretchjeans, eine Lederjacke, die mit mehreren Pfund Nieten gespickt war, und Stiefel, die Lewis immer Arschtreter genannt hatte. Von Kopf bis Fuß war sie mit einer dünnen Staubschicht bedeckt.

»Hallo«, sagte sie und grinste, als wäre das hier ein Familientreffen, »ich bin Gaynelle Toomer. Ich habe aus Versehen die Nummer gelöscht, aber ich wusste ja, wo die Häuser sind. Booter war mit meinem Vater befreundet. Meine Herrn, da sieh sich einer diese Häuser an, was? Booter würde glatt das Gebiss aus dem Mund fallen. Tut mir Leid, dass ich so spät komme. Die Probe meiner Tochter hat länger gedauert. Ist eine von Ihnen Mrs Aiken?«

Wie ein Schulkind hob ich die Hand.

»Das bin ich«, sagte ich kleinlaut.

Henry, der hinter mir stand, begann zu kichern.

»Bitte, treten Sie doch ein«, schlug ich vor. »Ihnen muss doch kalt sein.«

»Nein, Ma'am. An Kälte bin ich gewöhnt.«

Sie schaute sich um.

»Sehr hübsch hier«, lobte sie. »Wenn Booter das hier sehen würde, würde er denken, er sei gestorben und im Himmel aufgewacht. Falls ich mich richtig entsinne, hatte er hier draußen nur einen großen Wohnwagen.«

Mit einer Handbewegung lud ich sie ein, Platz zu nehmen. Sie zog die Lederjacke aus und setzte sich. Eine Weile lang sagte keiner von uns ein Wort. Ihr Baumwollrolli spannte sich über die bemerkenswertesten Brüste, die ich je gesehen habe. Wie ein paar überreife Melonen wogten sie unter dem pinkfarbenen Stoff. Man sah gleich, dass sie keinen Büstenhalter trug. Sie lächelte gutmütig, als wären wir vom Anblick dieser Brüste nicht wie versteinert. Sie stellt ihre Brüste nicht zur Schau, fuhr es mir durch den Sinn, das hat sie gar nicht nötig. Diese junge Frau fühlte sich pudelwohl in ihrem Körper, in ihrer sommersprossigen Haut.

Ich fragte mich, wie sie mit diesen Riesenbrüsten

überhaupt arbeiten konnte. Oder Motorrad fahren. Sie mussten doch bei jedem Schlagloch schmerzen.

Ich stellte sie den anderen vor. Sie nickte freundlich und prägte sich unsere Namen ein. Zu Simms und Lila sagte sie: »Das ist Ihr Haus, nicht wahr? Es entspricht Ihnen.«

Lila brachte einen gequälten Laut heraus, der Zustimmung bedeuten sollte, und Simms nickte hektisch, war allerdings nicht in der Lage, etwas zu sagen. Ich hatte das untrügliche Gefühl, dass er den Kürzeren ziehen würde, falls er jemals versuchen würde, sich in einem Badezimmer an Gaynelle Toomer heranzumachen.

Henry lächelte wie immer warmherzig.

»Sie haben gesagt, Ihre Familie ist mit Booter bekannt gewesen. Als ich noch klein war, ist er mein bester Freund gewesen, meiner und der von Lewis … Dr. Aiken. Er … wir haben ihn kürzlich verloren. Ich denke, das würde Booter ziemlich traurig stimmen. Es gibt keinen Quadratzentimeter an diesem Fluss, in dieser Marsch, den wir nicht ausgekundschaftet haben.«

»Das von Dr. Aiken habe ich gehört«, sagte Gaynelle und wandte sich an mich. »Es tut mir sehr Leid. Er war ein wunderbarer Mann. Er hat meiner Tochter den Fuß gerichtet, als sie drei war, und nun ist sie Mitglied einer Truppe, die historische Festspiele aufführt. Gleich als ich die Nachricht abgehört habe, wusste ich, dass Sie seine Frau sein müssen. Bestimmt vermissen Sie ihn sehr.«

Ich nickte, lächelte und blinzelte die Tränen weg.

»Ja, so ist es. Schön zu wissen, dass er Ihrer Tochter

helfen konnte. Sie macht bei historischen Festspielen mit, haben Sie gesagt?«

»Ja. Die Gruppe nennt sich Little Miss Beauty and Talent Pageants. Und sie hat wirklich Talent, wenn ich das so sagen darf. Letzten Sommer wurde sie zur Miss Folly Beach Pier gewählt, da war sie sechs, und nun bereitet sie sich auf die Wahl der John's Island Junior Tomato Princess vor. Deshalb bin ich auch so spät dran. Der Bi-Lo ist einer ihrer Sponsoren. Ich suche noch einen weiteren, denn sie braucht zwei. Falls Sie ein paar reiche Leute kennen, die Lust haben, die Karriere einer kleinen Schauspielerin zu fördern, dann geben Sie mir einen Tipp.«

Lila und Simms starrten sie nur an. Camilla lächelte ihr enigmatisches Lächeln. Henry und ich grinsten bis über beide Ohren. Dieses Prachtexemplar von einer Frau hatte einen Schwan geboren.

»Dann kannten Sie also Booter«, sagte ich und musste an den Mann mit dem roten Gesicht und der Zahnlücke denken, der in einem lang zurückliegenden Sommer wie entfesselt zur Musik am Strand getanzt hatte.

»Mein ganzes Leben lang. Meine Mutter ist überzeugt, dass sie mich eines Nachts am Ende von Booters Steg gezeugt hat. Früher wurden dort anscheinend tolle Partys gefeiert.«

»Und Sie suchen also Arbeit«, sagte Lila mit ihrer besten Gartenclubstimme. Simms brachte noch immer keinen Ton hervor.

»Ja, Ma'am. Ich habe in der Rural Center Library gearbeitet, aber – um die Wahrheit zu sagen – mit Ko-

chen und Putzen kann ich mehr Geld verdienen. Und
Spaß macht es mir auch.«

»Was haben Sie in der Bibliothek gemacht?«, wollte
Camilla wissen.

»Als Bibliothekarin gearbeitet. Das habe ich auch
studiert.«

»Meine Liebe, dann sollten Sie aber nicht putzen
gehen«, erwiderte Camilla warmherzig. »Bei der Ausbildung wäre das doch eine Verschwendung.«

»Nein, ich verschwende gar nichts«, sagte Gaynelle
Toomer. »Ich lese andauernd. Ich habe Britney – das ist
meine Tochter – mit vier das Lesen beigebracht. Und
ich gebe abends Unterricht, den anderen Kindern aus
der Festspielgruppe und einigen von den Müttern. Aber
ich brauche Arbeit. Mein Ehemann, dieser Nichtsnutz,
hat sich vor zwei Jahren aus dem Staub gemacht und
nun ziehe ich Britney allein groß. Sie würden es nicht
bereuen. Ich bin sehr gut in dem, was ich tue.«

Sie musterte Camilla. »Sie sind die Dame, die ein
bisschen Unterstützung braucht, stimmt's? Ich habe
eine Zeit lang in einem Pflegeheim in Myrtle Beach
gearbeitet. So leicht, wie Sie sind, dürfte das keine große Herausforderung sein. Es wird sogar Spaß machen,
zumal Sie so hübsch sind.«

»Hm, ja, verdammt noch mal, ich stimme für Sie«,
brachte Simms keuchend hervor; doch ich war nicht
der Ansicht, dass Gaynelle damit versuchte, Camilla
um den kleinen Finger zu wickeln. Camilla war vor
allem dünn oder besser gesagt fast ausgemergelt. Und
hübsch war sie auch. Wieder schenkte sie uns ihr strahlendes Lächeln.

442

»Es geht um zwei Häuser und ein Cottage, die oberflächlich sauber gemacht werden müssen«, erklärte ich. »Eine Putzfrau werden wir noch suchen. Und Sie müssten Mrs Curry Gesellschaft leisten, wenn wir weg sind. Wir beide arbeiten, allerdings zu unterschiedlichen Zeiten. Ich am Vormittag und er am Nachmittag. Es wäre gut, wenn Sie ihr so ungefähr bis vier Uhr nachmittags zur Hand gehen könnten. Vielleicht könnten Sie schon morgens kommen, Frühstück machen und später das Mittagessen zubereiten. Ums Abendessen kümmere ich mich in der Regel.«

»Kein Problem«, sagte Gaynelle. »Das würde ich gerne tun. Und ich könnte dann und wann für Sie zu Abend kochen, wenn Sie das wollen. Ich bin eine gute Köchin. Und wer würde hier nicht gern arbeiten, wo es hier doch so viele Bücher gibt? Das kommt einem ja wie das Paradies vor.«

»Drei Häuser machen eine Menge Arbeit, aber Mr und Mrs Howard sind nur an den Wochenenden da. Wir möchten Sie nicht überstrapazieren.«

»Mit den drei Häusern werde ich mit links fertig«, versicherte sie. »Es wäre mir eine Freude. Und mein Stundenlohn ist durchaus moderat. Mrs Aiken, Ihr Haus putze ich umsonst.«

»Das kommt überhaupt nicht infrage!«, protestierte ich.

»Doch. Von Ihnen werde ich auf gar keinen Fall Geld nehmen. Dr. Aiken hat meiner Tochter und mir mehr geholfen, als Sie sich vorstellen können.«

Ich musste schwer schlucken. Du wirfst einen langen Schatten, Lewis, schoss es mir durch den Sinn.

»Fahren Sie immer Motorrad?«, erkundigte sich Henry. »Die Maschine ist sehr schön. Ich hatte früher mal eine alte Indian. Mann, was habe ich die geliebt!«

»Das wusste ich ja gar nicht«, rief Camilla. »Henry, wann um Himmels willen hattest du ein Motorrad?«

»Als ich Medizin studierte«, antwortete er. »Musste ich verkaufen, als ich als Assistenzarzt anfing. Aber in den paar Jahren, wo ich die Indian hatte, bin ich mit ihr überall herumgefahren.«

»Das ist eine großartige alte Maschine«, sagte Gaynelle. »Ein Mitglied meines Clubs hat eine komplett überarbeitet. Sie müssen mit dem Club mal eine Spritztour machen. Irgendjemand hat immer eine Maschine, die er ausleihen kann.«

»Sie sind in einem Club?«, fragte Henry mit leuchtenden Augen.

»O ja. Die gibt's wie Sand am Meer. Allein in der Charlestoner Gegend muss es an die zwanzig geben. Bei dem großen Treffen in Myrtle Beach kommen normalerweise fünftausend Biker zusammen. Unserer heißt Bohicket Club und hat an die zwanzig Mitglieder. Ihnen würde es bei uns gefallen. Wir haben Ärzte, Rechtsanwälte, einen Richter und mehrere Leute, die bei der Versicherung arbeiten. Mein Freund ist Honda-Händler. Und ein paar von den Frauen haben mehr drauf als die meisten Typen. Motorradfahren ist schon lange nicht mehr nur das Ding der Hell's Angels.«

»Ich hatte ja keine Ahnung, dass es hier so etwas gibt«, staunte Henry.

»O doch. Und mein Vorschlag gilt. Fahren Sie doch mal mit uns. Ich werde in Erfahrung bringen, wann die nächste Fahrt ansteht; ich glaube, sie findet zugunsten des Low County Law Officer's Family Fund statt. Wahrscheinlich im Januar. Und bis dahin kann ich Sie ja mal auf eine Spritztour mit der Harley mitnehmen, wenn Sie mögen. Die ist eine Sonderanfertigung, extra auf mich zugeschnitten, aber ich bin ja fast so groß wie Sie. Wenn die Sonne mal wieder rauskommt, komme ich mit ihr rüber.«

»Das fände ich toll«, sagte Henry. Und seine Stimme klang fröhlicher als seit langem.

»Sie sollten aber erst mal ein Wörtchen mit Ihrer Frau reden«, sagte Gaynelle und lächelte Camilla an. »Nicht alle Ehefrauen sind Biker-Fans.«

»Er ist nicht mein Mann«, stellte Camilla liebenswürdig klar. »Mein Mann ist schon vor Jahren gestorben. Dr. McKenzie hat seine Frau letztes Jahr im Winter verloren. Wir kümmern uns nur umeinander.«

Gaynelle stieß einen Laut aus, der Mitgefühl signalisierte, ging aber nicht weiter auf den Verlust ein.

»Ich finde es toll, dass Sie füreinander sorgen«, sagte sie dann. »Das sollten mehr Leute tun. Ist doch viel besser, als allein zu leben und an Einsamkeit zu sterben.«

Wir einigten uns auf einen Stundenlohn, und nachdem sie sich verabschiedet hatte, setzten wir uns vor den Kamin und starrten uns an. Camilla, Henry und ich grinsten zufrieden.

»Eine Bibliothekarin mit einer Harley, einer Oberweite, die den Kühler eines 53er Studebaker glatt in den Schatten stellt, und einer Tochter, die die Little Miss Tomato Princess ist. Was hat Gott sich dabei nur gedacht?«, fragte Henry und lachte leise.

»Und kochen kann«, fügte ich hinzu.

»Und in einem Pflegeheim gearbeitet hat«, ergänzte Camilla und grinste Henry an. Anscheinend freute sie sich darüber, dass er sich freute.

»Ich weiß nicht so richtig«, sagte Lila zweifelnd. »Ich weiß nicht richtig. Woher sollen wir wissen, dass sie nicht wieder in die Bibliothek zurückrennt? Und dieses Motorrad … Herrje! Und eins von diesen kleinen Dämchen, die mit dem Hintern wackeln und Britney-Spears-Lieder singen. Und dann heißt sie auch noch Britney. Warum können wir uns nicht eine nette Schwarze suchen, die dankbar ist, dass sie Arbeit bekommt, und den Mund hält? Die hier tut mir zu vertraulich. Denkt an meine Worte, es wird noch so weit kommen, dass diese Frau und ihr Kind bei uns einziehen.«

»Ach, Lila, wirklich«, sagte ich beschwichtigend. »Sie ist einmalig. Ich finde sie faszinierend. Was diese junge Frau schon für ein Leben hinter sich hat. Und sie kann alles, was wir erwarten.«

»Wir sollten ihr eine Chance geben«, meldete Simms sich zum ersten Mal zu Wort. »Und wir verpflichten sie dazu, immer T-Shirts zu tragen.«

Da mussten Henry, Camilla und ich lachen, doch Lila fand das gar nicht amüsant und warf Simms einen wütenden Blick zu.

»Na schön, aber tut später nicht so, als hätte ich euch nicht gewarnt.«

»So etwas würden wir uns nie erlauben«, versicherte Henry.

Gaynelle hielt ihr Wort. Bei gutem Wetter tauchte

sie gegen acht Uhr morgens auf der Harley auf; wenn das Wetter schlecht war, kam sie mit dem Truck. Für Camilla und Henry bereitete sie ein kleines warmes Frühstück zu. Falls ich noch da war, war ich dazu herzlich eingeladen. Sie räumte bei uns allen auf und sang bei der Arbeit. Gaynelle hatte eine überraschend angenehme Altstimme mit einem Tremolo, das mich an Patsy Cline erinnerte. Offenbar hatte sie eine Vorliebe für Billy Gilman – laut Camilla kannte sie alle seine Songs auswendig.

Zum Mittagessen servierte Gaynelle einen Salat oder ein leichtes Soufflé. Sie warteten mit dem Essen, bis ich von der Arbeit zurückkam. Manchmal fuhr Henry erst nach dem Mittagessen in die Klinik. Wie ich zugeben musste, war das äußerst angenehm, denn Gaynelle war – wie sie gesagt hatte – eine hervorragende Köchin. Sie fing an, für uns auch das Abendessen vorzubereiten, das wir dann nur aufzuwärmen brauchten. Und dafür waren wir ihr sehr dankbar, denn wir hatten uns sehr lange gegenseitig bekocht und fanden Gefallen an der Abwechslung.

Morgens und nachmittags half sie Camilla beim Baden und Anziehen und machte mit ihr die Bewegungsübungen. Gegen vier steckte Gaynelle sie mit einem Buch und dem CD-Spieler ins Bett. Normalerweise hielt Camilla dann ein Nickerchen. Danach konnte Gaynelle nach Hause gehen, da ich um diese Uhrzeit ja fast immer da war, doch eines Tages fragte sie mich, ob sie länger bleiben und ein paar von unseren Büchern lesen könnte. Es verstand sich von selbst, dass ich nichts dagegen hatte.

447

In Wahrheit genoss ich ihre Gesellschaft. Wenn Gaynelle von den harten Zeiten erzählte, die sie durchgemacht hatte – wie sie stundenlang in Krankenhäusern auf diese Untersuchung oder jenen Arzt gewartet hatte, Geld zusammenkratzen musste für den Truck oder das Motorrad, wie sie sich den Kopf darüber zerbrochen hatte, wovon sie die Kindertagesstätte bezahlen sollte, wie sie ihren Exmann vor Gericht zerrte, damit er endlich den seit drei Jahren überfälligen Unterhalt zahlte –, dann öffnete sie mir ein Fenster zu einer Welt, von der ich nicht mal gewusst hatte, dass sie existierte. Oder um ehrlich zu sein wusste ich davon schon, denn ich erinnerte mich an das harte Leben, das die Mütter meiner kleinen Schützlinge in der Einrichtung führten, aber es war schon lange her, dass ich diese Realitäten auch wahrnahm. Gaynelle, die frei von Selbstmitleid war, ärgerte sich allerdings oft über irgendeine herzlose soziale Einrichtung oder »diesen elenden Hurensohn«. Schon bald zollte ich ihr großen Respekt. Sie vollführte eine permanente Gratwanderung, und trotz der vielen Einschränkungen gelang es ihr, einigermaßen zurechtzukommen. Ihre Tapferkeit beschämte mich manchmal. Camilla war total fasziniert von ihr. In ihren Augen führte Gaynelle ein exotisches Zigeunerleben, das sich nicht von der Realität gängeln ließ.

»Ich werde sie irgendwie in einem meiner Bücher unterbringen«, sagte sie eines Nachmittags, als sie sich hektisch Notizen machte, nachdem Gaynelle gegangen war. Sie schrieb immer öfter und schien mir so lebendig und konzentriert wie lange nicht mehr.

Ich hörte zufällig, wie Gaynelle sie eines Morgens fragte: »Schreiben Sie ein Buch? Ich sehe Sie nie ohne dieses Notizheft.«

»Wenn Sie mich so fragen, ja«, antwortete Camilla lächelnd.

»Und tauche ich auch darin auf?«

»Nicht im Traum käme ich auf die Idee, Sie auszulassen.«

Ende November kam Gaynelle an einem Freitagnachmittag auf ihrer pinkfarbenen Harley angerauscht, obwohl sie eigentlich freihatte. Begleitet wurde sie von einem Mann auf einem riesigen schwarzen Motorrad, das extrem viel Chrom und Verzierungen hatte. Trotz des Staubes von der Straße, die zum Fluss führte, sah man sofort, dass die Maschine neu war. Der Mann war klein – kleiner als Gaynelle – und kahl. Sein blonder Bart fiel bis auf die Lederjacke und er hatte ein Tuch um den Kopf gebunden. Da er eine schwarze Motorradbrille trug, konnte man nicht abschätzen, wie alt er war. Hinter ihm saß ein kleines Mädchen in voller Ledermontur, das winkte und kreischte. Karottenrotes Haar quoll aus dem kleinen Helm und sie trug paillettenbestickte Stiefelchen. Zweifellos waren das Gaynelle Toomers Freund und Tochter.

Gaynelle kam mit ihnen zur Eingangstür und ich bat sie herein. Auf dem Fluss spiegelten sich die letzten Strahlen der Wintersonne und im Westen leuchtete schon der Horizont und versprach einen atemberaubenden Sonnenuntergang. Wie eine Lehrerin, die widerspenstige Kinder auf einen Ausflug begleitet, schob Gaynelle die beiden ins Wohnzimmer. Als sie

449

ihre Brillen ablegten, sah ich, dass der Freund ein paar Jahre älter war als Gaynelle. Ich schätzte ihn auf vierzig. Er hatte sanfte blaue Augen und in seinem dichten Bart blitzte ein freundliches Lächeln auf. Das kleine Mädchen war wirklich hübsch und sich dieser Tatsache durchaus bewusst. Man war fast geneigt, eine Augenbraue hochzuziehen.

»Das hier ist T. C. Bentley, mein Freund«, machte Gaynelle uns bekannt. »Bentley Honda. Und das hier ist meine kleine Prinzessin, Britney, die fast genauso nett und talentiert wie hübsch ist. Britney, was sagst du zu Mrs Aiken?«

Das Mädchen mit dem Wust flammend roter Haare, die mich an Fairlie erinnerten, machte einen steifen Knicks, der sie fast zu Fall brachte. »Nett, Sie kennen zu lernen.«

Dann warf sie den Kopf herum, damit die Haare über ein Auge fielen, und verzog den Mund zu einem Lächeln, das ganz eindeutig verführerisch wirken sollte. Wenn ich mich nicht irrte, hatte sie die Lippen angemalt.

Sie war genau die Sorte Kind, vor der es mir graute und deren Anblick mich erschauern ließ. Auf der anderen Seite hatte sie aber auch irgendetwas an sich, was mich reizte.

»Es freut mich auch, dich kennen zu lernen, Britney«, sagte ich. »Und was fängst du mit deinem Talent an?«

»Ich spiele dieses Ding, wo man immer sabbert«, trällerte sie.

»Britney, wie oft habe ich dir gesagt, es ist eine Mundharmonika. Drück dich in Zukunft anders aus«, sagte Gaynelle. Britney verdrehte die Augen. Ich musste lachen.

»Wirst du mal für mich spielen?«

»Ich könnte jetzt gleich spielen. Meine Ding … meine Mundharmonika ist in Mamas Tasche.«

»Heute nicht«, sagte Gaynelle und strich die roten Locken glatt. »T. C. lädt uns heute Abend ins Gilligan's ein und spendiert frittierte Shrimps. Vorher musst du noch in die Wanne und dich umziehen. T. C., Mrs Aiken ist … war … mit dem Arzt verheiratet, der Britneys Fuß gerichtet hat.«

»Ist mir eine Ehre, Ihre Bekanntschaft zu machen, Ma'am«, sagte T. C. Bentley. »Das, was er für die Kleine gemacht hat, ist echt großartig.«

Er redete leise und richtete beim Sprechen den Blick auf den Boden. Ein schüchterner Biker?

Sie wollten gerade gehen, als Henry in seinem Truck vorfuhr. Da er nicht hereinkam, wanderte mein Blick zur Veranda hinüber, weil ich sehen wollte, was ihn aufhielt. Er war in die Hocke gegangen und strich so andächtig wie ein Pilger, der den Heiligen Gral gefunden hat, mit seinen dünnen Chirurgenfingern über das schwarze Motorrad. T. C. Bentley ging nach draußen und stellte sich neben ihn. Ich sah, wie sie sich die Hand reichten und redeten, konnte aber nicht verstehen, was gesprochen wurde.

»Das ist T. C.s Rubbertail«, erklärte Gaynelle. »Er hat sie sich erst letzten Monat zugelegt. Wurde komplett restauriert. Diese Maschine liebt er mehr als mich. Sieht ganz so aus, als wäre Dr. McKenzie auch ziemlich begeistert.«

Kurz darauf fuhren sie, das Kind und T.C. in die Abenddämmerung. Henry kam langsam ins Haus, drehte noch mal schnell den Kopf und schaute den Staubwolken hinterher. Die Kälte oder die Freude oder gar beides hatten ihm die Röte in die Wangen getrieben. Eine silberne Haarsträhne fiel über ein Auge.

»Er wird mir demnächst ein Motorrad besorgen und dann werde ich mit ihnen eine Fahrt machen«, erzählte er. »O Gott, ich weiß gar nicht, ob ich noch fahren kann. Scheint mir ein netter Bursche zu sein. Und die Kleine ist ein richtiges Früchtchen, was?«

»Hat sie versucht, dich anzumachen?«

»Ja. Jedenfalls so, wie eine Siebenjährige einen eben anmachen kann. Dauert nicht mehr lange, bis sie eine echte Nervensäge wird, falls sie das nicht schon ist.«

»Irgendwie mochte ich sie«, sagte ich. »Sie ist ein kleines Ding voller Widerstandskraft. Kommt ganz nach der Mama.«

Henry holte Camilla zum Abendessen herüber. Es gab einen von Gaynelles köstlichen Hühnchenaufläufen, den wir im Ofen aufwärmten. Der Geruch drang bis ins Wohnzimmer, wo wir vor dem Kamin saßen. Henry erzählte Camilla von T.C. Bentley, seinem tollen Motorrad und dass er die Absicht hatte, mit dem Club auf große Fahrt zu gehen.

Camillas ernste Miene wurde wächsern. »Ach, Henry, nicht doch. Der Gedanke, dass du auf einem von diesen Dingern kreuz und quer über John's Island braust, ist mir unerträglich. Wenn du dich verspätest, wird mir das Herz stehen bleiben. Man hört von so vielen Unfällen …«

»Camilla, mit meiner Indian bin ich durch drei Bundesstaaten getingelt. Ich war ein ziemlich guter Fahrer. Und ich denke, das ist wie mit dem Fahrradfahren. Man verlernt es nie.«

»Henry, versprich mir …«

»Keine Versprechungen, Camilla«, sagte er sanft. »Ich gelobe, vorsichtig zu sein, aber ich werde dir nicht versprechen, nicht zu fahren.«

Sie sah ihn stumm an und nickte dann zustimmend. Und dann war es an der Zeit, den Auflauf aus dem Ofen zu holen.

※　※　※

Ende der ersten Dezemberwoche mussten wir einsehen, dass wir uns diesem bevorstehenden Wahnsinnsspektakel namens Weihnachten nicht entziehen konnten. An jeder Straßenkreuzung im Dorf wurden Weihnachtsbäume verkauft. Die Gebrauchtwagenhändler auf James Island hatten auf ihren Parkplätzen schon Bäume aufgestellt. Jaycees bat um Geschenke für die Kleinen. Als ich zur Arbeit in die Gillon Street fuhr, waren die Palmen auf der Broad Street mit Lichterketten geschmückt und im Zentrum der Stadt hing an jeder Haustür ein Magnolienkranz. Im Bi-Lo im Dorfzentrum stapelten sich auf den Regalen Lichterketten, Christbaumkugeln und Stofftiere. Überall hingen Plakate, die fette Truthähne und Yamswurzeln in Dosen anpriesen. Henry erwähnte die Feiertage mit keiner Silbe, doch ich wusste, dass ihm das alles nicht entging. Weihnachten in Charleston war für uns kein

Thema. Und Camilla fragte nicht nach unseren Plänen.

Eins war allerdings klar: Sie dachten darüber nach und ich auch. Die dunklen Schatten vergangener Feiertage waren übermächtig. Unser letztes Weihnachtsessen am Strand war mir gut in Erinnerung. Die Trinksprüche klingelten mir noch in den Ohren. Die verlogene Zeremonie, bei der Lila und Simms ihr Eheversprechen vor dem Kamin wiederholt hatten, tauchte vor meinem geistigen Auge auf. Das wunderbare Silvesterfeuerwerk, der Schock, als Fairlie und Henry verkündeten, sie wollten sich in Kentucky zur Ruhe setzen ...

Sie haben etwas ins Rollen gebracht, dachte ich. Sie hatten einen Keil zwischen uns getrieben und Platz für etwas anderes geschaffen. Damals hatte der ganze Spuk begonnen.

Nein. Dieses Jahr hatte ich keine Lust auf Weihnachten.

Und die anderen anscheinend auch nicht, denn Weihnachten rückte immer näher und dennoch schnitt niemand das Thema an. Nimm dich in Acht vor den Geistern, die du gerufen hast, sagt der Volksmund.

An einem Wochenende Mitte Dezember verkündeten Lila und Simms verschämt, sie hätten beschlossen, Weihnachten dieses Jahr in Charleston zu feiern. Clary und die Enkel hatten sie darum gebeten. Bitte, kommt doch auch und feiert mit uns! Wir hätten alle vergessen, wie wunderbar Weihnachten in Charleston sein konnte.

Damit verpassten sie uns den Gnadenstoß. Wir

schauten uns an, und dann sagte Camilla: »Ich würde gern hier bleiben und Weihnachten ganz schlicht feiern. Das ist die richtige Zeit für Erinnerungen. Henry und Anny können kein Durcheinander gebrauchen für das Weihnachtsfest, das sie … zum ersten Mal allein begehen. Warum veranstalten wir alten Witwer und Witwen nicht eine Orgie der Erinnerung?«

Mir verschlug es den Atem und ich sah, wie Henry rot wurde. Wir starrten Camilla an und ich dachte schon, ich hätte mich verhört. Solch ein Mangel an Einfühlungsvermögen passte eigentlich überhaupt nicht zu ihr. Lila und Simms nickten und drehten verschämt die Köpfe in eine andere Richtung.

»Zu Silvester werden wir auf alle Fälle kommen«, versprach Lila. Dass sie ihr Versprechen halten würden, bezweifelte ich allerdings. Physisch waren sie zwar hin und wieder am Fluss, doch mit den Herzen weilten sie in Charleston. War dies das Ende der Scrubs? Nein. Das Ende lag schon eine ganze Weile zurück, ohne dass wir es bewusst wahrgenommen hatten. Das Band zwischen Henry, Camilla und mir war noch stark. Was genau uns verband, konnte ich jedoch nicht sagen.

Nachdem die Howards sich verabschiedet hatten, sagte Camilla: »Ich habe mich ganz schrecklich aufgeführt. Keine Ahnung, was da in mich gefahren ist. Ich denke, ich war wütend auf sie und wollte sie ein bisschen quälen. Vergebt ihr mir?«

»Natürlich«, murmelte ich. Wann haben wir Camilla mal nicht vergeben?

»Hört mal«, sagte sie ein, zwei Tage später. Keiner von uns hatte Weihnachten noch mal erwähnt. »Ich hatte nur meine eigenen Wünsche im Auge und habe deshalb gar nicht darüber nachgedacht, ob einer von euch mit seiner Familie Weihnachten feiern möchte. Falls ja, soll mir das nur recht sein. Ich werde ein paar Pornovideos ausleihen und mich mit einem Riesenbecher Häagen-Dazs-Eis im Bett verkriechen.«

»Nein, ich werde hier sein«, sagte Henry. »Nancy und die Kinder fahren zu ihren Schwiegereltern. Und bevor ich mir das antue, gehe ich lieber zum Spezialisten für Wurzelhautentzündungen.«

Ich habe eigentlich keine Familie, dachte ich, ohne es laut auszusprechen.

Und selbstverständlich wären Henry und ich nicht im Traum auf die Idee gekommen, Camilla allein zu lassen. Als Gaynelle zum letzten Mal vor Weihnachten erschien, hatten wir immer noch keine Pläne für die Feiertage geschmiedet.

»Wo ist Ihr Baum?«, jammerte sie. »Wo sind der Kranz und all der andere Kram? Wo stecken Mr und Mrs Howard?«

»Sie fahren zu Weihnachten nach Hause«, sagte ich. »Und ich denke, wir anderen sind noch nicht so weit, auch wieder heimzufahren.«

»Sind Sie nicht hier zu Hause?«, fragte Gaynelle.

Ich wurde rot und wäre am liebsten im Erdboden versunken. Gaynelle lebte in einem einfachen Wohnhaus und musste sich mit ihrem Lohn über Wasser halten. Für jemanden wie sie war es bestimmt unvorstellbar, dass Menschen sich mehrere Häuser leisten konnten.

Nachdem sie gegangen war, dachte ich: Wir haben

ein Zuhause. Jeder von uns. Aber heimisch fühlen wir uns in diesen Häusern nicht.

Als ich an diesem Abend beim Essen irgendetwas in der Art sagte, schossen Camilla die Tränen in die Augen. »Vorübergehend bin ich hier zu Hause«, sagte sie. »Ich hatte gehofft, ihr würdet irgendwann auch so empfinden. So hatten wir es doch geplant. Dass wir alle zusammenwohnen.«

»Ach, Camilla.« Ich seufzte, streckte die Hand aus und drückte ihre. Henry lächelte.

An einem nebeligen grauen Nachmittag – es waren nur noch zwei Tage bis Weihnachten – kam T. C. mit seiner Rubbertail die Zufahrt entlanggebrettert. Gaynelle und Britney folgten ihm im Truck, dessen Kühler mit einem Kranz geschmückt war. Lametta flatterte hinter der Rubbertail her. Über die Ablagefläche des Trucks war ein grellroter Stoff gebreitet.

»Aha«, sagte Henry, der am Fenster stand. »Jetzt schlägt's dreizehn.«

Mit Lichterketten und Girlanden aus Glitzerbändern und frischen Tannenzweigen, die rochen, als kämen sie gerade frisch aus dem Wald, platzten sie in Camillas Haus. Gaynelle führte die Truppe an. Sie trug einen großen Korb, über den sie ein weißes Tuch gelegt hatte. Ihr folgte T. C., der drei kleine weiße Metallbäumchen von der Sorte brachte, wie sie seit einem Monat im Bi-Lo verkauft wurden. Britney bildete den Schluss. Sie trug einen kurzen roten Samtrock mit einem Saum aus Webpelz, wedelte mit einem Glitzerstab und verkündete: »Hier kommt der Weihnachtsmann«, was sich eher schauerlich anhörte. Ich weiß noch ganz

457

genau, wie ich dachte: Was für ein Glück, dass sie ansonsten Mundharmonika spielt.

»Auf keinen Fall werde ich zulassen, dass Sie hier ganz allein herumsitzen und nicht Weihnachten feiern«, erklärte Gaynelle. »Das erste Weihnachten, das man allein feiert, ist sehr schwer. Ich weiß noch, wie es war, als Randy kurz vor Weihnachten abgehauen ist und uns im Stich gelassen hat. Ein Nein werde ich nicht akzeptieren. Sie bleiben einfach sitzen und überlassen uns das Schmücken. Sie werden staunen, was für einen Unterschied das macht.«

Und so blieben wir tatsächlich sitzen. Henry und ich lächelten hilflos und Camilla verdrehte die Augen, während Gaynelle, T.C. und Britney die grässlichen Metallbäumchen aufstellten, sie mit Lichterketten schmückten, frische grüne Zweige auf den Kaminsims legten, weiße Kunstkerzen in die Fenster stellten, einen silbernen und metallblauen Kranz an der Tür befestigten und riesige Filzstrümpfe über den Kamin hängten. Gaynelles Pièce de Résistance war ein Plastikkrippenspiel, das sie auf dem alten William-and-Mary-Gateleg-Tisch vor dem Fenster aufbauten. Jesus, Maria und Josef und die plumpen Kamele waren kaugummirosa.

»Man darf nicht vergessen, was es mit Weihnachten eigentlich auf sich hat«, war ihr Kommentar dazu.

Nach getaner Arbeit setzten sie sich aufs Sofa, schauten sich um und waren ganz zufrieden mit ihrem Werk. Und, um ehrlich zu sein: Mir gefiel es auch. Eine vulgäre Vitalität beherrschte den geschmackvollen Raum und ließ mich an die geschmacklosen Weihnachtsfeiern denken, die ich früher für meine Ge-

schwister organisiert hatte. Damals war Weihnachten
für uns das Schönste gewesen. Und dann wurde mir
auf einmal ganz wehmütig ums Herz, denn ich sehnte
mich nicht nach den Weihnachtsfeiertagen, die ich mit
den Scrubs verbracht hatte, sondern überraschenderweise nach denen, die ich daheim verlebt hatte.

»Das ist fabelhaft«, sagte ich zu Gaynelle. »Erinnert mich an meine Kindheit. Ein richtiger Schatz sind
Sie!«

»Ich habe die Bäume ausgesucht!«, schrie Britney
und sprang vor Aufregung hoch. Ich schloss die Kleine in die Arme.

»Solche Bäume habe ich überhaupt noch nie gesehen«, sagte ich.

Alle sahen zu Henry und Camilla hinüber.

»Genau das, was der Doktor verordnet hat«, sagte
Henry schmunzelnd.

»Wirklich einzigartig«, murmelte Camilla.

❄　❄　❄

»Henry, kommen Sie, ich drehe mit Ihnen ein paar
Runden«, forderte T. C. ihn auf. Irgendwann während
ihrem ersten abendlichen Zusammentreffen hatten die
beiden angefangen, sich beim Vornamen zu nennen.

»Sehr gern«, sagte Henry und erhob sich.

»Henry, es ist doch schon viel zu spät!«, rief Camil-
la. »An einem schönen Tag Motorrad zu fahren ist eine
Sache, aber bei dem Nebel und kurz vor Einbruch der
Dunkelheit! Bitte, sei doch nicht närrisch.«

Wir starrten sie an.

Ihre Wangen glühten rot.

»Das ist schon okay, Miz Curry«, zwitscherte Britney. »Ich fahre mit Mami immer nachts und T. C. auch. Die Motorräder haben Lampen.«

Camilla schüttelte den Kopf und schmunzelte. »Ach, dann geht eben spielen. Schließlich bin ich ja nicht deine Mutter. Aber tu mir bitte nur einen Gefallen und schnapp dir Mütze und Schal.«

Kurz darauf stürmten T. C. und Henry mit Schal und Kopfbedeckung aus der Tür. Dann wurde die Rubbertail gestartet und man hörte ein lautes Knattern. Als sie wegfuhren, spritzten Kieselsteine durch die Luft. Ganz leise hörte ich den alten Rebellenruf, den jedes Kind im Süden lernt, sobald es sprechen kann: »Yeeeeeee-Haw!«

Das war Henry. Ich freute mich für ihn.

Ich machte Feuer in Camillas Kamin und sagte: »Ich glaube, irgendwo gibt es noch Kakao. Es ist zwar dieses lösliche Zeug, aber man kann es trinken. Und dazu essen wir Biscotti.«

»Was ist das?«, wollte Britney wissen.

»Italienische Kekse«, antwortete ihre Mutter.

»Kekse!«, rief Britney begeistert, rannte zu mir und schlang die Arme um meine Taille. Sie warf den Kopf in den Nacken und lachte zufrieden. Ich hatte vollkommen vergessen, wie es sich anfühlte, wenn sich ein Kind an einen klammerte. Alle Kinder, die ich im Outreach auf den Arm genommen, geschaukelt oder getröstet hatte, hatten mich sofort ins Herz geschlossen – allen voran die kleine, klitschnasse Shawna mit dem schrecklichen Lederschuh. Ich musste daran denken, wie ich sie durch den warmen Sommerregen in Lewis' Praxis getragen hatte. Liebe Zeit, es war Ewigkeiten her, dass ein kleines Wesen mich an sich gedrückt hatte.

Ach, Lewis, dachte ich stumm. Es ist ein Fehler gewesen, dass wir keine Kinder bekommen haben. Hätten wir uns anders entschieden, hätte ich jetzt etwas, was von dir ist. Dann hätte ich überhaupt jemanden.

Ich machte auf dem Absatz kehrt und ging schnellen Schrittes in die Küche. Britney klebte immer noch an mir. Gaynelle folgte uns und forderte ihre Tochter auf, mich loszulassen. Britney gehorchte, lief weg und schaute sich im Haus um.

»Sie ist ganz verrückt nach Ihnen«, erzählte Gaynelle. »Normalerweise mag sie Menschen, die sie nicht gut kennt, nicht, doch bei Ihnen ist das anders. Und darum möchte ich Sie um einen großen Gefallen bitten. Sie können ruhig Nein sagen, wenn Sie keine Lust haben.«

»Worum geht es denn?«, fragte ich ängstlich.

»Tja, Britney möchte am ersten Weihnachtsfeiertag ihre Geschenke hier aufmachen. Keine Ahnung, wieso sie sich das in den Kopf gesetzt hat. Vielleicht liegt es daran, dass sie ihre Großeltern nie sieht … aber wie ich schon sagte, es ist natürlich völlig in Ordnung, wenn Sie das nicht möchten. Schließlich haben wir ja auch einen Baum und alles geschmückt.«

»Hm … kein Problem«, sagte ich. Mir fiel kein plausibler Grund ein, weshalb Britney am Weihnachtsmorgen nicht zu uns kommen sollte, außer dass vielleicht keiner von uns so richtig in der Stimmung war, Weihnachten zu feiern, was mir jedoch ziemlich kleinkariert vorkam. Und Borniertheit war kein Grund, einem Kind an Weihnachten einen Wunsch auszuschlagen.

»Das wird bestimmt ein großer Spaß.«

»Gut. Hören Sie. Ich werde ein Weihnachtsessen vorbereiten. Nur für den Fall, dass Sie mit uns zusammen Mittag essen möchten. So machen wir das jedenfalls immer. Ich habe schon alles vorbereitet: einen großen Truthahn, Maisbrot, Austernsoße, Wirsing, Kartoffelbrei, Yamswurzeln mit Marshmellows. Und ich habe sogar eine Götterspeise gemacht. Nach dem Rezept meiner Mutter. Und T. C. bäckt jedes Jahr Früchtebrot, das er mit Bourbon tränkt und dann drei Monate abgedeckt ziehen lässt. Sie bräuchten also keinen Finger zu rühren.«

Was sollte ich da sagen? Über Ihre Köstlichkeiten würden wir uns schon freuen, aber nicht über Ihre Gesellschaft? Und außerdem ließ mich die Vorstellung, zusammen mit Gaynelle und Britney Toomer und T. C. Bentley am Bohicket Creek auf John's Island Weihnachten zu feiern, schmunzeln. Simms und Lila würden sterben.

»Klingt wunderbar. Ich muss mich noch mit den anderen besprechen, doch ich denke, alle werden begeistert sein.«

Nachdem sie sich verabschiedet hatten und Camilla, Henry und ich es uns vor dem Kamin bequem gemacht hatten, weihte ich sie in Gaynelles Pläne für die Feiertage ein.

Henry brach in lautes Gelächter aus.

»Warum nicht?«, sagte er dann. »Es ist ja nicht so, als würden wir den Yachtclub erwarten.«

»O mein Gott!«, stöhnte Camilla. »Den ganzen Tag lang? Wirklich? Und dann verpesten diese Motorräder uns die gute Luft hier draußen, und das Kind … Ich meine, ich weiß ja, dass sie ein niedliches Ding ist, aber sie gehört nicht gerade zu der Sorte, die man zur Geburtstagsparty seines Enkels einladen würde …«

Henry musterte sie argwöhnisch.

»Bilde ich es mir nur ein oder erinnert mich das an Lady Chatterly und den Wildhüter Mellors?«

»Nein, tut es nicht«, schimpfte sie. »Aber dir ist doch wohl klar, dass wir nun losziehen und Geschenke für alle besorgen müssen, oder?«

Und das taten wir dann auch. Am nächsten Morgen nahm ich ein paar Stunden frei und klapperte die Geschäfte auf der King Street ab. In einem Secondhandladen erstand ich ein paillettenbesticktes Tutu für Britney, ein paar Bücher für Gaynelle und in einem Harley-Davidson-Shop auf der Meeting Street T-Shirts mit riesigen Logos für Henry, T. C. und spaßeshalber auch für Camilla. Henry kam von seinem Ausflug mit zahllosen Päckchen zurück, die angeblich die Mädchen in der Klinik für ihn in Geschenkpapier eingewickelt hatten. So sahen sie auch aus.

»Würde einer von euch mir den Gefallen tun und ein paar druckfrische Geldscheine für mich besorgen?«, fragte Camilla. »Zu mehr Aufwand bin ich nämlich nicht imstande.«

Am ersten Weihnachtsfeiertag wachte ich früh auf wie damals als kleines Mädchen. Und genau wie früher spürte ich auch einen Anflug freudiger Erregung in der Magengrube. Ich zog mich an und ging zu Camilla hinüber. Ich wollte sie nicht aufwecken, aber schon mal Kaffee brühen und im Kamin Feuer machen.

Als ich in ihr Haus trat, brannten jedoch im Wohnzimmer schon die Christbaumkerzen, im Kamin knisterten die Holzscheite und der Geruch von Kaffee hing in der Luft. Unter dem Baum lagen die hastig verpackten Geschenke. Henry, der auf der Couch saß und ins Feuer starrte, hob den Blick und lächelte.

»Das habe ich nicht mehr gemacht, seit Nancy klein war«, bekannte er. »Eigentlich ist das sehr schön. Am liebsten würde ich eine Modelleisenbahn aufbauen oder so was in der Art.«

Ich ließ mich neben ihm aufs Sofa fallen.

»Das ist wirklich schön. Wo steckt Camilla?«

»Sie schläft noch. Ich bin leise gewesen.«

Eine Weile lang saßen wir nur da und schwiegen, und dann wurde mir auf einmal unglaublich schwer ums Herz und ich sagte: »Frohe Weihnachten, Henry.«

Er legte den Arm um mich, bettete meinen Kopf auf seine Schulter und sagte: »Frohe Weihnachten, Anny Aiken. Alle behaupten, nach dem ersten Jahr wird es leichter.«

Um neun Uhr rollten das Motorrad und der Truck auf die Zufahrt und machten der friedlichen Stimmung abrupt ein Ende.

»Frohe Weihnachten!«, riefen sie und stürmten mit Päckchen beladen herein. Britney trug ein paillettenbesticktes Meerjungfrauenkostüm, das ihre mageren Schultern frei ließ. Sie drehte sich im Kreis. Pailletten fielen auf den Teppich.

»Ich kann unter Wasser leben«, trällerte sie.

»Das musst du uns erst noch beweisen«, sagte Camilla, doch auch sie musste schmunzeln.

Eine Stunde lang packten wir jubelnd Geschenke aus, begutachteten sie und verteilten Geschenkpapier und Schleifen im ganzen Raum. Es dauerte nicht lange, bis Britney vor lauter Aufregung hysterisch wurde und darauf bestand, ihre Interpretation von Britney Spears' »Oops! I Did It Again!« zum Besten zu geben, was ganz grauenvoll war, doch wir alle grienten so wohlwollend wie Gaynelle. Schließlich verschluckte Britney ihren Kaugummi, begann zu heulen und wurde in Camillas klösterliches Schlafzimmer gebracht, um sich auszuruhen. In dem Moment tat Camilla mir Leid.

Das Essen war schwer und schmeckte köstlich. Alle redeten durcheinander. Camilla hatte den Tisch gedeckt. Auf der alten Leinentischdecke ihrer Großmutter standen schweres Kristall und silberne Leuchter mit weißen Bienenwachskerzen. Ehe wir anfingen, nickte Gaynelle T. C. zu, woraufhin er sich räusperte, das kahle Haupt neigte und sagte: »Für dieses Mahl und deinen Segen danken wir dir, o Herr.‹ T. C. hatte extra einen blauen Anzug angezogen. Er hatte den Kopf gesenkt und seine Barthaare berührten die Brust. Seine Hände waren ganz rau vom Schrubben. Motorradschmiere ließ sich offenbar nicht leicht entfernen. Mit einem Mal liebte ich diesen Mann.

»Amen. – Jetzt fängt der Spaß an«, sagte Henry.

Es war wirklich ein richtig ländliches Weihnachtsessen und mir weitaus vertrauter, als ich gedacht hatte. Henry und ich aßen mit großem Appetit und selbst

Camilla gab ihr Bestes. Sie kostete zwar nicht von dem Wirsing und der üppigen Soße, lobte dafür aber die Götterspeise mit den frischen Kokosnussraspeln. Und wir aßen zwei Scheiben von T. C.s bourbongetränktem Früchtebrot.

Nach dem Essen bestand Gaynelle darauf, den Tisch abzuräumen und zu spülen, und drängte Camilla und mich, es uns vor dem Kamin gemütlich zu machen. Seltsamerweise war ich ziemlich erschöpft und Camilla döste sogar ein.

»Sie sollten sich alle hinlegen«, schlug Gaynelle vor, als sie mit einer blinzelnden, gähnenden Britney im Schlepptau aus der Küche kam. »Ich werde jetzt mit der Meute nach Hause gehen. Es hat uns sehr gefreut, bei Ihnen daheim Weihnachten zu feiern.«

Ich stand auf, ging zu ihr und schloss sie in die Arme.

»Sie können sich gar nicht vorstellen, welches Geschenk Sie uns heute gemacht haben. Ihre Großzügigkeit lässt sich gar nicht in Worte fassen.«

»Dieses Kompliment kann ich Ihnen zurückgeben«, sagte sie und ging mit Britney aus der Tür. Henry tauchte in einem dicken Pulli im Wohnzimmer auf. Mir war gar nicht aufgefallen, dass er hinausgegangen war.

»Ich werde zu T. C. rübergehen und das Spiel Georgia gegen GeorgiaTech bei ihm ansehen«, verkündete er. »Hinterher bringt er mich zurück.«

»Du willst sagen, du gehst wieder Motorrad fahren«, bemerkte ich grinsend.

»Das auch.«

Camilla sagte nichts. Sie schlief. Das Kinn ruhte auf ihrer Brust.

Ich weckte sie auf, brachte sie in ihr Schlafzimmer, ging dann in mein Haus und machte Feuer im Kamin. Ich rechnete damit, dass die Trauer wieder wie eine hohe Welle über mich hereinbrechen würde, doch dem war nicht so. Ich fühlte mich nur hohl und leer. Im Wohnzimmer war es warm und ruhig, das Licht war gedämpft, das Holz knisterte. Ich schlief auf dem Sofa ein und wachte erst wieder auf, als ich hörte, wie T. C. und Henry unter lautem Getöse zurückkehrten.

Die Tage nach Weihnachten waren grau, kalt und sehr zäh. Die Stille am Fluss war so erdrückend, dass wir uns in uns selbst zurückzogen. Wir bewegten uns geräuschlos, sprachen mit gesenkten Stimmen und gingen früh zu Bett.

Dennoch bin ich der festen Überzeugung, dass wir eines nicht vergaßen: Für kurze Zeit hatte hier das Leben getobt.

KAPITEL DREIZEHN

»Ihr benehmt euch ja mittlerweile wie die Einheimischen«, sagte Lila an einem Sonntagnachmittag Ende Januar. »Ich wusste, dass es so kommen würde.«

Es war einer von diesen Wintertagen im Low Country, wo man es vor lauter Sehnsucht nach dem Frühling beinah nicht mehr aushielt. Draußen herrschten so um die 25 Grad, und der Wind, der über den Priel blies, war lau und weich. Die Sonne liebkoste unsere Wangen.

Wir saßen auf Lilas Veranda in bequemen Sesseln, tranken Pfefferminzeistee und sahen zu, wie Britney mit Lilas kleiner Honey kreuz und quer über den Rasen tollte und zum Steg hinunterlief. Sie brachte den kleinen Hund nicht oft mit an den Priel hinaus, denn ihre Enkel drängten darauf, sich um den Hund zu kümmern, wenn sie und Simms wegfuhren, worüber Lila sehr froh war, zumal ihr Garten von hohen Mauern eingezäunt war. Honey war eine wilde und mutige Streunerin. Wie sie höchst vergnügt mit wedelndem Schwanz herumsprang, hatte ich noch lebhaft in Erinnerung. Honey war ein niedlicher Hund, reagierte jedoch auf die meisten Menschen gereizt und mürrisch. Britney dagegen hatte sie von Anfang an in ihr Hundeherz geschlossen und diese Liebe beruhte auf Gegenseitigkeit. Seit ihrem ersten Zusammentreffen an jenem Morgen waren sie unzertrennlich.

Lila und ich saßen auf der Terrasse. Henry und T. C. waren kurz nach dem Mittagessen auf der Rubbertail davongerauscht. Simms nahm an einer Regatta des Yachtclubs teil. Camilla hatte sich schlafen gelegt. Gaynelle, die klassische Musik für sich entdeckt hatte und nun gar nicht genug davon bekommen konnte, wachte über ihren Schlaf und hörte auf dem kleinen CD-Spieler ein Mozart-Quartett. Wenn sie bei uns war, ließ sie jetzt immer klassische Musik laufen, was mich mit großem Stolz erfüllte. Durchaus möglich, dass ich wie eine Mutter reagierte, deren Kind von Hip-Hop genug hat und auf einmal Bach hört. Gaynelle hatte noch genug Kapazitäten frei, die es ihr erlaubten, sich an den Reichtümern der Kunst zu erfreuen.

»Was willst du damit sagen?«, fragte ich schläfrig, obwohl ich genau wusste, worauf Lila anspielte. Dass Gaynelle, T. C. und das Kind heute da waren, war dem Bedürfnis nach Geselligkeit geschuldet. Als ich gesehen hatte, dass der Tag schön werden würde, hatte ich angerufen und sie eingeladen. Es war nicht von der Hand zu weisen, dass ihre Gegenwart die Leere zumindest zum Teil in Schach hielt. Normalerweise verbrachten Henry, Camilla und ich den Sonntag allein. Doch die warme Sonne, die uns heute vergönnt war, weckte in mir das Verlangen, energiegeladene und fröhliche Menschen um mich zu scharen.

»Du weißt genau, was ich damit sagen will. Anscheinend pflegt ihr hier draußen nur Umgang mit eurer Putzfrau, einem stummen, glatzköpfigen Biker und einer Wohnwagen-Lolita. Mir ist zu Ohren gekommen, dass ihr sie neulich Abend zum Essen eingeladen habt und dann nach James Island rübergefahren seid und euch einen Film angeschaut habt. Was sollen deiner Meinung nach eure alten Freunde von so einem Verhalten denken?«

»Woher wissen meine alten Freunde das überhaupt? Ist Bunny wieder in der Stadt?« Ich grinste, denn ich hatte nicht vor, mich von ihr aufs Glatteis führen zu lassen – dazu war der Tag einfach viel zu schön.

Sie errötete. Mich störte das Geschwätz nicht. Charleston verfügt über einen Radar, der jeden Versuch, irgendetwas zu verheimlichen, vereitelt. Und wir hatten gar nicht versucht, etwas zu verheimlichen. Wir waren nur nicht auf Gesellschaft aus.

»Du darfst nicht vergessen, dass du außer Camilla, Henry und dieser illustren Kleinfamilie noch andere Freunde hast. In Charleston fragt mich jeder, wann ihr wieder nach Hause kommt. Dort bekommt man euch ja gar nicht mehr zu Gesicht. Die Leute fangen schon an, über euch drei – und wie ihr hier draußen lebt – zu reden.«

Da konnte ich nicht mehr an mich halten und musste schallend lachen.

»Ich, Camilla und Henry in einer ménage à trois? Stell sich das mal einer vor! Vielleicht könntest du ihnen ausrichten, wir denken darüber nach, uns wie die indischen Witwen verbrennen zu lassen. Nein, mal im

Ernst: Wie du weißt, geht es Camilla nicht gut. Außerdem fahre ich jeden Morgen ins Büro und Henry
ist nachmittags in der Klinik. Wer mich sehen will,
braucht ja nur die Gillon Street hinunterzulaufen.«

»Das ist doch nicht dasselbe. Ihr habt euch hier
draußen am Priel so vergraben, dass ihr euch demnächst in Waldschrate verwandelt. Simms und mir gefällt es hier ja auch, darum kommen wir ja meistens am
Wochenende her. Und trotzdem haben wir noch ein
anderes Leben.«

Das hattet ihr aber viele Jahre nicht, dachte ich. Jedenfalls nicht so ein Leben wie das, das wir am Strand
geführt haben.

»Mir gefällt mein Leben«, sagte ich nur.

»Ach, Anny, sieh dich doch nur mal an«, rief Lila.
»Du bist klapperdürr. Und seit Monaten nicht beim
Friseur gewesen. Soweit ich weiß, hast du keinen Lippenstift mehr benutzt, seit du hierher umgezogen bist.
Du verabredest dich mit niemandem mehr zum Mittagessen. Du solltest dich mal wieder herrichten; Henry sollte von diesem verdammten Motorrad steigen
und seine Freunde besuchen. Er könnte jeden Tag in
der Woche mit Simms segeln gehen. Simms klagt immer darüber, dass er niemanden zum Segeln hat …«

Sie brach ab und hielt die Luft an. Ich sah nicht zu
ihr hinüber.

»Es tut mir ja so Leid«, sagte sie. »Wirklich. Es ist
nur so, dass ich mir wünsche, ihr würdet noch etwas
anderes tun, außer euch um Camilla zu kümmern.«

In diesem Winter machten wir uns alle große Sorgen
um Camilla. Sie schien vor unseren Augen zu schwin-

den – wie eine aus Sand gebaute Figur, die dem kleinsten Windhauch schutzlos ausgeliefert ist. Sie beklagte sich niemals, aber manchmal war ihr so schwindelig, dass wir sie zu zweit stützen mussten, und sie schlief die Nachmittage und Abende durch, als stünde sie unter Drogen. Nachts hingegen konnte sie – wie sie behauptete – nicht schlafen. Wenn ich nachts aufstand und aus meinem Fenster schaute, sah ich Licht in ihrem Schlafzimmer. Henry hatte sie mehrmals untersucht, jedenfalls so oft sie es ihm erlaubte. Mit ihrem Herz war mehr oder minder alles in Ordnung, doch er hielt es für sinnvoll, ein Blutbild machen zu lassen und ein paar andere Tests durchzuführen.

»Wenn ich nachts schlafen könnte, ginge es mir viel besser«, sagte sie, bis Henry ihr vor lauter Verzweiflung ein paar Schlaftabletten mitbrachte. Die Medizin schien aber nicht zu helfen – nachts brannte bei Camilla das Licht, tagsüber schlief sie. Mittlerweile hatte sie große Ähnlichkeit mit dem Porträt einer schönen Aristokratin, das im Lauf der Zeit verblasste. Die Veränderung war plötzlich gekommen. Meiner Meinung hatte sie kurz nach Weihnachten eingesetzt.

»Warum tut ihr das?«, fragte Lila und rührte mit dem Finger in ihrem Tee. »Sie sollte in der Gillon Street wohnen und rund um die Uhr versorgt werden. Das kann sie sich doch leisten. Entweder das oder Bishop Gadsden. Sie müsste irgendwo in der Nähe vom Queens leben. Henry sollte in dieser Sache hart bleiben.«

Ich schaute zu ihr hinüber. »Haben wir uns nicht geschworen, genau das nicht zuzulassen?«

»Ach, Anny, das ist doch schon Ewigkeiten her! Und es war doch nur ... du weißt schon ... ein Scherz. Keiner von uns wollte jemals, dass du dich für jemanden aufopferst. Lewis würde das bestimmt nicht gefallen.«

»Wenn Camilla mich nicht sofort aufgenommen und in ihr Herz geschlossen hätte, hätte ich doch überhaupt nie zu euch gehört«, gab ich zu bedenken. »Und wie oft hat sie mir den Rücken gestärkt? Uns allen beigestanden?«

Lila senkte den Blick. Wie ich erinnerte sie sich an jene grässliche Zeit, als wir erfuhren, dass Simms sich mit einer anderen Frau traf, als sie ganz dicht neben Camilla gesessen hatte, wie ein Kind neben seiner Mutter sitzt, und wie Camilla sie getröstet hatte.

Lila stiegen die Tränen in die Augen. »Ich weiß«, sagte sie. »Aber euer Schicksal ist so fürchterlich deprimierend. Ihr alle solltet wieder euer eigenes Leben führen, statt euch hier draußen zu verstecken.«

»Lila«, entgegnete ich, »das hier ist jetzt mein Leben.«

In dem Augenblick kam Camilla auf Gaynelle gestützt zu uns geschlurft. Sie trug einen frisch gebügelten Baumwollrock und eine hübsche bunte Bluse, die ihr inzwischen zu groß war. Sie hatte die Haare zu Zöpfen geflochten und hochgesteckt, Lippenstift aufgelegt und Caleche, ihr Lieblingsparfüm, aufgetragen. Ich fand, dass sie besser aussah als ich.

»Lila hat vollkommen Recht«, sagte sie und ließ sich von Gaynelle in einen Schaukelstuhl helfen. »Ich habe euer Gespräch belauscht. Anny, du musst wirklich wieder nach Hause, wenigstens unter der Woche. Ich habe Henry und Gaynelle. Ich darf nicht zulassen, dass du dich von mir auffressen lässt.«

Ich senkte den Blick auf meine Finger, die krampfhaft ineinander verschränkt waren. Die Knöchel stachen weiß hervor.

»Ich kann nicht«, flüsterte ich. »Das schaffe ich noch nicht. Und ich wüsste auch gar nicht, wo ich anfangen sollte und … keine Ahnung. Ich bezweifle stark, dass ich es dort allein aushalte.«

»Na, da kann ich abhelfen«, sagte Gaynelle und lächelte mir zu. »Ich werde Sie begleiten und wir bringen dort, ehe Sie sich's versehen, alles auf Vordermann. Ich würde liebend gern mit Ihnen in die Stadt fahren.«

Ich holte Luft und wollte einen Einwand erheben, hob dann die Hände und ließ sie wieder fallen.

»Ihr habt Recht. Ich muss mich endlich darum kümmern. Und ich wäre Ihnen sehr dankbar, wenn Sie mir dabei helfen würden, Gaynelle.«

»Prima!«, rief Lila, und es kam von ganzem Herzen.

Camilla schmunzelte.

In dem Moment hörten wir das Knattern der Rubbertail und sahen die weißen Rauchschwaden. Und wir hörten Geschrei und Gelächter. Der Lärm zauberte ein Lächeln auf Lilas Lippen. Als das Motorrad lärmend auf die Zufahrt rollte und T.C. und Henry abstiegen, schweifte mein Blick zu Henry hinüber und zum ersten Mal seit Wochen musterte ich ihn gründlich. Wie er von dem Motorrad abstieg und leicht gebräunt und mit zusammengekniffenen Augen zu uns auf die Veranda kam, erinnerte er von fern an den alten Henry und mein Herz machte einen Freudensprung. Anscheinend kam Camilla zu der gleichen Überzeugung, denn ich hörte sie leise seufzen.

»Mich fröstelt ein wenig«, sagte sie zu Gaynelle. »Ich denke, ich werde mich bis zum Abendessen hinlegen. Lila, es war sehr aufmunternd, dich zu sehen. Gib Simms einen Kuss von mir.«

Lila küsste sie auf die Wange, und Gaynelle führte sie von der Veranda, ehe Henry zu uns gestoßen war.

»Habe ich dich verscheucht?«, rief er ihr hinterher.

»Selbstverständlich nicht. Ich sehe euch beim Abendessen. Du siehst wie ein Staubfänger aus.«

Am nächsten Samstag packten Gaynelle und ich das Putzzeug ein und fuhren nach Charleston, um mein Haus in der Bull Street auf Vordermann zu bringen. Henry saß mit Camilla auf ihrer Veranda. Das Wetter hatte gehalten und die Marsch färbte sich allmählich grün. Dies war das zweite Frühjahr, das ich hier am Priel erlebte. Den ersten Frühling hatte Lewis noch miterlebt. Ich schloss die Augen. Später hatte ich noch genug Zeit, Tränen zu vergießen. Henry und Camilla tranken Kaffee und lachten, als wir fortfuhren. Sie lachen zu sehen, stimmte mich froh.

Als wir in die Bull Street bogen, begann mein Herz zu hämmern und mir brach der Schweiß aus. Falls er hier zu spüren war, konnte ich das ertragen? Oder würde ich Panik bekommen wie bei meinem letzten Besuch?

Und würde ich es ertragen, falls ich ihn hier nicht spüren konnte?

Gaynelle rollte mit dem Truck auf den Parkplatz. Sie stieg nicht gleich aus, sondern betrachtete zuerst das Gebäude und dann mich. Im grünen Licht unter den Eichen strahlte mein Haus wie ein Juwel.

»Das ist ein wunderschönes kleines Haus«, meinte sie. »Wie aus einem Märchen. Und es passt zu Ihnen. Aber es ist schwer, nicht wahr? Sie sind weiß wie ein Laken. Falls es Ihnen zu viel wird, kann ich hier ein paar Stunden lang Ordnung schaffen, während Sie bummeln oder einen Latte trinken gehen. Vielleicht fällt es Ihnen leichter, hierher zu kommen, wenn alles an Ort und Stelle ist.«

»Nein«, antwortete ich. »Das ist mein Haus, das Haus von mir und Lewis. Das darf mich nicht schrecken, das kann ich nicht zulassen. Los, packen wir es an!«

Wir brauchten gut vier Stunden, bis wir einigermaßen Ordnung geschaffen hatten. Wir schrubbten, putzten, bohnerten, saugten und wischten Staub, verstauten Sachen, die ich bei meiner panikartigen Flucht liegen gelassen hatte. Mit Gaynelles Hilfe schaffte ich das. Und sie schien das zu spüren. Keine Sekunde ließ sie mich in einem Raum allein. Während ich das schöne alte Holz, die feinen Stoffe, das Porzellan, Kristall und die Bücher und Bibelsammlung berührte, die unserem Leben einen Rahmen gegeben hatten, suchte ich nach Lewis, wartete ich auf einen Ton, auf eine Berührung von ihm. Bei meinem ersten Besuch hatte ich ihn hier ganz deutlich gespürt. Damals hatte sich in meinem Kopf die Vorstellung eingenistet, er würde in diesem Haus auf mich warten. Ich schämte mich. Ich hätte hierher kommen und mich an ihn erinnern sollen, statt vor dem fremden, toten Mann mit den Perlenaugen wegzulaufen.

»Lewis«, flüsterte ich mehrmals. »Ich bin heimgekommen. Wo bist du? Bitte, sag es mir.«

Aber er war nicht da. Während wir uns systematisch ein Zimmer nach dem anderen vornahmen, schrubbten, lüfteten und polierten, konnte ich ihn nirgendwo spüren. Die aufsteigende Trauer schnürte mir die Kehle zu und ich musste mir eingestehen, dass ich erwartet hatte, ihn hier zu finden. Aber falls er jemals in diesem Haus gewesen war, seit ich ihn verloren hatte, war er nun endgültig verschwunden. Von nun an musste ich akzeptieren, dass er auf Sweetgrass unter der Erde lag, und dieser Gedanke war mir unerträglich.

Ich unterdrückte einen Seufzer und Gaynelle schlang die Arme um mich. »Sie können jetzt rausgehen. Wann immer Sie so weit sind, hierher zu kommen, es steht alles für Sie bereit. Doch für heute ist es genug. Gehen Sie nach draußen, in die Sonne, und setzen Sie sich auf die Bank. Ich werde noch ein paar Schränke durchsehen ... aber vielleicht wollen Sie das später selbst tun?«

»Nein«, flüsterte ich. »Bitte, tun Sie das.«

Und so wartete ich, während sie Lewis' Schrank ausräumte, seine Kleider zusammenpackte, die Koffer auf die Ladefläche des Truck legte und eine Plane darüber breitete. Auf meine Frage, ob sie jemanden wüsste, der damit etwas anfangen konnte, antwortete sie, sie hätte da schon eine Idee. Wohin sie die Sachen geben wollte, fragte ich sie nicht.

Auf der Fahrt nach Hause weinte ich ununterbrochen. Gaynelle fuhr sehr bedächtig und schwieg, streckte aber hin und wieder die Hand aus und tätschelte mein Knie. Ich hasse es, wenn ich vor anderen in Tränen ausbreche, doch vor ihr schien es irgendwie in Ordnung. Als wir den Fluss erreichten und auf die Zufahrt rollten, waren meine Tränen versiegt und mein Gesicht wieder trocken. Gaynelle schloss mich zum Abschied noch mal in die Arme.

»Sie sind heute sehr tapfer gewesen«, sagte sie, ehe sie wegfuhr. Leer und erschöpft erklomm ich die Stufen zu meinem Haus. Für diesen Monat habe ich genug Tränen vergossen, dachte ich.

Henry saß auf meinem Sofa, las die *New York Times* und trank ein Glas Rotwein. Er hatte Feuer im Kamin gemacht und die Lampen eingeschaltet. Der Raum wirkte sehr einladend. Die Nacht dämmerte herauf und es wurde zunehmend kühler.

Henry hob den Blick und klopfte dann auf das Sofa. Ich setzte mich neben ihn.

Er musterte mich und sagte dann: »Schlimm. Das habe ich mir schon gedacht. Du bist tapferer als ich; ich kann immer noch nicht nach Hause.«

»Ich auch nicht«, antwortete ich mit brüchiger Stimme. »Jedenfalls jetzt noch nicht. Das habe ich heute begriffen. Ach, Henry, er war nicht da!«

Er legte den Arm um meine Schulter und ich bettete den Kopf auf seine.

»Erzähl mir, wie es war«, sagte er.

Ich nahm sein Angebot an und flüsterte die Worte in seinen Pulli. Meine Tränen sickerten in die Wolle.

Ich schilderte ihm, wie lebendig, wie spürbar Lewis bei meinem ersten Besuch gewesen war und wie ich vor lauter Panik geflohen war.

»In den ersten Wochen nach seinem Tod habe ich von ihm geträumt. In meinem Traum stieg er aus einem dunklen Gewässer und anstelle von Augen hatte er Perlen. Er war tot. Das Bild stammt aus *Der Sturm*. ›Fünf Faden tief liegt Vater mein …‹«

»›Perlen sind die Augen sein‹«, murmelte Henry.

»Da bin ich vor ihm weggerannt, und als ich dann wiederkam, war er nicht mehr da. Ich dachte, er würde warten …«

Henry legte sein Kinn auf meinen Kopf.

»Früher habe ich davon geträumt, dass Fairlie verbrennt«, sagte er. »Sie stand in Flammen und kam auf mich zu.«

»Und jetzt hast du diesen Traum nicht mehr?«

»Nein.«

Wir hörten Camillas Nachttischglocke leise läuten. Ich putzte mir die Nase und stand auf. Es war an der Zeit, das Abendessen vorzubereiten. Ich wollte Muschellinguine machen.

»Danke«, sagte ich zu Henry.

»Keine Ursache.«

❊   ❊   ❊

Eine Woche später gingen Henry und ich mit T. C. und Gaynelle zu Britneys Kostümprobe. Das historische Festspiel sollte laut Gaynelle erst im Mai aufgeführt werden, doch Britney wollte unbedingt, dass ich sie spielen sah, und hatte so lange gezetert und geweint, bis sie mich fragten.

»Selbstverständlich«, antwortete ich lächelnd und dachte, dass ich lieber eine Woche in einem türkischen Gefängnis verbringen würde.

»T. C. lässt Henry ausrichten, er kann ihm ein Motorrad besorgen, falls er mal selber fahren möchte. Wir können auf dem Weg zur Probe kurz dort vorbeifahren.«

Henry freute sich wie ein kleiner Junge und Camilla wurde böse.

»Henry, ich bitte dich …«

»Ach, komm schon, Cammy. Es wird ja noch taghell sein. Und T. C. kann dir bescheinigen, dass da nichts passiert.«

Doch als der Truck und T. C. auf der Rubbertail vorfuhren, ging Camilla in ihr Schlafzimmer und schloss die Tür.

»Ich bin wirklich sehr müde«, sagte sie. »Du kannst mir morgen erzählen, wie es war.«

Gaynelles Schwester JoAnne, eine kräftige Frau, die ihr nicht mal bis zur Schulter reichte, war mitgekommen und sollte bei Camilla bleiben. Sie war nach Auskunft von Gaynelle Krankenschwester. Also würde Camilla in guten Händen sein.

»Ist das mein Babysitter?«, fragte Camilla, als wir ihr JoAnne vorstellten, aber sie lächelte dabei.

Henry kletterte auf den Sozius und fuhr mit T. C. auf der Rubbertail davon. Gaynelle, Britney und ich stiegen in den Truck. Britney war ganz außer sich und total affektiert. Zum ersten Mal war ich nicht gern mit ihr zusammen. Und sie hatte Make-up aufgelegt: Lippenstift, Mascara, Nagellack, Flitter und kreisrunde Rougekreise auf den Wangen. Die hübschen Sommersprossen waren nicht mehr zu erkennen und ihr gelocktes rotes Haar war toupiert und mit Haarspray festzementiert. Nichts mehr an ihr erinnerte an die selbstbewusste, freche Göre, die ich so bezaubernd fand. Sie ist die grauenvolle Kopie eines Rockstars, dachte ich, oder – schlimmer noch – einer Pornodarstellerin. Gaynelle strahlte sie voller Stolz an, zupfte eine Haarsträhne zurecht oder wischte etwas Make-up weg. Zum Glück lag ihr Kostüm in einer Plastikhülle auf dem Rücksitz. In den kleinen Jeans und dem Sweatshirt wirkte sie wenigstens noch ein bisschen wie ein Kind.

Auf dem Parkplatz, wo T. C.s Freund das Motorrad abgestellt hatte, verabschiedeten wir uns von Henry und T. C., denn Henry war es lieber, wenn wir nicht warteten.

»Fahrt nur weiter«, sagte er. »Es reicht schon, wenn T. C. mitbekommt, wie ich mich hier anstelle.«

Wir fuhren zu der Schule, wo die Probe stattfinden sollte, und warteten auf dem Parkplatz. Britney konnte nicht still sitzen und jammerte so lange herum, bis ihre Mutter sie aufforderte, endlich Ruhe zu geben.

Gerade als die letzten Sonnenstrahlen verblassten, hörten wir das vertraute Motorradknattern. T. C. fuhr auf seiner Rubbertail über den Parkplatz, beschrieb einen weiten Bogen und kam dann neben uns zum Stehen. Hinter ihm tauchte Henry auf einer kleineren, leichteren Maschine auf, die mich an ein Mountainbike erinnerte. Mit dem Helm, der Jacke und Brille hätte der Fahrer irgendein x-beliebiger Mann sein können, doch man sah bald, dass es Henry war. Er grinste bis über beide Ohren. Sein strahlendes Lächeln leuchtete in der einsetzenden Dämmerung. Er stellte sich neben T. C., schaltete den Motor aus und stieg vom Motorrad, als hätte er seit Jahren nichts anderes getan.

»Habt ihr das gesehen? Ich habe dir ja gesagt, man verlernt es nicht!«, rief er. »Auf dem Ding da könnte ich ganz problemlos bis nach Key West fahren.«

»Er hat es wirklich drauf«, sagte T. C. und nickte bedächtig. »Hat keinen Schnitzer gemacht. Ich dachte, diese leichte kleine 230 Roller wäre genau der richtige Einstieg für ihn. Ein Freund von mir hat sie für seinen Sohn gekauft. Ist eine gute kleine Maschine ohne Schnickschnack. Wir können Henry aber auch ein Motorrad mit mehr PS besorgen, wenn er das möchte.«

»Ist vielleicht gar keine schlechte Idee«, meinte Henry.

»Die Montur gehört T. C. und die Stiefel sind etwas eng. Aber für die Jacke würde ich ihn glatt ermorden«, sagte Henry.

»Wie ein Verbrecher siehst du aus«, sagte ich.

»Und so fühle ich mich auch irgendwie. Ganz großartig ist das.«

Das historische Rollenspiel entsprach genau meiner Vorstellung: eine unkoordinierte Gruppe Miniaturflittchen in Rockstarkostümen, die posierten, mit den kleinen Popos wackelten, die roten Lippen schürzten und frech grinsten. Manche sangen, manche tanzten, manche führten gymnastische Übungen vor, manche ließen Stäbe kreisen. Britney war die Einzige, die Mundharmonika spielte, was sich für meinen Geschmack ganz schön erbärmlich anhörte, aber die Vorstellungen der anderen waren auch nicht besser. Henry und ich mussten in verschiedene Richtungen schauen. Nur so konnten wir vermeiden, laut herauszulachen. T.C. lächelte stolz. Gaynelle machte sich nach jeder Vorstellung Notizen.

Nach der Probe halfen die meisten Mütter ihren Kindern aus den Kostümen, aber Britney bestand darauf, ihres anzubehalten. Sie war fast hysterisch vor lauter Lobhudelei, kam auf mich zugelaufen und schlang so fest die Arme um mich, dass ihr Make-up abfärbte und der Flitter sich in meinen Sachen verfing. Dennoch musste ich erleichtert auflachen: Unter all dem Firlefanz kam das Kind zum Vorschein, das ich kannte.

»Ich war die Beste«, flötete sie. »Und auch die Hübscheste. Alle sagen, Cindy Sawyer, das war die, die Lee Ann Rimes nachgemacht hat, wird gewinnen. Aber ich finde, sie hat blöde ausgesehen. Ich werde gewinnen!«

Und dann fing sie an, Mundharmonika zu spielen. Gaynelle zuckte zusammen, griff nach hinten und nahm ihr das Instrument weg.

»Krieg dich wieder ein«, riet sie ihr. »Du hast dich ganz gut geschlagen, aber du hast noch mehr drauf. Ich habe mir Notizen gemacht. Die sehen wir uns dann morgen an.«

Wir rollten auf den Parkplatz, wo Henry die kleine 230 Roller abstellen und zusteigen sollte. Da sagte T.C.: »Warum fahren Sie nicht mit auf der Rubbertail

483

nach Hause, Anny? Die Nacht ist lau und Sie könnten
sich von Gaynelle die Kluft ausleihen. Ich verspreche
auch, ganz langsam zu fahren.«

»Ach, ich kann doch nicht …«

»O doch, und wie!«, riefen Henry und Gaynelle
wie aus einem Mund. In dem Moment begriff ich, dass
das hier ein abgekartetes Spiel war.

»Na gut, warum nicht?«, sagte ich und gab mich geschlagen. Vielleicht würde T. C. ja anhalten und mich
absteigen lassen, wenn ich nur laut genug schrie. Sie
steckten mich in Gaynelles Motorradkluft, in der ich
– da machte ich mir gar nichts vor – wie ein kleiner
Bär aussah, und dann setzte ich mich mit pochendem
Herzen hinter T. C. auf den Sozius.

»Bitte, fahren Sie vorsichtig«, rief ich. Er nickte und
startete die Rubbertail.

Das Motorrad zwischen meinen Beinen fühlte sich
wie eine gigantische wilde Kreatur an, deren schiere
Kraft mein Rückgrat hinaufwanderte, von jeder Faser
meines Körpers Besitz ergriff, mir bis in die Zehen und
Fingerspitzen schoss. Ich schlang die Arme um T. C.s
Taille, verbarg mein Gesicht in seiner Jacke und dann
brausten wir vom Parkplatz. Auf der ersten Meile war
ich nur damit beschäftigt, zu atmen und mich mit geschlossenen Augen an ihm festzukrallen. Und dann
spürte ich ganz allmählich, wie der Nachtwind über
meine Wangen strich. Peu à peu nahm ich den Duft
des Frühlings wahr, den Geruch der feuchten Straße,
die zum Priel hinausführte, spürte in den Beinen und
Hüften das rhythmische Vibrieren des Motorrads und
jede Unebenheit auf dem Asphalt. Ich hob den Kopf

und schaute mich um. Mir war, als würde ich fliegen. Da war nichts zwischen mir und der kühlen Nacht, durch die wir rauschten. Als wir den Priel erreichten, lachte ich vor Freude. Ich stieg ab. Meine Beine gaben nach, doch T.C. fing mich auf.

»Geht allen so beim ersten Mal«, sagte er. »Ich kenne Leute, die konnten einen Tag lang nicht laufen danach. Sie haben sich großartig geschlagen.«

Henry, Gaynelle und Britney rollten hinter uns auf die halbkreisförmige Kiesauffahrt.

»Siehst wie eine echte Bikerbraut aus.« Henry kam zu mir und umarmte mich. »Wie hat es dir gefallen?«

»Bikerbraut? Pass auf, was du sagst, Seemann! Ich fand es toll. Im Ernst.«

»Ich habe es dir ja gesagt«, gab er zurück.

Als ich Camilla am nächsten Morgen davon erzählte, schmunzelte sie nur und schüttelte den Kopf.

»Demnächst wirst du wahrscheinlich mit Gaynelle putzen gehen. Und mit der Kleinen zur Kosmetikerin laufen und ihr künstliche Fingernägel und eine Collagenbehandlung spendieren.«

»Ach, Camilla …« Merkwürdigerweise verletzte mich ihr Kommentar.

»Tut mir Leid. Ich wollte nur sagen, dass ich das kleine Mädchen aus irgendeinem unerfindlichen Grund nicht ertragen kann. Sie ist altklug. Und das ist mir unheimlich. Wird mit zwölf schon ausgebrannt sein.«

Am nächsten Tag – es war ein Sonntag – fragte Gaynelle, ob sie kommen und sich ein paar Bücher ausleihen könnte.

»Natürlich«, sagte ich. »Und bringen Sie Britney

mit. Wenn das Wetter hält, mache ich mit ihr eine Spritztour im Whaler.«

Gaynelle schwieg kurz, ehe sie sagte: »Ich denke, ich lasse sie heute besser daheim. Sie kommt nicht besonders gut mit Camilla zurecht. Um ehrlich zu sein, sie hat Angst vor ihr.«

»Ach nein!«, rief ich entsetzt. Camilla war immer nett zu der Kleinen gewesen, auch wenn sie Britney nicht sonderlich zugetan war.

»Hm, es ist komisch«, sagte Gaynelle. »Aber sie hat ein gutes Gespür für Leute. Schon immer.«

»Und was sagt ihr dieses Gespür?«

»Wer sie mag und wer nicht. So ist das nun mal.«

»Gaynelle, ich glaube nicht, dass Camilla Britney nicht mag«, wandte ich ein. »Sie ist nur krank. Sie wissen, es geht ihr nicht gut.«

»Ich glaube nicht, dass es daran liegt. Aber das ist auch egal. Nicht jeder mag Kinder. Und ich finde nicht, dass Camilla so krank ist. Wenn sie an ihrem Buch arbeitet, ist sie manchmal richtig energiegeladen und schreibt, als säße ihr der Teufel im Nacken.«

»Aber Sie wissen, dass sie nicht gut gehen kann.«

»Ja, das stimmt.«

Das Wetter hielt tatsächlich in der nächsten Woche und man vergaß sofort, dass diese feuchte Kälte, die einem in die Knochen kroch, wiederkehren konnte. Die ersten Tiere kehrten langsam zurück: Wir hörten die Vögel zwitschern, die Meeräschen nach Luft schnappen und eines Nachts das laute Brüllen eines riesigen Alligatormännchens. Es klang, als läge er auf der vorderen Veranda.

486

Camilla stieß einen Schrei aus und ich hielt die Luft an.

»Ich habe vergessen, euch Bescheid zu sagen«, bemerkte Henry. »Ich habe seine Spur entdeckt, ungefähr eine halbe Meile hinter der Anlegestelle. Dort kann man am Ufer deutlich die Stellen erkennen, wo sein Schwanz über die Erde gefegt ist. Wahrscheinlich ist er auf Brautschau. Bald wird es hier nur so vor Alligatorenbabys wimmeln. Oder vielleicht macht er Jagd auf eine Meeräsche.«

»Ist er gefährlich?« Camilla legte die Hand aufs Herz. Ihr Gesicht war aschfahl.

»Nur wenn man eine Meeräsche oder ein Pudel ist«, sagte Henry. »Hier draußen bleiben sie eigentlich immer in der Nähe des Wassers. Aber in Hilton Head oder Fripp, wo man die Villen in ihrem Habitat hochgezogen hat, findet man die Alligatoren nun auf den Veranden und in den Pools. Und die Lebenserwartung von Chihuahuas ist nicht sonderlich hoch.«

»Aber der hier wird doch nicht zum Pool oder sonst wohin kommen …«

»Nein, hier gibt es nichts, was für ihn von Interesse wäre. Alles, was er braucht, findet er im Wasser und am Ufer.«

Wie gewöhnlich plauderten wir über alles Mögliche. Die Mahlzeiten, die wir während dieser Woche gemeinsam einnahmen, verliefen sehr angenehm und harmonisch. Meiner Meinung nach war Camilla so gut beieinander wie lange nicht mehr. Recht lebhaft unterhielt sie sich mit Henry über ihre gemeinsame Kindheit und wie sie zusammen über Sullivan's Island

gestromert waren … über jene Zeit vor den Eheschlie-
ßungen, den Geburten … den Todesfällen. Als ich eines Abends aufstand und den Tisch abräumen wollte,
sagte sie zu Henry: »Bleib doch und unterhalte dich
noch ein bisschen mit mir.«

Er nickte zustimmend.

Seltsamerweise fühlte ich mich ausgeschlossen.

»Ruf mich, wenn du schlafen gehen willst.«

»Henry kann mir doch helfen«, gab sie zurück.
»Geh nur und schlaf dich mal richtig aus.«

Doch ich lag lange Zeit wach. In Camillas Haus
wurde das Licht erst gegen zwei Uhr gelöscht. Ich
drehte mich um und vergrub meinen Kopf im Kissen.
Das Letzte, was ich vor dem Einschlafen hörte, war
das Gebrüll des riesigen Alligators, der sein König-
reich verteidigte und seine Königin rief.

Kapitel vierzehn

Das gute Wetter dauerte an und begleitete uns bis in den Februar, der im Low Country wahrlich die große Erleichterung bringt. Es ist dann eher unwahrscheinlich, dass es noch mal richtig kalt wird, jedenfalls nicht mehr so kalt wie im Januar, wo die ersten zarten Triebe erfrieren. Die großen Kamelienbäume in den Charlestoner Gärten und auf den Plantagen am Fluss tragen schwere, üppige Blüten und an den Straßen Richtung Stadt leuchten die Osterglocken und Forsythien. Beim Anblick von diesem ersten zarten Frühlingsgrün war mir, als stieße mir jemand einen Dolch ins Herz. Das letzte Mal, dass ich ohne Lewis miterleben musste, wie in Charleston der Frühling ausbrach, lag Ewigkeiten zurück.

»Was würde ich nur darum geben, wenn wir schon ein Jahr weiter wären«, sagte ich eines Tages zu Gaynelle. Sie, Camilla und ich sahen gerade zu, wie Britney am Ende des Stegs herumtollte. Seit einer Woche hatten wir Besuch von einer Gruppe Delphine, die oft so nah ans Ufer kamen, dass man nur die Hand ausstrecken musste, um ihre glitschige Gummihaut zu berühren. Sie reckten die Köpfe aus dem Wasser, lächelten freundlich und warfen uns mit einem Auge einen verschwörerischen Blick zu. Sie wirkten so nett und gutmütig, dass man sie unwillkürlich streicheln wollte, doch Henry hatte uns geraten, diesem Verlangen nicht nachzugeben.

»Es tut ihnen nicht gut, wenn sie sich hier einleben«, erklärte er. »Wenn man sich mit ihnen anfreundet oder sie füttert, ziehen sie nicht weiter, wenn die Zeit reif ist.«

»Werden die Alligatoren sie auffressen?«, fragte Britney ängstlich. Den großen Bullen, den wir nie zu Gesicht bekamen, konnte man nun jede Nacht hören.

»Das glaube ich nicht. Aber ich würde es nicht darauf ankommen lassen«, sagte Henry.

Da Britney nun Bescheid wusste, streckte sie die Hand nicht nach den Delphinen aus, um sie zu streicheln, aber sie konnte ewig auf der Anlegestelle ausharren und sie beobachten.

»Ich glaube, sie reden miteinander«, sagte ich einmal zu Gaynelle und lächelte.

»Das würde mich nicht überraschen«, erwiderte sie.

Und dann streckte sie die Hand aus und legte sie ganz kurz auf meinen Arm. »Ich weiß, was in Ihnen vorgeht. Sie denken, es wird besser, wenn ein Jahr um ist, und dass keiner der anderen Jahrestage so schlimm sein wird wie der erste. Natürlich war es für mich nach Randy nicht so hart, aber einfach ist es auch nicht gewesen.«

»Die Zeit heilt alle Wunden«, bemerkte Camilla

verträumt. »Nach einer Weile verschwimmen die einzelnen Jahrestage und man kann sie nicht mehr auseinander halten.«

»Wird es dann leichter?«, wollte ich wissen.

»Nein«, sagte sie, und mit einem Mal schämte ich mich, weil ich so sehr in meiner eigenen Trauer gefangen gewesen war, dass ich lange Zeit keinen Gedanken daran verschwendet hatte, dass Camilla vielleicht immer noch um Charlie trauerte.

Die Tagesstätte, in die Britney nach dem Unterricht ging, hatte ihre Preise beträchtlich erhöht, und ich wusste natürlich, vor welche Probleme das Gaynelle stellte. Aus diesem Grund hatte ich ihr ganz spontan angeboten, dass Britney nach der Schule zu uns kommen und bleiben konnte, bis ihre Mutter fertig war. Manchmal blieb Gaynelle länger und kochte etwas, von dem sie dachte, dass es Camilla schmecken könnte, oder um irgendetwas zu erledigen, was ich nicht geschafft hatte. Deshalb war Britney hin und wieder bis spätabends bei uns, und ein paar Mal bestand ich sogar darauf, dass sie und ihre Mutter zum Abendessen blieben.

»Kommst du damit zurecht, wenn sie hin und wieder länger bleiben?«, fragte ich Camilla. »Die Kleine ist nicht mehr ganz so aufgedreht. Ich glaube, sie hat schon seit Wochen nicht mehr Mundharmonika gespielt.«

»Aber selbstverständlich. Kümmere dich nicht um mich. Ich bin mittlerweile schon so grummelig, dass es mich selber nervt. Und du und Henry, ihr seid ganz vernarrt in das Kind.«

Das stimmte. Ich mochte die Kleine, und Henry hatte sie überraschenderweise auch ins Herz geschlossen, auch wenn ich nicht so ganz begriff, warum. Er hing sehr an seinen Enkeln, die er auch oft sah, doch Britney war für ihn eher so etwas wie eine spät geborene Tochter. Wenn er mit dem Whaler rausfuhr, nahm er sie mit. Er zeigte ihr, wie man Fische und Krebse fing. Und wenn er mit der 230 Roller, die ihm T. C. für einen Monat oder so vermietet hatte, eine Spritztour machte, begleitete sie ihn häufig.

»Du verwöhnst die Kleine zu sehr«, merkte Camilla einmal an und grinste nachsichtig. Henry hatte nämlich für Britney nach der Arbeit in der Klinik einen Goldfisch in einer Plastiktüte erstanden. »Dabei wird sie ja weiß Gott schon genug verhätschelt«, fügte sie noch hinzu.

»Aber doch nicht so«, entgegnete Henry. »Sie kann mit wackelndem Popo einen Laufsteg entlangstolzieren, aber sie hat vergessen, dass sie ein Kind ist.«

Gaynelle sah es mit Freude, wie gut die beiden sich verstanden.

»Sie kann von ihm Dinge lernen, die Sie und ich ihr niemals beibringen könnten«, sagte sie. »Und die Vorstellung, dass sie sich einbildet, es reicht, mit dem Hintern zu wackeln, hat mir eh nie behagt.«

»Ich frage mich schon seit längerem, warum Sie ihr erlauben, an diesen Festspielen teilzunehmen.« Ich fand, mir war diese Frage gestattet. Inzwischen kannten wir einander gut genug.

»Viel mehr hatte ich ihr ja nicht zu bieten«, antwortete sie leise. »Ja, ich habe ihr das Lesen beigebracht und neuerdings schreibt sie kleine Geschichten, die gar nicht schlecht sind, aber eine Privatschule ist nicht drin. Und die Festspiele waren das Einzige, was sie sich von ganzem Herzen gewünscht hat. Ich weiß, das ist Schund, und hatte gehofft, es würde sie irgendwann langweilen. Nächstes Jahr werde ich sie da sowieso rausnehmen. Mittlerweile denkt sie öfter an Sie, an Henry und den Priel als an die Spiele und das freut mich wirklich.«

In dem Augenblick kehrten Henry und Britney von einem Motorradausflug nach Edisto zurück und kamen lachend auf die Veranda.

Britney konnte kaum an sich halten vor lauter Kichern und sie verzog das kleine sommersprossige Gesicht. Sie war ganz staubig und die roten Locken waren völlig zerzaust.

»Henry hat mir erzählt, was er und Dr. Aiken alles auf Sullivan's Island angestellt haben, als sie noch klein waren«, berichtete sie. »Sie sind nackig durch diese alten Tunnel gerannt.«

»Komm ja nicht auf dumme Ideen«, warnte Gaynelle und grinste ihre Tochter an. Jetzt hatte Britney überhaupt nichts mehr von der kleinen Prinzessin.

»Ich bin auch auf der Insel aufgewachsen, zusammen mit den Jungs«, sagte Camilla. »Die beiden waren meine besten Freunde.«

»Sind Sie auch nackig herumgelaufen?«, fragte Britney fasziniert.

»Ins Haus mit dir«, befahl Gaynelle. »Sofort!«

Henry und Britney gingen nach drinnen, um sich das Gesicht zu waschen. Gaynelle folgte ihnen.

493

»Weißt du«, sagte ich zu Camilla, »ich habe überlegt, ob Britney Henry nicht ein bisschen an Fairlie
erinnert. Wenn man es sich genauer überlegt, gibt es da
schon gewisse Ähnlichkeiten.«

»Das hoffe ich nicht«, erwiderte Camilla gelassen.
»Dieses gewöhnliche Kind ist für Fairlie, egal ob tot
oder lebendig, keine Konkurrenz.«

Ich starrte sie an.

»So habe ich das nicht gemeint …«

»Würdest du mir behilflich sein, Anny?«, sagte sie
dann leise. »Ich habe grauenvolle Kopfschmerzen. Ich
denke, ich lege mich bis zum Abendessen hin. Bleiben
die beiden?«

»Das muss nicht sein.«

»Ach, frag sie doch. Henry wird enttäuscht sein,
wenn du sie nicht einlädst.«

Ich brachte sie zu Bett, deckte sie zu und schaltete
das Licht aus. Ich hatte angenommen, Camilla würde anders über Britney denken, wenn sie sich erst mal
an sie gewöhnt hatte, zumal die Kleine sich sehr verändert hatte; aber das war nicht der Fall. Und es war
nicht fair, Camilla ein Kind aufzudrängen, mit dem
sie so wenig anfangen konnte. Schließlich war sie eine
von uns und konnte im Gegensatz zu uns nicht einfach
weggehen. Ich würde Henry vorschlagen, Britney hin
und wieder einen Hamburger zu spendieren, statt sie
zu uns zum Abendessen einzuladen. Dennoch … seltsam war es schon.

»Cammy ist nicht auf dem Damm«, sagte Henry, als
ich das Thema anschnitt. »Sie ist nicht die Alte. Noch
in dieser Woche werde ich sie von einem Arzt unter-

suchen lassen, und wenn ich sie in die Praxis tragen muss. Und du kannst in der Zwischenzeit überlegen, was man mit Britney woanders unternehmen könnte. Gibt es etwas, was sie gerne machen würde?«

»Wir könnten einen Buch-Club gründen«, schlug ich ganz spontan vor und fand dann, dass das eine hervorragende Idee war.

* * *

An einem Samstagmorgen Ende Februar rief mich Linda Cousins an.

»Hier sind ein paar Männer von einer Immobilienfirma aufgetaucht, die sich das Haus und Grundstück anschauen«, erzählte sie. »Sie behaupten, Dr. Aiken hätte sie im Herbst eingeladen, sich hier mal umzusehen, aber Robert und ich nehmen ihnen das nicht ab. Sollen wir sie wieder wegschicken?«

Ich wollte schon zustimmen, doch da kam Henry ins Zimmer und ich legte die Hand über die Muschel und erzählte ihm, was Linda mir berichtet hatte.

»Sag ihr, sie soll sie nicht verscheuchen«, entschied er. »Ich werde gleich rausfahren und nachsehen, was die Typen wollen. Du weißt genauso gut wie ich, dass Lewis diese Kerle nicht eingeladen hat.«

»Ich begleite dich.«

»Anny, ich weiß doch, wie schwer es dir fällt …«

»Das ist mein Haus, Henry. Ich habe das alles zu lange schleifen lassen. Und ich will nicht, dass Immobilienhändler auf Sweetgrass auftauchen. Weder jetzt noch in Zukunft.«

Wir gingen gerade zum Truck hinüber, als Gaynelle Camilla herausbrachte, die sich fein gemacht hatte.

»Ihr werdet doch nicht so kurz vor dem Mittagessen noch weggehen?«, rief sie.

Henry schilderte ihr kurz, was vorgefallen war.

»Anny, du solltest wirklich nicht dort hinfahren. Henry kann das für dich erledigen.«

»Es ist mein Haus, Camilla«, sagte ich. »Ich freue mich, dass Henry mich begleitet, aber wenn jemand diesen Typen sagt, dass sie verschwinden sollen, dann bin ich das.«

Wir stiegen in den Truck und Henry schaltete den Motor an. »Kommt zurück, bevor es dunkel wird!«, brüllte Camilla gegen den Motorlärm an. In ihrer Stimme schwang Panik mit.

»Sie hat jetzt immer Angst«, sagte ich auf der Fahrt nach Sweetgrass besorgt zu Henry. »Sie ist so gereizt und schwach. Und es geht so schnell. Ich hätte mir nicht vorstellen können, dass Menschen so schnell altern.«

»Im Allgemeinen geht das auch langsamer. Normalerweise sieht man es lange kommen, bevor die Anzeichen deutlich für sich sprechen. Es ist mir ernst damit; ich werde sie untersuchen lassen. Für dich wird das alles zu viel.«

»Ach, nein. Mich belastet es nicht mehr als dich. Gaynelle ist wirklich eine große Hilfe. Ich wünsche mir nur, dass es Camilla wieder besser geht.«

»Ich auch«, sagte er, und dann schwiegen wir den Rest des Weges.

Als wir von der Straße runterfuhren und in die lange

Zufahrt bogen, die nach Sweetgrass führte, wurde mir angesichts des langen grünen Tunnels, den die Eichenkronen bildeten, und der wilden Geißblatt- und Hartriegelbüsche, die hübsche weiße Tupfer ins dunkle Grün malten, ganz leicht ums Herz. Ich musste daran denken, wie ich zum ersten Mal hier zu Besuch gewesen war. Unglaublich, wie viel Zeit seit damals vergangen war. Hier draußen in der Marsch am Priel inmitten der Wälder hatte man das Gefühl, die Zeit war stehen geblieben. Ich hätte auch die junge Frau mit dem ungebändigten Haar und den neuen Tennisschuhen sein können, die Lewis zu sich einlud, und es brauchte nicht viel Fantasie, um sich vorzustellen, wie er mich am Ende des Steges erwartete mit frisch gekämmten, nassen Haaren und einem Glas Rotwein für mich, wie er das früher oft getan hatte. Ich schluckte schwer.

»Wirst du das schaffen?«, fragte Henry.

Wir bogen um die letzte Kurve. Das Haus, das gleichzeitig bodenständig und surreal wirkte, kam in Sicht. Ich nickte. Jedes Mal wenn ich den ersten Blick auf das Haus warf, freute ich mich.

»Ja.«

Und es ging tatsächlich ganz gut. Mit Henry die Stufen des Hauses zu erklimmen, durch die Zimmer zu schlendern, zur Anlegestelle hinunterzuspazieren, war zwar nicht so wie damals mit Lewis – bestimmt nicht. Aber es fiel mir auch nicht schwer. In der schönen, hübsch vertäfelten Bibliothek, in dem dunklen Schlafzimmer im oberen Stockwerk, wo ich ihn das letzte Mal gesehen hatte, und am Ende des Steges, wo wir uns geliebt hatten und anschließend nackt im warmen Wasser geschwommen hatten, streckte ich meine Fühler nach Lewis aus. Hier fühlte ich mich ihm sehr nah und spürte unterschwellig seine Präsenz, aber im Gegensatz zur Bull Street verfolgte er mich auf Sweetgrass nicht wie ein hungriges Biest. In meinen Augen hatte er hier tatsächlich seine letzte Ruhe gefunden, und das erwähnte ich auch Henry gegenüber, als wir in dem undurchdringlichen Eichenhain an seinem Grab standen. Der Stein, den ich bestellt hatte, war immer noch nicht geliefert worden; aber die Farne, die Linda und ich gepflanzt hatten, und die kleinen weißen Azaleen waren aufgegangen.

»Einen schöneren Platz gibt es nicht. Das hier ist das Paradies«, sagte Henry. »Ich hatte immer angenommen, Fairlie und ich würden mal so leben. Lewis hat gesagt, er könnte für uns so einen Platz finden ...«

Wir verfielen in Schweigen. Ich erinnerte mich, wie er mir von seinen Gefühlen erzählt hatte, die ihn bei seinem ersten Besuch auf Fairlies Farm beschlichen hatten. Und ich wusste, dass er an dasselbe dachte.

Auf der Zufahrt stand nur der Jeep von Linda Cousins. Linda – wie immer in der Küche zugange – berichtete, dass sie hinausgegangen war und den Immobilienmaklern zugerufen hatte, sie sollten auf Dr. Aikens Ehefrau warten, die schon unterwegs war. Kurze Zeit später hatten sie sich aus dem Staub gemacht.

»Uns war klar, die führen nichts Gutes im Schilde«, sagte sie. »Manchmal tauchen hier Leute auf und schauen sich das Haus an, aber sie steigen nicht aus und schleichen hier auch nicht herum. Falls Sie nichts dagegen haben, werde ich Robert sagen, er soll vorne an der Straße ein schweres Tor anbringen lassen, das gesichert ist.«

Ich hielt das für eine gute Idee und dachte nicht zum ersten Mal, dass ich mich wirklich mehr um die Leitung von Sweetgrass kümmern sollte. Wenn man in der Bull Street aus der Tür ging und hinter sich abschloss, konnte man relativ sicher sein, dass alles beim Alten war, wenn man wiederkam, doch diese große Plantage verlangte mehr Aufmerksamkeit. Hier musste man jeden Tag nach dem Rechten sehen, und ich war den Cousins überaus dankbar, dass sie hier wohnten und sich um das Anwesen kümmerten; aber ich durfte ihnen nicht die gesamte Verantwortung aufbürden. Beide waren inzwischen alt, älter als Lewis, älter als Henry, auch wenn sie noch ziemlich aktiv und vital wirkten.

»Ich muss mich darum kümmern, dass Ihnen hier draußen jemand zur Hand geht«, sagte ich. »Ich habe alles zu lange schleifen lassen. Ich werde mich sofort umhören und Henry wird mir helfen.«

Ich sah zu ihm auf. Er nickte.

»Tja«, sagte Linda, »falls Sie für jemanden Verwendung hätten … – Tommy könnte Interesse haben, denke ich. Er wird demnächst heiraten – … habe ich das erwähnt? Nein? Jennie, eine Medizinstudentin, die aufs MUSC geht. Wir sind ganz vernarrt in sie. Ihr gefällt es hier sehr gut und Tommy ist ja hier aufgewachsen, und die beiden haben schon überlegt, ob Sie ihnen vielleicht ein Stück Land verkaufen würden, denn sie möchten unten am Fluss ein Haus bauen, in unserer Nähe. Jennie wird natürlich die Uni beenden, aber Tommy spielt mit dem Gedanken, Verwalter zu werden oder eine

Arbeit anzunehmen, die mit Naturschutz zu tun hat. Ich glaube, so was liegt ihm. Schon von klein auf ist er seinem Vater hier draußen auf Schritt und Tritt gefolgt. Und er kümmert sich um die Gelbkiefern und redet davon, noch mehr zu ziehen. Er wollte da bestimmt nicht vorgreifen, wir wussten ja auch gar nicht, ob Sie schon so weit sind, sich wieder mit solchen Themen zu befassen, und es war ihm einfach eine Freude, alles in Schuss zu halten. Aber ich habe versprochen, ich würde Sie mal fragen …«

»O ja, bitte!«, rief ich, ehe sie zu Ende gesprochen hatte. Seit Lewis' Tod hatte mir die Plantage schwer auf der Seele gelegen. Linda und Robert kümmerten sich um das Haus und das Grundstück, aber die riesigen Gelbkiefer-Pflanzungen, mit deren Erlös die Plantage unterhalten wurde, brauchten konstante Pflege und davon verstand ich nichts.

»Ich kann Ihnen ja gar nicht sagen, wie erleichtert ich bin«, sagte ich zu Linda Cousins. »Ein größeres Geschenk könnten Sie mir gar nicht machen. Richten Sie Tommy aus, ich werde Fleming Woodward – das ist unser Anwalt – bitten, dass er ihn noch diese Woche anruft und einen Vertrag ausarbeitet. Ach, wenn Sie alle mich auch in Zukunft unterstützen … das würde Lewis aber gefallen!«

»Ja, das werden wir«, sagte Linda und umarmte mich.

Sie hatte für uns zum Mittagessen eine ganz köstliche, kalte Spargelcremesuppe vorbereitet, und ehe wir uns verabschiedeten, gingen wir noch mal zur Anlegestelle hinunter.

»Als Lewis mich zum ersten Mal hierher gebracht hat, haben wir abends einen Fuchs gesehen«, erzählte ich Henry. »Gleich dort drüben. Lewis sagte erst neulich … sagte vor nicht allzu langer Zeit, er hätte genau an der Stelle wieder Spuren entdeckt. Natürlich waren die nicht von unserem Fuchs, aber ich fand den Gedanken, dass einer seiner Nachfahren auch hier am Fluss lebt, sehr schön.«

»Hat inzwischen wahrscheinlich fünfzehn Enkel«, bemerkte Henry leichthin. »Anny, kann ich dich mal fragen, was du mit Sweetgrass vorhast? Auf lange Sicht, meine ich. Du hast gesagt, du bist finanziell abgesichert, aber ich vermute, du willst das hier nicht einfach vergammeln lassen …«

»Nein, ich denke, ich werde das gesamte Anwesen der Küstenaufsicht vermachen unter der Auflage, dass alle, die in dem großen Haus wohnen, und die Cousins und ihre Angehörigen, wie beispielsweise Tommy, hier auf Dauer leben können, wenn sie das wollen. Lewis wollte immer verhindern, dass auf diesem unberührten Flussabschnitt gebaut werden darf.«

»Genau so würde er auch entscheiden«, sagte Henry. »Soll ich Fleming Woodward anrufen und damit beauftragen?«

»Hm«, sagte ich zögernd. »Vielleicht sollte ich das selbst in die Hand nehmen.«

Henry begann zu lachen.

»Sicher. Was habe ich mir nur dabei gedacht? Aber … kannst du dir das auch wirklich leisten? Bist du nicht darauf angewiesen, Sweetgrass zu verkaufen und vom dem Erlös zu leben?«

»Mir geht es gut«, sagte ich. »Einmal abgesehen von den Treuhandvermögen für die Kinder und dem, was Lewis Robert und Linda vermacht hat, und einem separaten Treuhandfonds zugunsten von Sweetgrass, ist alles an mich gegangen. Und das war mehr, als ich erwartet hatte. Lewis konnte sehr gut mit Geld umgehen. Soweit ich weiß, hatte die hübsche und talentierte Sissy es auf mein Erbe abgesehen. Aber Fleming hat ihr den Wind aus den Segeln genommen und mir erst später davon erzählt. Ich habe mich zu lange vor meinen Pflichten gedrückt und sie anderen aufgehalst. Und ich möchte nicht, dass ich mir irgendwann nicht mehr in die Augen schauen kann.«

»Nein. So weit darf es nicht kommen.«

Es war dunkel, als wir auf die halbkreisförmige Zufahrt rollten und vor den Häusern am Priel parkten. Ich fühlte mich benommen und müde wie nach einer schweren Mahlzeit. In Wahrheit war meine Erschöpfung der Erleichterung darüber geschuldet, dass ich die Sache mit Sweetgrass endlich geregelt hatte. Endlich hatte ich eine Aufgabe, die ich auf die lange Bank geschoben hatte, erledigt.

»Wo stecken die denn alle?«, fragte Henry und runzelte die Stirn. Mein Blick schweifte zu den Häusern. In meinem Haus und in dem von Lila und Simms brannte kein Licht. Camillas Haus war hell erleuchtet, was uns nicht verwunderte. Doch dann fiel mir auf, dass die Eingangstür sperrangelweit offen stand und Gaynelles Truck verschwunden war.

Henry und ich sprangen aus dem Wagen und stürmten wie von der Tarantel gestochen in ihr Haus.

An Camillas Fliegengittertür klebte ein gelber selbsthaftender Notizzettel.

»C. hat in der Badewanne das Bewusstsein verloren und eine Platzwunde am Kopf«, stand darauf. »Ich fahre mit ihr in die Notaufnahme vom Queens. Bitte, kommen Sie nach.« Unterschrieben war es mit »G.«.

Henry rief an und gab den Krankenschwestern Anweisungen. Anschließend rasten wir schweigend und mit einem mörderischen Tempo durch den dunklen Laubtunnel nach Charleston. Wir fuhren gerade über die Ashley Bridge, hinter der der Krankenhauskomplex wie ein bei Nacht erleuchtetes Schiff aufragte, da sagte ich zu Henry: »Lass uns jetzt eine Entscheidung fällen. Wenn wir sie nach Hause bringen oder in irgendeine Einrichtung stecken, wird sie das umbringen. Später kann sie vielleicht in die Gillon Street ziehen und jemanden suchen, der den ganzen Tag bei ihr bleibt, aber die nächsten paar Monate sollte sie draußen am Priel sein und wir sollten ihr helfen und bei ihr bleiben. Dieses Versprechen, das wir einander gegeben haben, bedeutet ihr sehr viel. Ich würde ihr gern sagen, dass wir für sie da sind, sofern sich ihr Zustand nicht verschlimmert. Falls sie sich eine böse Verletzung zugezogen hat oder sie sehr krank ist, wird das natürlich nicht funktionieren. Aber können wir es wenigstens versuchen?«

Er drehte mir sein hageres Gesicht zu, auf dem sich die grüne Beleuchtung des Armaturenbretts spiegelte.

»Bist du bereit, noch mehr von deinem Leben zu opfern?«

»Was soll ich denn sonst damit anfangen?«, fragte

ich zurück. »Früher oder später muss ich Zukunftspläne schmieden; doch dass mich niemand drängt, hat mir am Priel immer am meisten behagt. Ich komme mir wie ein Kind vor, das nach Ende des Schuljahrs einen endlos langen Sommer vor sich hat. Weißt du noch, es hat sich angefühlt, als hätte man ewig Zeit und ganz viel Raum.«

»Das war ja immer das Beste am Sommer«, sagte Henry. »Also gut, in Ordnung. Wenn wir es schaffen, lassen wir es bis zum Herbst so weiterlaufen. Das können wir ihr sagen und es sollte sie etwas beruhigen. Ich weiß, sie hat immer Angst, wir könnten abhauen und sie im Stich lassen. Sie redet andauernd davon.«

»Stört es dich, solange so weiterzumachen?«

Er grinste. »Nein, das weißt du doch. Lila versucht seit Wochen, mich mit ein paar netten Damen zu verkuppeln. Ich könnte wetten, sie hat mich an die zehn Mal zum Essen eingeladen. Mir graust es davor, wieder nach Hause zu gehen.«

Ich lachte leise. Er hatte Recht. Ein verfügbarer Junggeselle ist in Charleston sein Gewicht in Gold wert, egal wie alt er ist oder wie gut er drauf ist. Falls er in der Stadt wohnt, kann er den Rest seines Lebens auswärts essen, vorausgesetzt, er ist noch bei Sinnen. Und selbst diese Bedingung ist nicht fest in Stein gemeißelt. Denn manche von Charlestons größten und gefragtesten Exzentrikern könnte man durchaus als manisch einstufen – dennoch kommen sie hervorragend über die Runden, solange sie einen Smoking besitzen und noch wissen, bei wem sie zum Essen eingeladen sind.

»Hinter mir ist niemand her«, sagte ich. ›Sollte mir das zu denken geben?«

»Wie sagt der Typ in *Gunga Din* noch gleich: ›Dem Herrn sei Dank, dass er dich geschaffen hat.‹ Und außerdem glaube ich, du jagst den Damen in Charleston Angst ein.«

»Wieso das denn?«

Er sah zu mir herüber.

»Du bist durch und durch nett, Anny. Und hübsch dazu, selbst wenn du dir dessen nicht bewusst bist. Und jetzt bist du auch noch vermögend. Machst du Witze? Sie haben Schiss, dass die besagten verfügbaren Junggesellen hinter dir her sein werden und nicht hinter ihren Cousinen aus Columbia oder ihrer besten Freundin, die gerade geschieden wurde. Die schnappen vor Freude über, wenn sie hören, dass du auch in Zukunft am Priel wohnst.«

»Dann sind wir uns also einig?«, fragte ich, als wir vor der Notaufnahme vom Queens vorfuhren. Seine Miene wirkte wieder verschlossen.

»Wir sind uns einig«, antwortete er.

Camilla war immer noch in der Notaufnahme. Im Warteraum des Krankenhauses saßen müde, stumme Menschen. Auch Gaynelle wartete hier. Als wir eintraten, sprang sie auf und rannte uns entgegen.

»Haben Sie schon etwas gehört?«, wollte Henry wissen.

»Sie ist immer noch in einem kleinen Raum dort hinten«, sagte sie. »Und keiner erzählt mir etwas. Ich fühle mich ganz scheußlich wegen dem, was passiert ist. Sie hat um eine Tasse Tee gebeten, und da bin ich runtergegangen, um ihn aufzubrühen, und als ich wieder hochkam, lag sie nur noch halb in der Badewanne, bewusstlos, und hatte eine Platzwunde auf der Stirn, die stark blutete. Ich habe nicht gewusst, dass sie ein Bad nehmen wollte. Als ich runter bin, um Tee zu kochen, lag sie im Bett und hat geschrieben. Wenn sie schlimm verletzt ist, werde ich mir das nie verzeihen.«

»Was immer auch geschehen sein mag, Sie trifft bestimmt keine Schuld«, beruhigte Henry sie. »Camilla weiß, dass sie nach Ihnen rufen soll, wenn sie in die Wanne möchte. Warten wir's einfach ab.«

Er ging durch die Schwingtür der Notaufnahme und verschwand in dem Gewirr aus kleinen, mit Vorhängen abgeteilten Kabuffs. Gaynelle und ich setzten uns und warteten.

In dem grellen Neonlicht wirkte sie sehr müde und älter. So hatte ich sie noch nie gesehen. Ich sah vermutlich keinen Deut besser aus. Ich griff nach ihrer Hand und drückte sie.

»Sie können ja nicht Gedanken lesen«, sagte ich. »Das kann niemand. Und Sie wissen, wie sehr es ihr verhasst ist, von jemandem abhängig zu sein. Wahrscheinlich hat sie sich gedacht, sie schafft es allein in die Wanne …«

Gaynelle hatte den Kopf auf die Sofalehne gebettet und die Augen geschlossen.

»Ich werde sie nicht mehr aus den Augen lassen«, schwor sie. »Ich werde rund um die Uhr bei ihr sein.«

»Glauben Sie denn, das tut ihr gut? Camilla mag es nicht, wenn man dauernd um sie herumschwirrt.«

»Es wäre gut für uns alle«, erwiderte sie.

Da kam Henry zurück und setzte sich zu uns.

»Es ist nichts Schlimmes«, berichtete er. »Zumindest ist die Platzwunde nicht schlimm. Der Arzt in der Notaufnahme hat sie mit ein paar Stichen genäht und sie wurde geröntgt und war im Kernspin. Kann sein, dass sie eine leichte Gehirnerschütterung hat, aber deshalb sollten wir uns keine Sorgen machen. Allerdings werde ich sie einweisen lassen. Diesmal wird sie richtig untersucht. Tab Shipley ordnet das gerade an. Sie möchte, dass ich bei ihr bleibe, und da sie ziemlich mitgenommen ist, werde ich das auch tun. Ihr könnt nach Hause fahren. Ich komme morgen früh und sage euch, wie es steht.«

»Wann wirst du schlafen?«, fragte ich ihn.

»Ich lege mich ins Bereitschaftszimmer. Oder in ein leeres Bett. Oder in den Wäscheschrank. Gleich als Assistenzarzt lernt man, überall zu schlafen. Ich werde ihr ein schweres Schlafmittel verabreichen, dann schläft sie durch bis morgen früh. Und dann bleibt mir auch genug Zeit, mich auszuruhen.«

Auf der Heimfahrt wechselten Gaynelle und ich kaum ein Wort. Einmal brach sie das Schweigen: »Ich wünschte, er würde bei ihr im Zimmer bleiben.«

»Warum das denn? Im Krankenzimmer kann ihr doch nichts passieren.«

»Das weiß man nie.«

Kurz bevor ich zur Arbeit gehen wollte, erschien Henry zum Frühstück. Gaynelle war auch schon da. Meinen Rat, sich auszuschlafen, hatte sie nicht befolgt. Wie ein Mann, der halb verhungert ist, fiel Henry über den French Toast her.

»Sie ist aufgewacht und es geht ihr einigermaßen«, berichtete er. »Ihr tut der Kopf weh und sie hat mehrere große blaue Flecken, aber ansonsten scheint sie nichts zu haben. Heute werden sie ihr Blut untersuchen und andere Tests durchführen. Je nachdem, was dabei dann rauskommt, kann ich sie wohl morgen oder übermorgen nach Hause holen. Ihre Knochen machen mir wirklich Sorgen. Auf den Röntgenbildern sahen sie ganz porös aus, so löchrig wie Fliegengitter.«

Als die Untersuchungsergebnisse kamen, schaute Henry auf einmal ganz ernst drein.

»Das Blut scheint in Ordnung zu sein, aber sie ist leicht anämisch. Daher rührt zum Teil ihre Benommenheit. Ihr Puls ist etwas zu langsam und der Blutdruck niedrig. Richtig Kopfzerbrechen bereiten mir allerdings ihre Knochen. Ihr Knöchel und das Handgelenk heilen nicht so, wie sie sollen. Und ihr Kreuzbein sieht an manchen Stellen wie Schweizer Käse aus. Sie braucht sich nur im Bett umzudrehen und könnte sich dabei schon die Hüfte brechen, und wenn das eintritt, kann sie nicht mehr draußen am Priel wohnen. Sie weiß das alles. Ich habe ihr das Versprechen abgenommen, sich von nun an im Rollstuhl zu bewegen. Ich will vermeiden, dass die Knochen überbeansprucht werden. Glücklich ist sie nicht darüber, aber ich denke, ihr ist klar, dass sie nur am Priel bleiben kann, wenn sie sich an die Regeln hält. Im Gegenzug habe ich ihr versprochen, dass wir bleiben, wie wir es vereinbart haben, solange sie sich zusammenreißt. Gaynelle, glauben Sie, Sie kommen hier zurecht, wenn Camilla im Rollstuhl sitzt?«

»Kein Problem«, sagte Gaynelle. »In gewisser Hinsicht wird es sogar einfacher für mich sein. Ich muss mir nicht andauernd Sorgen machen, ob sie irgendwo rumschleicht, wo sie nichts zu suchen hat.«

Zwei Tage später kam Camilla in einem glänzenden zusammenklappbaren Metallrollstuhl mit dunkelblauem Ledersitz, Unmengen von Blumensträußen und einem blauen Auge, das ihr halbes Gesicht bedeckte, gegen Mittag nach Hause. Wir hatten Lila gebeten, zum Priel zu kommen und an einem Festmenü anlässlich der Rückkehr teilzunehmen. Sie war mit einem Arm voller weißer Lilien und mit einer Tasche, in der Honey saß, aufgetaucht. Während Britney und Honey sich kreuz und quer über den Rasen scheuchten, saßen sie und ich auf Camillas Veranda, tranken Orangenlimonade und hielten die Gesichter in die warme Sonne.

Dieser Tag hatte etwas von einem Diamanten: Jeder Sonnenstrahl funkelte wie eine geschliffene Facette. Die winzigen neuen Blätter schimmerten grellgrün, der Priel glitzerte wie leicht zerknitterte Aluminiumfolie und der Himmel strahlte so blau, dass es einen fast blendete. Der Wind trug den frischen Duft des feuchten Lehmbodens und den Geruch der Pinien zu uns. Als Henry ausstieg, den Rollstuhl aufklappte und Camilla hineinsetzte, jubelten wir alle und sie schenkte uns ihr enigmatisches, spitzes Lächeln. Britney lief zu ihr und legte ihr einen Strauß frischer Tulpen auf den Schoß.

»Mama hat mir aufgetragen, sie Ihnen zu geben«, sagte sie schüchtern.

»Ich danke dir, Liebes«, sagte Camilla. »Tulpen sind meine Lieblingsblumen.«

Britney wand sich vor Freude und lief dann zu dem kleinen Hund, der wie wild am Ufer herumtollte.

»Sorg dafür, dass sie näher am Haus spielt, Britney«, rief Lila. »Ich mag es nicht, wenn sie so nah am Wasser ist, wo sich hier dieser Alligator herumtreibt.«

»Ich habe hier noch nie einen Alligator gesehen, Miz Howard«, sagte Britney.

»Tu, was man dir sagt«, forderte Gaynelle sie auf, und Britney gehorchte.

Ich hatte für Camilla eine lavendelfarbene Kaschmirstrickjacke gekauft, die wir ihr um die Schultern legten, über den Hausmantel. Wir aßen auf der Veranda zu Mittag. Camilla wirkte wie neugeboren und ziemlich vital; beim Anblick von ihrem blauen Auge krampfte es uns allerdings das Herz zusammen.

»Das ist himmlisch!« Sie schloss die Augen und atmete tief durch. »Warum sollte jemand woanders wohnen wollen?«

»Vielleicht weil du ein fantastisches Loft hast und Anny ein ganz wunderbares Haus in der Bull Street?«, fragte Lila. »Und Henry diesen herrlichen alten Kasten in der Bedon's Alley …«

»Es ist beschlossene Sache«, sagte Camilla. »Wir bleiben hier. Es sei denn, es gelingt mir, Anny zu überreden, dass sie nach Hause geht und nur an den Wochenenden kommt. Sie ist immer noch eine hübsche junge Frau und sollte unter die Leute gehen und sich amüsieren …«

»Ich bleibe hier«, sagte ich. »Ende der Diskussion. Glaubst du etwa, ich finde es hier draußen nicht auch ganz wundervoll?«

Camilla musterte mich eindringlich, nickte dann und lächelte.

Gaynelle brachte ein Tablett mit Shrimpssalat, Tomaten in Aspik und frisch gebackenen Käsestangen und zum Nachtisch hatten wir köstliche, leichte Biskuittörtchen mit frischen Beeren. Nach dem Kaffee stand Henry auf, schnappte sich Britney, die auf dem Rasen spielte, und trug das kichernde, kreischende Kind zum Whaler hinunter, um mit ihm eine Bootstour zu machen.

»Hast du Honey ins Haus gebracht?«, rief Lila ihr hinterher.

»Ja, Ma'am«, antwortete Britney, ehe die beiden langsam den Priel entlangfuhren und aus unserem Blickfeld verschwanden. Da Camilla einen Mittagsschlaf halten wollte, brachte Gaynelle sie ins Bett. Anschließend ging sie in meine Küche, wo sie das Mittagessen zubereitet hatte, und räumte das Geschirr weg. Lila und ich schlenderten zum Stegende hinunter, setzten uns in die Sonne und ließen die Beine baumeln.

»Erinnert mich ein bisschen an die Insel«, bemerkte Lila. »Da haben wir immer auf dem Dock gesessen und darauf gewartet, dass die Männer von ihrem Segeltörn zurückkehren. Geht es dir auch so?«

»Nein«, sagte ich. »Das ist ja einer der Gründe, warum ich hier draußen lebe. Das hier steht nur für sich und erinnert mich eben nicht an einen anderen Lebensabschnitt.«

Sie nickte verständnisvoll.

»Aber du denkst manchmal an den Strand?«

»Ach, Lila! Jeden Tag. Wirklich jeden Tag.«

511

»Du bist sehr tapfer, tapferer, als ich es je sein könnte«, sagte sie und drückte meine Hand.

»Ich habe ja ein Team, das mir sehr hilft«, gab ich zurück.

Sie drehte den Kopf und sah mich an.

»Weißt du, die Leute fragen mich, ob da etwas ist, du weißt schon, zwischen dir und Henry. Ich meine, wo ihr die ganze Zeit über hier draußen seid und so ...«

»Lila, für mich hat es immer nur Lewis gegeben«, entgegnete ich entrüstet. Innerlich wehrte ich mich dagegen, dass die endlosen Gerüchte, die in Charleston die Runde machten, mir das Leben am Priel vermiesten.

»Und außerdem«, fuhr ich fort, »dachte ich eher, Henry und Camilla könnten sich zusammentun. Ich meine, Lewis hat mir erzählt, sie hätten sich sehr nahe gestanden, ehe Charlie aufgetaucht ist ...«

»Tja, das stimmt. Die beiden waren fast wie siamesische Zwillinge. Doch dann erschien Charlie auf der Bildfläche und das war's dann, auch wenn uns das ziemlich überrascht hat. Aber nun ist er ja schon eine ganze Weile nicht mehr da.«

»Lewis hat mal erwähnt, die beiden hätten zu viel miteinander erlebt«, sagte ich, und da nickte sie.

»So etwas kann auch Distanz schaffen.«

Nach einer Weile kam Wind auf und uns wurde kalt. Wir standen auf, schlenderten zu unseren Häusern und vereinbarten, uns demnächst nach Büroschluss zum Mittagessen zu treffen. Mit einem Mal war ich todmüde und sehnte mich nach einem langen Mittagsschlaf. Lila behauptete, sie müsse unbedingt zurück nach Charleston. Wir umarmten uns flüchtig, ehe ich den kurzen Weg hinunterging, der zu meinem kleinen Haus führte. Drinnen war es kühl und still. Meine Lider wurden ganz schwer.

Als ich Lilas Schrei – einen fast unmenschlichen Laut, wie wenn ein Tier aufheult – hörte, standen mir tatsächlich die Haare zu Berge. Mit pochendem Herzen lief ich zu ihrem Haus hinüber. Gaynelle kam aus der Küche gerannt.

Lila stand auf der Veranda. Tränen liefen ihr die Wange hinunter.

»Sie hat die Tür offen gelassen«, schluchzte sie. »Die Eingangstür stand sperrangelweit auf, als ich hierher kam. Ich habe überall nach Honey gesucht; sie ist nirgendwo zu finden. Es sind mindestens zwei Stunden vergangen. Sie ist zum Wasser gelaufen, das weiß ich. Ich habe das Kind gebeten, die Tür zu schließen, und sie hat gesagt, sie hätte es getan ...«

Bis zum Einbruch der Nacht suchten wir nach Honey. Als Henry mit Britney von der Bootstour zurückkehrte, schrie Lila sie an, bis sich Gaynelle schützend vor ihre Tochter stellte. Henry legte den Arm um Lila und führte sie auf ihre Veranda.

»Was ist denn los? Stimmt was nicht?« Camillas Stimme drang aufgeregt aus ihrem Haus bis zu uns herüber. Mit zusammengekniffenen Lippen schickte Gaynelle die schluchzende Britney nach drinnen und schloss sich der Suche an. Wir klapperten den Priel und die Marsch ab. Henry fuhr sogar mit dem Kajak das Prielufer ab und suchte auf dem Wasser nach dem

kleinen Hund, der aber unauffindbar blieb. Alligator-
spuren waren auch nicht zu entdecken.

Lila wollte über Nacht bleiben und weitersuchen,
ließ sich aber von Henry überreden, nach Hause zu
fahren.

»Wir werden weitersuchen«, versprach er. »Wir
schalten die Außenlampen ein. Wahrscheinlich hat sie
sich verirrt oder versteckt. Weißt du noch, wie Sugar
sich früher immer versteckt hat, wenn sie glaubte, du
wolltest sie nach Hause bringen?«

»Das war etwas anderes!« Lila weinte. »Honey ist
weg, das weiß ich. Ich weiß es einfach. Und ich verlan-
ge, dass sich das Kind bei mir entschuldigt, und dann
will ich sie nie wieder in meinem Haus sehen.«

Gaynelle, die Britney gescholten hatte, kam ins
Zimmer.

»Miz Howard, sie sagt, sie hat die Tür ganz sicher
zugemacht. Sie hat sogar extra noch mal nachgesehen.
Sie wissen doch, wie sehr sie an dem kleinen Hund
hängt. Und unvorsichtig ist sie normalerweise nie.«

»Sorgen Sie bloß dafür, dass sie sich nicht mehr in
meinem Haus aufhält«, sagte Lila. Ihr Gesicht war rot
und geschwollen. Vor lauter Kummer schloss sie die
Augen.

»Sie hat bestimmt keine Lust mehr, Ihr Haus zu betreten«, sagte Gaynelle tonlos.

»Und ich erwarte eine Entschuldigung.«

»Die werden Sie von meiner Tochter nicht bekommen. Wenn sie sagt, sie hat die Tür nicht offen gelassen, dann hat sie das auch nicht getan«, schnaubte
Gaynelle.

514

Die beiden Frauen standen sich gegenüber und starrten sich wütend an. Und dann fuhr Lila schluchzend nach Hause. Gaynelle brachte ihre bestürzte Tochter heim. Henry und ich sahen nach Camilla; sie schlief tief und fest. Wir gingen wieder nach draußen, suchten bis Mitternacht mit Taschenlampen und riefen immer wieder nach dem kleinen Hund. Leider fanden wir Honey weder in dieser Nacht noch später.

Am nächsten Wochenende reisten Lila und Simms für vier Wochen auf die Grenadinen – laut Simms zum Segeln eine der besten Gegenden auf der Welt.

»Sie werden nicht mehr wiederkommen«, prophezeite Camilla beim Abendessen nach ihrer Abreise verbittert. »Jedenfalls nicht zum Priel. Ich kenne Lila. Ich wusste, wir würden sie verlieren, aber ich wäre nie auf die Idee gekommen, dass die unnütze kleine Göre unserer Putzfrau unsere Freunde vertreibt.«

Henry und ich tauschten einen viel sagenden Blick und hielten den Mund. Weder er noch ich glaubte, dass Britney die Tür offen gelassen hatte. Auf der anderen Seite wussten wir nicht genau, was sich da abgespielt hatte. Also hatte es keinen Sinn, sich deshalb mit Camilla zu streiten. Uns allen setzte es sehr zu, dass Lila, Simms und der kleine Hund nicht mehr da waren. Wir mussten erst lernen, diesen Verlust zu verschmerzen.

515

Kapitel fünfzehn

Britney kam nie mehr an den Priel hinaus. Wir versuchten sie mit Bootstouren auf dem Whaler, mit Schwimmen und mit gegrillten Hamburgern zum Abendbrot zu ködern. Aber sie drückte den Rücken durch, kniff die Lippen zusammen und weigerte sich beharrlich.

»Was ist denn?«, fragten Henry und ich Gaynelle immer wieder. »Sie wird doch wissen, dass wir ihr keine Schuld an Honeys Verschwinden geben. Und Sie haben ihr doch sicherlich gesagt, dass sie Lila nicht wiedersehen wird. Wir vermissen Britney wirklich sehr. Sie hat diesem Ort Leben eingehaucht.«

»Ich habe ihr das alles genau erklärt«, sagte Gaynelle. »Aber es bringt nichts. Sie kommt nicht mit und redet auch nicht darüber. Nach Honeys Verschwinden hat sie lange geweint. Damit hat sie nun aufgehört. Sie ist einfach … traurig. Britney hat den kleinen Hund geliebt. Und so wie Mrs Howard hat noch nie jemand mit ihr gesprochen.«

Selbst Gaynelle wirkte auf mich ziemlich bedrückt, doch sie war wie eh und je voller Tatkraft und packte überall mit an. Ich fand, dass sie dünner geworden war.

Ihre Shorts saßen lose auf den Hüften und unter ihrem engen T-Shirt zeichneten sich die Rippen ab. Durch den Gewichtsverlust wirkten ihre üppigen Brüste noch größer. Keine Ahnung, wieso, aber wenn mein Blick auf diese Brüste fiel, stimmte mich das unendlich traurig.

Kummer spiegelte sich in Henrys Blick wider. Nach einer Weile verschwand dieser Ausdruck und er setzte wieder die unbeteiligte Miene auf, die zu tragen er sich in letzter Zeit angewöhnt hatte. Ich ahnte, dass er auf Lila wütend war und dass das Verschwinden des kleinen Hundes ihm Rätsel aufgab; aber hauptsächlich vermisste er Britney. Und dass er sie so sehr vermisste, stimmte mich melancholisch.

»Was macht sie jetzt nach der Schule?«, erkundigte ich mich, als Britney sich weigerte, mit ihrer Mutter zu uns zu kommen.

»JoAnne nimmt sie«, erklärte Gaynelle. »Das geht schon in Ordnung. Sie hat eine Tochter, die nur drei Jahre älter als Brit ist. Trotzdem … der Altersunterschied ist beträchtlich. Wenn Sie mich fragen, sind die beiden Mädchen nicht gerade scharf darauf, Freundschaft zu schließen. Ich habe eine neue Festspielgruppe für sie gefunden, auf John's Island. Die Leiterin macht das schon dreißig Jahre. Sie betreut immer nur fünf Mädchen auf einmal. Hat mich richtig gefreut, dass sie Britney genommen hat. Miss Delaporte arbeitet hart mit ihnen, fünf Nachmittage die Woche. Britney lernt alle Tricks. Laut Miss Delaporte hat sie großes Talent.«

»Könnten wir für die Unkosten aufkommen?«,

fragte ich. Dass Britney wieder in dieser Tretmühle war, entsetzte mich, was ich allerdings nicht laut aussprach. »Quasi als Geburtstagsgeschenk von Henry und mir.«

»Mr Howard hat mir einen Scheck geschickt«, sagte Gaynelle, ohne uns anzuschauen. »Er war sehr großzügig. Damit finanziere ich das. Sehr passend.«

Henry und ich schauten uns an, ohne Simms' Verhalten zu kommentieren.

Camilla verlor kein einziges Wort über Britneys Abwesenheit. Im Umgang mit Camilla gab Gaynelle sich wie immer gut gelaunt. Nur wenn einer von uns da war, ließ sie Camilla für einen Moment aus den Augen. Zum Abendessen blieb sie nicht mehr und T. C. kam auch nur noch selten.

»Ich vermisse euch alle sehr«, gestand ich. »Es kommt mir vor, als hätte ich meine Familie verloren. Der Gedanke, dass Sie sich jetzt nicht mehr bei uns wohl fühlen, macht mich ganz krank.«

»Nein. Sie *sind* meine Familie. Und ich werde bestimmt nicht kündigen. Jedenfalls nicht jetzt, wo Miz Curry noch mehr Hilfe braucht.«

»Ich weiß«, sagte ich. »Anscheinend hat sie ihren Kampfgeist verloren. Jetzt liegt sie nur noch im Bett, es sei denn, wir setzen sie in den Rollstuhl oder holen sie zu den Mahlzeiten. Das gefällt mir überhaupt nicht. Ihre Kraft und ihr Wille haben uns immer den Rücken gestärkt.«

»Sie hat immer noch einen starken Willen, glauben Sie mir. Sie zerreißt ihre Notizbücher, und als ich mich neulich gebückt habe, um eins aufzuheben, das von ihrem Bett gefallen ist, ist sie mir fast an die Gurgel gegangen.«

»Hoffentlich haben Sie Recht«, sagte ich. »Wenn sie mit uns zusammen ist, kommt sie mir immer sehr zerbrechlich vor. Andererseits bekommen wir sie ja meistens nur am Abend zu Gesicht, wenn sie schon einen langen und anstrengenden Tag hinter sich hat.«

Mitte Februar fuhr ich mit Henry auf dem Motorrad zu JoAnnes Haus, da Britney samstags nicht zur Probe ging. Gaynelle blieb bei Camilla. Als ich ihr von unseren Plänen erzählte, bestand sie darauf, zum Priel herauszukommen.

»Das würde Britney große Freude machen«, sagte sie.

Und Britney freute sich wirklich sehr. Kaum hörte sie das Knattern des Motorrades, da schoss sie aus dem kleinen Zementsteinhaus, als säße ihr der Teufel im Nacken. Noch ehe der Gute absteigen konnte, warf sie sich in Henrys Arme.

»Ich hab gewusst, dass Sie kommen«, trällerte sie und umarmte uns beide. »Ich habe Tante JoAnne gesagt, dass Sie kommen. Und T.C. auch. Soll ich mal meine neue Nummer vorführen?«

»Nein«, sagte Henry und hob die Hand. »Ich möchte mit dir und Anny zu Stanfield's rüberfahren und Eis essen.«

»Ja!«, kreischte sie und schlug ein.

Wir liehen uns JoAnnes Wagen, fuhren zur Eisdiele, setzten uns unter einen Sonnenschirm an einen Zementtisch und aßen Eis. Ich hatte Pfefferminzeis mit Schokoladensplittern gewählt, Henry Kirsch-Vanille und Britney ein Bananensplit, das sie geradezu verschlang. Mit schokoladenverschmiertem Mund grinste sie uns an.

»Warum kommst du uns denn nicht mehr besuchen, Brit?«, fragte Henry schließlich vorsichtig nach.

Für einen Moment senkte sie den Blick und sagte dann: »Ich habe Angst, dass Honey ans Ufer geschwemmt wird, wenn ich da bin, oder vielleicht sogar halb zerstückelt auftaucht. Und Miz Curry will mich da nicht.«

Der Gedanke an den toten kleinen Hund ließ mich zusammenzucken. Britneys Furcht war mir vertraut. War ich nicht vor meinem eigenen verstorbenen Gatten davongelaufen, als ich mir einbildete, er würde mit Perlenaugen umherwandern?

»Schätzchen, das mit Camilla stimmt nicht. Und außerdem, du würdest sie ja kaum zu Gesicht kriegen. Sie schläft jetzt fast immer.«

»Nein, tut sie nicht«, erwiderte Britney stur, aber mehr war ihr nicht zu entlocken.

Von da an besuchten wir Britney häufiger im Haus ihrer Tante und Ende Februar schenkte Henry ihr einen kleinen Malteser-Welpen. Das Geschenk machte sie zum glücklichsten Kind, das mir je unter die Augen gekommen war.

»Sie soll Henrietta heißen«, jubelte sie und drückte den kleinen Welpen an ihre magere Brust. »Und ich werde sie nie rauslassen. Niemals.«

Britney konnten wir nur am Wochenende sehen und so standen wir vor der Frage, was wir in der Zeit mit Camilla machen sollten. Gaynelle löste das Problem. Sie bot an, sich den halben Samstag um Camilla zu kümmern, die tagsüber sowieso viel schlief, damit wir Zeit mit der Kleinen verbringen konnten. Wir versuchten, sie davon abzubringen.

»Sie haben fast nie frei«, wandte ich ein. »Wir können uns samstags abwechseln. Ich besuche Britney eine Woche und Henry kommt dann in der nächsten. Ich kann nicht zulassen, dass Sie sich für uns aufopfern.«

»Sie haben ja keine Ahnung, wie sehr sich Britney über Ihre Besuche freut«, sagte sie. »Dafür würde ich rund um die Uhr arbeiten. Und ich möchte nicht, dass Sie allein auf Camilla aufpassen, Anny. Um sie hochzuheben, braucht es einen starken Ochsen wie mich. Und Sie wiegen ja kaum noch mehr als ein Schmetterling.«

An diesem Abend stellte ich mich nackt vor den Badezimmerspiegel und betrachtete mich. Ich konnte mich nicht erinnern, wann ich das letzte Mal in den Spiegel geschaut hatte. Meine Rippen und eine Andeutung von Hüftknochen waren deutlich zu erkennen, für mich ein ganz neuer Anblick. Ich sah mir überhaupt nicht mehr ähnlich.

»Würdest du mich noch erkennen, Lewis?«, flüsterte ich. »Und was, wenn nicht?«

Der Gedanke war so beunruhigend, dass ich ihn sofort verdrängte. In den Spiegel schaute ich kein zweites Mal.

Am letzten Samstag im Februar stand Henry früh auf und bat mich auf die Veranda hinaus. Er grinste bis über beide Ohren. Ehe ich ihn fragen konnte, was so lustig war, ertönte auf dem Schotterweg das grummelnde Knattern von Motorrädern und T. C. und Gaynelle bogen um die Ecke. Kieselsteine wirbelten durch die Luft. T. C. saß auf der Rubbertail und Gaynelle auf ihrer pinkfarbenen Harley.

»Der Unterricht fängt an«, rief T. C. so jovial, als hätten wir uns erst gestern und nicht vor ein paar Wochen zum letzten Mal gesehen.

»Henry, heute lernen Sie, wie man die Rubbertail fährt. Und Anny, Sie fahren mit Henrys 230.«

»Nein!«, jammerte ich.

»Doch«, entgegnete Henry unnachgiebig.

Nachdem sich die erste Unsicherheit gelegt hatte, beherrschte Henry das große, schwere Motorrad wie ein alter Hase. Gefolgt von einer Staubwolke, bretterte er allein über die Autobahn. Ich hingegen stellte mich nicht ganz so geschickt an. Das kleine Motorrad schlingerte, bockte und knatterte. Ich zuckte zusammen, scharrte mit den Füßen über den Boden und würgte mehrmals den Motor ab, aber schließlich schaffte ich es, ziemlich unsicher eine Runde auf der Zufahrt zu drehen. Je länger ich auf der Maschine saß, desto besser wurde anscheinend mein Gefühl für den kleinen brummenden Motor, und als Henry auf der Rubbertail zurückkehrte, getraute ich mich schon, so schnell zu fahren, dass mir der Wind kräftig ins Gesicht und durch die Haare blies.

»Klasse ist das!«, rief Henry, stieg von der Rubbertail und schlug mit mir ein, als ich mit zitternden Beinen von der 230 kletterte.

»Ich wusste, Sie schaffen das!«, rief Gaynelle von

der Veranda. Ich sah zu ihr hinüber. Sie stand hinter Camilla auf der schattigen Terrasse, riss die Arme hoch, faltete die Hände und schwenkte sie wie der Boxer Rocky über dem Kopf. Camilla, im grün gestreiften Kaftan und mit Sonnenbrille, winkte nicht, aber sie schmunzelte.

»Die fliegenden Snopes«, rief sie. Ihre Worte versetzten mir einen Stich. Wieso, fragte ich mich, denkt jemand bei unserem Anblick an William Faulkners bestialischen Hinterwäldlerclan? Gaynelles Miene verriet mir, dass sie sich dieselbe Frage stellte, was mich überhaupt nicht wunderte, denn Gaynelle war sehr belesen. Sie kniff die Lippen zusammen und schwieg.

»Nur zu, dreht noch eine Runde«, rief sie dann. »Camilla und ich bereiten Krebsküchlein nach dem Rezept ihrer Mutter vor.«

»Sie lässt Camilla keine Sekunde allein«, sagte ich zu Henry. »Was wir für ein Glück haben!«

»Stimmt«, sagte Henry. »Macht mir mein Leben wesentlich leichter.«

∗ ∗ ∗

An jenem Nachmittag, als ich ungefähr ein Pfund Staub in der Dusche gelassen hatte und mich fürs Abendessen umzog, wollte ich das schwere Goldarmband anlegen, das Lewis mir zum ersten Hochzeitstag geschenkt hatte, konnte es aber nicht finden. Da ich es nur äußerst selten ablegte, war ich etwas verwirrt und nach einer ausgiebigen Suche richtiggehend beunruhigt. Ich erinnerte mich, dass ich es abgelegt hatte, ehe ich aufs Motorrad gestiegen war. Wohin ich es gelegt hatte, war mir entfallen.

»Hat jemand mein Goldarmband gesehen?«, fragte ich beim Abendessen. »Ich habe es heute Morgen abgemacht, erinnere mich aber beim besten Willen nicht mehr, wohin ich es gelegt habe. Könntet ihr mal bei euch nachsehen?«

Lange Zeit sagte keiner von uns etwas. Dann ergriff Camilla leise das Wort: »Ich vermisse auch ein paar Gegenstände. Den kleinen Siegelring, den ich von meiner Großmutter habe, und ein Paar Smaragdohrringe, die mir Charlie von irgendwoher mitgebracht hat. Ich denke, das sollte uns nicht wundern ...«

Ich riss den Kopf hoch und starrte sie an. Im Kerzenschein wirkte ihr Gesicht friedlich. Sie senkte die von langen Wimpern gesäumten Lider.

»Was willst du damit andeuten, Camilla?«, fragte ich.

»Eigentlich nichts. Gut möglich, dass ich wie du die Sachen verlegt habe. Ich wollte es ja eigentlich gar nicht erwähnen, doch jetzt, wo auch dein Armband verschwunden ist, dachte ich ...«

»Falls du an Britney gedacht hast, weißt du ganz genau, sie ist seit drei Wochen nicht mehr hier draußen gewesen«, sagte ich.

»Ich weiß.« Camilla hob den Blick noch immer nicht.

»Willst du damit sagen, du denkst ...«

Endlich sah sie uns an, doch sie schwieg beharrlich.

»Niemals, nicht in einer Million Jahren«, eiferte ich mich. »Bestimmt nicht. Ich kann nur hoffen, du hast nicht vor, sie darauf anzusprechen. Denn wenn dem so sein sollte …«

»Selbstverständlich nicht«, entgegnete sie indigniert. »Wir stehen in ihrer Schuld. Und außerdem habe ich das auch gar nie wirklich in Betracht gezogen. Ich finde es nur eigenartig, dass wir beide Sachen verlieren, in so kurzer Zeit.«

»Dann werden wir sie bestimmt in ebenso kurzer Zeit wieder finden.«

»Ganz bestimmt«, sagte Camilla.

Wir sprachen nicht mehr über den Schmuck. Nachdem ich sie ins Bett gebracht und bei ihr das Licht gelöscht hatte, ging ich auf meine kleine hintere Veranda und setzte mich. Lewis' alter Frotteebademantel schützte mich vor der kühlen Frühjahrsnachtluft. Ich bemühte mich, nicht an die schreckliche Unterhaltung von vorhin zu denken. Mit Händen und Füßen wehrte ich mich dagegen, dass sich auch nur der leiseste Zweifel in meinem Kopf einnistete.

Als ich schließlich gegen zwei Uhr nachts zu Bett ging, brannte in Camillas Schlafzimmer kein Licht. Drüben im Gästehaus bei Henry waren alle Lampen eingeschaltet.

✳   ✳   ✳

Am darauf folgenden Samstag rief Gaynelle in der Frühe an und sagte: »Die Iron Johns und die Thunderhogs – das sind wir – fahren heute Nachmittag runter zum Folly Beach. Das ist keine offizielle Veranstaltung, nur ein kleines Frühjahrswettrennen. Zwei-, dreimal im

Jahr machen wir das mit den Johns, diesmal für Tim Satterwhite und seine Familie. Ein Sechsachser ist auf der I-26 seitlich in Tim reingerauscht und nun hat Tim einen Wirbelsäulenschaden und muss sich fünf Operationen unterziehen. Deshalb halten wir es für richtig, die Fahrt in seinem Namen zu veranstalten. Na, und da dachten wir uns, Sie und Henry hätten vielleicht Lust, uns zu begleiten. Wir fahren nur hin, trinken ein paar Bier bei Sandy Don's, essen vielleicht noch ein paar Shrimps und fahren dann wieder heim. Ist eine gute Einführung. Keine große Sache, es geht nicht ums Gewinnen. Das sind alles Freunde. Wir rasen nicht, drücken nicht brutal aufs Gas oder so. Henry kann mit T. C. fahren und Sie mit mir. Was halten Sie davon?«

Nachdem es eine Woche lang durchgeregnet hatte, schien heute endlich wieder die Sonne, und es juckte mich buchstäblich in den Fingern, rauszugehen und etwas zu unternehmen. Henry, Camilla, Gaynelle und ich hatten in den vergangenen Tagen keinen Fuß vor die Tür gesetzt, uns die Zeit mit Lesen vertrieben, Musik gehört oder gelegentlich ferngesehen. Camilla hatte nur geschlafen. Da war der Gedanke, die Sonne und den Wind zu spüren und auf laut knatternden Motorrädern an einen anderen Strand zu fahren, unerhört verführerisch.

Als ich Henry von dem Vorschlag erzählte, strahlte er übers ganze Gesicht, und ich sagte zu, ehe wir es uns anders überlegen konnten.

»Wir werden Sie gegen Mittag auflesen«, sagte Gaynelle. »Sie werden eine Jacke und Sonnencreme brauchen.«

Nachdem ich Camilla zum Frühstück herübergeholt hatte, erzählten wir ihr von dem Ausflug, den wir machen wollten. Sie schloss die Augen.

»Werde ich euch an eine Motorradclique verlieren?«, fragte sie, doch sie schmunzelte dabei.

»Nein, auf gar keinen Fall«, versicherte ich ihr. »Wir fahren nur dieses eine Mal mit; aber wann habe ich denn noch mal die Chance, mit einem Motorradverein auf große Fahrt zu gehen?«

»Da hast du auch wieder Recht. Übrigens, und wer wird währenddessen auf die alte Dame aufpassen?«

»Red nicht so«, bat ich. »Du wirkst jünger als wir. JoAnne hat angeboten zu kommen. Sie bringt ihre älteste Tochter und deren Freundin mit, aber die beiden wirst du gar nicht zu Gesicht bekommen. Die Mädchen wollen nur auf dem Anlegeplatz liegen und sich sonnen. Ihre Freunde kommen sie um sechs Uhr abholen. JoAnne wird für dich das Abendessen zubereiten und wir werden kurz nach Einbruch der Dunkelheit wieder da sein.«

»Klingt gut«, erwiderte sie müde. »JoAnne und ich können unsere Diskussion über das Raum-Zeit-Kontinuum fortsetzen.«

Henry und ich lachten. JoAnne war eine der nettesten Frauen, die ich kannte, doch sie interessierte sich ausschließlich für Reality-TV.

»Ich sag dir was«, schlug Henry vor. »Morgen werden wir mit dir zum Mittagessen in den Yachtclub fahren. Ist ja schon Monate her, dass du das letzte Mal in Charleston warst.«

»Ach, Henry, das finde ich aber gar nicht gut«,

wehrte Camilla ab. »Ich bin noch nicht so weit. Fang lieber ein paar Krebse für mich und die kochen wir dann.«

Ich empfand große Erleichterung. Im Yachtclub zu Mittag zu essen, war das Letzte, wonach mir momentan der Sinn stand. Ich war auch noch nicht so weit – da ging es mir genau wie Camilla.

Um zwölf Uhr tauchten T. C. und Gaynelle auf ihren Motorrädern auf. JoAnne und ihr Anhang folgten im Truck. Nachdem uns die beiden Teenager-Lolitas vorgestellt worden waren, die den Eindruck erweckten, sie würden die amerikanische Sprache nur rudimentär beherrschen, brachte JoAnne Camilla auf die Veranda.

»Ich werde für Sie Curry-Kartoffelsalat zum Mittag machen«, verkündete sie stolz. »Meine Familie kann gar nicht genug davon kriegen.«

Ich wand mich innerlich. »Du hast bei uns etwas gut«, flüsterte ich Camilla leise zu.

»Ihr steht ganz schön tief in meiner Schuld«, flüsterte sie zurück.

Auf der Fahrt durch Sonne und Schatten konnte ich mich endlich entspannen und auf den Rhythmus des Asphalts und der vibrierenden pinkfarbenen Harley einlassen. Motorräder jagten mir inzwischen keine Angst mehr ein – vorausgesetzt, der Fahrer überschritt nicht ein gewisses Tempo. Mit Ausnahme der ersten Fahrt, die ich mit T. C. gemacht hatte, hatten mir die Spritztouren allerdings auch keinen richtigen Spaß gemacht. Heute änderte sich meine Einstellung – heute genoss ich den Wind, die Sonne und den Luftzug.

Henry, der bei T.C. auf dem Rubbertail-Sozius saß, drehte sich zu uns um und hielt den Daumen hoch. Trotz Helm und Brille konnte man deutlich erkennen, wie er bis über beide Ohren grinste. Da hielt ich auch den Daumen hoch. Ich fühlte mich, wie ich mich noch nie zuvor gefühlt hatte: als würde ich mitten am Tag nackt über einen Platz laufen.

Wir trafen mit leichter Verspätung auf dem Wal-Mart-Parkplatz auf der Folly Beach Road ein, wo die beiden Clubs sich verabredet hatten. Auf dem hinteren Parkplatz hatte sich ein Haufen Motorradfahrer einge-funden. Plötzlich musste ich an ein Gemälde denken, das ich als kleines Kind sehr gemocht hatte. Auf dem Bild von Rosa Bonheur mit dem Titel *Horse Fair* ist eine romantische Szene dargestellt: große muskulö-se Pferde, atemberaubend schöne Giganten, die aus-schlugen und an den Zügeln zerrten. Im Vergleich zu den Tieren wirken die Menschen auf dem Bildnis wie Zwerge. Früher saß ich in meinem Zimmer, schlug das Buch aus der Bücherei auf, betrachtete stundenlang das Bild und überlegte mir, welches Pferd ich am liebs-ten gehabt hätte. Der Anblick dieser Meute erinnerte mich an dieses Bild.

Wir wurden allen vorgestellt. Die Motorradfahrer waren sehr freundlich und womöglich etwas über-rascht, dass Gaynelle und T.C. so gediegene alte Leu-te im Schlepptau hatten. Und im Vergleich zu ihnen waren wir tatsächlich alt. Es gab auch ein paar Biker mittleren Alters, doch die meisten Männer und Frau-en waren noch ziemlich jung. Alle waren in schwarzes Leder gehüllt und tätowiert. Ein Großteil der Männer trug Stirnbänder und viele hatten einen Bart und einen Pferdeschwanz. Die Frauen waren überwiegend jünger, schlank und hatten ein Faible für volles langes Haar. Ein paar von ihnen hatten sich in der Frühjahrssonne schon einen leichten Sonnenbrand zugezogen. Die meisten Biker waren mir auf Anhieb sympathisch. Dennoch vergaß ich ihre Namen sofort.

Der Lärm war einfach überwältigend. Der Fahrtwind und die pulsierende Kraft der Motorräder blendeten schon viel aus, doch dieses ohrenbetäubende Knattern, das laute Grummeln der Motoren war so übermächtig, dass man alles andere um sich herum vergaß. Vermutlich waren wir nur fünfunddreißig oder vierzig Personen, aber als wir hintereinander die Folly Road entlangfuhren, erstickte das tiefe Knurren der Motorräder alle anderen Geräusche. Ich war wie hypnotisiert und kam erst wieder zu mir, als wir auf den Parkplatz von Sandy Don's rollten.

»Wie viele von den Clubmitgliedern sind taub?«, fragte ich Gaynelle.

»Ach, Sie müssten mal hören, wie es klingt, wenn wir richtig aufdrehen. Wenn man bremst und gleichzeitig Gas gibt, hört man das noch in Miami. Leider machen einen dann die Polizisten zur Minna.«

Sandy Don's war eine klapprige, verwitterte und windschiefe Strandhütte auf Pfählen mit grauem Schindeldach, ganz dicht am Wasser, gleich hinter dem Holiday Inn und dem neuen langen Pier.

Man sah der Kneipe an, dass sie schon ein paar Jahre auf dem Buckel hatte. Das Wetter und der Zahn der Zeit nagten an den Schindeln, und Ebbe und Flut färbten die im Wasser stehenden Pfähle, an denen sich Entenmuscheln festgesetzt hatten, grün.

»Früher hat das Restaurant weiter hinten gestanden«, rief Gaynelle, »aber der Strand wird von Jahr zu Jahr schmaler. Irgendwann wird es das Don's nicht mehr geben. Das Meer hat eine Menge Häuser auf dem Gewissen.«

Falls irgendjemand auf Folly Island an diesem Tag vorhatte, bei Sandy Don's einzukehren, wurde er bitter enttäuscht. Schon jetzt standen die Motorräder dicht an dicht auf dem Parkplatz und es kamen laufend noch mehr dazu. Ein Teil der Biker blieb draußen auf dem Parkplatz, andere erklommen die windschiefe Treppe, die zum Restaurant führte. Drinnen wurden Songs von den Shirelles und dem allgegenwärtigen Billy Gilman gespielt. Die Musik war noch auf dem Parkplatz und am Strand zu hören. Auf wackligen Beinen, windzerzaust und vollkommen taub stiegen wir hinter Gaynelle und T.C. die Stufen hinauf.

Unten am Strand lagen die Menschen in der Sonne oder surften. Es herrschte Ebbe. Ein paar Kinder und Hunde sprangen weit draußen durchs flache Wasser. Bei ihrem Anblick krampfte sich alles in mir zusammen: Einen Augenblick lang sah ich vor meinem geistigen Auge die Kinder auf Sullivan's Island und unsere Hunde, doch dann radierte die gleißende Nachmittagssonne dieses Bild aus, bis ich nur noch die echten Kinder und Hunde an diesem Strand sah.

Auf einer Terrasse standen Tische, aber die Sonne brannte unbarmherzig und T.C.s Kopf war schon ganz rot. Meine Wangen glühten und Henrys Gesicht

war bis auf die zwei weißen Ringe, die seiner Sonnenbrille geschuldet waren, ebenfalls gerötet. Gaynelle,
die schon braun war, hatte nun einen leichten Rotton
und Millionen von Sommersprossen. In einer dunklen, kühlen und abgelegenen Ecke entdeckte T. C. einen freien Tisch, auf den wir sofort zusteuerten. Kurze Zeit später wimmelte es im Restaurant nur so von
Bikern, die sich lautstark unterhielten, lachten und
Geldscheine in einen Helm warfen, der herumgereicht
wurde. Die Jukebox lärmte unablässig. Auf den Tischen – auch auf unserem – tauchte wie von Zauberhand ein Krug Bier nach dem anderen auf. Normalerweise mache ich mir nichts aus Bier, doch heute trank
ich gierig. Der Gerstensaft war eiskalt und Balsam für
staubige Kehlen.

Später wurden Platten mit frittierten Shrimps und
Zwiebelringen und noch mehr Bier aufgetischt. Wir
aßen, das weiß ich noch ganz genau, doch hinterher
konnte ich mich kaum daran erinnern. Ich weiß nur,
dass ich so zugelangt hatte, dass mir ein bisschen übel
wurde. Und dann, als hätte jemand den Startschuss gegeben, erhoben sich alle und tanzten. Auch daran entsinne ich mich nur noch vage. Wie entfesselt bewegte
ich mich inmitten der Meute zur Musik und wurde von
Lied zu Lied lockerer. Ich tanzte mit vielen Männern,
aber hauptsächlich mit Henry. Er bewegte sich sehr
lässig und elegant und plötzlich fiel mir wieder ein, wie
er mit Fairlie an einem Augusttag auf Sullivan's Island
in den Wellen getanzt hatte. Schnell verdrängte ich den
Gedanken und genoss das Hier und Jetzt.

»Ich wusste gar nicht, dass du dich so bewegen

kannst«, sagte Henry während einer kurzen Pause, in der wir einen Schluck Bier tranken.

»Das hat mir Lewis beigebracht. Ach Henry, weißt du was? Er hat es mir bei Booter's gezeigt. Bei unserer ersten Verabredung.«

»Tja, es gibt nichts Neues unter der Sonne«, erwiderte Henry ernst und schob mich wieder auf die Tanzfläche.

»Hier ist es wunderbar«, sagte ich zu Gaynelle und T. C., als wir an den Tisch zurückkehrten. »Hat man auf Bikertreffen immer so viel Spaß?«

Sie lachte. »Ach, das ist doch gar nichts. Sie müssten uns erst mal auf Myrtle Beach während der Bikerwoche erleben. Da treffen sich fünfhunderttausend von uns, eine Woche lang. Und Daytona, mein Gott, da kommen eine Million und machen zehn Tage lang Halligalli. Da kommt es schon mal vor, dass der eine oder die andere erst wieder auf der Heimfahrt, ungefähr bei Waycross, zu sich kommt.«

»Was treibt ihr denn da so?«

»Lieber Himmel, wo soll ich nur anfangen? Wettrennen finden statt, das schönste Motorrad wird prämiert und überall spielen Bands. Es gibt Bier und Schnaps, es wird getanzt, die Leute tragen unglaublich abgefahrene Sachen und fahren mit den ausgefallensten Motorrädern vor ... es ist einfach unglaublich. Vielleicht fahren wir nächstes Jahr auch wieder hin.«

»Ja«, warf T. C. ein. »Henry würde gleich einen Narren an der Meute fressen, die sich wettkampfmäßig zudröhnt. Die knallen sich alles rein, was nur geht, genau das Richtige für einen Novizen. Und dann gibt es den

533

Wettbewerb, wo die Mädels sich in nassen T-Shirts präsentieren, und natürlich das Frauenringen und -boxen und die Kür der schönsten Tätowierungen. Wir könnten ja Anny fürs Krautsalatringen anmelden oder den Cornflake-Zweikampf. Es gibt zig Möglichkeiten.«

Ich musste so sehr lachen, dass ich keine Luft mehr bekam und Henry mir auf den Rücken klopfen musste.

»Krautsalatringen ist genau meine Kragenweite«, sagte ich und bekam Schluckauf. »Ist es das, was ich mir darunter vorstelle?«

»Ja. Riesengroße Becken mit Krautsalat hinter den Clubs. Da steigen die Frauen rein und ringen miteinander. Es gibt eine Dame aus Omaha, die jedes Mal gewinnt. Wir vermuten schwer, sie schläft in Mayonnaise. Am zweiten Tag, wenn die Sonne immer voll draufbretzelt, fängt der Krautsalat an zu stinken.«

Als ich wieder kichern musste, erhob Henry sich.

»Ich sollte Aschenputtel jetzt nach Hause bringen«, sagte er. »Geht es in Ordnung, wenn wir uns jetzt auf den Weg machen?«

»Sicher«, sagte Gaynelle mit einem Blick auf ihre Uhr. »Mein Gott, es ist ja schon neun! Ich habe Jo-Anne versprochen, wir sind bei Einbruch der Dunkelheit zurück. Ich rufe sie noch schnell an und dann fahren wir los.«

Auf der Heimfahrt durch die schöne, kühle Nacht wurde ich langsam wieder nüchtern. Gelegentlich kam mir das Bier hoch und mein Gesicht und meine Arme brannten wie Feuer, doch ich fühlte mich herrlich, leicht, frei und jung. Als ich den Kopf reckte und

Gaynelle etwas ins Ohr brüllen wollte, musste ich feststellen, dass mich jemand mit einem weichen Seil an ihre Taille gebunden hatte, was mir derart komisch vorkam, dass ich wieder laut herauslachen musste. Ich lachte immer noch, als Gaynelle und T.C. am Ende der Zufahrt, die zu unseren Häusern führte, anhielten. Den Rest des Weges wollten wir zu Fuß zurücklegen, damit Camilla nicht wach wurde.

Ich stolperte durch die Dunkelheit. Henry nahm mich an die Hand.

»Kommt mir fast vor, als würde dein Vater schon auf mich warten, mit einem Gewehr«, sagte er.

Ich kicherte. »Wohl eher mit einer leeren Flasche Jim Beam.«

JoAnne saß mit ihrem Korb und Strickzeug auf der obersten Treppenstufe. Bei Camilla brannte nur eine Wohnzimmerlampe, deren Lichtschein auf JoAnnes Gesicht fiel. Sie lächelte.

»Sie schläft seit zwei Stunden«, erklärte sie. »Hat meine kleine Schwester sich anständig benommen?«

»Es war fabelhaft«, gestand ich.

Henry brachte sie zu ihrem Truck, verabschiedete sich von ihr und kam dann zurück.

»Möchtest du noch eine Tasse Kaffee?«, fragte ich halbherzig.

»Um Himmels willen, nein! Ich will nur noch ins Bett. Morgen früh nehme ich dein Angebot gern an.«

Wir schlenderten zu meinem dunklen Haus, stießen mehrmals irgendwo gegen und lachten leise.

»Krautsalatringkampf«, gackerte Henry. »Nasse T-Shirts. Ach, schöne neue Welt.«

535

Da musste ich wieder lachen, und ich lachte immer noch, als wir zu meiner hinteren Veranda gelangten. Henry hatte nur einen kurzen Weg vor sich, um den Pool herum und das kurze Stück zum Gästehaus hinauf.

Einen Moment lang blieben wir auf der Veranda stehen und betrachteten die tief über dem Fluss stehenden Sterne. Der Große Bär war zu erkennen.

»Soll ich Licht machen?«, fragte ich.

»Nein. Ich finde mich schon zurecht.«

Er hielt inne, beugte sich dann zu mir herunter und gab mir einen sanften, süßen, kurzen Kuss. Seine Lippen waren von der Sonne und dem Wind ganz trocken. Er trat einen Schritt zurück und sah zu mir hinunter.

»Gütiger Gott, seit dem Medizinstudium habe ich keinem Mädchen mehr einen Gutenachtkuss gegeben«, gestand er. »Muss ich mich entschuldigen?«

»Nein.« Auf einmal fühlte ich mich ganz eigenartig.

Er drehte sich um, winkte mir kurz zu und verschwand in der Dunkelheit. Ich blieb, wo ich war, dachte an gar nichts, war einfach nur ich selbst.

Camillas Stimme schallte vom dunklen Pool herüber.

»Henry«, rief sie leise, »habt ihr euch gut amüsiert?«

Mist!, dachte ich und fragte mich, ob sie uns beobachtet hatte. Falls ja, würde sich bestimmt manches ändern.

»Wie bist du hierher gekommen?«, hörte ich Henry trocken fragen.

»Mit dem Rollstuhl«, sagte Camilla. »Die Veranda ist auf gleicher Höhe wie das Haus. Ich kriege das mittlerweile schon ganz gut hin.«

»Warte. Ich komme und bringe dich zu Bett«, sagte Henry im Dunkeln. »Das ist nicht witzig, Cammy.«

Ich machte auf dem Absatz kehrt, ging in mein Haus und schlief schon, ehe ich die Jeans abgestreift hatte.

Am nächsten Morgen war alles wie immer. Und Montagmorgen kam Gaynelle wie gewöhnlich und erzählte Camilla von unserem Ausflug nach Folly Beach.

»Die beiden sind wahre Naturtalente«, erklärte sie. »Ich werde sie nächstes Jahr zur Bikerwoche nach Daytona mitnehmen.«

»Ja«, sagte Henry. »Und erzählen Sie ihr doch von dem Krautsalatringkampf.«

Was Gaynelle dann auch tat. Und Camilla lachte wie ein junges Mädchen.

*   *   *

Mitte der nächsten Woche kam Henry aus der Klinik und sagte: »Susie hat mich heute im Büro angerufen. Sie feiert morgen ihren achten Geburtstag und gibt eine Party. Sie möchte, dass ich in die Stadt komme, über Nacht bleibe und für sie Pancakes zum Frühstück mache. Nancy möchte das auch und da kann ich natürlich nicht Nein sagen. Und irgendwann muss ich da ja mal hin.«

»Natürlich gehst du«, sagte Camilla warmherzig. »Es ist wirklich an der Zeit. Bring uns ein Stück von der Geburtstagstorte mit.«

Während er sich für die Geburtstagsfeier fertig machte, sagte Henry: »Gaynelle kommt und bleibt über Nacht. Sie hat darauf bestanden. Und ich halte das für eine ausgesprochen gute Idee. Cammy, wenn du dich mit dem Rollstuhl so waghalsig verhältst, muss ich darauf bestehen, dass heute Nacht zwei Leute auf dich aufpassen. Wir dürfen nicht zulassen, dass du dir die Hüfte brichst.«

»Ach, wirklich, Henry!«, fauchte Camilla. »Ich darf überhaupt nie mehr mit Anny allein sein. Ich verspreche, nicht mal ohne Begleitung auf die Toilette zu gehen.«

Doch Henry gab nicht nach. Bei Sonnenuntergang fuhr Gaynelle mit ihrem Truck vor und brachte abgedeckte Schüsseln und eine mit Blumen bedruckte Geschenktüte.

»Zitronenhühnchen und frischer Spargel«, verkündete sie. »Und T. C. hat mir Sekt für Sie mitgegeben. Seiner Meinung nach kann selbst eine Hühnerparty etwas Eleganz vertragen.«

»Bestellen Sie ihm, er ist ein Schatz«, sagte ich und verkniff mir ein Schmunzeln. T. C. und Sekt? Bier passte viel besser zu ihm.

Camilla lächelte und schwieg.

Das Essen schmeckte ganz köstlich. Wir aßen, bis alle Platten leer und die Kerzen auf Camillas Tisch heruntergebrannt waren. Dann wandte sich Camilla an Gaynelle.

»Ich möchte«, sagte sie, »dass Sie jetzt nach Hause gehen. Sie tun schon genug für uns. Das Essen war sehr lecker, aber ich möchte mich gern mit meiner alten Freundin unterhalten. Es besteht wirklich keine Veranlassung, dass Sie bleiben. Wir werden uns ein bisschen über früher unterhalten, T.C.s Sekt trinken und anschließend wird Anny mich ins Bett bringen.«

»Nein, Ma'am«, sagte Gaynelle förmlich. »Ich habe es Henry versprochen.«

Camillas Stimmung schlug abrupt um. Da ich so ein Verhalten nicht von ihr kannte, stockte mir der Atem.

»Ich meine es ernst, Gaynelle«, zischte sie eiskalt. »Ich bestehe darauf, dass Sie nach Hause gehen. Das hier ist immer noch mein Haus und mein Leben. Ich werde mich nicht mehr wie ein kleines Kind behandeln lassen!«

Sie regte sich derart auf, dass ich sagte: »Bitte, Gaynelle. Sie können einen freien Abend sicher gut gebrauchen und für eine Nacht komme ich bestimmt allein zurecht. Sie müssen verstehen, wie schwierig es für Camilla ist, wenn andauernd jemand auf sie aufpasst. Bitte, gehen Sie. Nur zu.«

»In Ordnung«, erklärte Gaynelle ungerührt. »Rufen Sie mich an, falls Sie mich brauchen. Ich habe das Handy immer dabei.«

»Vielen Dank.« Bevor sie ging, umarmte ich sie noch. Sie drückte mich fest an sich.

»Passen Sie auf sich auf«, riet sie mir.

Drinnen schob ich Camilla in ihr Wohnzimmer, hievte sie aufs Sofa und zündete die Apfelbaumscheite an, die im Kamin lagen. Camilla streckte sich, seufzte laut und lächelte.

»Das war gar nicht nett von mir. Ich werde mich morgen entschuldigen. Mir wird das alles … langsam zu viel. Und es wird nicht besser.«

»Ist doch verständlich«, erwiderte ich gutmütig. »Und außerdem freue ich mich, dich mal ganz für mich zu haben.«

Lange saßen wir einfach nur da und starrten in die Flammen. Schließlich sagte Camilla: »Glaubst du, wir werden Henry an Charleston verlieren?«

»Ach, keineswegs. Jedenfalls nicht in nächster Zeit. Es zieht ihn nicht in die Stadt zurück und außerdem hat er versprochen zu bleiben.«

»Und wie steht es mit dir? Vermisst du die Stadt manchmal?«

Ich dachte über ihre Frage nach.

»Manchmal«, antwortete ich leicht überrascht. »Nicht was du denkst, nicht die Dinge, die Lewis und ich dort unternommen haben. Nein, ich vermisse Dinge, die für Charleston typisch sind. Es fehlt mir, an einem windigen Wintertag auf der Battery spazieren zu gehen. Ich vermisse es, in der King Street herumzustöbern. Ich vermisse die Pferde, die Glocken von St. Michael's, den Sonnenuntergang über dem Ende der Broad Street, über den Palmen. Ich vermisse den Geruch des Schlicks.«

Sie lachte.

»Davon gibt es hier doch mehr als genug.«

»Aber er riecht anders. Und manchmal fehlen mir Nachbarn. Nicht dass ich all meine Nachbarn in der Bull Street gekannt hätte, doch ich wusste immerhin, dass es sie gibt.«

540

»Fühlst du dich hier draußen einsam?«, fragte sie.

»Nein, nie. Nicht eine Minute. Ich kann nach Charleston fahren, wann immer mir der Sinn danach steht. Nein. Jetzt bin ich hier zu Hause.«

»Ist das dein Ernst?«

»Das weißt du doch und außerdem habe ich versprochen zu bleiben.«

Sie seufzte. »Ja, ich weiß. Ich muss nur immer wieder nachfragen, weil ich wissen möchte, ob du deine Meinung geändert hast. Vermutlich glaube ich immer noch, du könntest …«

»Auf gar keinen Fall«, unterbrach ich sie, stand auf, ging zu ihr und küsste sie auf die Wange.

Ganz vorsichtig berührte sie mein Gesicht.

»Ich habe dich immer geliebt, Anny.«

»Ich dich auch. Und ich liebe dich immer noch. Und werde dich in Zukunft lieben. Na, wie wäre es jetzt mit einem Schluck Sekt?«

Sie hob den Blick und sah mich an. Tränen funkelten in ihren Augen, doch sie lächelte.

»Sehr gern.«

Ich holte den Sekt und zwei von ihren Waterford-Kelchen und schenkte uns ein.

»Wie in alten Zeiten«, sagte ich und hob das Glas. »Auf uns. Wir sind immer noch die Scrubs.«

»Immer noch die Scrubs«, sagte sie schmunzelnd. In Wahrheit hatten wir da so unsere Zweifel, doch es tat gut, darauf zu trinken.

Und es war in der Tat ein guter Abend. Friedlich. Die Zuneigung, die wir von Anfang an füreinander empfunden hatten, lebte wieder auf.

»Freut mich, dass wir ein paar Stunden allein verbringen«, sagte ich. »Das sollten wir von nun an regelmäßig tun.«

»Darauf trinke ich«, sagte sie und nahm einen Schluck Sekt. »Ach, hör mal, das hätte ich fast vergessen. Ich habe etwas für dich. Bin heute darüber gestolpert und musste gleich an dich denken. Würdest du bitte nach oben gehen und das kleine in Zellstofftücher gewickelte Päckchen holen, das auf meinem Nachttisch liegt?«

Ich tat ihr den Gefallen. Als ich wieder nach unten kam, starrte sie ins Feuer. Von ihrem Sekt hatte sie kaum etwas getrunken.

»Mach es auf«, bat sie. In einem Bett aus farbigen Gesichtstüchern lag ein Kette aus ebenmäßigen rosafarbenen Perlen.

»Ach, Camilla!«, rief ich. »Die ist ja wundervoll, aber ich kann sie nicht …«

»Ich werde sie nie tragen«, fiel sie mir ins Wort. »Ich habe sie auch früher nicht angelegt. Daddy hat sie mir anlässlich meiner Einführung in die Gesellschaft geschenkt, und an jenem Abend habe ich sie ihm zu Gefallen getragen, doch wenn ich rosafarbene Perlen umlege, sehe ich ganz gelb im Gesicht aus, und mein Hals ist auch zu lang für so kleine Perlen. Dir hingegen stehen sie ganz prima. Bitte, lass mich sie dir schenken.«

Ich lächelte und merkte, wie meine Augen feucht wurden.

»Ich werde sie sofort umlegen«, sagte ich.

»Sehen perfekt an dir aus«, bestätigte sie. »Lass uns

das Glas darauf erheben, dass Daddys Perlen zu guter Letzt doch noch einen schönen Platz finden. Trink aus.«

Wir leerten unsere Gläser. Der Sekt war kühl und köstlich. Ich fragte mich, wer ihn ausgesucht hatte.

»Möchtest du noch mehr?«, fragte ich und schenkte nach.

»Nein, ich schlafe gleich ein. Bring mich einfach ins Bett und trink noch eins, ehe du schlafen gehst. Ich verspreche dir süße Träume.«

Ich schob sie in ihr Schlafzimmer, half ihr in das weiße Seidennachthemd, das auf dem Bett lag, und wartete, bis sie sich zugedeckt hatte.

»Gute Nacht, schöne Prinzessin«, sagte ich und küsste sie auf die Stirn. »Mögen die Engel dich in den Schlaf singen.«

Sie verbarg das Gesicht im Kissen.

»Und dich auch«, flüsterte sie. Ich schaltete die Lampe aus und verließ das Zimmer.

Ich trank noch ein Glas Sekt, was mir ohne Camillas Gesellschaft längst nicht so viel Spaß machte. Schließlich stopfte ich den Korken auf die Flasche, stellte sie in den Kühlschrank und ging nach draußen. Morgen würde der Sekt bestimmt ganz schal sein, aber man konnte daraus noch eine leckere Soße für den Lachs bereiten. Ich schlenderte zu meinem Haus hinüber und war mit einem Mal so müde, dass ich kaum noch einen Fuß vor den anderen setzen konnte.

Das muss an den aufwallenden Gefühlen liegen, dachte ich und lächelte in mich hinein, als ich unter das kühle Laken schlüpfte und die Nachttischlampe ausschaltete. »Das war ein wunderbarer Abend. Camilla war wieder ganz die Alte. Vielleicht, ja vielleicht ist sie jetzt wieder so wie früher.«

Ich wollte eigentlich noch weiter darüber nachdenken, doch der Schlaf übermannte mich und zog mich in die bodenlose Finsternis, wo die Träume warten.

Schon während des Traumes war mir bewusst, dass ich träumte; was den Reiz der Bilder allerdings nicht minderte. Im Gegenteil: Solche Träume wirken meist wesentlich realer, da der Träumende weiß, dass er – egal ob die Bilder schön oder schrecklich sind – bald aufwachen wird. Und mein Traum war unaussprechlich schön.

Ich war in einem Haus am Wasser. Nicht in einem von den drei neuen Häusern, sondern in dem großen, alten, windschiefen Cottage aus den zwanziger Jahren, das uns gemeinsam gehört hatte, in jenem auf Pfählen errichteten Haus am ganz und gar nicht schicken Westende von Sullivan's Island. [Bis dahin war ich noch nie in so einem Haus gewesen.] Lewis hatte mich dorthin gebracht, in jenem Sommer, wo wir heirateten. Ich fühlte mich hier vom ersten Augenblick an unglaublich wohl, und daran hatte sich in all den Jahren, die wir dort verlebten, nichts geändert. Wie sehr ich an diesem Haus hing, hatte ich den anderen nie erzählt, denn ich fürchtete, es würde in gewisser Weise vermessen klingen, wenn eine Außenstehende wie ich etwas für sich beanspruchte, was sie sich noch nicht verdient hatte. Die anderen nahmen mich zwar herzlich auf und behandelten mich, als wäre ich eine von ihnen, aber ich spürte deutlich, dass ich in Wahr-

heit eine Fremde war. Es war Lewis, den sie liebten
– zumindest damals.

Im Traum war es Winter. Ein kalter Wind fegte
heulend über den Strand und wirbelte den graubeigen Sand auf. Ich wusste, dass sich die feinen Sandkörner wie spitze, scharfe Diamantsplitter auf meiner
Haut anfühlen würden. Normalerweise störte mich
das nicht, aber an diesem Tag war ich heilfroh, dass ich
in dem behaglich warmen, großen Wohnzimmer sein
durfte. Man hatte fast den Eindruck, das Haus schaukle wie ein Schiff über die hohen Wellen. Die alten,
schief hängenden Lampen brannten und tauchten den
Raum in ein gelbes Licht. Im Kamin brannte ein Feuer.
Das Holz, das draußen im Schuppen lagerte und dort
nicht richtig trocknete, knisterte. Am anderen Ende
des Zimmers, wo die Treppe über der Abstellkammer
einen Bogen beschrieb und in den oberen Stock führte, summte leise der alte, rot glühende Beistellofen. Im
Zimmer roch es nach Holz, Kerosin, klammen Teppichen und Meersalz. In meinem Traum gehörte dieser
Geruch zum Haus, und da er die Wirkung eines le-
benspendenden Elixiers hatte, holte ich tief Luft.

»Ich weiß, es ist ein Traum, aber ich muss doch noch
nicht aufwachen, oder?«, fragte ich Fairlie McKenzie,
die unter einer alten, steifen Decke auf dem Sofa neben dem Kamin lag und ein Buch las. Ihr leuchtendes
Haar, das den gleichen Rotton hatte wie die glühenden
Holzscheite, ergoss sich über das zerschlissene Sofakissen. In meinen Augen war Fairlie stets ein Wesen
aus Licht und Flammen. Selbst wenn sie ganz still dalag, schien in ihr ein Feuer zu lodern.

»Nein, noch nicht«, sagte sie und schenkte mir ein Lächeln. »Kein Grund zur Eile. Die Jungs werden erst in ein paar Stunden zurückkommen. Setz dich. Ich koche uns gleich einen Tee.«

»Das mache ich«, kam es von Camilla Curry, die am anderen Ende des Raumes neben dem Beistellofen an ihrem Kartentisch saß und etwas aus einem dicken Buch auf einen Notizblock übertrug. Der Lichtschein der Lampe fiel auf ihr Gesicht, ihre Hände. Man sah Camilla nur selten ohne Block und Stift – sie widmete sich immer irgendwelchen Projekten, die sie ganz in Anspruch nahmen. Womit genau sie sich beschäftigte, wussten wir eigentlich nie so recht.

»Ich beschäftige mich mit allem Möglichen«, pflegte sie in ihrem schleppenden Tonfall zu antworten. »Wenn ich fertig bin, werde ich es euch wissen lassen.« Aber offenbar brachte sie ihre Projekte nie zu Ende, denn wir wurden nie eingeweiht.

»Lasst mich den Tee kochen«, schlug ich vor, denn in meinem Traum hatte ich das Bedürfnis, mich nützlich zu machen. In meinem Traum war Camilla, die bereits vor vielen Jahren an Osteoporose erkrankt war, schon von der Krankheit gezeichnet; allerdings konnte sie ihrer zarten, zerbrechlichen Schönheit nichts anhaben. Und obwohl Camilla in Wahrheit schon gebückt ging, hielt sie sich in meiner Vorstellung immer kerzengerade. Laut Lewis war dieser aufrechte Gang früher Camillas Markenzeichen gewesen, ehe diese schreckliche Krankheit sich durch ihre Knochen fraß. Wir sprachen nie über ihr Gebrechen, achteten jedoch stets darauf, Camilla jede körperliche Anstrengung abzunehmen.

Und sie durchschaute uns stets und verabscheute unser Tun.

»Ihr Mädels bleibt sitzen. Ihr seid doch nur selten hier draußen und ich bin andauernd hier«, wandte sie ein. »Und außerdem bin ich gern in der Küche zugange.«

Fairlie und ich mussten schmunzeln, wenn sie uns »Mädels« nannte. Ich wurde bald fünfzig und Fairlie war nur ein paar Jahre jünger als Camilla, die Mutter der Gruppe. Wenn man etwas suchte, etwas wissen oder beichten wollte oder etwas brauchte, war es seit jeher Camilla, an die man sich wandte. Dass sie diese Rolle freiwillig gewählt hatte, war kein Geheimnis. Selbst die Männer befolgten die unausgesprochene Regel: Camilla brachte uns ohne Ausnahme dazu, alles zu tun, was in unserer Macht stand, und ihr zu geben, wonach sie verlangte.

Sie erhob sich, schwebte wie ein Kolibri in die Küche, hielt die Schultern gerade und bewegte sich leichtfüßig wie ein junges Mädchen. Auf dem Weg dorthin sang sie ein paar Zeilen aus einem Lied: »Maybe I'm right, and maybe I'm wrong, and maybe I'm weak and maybe I'm strong, but nevertheless I'm in love with you …«

»Charlie findet dieses Lied doof, aber ich mag es«, rief sie über ihre schöne Schulter. Camilla trug eine durchscheinende Bluse, einen geblümten Rock und hochhackige Sandaletten. Und weil sich das alles in einem Traum abspielte, passte es auch, dass sie sich so anmutig wie ein junges Mädchen bewegte, dass sie die Kleider ihrer Jugend trug, dass Charlie noch am Leben war. All dies steigerte mein Glücksgefühl nur noch.

»Camilla, auch wenn das hier nur ein Traum ist, so möchte ich doch bleiben«, rief ich ihr hinterher. »Ich will nicht zurück.«

»Du kannst doch bleiben«, schallte Camillas sonore Stimme aus der Küche herüber. »Lewis kommt dich noch nicht holen.«

Ich setzte mich auf den Teppich vor dem Kamin, neben Fairlie, die immer noch auf dem Sofa lag, zog ein paar alte weiche Kissen herunter, machte es mir bequem und kuschelte mich in den verblichenen blauen Sofaquilt. Die feuchten Holzscheite loderten blau, spendeten aber Wärme. Draußen pfiff der Wind durch die trockenen Palmwedel und sorgte dafür, dass die Sandkörner unablässig gegen die Fensterscheiben trommelten. Die Fensterbretter waren mit einem hauchdünnen Salzfilm überzogen. Ich streckte Arme und Beine von mir, spürte, wie meine Gelenke knirschten, wie das Kaminfeuer mich bis in die Knochen wärmte. Ich sah zu Fairlie hinüber und beobachtete, welche Muster es auf ihr Antlitz zauberte. Um diese Jahreszeit setzte die Dämmerung ziemlich abrupt ein. Bald würden die Männer mit schweren Schritten zurückkehren, beim Eintreten einen Schwall kalten feuchten Wind ins Haus lassen und sich die Hände reiben.

»Wagt es ja nicht, diese stinkenden Fische ins Haus zu bringen«, würde Fairlie ihnen vom Sofa aus zurufen. »Ich werde bestimmt keine Fische ausnehmen, weder heute noch sonst wann.«

Und weil es ja ein Traum war, würde Lewis zusammen mit Henry ins Haus kommen und mich wie immer, wenn er von einem Ausflug zurückkehrte, auf den ich ihn nicht begleitet hatte, fragen: »Wie geht es meinem faulen Mädchen?«

Ich schloss die Augen, döste vor den verglühenden Scheiten ein und glitt in die Traumwelt hinüber. Wie tausend kleine Funken tanzte das Glück hinter meinen geschlossenen Lidern. In der Küche begann der Wasserkessel zu pfeifen.

»Ich habe noch genug Zeit«, murmelte ich.

»Ja«, stimmte Fairlie mir zu.

Wir schwiegen.

Und dann brach das Feuer aus …

KAPITEL SECHZEHN

Als ich aufwachte, sah ich ein orangefarbenes Licht über die Decke wandern. Ich hatte keine Ahnung, ob es noch sehr früh war und die Sonne gerade aufging oder schon sehr spät und die Sonne unterging, doch das schien mich nicht weiter zu kümmern. Ich streckte die Hand nach dem Reisewecker aus, den Lewis mir geschenkt hatte, und musste feststellen, dass mein Arm wehtat. Dann versuchte ich, mich aufzusetzen, was mir noch größere Schmerzen bereitete. Ich streckte den Arm aus, soweit mir das möglich war. Der Arm steckte in einem Verband und der andere auch. Dort reichte die Mullbinde bis zum Ellbogen hoch. Was das zu bedeuten hatte, wusste ich nicht. Mein Kopf fühlte sich an, als würde er in einer Plastikglocke stecken.

»Nur kleine Bewegungen«, warnte Henry. Er saß neben mir. »Wenn die Schmerzen unerträglich werden, kann ich dir ein Medikament geben. Du kannst dich jetzt aufsetzen. Wie fühlst du dich?«

Ich drehte den Kopf auf dem Kissen und schaute ihn an. Er saß auf dem kleinen Sessel, den ich in einem Laden in der King Street gefunden hatte. Dann war ich also in der Bull Street und das warme Licht stammte von meiner Nachttischlampe. Es war also Abend. Henry hing wie ein Schluck Wasser auf dem Sessel, hatte die langen Beine ausgestreckt und die Hände in die Taschen seines Tweedjacketts gesteckt. Er sah schrecklich aus und war so grau im Gesicht, als säße ihm der Tod im Nacken. Das Herz in meiner Brust machte einen Satz wie ein gestrandeter Fisch.

»Was ist denn mit dir?«, versuchte ich zu sagen. »Und mit mir?«

Doch es kam nur ein gequältes Krächzen über meine Lippen, und Brust und Kehle taten mir auf einmal unglaublich weh. Ich verstummte, sah einfach zu Henry hinüber und wartete. Mein Kopf steckte in dieser schützenden, luftleeren Glocke, aber ich wusste, dass Henry mir alles erzählen, dass Henry meinen Schmerz lindern würde.

Er streckte die Hand nach meiner aus, die bandagiert war, und drückte sie vorsichtig. »Weißt du, wo du bist?«

Ich nickte, verdrängte die höllischen Schmerzen und begann zu sprechen.

»Henry, ich hatte einen grauenvollen Traum«, krächzte ich. »Es hat gebrannt …«

»Schhh«, machte er. »Sprich nicht weiter. Es hat tatsächlich ein Feuer gegeben, Anny. Draußen am Priel. Du hast leichte Verbrennungen, die eine Weile lang wehtun, aber bald heilen werden. Unglücklicherweise hast du eine Menge Rauch inhaliert, ehe sie dich rausholen konnten, und dir eine Lungenentzündung zugezogen. Ich habe dich gestern Nacht hierher gebracht.«

551

Ich starrte ihn an. »Am Priel?«, fragte ich stumm. »Wann? Wie?«

»Du bist seit einer Woche hier und verlierst immer wieder das Bewusstsein. Wir haben dir eine Menge Beruhigungsmittel verabreicht, damit du nicht so hustest und deine Lungen und deinen Hals schonst. Man hat dich an ein Beatmungsgerät gehängt. Dass du dich an nichts erinnerst, wundert mich nicht. Zu meinem Bedauern muss ich dir sagen, dass dein Haus nicht mehr steht. Es tut mir Leid.«

»Und Camillas Haus?«, hauchte ich.

»Das steht noch. Der Rauch hat einigen Schaden angerichtet, aber, Anny …« Er nahm auch meine andere Hand. »Anny, Camilla ist tot.« Tränen stiegen ihm in die Augen und er wandte den Blick ab.

Aus der hermetischen Abgeschiedenheit meiner Glocke starrte ich ihn an. Wovon redete er da? Auf der anderen Seite der Glocke tauchten tausend Bilder auf, auf denen Camilla zu erkennen war: Camilla, wie sie mit fliegenden Haaren am Strand entlanglief, wie die Hunde herumtollten und um sie herumsprangen. Camilla, die im Kerzenlicht, im Lichtschein des Kaminfeuers strahlte. Camilla, die an dem Tag, wo ich ihr zum ersten Mal begegnete, unter dem Sonnenschirm saß und mir die Hand reichte. Camilla auf dem Dünenkamm, in ihrem alten Regenmantel, der sie wie eine graue Wolke einrahmte. Henry täuschte sich. Bald würde ich herausfinden, wie sehr er sich irrte.

»Ich glaube dir nicht«, krächzte ich, doch dann flammte der Schmerz wieder auf.

Er schüttelte den Kopf. »Hör mir zu, Anny. Sie war

in deiner Küche. Sie lag hinter der Kücheninsel auf dem Boden. Gaynelle ahnte nicht, dass sie dort lag, und ist deshalb auch nicht wieder reingegangen, nachdem sie dich rausgezogen hatte. Und die Leute von der Feuerwehr und dem Rettungsdienst wussten ja auch nicht Bescheid. Erst als Gaynelle in Camillas Haus ging, um nach ihr zu sehen, stellte sie fest, dass Camilla nicht da war. Sie informierte sofort die Feuerwehrmänner, die dann noch mal in dein Haus gingen. Da war das Feuer schon mehr oder minder gelöscht. Camilla ist an Rauchvergiftung gestorben und nicht verbrannt. Sie hat gar nicht übel ausgesehen.«

Wieso konnte ich nicht denken? Was hatte Camilla in meiner Küche zu suchen? Wie konnte sie überhaupt in mein Haus kommen, ohne dass ich davon etwas mitbekam? Ich erinnerte mich, wie ich sie zu Bett gebracht hatte. Wie ich hundemüde nach Hause gegangen war, mich hingelegt hatte und sofort eingeschlafen war. Ich erinnerte mich an den Traum vom Strandhaus und wie es am Ende im Traum brannte …

Weiter reichten meine Erinnerungen nicht. Wieso wusste ich nicht mehr, dass es bei mir gebrannt hatte? All das ergab doch überhaupt keinen Sinn. Vor lauter Erschöpfung brachte ich keinen klaren Gedanken zuwege.

Mein Gesicht muss ziemlich erbärmlich ausgesehen haben, denn Henry beugte sich vor und strich mir die Haare aus der Stirn, ehe er sich wieder in den kleinen Sessel fallen ließ, in dem er wie ein Riese aussah. Noch nie im Leben hatte ich einen Mann gesehen, der dermaßen erschöpft war.

»Ich werde dir alles ganz genau erzählen«, versprach er. »Wir hatten überlegt, ob wir dir zuerst nur die wichtigsten Informationen geben, aber jetzt sehe ich ein, dass das nicht funktionieren wird. Bitte, unterbrich mich nicht. Ich bezweifle stark, dass ich die Kraft habe, die Geschichte ein zweites Mal zu erzählen.«

In dem Augenblick kam Gaynelle in mein Zimmer. Ich lächelte ihr zu, was wahrscheinlich ziemlich einfältig gewirkt hat. Ich fragte mich, warum ich nichts empfand. Natürlich – das lag an der Plastikglocke. Sylvia Plath hatte darüber in *Die Glasglocke* geschrieben. Dass ich endlich wusste, woher dieses Gefühl der totalen Abgeschiedenheit rührte, tröstete mich.

Sie drückte mir einen Kuss auf die Stirn, zog die Laken glatt und setzte sich dann auf das kleine Zweiersofa auf der anderen Seite des Zimmers.

»Ich habe Gaynelle gebeten, bei uns zu bleiben«, sagte Henry. »Sie wird dich betreuen, bis du wieder auf dem Damm bist. Sie hat das Feuer gesehen und dich aus den Flammen gezogen. Wäre sie nicht gewesen, wärst du jetzt mit Sicherheit tot. Das Feuer brannte lichterloh und breitete sich rasend schnell aus. Vermutlich kann sie die eine oder andere Lücke füllen.«

Er holte tief Luft und fuhr dann fort.

»Bei deiner Blutuntersuchung wurde eine nicht unbeträchtliche Menge Beruhigungsmittel nachgewiesen. Aller Wahrscheinlichkeit nach Ambien. Und deshalb wärst du, wie ich vermute, nicht aufgewacht. Wir nehmen an, dass Camilla es dir in den Sekt getan hat. Irgendwann hast du wohl das Zimmer verlassen.

Jetzt untersuchen wir die Gläser in ihrer Küche, aber ich weiß schon, was wir finden werden.«

Die rosafarbenen Perlen, dachte ich. Sie hat mich gebeten, die Perlenkette zu holen. Wie dumm die beiden doch waren. Sie hatte mir ein wundervolles Geschenk gemacht.

»Nachdem du eingeschlafen bist, ist sie wahrscheinlich in dein Haus gegangen und hat das Feuer gelegt. In der Küche wurden ein Benzinkanister und ein Feuerzeug gefunden.«

Eine Weile lang sprach keiner von uns ein Wort. Das hier war so schlimm, dass es schon nicht mehr wehtat. Mir kam es vor, als läsen die beiden ein paar Seiten aus einem Roman vor.

»Sie konnte gehen«, sagte Henry monoton. »Sie konnte während der ganzen Zeit gehen. Gaynelle hat sie einmal dabei beobachtet. Und von da an hat sie Camilla nicht mehr aus den Augen gelassen. Wie du ja weißt, wollte sie nicht, dass du mit Camilla allein bist. Gaynelle hat viel früher begriffen als ich, was da vor sich ging.«

»Ich hätte mich Henry gleich anvertrauen sollen«, klagte Gaynelle. »Aber es kam mir so ... verrückt vor. Ich traute meinen eigenen Augen nicht. Ich nahm mir vor, immer aufzupassen, und bildete mir ein, gemeinsam könnten wir schon verhindern, dass Ihnen etwas zustößt. Als ich dann hörte, dass sie nicht mehr gehen sollte und einen Rollstuhl bekommen würde, war ich richtig erleichtert, aber in Wahrheit habe ich mir da nur etwas vorgemacht und das werde ich mir niemals verzeihen.«

»Da geht es Ihnen ja wie mir«, bemerkte Henry. »Sie hat sich die Hüfte gebrochen«, spann er den Faden dann weiter. »Ich nehme an, das ist in deiner Küche passiert. Keine Seltenheit bei Menschen mit so fortgeschrittener Osteoporose wie Camilla. Vermutlich wollte sie gerade die Küche verlassen, als die Hüfte gebrochen ist. Bestimmt hat sie um Hilfe gerufen, aber du konntest sie ja nicht hören. Herr im Himmel, die letzten Minuten, bevor sie an Rauchvergiftung gestorben ist … Aber wie auch immer, Gaynelle war draußen, in ihrem Truck. Sie ist nicht nach Hause gefahren. Sie hat aufgepasst, und als sie den Rauch sah, hat sie die Feuerwehr gerufen und ist dann rein, um dich rauszuholen. Kaum hatte man dich ins Queens eingeliefert, hat sie mich verständigt. Bis ich dort eintraf, hattest du schon eine schwere Lungenentzündung, was in solchen Fällen ganz typisch ist. Tja, und dann haben wir dich mit Antibiotika voll gepumpt und mit Beruhigungsmitteln, bis man dich verlegen konnte. Denn ich wollte dich in meiner Nähe haben, damit ich immer bei dir reinschauen kann. Das schien mir die beste Wahl.«

Ich nickte betroffen. Alles, was er sagte, passte perfekt zusammen. Wenn Henry zu mir sprach, kam es mir so vor, als wäre das alte Universum noch in Ordnung. Nur wenn er abbrach, stieß der unerträgliche, gnadenlose Schmerz wie ein großer weißer Hai gegen meine Plastikglocke. Dann aber schwamm er weiter. Ich wusste, dass er nicht durch diese Glocke kam, das nichts bis zu mir durchdrang.

»Na schön, jetzt kommt der wirklich schlimme Part«, sagte Henry.

Ich schüttelte vehement den Kopf, aber er nickte nur.

»Alles muss auf den Tisch, Anny. Sonst wirkt es wie eine Infektion, an der man draufgehen kann.«

»Inzwischen sind wir ziemlich sicher, dass Camilla auch im Strandhaus Feuer gelegt hat. Nicht dass das jetzt noch jemand beweisen könnte, doch mir genügen die Tatsachen. Damals hatte sie es auf Fairlie abgesehen. Und diesmal auf dich. Keine Ahnung, wie ich mit diesem Wissen weiterleben soll.«

»Wieso?«, fragte ich durch die Blase. »Wieso?« Fiel ihnen denn nicht auf, wie absurd das alles klang?

Prompt bekam ich keine Luft mehr. Henry verabreichte mir eine Spritze.

»Die wird dich nicht umhauen«, erklärte er, »aber sie stellt dich ruhig. Du darfst auf keinen Fall reden. Andernfalls muss ich dich wieder ins Queens bringen. Verstanden?«

Ich nickte.

»Gut. Dieser Teil der Geschichte geht weit zurück. Lewis hat dir gewiss erzählt, dass ich früher mit Camilla gegangen bin. Was auch zutrifft. Von Kindesbeinen an sind wir zusammen gewesen. Verlobt waren wir zwar nicht, aber uns beiden war klar, das würde der nächste Schritt sein. Es schien mir von Anfang an die richtige Entscheidung. Eine liebevolle Ehe, ein einfaches Leben, genau wie ich mir das immer vorgestellt hatte. Keiner von uns ist mit jemand anderem ausgegangen, jedenfalls nicht so richtig.

Und dann ist mir Fairlie über den Weg gelaufen und auf einmal änderte sich alles schlagartig. Plötzlich stellte sich die Frage, zu wem ich gehörte, überhaupt nicht mehr. Gleich am nächsten Abend habe ich Camilla alles erzählt. Wir saßen im Wagen vor Lowndes Grove. An diesem Abend gab Lila ihr Debüt; ich erinnere mich noch ganz genau.

Nie im Leben wäre ich darauf gekommen, dass Camilla so reagieren könnte. Selbstverständlich war mir klar, dass ich ihr wehtat, und dafür hasste ich mich. Aber so weiterzumachen wie früher, wäre unerträglich und unfair gewesen. Da lernte ich eine ganz neue Seite an ihr kennen, eine Seite, die sie zwanzig Jahre verborgen hatte. Sie weinte und schrie, bis sie keine Luft mehr bekam und fast ohnmächtig wurde. Ich hielt sie fest, bis sie sich beruhigte, doch dann fing sie wieder von vorn an. Ich hatte einen Kumpel in der Notaufnahme vom Queens und zu dem bin ich gegangen. Habe für sie ein Beruhigungsmittel besorgt, und als ich sie schließlich heimbrachte, konnte sie sich nicht mehr auf den Beinen halten.

Ich musste ihre Eltern aufwecken und ihnen Bescheid sagen. Sie brachten Camilla nach oben. Ich gab ihnen die restlichen Beruhigungspillen und kurze Zeit später schlief sie ein. Ich wartete, bis ihre Eltern herunterkamen. Das war eine der schlimmsten Nächte in meinem Leben. Ich rechnete allen Ernstes damit, dass ihr Vater mich erschießen würde. Als der Morgen graute, hatten wir einen Plan: Wir würden allen erzählen, Camilla hätte mich verlassen und erst hinterher hätte ich angefangen, mich für Fairlie zu interessieren. Eine neue Liebe aus Enttäuschung, wenn du so willst.«

Er lächelte freudlos. Sein Lächeln sah aus, als würde er vor Schmerz das Gesicht verziehen.

»Selbst Fairlie glaubte das halb, obwohl ich ihr später schilderte, was sich zugetragen hatte«, fuhr er fort. »Nie hat sie mit jemandem darüber gesprochen. Ich glaube nicht, dass jemand Bescheid wusste. Als Camilla dann kurz darauf Charlie kennen lernte, kursierte in ganz Charleston das Gerücht, Camilla hätte mich in die Wüste geschickt und ich wäre fast am Boden vor Kummer. Und ich spielte die Rolle oder habe sie zumindest nicht abgelehnt. Niemals werde ich ihr Gesicht vergessen, als ich ihr in jener Nacht die Wahrheit sagte. Zu lügen ging mir gegen den Strich, aber mit der Lüge zu leben, erlaubte es ihr, in Charleston zu bleiben. Damals hatte so etwas noch wesentlich größere Bedeutung als heute.

Und so kamen wir lange Zeit sehr gut miteinander aus. Camilla war mir gegenüber warmherzig und freundlich, Fairlie eine gute Freundin und Charlie betete Camilla an. Daran zweifelte niemand. Du erinnerst dich doch noch? Das waren idyllische Jahre. Wer hätte da schon etwas anderes vermuten sollen? Nach einer Weile glaubte ich das auch. Ich hatte euch und Fairlie, und Camilla war mit Charlie glücklich. Etwas, was ein schlechtes Ende hätte nehmen können, ging gut. Wir waren die Scrubs.

Dann ist Charlie gestorben und Camilla war die perfekte Witwe. Gott, wie alle ihre Stärke, ihren Mut bewunderten! Sie hielt die Scrubs zusammen, obwohl die Gruppe damals auseinander zu brechen drohte. Sie hielt uns zusammen, mit ihrer Liebe. Und das funktionierte bis zu jenem Silvesterabend, wo Fairlie und ich euch von unserem Plan erzählten, dass wir uns in Kentucky zur Ruhe setzen würden. Und als sich dann die Gelegenheit bot, an jenem Abend, wo ich das mit der Oper vergaß und Fairlie wütend auf mich war und zum Strandhaus hinausfuhr, ergriff Camilla die Chance. Camilla hatte sich damit zufrieden gegeben, die Dinge laufen zu lassen, bis sie begriff, dass wir es ernst meinten. Und da musste sie einschreiten. Nachdem Fairlie tot war, half sie Lila, die Häuser am Fluss zu finden, und hielt die Truppe zusammen, bis ich halb tot aus Yucatán zurückkam und sie sich um mich kümmern konnte. Ich konnte nirgendwo anders hin. Jedenfalls damals nicht. Das war ihr klar. Und sie kümmerte sich sehr gut um mich, wie du ja weißt.«

Ich nickte heftig, wie ein Kind, dem man in der Schule etwas beibringt. Ja, ich erinnerte mich. Camilla hatte Henry buchstäblich aufgerichtet und ihm Kraft gegeben. So weit, so gut. Dass ich seiner Geschichte folgen konnte, erfüllte mich mit Stolz.

»So gesehen war sie zufrieden mit dem Leben, das wir führten. Es schien, als würden wir draußen am Priel als Gruppe weiterbestehen. Und dann starb … Lewis und du warst auf einmal allein und es war offensichtlich, wie sehr ich dir zugetan war. Sie hatte keine Veranlassung, zu vermuten, dass ich dir mehr zugetan war als den anderen; aber die Vorstellung, dass ich nicht ausschließlich um sie kreiste, war ihr unerträglich. Sie hat sich große Mühe gegeben, um dich zu überreden, wieder in die Stadt zu ziehen. Und ihre Unfälle ereigneten sich immer, wenn wir beide zusammen irgendwo anders waren. Als wir anfingen, mit Gaynelle und T. C. Motorrad zu fahren, wurde sie richtig krank. Und sie konnte es nicht ertragen, dass ich in Britney vernarrt war. Gaynelle ist davon überzeugt, dass Camilla Lilas Tür aufgemacht und Honey rausgelassen hat. Und Camilla hatte ja angedeutet, Gaynelle hätte den Schmuck gestohlen – nun, den hat man nach dem Feuer in ihrer Schreibtischschublade gefunden. Camilla hat hinter allem gesteckt, die ganze Zeit, und ich hatte keine Ahnung, und das macht mich krank, denn ich hätte all das vielleicht verhindern können.«

Nun liefen ihm Tränen die Wangen hinunter. Wie silberne Bäche funkelten sie in dem weißen Dreitagebart. Henry schien zehn Jahre gealtert zu sein. Zehn harte Jahre.

»Woher hättest du das auch wissen sollen?«, raunzte ich und schüttelte den Kopf, als er versuchte, mir den Mund zu verbieten. »Wie, um Himmels willen, hättest du das ahnen sollen? Und wie kommt es, dass du jetzt Bescheid weißt?«

Gaynelle kam herüber und setzte sich auf die Bettkante. Bis auf den warmen bernsteinfarbenen Lichtkegel, den die Nachttischlampe ins Zimmer warf, war es dunkel. Im Schein der Lampe wirkte ihre Haut sehr trocken, mit tiefen Falten, und das Gesicht so schmal wie das eines Fuchses. Diese unaussprechlich schreckliche Geschichte hatte mehr als nur zwei Opfer gefordert.

Henry warf den Kopf in den Nacken und schloss die Augen. In dem Moment sah er tot aus, wie einbalsamiert. Da schwante mir, dass Henry diese Sache womöglich nicht überleben würde. Panik klopfte an die Glocke, drang aber nicht durch.

»Ich habe ihre Tagebücher gefunden oder wie immer man das nennen mag«, berichtete Gaynelle. »Und da habe ich mich hingesetzt und alle gelesen, die ich finden konnte. Sie fing mit dem Schreiben an, als Mrs McKenzie starb, doch ich vermute, es gibt noch andere, von früher, als ihr Mann den Herzinfarkt hatte und sie erkannte, dass sie auf einmal frei war. Ich schäme mich nicht dafür, dass ich herumgeschnüffelt habe. Denn damals traute ich ihr schon nicht mehr richtig über den Weg. Sie dürfen nicht vergessen, dass ich gesehen habe, wie sie aus eigenen Kräften ging, obwohl sie doch im Rollstuhl sitzen sollte. Und ich weiß ganz genau, dass sie sich an jenem Tag, wo Sie und Henry nach Sweetgrass gefahren und lange weggeblieben sind, die Stirn aufgeschnitten hat und in die Wanne gekrochen ist. Ich habe die Seifenschale gefunden, mit der sie sich die Wunde zugefügt hat. Da klebten noch Blut und Haare dran. An dem Tag, wo ich die verdammten Bücher gelesen habe, hätte ich umgehend zu Henry gehen sollen. Aber … das klang alles so wahnwitzig. Anfangs glaubte ich noch, das wäre bloß Fiktion.«

Mein Magen, mein Herz krampften sich vor Furcht zusammen. Ich ahnte, dass sie mir schildern würde, was in den Notizbüchern stand, die Camilla voll geschrieben hatte, und ich ahnte auch, dass dieses Wissen mein Leben drastisch und von Grund auf verändern würde. Ich wandte den Kopf ab und schloss die Augen.

»Nein, hör dir das an«, bat Henry. »Dann wird

nämlich alles klar. Wenn du das nicht zulässt, wird es dich kaputtmachen.«

Dennoch hielt ich die Augen geschlossen.

»Jede Seite war so etwas wie eine Seite in einem Tagebuch«, berichtete Gaynelle. »Es war, als hätte sie aufgeschrieben, was sie an dem Tag erlebt hatte. Ihre Beschreibungen waren ruhig, vernünftig und manchmal sogar komisch. Sie versteht … sie verstand sich aufs Schreiben. Aber die Sache ist die: Nichts von all dem ist passiert. Es ging immer nur darum, was Henry und sie an dem Tag gemacht hatten. Was sie zum Frühstück gegessen, was sie den Tag über getrieben haben, wohin sie gegangen waren, was sie fürs Abendessen zubereitet hat und wie … sie sich jede Nacht geliebt haben. Zwei oder drei Mal schrieb sie über ihre Hochzeit. Über die größte und schönste Hochzeit, die in Charleston je gefeiert wurde, und dass keine der nachfolgenden Hochzeiten da hatte mithalten können. Und sie hat über ihre Kinder geschrieben. Nicht über ihre Jungs und nicht über Henrys Kinder. Nein, über ihre gemeinsamen Kinder, die eine perfekte Mischung aus ihnen beiden waren und das Beste von ihnen in sich vereinigten. Als ich alle Bücher gelesen hatte, wusste ich, wie sie aufgewachsen, wo sie aufs College gegangen waren, wen sie geheiratet hatten, wie die Enkel waren. Sie schrieb von Henrys heldenhaften Taten im Krankenhaus und den Büchern, die sie veröffentlicht hatte. Und von der Plantage draußen in Edisto, die ihnen gehörte. Und jede Nacht eine große Liebesszene. *Jede* Nacht. Alle anderen wurden mit keiner Silbe erwähnt. Weder ihr Mann noch die anderen Ach Gott, ich hätte Henry gleich einweihen sollen ... aber ich konnte es einfach nicht fassen.«

»Machen Sie sich deshalb keine Vorwürfe«, riet Henry ihr müde von seinem Sessel aus. »Ich hätte sehen müssen, was sich da abspielt.«

Ich wüsste nicht, wie, dachte ich milde. Wer hätte das von Camilla geglaubt? Ich vermutlich nicht. Bestimmt nicht. An jenem Abend hatte sie mir gesagt, sie würde mich lieben. Immer wieder hat sie mir Gelegenheit gegeben zu sagen, dass ich nicht bleiben würde. Sie hatte Tränen in den Augen ... wer könnte solche Gefühle infrage stellen? Ich glaube, sie hat mich tatsächlich geliebt, wenn auch vielleicht nicht so sehr, wie sie Henry geliebt hat. Nicht ganz so sehr. Ich kann verstehen, dass ...

»Wer weiß davon?«, presste ich hervor.

Henry schüttelte den Kopf. »Keine Ahnung. Eigentlich wusste ja niemand von den Tagebüchern, aber ich musste sie der Polizei aushändigen. Andernfalls hätten sie dich in die Zange genommen. Schließlich hat es bei dir gebrannt. Die Bücher haben eine Menge Fragen über ... Fairlie beantwortet, denke ich, doch es hat keinen Sinn, den Fall noch mal neu aufzurollen. Das würde auch nichts mehr ändern. Der Polizeichef hat gesagt, er würde die Tagebücher zu den Akten legen, aber wir reden hier auch von Charleston. Kann sein, dass niemand Bescheid weiß, kann aber genauso gut sein, die halbe Stadt zerreißt sich das Maul. Denselben Leuten stößt immer wieder etwas zu. Den Leuten, die immer eine eingeschworene Gemeinschaft gewesen sind. So was ist unwiderstehlich. Ich nehme an, Simms hat ein paar Leute mundtot gemacht. Freddy Chappelle vom *Post and Courier* ist einer seiner engsten Freunde und er hat nach der ersten Meldung keinen weiteren Artikel veröffentlicht. Und im Fernsehen wurde auch nichts gebracht. Niemand hat mich direkt darauf angesprochen. Gaynelle wurde jedoch ziemlich bombardiert, und wenn mich nicht alles täuscht, wird man dir Fragen stellen, sobald du wieder auf den Beinen bist. Und Lila wurde so oft angerufen, dass sie sich eine neue Nummer besorgt hat, die nicht im Telefonbuch steht. Ach ja, sie weiß übrigens noch nicht alles. Wenn du willst, kannst du ihr den Rest erzählen.«

»Wusste Lewis Bescheid?«, brachte ich hervor. Es fühlte sich an, als würde ich Feuer schlucken, doch der Schmerz drang nicht durch die Glocke.

»Vermutlich nicht. Vielleicht hat er etwas geahnt, aber ich glaube nicht, dass er etwas wusste. Er wäre nicht nach Fort Lauderdale gefahren und hätte dich bestimmt nicht allein gelassen, wenn er etwas gewusst hätte. Doch wenn er die letzten Wochen noch miterlebt hätte, hätte er die Zeichen gewiss gesehen. Obwohl, wenn man es sich genauer überlegt … wenn er noch da gewesen wäre, wäre nichts von all dem passiert. Dann wären die Geschichten in diesen unheilvollen Büchern nichts als Worte.«

»Ich bin froh, dass er nichts gewusst hat«, flüsterte ich. »Wirst du Lila und Simms informieren?«

»Ich werde niemanden informieren, denn ich werde nicht in Charleston bleiben, Anny. Ich kann das nicht. Ich kann hier nicht mehr leben. Wenn ich alles ungeschehen machen könnte, würde ich bleiben, aber das kann ich nicht, und ich muss irgendwohin, wo ich nicht mehr nachdenken muss. Du bist gut versorgt. Ich kann jetzt gehen.«

»Wohin?«, fragte Gaynelle. Ganz gelassen betrachtete ich die beiden. Das ergab Sinn; das alles ergab Sinn.

»Weiß ich noch nicht. Vielleicht schließe ich mich den Fliegenden Ärzten an. Vielleicht … ach Gott, keine Ahnung. Tut mir Leid, dass ich klein beigebe. Ich weiß nur, diese Luft kann ich nicht mehr atmen.«

»War sie eigentlich verrückt?«, wollte Gaynelle wissen. »Das muss sie doch gewesen sein, oder? Und doch kam sie mir so normal vor …«

»Ich weiß nicht, was ›verrückt‹ bedeutet«, antwortete Henry schwermütig. »Vielleicht war sie obsessiv. Aber welchen Unterschied macht das schon?«

Dann gab er mir noch eine Spritze, küsste mich auf die Wange und versprach, sich zu verabschieden, ehe er wegging. Ich wusste, er würde sein Wort nicht halten. Draußen vor der Glocke schwankte die Welt heftig, doch sie ging nicht unter. Ich dämmerte langsam weg, wie ich das anscheinend schon seit Tagen tat, und der letzte Gedanke, der mir durch den Kopf geisterte, ehe ich einschlief, war: Immerhin hat Camilla uns zusammengehalten, wenn auch vielleicht nicht auf die Weise, wie wir dachten.

＊　＊　＊

Die Glocke schirmte mich mehrere Wochen lang ab. Ich aß die leckeren Gerichte, die Gaynelle mit vorsetzte, schlief unglaublich viel und schaute endlos fern. Nach unten ging ich nur selten. Oben in der Bibliothek gab es einen Fernseher. Dort lag ich unter einem Quilt, der von Lewis' Mutter stammte, auf dem Sofa und schaute in die Röhre. Das Licht schaltete ich nicht ein, und ich ließ nicht zu, dass Gaynelle die Vorhänge aufmachte und das Licht, das im späten Frühling sehr schön ist, hereinließ. Klugerweise drängte sie mich nicht.

Das Telefon klingelte oft. Gaynelle nahm dann ab und sagte den Anrufern, dass es mir gut ging, ich allerdings noch ruhte. Besucher tauchten auf. Gaynelle ging an die Tür und erklärte ihnen, dass ich noch ruhte, mich aber schon darauf freute, sie in Bälde zu empfangen. Während der ersten Woche läutete es entweder an der Tür oder das Telefon klingelte, doch irgendwann begriffen sie, dass bei mir nichts zu holen war, und von da an hielten sie sich fern; darüber freute ich mich, denn der Lärm störte mich beim Fernsehen.

Ich wurde ein richtiger Serienjunkie, sah mir die täglichen Wiederholungen von *Akte X, Twilight Zone* und *Jag* an und wurde mürrisch, wenn man mich dabei störte. CNN schaute ich nicht und auch nicht die lokalen Fernsehsender. Der März ging, der April kam und schließlich sogar der Mai, ohne dass ich davon Kenntnis nahm. Gaynelle war wunderbar. Jeder andere hätte mich gedrängt, gezetert und gedroht, mich vor die Tür zu werfen. Sie hingegen spürte ganz genau, wie viel Zeit es brauchte, bis die Wunden heilten. Nur einmal machte sie eine Bemerkung über meine selbstgewählte Isolation.

»Ich nehme an, ich sollte all das hinter mir lassen

und weitermachen, was?«, fragte ich eines Abends spöttisch, während ich das *People*-Magazin durchblätterte. Gaynelle versorgte mich mit Unmengen von Zeitschriften, die ich mit Begeisterung las. Für Nachrichtenmagazine hatte ich allerdings nichts übrig.

»Ich kann mir nicht vorstellen, dass Sie irgendwann in der Lage sein werden, all das hinter sich zu lassen«, erwiderte sie. »Auf der anderen Seite wäre es vermutlich keine schlechte Idee, sich eher früher als später aufzurappeln.«

Mehr sagte sie nicht zu diesem Thema.

In der Glocke fühlte ich mich warm und geborgen und immer schläfrig. Ich versuchte, Gaynelle von der Glocke zu erzählen und wie gut sie mir tat.

»Die Schatten der Sylvia Plath«, bemerkte sie. Ich musste schmunzeln. Wieder einmal hatte ich vergessen, wie belesen sie war. »Und vergessen Sie nicht, welches Ende es mit ihr genommen hat.«

Ich glaube nicht, dass ich viel an Henry oder gar an Camilla dachte. Selbstverständlich musste ich mich irgendwann mit diesem Thema befassen, aber jetzt doch nicht. Jetzt nicht. Nun konnte ich an Lewis denken und manchmal kam es vor, dass ich mit ihm sprach.

»Du siehst es mir doch nach, wenn ich mich noch eine Weile verkrieche, oder?«, fragte ich. »Gütiger Gott, Lewis, gestern Abend habe ich ferngesehen und da haben sie gesagt, wir hätten den ersten Mai. Erinnerst du dich noch an das dumme Lied, das wir immer am Strand gesungen haben: ›He, he, he, der erste Mai ist heute und wir können wieder draußen vögeln, Leute!‹ Und erinnerst du dich noch an den ersten Mai, wo wir genau das getan haben? Draußen in Sweetgrass. Noch Tage später piksten mich Tannennadeln im Po.«

Damals merkte ich nicht, dass ich laut redete.

Britney lebte bei der Familie ihrer Tante, probte viel und ging mit der kleinen Henrietta zur Hundedressur. Gaynelle sah sie an den Abenden und einen ganzen Tag am Wochenende, wenn JoAnne sie bei mir ablöste. Andächtig schauten wir zusammen das Programm auf Fox. Wie Gaynelle sagte, war Britney ganz erpicht darauf, mich in der Bull Street zu besuchen, was mir allerdings nur ein vages Lächeln entlockte.

»Noch nicht. Aber bald.«

Marcy kam eines Tages, umarmte mich, weinte und beschwor mich, mir wegen Outreach keine Sorgen zu machen. Camillas Söhne hatten das Haus auf der Gillon Street voller Dankbarkeit an Simms Howard verkauft, ehe sie Camilla in Kalifornien beerdigten. Simms renovierte das Loft, versprach jedoch, dass wir von Outreach die Räume so lange nutzen konnten, wie es uns beliebte, und erhöhte die Miete nicht. Früher hätte ich mich gefragt, wozu Simms das Loft neu herrichtete, doch in meinem Zustand interessierte mich das nicht.

»Das ist ja toll«, sagte ich, und Marcy plauderte noch ein bisschen und ging dann nach Hause. Ich entdeckte *Der große Frust* auf einem Kabelkanal und machte es mir mit Gaynelle vor dem Fernseher bequem.

Linda Cousins rief mich an und berichtete, dass auf Sweetgrass alles wie am Schnürchen lief, Tommy sich um die Gelbkiefern kümmerte und ich mir keine Sorgen zu machen brauchte.

»Ist das nicht wunderbar?«, rief ich.

Lila kam und gab Gaynelle einen Abzug von dem Foto, das beim ersten Strandhausbesuch der Scrubs aufgenommen worden war. Es war das Foto, auf das wir geschworen hatten. Und sie brachte auch noch andere Fotoabzüge, auf denen wir im Wasser, in den Dünen, beim Herumtollen mit den Hunden und beim Essen im Kerzenschein abgelichtet waren. Anfänglich hatte Gaynelle sich aus Furcht, ich könnte zusammenbrechen, nicht getraut, mir die Fotos auszuhändigen. Als ich sie schließlich zu Gesicht bekam, lächelte ich nur leise und zufrieden.

»Ach, sehen Sie doch, Gaynelle. Wie jung wir damals alle ausgesehen haben! Und das da ist Gladys. Wissen Sie noch, ich habe Ihnen von Gladys erzählt.«

Mir kam es so vor, als würde ich mir Fotos in einer Biografie ansehen, von Leuten, die man zwar ziemlich gut kennt, mit denen man aber nicht enger befreundet ist.

Gaynelle schnitt mir die Haare. Nun sah ich aus, als trüge ich eine kurzhaarige Lockenperücke.

»Wie achtzehn sehen Sie aus«, sagte sie hinterher.

Und bei Target kaufte sie ein paar Jeans und T-Shirts für mich. Meine Sachen waren inzwischen zu weit und ziemlich schäbig. In jener Zeit trug ich eigentlich immer dasselbe.

»Sie müssen raus in die Sonne und Ihre Beine bräunen«, riet sie mir. »Sie haben schöne Beine.«

»Bald«, sagte ich. »Bald, das verspreche ich.«

* * *

Irgendwann Anfang Juni kam Gaynelle mitten in der Nacht – so kam es mir zumindest vor – in mein Zimmer und weckte mich.

»Sie haben Besuch«, verkündete sie grinsend. »Stehen Sie auf und ziehen Sie sich an. Eine lange Hose und einen Pulli. Ich habe die Sachen für Sie auf die kleine Bank gelegt.«

»Gaynelle, es ist ja noch nicht mal Morgen«, jammerte ich. »Bestellen Sie meinem Besucher, er soll morgen tagsüber noch mal kommen. Mein Gott, auf was für Ideen die Menschen nur kommen!«

»Stehen Sie auf und ziehen Sie die Sachen an!«, brüllte sie. »Es ist mir ernst! Sofort!«

Ich erschrak so sehr, dass ich tat, was sie verlangte. Ganz langsam bekam die Glocke feine Risse.

Unten im Wohnzimmer wartete Henry auf mich. Er war braun gebrannt und trug einen kurzen silbernen Bart. Sein Haar war länger als früher. Neue Sonnenfältchen rahmten seine blauen Augen ein. Er trug Jeans, eine schwarze Lederweste und Stiefel. Ich konnte ihn nur anstarren.

»Hallo, Henry«, begrüßte ich ihn schließlich. »Gütiger Gott, sieh dich bloß mal an! Du siehst wie der Hauptdarsteller aus *Der Wilde* aus. Wo ist dein Waschbär?«

»Tag, Anny. Lust auf eine kleine Spritztour?«

In meinem Kopf drehte sich alles.

»Sicher«, sagte ich. »Warum nicht?«

Wir gingen durch den Garten und traten dann an den Bordstein. Es war ziemlich dunkel. Die unechten Gaslaternen vor meinem Haus brannten nicht mehr.

»Möchtest du mich nicht fragen, wo ich gewesen bin?«

»Willst du es mir denn erzählen?«

»Darauf kannst du Gift nehmen. Ich bin mit T. C. in Iowa gewesen. Wir sind zu einem großen Bikertreffen gefahren. Bin die ganze Zeit mitgefahren. Das war … prima.«

»Du bist auf einem Motorrad nach Iowa gefahren?«, fragte ich benommen. Durch den Riss in der Glocke drang etwas, was sich wie Gelächter anhörte.

»Ja, das habe ich getan. Auf der Maschine.«

Wir bogen um die Ecke. Licht fiel auf ein riesiges Motorrad mit runden Formen, das am Bordstein parkte und schwarz schimmerte. Die Maschine erinnerte mich an eine archaische Zeichnung aus Kreta von einem Bullen.

»Das ist eine Indian«, erklärte er. »Die haben gerade erst angefangen, sie wieder zu bauen. Ich habe sie in Iowa gekauft. T. C. hält mich für verrückt. Seiner Meinung nach hat dieses Modell zu viele Haken, aber bislang haben die sich noch nicht gezeigt. Ich verehre dieses Motorrad. Komm, Anny, steig auf.«

»Aufsteigen?« Ich merkte schon, wie dämlich ich mich anhörte.

»Steig auf den Sozius. Ich werde dir etwas von der Watte aus deinem Kopf blasen. Es ist an der Zeit.«

»Woher weißt du von der Watte?«

»Weil ich sie bis auf halber Strecke nach Iowa auch im Kopf hatte. Und Gaynelle erzählt, du hast nicht ein einziges Mal den Fuß vor die Tür gesetzt. Damit fangen wir jetzt an. Steig auf.«

Ich kletterte auf den Sozius, der breit und tief war und auf dem ich ganz hervorragend saß. Ich schlang die Arme um Henrys Taille und drückte meine Wange an seine Weste. Dann wartete ich und atmete ein Potpourri aus Leder, Benzin, Juni und Henry ein.

»Schön ist das«, murmelte ich.

»Wart nur ab, es kommt noch viel besser«, versprach er.

Das Motorrad erwachte zum Leben. Dieses Geräusch hatte ich völlig vergessen. Meine Ohren klingelten. Seit der Fahrt nach Folly Beach hatte ich nicht wieder solchen Lärm gehört. Es schien Ewigkeiten her zu sein und in gewisser Weise stimmte das ja auch. Ich gluckste vor Freude und kicherte laut.

Wir fädelten uns zur Hasell durch und bogen anschließend auf die East Bay. Der Wind war frisch und es roch überall stark nach Jasmin und Oleander. Ich schloss die Augen und presste mich an Henry. Und kicherte in einem fort. Ob auf der East Bay viel Verkehr herrschte, konnte ich nicht sehen, aber ich hörte nichts. Das Motorrad verdrängte die Stille.

»Wohin fahren wir?«, rief ich ihm zu, ohne dass es wirklich wichtig gewesen wäre.

»Keine Ahnung. Vielleicht nach Daytona, zu dem berühmt-berüchtigten Krautsalatringen. Oder zum IHOP zum Frühstück. Vielleicht drehen wir auch nur ein paar Runden. Du kannst es dir aussuchen.«

»Ich möchte nach Sweetgrass«, sagte ich. Plötzlich wollte ich nichts lieber tun als dort hinausfahren. Ich sehnte mich nach Sweetgrass, dem Fluss, der grünen Marsch.

»Dann also nach Sweetgrass. Aber vorher muss ich noch etwas erledigen.«

»Was denn?«

»Dir etwas zeigen.«

Wir polterten zur Battery hinunter. Die herrschaftlichen alten Häuser schliefen. Nirgendwo brannte Licht. Kurz hinter White Point Gardens erhaschte ich einen Blick auf das erste zaghafte Morgenrot hinter dem Hafen. Henrys Weste fühlte sich rau an, roch maskulin und irgendwie angriffslustig. Wieder kicherte ich und schlug die Augen auf.

Halb die Battery hinunter, trat Henry auf die Bremse und gab gleichzeitig Gas. Als die Indian aufheulte, brach eine Welt auseinander. Die Blase zerriss in Millionen von kleinen Fetzen. Ich warf den Kopf in den Nacken und schrie: »*Yeeee-HAW!*«

Hinter uns auf der High Battery ging in einem Fenster nach dem anderen das Licht an.

DANKSAGUNG

Sie werden auf Sullivan's Island weder das Strandhaus noch die Dünen, auf denen es gelegen ist, finden – obwohl Sie vielleicht noch einige alte Häuser wie dieses entdecken könnten. Und es gibt ebenfalls – soweit ich weiß – auf John's Island keine kleine Siedlung an einem breiten Flussarm. Aber für mich sind Charleston und das Low Country ebenso eine Herzensangelegenheit wie eine Tatsache, und das ist es, was ich versucht habe auszudrücken.

Darüber hinaus leben alle im Buch vorkommenden Personen nicht in Wirklichkeit, sondern nur in meinem Geiste. Sollte es jedoch Ähnlichkeiten geben mit in Charleston lebenden Menschen aus Fleisch und Blut, dann sind das hoffentlich angenehme.

Ich danke nochmals Duke und Barbara Hagerty, die einige ihrer geheimsten Plätze preisgegeben haben und die für mich noch immer das Herz von Charleston ausmachen. Mein Dank gilt auch Nance Charlebois, die mich süchtig gemacht hat nach Harleys und Coleslaw-Catchen. Auch den engagierten Menschen, die für den Schutz der wunderschönen Sprache und Kultur der

Gullah arbeiten, danke ich sehr. Und zu guter Letzt, wie immer, danke an das A-Team: Heyward, Martha und meinen geliebten Langzeitagenten und -verlegern Ginger Barber und Larry Ashmead. Danke für die gute Zeit, Leute.